汪耀明 解

汉魏六朝文选解

复旦大学出版社

前　言

在我国源远流长的古代散文史上，汉魏六朝是重要的演进时期。这个时期的散文创作吸收先秦散文的丰富营养，在新的历史条件下不断发展，力求创新。因此，名家辈出，佳作如林，成就卓越。

两汉散文总结历史经验，反映现实生活，关注国计民生，表达作者情思，取得了引人注目的文学成就，表现出大胆的批判精神和鲜明的时代特点。汉初，社会矛盾急需解决，黄老思想占据支配地位。作家畅所欲言，无所顾忌，发表政论，秉笔直书。武帝时，经济繁荣，国家强大，儒术独尊。作家各展才笔，著书立说，回顾历史，探讨哲理，展现时代，提出建议。西汉末年，社会动荡，危机加剧，古文经学与今文经学论争。刘秀建立东汉政权，阶级矛盾暂时缓和，谶纬盛行，经学神秘化。因此，作家在难免受到经学思想影响的同时，常常写书作文，借古讽今，同情民生，指责弊端，怀疑传统，反对迷信。东汉后期，外戚与宦官交替专政，政治黑暗，统治思想动摇。于是，暴露现实、抨击时政的文章大量涌现。一般说来，西汉散文质朴浑厚，语言天然无饰。由于语言的发展、辞赋的兴盛，人们对于文学的特征有所认识，其间已有不少散文质朴而有文采，开始注意修辞，透露出西汉文风逐渐转变的信息。东汉散文与西汉散文不同，更加讲究结构严谨，语言富赡，句式工整，显得典雅庄重。

西汉初期，贾谊的散文以《过秦论》和《陈政事疏》最为著名。前者分析秦扫平六国及其灭亡的原因，目的是为西汉统治者改革政治提供借鉴。后者要求文帝采取措施，规定制度，削减诸藩，从而实现汉朝的长治久安。政论中心突出深刻，布局得法精当，气势充沛畅达，语言丰富多彩。

晁错的代表作有《论贵粟疏》和《守边劝农疏》等，都立论精辟，言辞激切。《论贵粟疏》强调重农抑商，主张入粟受爵。它议论历史与现实的积蓄不同，对比农夫与商人的贫富悬殊，突出贵粟抑商的重要性，并提出贵粟的具体措施。奏疏雄辩有力，语句生动流畅。

西汉中叶，刘安的《淮南子》是一部杂家著作，其宗旨是究天地之理，通古今之事，备帝王之道。它糅合儒、法、阴阳五行等诸家观点，主要倾向道家。书中认为宇宙万物是道所派生的，主张无为而治。文章奇奥丰腴，笔法圆熟流畅，行文铺张扬厉。全书善用神话传说和寓言故事来说理，写得生动形象，富有意义。

司马相如不仅在当时的大赋创作上独占鳌头，也写出了一些具有明显的西汉散文特色的文章。他的《喻巴蜀檄》和《难蜀父老》议论现实问题，反映社会变化，显示汉朝声威，基本上展现出西汉鼎盛的气象。以赋为文，铺排描写，显得苍劲雄浑，情文并茂。

董仲舒的《春秋繁露》和《天人三策》是汉代经学的奠基作。其学以儒家宗法思想为主，融入阴阳五行之说，把神权、君权、父权和夫权结合起来，形成封建神学体系，体系的中心就是天人感应的理论。作者从"天人相与之际"谈到"灾异""谴告"之事，再肯定"圣人法天而立道"，"与天地流通而往来相应"（《汉书·董仲舒传》），然后强调用孔子之术来作为新的统治思想。这些文章讲究逻辑，注重说理，具有深奥广博、从容典雅的特点。

司马迁的《史记》代表了汉代散文的最高成就。作者表现出唯物主义的思想倾向和批判精神，"是非颇谬于圣人，论大道则先黄老而后六经，序游侠则退处士而进奸雄，述货殖则崇势利而羞贱贫"（《汉书·司马迁传》）。全书在一定程度上摆脱封建正统思想的束缚，能讽刺西汉的开国皇帝和在位君主，批判古往今来的黑暗现象，肯定陈涉起义的历史地位，颂扬社会下层人物的优秀品质，注重物质生产在社会发展中所起的促进作用，还记叙周边少数民族的活动。这部史传著作不虚美，不隐恶，它的实录思想光辉照耀着后世作家写作的前进道路。司马迁饱含强烈的爱憎感情，运用丰富的文史知识，以记载主要事件描绘人物形象，以细节描写使人物形象血肉丰满，以心理描写显示人物内心世界，以渲染和夸张的手法突出人物本质，还以声口毕肖的人物语言刻画人物性格，从而成功地塑造了众多栩栩如生的历史人物形象。《史记》的不少篇章具有高度的文学价值，如《项羽本纪》《留侯世家》《廉颇蔺相如列传》《淮阴侯列传》《魏其武安侯列传》和《李将军列传》等，它们充分反映出《史记》写人艺术的高超、谋篇布局的巧妙和语言的非凡表现力。这部巨著在史学和文学方面对后代都有深刻的影响，鲁迅称赞它为"史家之绝唱，无韵之《离骚》"(《汉文学史纲要》)。司马迁的《报任安书》也是历来脍炙人口的书信，它抒发愤慨不满，写得气势酣畅。此外，深受司马迁影响的杨恽的《报孙会宗书》，表达了对当时贤愚不分的黑暗现象的愤慨之情，展现出言辞激切、文气浩荡的特色。

桓宽的《盐铁论》记录昭帝时盐铁会议的情况，反映关系民生疾苦和国家财政的重大问题。当时贤良、文学从反对盐铁官营、均输、平准开始，全面批评了政府的政策，并与御史大夫桑弘羊等展开激烈的辩论。全书内容丰富，结构严密，语言生动形象，尤其在记述双方的论点时，善于描写人物的个性，因此具有一定的文学价值。

西汉末叶，刘向的《新序》和《说苑》借事说理，富有教益。这两部书不但对保存和传播古代史实与传说发挥了重要作用，而且具有较高的文学价值。它们用语通俗，含意深刻，叙事简约，写人传神，富于小说意味，因而成为魏晋南北朝小说的先声。刘向还有一些给皇帝的奏疏和校书时的叙录，其特点是运笔从容，说理畅达。

扬雄的《太玄》和《法言》对不少哲学问题和社会现象发表自己的看法。作者以"玄"作为宇宙万物的根源，强调认识自然现象的必要性，反对神仙方术的迷信，批判老庄绝仁弃义的观点，肯定儒家的学说。其中《法言》能学习先秦诸子散文的长处，以简括的语言包含丰富的内容，论述深刻的道理，显得含蓄隽永。

东汉前期，王充的《论衡》是一部哲学著作。它解释了人与自然、精神与肉体的关系，深入地批判了当时流行的谶纬神学和唯心论调。作者注重文章的社会作用，强调"为世用者，百篇无害，不为用者，一章无补"(《自纪》)，在形式上提倡通俗，反对模拟、贵古和浮华虚伪之语。《论衡》语言朴直，论点突出，条理分明，辩驳有力。

班固的《汉书》在体例和内容上有承袭《史记》之处，不过又有很多新作。它收录了大量的辞赋、书疏和学术论著，记载了典章制度和学术文化的情况，因此在史学上有相当高的地位。书中不无封建正统观点，但是一些篇章也暴露了当时政治上的黑暗现象，反映了社会危机和民生疾苦，赞扬了民族志士和正直人物。全书史料翔实，组织严密，立论审慎，记事详赡。不少传记描写细致生动，成为传世名篇。其中，《李广苏建传》描写苏武，《霍光金日䃅传》刻画霍光，都写得十分成功，表现出这部史书在艺术上取得的重要成就。《汉书》严密的布局、细致的描绘、整齐繁丽的语言，与《史记》那种奇谲善变的笔法、深情的语调、丰富多彩的语言是很不一样的。由此可见两汉散文风格的变化。

东汉后期，王符的《潜夫论》是主要讨论治国安民之术的政论。它批判当时的政治弊端，揭露官吏的骄奢淫逸，反对谶纬迷信，强调人为的重要，要求选贤任能，主张重农抑末。其中《浮侈》反映社会风气之坏和浮侈情况之盛，指出浮华奢侈之风是由统治者的乱政所引起的。王符的文章生气勃勃，感情深厚，用事自如，语句朴直。

崔寔的《政论》针对时弊，切中要害。它尤其对东汉后期政令混乱、上下懈怠、风俗凋敝、人情虚伪的现实情况进行大胆抨击，反映出当时议政之风盛行。《政论》为当世所称颂，仲长统曾高度评价它，认为"凡为人主，宜写一通，置之坐侧"（《后汉书·崔骃传》）。崔寔的散文清楚明确，时有排偶铺陈，显得整齐匀称。

仲长统的《昌言》关注时政，反对天道，强调人事。它认为社会动乱的根源是当权者不分公私，不辨是非，沉迷享乐，剥削民众。其中《理乱》指出，后代愚主追求荒淫无耻的生活，荒废国政，毁弃人才，信任小人，导致国家土崩瓦解。所言指责了统治者的穷奢极欲和凶狠残暴，表达出作者愤世伤乱的情感。《昌言》文辞激烈，描写铺叙夸张，论辩色彩浓厚。

当时，除王符、崔寔、仲长统等人的政论外，李固的《遗黄琼书》、蔡邕的《郭泰碑》等文章也是值得重视的散文佳作。前者勉励黄琼出仕，立意高远，感情真挚，行文委婉，措辞讲究。后者概述郭泰品德，多用排偶之句，注意音节谐协，具有工整典雅的特点，而这种讲究骈俪的文章可以说是六朝骈体文的先声。

魏晋南北朝是文学的自觉时代，这一时期的散文在前代文学的深厚基础上，取得长足的进步。它们继续反映现实，同时更加强调个人感情的自由抒发，特别讲求文章的艺术形式和表现技巧。汉末建安时期，社会动荡，人们的思想开始从儒学礼教的束缚下解放出来。曹操以其清峻通脱的文章开风气之先。建安散文大多感情强烈，格调慷慨，文笔健美。魏晋之际，政治形势险恶，玄学兴起。阮籍、嵇康的论说愤世嫉俗，前者含蓄，后者峻切。西晋社会一度稳定，一些作家回顾史实、表情达意时，注意散文的形式技巧，重视辞采、骈偶和用典。东晋政权偏安江南，不少文人清谈玄理，鉴赏山水。山水审美意识开始明晰，山水写景散文有所发展。南朝经济繁荣，社会安定，文学发展。文人说理抒情，区分文笔，注意声律。模山范水的散文数量增加，字句整齐、音韵铿锵、对仗工整、用事讲究的骈文风行于世。北朝直到北魏孝文帝迁都洛阳、推行汉化政策后，文学才逐渐有了生机。郦道元的《水经注》和杨衒之的《洛阳伽蓝记》就是当时别开生面的散文名著。显然，汉末以后的人们能够进一步认识文学的社会作用和美学价值，自觉从事文学创作，突出文章的情感性，注意散文的艺术性。

曹操的《让县自明本志令》回顾自身经历，肯定个人作用，又援引史实，倾诉衷肠，否认心怀不逊之志，还指出天下并未太平，表示自己可以让名利而不可以让权。作者直抒胸臆，挥洒自如。作品实事求是，朴素无华，层次分明，情意真切。建安文章的特点是简约明白，自然畅达，而曹操散文就充分体现出这样的特点。

曹植是最受人们推崇的建安作家，他的散文写得非常出色。《与杨德祖书》指出自己的目标是在政治方面报效国家、造福百姓、留名后代。文章认为人们写作"不能无病"，应听取别人的意见，而要进行文学批评，就要有高度的创作修养。书信语句流畅，热情洋溢，见解深刻，充分展现了作者前期的志趣与抱负。《求自试表》抒写自己政治上被压抑的苦闷和报国立功的志向。他不愿做"圈牢之养物"，希望"乘危蹈险"，"突刃触锋"，"效须臾之捷"，"灭终身之愧"。文中论述详尽透彻，气势充沛畅达，言辞丰富精美，这是作者后期散文的代表作。

阮籍和嵇康是魏晋之际散文的代表作家。《大人先生传》最能反映阮籍的思想和文风。它描写超尘拔俗、遗世独立的大人先生，无情批判封建世俗名教，有力抨击君权，辛辣讽刺礼法之士。作品深受辞赋的影响，显得意味深长，结构完整，韵散相间，文笔恣肆。《与山巨源绝交书》是嵇康的散文名篇。作者清高自赏，桀骜不驯。他在文中诉说不能出仕的原因，拒绝为司马氏集团做官，否定儒家的一切。书信写得剀切详明，生动形象，表现出嵇康放荡不羁的性格和大胆立论的作风。

西晋陆机的《辩亡论》论述吴国兴亡的原因，谋篇布局和语言风格与贾谊的《过秦论》有相似之处。它铺叙孙权时代的兴盛，对比孙皓时代的衰亡，强调兴国之道在于任用贤才、安定百姓，而亡国之因在于用人不当、士气涣散。全文形象鲜明，感情浓郁，骈散相间，文辞壮美，叙议水乳交融，行文抑扬变化，分析鞭辟入里。

东晋王羲之的《兰亭集序》描写兰亭的地理形胜和山清水秀的春光美景，寄情抒怀。它能展开关于人生、死生的议论，批判庄子的虚无思想，否定当时的清谈玄风,从中反映出作者热爱人生的积极态度和希望及时有为的务实精神。序文结构完整,叙议结合,情景交融,韵味无穷,文笔质朴流畅,句式富于变化。

　　陶渊明的《五柳先生传》是他的自叙传。文章通过简洁的文字,栩栩如生地写出一位不慕荣利、安贫乐道、爱好读书、喜欢著文、自得其乐的人物形象,使之常常为后代有进步理想的知识分子所钦慕。《桃花源记》是作者虚构的寄托其社会理想的作品,描绘了一幅没有压迫、没有剥削、共同劳动、平等自由的社会生活图景,表达出对现实社会的批判和对理想社会的追求。文章脉络分明,笔调优美,叙述变化曲折,情节引人入胜。

　　南朝宋范晔《后汉书》的许多序论表明作者对东汉人事的看法,写得旨深意赅,具有较高的文学价值。其中《宦者传序》《党锢传序》《李固传论》和《逸民传论》等,有的描写宦官专权的狂态,有的谈论汉代风俗的变化,有的称颂坚持仁义的人士,还有的概述历来逸民的表现。这些序论内容丰富,见解独到,笔势奔放,叙述简洁精练而生动形象,议论入木三分而充满深情,语言骈散结合而富有文采。

　　南齐孔稚珪的《北山移文》是六朝骈文的杰作。它嘲笑了表面隐退山林而实际贪图官禄的虚伪之士,讽刺了当时这种以隐居为出仕手段的社会现象。作者揭露了所谓隐士隐居时道貌岸然而被征召时则得意洋洋的卑劣行径和丑恶灵魂,又以拟人手法抒发了山中景物蒙耻发愤的心情。移文构思奇特,气势逼人,描写生动,语言工丽。

　　齐梁时陶弘景的《答谢中书书》描绘江南山水之美,令人神往。它描写了高耸入云的山峰、清澈见底的河水、四时苍翠的林竹、早晨猿鸟的鸣声和傍晚沉鱼的腾跃,表现出作者欣赏美景、热爱自然、厌恶世俗的心情。短文情景交融,动静结合,显得清新明快,简洁工整。

　　南梁丘迟的《与陈伯之书》批评陈伯之反梁投魏,表示梁朝宽大为怀。它分析了双方的形势和陈伯之的前途,并以江南景色和乡国之情激发对方,指出只有归梁才是唯一出路。书信说理透彻,写景出色,融情入景,对偶工整,用典贴切,文辞精美,堪称当时骈文中的优秀篇章。

　　吴均的《与宋元思书》描写沿富春江从富阳到桐庐的自然景观,抒发作者的感受。它铺陈水的清澈湍急、山的奇特高峻和声响的美妙动听,指出水山美景会使奔竞仕途者息心,也使忙于政事者忘返。全文写景如画,首尾呼应,骈散相间,语言简练。作者擅长诗文,文体清拔,时人效仿,称为"吴均体"。

前言

北魏郦道元的《水经注》是一部有文学价值的地理著作。作者收集全国有关水道的记载和自己考察各地山川的见闻，为相传三国时人写的《水经》作注，极大地丰富了原书的内容。《水经注》详细叙述了河流两岸的历史故事和风俗习惯，生动地描绘了各地秀丽的山川。文笔简洁精美，对后世游记散文有很大的影响。其中最为精彩的是《江水》中有关三峡的描写，不仅写出三峡特点和四时风景，称赞河山的壮丽，而且描绘传神，意境优美。

杨衒之的《洛阳伽蓝记》记叙洛阳佛寺的盛衰兴废，涉及人物故事与风俗景物，写出了贵族豪门豪奢淫佚的生活和腐朽堕落的心态。全书描写生动，骈中有散，语言明快，风格质朴。其中《永宁寺》写寺的建造规模与豪华气象，《法云寺》写洛阳大市工商业的兴旺情况和富人的奢侈生活。它们或者写景，或者叙事，都能曲尽其妙，表现景物的独到之处和人事的鲜明特点。

北周庾信的《哀江南赋序》是为世人所传诵之文。原赋结合身世，描写侯景之乱和西魏攻陷江陵之事，反映梁朝政治的腐败、侯景与西魏军队的残暴、人民遭受的苦难，从中表达作者对故国的怀念。序文简述历史背景和写作原因，抒发庾信出使不归、留滞长安的怨愤，哀痛梁朝的覆亡，表明作赋之志。序文内容充实，情意深厚，对仗精巧，用典灵活，文字华美，传诵程度超过原赋。

在中国散文发展的进程中，汉魏六朝散文承前启后，开拓创新，获得了为世人所瞩目的成就。不少作品总结经验教训，顺应时代潮流，关注现实生活，倾吐真情实感，在历史上具有进步意义。许多佳作艺术形象生动典型，题材广泛多样，语言丰富多彩，写法高超奇妙，风格鲜明独特，富有艺术的独创性和强烈的感染力。因此，汉魏六朝散文呈现出蔚为大观、美不胜收的繁荣景象，并对后代散文创作产生长久而深刻的影响。

本书从汉魏六朝散文中选取了部分有代表性的名篇佳作，包含作者简介、注释和赏析。在编写过程中，得到复旦大学出版社领导和编辑韩结根先生的多方面帮助，在此一并深表谢意。由于水平、资料和篇幅所限，书中难免有失当、谬误之处，殷切希望读者批评指正。

汪耀明

目 录

前　言 / 1

过秦论 / 1
贾　谊

陈政事疏 / 8
贾　谊

论贵粟疏 / 15
晁　错

上书谏吴王 / 21
枚　乘

狱中上梁王书 / 26
邹　阳

难蜀父老 / 33
司马相如

答客难 / 40
东方朔

留侯世家 / 46
司马迁

管晏列传 / 59
司马迁

廉颇蔺相如列传 / 64
司马迁

魏其武安侯列传 / 70
司马迁

报任安书 / 83
司马迁

报孙会宗书 / 94
杨　恽

战国策序 / 99
刘　向

解嘲 / 105
扬　雄

为幽州牧与彭宠书 / 114
朱　浮

苏武传 / 118
班　固

朱云攀殿槛 / 129
班　固

霍光传 / 132
班　固

遗黄琼书 / 146
李　固

与曹操论盛孝章书 / 150
孔　融

让县自明本志令 / 154
曹　操

为袁绍檄豫州 / 161
　　陈　琳

出师表 / 169
　　诸葛亮

典论·论文 / 175
　　曹　丕

与吴质书 / 182
　　曹　丕

与杨德祖书 / 187
　　曹　植

求自试表 / 194
　　曹　植

大人先生传 / 201
　　阮　籍

与山巨源绝交书 / 207
　　嵇　康

陈情表 / 215
　　李　密

隆中对 / 220
　　陈　寿

夷陵之战 / 225
　　陈　寿

吊魏武帝文 / 229
　　陆　机

兰亭集序 / 238
　　王羲之

归去来兮辞并序 / 243
　　陶渊明

桃花源记 / 248
　　陶渊明

班超传 / 252
　　范　晔

董宣传 / 262
　　范　晔

宦者传序 / 266
　　范　晔

登大雷岸与妹书 / 273
　　鲍　照

北山移文 / 278
　　孔稚珪

答谢中书书 / 285
　　陶弘景

广绝交论 / 287
　　刘　峻

与陈伯之书 / 298
　　丘　迟

与宋元思书 / 304
　　吴　均

三峡 / 307
　　郦道元

哀江南赋序 / 311
　　庾　信

过 秦 论

贾 谊

秦孝公据崤函之固①，拥雍州之地②，君臣固守，以窥周室③，有席卷天下、包举宇内、囊括四海之意，并吞八荒之心④。当是时，商君佐之⑤，内立法度⑥，务耕织⑦，修守战之备⑧，外连衡而斗诸侯⑨。于是秦人拱手而取西河之外⑩。

孝公既没，惠王、武王蒙故业⑪，因遗册⑫，南取汉中⑬，西举巴、蜀⑭，东割膏腴之地，收要害之郡⑮。诸侯恐惧，会盟而谋弱秦⑯，不爱珍器重宝肥饶之地⑰，以致天下之士⑱，合从缔交，相与为一⑲。当是时，齐有孟尝，赵有平原，楚有春申，魏有信陵⑳。此四君者，皆明知而忠信，宽厚而爱人，尊贤而重士，约从离衡㉑，兼韩、魏、燕、楚、齐、赵、宋、卫、中山之众㉒。于是六国之士㉓，有宁越、徐尚、苏秦、杜赫之属为之谋㉔，齐明、周最、陈轸、昭滑、楼缓、翟景、苏厉、乐毅之徒通其意㉕，吴起、孙膑、带佗、兒良、王廖、田忌、廉颇、赵奢之伦制其兵㉖。尝以十倍之地，百万之众，叩关而攻秦㉗。秦人开关而延敌㉘，九国之师逡巡遁逃而不敢进㉙。秦无亡矢遗镞之费㉚，而天下诸侯已困矣。于是从散约解，争割地而赂秦。秦有余力而制其弊㉛，追亡逐北㉜，伏尸百万㉝，流血漂卤㉞。因利乘便㉟，宰割天下㊱，分裂河山，强国请服㊲，弱国入朝㊳。施及孝文王、庄襄王㊴，享国之日浅㊵，国家无事。

及至始皇㊶，奋六世之余烈㊷，振长策而御宇内㊸，吞二周而亡诸侯㊹，履至尊而制六合㊺，执棰拊以鞭笞天下㊻，威震四海。南取百越之地㊼，以为桂林、象郡㊽，百越之君，俛首系颈㊾，委命下吏。乃使蒙恬北筑长城而守藩篱㊿，却匈奴七百余里(51)，胡人不敢南下而牧马(52)，士不敢弯弓而报怨(53)。于是废先王之道(54)，焚百家之言(55)，以愚黔首(56)。堕名城(57)，杀豪俊(58)，收天下之兵聚之咸阳(59)，销锋镝，铸以为金人十二(60)，以弱天下之民。然后践华为城(61)，因河为池(62)，据亿丈之城(63)，临不测之溪以为固(64)。良将劲弩(65)，守要害之处，信臣精卒，陈利兵而谁何(66)！天下已定，始皇之心，自以为关中之固，金城千里，子孙帝王万世之业也(67)。

始皇既没，余威震于殊俗(68)。然而陈涉(69)，瓮牖绳枢之子(70)，氓隶之人(71)，而迁徙之徒也(72)。才能不及中人(73)，非有仲尼、墨翟之贤(74)，陶朱、猗顿之富(75)，蹑足行伍之间(76)，而倔起什伯之中(77)，率罢散之卒(78)，将数百之众，而转攻秦。斩木为兵(79)，揭竿为旗(80)，天下云集而响应(81)，赢粮而景从(82)，山东豪俊，遂并起而亡秦族矣(83)。

且夫天下非小弱也，雍州之地，崤函之固自若也(84)；陈涉之位，非尊于齐、楚、燕、赵、韩、魏、宋、卫、中山之君也；锄櫌棘矜(85)，非铦于句戟长铩也(86)；谪戍之众(87)，非抗于九国之师也(88)；深谋远虑，行军用兵之道，非及乡时之士也(89)。然而成败异变，功业相反。试使山东之国与陈涉度长絜大(90)，比权量力，则不可同年而语矣(91)。然秦以区区之地，致万乘之权(92)，招八州而朝同列(93)，百有余年矣(94)。然后以六合为家(95)，崤函为宫(96)。一夫作难而七庙堕(97)，身死人手(98)，为天下笑者，何也？仁义不施而攻守之势异也(99)。

【注释】

① 秦孝公：秦国国君，名渠梁，公元前361年至前338年在位。他任用商鞅，实行变法，使秦国开始走上国富兵强的道路，为秦始皇统一天下奠定了基础。崤(xiáo)函：古代对崤山和函谷关的合称。崤山在今河南洛宁北，函谷关在今河南灵宝南。当时崤山、函谷关都是秦国险固的关隘。 ② 拥：据有。雍州：古九州之一，大约包括今陕西、甘肃大部，宁夏全部和青海部分地区。 ③ 窥：伺机而取。周室：指名存实亡的东周王朝。 ④ 席卷：像卷席一样占领土地。包举：像打包裹一样全部占有。宇内：指天下。囊括：像以囊盛物一样，包罗无余。八荒：八方荒远之地。这几句都是写秦孝公君臣统一天下的雄心。⑤ 商君：商鞅。他原是卫国的庶公子，称卫鞅。入秦后佐秦孝公主持变法，以功封于商(今陕西商洛)，所以称商君。 ⑥ 内：在秦国内。 ⑦ 务：努力从事。 ⑧ 修：整治。守战之备：防守和攻战的器械设备。 ⑨ 连衡：连横。古人以东西为横，以南北为纵。地处西方的秦和处于东方的齐、楚等国联合起来以打击其他国家，叫连横。东方各国，北自燕，南至楚，联合起来抗秦，叫合纵。外连衡：对外施行连衡的策略。当时张仪主张使六国分别侍奉秦国。斗诸侯：使各诸侯国互相残杀。 ⑩ 拱手：两手合抱，形容不费力气。西河之外：指魏国在黄河以西的地区。秦孝公二十二年(前340)，秦国派商鞅讨伐魏国，大破魏师，并俘虏公子卬。魏惠王恐惧，献河西之地于秦以求和。 ⑪ 惠王、武王：《汉书》所载《过秦论》作“惠文、武、昭襄”，《文选》作“惠文、武、昭”。从文章所举事例来看，应当是指惠文王、武王、昭襄王三世事。这里“惠王、武王”是作者约举。惠王：惠文王，孝公之子，名驷，前338年至前311年在位。武王：惠王之子，名荡，前311年至前307年在位。蒙故业：继承前人的基业。 ⑫ 因：遵循。遗册：指孝公记载政治规划的简册。

⑬汉中：今陕西南部一带。惠文王更元十三年(前312)，秦攻取汉中，设汉中郡。 ⑭巴、蜀：皆古国名，巴在今四川东部和重庆，蜀在今四川。惠文王更元九年(前316)，秦使司马错灭蜀，夺取巴蜀之地。 ⑮"东割"二句：武王四年(前307)，秦攻取韩国的宜阳(今属河南)；昭襄王二十一年(前286)，魏献出河东故都安邑(今山西夏县)，即所谓"膏腴之地"和"要害之郡"。膏腴：肥沃富饶。要害：地势险要。 ⑯会盟：聚会结盟。谋：图谋。弱秦：削弱秦国的势力。 ⑰爱：吝惜。肥饶之地：肥沃而出产丰饶的土地。 ⑱致：招致，收罗。 ⑲"合从"二句：采用合纵的策略缔结盟约，互相援助，成为一体。 ⑳孟尝君：姓田名文，封于薛(今山东滕州东南)。平原君：姓赵名胜，赵之诸公子，封于武城(今属山东)。春申君：姓黄名歇，楚相，封淮北十二县。信陵君：魏公子无忌，魏昭王少子，魏安釐王异母弟，封在今河南宁陵。这四个人是战国时著名的四公子，以招贤纳士著称。 ㉑约从离衡：山东各国相约合纵，以离散秦的连横策略。 ㉒兼：联合起来。宋、卫、中山：战国时三个较小的国家，秦统一前，已被其他诸侯所灭。 ㉓六国：齐、楚、燕、赵、韩、魏。 ㉔宁越：赵人。徐尚：宋人。苏秦：东周洛阳人。杜赫：周人。属：类，流。为之谋：替他们谋划。 ㉕齐明：东周臣。周最：东周君之子。陈轸(zhěn)：楚人。昭(shào)滑：楚臣。楼缓：魏相。翟景：魏人。苏厉：苏秦之弟。乐毅：燕将。通其意：沟通他们的意见。 ㉖吴起：卫人，曾任魏、楚将领。孙膑：齐将。带佗：楚将。兒(ní)良、王廖：都是战国时的兵家。田忌：齐将。廉颇、赵奢：都是赵将。制其兵：统率他们的军队。 ㉗叩关：攻打函谷关。叩：敲。 ㉘延：引进。延敌：迎战。 ㉙九国：指合纵抗秦的齐、楚、韩、魏、燕、赵、宋、卫、中山。逡(qūn)巡：迟疑不进的样子。楚怀王十一年(前318)，公孙衍约纵，楚怀王为纵长，山东六国兵攻秦。至函谷关，秦出兵打击六国，六国兵皆退走。 ㉚亡、遗：皆丢失之意。镞(zú)：箭头。 ㉛制其弊：利用诸侯的弱点。 ㉜追亡逐北：追逐败走的逃亡者。亡：逃跑。北：溃败。 ㉝伏尸百万：这是夸张之词。 ㉞卤(lǔ)：大的盾牌。流血漂卤：血流成河，能漂浮盾牌。 ㉟因利乘便：乘着有利的形势。 ㊱宰割：分割。 ㊲请服：请求顺服。 ㊳入朝：朝拜称臣。 ㊴施(yì)及：延续到。孝文王：昭襄王之子，名柱，在位三日就死了。庄襄王：孝文王之子，名子楚，在位三年就死了。 ㊵享国之日浅：在位时间不长。 ㊶始皇：嬴政，庄襄王之子。 ㊷奋：发扬。六世：指孝公、惠文王、武王、昭襄王、孝文王、庄襄王六世。余烈：留下来的功业。 ㊸"振长策"句：挥动长鞭来驾驭宇内，这是以牧马来比喻秦用武力统治各国。 ㊹二周：东周末年赧王时，东、西周分治，西周都王城，东周都巩。秦昭襄王五十二年(前255)灭西周，庄襄王元年(前249)灭东周。亡诸侯：指灭六国，在秦始皇二十六年(前221)。 ㊺履：践，登。至尊：指帝位。制：控制。六合：天地四方。 ㊻棰：杖。拊(fǔ)：大棒。鞭笞(chī)：鞭打。 ㊼百越：古代越族散居在今浙江、福建、广东、广西等地，因其种类很多，故称百越。 ㊽桂林、象郡：桂林郡地处今广西北部及东部地区，象郡地处今广西南部和西部地区，两郡均为秦所设置。 ㊾俛：同"俯"。俛首：低头听命。系颈：用绳子系在颈部，表示投降。 ㊿蒙恬：秦将。秦统一后，他率兵三十万北逐匈奴，修筑长城。后为秦二世所逼，自杀。藩篱：篱笆，这里比喻边疆上的屏障。 ㉛却：击退。 ㉜胡人：指匈奴。南下而牧马：匈奴南侵扰边境。 ㉝士：东方六国的人。弯弓：张弓准备放箭。报怨：报驱逐他们的怨恨。 ㉞先王之道：儒家推崇的仁政、王道等。 ㉟焚百家之言：秦始皇三十四年(前213)，采纳李斯的建议，下令焚烧

《秦记》以外的各国史记、儒家经典和诸子百家的著述。　㊷黔首：百姓。黔：黑色。　㊸堕(huī)：毁坏。名城：大城。　㊹豪俊：雄豪杰出的人物。　㊺兵：兵器。　㊻销：熔化。锋：兵刃。镝(dí)：箭头。金人：用金属铸造的人像。《史记·秦始皇本纪》载，秦始皇二十六年，"收天下兵，聚之咸阳，销以为钟鐻，金人十二，重各千石"。　㊼践华：据守华山。这句说，据守华山以作为帝城。　㊽因河：凭借黄河。这句说，凭借黄河作为护城河。　㊾亿丈之城：指华山。　㊿不测之溪：指黄河。固：险要。　㊻劲弩：强劲有力的弓。　㊻信臣：可靠的大臣。利兵：锋利的兵器。谁何：关塞上的哨兵盘问来往行人。　㊻关中：秦地以函谷关为门户，此指秦之领地。金城：坚固的城墙。万世之业：《史记·秦始皇本纪》载始皇在二十六年下命令，"朕为始皇帝，后世以计数，二世三世至于万世，传之无穷"。　㊻殊俗：风俗不同的边远地区。　㊻陈涉：陈胜，秦末农民起义的领袖。秦二世元年(前209)，陈涉和吴广在大泽乡首揭义旗，反抗秦朝暴政。全国各地响应。　㊻瓮：陶制器皿。牖(yǒu)：窗户。瓮牖：用破瓮作窗户。枢：门上的转轴。绳枢：用绳子系住门枢。　㊻氓：种田之民。隶：贱者之称。　㊻迁徙之徒：被谪戍边的士卒。　㊻中人：平常的人。　㊻仲尼：孔子。墨翟(dí)：墨子。　㊻陶朱：范蠡辅佐越王勾践灭吴后，去官至陶，经商致富，号陶朱公。他善于经营生计，后代以"陶朱"为富人的代称。猗(yī)顿：春秋时鲁人，以营盐起家，从事畜牧业而大富。　㊻蹑(niè)足：插足，置身。行(háng)伍：军队下层组织的名称。　㊻俛起：崛起，突然兴起。什伯：军队中的小头目。　㊻罢：同"疲"。罢散：疲乏散漫。　㊻斩木为兵：斩断树干当兵器。　㊻揭竿为旗：举起竹竿当旗帜。　㊻云集：像云一般集合。响应：像声响应和一样。　㊻赢：担负。景：同"影"。这句是说，人们担着粮食，如影随形地跟着陈涉。　㊻山东：崤山以东，指山东六国。这句是说，崤山以东的英雄豪杰同时起兵，就把秦王朝消灭了。　㊻自若：依然如故。　㊻櫌(yōu)：古代击碎土块的农具，形似榔头。棘矜：用棘木做的矛柄。　㊻铦(xiān)：锋利。句戟：钩戟，有钩的戟。铩(shā)：长矛类兵器。　㊻谪戍：被谪征发戍守边地。　㊻抗：同"亢"，高出，超过。　㊻乡：同"向"。乡时：早先，从前。　㊻絜(xié)：度量物体的粗细。度长絜大：比量长短大小。　㊻同年而语：相提并论。　㊻区区：小貌。雍州与天下相比，是很小的。万乘：古代称可出万辆兵车的国家为"万乘之国"。权：势力。　㊻招：招来。八州：九州除雍州以外，尚有八州，它们是兖州、冀州、青州、徐州、豫州、荆州、扬州、梁州。朝同列：使原来与秦同列的诸侯来朝拜秦。　㊻百有余年：从秦孝公到秦始皇统一约有一百四十年。　㊻六合为家：把天地四方都作为秦王朝的私有产业。　㊻崤函为宫：把崤山和函谷关以西的地区看作宫室。　㊻一夫作难：指陈涉起义。作难：发难，起事。七庙：天子有七庙，祀七代祖先。堕：毁废。　㊻身死人手：指秦二世被赵高杀死，秦王子婴被项羽杀死。　㊻攻：攻取天下。守：守住天下。势：形势。

【作者简介】

贾谊(前200—前168)，西汉初期杰出的政论家、文学家，洛阳(今属河南)人。十八岁时以能诵述《诗》《书》和善写文章而闻名郡中。文帝时由郡守吴公推荐，被召为博士，不久升任太中大夫。他关心时政，发表许多建设性的意见，得到文帝赏识，拟任为公卿，但是遭受朝中权贵的中伤和排挤，被贬为长沙王太傅，后来改任梁怀王太傅。梁怀王坠马而死，他自伤失职，时常哭泣，加上无法施展抱

4

负，忧愤而卒，年仅三十三岁。贾谊看到西汉太平景象背后存在的危机，提出治国安民的主张，强调削弱地方势力、消除边患、重农积粮、禁止私铸等。他写了许多内容充实、情文并茂的著名政论文，如《陈政事疏》《论积贮疏》《过秦论》等。他的辞赋也很有名，最为后世传诵的是《吊屈原赋》和《鵩鸟赋》。著有《新书》十卷，今人辑有《贾谊集》。

【赏析】

《过秦论》最早附见于《史记·秦始皇本纪》，是一篇极为有名的政论。文章原分上、中、下三篇。《秦始皇本纪》中下篇在前，上篇、中篇接录其后，《陈涉世家》引用上篇。贾谊《新书》将中篇、下篇合为下篇，无中篇之名。《文选》也载上篇。这里只录上篇。

贾谊的《过秦论》是为全面总结历史教训而写的。上篇总论秦得天下的情况及灭亡的根源，中篇叙述秦统一后没有正确政策和二世未能改正错误，下篇指陈秦子婴孤立无援缺乏救亡扶倾的能力。文章回顾史实，分析原因，显得沉博绝丽、波澜起伏，开了中国散文中史论体裁的先河。

《过秦论》上篇详细论述秦朝兴亡的过程和原因，希望西汉统治者引以为鉴，施行仁政，避免重蹈秦朝的覆辙。其一，它概述秦孝公时的强盛局面。自孝公用商鞅变法以来，内倚君臣之和，外恃山关之险，发展农业，重视备战，并用连横的策略使诸侯相互争斗。其二，它记叙六国被削弱而秦国强大的进程。秦惠王等人南取西举，向东发展，使诸侯恐惧。六国人才众多，合纵抗秦，结果反而为秦所败，只得争相割地请和。其三，它谈到秦始皇成就大业和统一后多行不义。秦王吞并东、西二周，灭亡山东六国，登上尊贵皇位，同时废弃仁义，焚毁诗书，凭借山河险固，依靠将士勇猛，自以为天下安定，万世不败。其四，它写到形势变化和陈涉起义。陈涉出身微贱又被征发，才能比不上一般人，可是他振臂一呼，揭竿而起，天下人纷纷响应，如影随形似地跟从他，以致秦王朝土崩瓦解。其五，它画龙点睛，推出主旨，强调秦朝灭亡在于自身过失。秦朝江山依旧，陈涉等人的力量不能与山东六国相提并论，可是陈涉取得成功。秦国能吞并六国，但是灭亡如此迅速，原因就是未能认识攻取天下和统治天下是不同的形势。

汉初统治者对亡秦之事记忆犹新，注意吸取前朝的深刻教训，从中谋求当代长治久安之道。因此，贾谊写成《过秦论》，总结出一个重要的经验教训，即人心的向背关系到国家的兴亡。这篇史论不仅在当时具有积极意义，对后世也很有影响。

贾谊的文章情意深长，自然形成充沛畅达的气势。

《过秦论·上》就显得雄健有力，闳中肆外。为了表达秦国从强盛到灭亡的原因是不施仁义，文章先以大部分的篇幅渲染秦国的强大和不可战胜。"秦人开关而延敌，九国之师，逡巡遁逃而不敢进。秦无亡矢遗镞之费，而天下诸侯已困矣。"秦始皇"奋六世之余烈，振长策而御宇内，吞二周而亡诸侯，履至尊而制六合，执棰拊以鞭笞天下，威震四海。南取百越之地，以为桂林、象郡，百越之君，俯首系颈，委命下吏。乃使蒙恬北筑长城而守藩篱，却匈奴七百余里，胡人不敢南下而牧马，士不敢弯弓而报怨"。秦国不仅轻而易举地击败了诸侯的联合进攻，而且南征北战，无往不胜。接着，文势陡变，它描写陈涉这样出身微贱的人，"才能不及中人，非有仲尼、墨翟之贤，陶朱、猗顿之富，蹑足行伍之间，而倔起什伯之中"，居然"率罢散之卒，将数百之众，而转攻秦。斩木为兵，揭竿为旗"，导致秦朝被推翻。最后，它从地位、兵器、军队等方面，比较山东诸国和陈涉，认为两者"度长絜大，比权量力，则不可同年而语"。既然如此，那么秦朝败亡的原因就是不行仁义，取天下与守天下的形势不同。这样文章就造成一种反复驰骋、纵横跌宕的气势，给人以对比强烈的艺术感受。

《过秦论·中》也写得深刻而有气势。它主要分析秦在统一全国后没有采取正确的政策，二世也未能改正错误。首先提出论题，认为秦能统一天下是因为"近古之无王者久矣"，"诸侯力政"，"兵革不休，士民罢弊"，"元元之民冀得安其性命，莫不虚心而仰上"。然后从两方面展开论证，一是写秦始皇没有顺应希望天下安定的民心，而是错误地用攻取天下的办法来统治天下；二是写二世不能"缟素而正先帝之过"，反而"不行此术，而重之以无道"，以致人人"怀自危之心"，"咸不安其位"。最后得出结论，"是以牧之以道，务在安之而已矣。下虽有逆行之臣，必无响应之助。故曰'安民可与为义，而危民易与为非'，此之谓也"。全篇论题明确，线索清楚，论据充分典型，论证合乎逻辑，文字气足神完，结论令人信服，从而形成一种层层推进的局面和势不可当的力量。

像这种颇有气势之作在贾谊的史论和政论中为数不少。这样磅礴进取的气势与强烈高昂的情感融为一体，就使文章具有动人心弦的感染力量和强大的说服力量。

结构谨严，逻辑性强，是贾谊散文的突出之处。他能够站在一定的思想高度，回顾史实，关注当代，分析社会矛盾，提出治国方略，自然也能在行文时抓住本质，说理透彻，布局周严缜密。

在这方面，《过秦论·上》堪称典范之作。它分成两部分，前面四段是叙事，后面一段是说理。第一段写孝公励精图治。他凭借地利与人和，采取积极措施，要夺取天下，并开始"拱手而取西河之外"。第二段写惠文王、武王、昭襄王蚕食六国。他们先四面扩张领土，后击败山东诸国的进攻，使对方陷于困境。因此，孝文王、庄襄王时国家无事。第三段写始皇平定天下，统治全国。他战无不胜，"威震四海"，进而推行暴政，轻视仁义，并自以为完成"子孙帝王万世之业"。第四段写陈涉起义，"天下云集而响应"，"山东豪俊，遂并起而亡秦族"。最后一段写秦朝衰亡的原因。它通过陈涉与强大的秦朝、与山东诸国的比较，指出："一夫作难而七庙堕，身死人手，为天下笑者，何也？仁义不施而攻守之势异也。"

从全文立意来看，叙事篇幅较长，但是处于从属的地位；说理篇幅较短，但是处于主导的地位。叙事是说理的依据，说理是叙事的升华。作者缜密阐述，由史出论，逐层叙议，鲜明地表达了文章的中心观点，也充分体现出周严缜密的逻辑力量。如果没有较大篇幅叙事，那么结尾说理就没有坚实的基础。相反，如果没有结尾画龙点睛般的说理，那么全篇仅仅是叙事而已。叙事和说理有机结合，就使文章谋篇布局显得精确恰当，也使作品达到清晰、谨严、富有变化的境界。这样的结构安排在贾谊其他篇章里也屡见不鲜。

排比对偶，夸张铺张，这是贾谊散文所显示的辞赋化倾向。

排比与对偶语句的运用，使文章气足神完，给人以鳞次栉比和繁弦急管之感。《过秦论·上》叙述诸侯合纵，先用"齐有孟尝，赵有平原，楚有春申，魏有信陵"四个主谓结构的句式来排比，突出"合从缔交"范围的广泛。接着用"明知而忠信，宽厚而爱人，尊贤而重士，约从离衡"四个略有变化的联合词组来排比和对偶，显示四位君子的为人与才能。再用六国之士"为之谋""通其意""制其兵"三个长句来排比，充分表现出山东诸国集中所有人才，运用众人智慧，调动大量兵力，联合攻打秦国。然后描述秦国横扫六国，"追亡逐北，伏尸百万，流血漂卤。因利乘便，宰割天下，分裂河山，强国请服，弱国入朝"。作者使用八个结构异同结合的四言句，其中包括对偶句，来反映秦国的凌厉攻势和巨大声威。文章巧妙地运用了排比句和对偶句，不仅浓墨重彩地展现了战国时代的风云变幻，淋漓尽致地抒发了借秦讽汉的思想感情，也极大地增强了作品的气势和语义的表达作用，产生了句式的对称美与音调的节奏感。

贾谊又在这篇流传久远的政论中，熟练地使用夸饰与铺陈的手法来叙事抒情。《史记·六国年表》记载，周慎靓王三年，"五国共击秦，不胜而还"。在此基础上，《过秦论·上》夸张地说成是"九国之师"，"尝以十倍之地，百万之众，叩关而攻秦"，甚至众多不是同时代的谋士和将军也一起出场，以此展现六国合纵一度声势浩大。平时夸大事物某一属性常是"言峻则嵩高极天，论狭则河不容舠，说多则子孙千亿，称少则民靡孑遗，襄陵举滔天之目，倒戈立漂杵之论"（《文心雕龙·夸饰》）。贾谊的夸饰之辞不同于一般的夸张，在夸张之中还含有对比及出人意料的意味。为了突出秦国的强盛，就先夸大六国的声威，以其地广人众与秦国的情况对比，结果却是秦国轻而易举地取胜。同样，为了强调陈涉起义的势如破竹，就先夸饰秦朝的强大。秦始皇"堕名城，杀豪俊，收天下之兵聚之咸阳，销锋镝，铸以为金人十二，以弱天下之民。然后践华为城，因河为池，据亿丈之城，临不测之溪以为固。良将劲弩，守要害之处，信臣精卒，陈利兵而谁何"。相反，陈涉是"瓮牖绳枢之子，氓隶之人"，"迁徙之徒"。文章以主宰天下的秦朝与地位卑微的陈涉对比，显现两者高下相去甚远，强弱不可同日而语，然而结局相反。"陈涉率散乱之众数百，奋臂大呼，不用弓戟之兵，锄櫌白梃，望屋而食，横行天下。秦人阻险不守，关梁不闭，长戟不刺，强弩不射。楚师深入，战于鸿门，曾无藩篱之难。"（《过秦论·下》）

贾谊散文中的夸饰又是与铺陈融为一体的。《过秦论·上》写秦国蓬勃发展之势,"南取汉中,西举巴、蜀,东割膏腴之地,收要害之郡";写秦始皇登上皇位,控制天下,奴役百姓,威震全国;议论陈涉与山东诸国在地位、武器、军队、谋略等方面的优劣,这些都是铺叙不遗余力,文笔酣畅之至。

排比对偶和夸饰铺陈的运用,不仅在《过秦论》里表现得十分出色,而且在贾谊的其他文章里也不同程度地有所反映。它们很好地表达了作者的思想,使文章显得气势浩荡,令人有一唱三叹之感。

陈政事疏

贾 谊

夫树国固必相疑之势①,下数被其殃②,上数爽其忧③,甚非所以安上而全下也④。今或亲弟谋为东帝⑤,亲兄之子西乡而击⑥,今吴又见告矣⑦。天子春秋鼎盛⑧,行义未过⑨,德泽有加焉,犹尚如是,况莫大诸侯权力且十此者乎⑩!

然而天下少安,何也?大国之王幼弱未壮⑪,汉之所置傅、相方握其事⑫。数年之后,诸侯之王大抵皆冠⑬,血气方刚,汉之傅、相称病而赐罢⑭,彼自丞尉以上偏置私人⑮。如此,有异淮南、济北之为邪?此时而欲为治安,虽尧、舜不治。

黄帝曰:"日中必熭,操刀必割⑯。"今令此道顺而全安⑰,甚易,不肯早为,已乃堕骨肉之属而抗刭之⑱,岂有异秦之季世乎⑲!夫以天子之位,乘今之时,因天之助,尚惮以危为安,以乱为治;假设陛下居齐桓之处⑳,将不合诸侯而匡天下乎㉑?臣又以知陛下有所必不能矣。假设天下如曩时㉒,淮阴侯尚王楚㉓,黥布王淮南㉔,彭越王梁㉕,韩信王韩㉖,张敖王赵㉗,贯高为相㉘,卢绾王燕㉙,陈豨在代㉚,令此六七公者皆亡恙㉛,当是时而陛下即天子位,能自安乎?臣有以知陛下之不能也。天下殽乱㉜,高皇帝与诸公并起㉝,非有仄室之势以豫席之也㉞。诸公幸者,乃为中涓㉟,其次廑得舍人㊱,材之不逮至远也㊲。高皇帝以明圣威武即天子位,割膏腴之地以王诸公,多者百余城,少者乃三四十县,德至渥也㊳,然其后十年之间,反者九起。陛下之与诸公，非亲角材而臣之也㊴，又非身封王之也㊵，自高皇帝不能以是一岁为安，故臣知陛下之不能也。然尚有可诿者㊶，曰疏㊷，臣请试言其亲者。假令悼惠王王齐㊸，元王王楚㊹，中子王赵㊺，幽王王淮阳㊻，共王王梁㊼，灵王王燕㊽，厉王王淮南㊾，六七贵人皆亡恙，当是时陛下即位，能为治乎？臣又知陛下之不能也。若此诸王，虽名为臣，实皆有布衣昆弟之心㊿，虑亡不帝制而天子自为者(51)。擅爵人，赦死罪(52)，甚者或戴黄屋(53)，汉法令非行也。虽行不轨如厉王者，令之不肯听，召之安可致乎！幸而来至，法安可得加！动一亲戚，天下圜视而起(54)。陛下之臣，虽有悍如冯敬者(55)，适启其口，匕首已陷其胸矣。陛下虽贤，谁与领此(56)？故疏者必危，亲者必乱，已然之效也(57)。其异姓负强而动者(58)，汉已幸胜之矣，又不易其所以然(59)。同姓袭是迹而动(60)，既有征矣(61)，其势尽又复然。殃祸之变，未知所移(62)，明帝处之尚不能以安，后世将如之何！

屠牛坦一朝解十二牛(63)，而芒刃不顿者(64)，所排击剥割(65)，皆众理解也(66)。至于髋髀之所(67)，非斤则斧(68)。夫仁义恩厚，人主之芒刃也；权势法制，人主之斤斧也。今诸侯王皆众髋髀也，释斤斧之用，而欲婴以芒刃(69)，臣以为不缺则折。胡不用之淮南、济北？势不可也。

臣窃迹前事(70)，大抵强者先反。淮阴王楚最强，则最先反；韩信依胡(71)，则又反；贯高因赵资(72)，则又反；陈豨兵精，则又反；彭越用梁(73)，则又反；黥布用淮南，则又反；卢绾最弱，最后反。长沙乃在二万五千户耳(74)，功少而最完(75)，势疏而最忠(76)，非独性异人也，亦形势然也。曩令樊、郦、绛、灌据数十城而王(77)，今虽以残亡可也；令信、越之伦列为彻侯而居(78)，虽至今存可也。然则天下之大计可知已。欲诸王之皆忠附，则莫若令如长沙王；欲臣子之勿菹醢(79)，则莫若令如樊、郦等；欲天下之治安，莫若众建诸侯而少其力(80)。力少则易使以义，国小则亡邪心。令海内之势如身之使臂，臂之使指，莫不制从，诸侯之君不敢有异心，辐凑并进而归命天子(81)，虽在细民(82)，且知其安，故天下咸知陛下之明。割地定制(83)，令齐、赵、楚各为若干国，使悼惠王、幽王、元王之子孙毕以次各受祖之分地，地尽而止，及燕、梁它国皆然。其分地众而子孙少者，建以为国，空而置之，须其子孙生者，举使君之㉝。诸侯之地其削颇入汉者㉟，为徙其侯国及封其子孙也，所以数偿之㊱。一寸之地，一人之众，天子亡所利焉，诚以定治而已㊲，故天下咸知陛下之廉。地制一定，宗室子孙，莫虑不王㊳，下无倍畔之心㊴，上无诛伐之志，故天下咸知陛下之仁。法立而不犯，令行而不逆，贯高、利几之谋不生㊵，柴奇、开章之计不萌㊶，细民乡善㊷，大臣致顺，故天下咸知陛下之义。卧赤子天下之上而安㊸，植遗腹㊹，朝委裘㊺，而天下不乱，当时大治，后世诵圣。壹动而五业附㊻，陛下谁惮而久不为此？

　　天下之势方病大瘇㊼。一胫之大几如要㊽，一指之大几如股㊾，平居不可屈信⑩⑩，一二指搐，身虑亡聊⑩①。失今不治，必为锢疾⑩②，后虽有扁鹊⑩③，不能为已。病非徒瘇也，又苦蹠盭⑩④。元王之子⑩⑤，帝之从弟也；今之王者⑩⑥，从弟之子也。惠王之子⑩⑦，亲兄子也；今之王者⑩⑧，兄子之子也。亲者或亡分地以安天下⑩⑨，疏者或制大权以逼天子⑩⑩。臣故曰：非徒病瘇也，又苦蹠盭。可痛哭者，此病是也。

【注释】

① 树国：建立诸侯国。固：坚固，强大。必相疑之势：指诸侯国增强实力，必然形成与中央政权相比拟、相对立的局面。疑：通"拟"。　② 下：指诸侯王。被：遭受。　③ 上：指皇帝。爽：伤。　④ 安上而全下：稳定中央政权，保全黎民百姓。　⑤ 亲弟：指淮南厉王刘长。他是刘邦之子，文帝之弟，于前196年封为淮南王。文帝即位，他阴谋叛乱，事发被拘，谪徙蜀郡，途中不食而死。刘长封地淮南在长安以东，故称"谋为东帝"。　⑥ 亲兄之子：指济北王刘兴居，他是文帝兄齐悼惠王刘肥之子。文帝三年（前177），刘兴居乘文帝迎战匈奴之机，兴兵反叛，欲西击荥阳，失败自杀。乡：通"向"。　⑦ "今吴"句：现在吴王被人告发谋反。吴：指吴王刘濞，刘邦之侄。他管辖三郡五十三城，势力强大，骄横不法。文帝时诈病不朝，景帝即位后谋叛。前154年，他以"诛晁错，清君侧"为名，联合楚、赵等国发动叛乱。不久失败，逃往东越，为东越人所杀。　⑧ 春秋鼎盛：年富力强。鼎：方，正。　⑨ 行义未过：实行仁义没有过失。　⑩ 莫大：最大。十此：十倍于此。　⑪ 未壮：还未成年。　⑫ 傅、相：指西汉初期由中央政府任命的诸侯国的太傅和丞相。方握其事：正在掌实权。　⑬ 冠：古代男子二十岁时举行加冠之礼，就算成年。　⑭ 称病而赐罢：被以衰病为由罢免。　⑮ 丞尉：诸侯国内的官吏。私人：指亲信。　⑯ 爨(wèi)：曝晒。日中必爨，操刀必割：语出《六韬》，意谓机不可失。　⑰ 此道：

指机不可失的道理。顺：遵循。全安：下全上安。 ⑱堕：通"隳",毁坏。骨肉之属：指同姓诸侯王。抗刭(jīng)：斩首。 ⑲季世：末年,末世,这里指秦末大肆杀戮秦大臣和诸公子。 ⑳齐桓：齐桓公,春秋五霸之一。他任用管仲,实行改革,增强国力,史载其"九合诸侯,一匡天下"。 ㉑匡：匡正,挽救。㉒曩时：从前,以往。 ㉓淮阴侯：韩信。他初封为齐王,汉朝建立后徙封为楚王,后被告发谋反,降为淮阴侯。高祖十一年(前196),因被告与陈豨谋反而为吕后所杀。 ㉔黥布：英布。秦时犯法黥面,故称黥布。秦末率骊山刑徒起义,属项羽,封九江王。后背楚归汉,封淮南王。汉朝建立后,因彭越、韩信相继被刘邦杀死,举兵反汉,败逃江南,被长沙王诱杀。 ㉕彭越：字仲,秦末聚兵起义。楚汉战争时归刘邦,曾率兵从刘邦击项羽。汉初封为梁王,后被告谋反,为刘邦所杀。 ㉖韩信：战国韩襄王的后代。汉初封为韩王,后投降匈奴反汉,兵败被杀。 ㉗张敖：大梁(今河南开封)人,张耳之子,刘邦女婿,袭封赵王。因涉嫌谋杀刘邦,降为宣平侯。 ㉘贯高：赵王张敖之相。因刘邦过赵,对张敖傲慢无礼,激怒了贯高等人,贯高就谋杀刘邦,事发自杀。 ㉙卢绾：丰(今属江苏)人,秦末随刘邦起义,为将军。楚汉战争时,官太尉。汉初封燕王。赵相国陈豨反叛,他派使者前往联合,并与匈奴勾结。事败,逃亡匈奴,匈奴以为东胡卢王,居岁余而死。 ㉚陈豨(xī)：汉初列侯,任赵国相,监赵、代边兵。后谋反自立为代王,兵败被杀。 ㉛亡恙：无病健在。亡：同"无"。 ㉜殽乱：混乱。殽：同"淆"。 ㉝并起：一同起事。 ㉞仄室：侧室,指卿大夫的旁支、庶子,这里指六国贵族。豫：通"预"。席：凭借。 ㉟中涓：皇宫中的侍从官。 ㊱廑：同"仅"。舍人：地位低于中涓的近侍官员。 ㊲不逮：不及。 ㊳渥：厚。 ㊴角：较量。臣：使臣服。 ㊵身封：亲自分封。 ㊶诿：推托。 ㊷疏：关系远。与亲戚相对而言,韩信等都是异姓王。 ㊸悼惠王：齐王刘肥,刘邦之子,谥悼惠。 ㊹元王：楚王刘交,刘邦之弟,谥元。 ㊺中子：赵王刘如意,刘邦之子,谥隐。 ㊻幽王：刘邦之子刘友,封淮阳王,后徙赵,谥幽。 ㊼共王：刘邦之子刘恢,封梁王,后徙赵,谥共。 ㊽灵王：刘邦之子刘建,封燕王,谥灵。 ㊾厉王：淮南王刘长,刘邦之子,谥厉。 ㊿布衣：平民。昆弟：兄弟。 ㉛"虑亡不"句：大概没有不想采用与皇帝相同的制度,自己做天子。虑：恐怕,大概。帝制：仿行皇帝的礼仪制度。 ㉜爵人：授人以爵位。赦：赦免。 ㉝黄屋：黄缯做的车盖,指皇帝乘的车子。 ㉞圜视：环顾,向四方观看,表示吃惊或愤怒。 ㉟悍：强悍。冯敬：汉御史大夫,因揭发淮南王刘长谋反,并提议严惩,被刘长刺客所杀。 ㊱谁与：与谁。领：治理。 ㊲效：证明,验证。 ㊳负强而动：自恃强大发动暴乱。 ㊴所以然：指造成危乱的缘由和根源。 ㊵袭：沿袭。㊶征：征兆,迹象。 ㊷移：转移,改变。 ㊸屠牛坦：春秋时一位有名的宰牛者,名坦。解：剖割。 ㊹芒刃：锋利的刀刃。顿：通"钝"。 ㊺排：批,分开。 ㊻理：纹理筋络。解：关节间隙。 ㊼髋髀(kuānbì)：胯骨和大腿骨。 ㊽斤：斧子一类的工具。 ㊾婴：接触,施加。 ㊿窃迹前事：私自考察以前发生的事。 ㉛胡：匈奴。 ㉜因：凭借。资：资助。 ㉝用梁：利用梁国的力量。 ㉞长沙：长沙王吴芮。秦时为番阳令,起兵应汉。汉朝建立,封为长沙王。在：通"才"。二万五千户：指长沙王所统治的户数。 ㉟完：保全。 ㊱势疏：关系疏远。 ㊲樊：樊哙。沛人,原以屠狗为业,随刘邦一起举兵,屡建战功,后封舞阳侯。郦：郦商。高阳(今河南杞县)人,从刘邦击项羽,后封曲周侯。绛：周勃。沛人,从刘邦起兵于沛,以军功为将军,封绛侯。文帝时任右丞相。灌：灌婴。睢阳(今河南商丘)人,从刘邦举兵,转战各地,封颍阴侯。文帝时任太尉、丞相。 ㊟ 伦:辈。彻侯:爵位名。秦汉时封爵共二十级,彻侯为最高一级。 ㊠ 菹醢(zūhǎi):古代的一种酷刑,把人杀死剁成肉酱。 ㊡ 众建诸侯而少其力:多分封诸侯而削弱他们的力量。 ㊢ 辐凑:形容诸侯像车辐集中于车毂一样聚向天子。凑,同"辏"。归命:归顺听命。 ㊣ 细民:平民。 ㊤ 割地定制:定出分割土地的制度。 ㊥ 须:等待。举:全。君:做空置的诸侯国的国君。 ㊦ 其削颇入汉者:诸侯王因犯罪而被削地由汉朝中央政府没收的。颇:大量。 ㊧ 所以数偿之:按照原先的封地,如数偿还给他们。 ㊨ "一寸"四句:对于一寸土地和一个人,天子不贪图私利,实在是为了天下太平而已。 ㊩ 莫虑不王:不必担心不能封王。 ㊪ 倍畔:同"背叛"。 ⑨⓪ 利几:项羽部将,降汉被封为颍川侯,后反叛被杀。 ⑨① 柴奇、开章:两人都是淮南王刘长谋反的策划者。 ⑨② 乡:向。 ⑨③ 赤子:婴儿,这里指年幼的皇帝。 ⑨④ 植:扶植。遗腹:遗腹子。 ⑨⑤ 朝:朝拜。委裘:先帝裘衣。这是说,皇帝死后,新君未立,把先帝衣冠放在皇座上接受朝拜。 ⑨⑥ 壹动:指"众建诸侯而少其力"的这项措施。五业:指上文所说的明、廉、仁、义、圣五项功业。 ⑨⑦ 瘇(zhǒng):脚肿病。 ⑨⑧ 胫:小腿。要:同"腰"。 ⑨⑨ 股:大腿。 ⑩⓪ 平居:平时。信:通"伸",伸展。 ⑩① "一二"二句:一两个脚趾抽搐,全身就痛得好像失去依靠。搐:抽搐而痛。亡聊:无所依赖。 ⑩② 锢疾:积久不易治的病。锢:通"痼"。 ⑩③ 扁鹊:先秦时代名医,姓秦名越人。 ⑩④ 跖戾(zhílì):脚掌扭折变形。 ⑩⑤ 元王之子:刘郢,其父楚元王刘交是刘邦之弟。 ⑩⑥ 今之王者:指楚王刘戊,是刘郢之子。 ⑩⑦ 惠王:齐悼惠王刘肥,为文帝刘恒之兄。刘肥之子刘襄为齐哀王。 ⑩⑧ 今之王者:指这一代的齐王。 ⑩⑨ 亲者:指文帝的子弟。 ⑩⑩ 疏者:指从弟、兄子之子。逼:威逼。

【赏析】

《陈政事疏》选自《汉书·贾谊传》,是作者政论的代表作之一。《贾谊传》说当时"天下初定,制度疏阔。诸侯王僭拟,地过古制,淮南、济北王皆为逆诛。谊数上疏陈政事,多所欲匡建"。贾谊敏锐地看到西汉太平景象后面存在的危机,如中央政权和地方势力的矛盾、西汉和匈奴的矛盾、从事农业和弃农经商的矛盾等。他点明问题的严重性,论述解决问题的必要性与迫切性,提出治国安民的主张,强调削弱地方势力、消除边患、重农积粮、禁止私铸等。《陈政事疏》比较集中地反映了贾谊的主张,其中最有价值的是有关诸侯王问题的见解。这是针对当时中央政权与诸侯王国逐渐明朗化的矛盾而提出的。

回顾历史,联系现实,贾谊觉察到西汉初期平定异姓诸侯王叛乱之后,同姓诸侯王还是重蹈覆辙,显出独立倾向,进行分裂活动。因此,从巩固中央集权、维护国家统一与社会安定出发,贾谊对当时未安未治的政治局面深感不安,指出:"天下之势方病大瘇。一胫之大几如要,一指之大几如股,平居不可屈信,一二指搐,身虑亡聊。失今不治,必为锢疾。"奏疏激烈地抨击了天下"已安已治"的错误论调,认为:"曰安且治者,非愚则谀,皆非事实知治乱之体者也。夫抱火厝之积薪之下而寝其上,火未及燃,因谓之安,方今之势,何以异此!本末舛逆,首尾衡决,国制抢攘,非甚有纪,胡可谓治!"作者认为产生这种严重危机的重要原因就是"本末舛逆",就是"诸侯王僭拟,地过古制"。

汉初以来实行郡国制度，分封的诸王统治各自的王国，大多不能与中央政府同心协力。随着时间的推移，地方割据势力陆续形成，不断扩大，以致进行反叛活动，严重破坏了国家的统一和社会的安定。多数异姓诸侯王先后反叛，刘邦以为这是异姓的原因，而没有注意到这与分封诸王的制度有关，因此，他又分封了许多同姓诸侯王。贾谊意识到这是制度问题，他说："夫树国固必相疑之势，下数被其殃，上数爽其忧，甚非所以安上而全下也。今或亲弟谋为东帝，亲兄之子西乡而击，今吴又见告矣。"他又说："其异姓负强而动者，汉已幸胜之矣，又不易其所以然。同姓袭是迹而动，既有征矣，其势尽又复然。"贾谊分析现状，结合史实，得出强者先反和亲者谋乱的结论。他强调诸侯王反与不反，不是异姓或同姓的问题，也不是人的性情原因，而是"形势然也"。如果不在制度上采取办法，不改变以往诸侯王反叛的条件，新的地方割据势力就会重蹈覆辙，危害社会。他分析说："然而天下少安，何也？大国之王幼弱未壮，汉之所置傅、相方握其事。数年之后，诸侯之王大抵皆冠，血气方刚，汉之傅、相称病而赐罢，彼自丞尉以上偏置私人。如此，有异淮南、济北之为邪？此时而欲为治安，虽尧、舜不治。"贾谊指出当时诸侯王国势大的危险性和事态发展的严重性，分析形成这些现象的原因，希望能够真正引起西汉统治者的重视，切实采取措施，及时处理已经产生的尖锐矛盾，防患于未然。

为了解决诸侯王国势力扩大而导致社会动荡不安的问题，贾谊认为必须加强中央政府的权力，使地方势力听从指挥与调动，要用权势法制的手段来对待诸侯王的叛离活动。他指出："仁义恩厚，人主之芒刃也；权势法制，人主之斤斧也。今诸侯王皆众髋髀也，释斤斧之用，而欲婴以芒刃，臣以为不缺则折。"他强调只有坚决打击地方割据势力，才能真正维护和加强中央集权，也才能切实推行仁义恩厚。

贾谊考虑到当时的实际情况——诸侯王国势力较大，不少诸侯王剑拔弩张，如果直接削减诸藩，就会面临极大的困难与风险，很有可能引起诸侯王的共同反对，导致他们联合起兵造反。因此，他提出："欲天下之治安，莫若众建诸侯而少其力。力少则易使以义，国小则亡邪心。"他还具体谋划使地方势力互相牵制与抵消的方法，并强调只要采取"众建诸侯而少其力"这项措施，明、廉、仁、义、圣五项功业就会随之成就。

贾谊建议"众建诸侯而少其力"，削弱诸侯王的势力，从而使中央政府的力量壮大起来，能够掌握全局，巧妙解决分裂割据和统一集权的矛盾。这种灵活的策略在当时是切实可行的，并对以后晁错的削藩思想和主父偃的推恩主张产生积极的影响。文帝本来以代王入朝为帝，自然重视诸侯王国势大而使国家不安的问题。他接受了贾谊的建议，在诸侯王原有的封地上增加封君，以分散他们的实力，使中央和诸侯王国的关系能够像"身之使臂，臂之使指"一样。晁错从贾谊"众建诸侯"的建议中得到启示，向景帝提出削藩的主张。景帝采纳晁错的削藩主张，逐步削减诸侯王国的封地，收归中央直接管辖，并平定了吴楚七国之乱。主父偃也从贾谊"众建诸侯"的建议中受到很大的启发，向武帝提出推恩的办法。武帝采用主父偃这种名为施德、实则削藩的办法，制定推恩令，让诸侯王国分成许多侯国，只能衣食租税，不得参与政事。《汉书·诸侯王表序》就指出："然诸侯原本以大，末流滥以致溢，小者淫荒越法，大者睽孤横逆，以害身丧国。故文帝采贾生之议分齐、赵，景帝用晁错之计削吴、楚。武帝施主父之册，下推恩之令，使诸侯王得分户邑以封子弟，不行黜陟，而藩国自析。"从此诸侯王国的封地不断减少，地方力量不断削弱，中央统辖的地域日益扩大，朝廷统治日益加强。汉初分封诸侯王带来的问题，至此基本解决。

《陈政事疏》是感情丰富、气势磅礴的典范之作。它以反复感叹与抑扬顿挫的笔调，来倾吐作者内心蓄积已久的真情实感，使人仿佛看到他忧虑国事的神态，听到他痛哭叹息的声音。贾谊考虑国事，"窃惟事势，可为痛哭者一，可为流涕者二，可为长太息者六"。他面对文帝，无所避忌，直言不讳，先后说三句"知陛下之不能也"。他议论亲疏，"亲者或亡分地以安天下，疏者或制大权以逼天子。臣故曰：非徒病瘇也，又苦蹠盭。可痛哭者，此病是也"。文章通过大量事实的叙述和感慨万分的议论，表达作者忧时念乱的情绪和渴望天下太平的心愿，也使人们随着文章字里行间感情的起伏变化而心情激动，深受感染。归有光说："此是千古书疏之冠，何止西汉第一？"（姚鼐《古文辞类纂》诸家集评）从它是我国散文史上第一篇充满深情、富有文采的长篇政论来看，归氏所言并非溢美之词。

文中的论述又常常寓理于形，善于比喻，或以彼喻此，或以远喻近，或以古喻今，或以物喻人。作者以此形象地反映社会问题，阐明政治见解，因而论说事理往往产生具体生动的艺术效果，如以"抱火厝之积薪之下而寝其上""病大瘇"和"苦蹠盭"来突出形势的十分危急；以"屠牛坦一朝解十二牛"和"髋髀之所，非斤则斧"来说明必须用权势法制解决问题；以"身之使臂，臂之使指，莫不制从"来论述中央与地方的正常关系；以"卧赤子天下之上而安，植遗腹，朝委裘"来展现"众建诸侯"的功效和天下太平的景象；以胫大如腰、指大如股和"一二指搐，身虑亡聊"来反映天下极不正常的现象。这些比喻非常贴切，生动形象地说明了形势的危急性、矛盾的尖锐性和处理问题的必要性，使文章具有很强的说服力。

全文还经常通过性质、特点相反或对立的不同事物之间的比较来证明观点，并列举许多个别事例，然后归纳它们的共性，从而得出结论。这篇政论关注西汉社会的进程，引经据典，议论时政，认为当时最主要的问题是诸侯王国势大，其他的问题是匈奴侵扰、富商大贾奢侈、社会风气败坏等。它指出这些问题的存在和发展导致国家不安、政权不稳、人心涣散、礼义廉耻荡然无存。它强调尽管困难不小，阻力较大，朝廷中安于现状的思想严重，但统治者应想方设法，有所作为。文章根据儒家的政治理想，并结合其他诸家观点，建议文帝采取包括确定制度在内的一系列措施，尽快解决"本末舛逆，首尾衡决，国制抢攘"等问题，从而实现国家的长治久安。显然，这样的文章主题明确，条理贯通，显示出很强的逻辑论辩性。

　　这篇政论关注国事，指陈利弊，比较古今，提出建议，显得气势宏大，说理透彻，材料翔实，文采飞扬。班固在《贾谊传》的赞语中引刘向之言说："贾谊言三代与秦治乱之意，其论甚美，通达国体，虽古之伊、管未能远过也。"

论贵粟疏

晁　错

　　圣王在上而民不冻饥者，非能耕而食之，织而衣之也，为开其资财之道也①。故尧、禹有九年之水，汤有七年之旱，而国亡捐瘠者②，以畜积多而备先具也③。今海内为一④，土地人民之众不避汤、禹⑤，加以亡天灾数年之水旱，而畜积未及者，何也？地有遗利⑥，民有余力，生谷之土未尽垦，山泽之利未尽出也⑦，游食之民未尽归农也⑧。民贫则奸邪生⑨。贫生于不足，不足生于不农，不农则不地著⑩，不地著则离乡轻家。民如鸟兽⑪，虽有高城深池，严法重刑，犹不能禁也。

　　夫寒之于衣⑫，不待轻暖⑬；饥之于食，不待甘旨⑭；饥寒至身，不顾廉耻。人情，一日不再食则饥⑮，终岁不制衣则寒⑯。夫腹饥不得食，肤寒不得衣，虽慈母不能保其子，君安能以有其民哉⑰？明主知其然也⑱，故务民于农桑⑲，薄赋敛⑳，广畜积，以实仓廪㉑，备水旱，故民可得而有也。

　　民者，在上所以牧之㉒，趋利如水走下㉓，四方亡择也㉔。夫珠玉金银，饥不可食，寒不可衣，然而众贵之者，以上用之故也㉕。其为物轻微易臧㉖，在于把握，可以周海内而亡饥寒之患㉗。此令臣轻背其主，而民易去其乡，盗贼有所劝，亡逃者得轻资也㉘。粟米布帛生于地，长于时㉙，聚于力㉚，非可一日成也。数石之重，中人弗胜，不为奸邪所利㉛，一日弗得而饥寒至。是故明君贵五谷而贱金玉。

　　今农夫五口之家，其服役者不下二人㉜，其能耕者不过百亩，百亩之收不过百石。春耕，夏耘，秋获，冬藏，伐薪樵，治官府，给徭役㉝；春不得避风尘，夏不得避暑热，秋不得避阴雨，冬不得避寒冻，四时之间亡日休息㉞。又私自送往迎来，吊死问疾，养孤长幼在其中㉟。勤苦如此，尚复被水旱之灾㊱，急政暴赋㊲，赋敛不时㊳，朝令而暮改。当具，有者半贾而卖㊴，亡者取倍称之息㊵，于是有卖田宅、鬻子孙以偿责者矣㊶。而商贾大者积贮倍息㊷，小者坐列贩卖㊸，操其奇赢㊹，日游都市，乘上之急，所卖必倍㊺。故其男不耕耘，女不蚕织，衣必文采㊻，食必粱肉㊼；亡农夫之苦，有仟佰之得㊽。因其富厚㊾，交通王侯㊿，力过吏势㉛，以利相倾㉜；千里游敖㉝，冠盖相望㉞，乘坚策肥㉟，履丝曳缟㊱。此商人所以兼并农人，农人所以流亡者也。今法律贱商人㊼，商人已富贵矣；尊农夫，农夫已贫贱矣。故俗之所贵，主之所贱也；吏之所卑，法之所尊也㊽。上下相反，好恶乖迕㊾，而欲国富法立，不可得也。

方今之务㊿，莫若使民务农而已矣。欲民务农，在于贵粟；贵粟之道，在于使民以粟为赏罚㉛。今募天下入粟县官㉜，得以拜爵㉝，得以除罪。如此，富人有爵，农民有钱，粟有所渫㉞。夫能入粟以受爵，皆有余者也。取于有余，以供上用，则贫民之赋可损㉟，所谓损有余补不足，令出而民利者也㊱。顺于民心，所补者三：一曰主用足㊲，二曰民赋少，三曰劝农功㊳。今令民有车骑马一匹者，复卒三人㊹。车骑者，天下武备也，故为复卒。神农之教曰㊺："有石城十仞㊻，汤池百步㊼，带甲百万㊽，而亡粟，弗能守也。"以是观之，粟者，王者大用㊾，政之本务㊿。令民入粟受爵至五大夫以上，乃复一人耳，此其与骑马之功相去远矣㊱。爵者，上之所擅㊲，出于口而亡穷㊳；粟者，民之所种，生于地而不乏。夫得高爵与免罪㊴，人之所甚欲也㊵。使天下人入粟于边，以受爵免罪，不过三岁，塞下之粟必多矣㊶。

【注释】

①"圣王"四句：圣明的君王在位治理而百姓不挨饿受冻的原因，不是因为圣王能够亲自耕田给他们粮食吃，织布给他们衣服穿，而是因为给他们开辟了获取财富的途径。食(sì)之：给他们吃。衣(yì)之：给他们穿。　②据《尚书·尧典》《史记·夏本纪》记载，尧时

洪水泛滥，尧命鲧治水，九年无成；尧又命禹继续治水，终于取得成功。《说苑·君道》说，汤时天下大旱七年。亡：同"无"。捐瘠(jí)：指被遗弃的和瘦弱的人。　③ 畜(xù)：同"蓄"。备先具：早有准备。　④ 海内为一：全国统一。　⑤ 不避汤、禹：不比商汤、夏禹的时代差。不避：不让，不差于。　⑥ 遗利：余利，指未开发利用的潜力。　⑦ 山泽之利：山林湖泽中的物产。　⑧ 游食之民：四处流动，不从事农业生产的游民。归农：回到农业生产中去。　⑨ 奸邪：指奸诈邪恶。　⑩ 地著：定居于一地而不迁徙流动，指农业人口有固定的户籍和土地。著：附着，固定。　⑪ 如鸟兽：比喻百姓行动如鸟兽飞走无常。　⑫ "夫寒"句：人在寒冷时，对于衣服的需要。　⑬ 轻暖：指又轻便又暖和的好衣服。　⑭ 甘旨：甜美可口的食物。甘：甜。旨：美。　⑮ 人情：指人的欲望，意愿。再食：吃两顿饭。再：两次。这句说，人之常情是一天不吃两顿饭就感到饥饿。　⑯ 终岁：一年到头。　⑰ 保其子：保住他的儿子不离开。有其民：保有他的人民不背叛。　⑱ 知其然：知道这个道理。　⑲ 务民于农桑：使百姓致力于农桑。　⑳ 薄赋敛(liǎn)：减轻赋税。　㉑ 实：充实。仓廪：泛指粮仓。　㉒ "民者"二句：老百姓，要看国君怎样去治理。在上：在上位者。牧：养，治理。　㉓ 趋利如水走下：追逐财利如水往低处流一样。　㉔ 四方亡择：东西南北不加选择。　㉕ "然而"二句：可是大家都看重它，这是因为皇上使用它作为货币资财的缘故。　㉖ 臧：通"藏"。　㉗ 在于把握：在于手掌之中，即便于随身携带。周海内：走遍全国。患：忧虑。　㉘ 轻背其主：轻易地背弃他们的君主。易去其乡：容易离开他们的乡土。有所劝：得到鼓励。亡逃者：犯法潜逃的人。得轻资：得到便于携带的轻便资财。　㉙ 长于时：在一定的季节里长成。　㉚ 聚之力：积聚在一起要费很多人力。　㉛ "数石"三句：几石重的粮食，中等体力的人拿不动，不会给坏人提供便利。石：古代重量单位，汉制一石为百二十斤。弗胜(shēng)：不能担负。　㉜ 服役：为公家服劳役。不下：不少于。　㉝ 耘：中耕锄草。伐薪樵：打草砍柴，采集燃料。治官府：替公家修整房舍。治：修理。给徭役：应官差。给：供应。　㉞ 四时：春夏秋冬四季。亡日：无日，没有一天。　㉟ 私自：指农民的私人生活。送往迎来：招待亲友，人情来往。吊死问疾：向亲友中的死者吊丧，病者慰问。养孤：抚养旁亲中的孤儿。长幼：养育直系里的幼辈。　㊱ 尚复被：还在遭受。　㊲ 急政暴赋：紧急征收的赋税。　㊳ 不时：指征收实物不按季节，即想什么时候收就什么时候收。　㊴ "有者"句：有粮食的人半价卖掉交赋税。贾(jià)：同"价"。　㊵ "亡者"句：没有粮食的人用加倍的利息借债交赋税。倍称(chèn)：加倍。　㊶ 鬻(yù)：出卖。责(zhài)：同"债"。　㊷ 商贾(gǔ)：泛指商人。行卖叫商，坐贩叫贾。积贮倍息：囤积居奇，赚取成倍的利润。这里主要指囤积和高价出售粮食等商品。　㊸ 坐列贩卖：坐在陈列商品的店铺之中贩卖。　㊹ 操其奇(jī)赢：掌握所获的大量余物与赢利。奇：稀有。赢：多余。　㊺ 乘上之急，所卖必倍：趁国家急需这种东西，卖时价钱必定翻倍。　㊻ 蚕织：养蚕织帛。文采：有纹彩的锦绣。　㊼ 梁：好粟米。　㊽ 仟佰：通"阡陌"，田间道路。仟佰之得：指田地的收获。　㊾ 因：凭借。　㊿ 交通王侯：与王侯交际往来。　㊀ 力过吏势：势力超过了官府。　㊁ 以利相倾：富商大贾凭借财势，仗着豪门和官吏的支持，互相倾轧。　㊂ 敖：同"遨"。游敖：游逛。　㊃ 冠盖相望：商人乘车遨游，彼此能看见冠服和车盖。冠：帽子。盖：车盖。　㊄ 乘坚策肥：乘坐坚固的好车，鞭策驾车的肥马。　㊅ 履丝曳(yè)缟(gǎo)：脚穿着丝鞋，身披着长大绸衣。曳：拖着。缟：白色丝织品，这里指精致绸衣。　㊆ 法律贱商人：《史记·平准书》记载，汉初高祖令"贾人不得衣丝乘车。重租税以困辱之"，法律规定抑制商人。 (58) 俗之所贵：指商人。吏之所卑：指农夫。 (59) 好(hào)恶(wù)：爱憎。乖迕(wǔ)：相互矛盾违背。 (60) 方今之务：当前急迫的任务。 (61)"贵粟"二句：贵粟的办法，在于使百姓用粮食作为求赏免罚的手段。 (62) 募：征求。入粟县官：缴纳粮食给国家。县官：汉代对国家的代称。 (63) 拜爵：授给爵位。 (64) 渫(xiè)：分散出去，这里指流通。 (65) 损：减少。 (66)"令出"句：法令一公布就对人民有利。 (67) 主用足：朝廷的财用充足。 (68) 劝农功：鼓励农业生产。 (69)"今令"二句：现行的法令规定老百姓有出一匹战马的，可以免除三个人的兵役。车骑马：用于车骑的战马。复：免除。卒：服兵役。 (70) 神农：古代传说中的圣王，相传他首先教会人民种植。 (71) 仞(rèn)：古代的长度单位，七尺或八尺为一仞。 (72) 汤池：贮满滚开热水的护城河。以上两句形容城池的坚固，不可逾越。 (73) 带甲：穿铠甲的人，指军队。 (74) 大用：最重要的资财。 (75) 本务：最根本的要务。 (76)"令民"三句：使老百姓纳粟受爵，爵位能达到五大夫以上，才免除一个人的兵役，这样入粟多而复卒少，其功远比出车骑马为大。五大夫：官名，汉代的第九等爵位。 (77) 擅：专有。 (78)"出于"句：只要皇上开口，就可以无穷无尽地封爵。 (79) 免罪：指纳粮赎罪。 (80) 人之所甚欲也：人们所特别想要的。 (81) 塞下：边防地区。

【作者简介】

晁错(前 200—前 154)，西汉政论家，颍川(今河南禹州)人。年轻时学习申不害、商鞅的法家学说。文帝时任太常掌故，曾奉命从故秦博士伏生受《尚书》，后为太子家令，号称"智囊"。景帝时任御史大夫。他针对当时国内经济、政治、军事的需要，坚持重农抑末政策，提出入粟受爵，又建议募民实塞，强调巩固边防，还主张逐步削弱诸侯的封地和权力，以加强中央集权，被景帝采纳，也因此引起一些朝内权贵和藩国诸侯的反对。不久，吴、楚等七国以"诛晁错，清君侧"为名，起兵反叛朝廷，他为袁盎等人所谮，被杀。晁错写了不少政论，据《汉书・艺文志》记载，他的作品有三十一篇，代表作有《论贵粟疏》《守边劝农疏》和《言兵事疏》等。文章感情激烈，分析透彻，逻辑严密，文字质朴，风格矫健，对后世散文有很大影响。

【赏析】

《论贵粟疏》选自《汉书・食货志》，是晁错上给汉文帝的一篇奏疏，也是一篇政论散文。

汉初，百废待兴，天下贫穷，府库空虚，国家经济凋敝，百姓生活困苦。面对社会经济遭到严重破坏、许多问题急需解决的现实，西汉前期统治者采取了一系列积极的措施，如裁减军队，号召还乡，解放奴婢，重视农业，减轻田赋，便利商旅，弛禁山泽等。这样就使百姓各事产业，民生比较安定，经济不断恢复。然而，随着经济形势的好转，新的社会问题又不可避免地产生了。不少表面有利于农民的措施，实际大大有利于官僚地主和富商大贾。减免田租，农民多少有所得益，但地主收获更大。伴随着商人活动频繁和商业经济发展而来的实际情况是，土地集中，贫富分化，剥削严重，朝廷缺乏粮食储备，农民破产流亡。

西汉王朝还一直面临匈奴经常侵扰边境的难题。高祖曾被匈奴围困于平城七天，用计脱险。其后，西汉对匈奴只好采取和亲政策，双方关系相对缓解，可是匈奴常常言而无信，出尔反尔。文帝即位之初，与匈奴结亲和好，以维持天下太平，但匈奴侵扰有增无减，战争烽烟呈现蔓延之势。

对此，晁错深表忧虑。他"复言守边备塞、劝农力本当世急务二事"(《汉书·晁错传》)，继贾谊《论积贮疏》之后，进一步阐述重农贵粟、强本抑末的主张。班固撰写《汉书》，将"守边备塞"部分载入晁错本传，而将"劝农力本"(即《论贵粟疏》)部分载入《汉书·食货志》。其实只有将两部分合起来看，才能看出作者对当时政治、经济、军事的整体看法。汉文帝接受了晁错的建议，从而促进了农业生产的发展，为武帝时国家的富强奠定了经济基础。

这篇奏疏围绕贵粟问题，回顾历史事实，尤其是从现实情况出发，展开具体的分析，有的放矢，切中时弊。第一段从统治者应当为百姓开辟获取财富之道的角度立意，然后以古代圣明君主时期与西汉初年对比，指出当时蓄积非常不够，就在于"地有遗利，民有余力"，"游食之民未尽归农"。这就为全篇立论提供了基础。第二段从发展农业和安定百姓的关系方面来论述重农的重要性。"夫腹饥不得食，肤寒不得衣，虽慈母不能保其子，君安能以有其民哉？"人民如果不务农，财富就会不足，财富不足就会产生贫穷，贫穷就会产生奸邪行为。"明主知其然也，故务民于农桑"，"故民可得而有也"。第三段把珠玉金银和粟米布帛相比较，指出前者"饥不可食，寒不可衣"，只是因为"上用之故"，才会为人民所珍贵；而后者人民"一日弗得而饥寒至"，反而得不到君王重视，这是本末倒置。因此，作者强调使民务农关键在于贵粟，贵粟又在于君主的倡导。第四段详细描写当时农民的痛苦生活，并与商人进行比较，指出土地兼并现象的严重，重农抑商之意显而易见。文章前面已阐明重农贵粟的重要，此处再指出农商不同境遇的实际情况，分析法令不申、国家贫穷的重要原因，就为重农贵粟提出更加充足有力的根据。第五段总结全文，从正面提出重农贵粟的主张和具体措施，认为"入粟受爵"是"损有余补不足，令出而民利者也"。最后强调贵粟的结果：能够加强王朝统治，减轻农民赋税，鼓励农业生产，还能守边备塞，巩固国防。

总之，晁错主张重农贵粟，目的是发展农业生产，缓和当时的社会矛盾，巩固西汉的边防，这在当时具有进步意义。同时，他揭露了当时富商大贾的高利盘剥和官吏的巧取豪夺，部分地反映了西汉的社会问题，这在今天仍有一定的认识价值。

全文既提出问题，又分析问题，最后解决问题。议论深刻，对照鲜明，感情浓厚，描写形象，条理清晰，文笔流畅，语言朴直。鲁迅《汉文学史纲要》曾说晁错的文章"皆疏直激切，尽所欲言"，是"西汉鸿文"。

文章中心明确，逐层深入，结构严谨。文章共五段，先以圣王治国之道为依据，联系现实，指责时弊，接着从三个方面分别论述当时重农贵粟对于国家统治的重要意义，最后直抒己见，强调观点，提出解决的方法。第二段中，作者在前文论述贫穷是由于"不农"（"不农"则"离乡轻家"）的基础上，强调"人情，一日不再食则饥，终岁不制衣则寒"，从饥寒威胁人民的角度，分析人民离乡轻家的原因，进而指出这样一来君王就无法拥有自己的百姓。君王怎样做才能"有其民"？这就自然而然地得出使百姓从事农业生产的结论。第三段的"民者，在上所以牧之，趋利如水走下，四方亡择也"，既呼应前文，又引出后文，过渡极为自然。文章着重比较珠玉金银和粟米布帛的价值，突出贵粟的重要性。文章认为统治者贵珠玉金银而贱粟米布帛，这是趋民重商轻农，最终造成"臣轻背其主，而民易去其乡，盗贼有所劝，亡逃者得轻资"的严重后果。针对这种情况，作者指出，统治者要使百姓务农，就要"贵五谷而贱金玉"，这才是统治国家、管理人民之道。由此可见，全篇立论精辟，逻辑严密，论证有力，环环相扣。

　　文章还善用对比论证，在正反比较中明辨是非，增强说服力量。首先以圣王时代连年遭受灾害而物资蓄积丰富与汉初天下一统、地广人众、多年无灾而物资蓄积不足进行对比，又以珠玉金银与粟米布帛的不同价值、不同作用进行对比，得出圣明君主使民务农和重视粮食的结论，从而论证了重农贵粟的重要性。其次以农民的艰辛贫穷与商人的富厚逸乐进行对比，又以法律规定抑商重农与现实社会贵商轻农进行对比，有力地揭示出商人兼并农民、农民流亡的原因，进一步论证了重农抑商的迫切性与必要性。尤其是比较农民和商人的不同生活境遇——农民四季辛劳，"尚复被水旱之灾，急政暴赋，赋敛不时，朝令而暮改。当具，有者半贾而卖，亡者取倍称之息，于是有卖田宅、鬻子孙以偿责者矣"；商人"大者积贮倍息，小者坐列贩卖，操其奇赢，日游都市，乘上之急，所卖必倍。故其男不耕耘，女不蚕织，衣必文采，食必粱肉；亡农夫之苦，有仟佰之得。因其富厚，交通王侯，力过吏势，以利相倾；千里游敖，冠盖相望，乘坚策肥，履丝曳缟"。这样的对比形象地反映出现实贫富悬殊的状况，写得细致生动，历历在目，使文章观点更加明确，感情更加强烈。最后在论述贵粟之道"在于使民以粟为赏罚"的重要主张时，以"入粟受爵"与出"车骑马"的不同功效进行对比，指出粮食是统治者最需要的资财，是政事最根本的要务，"入粟受爵"的办法不但意义重大还切实可行，并强调"塞下之粟必多"的景象已为期不远。通观全篇，对比手法的运用贯穿始终，而且运用得贴切自然，大大增强了文章的论辩力。

　　作者为国忘家，锐意进取，力主改革，本无意为文，而这篇奏疏洞见症结，鞭辟入里，布局精当，行文自如，具有深刻的思想性和较高的艺术性，有着引人入胜的魅力，堪称当时政论的佳作。

上书谏吴王

枚 乘

　　臣闻得全者全昌，失全者全亡①。舜无立锥之地②，以有天下；禹无十户之聚③，以王诸侯④。汤、武之土不过百里⑤，上不绝三光之明⑥，下不伤百姓之心者，有王术也⑦。故父子之道，天性也⑧。忠臣不避重诛以直谏，则事无遗策⑨，功流万世。臣乘愿披腹心而效愚忠⑩，惟大王少加意念恻怛之心于臣乘言⑪。

　　夫以一缕之任系千钧之重⑫，上悬之无极之高⑬，下垂之不测之渊，虽甚愚之人犹知哀其将绝也⑭。马方骇鼓而惊之⑮，系方绝又重镇之⑯；系绝于天不可复结，坠入深渊难以复出。其出不出，间不容发⑰。能听忠臣之言，百举必脱⑱。必若所欲为，危于累卵⑲，难于上天；变所欲为，易于反掌⑳，安于泰山。今欲极天命之上寿㉑，弊无穷之极乐㉒，究万乘之势㉓，不出反掌之易，居泰山之安，而欲乘累卵之危，走上天之难，此愚臣之所大惑也㉔。

　　人性有畏其景而恶其迹者，却背而走，迹愈多，景愈疾，不如就阴而止，景灭迹绝㉕。欲人勿闻，莫若勿言；欲人勿知，莫若勿为。欲汤之沧㉖，一人炊之，百人扬之㉗，无益也，不如绝薪止火而已㉘。不绝之于彼，而救之于此，譬犹抱薪而救火也㉙。养由基，楚之善射者也，去杨叶百步㉚，百发百中。杨叶之大，加百中焉，可谓善射矣。然其所止，乃百步之内耳，比于臣乘，未知操弓持矢也㉛。

　　福生有基，祸生有胎㉜；纳其基，绝其胎㉝，祸何自来？泰山之溜穿石㉞，单极之绠断干㉟。水非石之钻㊱，索非木之锯㊲，渐靡使之然也㊳。夫铢铢而称之，至石必差㊴；寸寸而度之，至丈必过㊵。石称丈量，径而寡失㊶。夫十围之木㊷，始生如蘖㊸，足可搔而绝㊹，手可擢而拔㊺，据其未生㊻，先其未形也。磨砻砥砺㊼，不见其损，有时而尽。种树畜养，不见其益㊽，有时而大。积德累行，不知其善，有时而用；弃义背理，不知其恶，有时而亡。臣愿大王熟计而身行之㊾，此百世不易之道也㊿。

【注释】

①"得全"二句：做到行为完美无瑕的，一切都会昌盛，而失掉行为完美的，一切都会败亡。全：完备，指行为完美无瑕。　②舜：传说中父系氏族社会后期部落联盟领袖，姚姓，有虞氏，名重华，史称虞舜。　③禹：传说中古代部落联盟领袖，姒姓，名文命，亦称大禹、夏禹、戎禹。原为夏后氏部落首领，奉舜命疏通江河，治理洪水。后因治水有功，在舜死后担任部落联盟领袖。聚：村落。　④王（wàng）：称王，统治，占有。　⑤汤、武：指商汤和周武王。商汤，商朝的建立者，又称武汤、武王、天乙、成汤，甲骨文称唐、大乙，又称高祖乙。原为商族领袖，与有莘氏通婚，任用伊尹执政，积聚力量，陆续攻灭邻近的葛、韦、顾、昆吾等国，经过十一次出征，商成为当时强国。后来一举灭夏，建立商朝。周武王，西周王朝的建立者，姬姓，名发。继承其父文王的遗志，联合庸、蜀、羌等族，率军东攻，在牧野（今河南卫辉北）之战中大获全胜，灭掉商朝，建立西周王朝，建都于镐（今陕西西安西南沣水东岸）。　⑥不绝三光之明：指无日食月食，星辰运转正常。古人以为日食等现象是上天对帝王的警告，而日、月、星无异常现象，是天下有道的表现。三光：日、月、星。　⑦王术：统治天下之术。　⑧"父子"二句：父子、君臣的道理是一样的。　⑨遗策：失计，失策。　⑩披腹心：披肝沥胆，以诚相示。　⑪惟：希望。意念：考虑。　恻怛（dá）：恻隐，怜悯。　⑫一缕之任：一根线的负担。任：负担。千钧：形容很重。钧：古代三十斤为一钧。　⑬无极：没有尽头。　⑭哀其将绝：忧虑它将要断绝。哀：忧虑，担心。绝：断。　⑮"马方骇"句：马刚要受惊时，又击鼓惊吓它。方：将。鼓：击鼓。　⑯系方绝：绳将断。重镇：重压。　⑰"其出"二句：出得来与出不来，其间相差极微，中无一发之间隙，喻形势十分危急，刻不容缓。　⑱百举必脱：各种举措都一定能脱离灾难。　⑲危于累卵：比堆叠起来的鸡蛋更有倾覆的危险。　⑳易于反掌：比把手一翻更容易。　㉑极：享尽。天命：天所赋予的。上寿：指百岁以上。　㉒弊：完，尽，指享尽。　㉓究：探求，谋取。万乘之势：天子的权势。　㉔大惑：根本无法理解。　㉕"人性"六句：人的性格有惧怕他的影子和厌恶他的足迹的，因此背过身来跑，结果却是足迹更多，影子移动更快。不如走近阴暗的地方止步，影子没有了，足迹也不见了。《庄子·渔父》："人有畏影恶迹而去之走者，举足愈数而迹愈多，走愈疾而影不离身，自以为尚迟，疾走不休，绝力而死。不知处阴以休影，处静以息迹。"景：同"影"。迹：脚印。却背而走：反背而走。疾：快，迅速。就阴：凑近阴暗的地方。　㉖欲汤之沧（chuàng）：想使热水变凉。汤：开水。沧：凉。　㉗扬：指以勺舀起沸水再倾下，使之散热。　㉘绝薪止火：抽掉柴薪，把火熄灭。《吕氏春秋·尽数》："夫以汤止沸，沸愈不止，去其火则止矣。"　㉙抱薪而求火：比喻方法不对，虽然想消灭灾祸，结果反而使灾祸扩大。　㉚养由基：一作"养游基"，春秋时楚国大夫，善射，能百步穿杨。楚共王十六年（前575），晋、楚发生鄢陵（今河南）之战。战前，他和潘党试射，一发穿七层甲叶。战时，晋将魏锜射中楚王的眼睛，楚王命他回射，他一箭就射死魏锜，随后连射连中，才阻止晋军的攻击。去：离。　㉛"然其"四句：养由基虽然善于射箭，但是局限在百步之内，比我所见相差甚远，可以说养由基未知操弓持矢。　㉜基、胎：都是起始、根源的意思。　㉝纳：接受。绝：断绝。　㉞溜（liù）：本指屋檐水，这里指从山上流下的水。　㉟单极之绠断干：单一的井梁，其绠可以磨断井梁。极：屋梁，这里指井梁。绠（gěng）：井绳。干：指井梁。　㊱钻（zuàn）：打眼的工具。　㊲索：井绳。　㊳靡：通"摩"，摩擦。　㊴铁

(zhū)：古代重量单位，一两的二十四分之一。石：一百二十斤。　⑩ 度：量。过：差错。
㊶ 径而寡失：既简便又少差错。径：直接。寡：少。　㊷ 十围之木：很粗的树。围：两只胳膊合拢来的长度。　㊸ 蘖(niè)：树木被砍去后新长出的嫩芽。　㊹ 可搔而绝：用脚趾可以把它挠断。　㊺ 可擢而拔：用手可以把它抽出拔掉。擢：抽。拔：拔出来。　㊻ 据其未生：因为它未能生长起来。　㊼ 磨砻砥砺：摩擦。砻：磨。砥砺：磨。　㊽ 树：栽，动词。益：长大。　㊾ 熟计而身行之：认真考虑并身体力行。　㊿ 不易之道：不变的道理。

【作者简介】

枚乘(？—前138)，西汉辞赋家，字叔，淮阴(今江苏淮安)人。他的主要活动时间是在汉文帝、汉景帝时代。初为吴王刘濞郎中，吴王欲谋反，枚乘上书劝阻，未被采纳，于是离吴往梁，成为梁孝王刘武的文学侍从之臣。吴王起兵后，他再次上书劝刘濞罢兵。吴楚七国反叛平定后，他因上书而出名。景帝拜他为弘农都尉，因其久为大国上宾，与英俊交游，不乐为郡吏，故以病去官，复游于梁。武帝即位后，爱慕其才，以"安车蒲轮"召他入京，其时枚乘已年老，死于途中。据《汉书·艺文志》记载，枚乘有赋九篇，今存《七发》《柳赋》《梁王菟园赋》三篇。其中《七发》规模宏大，铺陈细腻，语言丰富，不仅是他的代表作，也是标志着汉大赋成型的作品。散文今存《上书谏吴王》和《上书重谏吴王》，俱见于《汉书·贾邹枚路传》和《文选》，都富有文采。其后一篇有不符合史传记载之处，可能是后人伪托之作。

【赏析】

《上书谏吴王》选自《文选》卷三十九。

西汉初年，高祖刘邦在逐一剪除异姓诸侯王的同时和以后，分封了九个同姓诸侯王，他们是荆王刘贾、楚王刘交、齐王刘肥、吴王刘濞、赵王刘如意、淮南王刘长、梁王刘恢、淮阳王刘友和代王刘恒。高祖还宣布不是刘氏子弟而称王的，天下人要一起消灭他。这样做的目的是依靠刘氏宗室的血缘关系，构筑皇权的屏障。刘邦去世后，诸侯王国与中央政权的矛盾越来越突出，给汉文帝带来了极大的麻烦。这些王国的封地很大，常常跨州兼郡，连城数十。诸侯王在国内征收租赋，煮盐铸钱，任用官吏，不受朝廷约束。其中，吴王刘濞尤其骄横。他在封国内招纳天下亡人，扩张自身势力，又煮盐采铜，要与皇帝一样富有，还称疾不朝，怀有邪念，简直使吴国成为一个独立王国。当时，作者正为吴王郎中，了解这些情况，反对吴王谋逆，于是写下这篇文章。

由于吴王反汉的计划尚未公开，文中不能直指其事，只能曲折地表情达意，希望对方积德累行，千万不要弃义背理，走反叛的道路。全篇比喻层见迭出，行文委婉含蓄，叙事说理详明，是颇富文采的散文。

文章分为四段。第一段提出想王天下要有王术，并表明上书的心愿。作者首先以引语"得全者全昌，失全者全亡"开始，点明文章的论点，开门见山，显得简洁明了。接着他列举古代王天下的圣君事例，指出"舜无立锥之地"而拥有天下，禹无十户村落而统治诸侯，汤、武的土地不超过百里而成为天子，说明统治天下必须积聚德义，收拢人心，而不能倒行逆施，伤害百姓。所用论据充分典型，生动具体，有力地表明了上书的意图。作者认为要称王天下，就要像古代圣君那样有王术，而图谋叛逆是必定会失败的。这样的论述，观点材料统一，推理符合逻辑。最后他直抒胸臆，表明"不避重诛以直谏"，"披腹心而效愚忠"，正是为了吴王"事无遗策"，"得全"而"昌"。所言开诚布公，无所畏惧，既点明了写作动机，也使人容易了解作者的心迹。

　　第二段论述反汉计划的极端危险性。作者意识到反与不反已经到了"其出不出，间不容发"的危急时刻，而且吴王谋逆是不顾亲属情义、民众利益与力量对比，必然自食其果。不过，从造反阴谋没有完全暴露的实际出发，他采用含蓄的方式和比喻的手法来论事说理。文章以"一缕之任系千钧之重，上悬之无极之高，下垂之不测之渊"和"马方骇鼓而惊之"为比喻，说明反汉形势是非常危险的。文章指出缕线绝于高空就不能再接，掉入深渊则难以出来，强调反汉的结局是可悲的。然后，文章从两方面进行形象论述，认为吴王如果固执己见，为所欲为，就"危于累卵，难于上天"，而如果改弦易辙，悬崖勒马，就"易于反掌，安于泰山"。在展开对比论证和运用生动比喻后，进一步指出吴王所作所为的目的是"弊无穷之极乐，究万乘之势"，而这种谋求天子势位的行为是不"居泰山之安，而欲乘累卵之危，走上天之难"，这是令人不可思议的。显然，这里笔法含蓄曲折，辞意鞭辟入里，巧譬融合说理，不但透彻地分析当时的利害形势，而且清楚地表明劝阻对方的意图。

　　第三段说明吴王如果想避免祸害就应幡然悔悟，不做后患无穷的事情。《史记·吴王濞列传》记载，刘濞"以骑将从破布军"，封为吴王。受封时，刘邦就告诫他，"天下同姓一家，慎无反"。"孝文时，吴太子入见，得侍皇太子饮博。吴太子师傅皆楚人，轻悍，又素骄。博争道，不恭，皇太子引博局提吴太子，杀之"，"吴王由此稍失藩臣之礼"，常称病不朝。"京师知其以子故称病不朝，验问实不病，诸吴使来，辄系责治之。"因此，吴王加深疑惧，汉文帝也心怀疑忌，双方关系紧张。由于图谋不轨，觊觎帝位，吴王非常担心自己的阴谋一旦败露，会有杀身之祸。对此，作者看得明白，于是他连用比喻，循循善诱，劝说吴王丢掉幻想，面对现实，立即停止叛汉的计划和行动。文章说畏影恶迹的人反背而走，不但不能消除形迹，反而"迹愈多，景愈疾"，结果只能是"抱薪而救火"，引火烧身，陷于绝地，只有"就阴而止"，才能"景灭迹绝"。同样，要消除吴王与汉文帝的疑虑，就要采用"绝薪止火"的方法，抛弃邪谋，不走邪路。文章认为，"欲人勿闻，莫若勿言；欲人勿知，莫若勿为"，扬汤止沸，不如釜底抽薪。所言简洁通俗，堪称至当不易之论，不仅明确指出吴王的不轨言行迟早会被朝廷知道，也在事实上严厉警告吴王不要自以为是而采取冒险行动，还向对方提出解决问题的切实方法。文中用贴切的比喻和简单的生活事例来说明重大的政治问题，起到了化抽象为具体、化深奥为浅显的积极作用,从而使说理显得生动可感。作者还在这段里把养由基的射箭与自己的远见相比,指出养由基虽然善射,能百步穿杨,但是局限在百步之内,"比于臣乘,未知操弓持矢也"。以此劝说吴王不要鼠目寸光,利令智昏,为人所惑,倒行逆施,而应保持清醒的头脑,放弃谋反计划。这里援引史实,展开比较,为文章的议论提供了坚实的基础,具有不容置辩的说服力。

第四段援譬设喻,层层推进,反复奉劝吴王仔细思考,谨慎处世,积德向善。文章提出"福生有基,祸生有胎",主张接受幸福根基,断绝灾祸根源。为了提醒吴王意识到防微杜渐的必要性和可能性,作者比喻说:"十围之木,始生而蘖,足可搔而绝,手可擢而拔,据其未生,先其未形也。"他认为只有积极主动地防患于未然,才能全身远害,避免堤溃蚁穴的状况;相反,如果优柔寡断,不自量力,就必将陷入罪恶的深渊。他运用许多比喻,连类而及,如"泰山之溜穿石""单极之绠断干""铢铢而称之""寸寸而度之""磨砻砥砺""种树畜养"等,通过这些妙喻,构成一个个具体实在的事物形象,说明了"积德累行,不知其善,有时而用"的道理。这就向吴王展现了积累德行后将有所收获的美好前景。然后他笔锋一转,点出不积德向善的危害,那就是"弃义背理,不知其恶,有时而亡"。显然,作者通过正反论述,向吴王讲述"百世不易之道",诚恳地告诉对方积德累行能享受幸福,而弃义背理会招致灾祸。这就与文章开头提出"得全者全昌,失全者全亡"的论点,相互呼应,一气贯注。

全文内容充实,感情浓郁,比喻巧妙,对比鲜明,具有强烈的现实性和较高的艺术性。这是有原因的。

当时的作家关注社会的实际问题。西汉初期,战国时代百家争鸣的余波尚存,这对作家们有不小的影响。他们继承战国诸子的优良传统,仔细思考,反复研究,认真总结历史的经验教训,为巩固西汉政权提出了许多切实可行、富有远见的建议。尤其是经济的好转趋势、社会的粗安局面和思想文化比较自由的环境,使作家开阔了眼界,活跃了思想,对社会的进步和西汉的未来充满了期待。他们畅所欲言,无所顾忌,发表文章,议论时政,抒发情感。贾谊的论著建议加强中央集权,削弱诸侯的势力,注重农业生产,增加粮食储备。晁错的书疏主张贵粟、削藩、农战结合、屯垦戍边。文章都写得感情深厚,语言激切。枚乘虽然没有贾谊、晁错那样的方略和志向,但还是以披肝沥胆的言辞,积极写下《上书谏吴王》,规劝对方不要起兵,表现出对国事的关心,写得很有感情,颇有特色。

西汉文章呈现出辞赋化的特色。一般来说,西汉文章质朴自然,语言天然无饰。不过,由于当时语言的发展、辞赋的繁荣,人们对文学的认识有所提高,而且许多作者既是散文家又是辞赋家。因此,其间已有不少文章质朴而有文采,开始讲究修辞,出色地叙事说理,枚乘、邹阳、司马相如等人的文章就有华美的特点。排偶的句式、华丽的语言、生动的比喻、多样的对比、不同的反复、含意丰富的典故等各有侧重又巧妙结合，成功地表达了文章的题旨情趣，鲜明地显示了五彩缤纷的辞赋色彩。作为当时著名的辞赋家，枚乘自然而然地把得心应手的辞赋写法融入散文创作之中，注重排偶和比喻，讲究辞采富丽，因而达到谐协整齐、情文并茂的艺术效果。特别是在吴王谋反尚未公开的特殊情况下，他上书劝谏就更要讲究策略和艺术，采取含蓄的方式而并不显得隐晦，多用形象的比喻而使人容易理解，从而使这篇文章成为汉初富有思想意义和艺术价值的名篇佳作。

狱中上梁王书

邹　阳

　　臣闻"忠无不报，信不见疑"，臣常以为然，徒虚语耳。昔荆轲慕燕丹之义①，白虹贯日②，太子畏之③；卫先生为秦画长平之事④，太白食昴⑤，昭王疑之。夫精变天地而信不谕两主⑥，岂不哀哉！今臣尽忠竭诚，毕议愿知⑦，左右不明，卒从吏讯⑧，为世所疑。是使荆轲、卫先生复起，而燕、秦不寤也⑨。愿大王孰察之。

　　昔玉人献宝⑩，楚王诛之⑪；李斯竭忠，胡亥极刑⑫。是以箕子阳狂⑬，接舆避世⑭，恐遭此患也。愿大王察玉人、李斯之意，而后楚王、胡亥之听⑮，毋使臣为箕子、接舆所笑。臣闻比干剖心⑯，子胥鸱夷⑰，臣始不信，乃今知之。愿大王孰察，少加怜焉！

　　语曰："有白头如新，倾盖如故。"⑱何则？知与不知也。故樊於期逃秦之燕⑲，借荆轲首以奉丹事；王奢去齐之魏⑳，临城自到以却齐而存魏。夫王奢、樊於期非新于齐、秦而故于燕、魏也，所以去二国死两君者㉑，行合于志，慕义无穷也。是以苏秦不信于天下㉒，为燕尾生㉓；白圭战亡六城，为魏取中山㉔。何则？诚有以相知也。苏秦相燕，人恶之燕王，燕王按剑而怒，食以駃騠㉕；白圭显于中山㉖，人恶之于魏文侯，文侯赐以夜光之璧。何则？两主二臣，剖心析肝相信，岂移于浮辞哉㉗！

　　故女无美恶，入宫见妒；士无贤不肖，入朝见嫉。昔司马喜膑脚于宋㉘，卒相中山；范雎拉胁折齿于魏㉙，卒为应侯。此二人者,皆信必然之画,捐朋党之私,挟孤独之交㉚,故不能自免于嫉妒之人也。是以申徒狄蹈雍之河㉛,徐衍负石入海㉜。不容于世,义不苟取比周于朝以移主上之心㉝。故百里奚乞食于道路㉞,缪公委之以政㉟;甯戚饭牛车下㊱,桓公任之以国㊲。此二人者,岂素宦于朝,借誉于左右㊳,然后二主用之哉?感于心,合于行,坚如胶漆,昆弟不能离,岂惑于众口哉?故偏听生奸,独任成乱㊴。昔鲁听季孙之说逐孔子㊵,宋任子冉之计囚墨翟㊶。夫以孔、墨之辩,不能自免于谗谀,而二国以危。何则?众口铄金,积毁销骨也。秦用戎人由余而伯中国㊷,齐用越人子臧而强威、宣㊸。此二国岂系于俗,牵于世,系奇偏之浮辞哉㊹?公听并观,垂明当世㊺。故意合则胡、越为兄弟㊻,由余、子臧是矣;不合则骨肉为仇敌,朱、象、管、蔡是矣㊼。今人主诚能用齐、秦之明,后宋、鲁之听,则五伯不足侔㊽,而三王易为也㊾。

是以圣王觉寤,捐子之之心㊿,而不说田常之贤㉛,封比干之后,修孕妇之墓㉜,故功业覆于天下㉝。何则?欲善无厌也㉞。夫晋文亲其仇㉟,强伯诸侯;齐桓用其仇㊱,而一匡天下。何则?慈仁殷勤,诚加于心,不可以虚辞借也。

至夫秦用商鞅之法㊲,东弱韩、魏,立强天下,卒车裂之㊳。越用大夫种之谋㊴,禽劲吴而伯中国,遂诛其身㊵。是以孙叔敖三去相而不悔㊶,於陵子仲辞三公为人灌园㊷。今人主诚能去骄傲之心,怀可报之意,披心腹,见情素,堕肝胆㊸,施德厚,终与之穷达㊹,无爱于士㊺,则桀之犬可使吠尧㊻,跖之客可使刺由㊼,何况因万乘之权,假圣王之资乎㊽!然则荆轲湛七族㊾,要离燔妻子㊿,岂足为大王道哉!

臣闻明月之珠,夜光之璧,以暗投人于道,众莫不按剑相眄者㉛。何则?无因而至前也。蟠木根柢,轮囷离奇㉜,而为万乘器者,以左右先为之容也㉝。故无因而至前,虽出随珠和璧㉞,只怨结而不见德;有人先游,则枯木朽株,树功而不忘㉟。今夫天下布衣穷居之士,身在贫羸,虽蒙尧、舜之术,挟伊、管之辩㊱,怀龙逢、比干之意㊲,而素无根柢之容,虽竭精神,欲开忠于当世之君,则人主必袭按剑相眄之迹矣。是使布衣之士不得为枯木朽株之资也。

是以圣王制世御俗，独化于陶钧之上⑦，而不牵乎卑辞之语，不夺乎众多之口⑦。故秦皇帝任中庶子蒙嘉之言⑧，以信荆轲，而匕首窃发；周文王猎泾渭，载吕尚而归，以王天下㉛。秦信左右而亡，周用乌集而王㉜。何则？以其能越挛拘之语，驰域外之议，独观于昭旷之道也㉝。今人主沉谄谀之辞，牵帷墙之制㉞，使不羁之士与牛骥同皂㉟，此鲍焦所以愤于世也㊱。

臣闻盛饰入朝者不以私污义㊲，底厉名号者不以利伤行㊳。故里名胜母，曾子不入㊴；邑号朝歌，墨子回车㊵。今欲使天下寥廓之士笼于威重之权，胁于位势之贵，回面污行㊶，以事谄谀之人，而求亲近于左右，则士有伏死堀穴岩薮之中耳㊷，安有尽忠信而趋阙下者哉㊸！

【注释】

① 荆轲：战国末卫人。燕丹：燕太子丹。丹曾在秦国当人质，秦王对他无礼，于是逃回燕国，厚交荆轲，使刺秦王，荆轲行刺未成身亡。　② 白虹贯日：白色的长虹穿日而过。传说荆轲赴秦时，天空出现白虹贯日的现象。此指荆轲的精诚感动了上天，以至出现异常天象。　③ 畏之：担心他不肯去。荆轲因等候一个事先约好同去秦国的友人，拖延了赴秦时间，所以太子丹担心他变卦。　④ 卫先生：秦将白起手下的谋士。长平之事：公元前260年，白起大破赵军于长平(今山西高平西北)，欲乘势灭赵，派卫先生见秦昭王，请求增兵。应侯范雎从中阻挠，秦昭王反而怀疑白起和卫先生。　⑤ 太白：金星。昴(mǎo)：星宿名，赵之分野。太白食昴：意谓赵地将有兵事。　⑥ 精变天地：精诚使天地出现了变异。谕：明白，了解。　⑦ 毕议愿知：把计议说尽，愿大王知道。　⑧ 从：听凭。讯：审讯。　⑨ 寤：通"悟"，觉悟。　⑩ 玉人：指楚人卞和。相传卞和献璞，先后被砍掉右脚和左脚。　⑪ 诛之：刑之，施以刑罚。　⑫ 李斯：秦国丞相。胡亥极刑：秦始皇死，二世即位，荒淫无道，李斯上书劝谏，胡亥不听，反而听信赵高的谗言，腰斩李斯。　⑬ 箕子：名胥余，殷纣王的叔父，因封于箕，故称箕子。纣王荒淫昏乱，箕子怕遭祸害，就假装疯癫。阳：通"佯"，假装。　⑭ 接舆：春秋时楚国的隐士。避世：隐居。　⑮ 后楚王、胡亥之听：先不要像楚王、胡亥那样听信谗言。后：把……放在后面。　⑯ 比干：商纣王时贤臣，因极力谏纣，被剖心而死。　⑰ 子胥：伍员，字子胥，春秋时楚人，父兄都被楚平王杀死。他逃奔吴国，帮助吴王阖闾夺得王位。阖闾死，夫差立，败越而不灭越，又北上攻打齐国。子胥劝谏，夫差不听，反信谗言，命其自杀，并把尸体装入皮口袋，抛入江中。鸱(chī)夷：皮口袋。　⑱ 语：民间流行的谚语。白头如新：相识多年，直到白头，还不相知。倾盖如故：路上相遇，停车交谈，如同老友。倾盖：车盖倾斜，指停车交谈。　⑲ 樊於期：原为秦将，因得罪秦王，逃到燕国，秦王以千金购其头。荆轲入秦行刺前，建议献樊於期的头以取得秦王信任。樊於期知情后，慷慨自刎。　⑳ 王奢：齐臣，因得罪齐王而逃到魏国。齐伐魏，王奢登城对齐将说："你们不过是为我而来，我不愿苟且偷生，使魏国

受到连累。”于是自刎而死。去：离开。 ㉑ 二国：秦、齐。死两君：为燕太子丹和魏君而效死。 ㉒ 苏秦：战国时东周洛阳人，曾因主张合纵抗秦而成为六国纵约之长，并相六国。后秦国利用六国之间的矛盾，破坏合纵之约，苏秦便失信于诸国，只有燕国仍信任他。 ㉓ 尾生：古代传说中坚守信约的人。据说他与女子约会于桥下，女子未到，大水上涨，他守约不肯离开，抱住桥柱淹死。为燕尾生：对燕国忠心。 ㉔ 白圭：初为中山国将，因战败而连失六城，中山国君要治他死罪，他逃到魏国。魏文侯厚待他，于是帮魏攻灭了中山国。 ㉕ 駃騠(juétí)：良马名。燕王敬重苏秦，不信谗言，杀了良马给苏秦吃。 ㉖ 显于中山：因灭中山而尊显。 ㉗ 移：转移，改变。浮辞：流言蜚语。 ㉘ 司马喜：战国时宋国人，据说曾在宋国受膑刑，被割去膝盖骨。后逃亡中山国，做了国相。 ㉙ 范雎：战国时魏国人，曾随魏国大夫须贾出使齐国。回国后被须贾谗害，魏相魏齐派人痛打范雎，打得他肋断齿脱。后入秦为相，封为应侯。拉：折断。 ㉚ 信必然之画：深信必定成功的计划。捐：摒弃。朋党之私：拉帮结派的私情。挟：保持。 ㉛ 申徒狄：商末人，因谏君不听，遂投雍水而死。 ㉜ 徐衍：周末人，因不满乱世，负石投海自尽。 ㉝ 苟取：用不正当的手段求取。比周：结党营私。 ㉞ 百里奚：春秋时虞国人，虞亡，被虏为奴，又逃走，为楚国所得。秦穆公听说他有才能，就用五张羊皮把他赎来，任为大夫。 ㉟ 缪公：秦穆公，善用谋臣，成就霸业。 ㊱ 甯戚：春秋时卫国人，有德行，隐而经商。一次齐桓公外出，发现他唱着歌喂牛，知其为贤者，便任为大夫。饭：喂。 ㊲ 桓公：齐桓公，春秋五霸之一。 ㊳ 借誉于左右：借助国君左右亲信为自己说好话。 ㊴ 独任成乱：独断专行形成祸乱。 ㊵ 季孙：鲁国大夫。他接受了齐人所送的一部女乐，三天不上朝处理国事，于是孔子离开了鲁国。 ㊶ 宋任子冉之计囚墨翟：此事出处不详。墨翟：墨子，墨家学派的创始人。 ㊷ 由余：春秋时晋国人，早年逃亡到西戎。戎王派他出使秦国，秦穆公发现他有才干，用计把他拉拢过来。于是他为秦穆公策划，征服西戎，灭国十二，开地千里，成就大业。 ㊸ 子臧：春秋时越人，齐国重用他，因此国势强盛。威、宣：齐威王、齐宣王。 ㊹ 系：束缚。牵：牵制。奇偏：片面。 ㊺ 公听并观：公正地听取意见，全面地考察事物。垂明当世：在当代留下英明名声。 ㊻ 胡、越：北方少数民族和南方少数民族。 ㊼ 朱：丹朱，尧的儿子，为人顽凶不肖，故尧禅位于舜。象：舜的异母弟，曾多次谋害舜，但是都未得逞。管、蔡：管叔和蔡叔，都是周武王的弟弟。武王死后，成王年幼，周公摄政。管叔、蔡叔与纣王之子武庚发动叛乱，周公东征，杀了管叔和武庚，流放了蔡叔。 ㊽ 五伯：春秋五霸，指齐桓公、晋文公、秦穆公、宋襄公、楚庄王。侔：比拟，等同。 ㊾ 三王：指夏禹、商汤、周文王。 ㊿ 子之：战国时燕王哙的相。哙学尧让国，让子之代行王事，燕国因此而大乱。 (51) 田常：春秋时齐简公的相，他杀了简公，后夺取齐国政权。 (52) 封比干之后：武王灭殷后，曾封赏比干的后代。修孕妇之墓：纣王残暴，曾剖孕妇之腹，观看胎儿。武王灭殷后，特为被残杀的孕妇修墓。 (53) 覆：覆盖。 (54) 欲善无厌：追求做好事而永不满足。 (55) 亲其仇：亲近原先的仇人。晋文公重耳为公子时，其父晋献公听信骊姬之言，派寺人披杀重耳，重耳逃走时被斩去袖子。重耳即位后，有人要谋杀他，寺人披告密，晋文公不念旧恶，接见了他，故避免了祸患。 (56) 齐桓用其仇：指齐桓公未立时，其异母兄公子纠之傅管仲曾想用箭射死他，结果因射中带钩而未死。齐桓公得位后，不计旧仇，重用管仲，遂称霸诸侯。 (57) 商鞅：战国时卫人，入秦辅佐秦孝公变法，使秦国富兵强。 (58) 车裂：古代的一种酷刑，即五马分尸。秦孝公死后，商鞅被贵族诬害，车裂而死。 (59) 大夫种：文种，春秋时越国大夫，曾辅佐越王勾践，打败吴王夫差，使越国称霸诸侯。 (60) 诛其身：勾践平吴后，忌功害能，赐文种剑令其自尽。 (61) 孙叔敖：春秋时楚人，楚庄王时任令尹。《庄子·田子方》说孙叔敖“三为令尹而不荣华，三去之而无忧色”。去：离职。 (62) 於陵子仲：陈仲子。据说楚王要以重金聘他为相，他拒绝了，并与妻子逃走，为人灌园。 (63) 披心腹：推心置腹。见：表现。情素：真情。堕肝胆：披肝沥胆。 (64) 终与之穷达：始终与士同甘苦共命运。 (65) 无爱于士：对士毫不吝啬。 (66) 桀：夏桀，著名暴君。尧：贤明帝王。这句说，可以使夏桀的狗对尧狂叫。 (67) 跖：古代传说中的大盗。由：许由，传说尧要让天下给他，他不接受，洗耳于颍水之滨，隐居于箕山之下。这句说，可以使盗跖的宾客行刺许由。 (68) 因：依靠。假：凭借。 (69) 湛：通“沉”，指被消灭。七族：亲族的统称。这句说，荆轲行刺未成，连累亲族被杀。 (70) 要离：春秋时吴人。吴王阖闾杀死吴王僚夺得王位后，又派要离去刺杀逃亡在卫国的僚之子庆忌。为了骗取庆忌的信任，要离让阖闾砍断他的右手，烧死他的妻子。刺杀庆忌后，他自杀而死。燔：烧。 (71) 以暗投人于道：在路上从暗中投掷给人。眄(miǎn)：斜视。 (72) 蟠木：屈曲的树木。根柢：树根。轮囷：委曲盘绕的样子。 (73) 为万乘器：做天子用的器物。容：雕饰。 (74) 随珠：随侯之珠。据说春秋时随侯救活了一条受伤的大蛇，后来大蛇衔来一颗明珠报答他。后世称为随珠。 (75)“有人”三句：有人事先宣扬，即使是枯木朽株，也能建立功业而不被人忘记。游：宣扬。 (76) 挟：怀有。伊、管：伊尹和管仲，都是古代贤能之士。 (77) 龙逢(páng)：关龙逢，夏朝贤臣，因夏桀无道，他强谏而被杀。 (78) 制世御俗：意谓统治天下，管理国家。陶钧：制造陶器时所用的转轮，这里比喻政权。独化于陶钧之上：指圣王治理天下，应像陶工掌握转轮那样，独自运用政权。 (79) 夺：受影响而改变。这句说，不因众说纷纭而改变主张。 (80) 中庶子：太子的属官。蒙嘉：秦王的宠臣。荆轲至秦，先用重金贿赂蒙嘉，因他引进而得见秦王。 (81)“周文王”三句：周文王在泾水、渭水间打猎，得到吕尚同车而回，结果取得了天下。 (82) 乌集：像乌鸦那样突然聚集，指偶然相遇，此指周文王遇到吕尚。 (83) 挛拘：片面固执。驰域外之议：听取朝廷以外的议论。独观于昭旷之道：独自看到光明宽广的大道。 (84) 沉：沉溺。牵帷墙之制：受到近臣妻妾的牵制。 (85) 不羁之士：不受陈规拘束的士人。皂：马槽。 (86) 鲍焦：春秋时人，愤世嫉俗，甘心穷困，最终抱木而死。 (87) 盛饰入朝：穿戴整齐的礼服入朝议事，这里指忠于国事。不以私污义：不因私情玷污正义。 (88) 底厉名号者：修身立名的人。底厉：通“砥砺”，磨刀石，这里用作动词，修养、磨炼的意思。名号：名誉、名声。不以利伤行：不因私利损害品行。 (89) 曾子：孔子弟子曾参，以孝著名。他认为里名“胜母”是名不顺，故不入。《淮南子·说山》：“曾子立孝，不过胜母之闾。” (90) 朝歌：商朝都城，在今河南汤阴南。墨子提倡非乐，认为朝歌之名不符合自己的主张，故到了那里回车离去。《淮南子·说山》：“墨子非乐，不入朝歌之邑。” (91) 寥廓之士：气度宽宏、抱负远大的士人。笼：笼络。胁：胁迫。回面：改换面孔，改变态度。污行：玷污品行。 (92) 堀(kū)：同“窟”。薮(sǒu)：湖泽。 (93) 阙下：宫阙之下，指君主。

【作者简介】

邹阳，西汉文学家，临淄(今属山东)人。为人正直，富有智略，讲究节操，不苟合于世，以文辩著称。初仕吴王刘濞，因其阴有邪谋，曾上书劝谏。吴王不听，于是离吴去梁。梁孝王刘武欲求立为汉嗣，遭到袁盎等人的反对，就与羊胜、公孙诡密谋刺杀袁盎，邹阳以为不可。羊胜等乘隙进谗，使梁王怒而将其下狱。他从狱中上书，慷慨陈词，梁王见书，立即将其释放，并待为上客。后刺杀袁盎之事败露，梁王恐诛，请邹阳出谋划策。他想方设法，积极奔走，终于使局势得以平定。其散文今存者是《上吴王书》和《狱中上梁王书》，具有战国游士纵横善辩之风。

【赏析】

《狱中上梁王书》选自《汉书·邹阳传》，是一篇含冤申辩的文章。

邹阳早年曾在吴王刘濞手下任职，以文辞著名。他关注国事，维护汉朝统一，反对分裂活动。吴王阴谋反叛时，他上书劝谏而不被采用，于是改投梁孝王门下。梁孝王刘武是景帝的同母弟，有嗣位之意，遭到朝中大臣的反对。他们认为如果这样做就不符合现行的帝位继承制度。当时在梁王门下的邹阳也力争以为不可。梁王左右的羊胜、公孙诡等人本来就忌恨有智谋才略、慷慨不苟合的邹阳，于是乘机进谗，梁王听信谗言，准备杀他。这封上书就是他在狱中所写的。作者采用赋体，围绕忠信、相知、信谗、欲善无厌等问题，列举史实，总结经验，借古喻今，晓之以义，动之以情，谈论君臣互相信任的重要性，说明君主沉谗谀则危、任忠信则兴的道理，表示自己是忠而被谤、信而见疑。文章显得气盛语壮，比喻贴切，用事灵活，语句骈俪，颇有铺张扬厉的特色。

全文段落虽多，其实可分为五个部分。第一部分直陈冤屈，请梁王深思明察。作者明确否定"忠无不报，信不见疑"的说法，认为此言不过是空话而已。他陈述历史，联系个人，说明观点，表明心迹。荆轲仰慕燕太子的义气而为他去刺杀秦王，卫先生为秦国谋划乘长平之胜灭赵。他们的精诚能使天地变异，而忠信却不能为两位君主所理解。作者亲身经历，深有体会。"今臣尽忠竭诚，毕议愿知，左右不明，卒从吏讯，为世所疑。"此外，卞和献宝而被砍脚，李斯尽忠而受极刑，比干因极力谏纣而被开膛剖心，伍子胥因劝阻吴王而被抛尸江中。因此，箕子假装疯狂，接舆逃避人世，他们都害怕遭受这类祸害。作者逐一举例，层层推进，充分证明自己对忠信问题的看法，不是要否定忠信，而是希望大王仔细考察他的言行和困境，了解他的尽忠竭诚之心，所以他在文中两次提到"愿大王孰察"，强调"毋使臣为箕子、接舆所笑"。

第二部分议论相知不相知的问题，突出相知的极其重要性。作者从当时民间流行的谚语说起，指出"白头如新，倾盖如故"的原因就是"知与不知"。因为相知，所以樊於期从秦国逃到燕国，用自己的头来帮助燕太子刺杀秦王；因为相知，王奢离开齐国投奔魏国，亲上城楼自杀以退齐军而保存魏国。樊於期、王奢各自对秦、齐并不陌生，而跟燕、魏没有长久的联系。他们能义无反顾，牺牲自己，就是因为行为与志向相合。同样由于相知，苏秦失去天下的信任，却对燕国极为忠诚守信；白圭为中山国作战连失六城，可是能为魏国攻灭中山。事实上，"苏秦相燕，人恶之燕王"，"白圭显于中山，人恶之于魏文侯"。他们分别在燕、魏，都为人所诮,可是燕、魏两主不仅不怀疑,反而大加赏赐。文章尽情铺叙,反复论述,灵活比较,着重分析相知之理,进而点明君臣应推心置腹,肝胆相照,不受流言蜚语的影响。

第三部分论述信谗与不信谗的情况,强调君主不能信谗。作者认为士人往往受到嫉妒、排挤和迫害。司马喜曾在宋国被砍掉膝盖骨,范雎也在魏国被打折肋骨和牙齿。这是由于他们是不党之士,"信必然之画,捐朋党之私,挟孤独之交"。同样,申徒狄自投雍水而死,徐衍负石自沉于海,也是由于他们与世俗不相容,坚持正义,而不肯结党营私。因此,英明的君主对于这样的有用之才、正直人士,应该非常相信,积极重用。"百里奚乞食于道路,缪公委之以政;甯戚饭牛车下,桓公任之以国。"只要君臣之间心有同感,行为相合,坚如胶漆,就绝不会为众口谗言所迷惑。随后,作者从正反两方面进一步展开论述。"鲁听季孙之说逐孔子,宋任子冉之计囚墨翟",结果鲁、宋两国都陷于危险的境地。相反,秦国任用戎人由余而称霸中国,齐国任用越人子臧而强盛一时。这说明偏听偏信产生危害,而公听并观大有收获。文章多用对偶,融化古事,展开对比。它在充分论述不能信谗的基础上,结合实际,希望现在的君主"能用齐、秦之明,后宋、鲁之听",努力形成大有作为的局面。

第四部分指出君王应该欲善无厌,真诚待人。作者提到周武王灭殷后,曾封赏比干的后人,并为被害的孕妇修墓,功业覆盖天下。这说明君主要有所成就,就要追求做好事而永不满足。晋文公亲近往日的仇人,终于称霸诸侯;齐桓公任用过去的敌人,从而匡正天下。这说明他们能"慈仁殷勤,诚加于心"。与此不同,商鞅变法使秦强盛于天下,却遭车裂而死;文种用计使越霸于中原,而被迫自杀。这说明秦王、越王不能善始善终,仅有虚情假意。因此,孙叔敖三次离开令尹的职位也不懊悔,於陵子仲推辞三公的聘任而为人灌园。通过运用偶俪的语句,比较行善与否、真诚有无的事例,文章进一步归纳说,当今的君主如果能"去骄傲之心,怀可报之意",袒露心胸,表现真情,披肝沥胆,施行厚德,始终与士同甘共苦,待士无所吝惜,那么士人就会像荆轲、要离一样,不顾一切为君主效命。

第五部分希望梁王不为左右所牵制,并表明自己的坚贞节操。作者先说无故将明月珠、夜光璧投人,人们必定按剑斜视,而弯木头、老树桩经过雕饰可以成为君主的用具,以此形象地说明"无因而至前,虽出随珠和璧,只怨结而不见德;有人先游,则枯木朽株,树功而不忘"。接着他自然谈到士人的进退。天下布衣穷困之士处于贫穷饥饿之中,即使掌握尧舜的方略,富有伊尹、管仲的辩才,怀着关龙逢、比干的忠诚,也因平素没人推荐,无法得到君主的重用。君主根本不了解士人的忠贞之心,只会重蹈按剑斜视的覆辙。因此,他积极主张"圣王制世御俗,独化于陶钧之上,而不牵乎卑辞之语,不夺乎众多之口",并引用正反事例加以证明。秦始皇相信左右的宠臣,几乎丧命。周文王任用偶然相识的人才,取得天下。这表明周文王能够摆脱偏见，不受拘束，看到光明宽广的道路。然后，他笔锋一转，直指梁王。"今人主沉谄谀之辞，牵帷墙之制，使不羁之士与牛骥同皁。"这样行事待士必然导致士人终生隐居在山洞草泽之中，而决不会投奔君主，竭尽忠信。作者在文章结尾以"寥廓之士"自命，表示不会"笼于威重之权，胁于位势之贵，回面污行，以事谄谀之人"。这充分反映出他的高尚品质和正直性格。

《史记·鲁仲连邹阳列传》说："邹阳辞虽不逊，然其比物连类，有足悲者，亦可谓抗直不桡矣。"所言颇为中肯。这封上书不仅显示了邹阳正直不屈的思想性格，也表现出善于用事、富有文采的特征。作者困而不卑，愤而不狂，据理力争，抒情自然，叙议始终坚持自己的立场，劝说梁王改变做法。文章慷慨激昂，雄辩犀利，语多偶俪，情溢文外，颇有战国纵横辞说的特征。它与《战国策·赵策三》鲁仲连"义不帝秦"的辩难风格极为接近，难怪司马迁会把鲁仲连与邹阳合传。尤其是文中分析透辟，情词恳切，有尽忠之心，无谋私之意，更引人注目。为了申冤辩诬，转危为安，通篇针对君主希望士人为己所用的心理表明他想有为于世，广征博引，纵横驰骋，反复引喻。以燕太子不放心荆轲和秦昭王怀疑卫先生的事情，说明"忠无不报，信不见疑"是"虚语"；以樊於期、王奢离开秦、齐而为燕、魏效死的事情，说明士人"行合于志，慕义无穷"；以燕王杀骏马给苏秦吃和魏文侯赐给白圭夜光璧的事情，说明君主应该不"移于浮辞"；以由余、子臧和管叔、蔡叔等的事情，说明"意合则胡、越为兄弟"，"不合则骨肉为仇敌"；以荆轲不惜灭族和要离烧死妻子的事情，说明士人愿意报效君主；以曾子不进"胜母里"和墨子不入"朝歌邑"的事情，说明士人重视修养，坚守节操。这样的用事议论多而不乱，杂而有序，比物连类，引喻巧妙，对比鲜明，详略得当，句式整齐，辞采富丽，情理融合，感人至深。史载梁王读此书后，立即释放了他，并尊为上客。这正如刘勰所说："喻巧而理至，故虽危而无咎矣。"（《文心雕龙·论说》）因此，这篇写得充满感情、富有辞赋意味的文章堪称汉初散文名篇，并在文学史上有一定的地位。

难蜀父老

司马相如

汉兴七十有八载①，德茂存乎六世②，威武纷云，湛恩汪濊③，群生沾濡，洋溢乎方外④。于是乃命使西征，随流而攘⑤，风之所被，罔不披靡⑥。因朝冉从駹⑦，定筰存邛，略斯榆，举苞蒲⑧，结轨还辕，东乡将报⑨，至于蜀都。

耆老大夫搢绅先生之徒二十有七人，俨然造焉⑩。辞毕⑪，进曰："盖闻天子之牧夷狄也，其义羁縻勿绝而已⑫。今罢三郡之士，通夜郎之涂⑬，三年于兹，而功不竟⑭，士卒劳倦，万民不赡⑮。今又接之以西夷，百姓力屈，恐不能卒业⑯，此亦使者之累也，窃为左右患之⑰。且夫邛、筰、西僰之与中国并也，历年兹多⑱，不可记已。仁者不以德来，强者不以力并，意者其殆不可乎⑲！今割齐民以附夷狄，弊所恃以事无用⑳，鄙人固陋㉑，不识所谓。"

使者曰："乌谓此乎㉒？必若所云，则是蜀不变服而巴不化俗也，仆尚恶闻若说㉓。然斯事体大，固非观者之所觙也㉔。余之行急，其详不可得闻已㉕，请为大夫粗陈其略：

"盖世必有非常之人，然后有非常之事；有非常之事，然后有非常之功。夫非常者，固常人之所异也㉖。故曰非常之元，黎民惧焉㉗；及臻厥成，天下晏如也㉘。昔者洪水沸出，泛滥衍溢㉙，民人升降移徙，崎岖而不安㉚。夏后氏戚之，乃堙洪塞源㉛，决江疏河，洒沉澹灾㉜，东归之于海，而天下永宁。当斯之勤，岂惟民哉？心烦于虑，而身亲其劳㉝，躬腠胝无胈㉞，肤不生毛，故休烈显乎无穷，声称浃乎于兹㉟。

"且夫贤君之践位也，岂特委琐握龊，拘文牵俗，循诵习传，当世取说云尔哉㊱！必将崇论闳议，创业垂统，为万世规㊲。故驰骛乎兼容并包，而勤思乎参天贰地㊳。且《诗》不云乎：'普天之下，莫非王土；率土之滨，莫非王臣。'㊴是以六合之内，八方之外㊵，浸淫衍溢，怀生之物有不浸润于泽者，贤君耻之㊶。今封疆之内，冠带之伦㊷，咸获嘉祉，靡有阙遗矣㊸。而夷狄殊俗之国，辽绝异党之域㊹，舟车不通，人迹罕至，政教未加，流风犹微。内之则犯义侵礼于边境，外之则邪行横作，放杀其上㊺，君臣易位，尊卑失序，父兄不辜，幼孤为奴虏，系缧号泣㊻，内乡而怨㊼，曰：'盖闻中国有至仁焉，德洋恩普，物靡不得其所，今独曷为遗己㊽！'举踵思慕，若枯旱之望雨，戾夫为之垂涕㊾，况乎上圣，又乌能已？故北出师以讨强胡，南驰使以诮劲越㊿。四面风德，二方之君鳞集仰流㉛，愿得受号者以亿计。故乃关沫、若,徼牂牁㉜,镂灵山,梁孙原㉝。创道德之涂,垂仁义之统,将博恩广施,远抚长驾,使疏逖不闭,曶爽暗昧得耀乎光明㉞,以偃甲兵于此,而息讨伐于彼。遐迩一体,中外禔福㉟,不亦康乎? 夫拯民于沉溺,奉至尊之休德㊱,反衰世之陵夷,继周氏之绝业㊲,天子之急务也㊳。百姓虽劳,又恶可以已乎哉?

"且夫王者固未有不始于忧勤,而终于佚乐者也㊴。然则受命之符,合在于此㊵。方将增太山之封,加梁父之事㊶,鸣和鸾,扬乐颂㊷,上咸五,下登三㊸。观者未睹指,听者未闻音,犹鹪鹏已翔乎寥廓,而罗者犹视乎薮泽㊹,悲夫!"

于是诸大夫茫然丧其所怀来,失厥所以进㊺,喟然并称曰:"允哉汉德㊻,此鄙人之所愿闻也。百姓虽劳,请以身先之。"敞罔靡徙,迁延而辞避㊼。

【注释】

①"汉兴"句:汉朝建立已有七十八年了。 ②德茂:恩德昌盛。六世:高祖、惠帝、高后、文帝、景帝、武帝六代。 ③纷纭:形容昌盛的样子。湛:深。汪濊(huì):深广。 ④群生沾濡:天下人民蒙受恩德。沾濡,浸润,这里指蒙受。洋溢:广泛传播。方外:中原以外的地方。 ⑤随流而攘:随着洪流压倒一切。攘:攘除,排除。 ⑥罔:没有。披靡:草木随风倒伏。这两句说,风所吹到的地方,草木无不随风而倒,意思是西征无不取得胜利。 ⑦朝冉从駹(máng):使冉族来朝,使駹人归服。冉、駹:都是古代西南地区的少数民族。朝、从:都是使动用法。 ⑧定筰(zuó):平定筰地。筰:筰都,古县名,治所在今四川汉源东北。存邛(qióng):保存邛都。邛:邛都,古县名,治所在今四川西昌东南。略斯榆:夺取斯榆之地。略:占领,夺取。举苞蒲:攻下苞蒲。举:攻下。这里的筰、邛、斯榆、苞蒲也是古代西南地区的少数民族。 ⑨结轨还辕:驾车回还。结:回旋。轨:路轨,这里指道路。东乡将报:将要向东方告知。乡:同"向"。 ⑩耆老:六十岁以上的老人。搢绅:古代有官职或做过官的人。俨然:恭敬严肃的样子。造焉:来到这里。 ⑪辞毕:谒见之辞说完。 ⑫牧夷狄:统治外族。牧:管理,统治。夷狄:古代泛指四方的少数民族。夷:古代称东方的民族。狄:古代称北方的民族。羁縻:约束,束缚。羁:马络头。縻:牛缰绳。 ⑬罢三郡之士:疲劳三郡的士卒。罢:同"疲"。三郡:巴郡、蜀郡、广汉郡。通夜郎之涂:攻取通往夜郎的道路。夜郎:古国名,汉置县,在今贵州桐梓东。涂:通"途"。 ⑭竟:完毕。 ⑮不赡:不充足。赡:富裕,足够。 ⑯力屈:筋疲力尽。卒业:完成功业。 ⑰累:烦劳,麻烦。左右:指西征的使臣。 ⑱西僰(bó):古代西南地区的少数民族。并:齐等,并存。历年兹多:经历的年限越来越多。兹:通"滋"。 ⑲"仁者"三句:往昔帝王虽有仁德,不能招来他们,虽有强力,不能吞并他们,原因在于其险远而不可能做吧!殆:大概。 ⑳"今割齐民"二句:如今宰割平民以使夷狄之族归附,败坏国家所依靠的人民以从事无用的事情。割:宰割。齐民:平民。弊:败

坏。恃：依靠。无用：指通西南夷的事。 ㉑ 鄙人：原指居住在郊野的人，后来常用作自谦之辞。 ㉒ 乌谓此乎：为何这样说。 ㉓ 蜀不变服：蜀人不改变服饰。巴不化俗：巴人不改变风俗。巴、蜀：都是古代西南地区的少数民族，在今重庆、四川。仆：谦称，我。尚：尚且。若：如此。 ㉔ 斯事体大：这件事关系重大。觏(gòu)：遇见。 ㉕“余之行急”二句：我的行程紧急，没有时间为你们详谈此事。 ㉖“夫非常者”二句：不寻常的事情本来就是被平常的人看见而惊异的事情。 ㉗ 元：开始。这两句说，非常之事开始时，众人见而畏惧。 ㉘ 及臻厥成：等到事情成功。臻：到达。天下晏如：天下安定。晏：安。㉙ 衍：展延。 ㉚ 升降移徙：上下迁移。崎岖：原指山路不平，这里意思是处境艰难。㉛ 夏后氏：部落名，这里指禹。相传禹是部落领袖，后来其子启建立我国历史上第一个朝代。戚：忧愁。堙(yīn)：堵塞。源：水源。 ㉜ 决江疏河：决开江水，疏导河流。洒沉澹灾：分散洪水，消除灾患。洒：分散。沉：深水。澹：安定。 ㉝“心烦”二句：不仅内心为忧虑所烦劳，也亲身经历劳苦。 ㉞ 躬：自身，身体。傶(còu)：同“腠”。颜师古注引张揖说：“傶，凑理也。”“凑理”即“腠理”。胝(zhī)：胼胝，手脚上因长期劳作而生的硬皮和老茧。胈(bá)：毳，细毛，小毛。 ㉟ 休：美善。烈：功业。浃：通彻，遍及。㊱“且夫”五句：贤明君主即位，难道只是拘泥小节、文辞与流俗，因循守旧，以取悦于当时吗。委琐握龊：拘泥于小节。握龊：通“龌龊”。循诵习传：因循自诵，习所传闻。㊲“必将”三句：必定要有高论宏议，创立伟大功业，传给后代，成为万世规范。崇：高。竑(hóng)：深。垂统：指帝王把基业传给后代。《孟子·梁惠王下》：“君子创业垂统，为可继也。” ㊳“故驰骛”二句：因此在兼容并包中纵横驰骋，时常思考与天地比德。驰骛：奔走趋赴。兼容并包：容纳包括各个方面或各种事物。参天贰地：与天地比德。天子与天、地为参，与天地比德为参天。天子与地为贰，与地比德为贰地。 ㊴“普天”四句：引自《诗经·小雅·北山》。原诗说：“溥天之下，莫非王土。率土之滨，莫非王臣。”意思是，普天之下，没有不属君王的土地。四海之内，没人不是君王的臣民。 ㊵ 六合：天地四方。八方：四方四隅的总称。 ㊶ 浸淫：渐渍。衍溢：漫延。怀生之物：想要生存的事物。浸润：逐渐浸染。贤君耻之：贤明君主以此为耻。 ㊷ 冠带之伦：官员一类的人。冠带：戴帽束带。伦：类。 ㊸ 嘉祉(zhǐ)：美好的幸福。阙遗：缺少遗失。阙：通“缺”。 ㊹ 辽绝：辽远绝地。异党：不同的族类。 ㊺“内之”三句：他们对中原地区侵犯礼义，而对自己内部则是横行霸道，放逐和杀死其主人。内之：向内，指夷狄对中原地区。外之：向外，指夷狄对自己内部。 ㊻ 系缧(léi)号泣：被囚的人呼号哭泣。系缧：系累，意思是拘禁。《孟子·梁惠王下》：“若杀其父兄，系累其子弟，毁其宗庙，迁其重器，如之何其可也?”㊼ 内乡：面向中国。 ㊽“德洋”三句：德行洋溢四海而恩惠普及天下，每一个人或事物无不得到合适的安顿，如今为何唯独遗弃我们。曷：何。 ㊾ 举踵：踮起脚跟，形容盼望之切。戾夫：凶狠的人。 ㊿“故北出师”二句：所以向北出兵讨伐强悍的匈奴，向南派出使者责备强劲的越人。诮(qiào)：责备。 (51) 风德：受德行风化。二方之君：西夷及南夷的首领。鳞集仰流：像鱼鳞一样相次迎向上流。 (52) 关沫、若：以沫、若两水为关。沫水、若水都是古水名，即今大渡河和雅砻江，在四川境内。徼(jiào)牂牁(zāngkē)：以牂牁为界。徼：边界。牂牁：郡名，在今贵州贵阳附近。 (53) 镂灵山：凿通灵山为路。梁孙原：在孙水之源架起桥梁。原：同“源”。 (54) 使疏逖(tì)不闭：使疏远者不被闭绝。逖：远。曶(hū)爽：未明。暗昧：昏暗。 (55)“遐迩”二句：远近成为一体，内外安乐幸福。禔

(zhǐ)：安。　㊷拯民于沉溺：把民众从困境中拯救出来。沉溺：沉没，这里指困境。休德：美德。　㊷陵夷：衰败。继周氏之绝业：延续被断绝的周文王、武王的功业。　㊸急务：紧要的大事。　㊴始于忧勤：开始于忧患勤劳之中。终于佚乐：终止于安乐之中。佚：逸。　㉠"受命"二句：上天给予君主的符命全在忧勤逸乐之中。符：符命。古代以所谓祥瑞的征兆附会成君主得到天命的凭证，叫作符命。　㉡"方将"二句：现在皇帝将在泰山顶上筑坛祭天，在梁父山上辟基祭地。太山：泰山。古代帝王登泰山筑坛祭天叫"封"，在梁父山上辟基祭地叫"禅"，这样的整个活动叫"封禅"。　㉢鸣和鸾：鸣响着和、鸾的声音。和鸾：古代车上的铃铛，挂在车前横木上的称"和"，挂在车架上的称"鸾"。《诗经·小雅·蓼萧》："和鸾雝雝。"扬乐颂：飞扬着雅乐颂歌。　㉣上咸五，下登三：汉代之德同于五帝，高出三王。三、五：指三王五帝。　㉤"犹鹪鹏"二句：如同鹪鹏已翱翔在寥廓的长空，而捕捉它的人还在注视着湖泽。鹪鹏（jiāomíng）：形同凤凰。薮（sǒu）：湖泽。　㉥茫然：惘然自失。怀来：怀有的来意。失厥所以进：失去他们所要进而陈说的事情。　㉦允哉：的确啊。　㉧敞罔：失志的样子。靡徙：茫然自失的样子。迁延：退却。

【作者简介】

司马相如（前179—前117），西汉辞赋家，字长卿，蜀郡成都（今属四川）人。少时好读书，学击剑，因仰慕蔺相如的为人，改原名"犬子"为"相如"。景帝时为武骑常侍，因病免。后游梁，为梁孝王门客，与邹阳、枚乘等辞赋家交游。他在梁国写了《子虚赋》，武帝读后赞赏说："朕独不得与此人同时哉！"他的同乡杨得意做狗监，把他推荐给武帝。于是又作《上林赋》，武帝用为郎。曾奉命出使西南有功。后为孝文园令。病卒于家。司马相如的辞赋大都描写帝王苑囿之盛、田猎之乐，于篇末则寄寓讽谏。赋作充分运用铺排夸张的手法，显得文采飞扬，从而使汉赋定型。他的散文议论时政，歌颂大汉声威，同时善于铺张夸饰，具有辞赋特色。其中《喻巴蜀檄》《难蜀父老》《上书谏猎》等，是历来传诵的名篇。原集已散佚，明人辑有《司马文园集》。《史记》《汉书》均有传。

【赏析】

《难蜀父老》选自《汉书·司马相如传》，写于汉武帝元光六年（前129）。

传记记载司马相如因杨得意的推荐而献赋为郎。他为郎数岁，武帝使唐蒙通夜郎、僰中，唐蒙则在西南大肆骚扰，使"巴蜀民大惊恐"。于是武帝使司马相如责唐蒙，又叫他写《喻巴蜀檄》。文章解释唐蒙的骚扰不是皇帝的旨意，既设法安定巴蜀的民心，又要求他们服从汉王朝的命令。文章多用排偶，讲究词采，具有谐协、整齐、情文并茂的艺术效果。传记又记载："相如还报。唐蒙已略通夜郎，因通西南夷道，发巴、蜀、广汉卒，作者数万人。"然而这次行动历经两年，道路未能修成，士卒多死亡，"费以亿万计"，三郡"用事者多言其不便"。此时，邛、莋的君长知道南夷与汉朝交往，从中得到赏赐，大有益处，因而也表示愿意归汉，要求汉朝派遣官吏前去管理。司马相如非常关心时事政治，他对武帝的一切政治和军事的行动都积极支持。因此，当武帝问到通西南夷的事情时，他觉得"邛、莋、冉、駹者近蜀，道易通，异时尝通为郡县矣"。于是武帝拜他为中郎将，建节往使。结果,他顺利地完成了使命,并回朝报告,武帝闻讯,非常高兴。不过,作者在出使时了解到,确有"蜀长老多言通西南夷不为用,唯大臣亦以为然"的实际情况,随后就写了《难蜀父老》一文。他"借蜀父老为辞,而已诘难之,以风天子,且因宣其使指,令百姓皆知天子意"。这篇文章认为世上非常之人做非常之事,立非常之功,强调通西南夷的重大意义。文中充满激情,富有气势,善用修辞手法,呈现辞赋化的倾向。因此,它堪称雄肆苍劲、深切著明的政论佳作。

首先,文章概述西汉兴盛的形势和西征顺利的情况。"汉兴七十有八载,德茂存乎六世。"文章谈到从公元前206年西汉建立到现在的七十八年中,昌盛的恩德已经积存了高祖、惠帝、高后、文帝、景帝、武帝六代。国家强盛,皇恩浩荡,民众蒙受恩德,生活欣欣向荣。应该说,从汉初到当时的历史进程的确是从社会初安发展到鼎盛局面。经济上,统治者采取积极措施,与民休息,重视农业,发展生产,因而经济不断恢复,社会逐渐富庶。政治上,中央政权逐步消除异姓诸侯王的力量,设法削弱同姓诸侯王的势力,进一步加强中央集权。思想文化上,先是黄老无为思想为统治者所欣赏和提倡,占据支配地位,随后经过改造的儒家学说逐渐取而代之。文章在回顾西汉发展的历史后,进而指出汉朝西征势如破竹,所到之处如洪流冲刷一切,如草木随风倒伏,无不取得胜利,因此攻取了西部许多地区,并使那里的少数民族前来归服,现在已是大功告成,奏凯而归。必须看到,武帝采取西征行动,扩大中国疆域,有利于中原地区与西夷一带的局面稳定、经济联系和文化交流,是符合全民族的长远利益和历史的发展趋势的,而具有进步意义的行动是所向无敌的。作者写出繁荣昌盛的局面和锐不可当的声势,不仅真实反映出武帝时的时代风貌,也充分表达了自己生逢盛世而想施展抱负的真情实感,还为后面诘难蜀父老打下坚实的基础。

其次,文章假托蜀人之口说出反对通西南夷的非难。"耆老大夫搢绅先生之徒"恭敬严肃地前来谒见,提出通西南夷是无用的。他们觉得过去"罢三郡之士,通夜郎之涂",费时三年,劳而无功,以致士兵疲倦,百姓不赡,现在征伐西夷对于蜀地是劳民伤财,恐怕难以完成功业,对于使臣也是烦劳所在。他们以为历史上西南一些少数民族与中国多年并存,因其险远而使"仁者不以德来,强者不以力并",对其无能为力。因此,他们断言"今割齐民以附夷狄,弊所恃以事无用"。蜀人所言似乎有些道理,其实表现出他们目光短浅,见闻狭隘,思想守旧。因为他们不是考虑国家的整体利益,而是考虑蜀地的局部利益,他们没有看到历史的进程,只是留意过去的史实。因而作者自然会从国家的长远利益和西汉的社会现实出发,高瞻远瞩,踔厉风发,有力地批评他们的错误言论。这里叙述蜀人庄严的神态和非议的理由,就是为了突出他们的鄙陋无知,明确文章驳斥的靶标,显示作者诘难的理所当然。

再次,文章详细论述通西南夷的意义,高度赞美了武帝的功业,具体批驳了蜀人的责问。作者明言对方意见不符合事实,如果照此说法,那么"蜀不变服而巴不化俗"。巴、蜀是古代西南少数民族,先前服饰习俗与中原人民是不一样的,后来才移风易俗,与中原地区的服饰习俗逐渐接近。这是以巴蜀人民的亲身经历驳斥了西南夷无法征服的观点,说得理直气壮,自然令人信服。他指出通西南夷这件事关系重大,并不是一般人所能正确认识的,同时自己行程紧急,无法详谈此事,只能"粗陈其略"。

于是作者先提出:"世必有非常之人,然后有非常之事;有非常之事,然后有非常之功。"他认为不平常的事情常人看见本来就会感到惊异,因此它开始出现时,常常鲜为人知,而它最后成功时,天下就会安定。为了充分证明自己的观点,他引用大禹治水的典型事例。从前,洪水泛滥,人民困苦。大禹治理洪水,疏通江河,消除灾患,从而天下得到永久安宁。治水时,百姓固然辛苦,而大禹更是心中忧虑,身历劳苦,因而"休烈显乎无穷,声称浃乎于兹"。他要以此说明现在通西南夷是利于国家、惠及百姓、流芳后世的非常之事,会取得伟大的功绩,带来无穷的好处。

作者接着主张统治者应该思想解放,胸襟开阔,不受习俗束缚。他说贤明君主登上帝位,"岂特委琐握龊,拘文牵俗,循诵习传,当世取说云尔哉!必将崇论闳议,创业垂统,为万世规。故驰骛乎兼容并包,而勤思乎参天贰地"。所言希望贤君适应形势需要,大有作为,从而使天下所有"怀生之物"都为他的恩泽所浸润。他认为尽管现在"封疆之内,冠带之伦,咸获嘉祉,靡有阙遗",然而,"夷狄殊俗之国,辽绝异党之域"仍然是"政教未加,流风犹微"。他们对中原地区违礼侵犯,而在自己内部则横行霸道,以致君臣易位,尊卑失序。因此,那些深受苦难的人们"举踵思慕,若枯旱之望雨",希望仁德的君主不要置之不理,而是前去解救他们。作者进而指出武帝面对现实,符合民意,就向北讨伐强胡,向南出使责备劲越,又使四面夷人受到德行风化,西南夷首领"鳞集仰流,愿得受号者以亿计"。这样不仅"博恩广施,远抚长驾",使百姓幸福,国家长治久安,而且"创道德之涂,垂仁义之统",具有深远意义。显然,通西南夷确实是非常之事,是"拯民于沉溺,奉至尊之休德,反衰世之陵夷,继周氏之绝业"的伟大事业。因此,"百姓虽劳",也要做到个人利益服从国家利益,局部利益服从整体利益,暂时利益服从长远利益。

作者然后强调"受命之符,合在于此"。西征已经获得成功,皇帝即将在泰山顶上筑坛祭天,在梁父山上辟基祭地,举行空前的封禅大典。那时将是车辆鸣响着和鸾之声,长空飞扬着雅乐颂歌。这表明当今君主真是受命天子,汉代之德同于五帝,高出三王。他随即笔锋一转,嘲讽对方面对千载难逢的盛况,视而不见,听而不闻,就如"鹪鹏已翔乎寥廓,而罗者犹视乎薮泽",实在可悲。

由此可见,作者的诘难论如析薪,逐层推进,具有高屋建瓴的气势,使自己的正面意见建立在援引事实和阐述理论的坚实基础之上,从而把深刻道理说得具体可感,也把对方驳得体无完肤。

最后，文章略写蜀人态度的转变。由于作者论述符合事理，蜀地父老无言以对，"丧其所怀来，失厥所以进"。他们颇为感叹，表示"百姓虽劳，请以身先之"。于是茫然失措，逡巡离去，与开始"俨然造焉"的情况判若两人。这反映出他们理屈词穷，无地自容，也说明了作者写作达到预期的目的。结尾言简意赅，前后照应，结构严密。

全文说理透彻，气势充畅，写得苍劲有力，确有西汉散文的特色。经过前期的休养生息，西汉经济逐渐繁荣，财物积累很多，天下比较安定，国家趋于统一，因此步入了它的中期盛世。武帝顺应潮流，大展宏图，促进了经济的发展和国家的富强，实现了高度的中央集权，也确立了儒家思想的独尊地位。司马相如对武帝的宏伟大业和西汉的美好前途充满信心，对通西南夷热情支持，积极参与。他写作《难蜀父老》，难免有过度夸饰之词和轻视民众之语，不过，文章内容充实，气势磅礴。作者能反映社会现实，称颂武帝是非常之人，赞美其事业是非常之事，有非常之功。所言有道理，事实确实如此。他又能站在时代高度，考虑长远利益，以天下为己任，因此，诘难对方，肯定西征，显得理在其中，激情洋溢，文势充沛。同时，作为出类拔萃的辞赋家，司马相如创作辞赋，气韵生动，独占鳌头，能成功地描绘各种形象，巧妙地融入真情实感，创造出内情与外物结合的艺术境界，因而其赋篇在中国文学史上具有极其重要的地位，他自然而然地把自己擅长的辞赋写法融入散文创作之中。本文以赋为文，铺张扬厉，想象奇特，语言繁富，描写细致，骈散相间，布局谨严，具有一种浑厚、刚健、激昂、壮丽的特点，从而出色反映了西汉王朝昌盛的功德、强大的国势和西征的胜利。文中还以问难的形式来分析和辩解事理。这种形式源于《楚辞》的《卜居》和《渔父》等，盛行于汉代的辞赋创作。司马相如把它用于政论，使文章观点集中，针对性强。这不仅在当时有其独到之处，也对后代政论影响很深。总之，这篇文章立意深刻，议论豪迈，气势盛大，修辞出色。它丰富的思想内容与富有文采的艺术特色融为一体，闪耀着迷人的文学光辉，充分显示出表现汉帝国大一统气象的雄文鸿篇的水平。

答　客　难

东方朔

客难东方朔曰①："苏秦、张仪壹当万乘之主②，而身都卿相之位，泽及后世③。今子大夫修先王之术，慕圣人之义④，讽诵《诗》《书》百家之言⑤，不可胜记，著于竹帛，唇腐齿落，服膺而不可释⑥。好学乐道之效⑦，明白甚矣。自以为智能海内无双⑧，则可谓博闻辩智矣。然悉力尽忠，以事圣帝，旷日持久，积数十年，官不过侍郎，位不过执戟⑨。意者尚有遗行邪⑩？同胞之徒，无所容居⑪，其何故也？"

东方先生喟然长息⑫，仰而应之曰："是故非子之所能备⑬。彼一时也，此一时也，岂可同哉？夫苏秦、张仪之时，周室大坏，诸侯不朝⑭，力政争权，相擒以兵⑮，并为十二国，未有雌雄⑯，得士者强，失士者亡，故说得行焉⑰。身处尊位，珍宝充内，外有仓廪⑱，泽及后世，子孙长享。今则不然。圣帝德流，天下震慑，诸侯宾服⑲，连四海之外以为带，安于覆盂⑳。天下平均，合为一家，动发举事，犹运之掌㉑。贤与不肖㉒，何以异哉？遵天之道，顺地之理，物无不得其所㉓。故绥之则安，动之则苦㉔；尊之则为将，卑之则为虏；抗之则在青云之上，抑之则在深渊之下㉕；用之则为虎，不用则为鼠㉖。虽欲尽节效情，安知前后㉗？夫天地之大，士民之众，竭精驰说，并进辐凑者㉘，不可胜数。悉力慕之，困于衣食，或失门户㉙。使苏秦、张仪与仆并生于今之世，曾不得掌故㉚，安敢望侍郎乎？传曰㉛：'天下无害，虽有圣人，无所施才；上下和同，虽有贤者，无所立功。'故曰时异事异㉜。

"虽然，安可以不务修身乎哉㉝？《诗》曰：'鼓钟于宫，声闻于外㉞。''鹤鸣九皋，声闻于天㉟。'苟能修身，何患不荣？太公体行仁义，七十有二，乃设用于文、武，得信厥说㊱，封于齐，七百岁而不绝㊲。此士所以日夜孳孳，修学敏行而不敢怠也㊳。譬若鹡鸰，飞且鸣矣㊴。传曰：'天不为人之恶寒而辍其冬，地不为人之恶险而辍其广，君子不为小人之匈匈而易其行。''天有常度，地有常形，君子有常行；君子道其常，小人计其功。'㊵《诗》云：'礼义之不愆，何恤人之言㊶？''水至清则无鱼，人至察则无徒。冕而前旒，所以蔽明；黈纩充耳，所以塞聪㊷。'明有所不见，聪有所不闻，举大德，赦小过，无求备于一人之义也㊸。'枉而直之，使自得之；优而柔之，使自求之；揆而度之，使自索之㊹。'盖圣人之教化如此，欲其自得之。自得之，则敏且广矣。

"今世之处士⑮，时虽不用，块然无徒，廓然独居⑯，上观许由，下察接舆⑰，计同范蠡，忠合子胥⑱，天下和平，与义相扶⑲，寡偶少徒，固其宜也⑳。子何疑于予哉？若夫燕之用乐毅，秦之任李斯，郦食其之下齐㉑，说行如流，曲从如环㉒，所欲必得，功若丘山㉓，海内定，国家安，是遇其时者也。子又何怪之邪？语曰：'以管窥天，以蠡测海，以莛撞钟㉔。'岂能通其条贯，考其文理，发其音声哉㉕？犹是观之，譬由鼱鼩之袭狗，孤豚之咋虎，至则靡耳㉖，何功之有？今以下愚而非处士，虽欲勿困㉗，固不得已。此适足以明其不知权变，而终惑于大道也㉘。"

【注释】

①难：诘问。　②苏秦、张仪：两人都是战国时著名的纵横家。壹：同"一"。当：遇。　③都：居。泽：恩泽。　④子大夫：指东方朔。子：古代对男子的尊称。大夫：东方朔官至太中大夫。修：学习，研究。术：道。慕：仰慕，追求。　⑤讽诵：熟读。《诗》《书》百家之言：指儒家经典和诸子百家的著作。　⑥竹帛：古时用来写书的竹简和绢帛。唇腐齿落：嘴唇破烂，牙齿脱落，形容终生诵读古书。服膺：记在心中。膺：胸。释：废弃。　⑦效：功效。　⑧智能：智慧和才能。　⑨不过：不超过。侍郎：侍从在皇帝左右的郎官。戟：一种兵器。执戟：秦汉时中郎、侍郎、郎中等郎官都要执戟侍从，宿卫宫门，故称执戟。《史记·淮阴侯列传》："臣事项王，官不过郎中，位不过执戟。"这里指东方朔官位低微。　⑩意者：推想。遗行：过失的行为。这句说，想来品行还有缺点吧。　⑪同胞之徒：亲兄弟们。无所容居：没有容身居住的地方。　⑫东方先生：东方朔自称。喟然：叹息的样子。长息：长叹。　⑬是故：这个缘故。备：详，尽知。这句说，这个原因不是你所能完全知道的。　⑭不朝：不接受周王朝的统治。　⑮力政：力征，尽力征战。相擒以兵：以军事力量互相兼并。　⑯十二国：指鲁、卫、齐、宋、楚、郑、燕、赵、韩、魏、秦、中山。未有雌雄：未分胜负。　⑰说：游说。行：通行。　⑱仓廪(lǐn)：贮藏粮食的仓库。李善注引蔡邕《月令章句》："谷藏曰仓，米藏曰廪。"　⑲德流：德泽布流。震慑：震惊，害怕。宾服：入贡称臣，表示服从。　⑳覆盂：翻转过来放置的盂，不倾不摇。这两句说，四海之外联结如带，国家安稳如同覆盂。　㉑动发：发动。举事：行事。运之掌：在手掌内转动，比喻非常容易。　㉒不肖：不贤。　㉓"遵天"三句：遵循上天之道，顺应大地之理，万物无不各得其所。　㉔绥：安抚。苦：劳苦。　㉕抗：提拔。抑：压制。　㉖虎：比喻当道处势，威武显赫。鼠：比喻潜行伏处，卑微可怜。　㉗尽节效情：尽臣节，献真心。前后：用作动词，指进退。　㉘竭精驰说：用尽精力，奔走游说。辐凑：形容人或物聚集像车辐集中于车毂一样。　㉙失门户：找不到门路。　㉚掌故：汉代官名，掌管礼乐制度等的故实。　㉛传曰：指古书上的话。　㉜时异事异：时代不同，社会情况也就不同。《韩非子·五蠹》："世异则事异。"　㉝修身：努力提高自己的品德修养。《礼记·大学》："欲齐其家者，先修其身。"　㉞鼓：敲。宫：室。《诗经·小雅·白华》："鼓钟于宫，声闻于外。"这两句说，敲着钟在宫中，声音在外面也能听到。　㉟皋：沼泽。《诗经·小雅·鹤鸣》："鹤鸣于九皋，声闻于天。"这两句说，鹤叫在九曲湖

边，声音上闻至于天。 ㊱ 太公：姜尚。体行：身体力行。设用：大用。文、武：周文王、周武王。信：申。厥说：其说。 ㊲ 七百岁：自太公封于齐到田和代齐，约七百年。绝：断。 ㊳ 孳孳(zī)：孜孜，勤勉，不懈怠。修：研习。敏：奋勉。 ㊴ 鹡鸰(jílíng)：又作脊令，鸟名，这种鸟飞则鸣叫。《诗经·小雅·小宛》："题彼脊令，载飞载鸣。"这里用来比喻人应勤学修身，毫不懈怠。 ㊵ "天不"八句：引自《荀子·天论》。原文说："天不为人之恶寒也辍冬，地不为人之恶辽远也辍广，君子不为小人之匈匈也辍行。天有常道矣，地有常数矣，君子有常体矣。君子道其常而小人计其功。"恶：厌恶。辍：停止。匈匈：同"汹汹"，大吵大闹。易：改变。常度：永远不变的规律。常形：一定的形貌。常行：一定的行为规范。道其常：遵守一定的行动准则。计其功：计较眼前的利益。 ㊶ "礼义"二句：不见于《诗经》，是逸诗。愆(qiān)：差错。恤：顾虑。《左传·昭公四年》子产引作"礼仪不愆，何恤于人言"。这两句说，礼仪上没有过错，何必忧虑别人议论。 ㊷ "水至"六句：孔子的话，见《大戴礼记·子张问入官》。至：极。察：明察。徒：众。冕：古代帝王、诸侯、卿大夫所戴的礼帽。旒(liú)：冕前后的玉串。蔽明：遮蔽视线。黈纩(tǒukuàng)：黄色丝绵制成的小球，悬于冕上，垂两耳旁，以示不欲妄听是非。塞聪：阻塞听力。 ㊸ 举：取用。赦：赦免。求备：求全责备。 ㊹ "枉而"六句：是孔子的话，见《大戴礼记·子张问入官》。枉：弯曲。直：伸，纠正。优而柔之：优厚宽和地对待他。揆而度之：揣情度理地引导他。索：寻求。 ㊺ 处士：没有出仕的人，这里也包括未受重用的人。 ㊻ 块然：孤独的样子。廓然：寂寞的样子。 ㊼ 许由：尧时的隐士，相传尧让天下给他，他逃走不受。接舆：与孔子同时的隐士，曾作歌讥笑孔子。 ㊽ 范蠡(lǐ)：春秋时越王勾践的谋臣，帮助勾践渡过危难，灭掉吴国，功成身退，经商致富。子胥：伍子胥，名员，春秋时吴国大夫，劝吴王夫差拒绝越国求和并停止伐齐，渐被疏远，后来吴王赐剑命他自杀。 ㊾ 扶：助。 ㊿ 固其宜也：本来是应该的。固：本来。宜：适宜。 (51) 乐毅：燕昭王的臣子，受昭王重用，曾率军伐齐，攻下七十余城。李斯：秦国丞相，曾辅佐秦始皇消灭六国，统一天下。郦食其(yìjī)：秦汉之际人，为刘邦出谋献策，楚汉战争中说服齐王田广归汉。 (52) 行：通行。曲从：改变原来意见，听从别的意见。这两句说，游说顺利如水流动，被说者言听计从如环旋转。 (53) 功若丘山：功劳像山丘一样，指建立大功。(54) 以管窥天：用竹管观察天象。以蠡测海：用瓠瓢测量海水。蠡(lí)：瓢。以筳(tíng)撞钟：用草茎敲击大钟。筳：同"莛"，草茎。 (55) "岂能"三句：怎么能通晓群星的布局，考察海水的流动，发出钟鸣的声响。 (56) 鼱鼩(jīngqú)：即"鼩鼱"，一种形似小鼠的动物。豚：小猪。咋：咬。靡：倒下。这三句比喻以小袭大，以弱犯强，结果必定被粉碎。(57) 非：责难。困：困窘。 (58) 适：正好。权变：变通。大道：大道理。

【作者简介】

东方朔(前154—前93)，西汉文学家，字曼倩，平原厌次(今山东德州)人。武帝初即位，谕天下"举方正贤良文学材力之士"，破格擢用。他上书自荐，文辞不逊，高自称誉，武帝以为大奇。先令待诏公车，俸禄微薄，无法见到天子。后以滑稽得幸，使待诏金马门，稍得与天子亲近。随即为常侍郎，得到爱幸。他读书广博，诙谐多智，能言善辩，敏捷滑稽，常以俳语奇策在武帝面前谈笑取乐，深为武帝所喜欢。他有时直言切谏，往往指责时弊。官至太中大夫。擅长文辞，富有文采。《汉书·艺文志》杂家载东方朔二十篇，今散佚。现存《应诏上书》《谏起上林苑疏》《答客难》和《非有先生论》等篇。褚少孙补《史记》，把他写入《滑稽列传》。《汉书·东方朔传》记载了不少有关他的佚闻。

【赏析】

《答客难》选自《文选》卷四十五，是作者有感于士不遇的牢骚之文。

东方朔在汉武帝时曾任太中大夫，性格滑稽诙谐。《汉书·东方朔传》搜集大量关于他的佚闻，其中一则通过细致描写人物拔剑割肉的趣事来表现他的滑稽特点。大热天，武帝吩咐把肉赐给随从的官员。然而天色已晚，掌管宫廷膳食的官员还迟迟未到。于是东方朔不愿再等，"独拔剑割肉"，并对同僚们说"伏日当蚤归，请受赐"，随即"怀肉去"。显然，东方朔不受朝廷规章制度的束缚，他的独自行动表明其敢作敢为，早归语言反映其理直气壮。事后，武帝问他为何"不待诏，以剑割肉而去"，他"免冠谢"。当武帝要他责备自己时，东方朔"再拜"，就说："朔来！朔来！受赐不待诏，何无礼也！拔剑割肉，一何壮也！割之不多，又何廉也！归遗细君，又何仁也！"在引人发笑的言行中，他似乎自责所谓的无礼，表示承认错误，显得郑重其事。实际上，他并非完全服从武帝的命令，真正维护统治者的威信，而是肯定轻视封建规范的行为，称赞自己的廉洁品性和仁慈心怀。武帝听到东方朔这样的自我批评，也露出愉快的表情，指出"使先生自责，乃反自誉"，还赏酒赐肉给他。这样割肉、自责，生动地展现了他颇有胆略，滑稽善辩。东方朔的滑稽闻名当时，与其他各有特色的人物并称于世。班固在《汉书·公孙弘卜式儿宽传》里说，武帝时，"儒雅则公孙弘、董仲舒、儿宽，笃行则石建、石庆，质直则汲黯、卜式，推贤则韩安国、郑当时，定令则赵禹、张汤，文章则司马迁、相如，滑稽则东方朔、枚皋，应对则严助、朱买臣，历数则唐都、洛下闳，协律则李延年，运筹则桑弘羊，奉使则张骞、苏武，将率则卫青、霍去病，受遗则霍光、金日磾"。

东方朔为人正直，言辞敏捷。不过，武帝还是把他当俳优看待。他尽管处于弄臣地位，但是在政治上也有一些正义感。他曾在武帝要起上林苑时进谏，认为："今规以为苑，绝陂池水泽之利，而取民膏腴之地，上乏国家之用，下夺农桑之业，弃成功，就败事，损耗五谷。"（《汉书·东方朔传》）他又写下《非有先生论》，指出古代正直人士"皆极虑尽忠，悯王泽不下流，而万民骚动，故直言其失，切谏其邪者"。其写作意图就是用历史上谏诤得祸的故事来启发"吴王"，使人接受教育，兴利除弊，任用人才，除去奸邪。

《汉书·东方朔传》说："朔上书陈农战强国之计，因自讼独不得大官，欲求试用。其言专商鞅、韩非之语也，指意放荡，颇复诙谐，辞数万言，终不见用。朔因著论，设客难己，用位卑以自慰谕。"说明了东方朔写《答客难》的缘由和用意。他不满自己的俳优地位，于是借宾客之口，抒发个人牢骚。文中援引史实，故作反语，分析了昔人功成名就和自己怀才不遇的原因，着重论述了时异事异、不能以古衡今的深刻道理。

全文主旨突出，议论深刻，结构严谨，层次清楚，骈散相间，言辞谐美。文章可分为四段。

第一段叙述客人的问难，提出长久不受重用的问题。文章开始就说战国时苏秦、张仪一遇到大国之君，就身居高位，泽及后代，而现实中东方朔勤奋有余，才智无双，却很不得志。它指出东方朔"修先王之术，慕圣人之义，讽诵《诗》《书》百家之言，不可胜记，著于竹帛，唇腐齿落，服膺而不可释"，"然悉力尽忠，以事圣帝，旷日持久，积数十年，官不过侍郎，位不过执戟"，以至"同胞之徒，无所容居"。这段提到苏秦、张仪，与东方朔比较，谈起时间长短、职位高低和恩惠有无，说明东方朔尽管有苏秦、张仪的才能，而且好学乐道，竭力尽忠，但是处在武帝天下一统的时代，政治上得不到重视，因此，非常向往那纵横游说的战国时代。

第二段说明苏秦、张仪有所作为和自己无法立功的原因，表达时异事异的思想。对于生不逢时、人不得志，文章以旷达之语反映作者的真情实感，强调"彼一时也，此一时也，岂可同哉"。先提到苏秦、张仪所处的时代，周王朝统治大大削弱，诸侯以武力相征伐，"得士者强，失士者亡"，士的作用是举足轻重的，因而他们"身处尊位，珍宝充内，外有仓廪，泽及后世，子孙长享"。接着论述如今的不同情况，圣明皇帝德泽布流，普天之下震惊畏惧，诸侯归顺，边境太平，国家安稳，"天下平均，合为一家，动发举事，犹运之掌。贤与不肖，何以异哉"。进而指出现在一切遵循天道，顺应地理，各得其所，"故绥之则安，动之则苦；尊之则为将，卑之则为虏；抗之则在青云之上，抑之则在深渊之下；用之则为虎，不用则为鼠。虽欲尽节效情，安知前后"。因此，假如苏秦、张仪生活在西汉，就是管理档案资料的小官也得不到，怎么敢奢望做侍郎。然后引用古书名言，"天下无害，虽有圣人，无所施才；上下和同，虽有贤者，无所立功"，突出不同时世的作用，从而阐明时代不同事情就不同的道理。这段逐层推进，对比鲜明，反语有力，语言生动，既清楚回答了官位低微的诘问，又真实反映出当时社会制度埋没人才的情况。

第三段议论个人修养的问题，阐明修学敏行的重要意义。文章认为虽然时异事异，可是君子仍然需要修身。文章从《诗经》之语谈起，"鼓钟于宫，声闻于外"，"鹤鸣九皋，声闻于天"，指出如果修身养性，就会显达荣耀。随即谈到历史上姜太公亲身实行仁义，后来为周文王、武王所发现并重用，认为这就是士人珍惜时间、钻研学问、修养品行、从不懈怠的缘故，并以鹡鸰边飞边鸣来比喻人应勤学修身。又引用古书逸诗所言，"天不为人之恶寒而辍其冬，地不为人之恶险而辍其广，君子不为小人之匈匈而易其行"，"礼义之不愆，何恤人之言"，强调高尚的人无论何时何地，都能注意修养身心，遵守行动准则，而不会计较功名得失，顾虑别人议论。文章援引孔子的话，"水至清则无鱼，人至察则无徒"，"枉而直之，使自得之；优而柔之，使自求之；揆而度之，使自索之"，主张对别人应举德赦过，不求全责备，而对自己则要努力加强品德才学修养，只有"自得之"，才能"敏且广"。这段引经贴切自然，分析深中肯綮，排比显出气势，不仅有力反驳了"尚有遗行"的诘问，也充分表现出作者注重品德与学问修养的精神境界。

第四段论述士人的用与不用主要是时代的遇与不遇，嘲笑对方寡见少闻。今世处士不为时用，他们"块然无徒，廓然独居，上观许由，下察接舆，计同范蠡，忠合子胥，天下和平，与义相扶，寡偶少徒，固其宜也。子何疑于予哉"。古代士人遇时而成就事业，"燕之用乐毅，秦之任李斯，郦食其之下齐，说行如流，曲从如环，所欲必得，功若丘山，海内定，国家安，是遇其时者也。子又何怪之邪"。文章再次对比古今情况，论证时异事异的道理，点明贤能之士即使在武帝盛世也无法施展才能。当时全国政令统一，武帝进一步削藩，强化中央集权体制，这使原来以宾客身份自由往来诸侯国之间的人士失去不少机会，只能完全服从最高统治者的安排。在中央集权体制下，往往是用之则大展宏图，不用则默默无闻。文章继而引用成语，强调用竹管观察天象，用瓠瓢测量海水，用草茎敲击大钟，怎么能了解群星布局，考察海水波浪，发出鸣钟声响呢？"犹是观之，譬由鼱鼩之袭狗，孤豚之咋虎，至则靡耳，何功之有？"由此明言客人的非难是不知权变，不明事理。这段善用排偶、反诘和比喻，显得谈吐诙谐，理直气壮，意味隽永，明确表示了作者对客人问难的嘲讽态度。

本文属于对问体，这种体式开始于宋玉的《对楚王问》。《文心雕龙·杂文》指出："自《对问》以后，东方朔效而广之，名为《客难》，托古慰志，疏而有辨。"对问体式的特点是"发愤以表志，身挫凭乎道胜，时屯寄于情泰，莫不渊岳其心，麟凤其采，此立本之大要也"。《答客难》自然从战国谋臣策士的游说长处中有所受益，又有所发展，内容丰富深刻，风格纵横驰骋。它不但构思巧妙，条理清晰，波澜起伏，语言疏朗流畅，而且文笔犀利，用事灵活，修辞出色，议论酣畅淋漓。因此，它对后代的散文创作颇有影响。西汉扬雄《解嘲》、东汉班固《答宾戏》、三国曹植《客问》、西晋庾敳《客咨》、东晋郭璞《客傲》和唐代韩愈《进学解》等，以答难的形式抒发各自的内心情感，都表现出与东方朔《答客难》的渊源关系。

留侯世家

司马迁

留侯张良者，其先韩人也①。大父开地，相韩昭侯、宣惠王、襄哀王②。父平，相釐王、悼惠王③。悼惠王二十三年④，平卒。卒二十岁，秦灭韩。良年少，未宦事韩⑤。韩破，良家僮三百人，弟死不葬，悉以家财求客刺秦王，为韩报仇，以大父、父五世相韩故⑥。

良尝学礼淮阳⑦。东见仓海君⑧。得力士，为铁椎重百二十斤。秦皇帝东游，良与客狙击秦皇帝博浪沙中，误中副车⑨。秦皇帝大怒，大索天下，求贼甚急，为张良故也。良乃更名姓，亡匿下邳⑩。

良尝闲从容步游下邳圯上⑪，有一老父，衣褐⑫，至良所，直堕其履圯下⑬，顾谓良曰："孺子，下取履！"良愕然，欲殴之⑭。为其老，强忍，下取履。父曰："履我！"良业为取履⑮，因长跪履之。父以足受，笑而去。良殊大惊，随目之⑯。父去里所⑰，复还，曰："孺子可教矣。后五日平明⑱，与我会此。"良因怪之，跪曰："诺。"五日平明，良往。父已先在，怒曰："与老人期，后⑲，何也？"去，曰："后五日早会。"五日鸡鸣，良往。父又先在，复怒曰："后，何也？"去，曰："后五日复早来。"五日，良夜未半往。有顷，父亦来，喜曰："当如是。"出一编书⑳，曰："读此则为王者师矣㉑。后十年兴。十三年孺子见我济北，谷城山下黄石即我矣㉒。"遂去，无他言，不复见。旦日视其书，乃《太公兵法》也㉓。良因异之，常习诵读之。

居下邳，为任侠。项伯尝杀人，从良匿。后十年，陈涉等起兵，良亦聚少年百余人。景驹自立为楚假王㉔，在留。良欲往从之，道遇沛公。沛公将数千人，略地下邳西，遂属焉。沛公拜良为厩将㉕。良数以《太公兵法》说沛公，沛公善之，常用其策。良为他人言，皆不省。良曰："沛公殆天授㉖。"故遂从之，不去见景驹。

及沛公之薛㉗，见项梁。项梁立楚怀王。良乃说项梁曰："君已立楚后，而韩诸公子横阳君成贤，可立为王，益树党㉘。"项梁使良求韩成，立以为韩王。以良为韩申徒㉙，与韩王将千余人西略韩地，得数城，秦辄复取之，往来为游兵颍川㉚。

沛公之从雒阳南出轘辕㉛，良引兵从沛公，下韩十余城，击破杨熊军㉜。沛公乃令韩王成留守阳翟，与良俱南，攻下宛，西入武关㉝。沛公欲以兵二万人击秦峣下军㉞，良说曰："秦兵尚强，未可轻。臣闻其将屠者子，贾竖易动以利。愿沛公且留壁㉟，使人先行，为五万人具食，益为张旗帜诸山上，为疑兵，令郦食其持重宝啖秦将㊱。”秦将果畔，欲连和俱西袭咸阳，沛公欲听之。良曰：“此独其将欲叛耳，恐士卒不从。不从必危，不如因其解击之㊲。”沛公乃引兵击秦军，大破之。遂北至蓝田㊳，再战，秦兵竟败。遂至咸阳，秦王子婴降沛公㊴。

沛公入秦宫，宫室帷帐狗马重宝妇女以千数，意欲留居之。樊哙谏沛公出舍，沛公不听。良曰：“夫秦为无道，故沛公得至此。夫为天下除残贼，宜缟素为资㊵。今始入秦，即安其乐，此所谓‘助桀为虐’。且‘忠言逆耳利于行，毒药苦口利于病’，愿沛公听樊哙言。”沛公乃还军霸上㊶。

项羽至鸿门下㊷，欲击沛公，项伯乃夜驰入沛公军，私见张良，欲与俱去。良曰：“臣为韩王送沛公，今事有急，亡去不义。”乃具以语沛公。沛公大惊，曰：“为将奈何？”良曰：“沛公诚欲倍项羽邪？”沛公曰：“鲰生教我距关无内诸侯，秦地可尽王㊸，故听之。”良曰：“沛公自度能却项羽乎？”沛公默然良久，曰：“固不能也。今为奈何？”良乃固要项伯㊹。项伯见沛公。沛公与饮为寿，结宾婚㊺。令项伯具言沛公不敢倍项羽，所以距关者，备他盗也。及见项羽后解，语在项羽事中。

汉元年正月，沛公为汉王，王巴、蜀㊻。汉王赐良金百镒㊼，珠二斗，良具以献项伯。汉王亦因令良厚遗项伯，使请汉中地㊽。项王乃许之，遂得汉中地。汉王之国，良送至褒中㊾，遣良归韩。良因说汉王曰：“王何不烧绝所过栈道㊿，示天下无还心，以固项王意(51)。”乃使良还。行，烧绝栈道。良至韩，韩王成以良从汉王故，项王不遣成之国，从与俱东。良说项王曰：“汉王烧绝栈道，无还心矣。”乃以齐王田荣反书告项王(52)。项王以此无西忧汉心，而发兵北击齐。

项王竟不肯遣韩王，乃以为侯，又杀之彭城(53)。良亡，间行归汉王，汉王亦已还定三秦矣(54)。复以良为成信侯(55)，从东击楚。至彭城，汉败而还。至下邑，汉王下马踞鞍而问曰(56)：“吾欲捐关以东等弃之，谁可与共功者(57)？”良进曰：“九江王黥布，楚枭将，与项王有郄㊳；彭越与齐王田荣反梁地㊴：此两人可急使。而汉王之将独韩信可属大事，当一面⑩。即欲捐之，捐之此三人，则楚可破也。"汉王乃遣随何说九江王布㊶，而使人连彭越。及魏王豹反㊷，使韩信将兵击之，因举燕、代、齐、赵㊸。然卒破楚者，此三人力也。

张良多病，未尝特将也，常为画策臣㊹，时时从汉王。

汉三年，项羽急围汉王荥阳㊺，汉王恐忧，与郦食其谋桡楚权㊻。食其曰："昔汤伐桀，封其后于杞㊼。武王伐纣，封其后于宋㊽。今秦失德弃义，侵伐诸侯社稷，灭六国之后，使无立锥之地。陛下诚能复立六国后世，毕已受印㊾，此其君臣百姓必皆戴陛下之德，莫不乡风慕义㊿，愿为臣妾。德义已行，陛下南乡称霸，楚必敛衽而朝㉛。"汉王曰："善。趣刻印，先生因行佩之矣㉜。"

食其未行，张良从外来谒。汉王方食，曰："子房前！客有为我计桡楚权者。"具以郦生语告，曰："于子房何如？"良曰："谁为陛下画此计者？陛下事去矣。"汉王曰："何哉？"张良对曰："臣请藉前箸为大王筹之㉝。"曰："昔者汤伐桀而封其后于杞者，度能制桀之死命也。今陛下能制项籍之死命乎？"曰："未能也。""其不可一也。武王伐纣封其后于宋者，度能得纣之头也。今陛下能得项籍之头乎？"曰："未能也。""其不可二也。武王入殷，表商容之闾，释箕子之拘，封比干之墓㉞。今陛下能封圣人之墓，表贤者之闾，式智者之门乎㉟？"曰："未能也。""其不可三也。发钜桥之粟，散鹿台之钱㊱，以赐贫穷。今陛下能散府库以赐贫穷乎？"曰："未能也。""其不可四矣。殷事已毕，偃革为轩㊲，倒置干戈，覆以虎皮，以示天下不复用兵。今陛下能偃武行文，不复用兵乎？"曰："未能也。""其不可五矣。休马华山之阳㊳，示以无所为。今陛下能休马无所用乎？"曰："未能也。""其不可六矣。放牛桃林之阴，以示不复输积㊴。今陛下能放牛不复输积乎？"曰："未能也。""其不可七矣。且天下游士离其亲戚，弃坟墓，去故旧，从陛下游者，徒欲日夜望咫尺之地㊵。今复六国，立韩、魏、燕、赵、齐、楚之后，天下游士各归事其主，从其亲戚，反其故旧坟墓，陛下与谁取天下乎？其不可八矣。且夫楚唯无强，六国立者复桡而从之㉛，陛下焉得而臣之？诚用客之谋，陛下事去矣。"汉王辍食吐哺㉜，骂曰："竖儒，几败而公事㉝！"令趣销印。

汉四年，韩信破齐而欲自立为齐王，汉王怒。张良说汉王，汉王使良授齐王信印，语在淮阴事中。

其秋，汉王追楚至阳夏南，战不利而壁固陵㉞，诸侯期不至。良说汉王，汉王用其计，诸侯皆至。语在项籍事中。

汉六年正月，封功臣。良未尝有战斗功，高帝曰："运筹策帷帐中，决胜千里外㉟，子房功也。自择齐三万户。"良曰："始臣起下邳，与上会留，此天以臣授陛下。陛下用臣计，幸而时中㊱，臣愿封留足矣，不敢当三万户。"乃封张良为留侯，与萧何等俱封㊲。

上已封大功臣二十余人，其余日夜争功不决，未得行封。上在雒阳南宫，从复道望见诸将往往相与坐沙中语㊳。上曰："此何语？"留侯曰："陛下不知乎？此谋反耳。"上曰："天下属安定㊴，何故反乎？"留侯曰："陛下起布衣，以此属取天下㊵，今陛下为天子，而所封皆萧、曹故人所亲爱㊶，而所诛者皆生平所仇怨。今军吏计功，以天下不足遍封，此属畏陛下不能尽封，恐又见疑平生过失及诛，故即相聚谋反耳。"上乃忧曰："为之奈何？"留侯曰："上平生所憎，群臣所共知，谁最甚者？"上曰："雍齿与我故㊷，数尝窘辱我。我欲杀之，为其功多，故不忍。"留侯曰："今急先封雍齿以示群臣，群臣见雍齿封，则人人自坚矣㊸。"于是上乃置酒，封雍齿为什方侯㊹，而急趣丞相、御史定功行封。群臣罢酒，皆喜曰："雍齿尚为侯，我属无患矣。"

刘敬说高帝曰㊺："都关中。"上疑之。左右大臣皆山东人㊻，多劝上都雒阳："雒阳东有成皋，西有崤黾，倍河，向伊雒㊼，其固亦足恃。"留侯曰："雒阳虽有此固，其中小，不过数百里，田地薄，四面受敌，此非用武之国也。夫关中左崤函，右陇蜀，沃野千里㊽，南有巴蜀之饶，北有胡苑之利㊾，阻三面而守，独以一面东制诸侯。诸侯安定，河渭漕挽天下㊿，西给京师；诸侯有变，顺流而下，足以委输⑩。此所谓金城千里，天府之国也，刘敬说是也。"于是高帝即日驾，西都关中。

留侯从入关。留侯性多病，即道引不食谷⑩，杜门不出岁余。

上欲废太子，立戚夫人子赵王如意⑩。大臣多谏争，未能得坚决者也。吕后恐，不知所为。人或谓吕后曰："留侯善画计策，上信用之。"吕后乃使建成侯吕泽劫留侯⑩，曰："君常为上谋臣，今上欲易太子，君安得高枕而卧乎？"留侯曰："始上数在困急之中，幸用臣策。今天下安定，以爱欲易太子，骨肉之间，虽臣等百余人何益。"吕泽强要曰⑩："为我画计。"留侯曰："此难以口舌争也。顾上有不能致者，天下有四人。四人者年老矣，皆以为上慢侮人⑩，故逃匿山中，义不为汉臣。然上高此四人。今公诚能无爱金玉璧帛，令太子为书，卑辞安车，因使辩士固请⑩，宜来。来，以为客，时时从入朝，令上见之，则必异而问之。问之，上知此四人贤，则一助也。"于是吕后令吕泽使人奉太子书，卑辞厚礼，迎此四人。四人至，客建成侯所。

汉十一年，黥布反，上病，欲使太子将，往击之。四人相谓曰："凡来者，将以存太子⑩。太子将兵，事危矣。"乃说建成侯曰："太子将兵，有功则位不益太子⑩；无功还，则从此受祸矣。且太子所与俱诸将⑩，皆尝与上定天下枭将也，今使太子将之，此无异使羊将狼也，皆不肯为尽力，其无功必矣。臣闻'母爱者子抱'⑪，今戚夫人日夜侍御，赵王如意常抱居前，上曰'终不使不肖子居爱子之上'，明乎其代太子位必矣。君何不急请吕后承间为上泣言⑫：'黥布，天下猛将也，善用兵，今诸将皆陛下故等夷⑬，乃令太子将此属，无异使羊将狼，莫肯为用，且使布闻之，则鼓行而西耳⑭。上虽病，强载辎车，卧而护之⑮，诸将不敢不尽力。上虽苦，为妻子自强⑯。'"于是吕泽立夜见吕后，吕后承间为上泣涕而言，如四人意。上曰："吾惟竖子固不足遣⑰，而公自行耳。"于是上自将兵而东，群臣居守，皆送至灞上。留侯病，自强起，至曲邮⑱，见上曰："臣宜从，病甚。楚人剽疾⑲，愿上无与楚人争锋。"因说上曰："令太子为将军，监关中兵。"上曰:"子房虽病,强卧而傅太子⑫。"是时叔孙通为太傅,留侯行少傅事㉑。

汉十二年,上从击破布军归,疾益甚,愈欲易太子。留侯谏,不听,因疾不视事。叔孙太傅称说引古今,以死争太子⑫。上详许之⑬,犹欲易之。及燕⑭,置酒,太子侍。四人从太子,年皆八十有余,须眉皓白,衣冠甚伟。上怪之,问曰:"彼何为者?"四人前对,各言名姓,曰东园公、甪里先生⑮、绮里季、夏黄公。上乃大惊,曰:"吾求公数岁,公辟逃我,今公何自从吾儿游乎⑯?"四人皆曰:"陛下轻士善骂,臣等义不受辱,故恐而亡匿。窃闻太子为人仁孝,恭敬爱士,天下莫不延颈欲为太子死者⑰,故臣等来耳。"上曰:"烦公幸卒调护太子⑱。"

四人为寿已毕,趋去。上目送之,召戚夫人指示四人者曰:"我欲易之,彼四人辅之,羽翼已成,难动矣。吕后真而主矣。"戚夫人泣,上曰:"为我楚舞,吾为若楚歌。"歌曰:"鸿鹄高飞,一举千里。羽翮已就,横绝四海⑲。横绝四海,当可奈何!虽有矰缴,尚安所施⑳!"歌数阕,戚夫人嘘唏流涕㉛,上起去,罢酒。竟不易太子者,留侯本招此四人之力也㉜。

留侯从上击代,出奇计马邑下㉝,及立萧何相国,所与上从容言天下事甚众,非天下所以存亡㉞,故不著。留侯乃称曰:"家世相韩,及韩灭,不爱万金之资,为韩报仇强秦,天下振动。今以三寸舌为帝者师,封万户,位列侯,此布衣之极,于良足矣。愿弃人间事,欲从赤松子游耳㉟。"乃学辟谷,道引轻身㊱。会高帝崩,吕后德留侯,乃强食之,曰:"人生一世间,如白驹过隙㊲,何至自苦如此乎!"留侯不得已,强听而食。

后八年卒,谥为文成侯。子不疑代侯。

子房始所见下邳圯上老父与《太公书》者,后十三年从高帝过济北,果见谷城山下黄石,取而葆祠之㊳。留侯死,并葬黄石。每上冢伏腊,祠黄石㊴。

留侯不疑,孝文帝五年坐不敬,国除㊵。

太史公曰:学者多言无鬼神,然言有物㊶。至如留侯所见老父予书,亦可怪矣。高祖离困者数矣㊷,而留侯常有功力焉,岂可谓非天乎？上曰："夫运筹策帷帐之中，决胜千里外，吾不如子房。"余以为其人计魁梧奇伟⑬，至见其图，状貌如妇人好女⑭。盖孔子曰："以貌取人，失之子羽⑮。"留侯亦云⑯。

【注释】

① 张良：字子房，后封于留(今江苏沛县东南)，故称留侯。先：先世，祖先。韩：战国七雄之一。　② 大父：祖父。开地：张良祖父名。韩昭侯：韩国君主，在位二十六年。宣惠王：昭侯子，在位二十一年。襄哀王：宣惠王子，在位十六年。　③ 平：张良父名。釐王：襄哀王子，在位二十三年。悼惠王：釐王子，在位三十四年。　④ 悼惠王二十三年：前250年。　⑤ 未宦事韩：不曾出仕韩国。　⑥ 五世相韩：指张良父祖两代历任韩国五代国君的相。　⑦ 淮阳：今河南周口。　⑧ 仓海君：当时贤者之名。　⑨ 狙击：暗中埋伏，伺机袭击。博浪沙：地名，在今河南原阳东南。副车：随从的车辆。　⑩ 亡匿：逃亡隐藏。下邳(pī)：县名，今江苏睢宁西北。　⑪ 闲：闲暇。圯(yí)：桥。　⑫ 褐：粗布短衣。　⑬ 直：特意。　⑭ 殴：殴打，敲击。　⑮ 业：既然，已经。　⑯ 殊：极其。目：注视。　⑰ 里所：一里多地。所：同"许"。　⑱ 平明：天刚亮。　⑲ 期：约会。后：后到。　⑳ 一编：一册。　㉑ 王者师：可以佐人成帝王之业。　㉒ 济北：济水之北。谷城山：一名黄山，在今山东东阿东北。　㉓《太公兵法》：相传为太公姜尚所著。　㉔ 景驹：楚国后裔。假王：暂居王位。　㉕ 厩将：军中管理马匹的官。　㉖ 殆：近，犹言"大约是""大概是"。　㉗ 薛：邑名，今山东滕州南。　㉘ 横阳君成：韩成，横阳君是其原先的封号。益树党：意谓增加楚国的同盟力量。　㉙ 申徒：司徒，官名。　㉚ 为游兵：打游击。颍川：郡名，治所在阳翟(今河南禹州)。　㉛ 雒阳：洛阳。轘(huán)辕：山名，在今河南偃师东南。　㉜ 杨熊：秦将。　㉝ 宛：今河南南阳。武关：今陕西丹凤东南。　㉞ 峣(yáo)：关名，在今陕西蓝田东南。　㉟ 留壁：留守自己的营垒。　㊱ 郦食其：辩士，从刘邦，后被齐王田广烹杀。参见《答客难》注。啖(dàn)：拿利益引诱人。　㊲ 解：同"懈"。　㊳ 蓝田：县名，今属陕西。　㊴ 子婴：秦始皇孙，为秦王仅四十六日，投降刘邦，后为项羽所杀。　㊵ 残贼：害民的暴君。缟(gǎo)：白色绢。宜缟素为资：应以生活朴素作为凭借。　㊶ 霸上：亦作灞上，因地处灞水西高原上得名，在今陕西西安东。　㊷ 鸿门：地名，今陕西临潼东北。　㊸ 鲰(zōu)生：浅陋小人。距：通"拒"。距关：拒关而守。内：同"纳"。王：君临，据有。　㊹ 固要：犹言"坚邀"。　㊺ 与饮为寿：一起饮酒，祝其长寿。结宾婚：结为朋友与亲家。　㊻ 汉元年：前206年。巴：郡名，在今四川东部和重庆，治所在江州(今重庆江北)。蜀：郡名，在今四川，治所在今成都。　㊼ 镒(yì)：古代重量单位，合二十两，或说二十四两。　㊽ 汉中：郡名，在今陕西南部及湖北西北部，治所在南郑(今陕西汉中东)。　㊾ 褒中：地名，在今陕西勉县东南一带。　㊿ 栈道：在悬崖绝壁上凿孔支架木桩并铺上木板而成的窄路。　㉛ "示天下"二句：表示给天下人看，自己没有东归的意图，这样能稳住项羽的心意，使他不再怀疑汉王有东归的打算。　㉜ 田荣：战国时齐国贵族的后裔。陈涉起义后，田儋自立为齐王，田儋战死后，田荣立田儋之子田市为王。因与项梁、项羽常有矛盾，故项羽分封时田荣未获封。田荣不满，就反对项羽，并自立为齐王，后战败被杀。　㉝ 彭城：今江苏徐州。　㉞ 间行：从小道通过。三秦：指关中地区。项羽分封时，三分关中，封秦降将章邯为雍王，司马欣为塞王，董翳为翟王。三王所领之

地合称三秦。 (55)成信侯：封号，不是地名，表示赞许去楚归汉，能守信义。 (56)下邑：在今安徽砀山。踞鞍：解鞍置地，蹲坐鞍上。 (57)“吾欲”二句：我想捐弃函谷关以东地区，不知谁可与我共图大事。 (58)黥布：英布。曾受黥刑，人称黥布，六县(今安徽六安东北)人。秦末率骊山刑徒起义，初属项羽，封九江王。楚汉战争时归刘邦，封淮南王。汉朝建立后被刘邦杀死。枭将：猛将。郄(xì)：同“隙”，间隙，矛盾。 (59)彭越：昌邑(今山东巨野)人。秦末聚众起兵。楚汉战争时将兵三万余归顺刘邦，因功而封梁王。汉朝建立后为刘邦所杀。 (60)韩信：淮阴(今江苏淮安)人。初属项羽，后归刘邦，被任为大将，在楚汉战争中屡建奇功。初封为齐王。汉朝建立后改封楚王，再降为淮阴侯，最后被杀。属：同“嘱”，委任，嘱托。当一面：独当一面。 (61)随何：汉臣，以善辩著名。 (62)魏王豹：魏豹，魏国贵族后裔。陈涉起义时立其兄魏咎为魏王。魏咎死后魏豹向楚怀王借兵攻城，自立为魏王。项羽分封时，改封西魏王。后韩信破魏，被虏至荥阳，为汉将周苛所杀。 (63)举燕、代、齐、赵：意谓尽得四国故地。 (64)特将：单独带兵。画策臣：规划策略的谋臣。 (65)荥阳：今属河南。 (66)桡(náo)：削弱。 (67)杞(qǐ)：今河南杞县。 (68)宋：今河南东部和山东、江苏、安徽间。 (69)毕已受印：都已受封佩印。 (70)戴：感激。德：恩惠。乡风慕义：仰慕刘邦对他们的恩义。 (71)南乡：南面。敛衽而朝：整肃衣服，前来朝拜。 (72)趣(cù)：催促。因行佩之：出发时可以带着印信前往分封。 (73)藉：同“借”。箸(zhù)：筷子。藉前箸为大王筹之：借当前食用的筷子为汉王筹划。 (74)表：标榜，以示表扬。商容：纣时贤人。周武王灭商后，曾在其闾里加以表彰。箕子：纣的同宗伯叔，谏纣不听，为纣所囚。拘：囚禁。封：墓上积土，加以修整。比干：纣的同宗伯叔，强谏纣王，被剖心而死。 (75)式：通“轼”，古代车厢前面用作扶手的横木，这里作动词，凭轼致敬。 (76)钜桥：仓名，纣积粟之地，在今河北曲周东北。鹿台：台名，纣储财之地，在今河南淇县。 (77)偃：罢息，废除。革：兵车。轩：一种有帷幕而前顶较高的车。这句说，把兵车废而不用，改成平时使用的高车。 (78)华山：在今陕西华阴南，为五岳中的西岳。阳：山的南面。 (79)桃林：塞名，在今河南灵宝西。阴：山的北面。输积：运输和聚积。 (80)“徒欲”句：不过日夜想得到一小块土地。咫尺：极言其少。 (81)楚唯无强：犹言“唯无强于楚”，意谓楚国是无敌的。桡而从之：屈服而追随楚国。 (82)辍食吐哺：停止进食，并吐出口中的食物。 (83)竖儒：小子儒生。而公：你老子。 (84)阳夏：今河南太康。固陵：在今河南太康南。 (85)运：运用。筹策：计谋。帷帐：指行军时主帅所居的营幕。决胜：决定胜利。 (86)幸：侥幸。时中(zhòng)：有时考虑得准确。 (87)萧何：沛县(今属江苏)人，曾为沛县吏。秦末佐刘邦起义，楚汉战争时以丞相身份留守关中，汉朝建立后封为酂侯。 (88)复道：上下有道，故称复道，即阁道。 (89)属(zhǔ)：适值，刚刚。 (90)此属：此辈。 (91)曹：指曹参。沛县人，曾为沛县狱吏。秦末随从刘邦起义，屡立战功。汉朝建立后封平阳侯，曾任齐相九年。后继萧何为汉惠帝丞相，全部遵循萧何成规，有“萧规曹随”之称。 (92)雍齿：沛县人，先从刘邦起兵，不久叛去，后又归汉。故：指有旧怨。 (93)坚：心情稳定。 (94)什方：县名，在今四川什邡南。 (95)刘敬：娄敬，汉初齐人。因建议入都关中有功而被赐姓刘，后封关内侯。 (96)山东：指崤山或华山以东地区。 (97)成皋：在今河南荥阳境内。崤黾(miǎn)：指崤山和渑池。崤山在今河南洛宁西北。渑池源出河南熊耳山，流至宜阳西，东南流入洛水。倍河：背倚黄河。向伊雒：面对伊水、洛水。 (98)崤函：崤山和函谷关。陇：指陇山，在今陕西陇县西北。蜀：在今四川西部。它们都是险要之地。沃野：土壤肥美的原野。　⑨饶：富。胡苑：北部地区的牧场。胡：指当时北方游牧民族匈奴。苑：畜牧场。　⑩河渭：黄河与渭水。漕：水运。挽：牵引。这两句说，利用河渭漕运的方便，可以运输天下的物资向西供给京师。　⑪委输：运送。　⑫道引：同"导引"，道气令和，引体令柔，是道家的养生术。不食谷：辟谷，不吃五谷。　⑬太子：指刘盈，为吕后所生。戚夫人：刘邦宠姬，刘邦死后，被吕后残杀。赵王如意：刘邦之子，为戚夫人所生，封国于赵，后被吕后毒死。　⑭建成侯吕泽：据《史记·高祖功臣侯者年表》，建成侯是吕释之，周吕侯是吕泽。两人都是吕后之兄。劫：胁迫，强制。　⑮强：勉强。要：求。　⑯慢侮人：意谓任意地轻慢侮辱别人。　⑰为书：写信。卑辞安车：谦卑的言辞，舒适的车辆。固请：坚决邀请。　⑱"凡来者"二句：大抵我们来到这里，就是为了要保全太子。　⑲位不益太子：地位也无法再高于太子。　⑳所与俱诸将：一同前往讨伐英布的诸将。俱：偕同。　㉑母爱者子抱：意谓母被父宠爱，其子时时为父所抚爱抱持。　㉒承间：乘机。泣言：哭诉。　㉓故：从前，当初。等夷：同辈。　㉔鼓行而西：长驱而西，无所畏惧。　㉕辎车：有车帷之车。护之：监督诸将。　㉖自强：勉强自己。　㉗惟：想，考虑。竖子：小子，指太子刘盈。不足遣：不配受这差使。　㉘曲邮：今陕西临潼东。　㉙剽(piāo)疾：勇悍轻捷。　㉚傅：辅导。　㉛叔孙通：曾为秦博士。秦末先从项羽，后归刘邦，任博士，称稷嗣君。汉朝建立后，与儒生共立朝仪。太傅：指太子太傅。少傅：指太子少傅，位次于太子太傅。　㉜称说引古今：称说古今史实以劝谏刘邦。以死争太子：以死力争，希望保全太子。　㉝详：同"佯"，假装。　㉞燕：同"宴"，宴会。　㉟甪(lù)里：地名。　㊱辟逃我：躲着我。辟：同"避"，躲避。何自：犹言"何故"。　㊲延颈：伸长脖子，表示企盼之意。　㊳调护：照应，看顾。　㊴羽翮(hé)：羽翼。翮：羽茎。绝：渡。　㊵矰缴(zēngzhuó)：拴有丝绳用来射鸟的箭。尚安所施：还施用于何处，意谓自己对废易太子事已无能为力。　㊶嘘唏：叹息。　㊷"留侯"句：原本是张良聘请这四人出山相助的力量。　㊸击代：代相陈豨反汉，刘邦亲往击之。代：汉初诸侯国名，都代县(今河北蔚县东北)。马邑：县名，今山西朔州。　㊹"非天下"句：那些不是有关天下存亡的重要事件。　㊺赤松子：古代传说中的仙人名，相传他是神农时的雨师。　㊻轻身：减轻体重，以便飞升成仙。　㊼白驹过隙：比喻时光飞逝，人生短促。白驹：白马，一说指日影。隙：缝隙。　㊽葆：通"宝"。祠：通"祀"。　㊾"每上冢"二句：张良后人每到夏伏冬腊扫祭张良墓时，也祭祀黄石。　㊿坐不敬：因犯不敬天子之罪。坐：由于，因为。国除：削去封爵。　㉑物：精怪。　㉒离困：遭遇困厄。　㉓计：揣测之辞，有"大概""可能"之意。　㉔好女：美女。　㉕"以貌"二句：只凭外貌来看人，那就把子羽给看错了。失之：估计错误。子羽：孔子弟子澹台灭明的字，其貌丑而有贤德。　㉖留侯亦云：意谓对于留侯，也可以这样说。

【作者简介】

司马迁(前145—?)，西汉史学家、文学家和思想家，字子长，夏阳(今陕西韩城南)人。其先代"世典周史"，父亲司马谈在汉武帝时做太史令，是一位渊博的学者。司马迁十岁开始诵读古文，并师从当时的经学大师董仲舒和孔安国。二十岁开始漫游大江南北，考察四方风俗，收集各种史料。初任郎中，武帝元封三年(前108)继父职任太史令，得读政府所藏的大量书籍。太初元年(前104)，正式开始写作《史记》。天汉二年(前99)，因替投降匈奴的李陵辩解，得罪下狱，遭受腐刑。太始元年（前96），被赦出狱，任中书令。司马迁含垢忍辱，继续发愤著述，终于在征和元年（前92）左右，基本完成《史记》这部巨著。不久即去世。《史记》是我国第一部纪传体通史，它记述了上自传说中的黄帝、下至汉武帝太初年间大约三千多年的历史。全书包括本纪十二篇、表十篇、书八篇、世家三十篇、列传七十篇，共一百三十篇。它是一部体大思精、前所未有的历史著作，所开创的纪传体形式为后代所沿用。它又是一部伟大的传记文学作品，语言文字丰富优美，写人叙事生动传神，抒情议论感人肺腑，因而被后世奉为典范。《史记》以外，司马迁的著作今存《报任安书》和《悲士不遇赋》。《汉书》有传。

【赏析】

《留侯世家》选自《史记》卷五十五。它记载了张良辅佐刘邦平定天下、完成帝业的全过程，通过破秦入关、智取项羽、分封雍齿、定都关中和保全太子等典型事例，充分显示了张良审时度势、谋略过人、运筹帷幄、决胜千里的特点。全文人物形象光彩照人，故事情节波澜起伏。

张良开始协助刘邦进攻峣关的秦军时，就清醒地认识到秦军尚强，不可轻敌，只能出奇制胜。于是，他抓住对方守关将领贪财的弱点，建议刘邦一面严阵以待，并虚张声势，一面派郦食其以珍宝诱买秦将。在敌将得利而放松防备后，他又提出乘机发动进攻。这说明他知己知彼，处事果断。

刘邦采纳了张良的意见，大破敌兵，屡战屡胜，直捣咸阳。进入秦宫，只见宫室、帷帐、狗马、重宝、美女不胜枚举，刘邦流连忘返，对樊哙的劝告也置之不理。面对这种新情况，张良向刘邦明确指出应该虚心纳谏，胸怀远大，夺取天下，不要耽溺享乐，步秦后尘。张良所言一针见血，说明他具有远大的政治眼光。

刘邦还军霸上，项羽又率军攻破函谷关，兵驻鸿门，准备以绝对的优势战胜对手。此时，刘邦势单力薄，岌岌可危；项羽声势浩大，咄咄逼人。然而，张良还是想方设法，转危为安。他不像刘邦那样大惊失色，默默无语，而是请刘邦保持镇静，正确估量双方实力，同时又成功利用自己与项伯的特殊关系，针对项羽沽名钓誉的心理，劝说刘邦以卑辞厚礼假意臣服对方，以解燃眉之急。鸿门宴上，他还帮助刘邦智斗项羽，化险为夷。这表现了他量力而行，顺时而动。至此，作品已经初步描绘出一个善于出谋划策的智者形象。

如果说张良在破秦入关中时是崭露头角，那么到楚汉相争时就大显身手了。为了对付项羽，刘邦设法联合各种力量，在荥阳一带与项羽对峙。他想削弱楚军力量，打算按照郦食其的建议，复立六国后代，使他们追随自己，共同打击项羽。张良认为分封六国后代是极不高明的，如果照此办理，必将前功尽弃。他向刘邦说古道今，从八个方面说明不立六国后代的理由。张良把历史经验和现实可能进行对比，又把客观存在和主观愿望逐一比较，还把人们的言行和心理联系起来。所言鞭辟入里，气势充沛，使刘邦回心转意，收回成命。张良的言论清楚地表现他善于分析天下形势，极其重视政治、经济和军事等重大问题，深入了解人们的心理，积极掌握楚汉战争的主动权，还特别强调对敌斗争要扼喉抚背，制敌于死命。显而易见，他的主张比郦食其的计谋要高明得多，被刘邦采纳后就使楚汉战争真正朝着有利于刘邦的方向发展。

在楚强汉弱的情况下，张良深知斗智与斗力、政治斗争与军事斗争必须密切结合，因此，提出重用韩信、联合英布和彭越等人的策略。他指出楚军猛将与项羽有仇隙，彭越等人略定梁地，屡断楚军粮道，这些都是可乘之机，此外，汉军众将之中，只有韩信可以独当一面，担负重任。利用机会，重用人才，这表现了张良分析问题具有正确的眼光和过人的谋略。

当韩信平定齐国而要求暂摄齐王之位时，刘邦起先不能容忍，听了张良的劝说后，才"使良授齐王信印"。张良劝刘邦为灭楚大业而同意韩信求封一事，这显示了他深谋远虑，随机应变。

从过去反对复立六国后代到现在主张暂时分封韩信等人，这反映了张良是灵活多变的。他能根据实际情况，及时提出明智的应变措施。虽然刘邦对韩信、彭越、英布是既利用又猜忌，但是"卒破楚者，此三人力也"。显然，张良这个策略达到了预期的目的。

传记通过描写楚汉相争这样的重大事情，来表现张良智珠在握，辅佐刘邦与项羽斗智，并把斗智与斗力巧妙地结合在一起，最终灭楚立汉。

楚汉相争的矛盾解决了，巩固汉政权的种种问题随之而来。司马迁首先写了分封功臣的事情，从而显出张良见识高超，不同凡俗。

由于分封不均，文臣武将议论纷纷，张良对刘邦说众人所为是"谋反"。所谓"谋反"，只不过是说多数功臣对不及时、不合理的分封情况有所不满，并非说他们真正谋反，而是以此引起刘邦的重视。不然的话，目前的不满有可能发展成为日后的谋反。张良进一步分析问题产生的原因，提出解决问题的办法。他说刘邦所封之臣都是像萧何、曹参这样为他所亲爱的人，所杀之臣也全是为他所怨恨的人。自然，大多数人就不满以亲疏关系分封的做法，也担心天下有限的土地不足分配，其中还有些与刘邦久有矛盾的人更是害怕受到打击报复，这是不利于局势的稳定和政权的巩固的。他强调只有公正地分封功臣，尤其是要首先分封那些与刘邦意见不合而劳苦功高的人，才能消除嫌隙，赢得人心，安定天下。因为雍齿与刘邦关系特别不好却又战功卓著，所以张良提出："今急先封雍齿以示群臣，群臣见雍齿封，则人人自坚矣。"刘邦按照他的意见做了，果然，大家喜形于色，高兴地说："雍齿尚为侯，我属无患矣。"司马迁以张良正确的见解、刘邦分封做法的变化和众人前后不同的反映，生动地表明张良能仔细地观察事物，准确地分析矛盾，及时地提出对策，能见微而知著，防患于未然。

写完分封功臣的事情，司马迁又写了定都的问题。刘邦左右大臣多数是函谷关以东地区的人，他们因此积极劝说刘邦以洛阳为都城，并且以洛阳一带地势险要、坚固易守为理由来强调他们的说法。张良力排众议，支持刘敬建都长安之策，说明不能定都洛阳的道理，使刘邦不再举棋不定而立刻决定建都关中。张良先批评定都洛阳的意见，认为洛阳地势固然不错，但是四面为山河所包围，城在其中，显得空间狭小，容易受到控制和打击，不是建都的最佳之地。然后，他肯定建都关中的主张，强调指出那里"左崤函，右陇蜀，沃野千里，南有巴蜀之饶，北有胡苑之利，阻三面而守，独以一面东制诸侯"。张良以这种骈散相间的语句排比铺陈，说明关中地区的地形便利，继而又以"诸侯安定，河渭漕挽天下，西给京师"与"诸侯有变，顺流而下，足以委输"对举，反映交通运输的方便，再以"金城"与"天府"互称，展现关中之地坚固如钢，物产丰富。最后，他在充分说理的基础上，以简短之句点明"刘敬说是也"。先破后立，对比鲜明，气势充沛，使人深深感到张良关于定都问题的分析确是至当不易之论。

与巩固政权密切相关的事还有废易和保全太子之争，对此作者作了淋漓尽致的描述。刘邦一度想废易太子，众人极力劝阻都无济于事。心急如焚的吕后不得不派其兄出面，要求张良设法相劝。然而，张良一反常态，不愿涉及此事。他说："始上数在困急之中，幸用臣策。今天下安定，以爱欲易太子，骨肉之间，虽臣等百余人何益。"尽管这样，张良还是出谋划策，保全太子，尽量避免由废易太子而可能引起的政局不稳。考虑到当时很难用言辞使刘邦幡然悔悟，张良提出了一个两全其美的计策。他深知刘邦非常尊重商山四皓，所以建议派人卑辞厚礼，把他们请来辅佐太子，造成太子深得人心、拥有势力的局面，并期望以此使刘邦回心转意。吕后等人按计行事，果然行之有效。

作品为了突出张良此计的成功，有声有色地描绘了刘邦与商山四皓相见时的情景。刘邦看见四位年老贤才跟随太子，感到非常奇怪。四人答道，过去刘邦待人无礼，他们不愿向汉称臣，现在由于太子"为人仁孝，恭敬爱士"，他们和天下许多人一样都愿意为太子效死。此时，刘邦方才知道"我欲易之，彼四人辅之，羽翼已成，难动矣"。在这一情景中，司马迁细致描绘了人物的外貌、神态、动作，从侧面反映出张良的料事如神。

总而言之，这篇传记真实地记述了张良帮助刘邦夺取天下和巩固政权的史实，鲜明地突出了他聪明睿智、多谋善断的特点。正如叶适所说："以筹策算天下，于古无是……后世遂有取天下之术，然皆无以逾张良。"（《习学记言序目·史记》）通过刻画张良的形象，传记出色地反映了秦末、楚汉之际和汉初历史的真实情况，也自然流露出作者对张良的赞赏之意。应该说，对张良的描写和评论，实际上表达了历来人民群众希望预见未来、排除万难、实现国家统一和推动社会进步的美好愿望。《留侯世家》善于抓住重大事情，写出典型情节，成功地塑造人物形象，展现出人物特点，这是它的特色，也是《史记》人物描写的长处。

管晏列传

司马迁

管仲夷吾者，颍上人也①。少时常与鲍叔牙游②，鲍叔知其贤。管仲贫困，常欺鲍叔③，鲍叔终善遇之，不以为言。已而鲍叔事齐公子小白，管仲事公子纠④。及小白立为桓公，公子纠死，管仲囚焉⑤。鲍叔遂进管仲⑥。

管仲既用，任政于齐，齐桓公以霸，九合诸侯，一匡天下⑦，管仲之谋也。

管仲曰："吾始困时，尝与鲍叔贾，分财利多自与，鲍叔不以我为贪，知我贫也。吾尝为鲍叔谋事而更穷困，鲍叔不以我为愚，知时有利不利也。吾尝三仕三见逐于君，鲍叔不以我为不肖，知我不遭时也。吾尝三战三走⑧，鲍叔不以我为怯，知我有老母也。公子纠败，召忽死之，吾幽囚受辱，鲍叔不以我为无耻，知我不羞小节而耻功名不显于天下也。生我者父母，知我者鲍子也。"

鲍叔既进管仲，以身下之。子孙世禄于齐⑨，有封邑者十余世，常为名大夫。天下不多管仲之贤而多鲍叔能知人也⑩。

管仲既任政相齐，以区区之齐在海滨，通货积财，富国强兵，与俗同好恶。故其称曰："仓廪实而知礼节⑪，衣食足而知荣辱，上服度则六亲固⑫。四维不张⑬，国乃灭亡。下令如流水之原，令顺民心⑭。"故论卑而易行⑮。俗之所欲，因而予之；俗之所否，因而去之。

其为政也，善因祸而为福，转败而为功。贵轻重，慎权衡⑯。桓公实怒少姬，南袭蔡⑰，管仲因而伐楚，责包茅不入贡于周室⑱。桓公实北征山戎，而管仲因而令燕修召公之政⑲。于柯之会，桓公欲背曹沫之约，管仲因而信之⑳，诸侯由是归齐。故曰："知与之为取，政之宝也㉑。"

管仲富拟于公室，有三归、反坫㉒，齐人不以为侈。管仲卒，齐国遵其政，常强于诸侯。后百余年而有晏子焉。

晏平仲婴者，莱之夷维人也㉓。事齐灵公、庄公、景公，以节俭力行重于齐。既相齐，食不重肉，妾不衣帛。其在朝，君语及之，即危言㉔；语不及之，即危行。国有道，即顺命㉕；无道，即衡命㉖。以此三世显名于诸侯㉗。

越石父贤，在缧绁中㉘。晏子出，遭之涂，解左骖赎之㉙，载归。弗谢，入闺㉚。久之，越石父请绝㉛。晏子愳然，摄衣冠谢曰㉜："婴虽不仁，免子于厄㉝，何子求绝之速也？"石父曰："不然。吾闻君子诎于不知己而信于知己者㉞。方吾在缧绁中，彼不知我也。夫子既已感寤而赎我㉟，是知己；知己而无礼，固不如在缧绁之中。"晏子于是延入为上客㊱。

晏子为齐相，出，其御之妻从门间而窥其夫㊲。其夫为相御，拥大盖，策驷马㊳，意气扬扬，甚自得也。既而归，其妻请去㊴。夫问其故。妻曰："晏子长不满六尺，身相齐国，名显诸侯。今者妾观其出，志念深矣，常有以自下者㊵。今子长八尺，乃为人仆御，然子之意自以为足，妾是以求去也。"其后夫自抑损㊶。晏子怪而问之，御以实对。晏子荐以为大夫。

太史公曰：吾读管氏《牧民》《山高》《乘马》《轻重》《九府》㊷及《晏子春秋》㊸，详哉其言之也。既见其著书，欲观其行事，故次其传㊹。至其书，世多有之，是以不论，论其轶事。

管仲，世所谓贤臣，然孔子小之㊺。岂以为周道衰微，桓公既贤，而不勉之至王㊻，乃称霸哉？语曰"将顺其美，匡救其恶，故上下能相亲也㊼"。岂管仲之谓乎？

方晏子伏庄公尸哭之，成礼然后去㊽，岂所谓"见义不为无勇"者邪㊾？至其谏说，犯君之颜，此所谓"进思尽忠，退思补过"者哉！假令晏子而在，余虽为之执鞭，所忻慕焉㊿。

【注释】

① 管仲：名夷吾，春秋初期政治家。他由鲍叔牙推荐，被齐桓公任命为卿，尊称"仲父"，曾辅佐桓公成就霸业。颍上：颍水之滨。颍水源出今河南登封，流至今安徽寿县入淮水。　② 鲍叔牙：齐国大夫。游：交游，来往。　③ 欺：意谓占便宜。　④ 鲍叔事齐公子小白：鲍叔奉公子小白出奔莒国。公子小白：齐襄公弟，即齐桓公。管仲事公子纠：管仲、召忽奉公子纠出奔鲁国。公子纠：齐襄公弟。　⑤ "公子纠死"二句：鲁国畏齐而杀公子纠，管仲请囚。事见《左传·庄公九年》。　⑥ 进：引荐。　⑦ 九合诸侯：多次召集各国诸侯会盟。一匡天下：使天下归正。当时诸侯无视周天子，互相攻伐，管仲辅佐齐桓公，一度制止混乱局面。匡：正。　⑧ 走：逃走。　⑨ 子孙世禄：子孙世世代代享受俸禄。　⑩ 多：称道，赞美。　⑪ 仓廪(lǐn)：储藏粮食的仓库。　⑫ 上服度则六亲固：如果当权者

服御之物有度，那么六亲的关系自然稳固。服：服御，使用。度：制度。六亲：父、母、兄、弟、妻、子。　⑬ 四维：指礼义廉耻。　⑭ "下令"二句：意谓下达政令要像流水的源头一样，顺流而下，使政令合乎百姓心意。　⑮ 论卑而易行：政令符合下情，容易为人们所执行。　⑯ 轻重：分清事情的轻重。一说，《管子·轻重》详细论述关于调节商品、货币流通和控制物价的理论，轻重指经济。权衡：衡量事情的得失。　⑰ "桓公实怒"二句：少姬即桓公夫人蔡姬，曾荡舟戏弄桓公，桓公惧而变色，禁止不听，于是发怒，遣其归蔡，但未断绝关系。蔡人却将蔡姬改嫁，因此桓公发兵攻蔡。事见《左传·僖公三年》。　⑱ "管仲"二句：管仲借此机会讨伐楚国，责备它不向周天子进贡包茅的过失。《左传·僖公四年》载管仲语："尔贡包茅不入，王祭不共，无以缩酒。"包茅：裹束成捆的菁茅，用来缩酒（滤酒）去滓，是楚地特产。楚以此香草进贡周天子，可是此时楚已有三年未进贡包茅。　⑲ "桓公"二句：桓公实际上北征伐山戎，管仲因此叫燕国整顿修复召公的政治。山戎：古族名，又称北戎。春秋时，在今河北北部，经常威胁齐、燕等国。公元前663年，齐桓公讨伐山戎。　⑳ "于柯"三句：齐桓公攻鲁，约鲁庄公在柯（今山东阳谷东北）地举行盟会。会上，鲁国武士曹沫持剑相从，挟持齐桓公订立盟约，收回失地。会后，齐桓公想反悔，管仲力劝桓公信守盟约。　㉑ "知与之"二句：懂得给予就是取得的道理，这是治国的法宝。所言引自《管子·牧民》。　㉒ 拟：相比。三归：说法不一，这里指收取民众大量的市租。反坫(diàn)：周代诸侯宴会时，在正堂两旁设有放空酒杯的土筑平台叫坫，诸侯互相敬酒后，将酒杯反置在坫上。　㉓ 晏平仲婴：晏婴字平仲，春秋时齐国大夫。莱：古国名，在今山东龙口东南。夷维：今山东高密。　㉔ 君语及：国君问到他。即危言：就正直地发表意见。危：高耸，引申为正直。　㉕ 顺命：顺着命令去做。　㉖ 衡命：根据命令斟酌情况去做。　㉗ 三世：灵公、庄公、景公三代。　㉘ 越石父：齐国贤人。缧绁(léixiè)：捆绑犯人的绳索，引申为囚禁。　㉙ 涂：通"途"。骖(cān)：古代指驾在车两旁的马。　㉚ 谢：辞别，告辞。闺：内室。　㉛ 绝：断绝交情。　㉜ 憱(jué)然：敬畏的样子。摄：整理。谢：认错，道歉。　㉝ 厄：困苦，灾难。　㉞ 诎：通"屈"。信：通"伸"。　㉟ 感寤：受到感动而醒悟。寤：通"悟"。　㊱ 延：聘进。　㊲ 御：驾驭车马的人。门间：门缝。　㊳ 拥：遮，障。盖：古代称车上遮阳障雨的伞。驷马：同拉一辆车的四匹马。　㊴ 既而：不久。去：离开。　㊵ "志念"二句：志向和思想深远，经常表现出自居人下的样子。下：退让，尊人屈己。　㊶ 抑损：谦逊。　㊷ 《牧民》《山高》《乘马》《轻重》《九府》：均为《管子》篇目。　㊸ 《晏子春秋》：旧题春秋齐晏婴撰，实际上是后人依托并采缀晏子言行而作。　㊹ 次其传：编写他们的传记。　㊺ 孔子小之：孔子轻视他。《论语·八佾》："管仲之器小哉！"　㊻ 勉之至王：勉励他实行王道。　㊼ "将顺其美"三句：意谓顺势助成其善事，纠正其过失，因此，君臣就能亲密无间。所言引自《孝经·事君》。　㊽ "方晏子"二句：《左传·襄公二十五年》载，崔杼弑庄公，晏婴枕庄公尸骨而哭，成礼而出。　㊾ 见义不为无勇：见到正义的事而不去做，这是没有勇气。《论语·为政》："见义不为，无勇也。"　㊿ 执鞭：为人驾驭马车，意谓给人服役，引申为景仰追随。忻慕：欣喜爱慕。忻：同"欣"。

【赏析】

《管晏列传》选自《史记》卷六十二。它记述管仲、晏子的生平事迹，突出两人不同的性格、风度、政绩和治国经验，称赞鲍叔的知贤、让贤和晏子的赎贤、荐贤，表现了作者希望贤才得到重用、社会政治清明的思想。

传记先写管仲，谈到他的身世、为人和功绩，突出鲍叔对他的谦让和推荐，显示他在内政外交上的才能，尤其是肯定他"下令如流水之原，令顺民心"的治国经验。鲍叔知贤、让贤由来已久。管仲"少时常与鲍叔牙游，鲍叔知其贤。管仲贫困，常欺鲍叔，鲍叔终善遇之，不以为言。已而鲍叔事齐公子小白，管仲事公子纠。及小白立为桓公，公子纠死，管仲囚焉。鲍叔遂进管仲"。"管仲既用，任政于齐"，他帮助齐桓公完成霸业，"九合诸侯，一匡天下"。

司马迁在记叙鲍叔知贤、让贤的情况后，还描写相距百年以后晏子赎贤、荐贤的事。虽然晏子时代的齐国，已经不能与管仲辅佐齐桓公时的盛况相比，但是在重视贤才这一点上，鲍叔和晏子的精神是相通的。"越石父贤，在缧绁中。晏子出，遭之涂，解左骖赎之，载归。弗谢，入闺。久之，越石父请绝。晏子戄然，摄衣冠谢曰：'婴虽不仁，免子于厄，何子求绝之速也？'石父曰：'不然。吾闻君子诎于不知己而信于知己者。方吾在缧绁中，彼不知我也。夫子既已感寤而赎我，是知己；知己而无礼，固不如在缧绁之中。'晏子于是延入为上客。"可见，晏子赎贤真心诚意。越石父被囚禁时，晏子路遇而相救。人能这样做，实属不易。然而越石父却因晏子"弗谢，入闺"而要断绝交情，这就令人感到意外。对此，晏子立即整理衣冠，向对方表示道歉，并奉为上宾。后来，晏子又荐贤，把知过能改的御者推荐为大夫。"晏子为齐相，出，其御之妻从门间而窥其夫。其夫为相御，拥大盖，策驷马，意气扬扬，甚自得也。既而归，其妻请去。夫问其故。妻曰：'晏子长不满六尺，身相齐国，名显诸侯。今者妾观其出，志念深矣，常有以自下者。今子长八尺，乃为人仆御，然子之意自以为足，妾是以求去也。'其后夫自抑损。晏子怪而问之，御以实对。晏子荐以为大夫。"显然，御者的"意气扬扬，甚自得"与晏子的"志念深矣，常有以自下者"形成鲜明的对比，显示了晏子谦逊的态度和开阔的胸襟。同时，晏子能察觉御者从自傲向自谦转变，并"荐以为大夫"，这也反映出晏子善于知人，能不拘一格选拔人才。

作者以一个"贤"字把春秋时代齐国的两位名相合传，以知贤、让贤、赎贤、荐贤作为全文的内在联系，强调举贤任能对于治理国家、安定社会的重要性。这既是历史经验的总结，也借以表达自己希望西汉王朝任贤使能的用心。文章把春秋前期与后期性格不同的人物和纷繁复杂的事情出色地描绘出来，使人看到管仲因鲍叔推荐而得到重用，晏子身居高位而能礼贤下士。

司马迁寄心楮墨，借传抒情。他在写了鲍叔对管仲的荐举、管仲"任政于齐"的成就、晏子"食不重肉，妾不衣帛"的俭朴作风和爱护贤才的美德等内容后，就表达自己的看法。作者认为管仲言行还是可取的，因为他能做到"顺其美"，"匡救其恶"，"上下能相亲"；又表示"假令晏子而在，余虽为之执鞭，所忻慕焉"，因为他能做到"进思尽忠，退思补过"。无论记述管仲的有为于世，还是描写晏子的善于处世，作者都流露出这样的思想感情，即慨叹管仲、越石父见知于鲍叔、晏子而自己遭遇不幸，强调古代贤者能够知人荐士而当今无鲍叔、晏子之举。司马迁描写历史人物知贤、让贤、赎贤、荐贤的事迹，正是为了抒发自己满腔愤懑之情，突出当代社会虽有千里马之才而无伯乐之举，甚至有压制和打击贤才的状况。这种在为历史人物立传时融入作者情感的情况，也反映在《史记》其他精彩篇章里，如《项羽本纪》《赵世家》《伯夷列传》《魏公子列传》《屈原贾生列传》《刺客列传》《淮阴侯列传》《魏其武安侯列传》《李将军列传》《酷吏列传》《游侠列传》和《货殖列传》等。特别是《屈原贾生列传》和《李将军列传》写出人才遭受压抑的情况，字里行间倾注作者怀才不遇、惨遭大辱的激愤之情。前者无限同情屈原的遭遇，高度赞扬他的为人和作品，充分肯定他的怨愤。后者记叙李广长期不得重用，最终被迫自杀，揭露统治者的赏罚不公、刻薄寡恩。这些篇章都倾注了作者的无限情感，充分表现出他对社会的不正常现象、黑暗现实和邪恶势力的强烈义愤，对正直、进步人士优秀品质的肯定和赞扬，对美好事物和理想境界的向往。

这篇列传叙事不拘一格，时而总述，时而分述，而且叙事和议论紧密结合。《史记》的人物传记大都详述重大事件，突出矛盾斗争，使人物个性在尖锐激烈的冲突中得到充分显示，如《项羽本纪》写鸿门宴等。本文却有所不同，它概述管仲、晏子的一生大事，以不少篇幅来"论其轶事"。正如李景星《四史评议·史记评议》所说："《管晏列传》以逸胜。惊天事业，只以轻描淡写之笔出之，如神龙然，露一鳞一爪，而全神皆见，岂非绝大本领! 传赞'是以不论，论其轶事'二句，是全篇用意。"

文章简明扼要地叙述管、晏两人内政外交的才能与功绩。管仲"以区区之齐在海滨，通货积财，富国强兵，与俗同好恶。故其称曰：'仓廪实而知礼节，衣食足而知荣辱，上服度则六亲固。四维不张，国乃灭亡。下令如流水之原，令顺民心。'故论卑而易行。俗之所欲，因而予之；俗之所否，因而去之。其为政也，善因祸而为福，转败而为功。贵轻重，慎权衡"。晏子"事齐灵公、庄公、景公，以节俭力行重于齐"，"其在朝，君语及之，即危言；语不及之，即危行。国有道，即顺命；无道，即衡命。以此三世显名于诸侯"。文章记管仲，提到当时的重大事情，表现管仲理财、整军、治国和外交的才能，大多是虚写。文中记晏子，对其"危言""危行""顺命"和"衡命"的详情也略而不谈。这既避免了与《管子》《晏子春秋》等书的重复，又为作者选材行文留下更大的空间，从而增加了文章的容量。

同时，文章浓墨重彩地描绘足以显示人物思想和行动特点的轶事，突出管鲍交游、鲍叔谦让、晏子赎回越石父和推荐御者等言行。这些描述生动传神地写出了具有不同性格特点的历史人物，与《史记》多数人物传记注重人物生平大事、补充生活逸事的写法相比，可以说是异曲同工。

不仅如此，全文又在叙事时分中有合，合中有分。先讲管仲，后谈晏子，结尾合赞两人，都是先分叙后总述。写管仲，先总述管仲一生经历及其政绩，然后分叙鲍叔知人荐士、世人称赞、管仲处理内政外交；写晏子，先总述晏子生平、个性与业绩，然后分叙晏子赎贤、荐贤之事，这是先总述后分叙。司马迁正是以这种灵活自如的总述和分叙相结合的方法表达了发现、重用贤才和贤才有所作为的主题思想。

  作者在行文中，还将叙事和议论结合起来，通过议论来展示人物的内心世界和抒发自己的感情，从而加强艺术表现的效果。传记在记叙管、晏事迹的基础上，充分发表议论，赞扬管仲的才德与成就、晏子见义勇为的行动和犯颜直谏的特点。管仲部分大段引用管仲言论说："吾始困时，尝与鲍叔贾，分财利多自与，鲍叔不以我为贪，知我贫也。吾尝为鲍叔谋事而更穷困，鲍叔不以我为愚，知时有利不利也。吾尝三仕三见逐于君，鲍叔不以我为不肖，知我不遭时也。吾尝三战三走，鲍叔不以我为怯，知我有老母也。公子纠败，召忽死之，吾幽囚受辱，鲍叔不以我为无耻，知我不羞小节而耻功名不显于天下也。生我者父母，知我者鲍子也。"所言在赞许鲍叔时，交代管仲早年的主要经历，突出他的穷困潦倒，表明鲍叔能从大处评价人事。事实上，没有鲍叔的知贤让贤，就没有管仲的丰功伟绩。

  由于脉络清晰、以传抒情、叙事独特、总分结合、叙议交融，文章活画了人物形象，强调了识才举贤的重要性，寄寓了作者世无知己的感慨。

廉颇蔺相如列传

司马迁

  廉颇者，赵之良将也。赵惠文王十六年①，廉颇为赵将伐齐，大破之，取阳晋，拜为上卿②，以勇气闻于诸侯。蔺相如者，赵人也，为赵宦者令缪贤舍人③。

  赵惠文王时，得楚和氏璧④。秦昭王闻之，使人遗赵王书，愿以十五城请易璧⑤。赵王与大将军廉颇诸大臣谋：欲予秦，秦城恐不可得，徒见欺；欲勿予，即患秦兵之来⑥。计未定，求人可使报秦者⑦，未得。宦者令缪贤曰："臣舍人蔺相如可使。"王问："何以知之？"对曰："臣尝有罪，窃计欲亡走燕⑧，臣舍人相如止臣，曰：'君何以知燕王⑨？'臣语曰：'臣尝从大王与燕王会境上，燕王私握臣手，曰愿结友。以此知之，故欲往。'相如谓臣曰：'夫赵强而燕弱，而君幸于赵王，故燕王欲结于君⑩。今君乃亡赵走燕，燕畏赵，其势必不敢留君，而束君归赵矣⑪。

君不如肉袒伏斧质请罪⑫，则幸得脱矣。'臣从其计，大王亦幸赦臣。臣窃以为其人勇士，有智谋，宜可使⑬。"于是王召见，问蔺相如曰："秦王以十五城请易寡人之璧，可予不⑭？"相如曰："秦强而赵弱，不可不许。"王曰："取吾璧，不予我城，奈何？"相如曰："秦以城求璧而赵不许，曲在赵⑮。赵予璧而秦不予赵城，曲在秦。均之二策，宁许以负秦曲⑯。"王曰："谁可使者？"相如曰："王必无人，臣愿奉璧往使⑰。城入赵而璧留秦；城不入，臣请完璧归赵⑱。"赵王于是遂遣相如奉璧西入秦。

秦王坐章台见相如⑲，相如奉璧奏秦王⑳。秦王大喜，传以示美人及左右㉑，左右皆呼万岁。相如视秦王无意偿赵城，乃前曰："璧有瑕㉒，请指示王。"王授璧，相如因持璧却立㉓，倚柱，怒发上冲冠，谓秦王曰："大王欲得璧，使人发书至赵王，赵王悉召群臣议，皆曰：'秦贪，负其强㉔，以空言求璧，偿城恐不可得。'议不欲予秦璧。臣以为布衣之交尚不相欺㉕，况大国乎！且以一璧之故，逆强秦之欢㉖，不可。于是赵王乃斋戒五日，使臣奉璧，拜送书于庭㉗。何者？严大国之威以修敬也㉘。今臣至，大王见臣列观，礼节甚倨㉙；得璧，传之美人，以戏弄臣。臣观大王无意偿赵王城邑，故臣复取璧。大王必欲急臣㉚，臣头今与璧俱碎于柱矣！"相如持其璧睨柱㉛，欲以击柱。秦王恐其破璧，乃辞谢固请，召有司案图，指从此以往十五都予赵㉜。相如度秦王特以诈佯为予赵城㉝，实不可得，乃谓秦王曰："和氏璧，天下所共传宝也㉞，赵王恐，不敢不献。赵王送璧时，斋戒五日，今大王亦宜斋戒五日，设九宾于廷㉟，臣乃敢上璧。"秦王度之，终不可强夺，遂许斋五日。舍相如广成传㊱。相如度秦王虽斋，决负约不偿城，乃使其从者衣褐，怀其璧，从径道亡㊲，归璧于赵。

秦王斋五日后，乃设九宾礼于廷，引赵使者蔺相如。相如至，谓秦王曰："秦自缪公以来二十余君，未尝有坚明约束者也㊳。臣诚恐见欺于王而负赵，故令人持璧归，间至赵矣㊴。且秦强而赵弱，大王遣一介之使至赵㊵，赵立奉璧来。今以秦之强而先割十五都予赵，赵岂敢留璧而得罪于大王乎？臣知欺大王之罪当诛，臣请就汤镬，唯大王与群臣孰计议之㊶。"秦王与群臣相视而嘻㊷。左右或欲引相如去，秦王因曰："今杀相如，终不能得璧也，而绝秦赵之欢，不如因而厚遇之㊸，使归赵。赵王岂以一璧之故欺秦邪！"卒廷见相如㊹，毕礼而归之。

相如既归，赵王以为贤大夫，使不辱于诸侯，拜相如为上大夫㊺。秦亦不以城予赵，赵亦终不予秦璧。

其后秦伐赵，拔石城㊻。明年，复攻赵，杀二万人。

秦王使使者告赵王，欲与王为好会于西河外渑池㊼。赵王畏秦，欲毋行。廉颇、蔺相如计曰："王不行，示赵弱且怯也。"赵王遂行，相如从。廉颇送至境，与王诀曰㊽："王行，度道里会遇之礼毕㊾，还，不过三十日。三十日不还，则请立太子为王，以绝秦望㊿。"王许之，遂与秦王会渑池。秦王饮酒酣，曰："寡人窃闻赵王好音，请奏瑟㉛。"赵王鼓瑟。秦御史前书曰㉜："某年月日，秦王与赵王会饮，令赵王鼓瑟。"蔺相如前曰："赵王窃闻秦王善为秦声，请奉盆缻秦王㉝，以相娱乐。"秦王怒，不许。于是相如前进缻，因跪请秦王。秦王不肯击缻。相如曰："五步之内，相如请得以颈血溅大王矣㉞！"左右欲刃相如，相如张目叱之，左右皆靡㉟。于是秦王不怿㊱，为一击缻。相如顾召赵御史书曰："某年月日，秦王为赵王击缻。"秦之群臣曰："请以赵十五城为秦王寿㊲。"蔺相如亦曰："请以秦之咸阳为赵王寿㊳。"秦王竟酒㊴，终不能加胜于赵。赵亦盛设兵以待秦，秦不敢动。

既罢，归国，以相如功大，拜为上卿，位在廉颇之右㊵。廉颇曰："我为赵将，有攻城野战之大功，而蔺相如徒以口舌为劳㊶，而位居我上。且相如素贱人㊷，吾羞，不忍为之下。"宣言曰㊸："我见相如，必辱之。"相如闻，不肯与会。相如每朝时，常称病，不欲与廉颇争列㊹。已而相如出，望见廉颇，相如引车避匿㊺。于是舍人相与谏曰："臣所以去亲戚而事君者，徒慕君之高义也㊻。今君与廉颇同列，廉君宣恶言，而君畏匿之，恐惧殊甚，且庸人尚羞之㊼，况于将相乎！臣等不肖，请辞去。"蔺相如固止之，曰："公之视廉将军孰与秦王㊽？"曰："不若也。"

相如曰："夫以秦王之威，而相如廷叱之，辱其群臣，相如虽驽，独畏廉将军哉(69)？顾吾念之(70)，强秦之所以不敢加兵于赵者，徒以吾两人在也。今两虎共斗，其势不俱生(71)。吾所以为此者，以先国家之急而后私仇也。"廉颇闻之，肉袒负荆，因宾客至蔺相如门谢罪(72)。曰："鄙贱之人，不知将军宽之至此也(73)。"卒相与欢，为刎颈之交(74)。

【注释】

① 赵惠文王：名何。赵惠文王十六年：前283年。 ② 阳晋：本卫邑，后属齐，在今山东菏泽西北。上卿：秦以前最高的官位。 ③ 宦者令：宦官的首领。舍人：有职务的门客。 ④ 和氏璧：由楚人卞和在山中所得璞玉加工修琢而成的玉璧。 ⑤"愿以"句：愿意用十五座城池向赵国请求换取宝璧。 ⑥ 即患：马上怕。 ⑦"求人"句：访求一个能被派往秦国回报的人。 ⑧ 亡走燕：逃到燕国去。 ⑨ 何以知燕王：凭什么了解燕王。⑩ 幸于赵王：得到赵王宠爱。欲结于君：想要结交你。 ⑪ 束：捆绑。归：送回，引渡。⑫ 肉袒伏斧质：解衣露体，伏在斧质上。质：同"锧"，承接斧刃的砧板。斧质都是刑具。⑬ 宜：适宜于。可使：可以派遣。这句意味蔺相如能够胜任。 ⑭ 不：同"否"。 ⑮ 曲：理亏。 ⑯ 均之二策：衡量予璧不予璧两个对策。均：衡量，比较。宁许：宁可答应。以负秦曲：使秦国担负理亏的责任。 ⑰ 奉璧往使：捧护宝璧前往出使。奉：同"捧"。⑱ 完璧归赵：把宝璧完整无缺地带回赵国。 ⑲ 章台：秦离宫中台观之一，不是正式接见外臣的地方。秦王在此接见相如，表现出对赵国的轻视。 ⑳ 奏：呈献。 ㉑"传以示"句：把宝璧传递给姬妾和近侍看。 ㉒ 瑕：玉上的小斑点。玉以无瑕为贵。 ㉓ 却立：后退几步立定。 ㉔ 负：仗恃。 ㉕ 布衣之交：平民之间的互相交往。古代平民穿麻布葛布，故称平民为布衣。 ㉖ 逆：拂逆，触犯。欢：欢心。 ㉗ 斋戒：古人祭祀前，沐浴更衣，不喝酒，不吃荤，表示诚心致敬。书：指赵王复信。庭：通"廷"，听政的地方。㉘ 严：尊重。修敬：表示敬意。 ㉙ 列观：一般的台观，指章台。倨：傲慢。 ㉚ 急：逼迫。 ㉛ 睨(nì)：斜视。 ㉜ 辞谢固请：婉言道歉，坚决请求。有司：负责的官吏。案图：查看地图。案：通"按"，察看，查明。都：城。 ㉝ 特：不过。佯：假装。 ㉞ 共传宝：公认的宝物。 ㉟ 设九宾：当时外交上最隆重的仪式，由傧相九人依次传呼接引宾客上殿。宾：同"傧"，傧相，礼官。 ㊱ 舍：安置住宿。广成：传舍名。传：传舍，即宾馆。㊲ 衣褐：穿着粗布短衣。径道：小路。 ㊳ 缪公：秦穆公，春秋时五霸之一。缪：通"穆"。坚明约束：坚守信约。 ㊴ 间：间道，从小路。 ㊵ 一介之使：一个使臣。介：个。 ㊶ 就汤镬(huò)：受汤镬之刑。汤镬：古代的一种酷刑，用滚汤烹煮。镬：大锅。孰：通"熟"，仔细。 ㊷ 嘻：苦笑声。 ㊸ 因而厚遇之：趁此好好地招待他。 ㊹ 卒廷见相如：终于在朝廷上正式接见相如。 ㊺ 使不辱于诸侯：出使不受诸侯的侮辱。上大夫：大夫中最高的一级，地位仅次于卿。 ㊻ 拔：攻取。石城：在今河南林州西南。事在赵惠文王十八年(前281)。 ㊼ 为好：联欢，和好。西河：黄河西边。渑(miǎn)池：今属河南。事在赵惠文王二十年。 ㊽ 诀：诀别，告别。 ㊾"度道里"句：估计路上行程和会见的礼节完毕。 ㊿ 绝秦望：断绝秦国要挟的念头。 (51) 好音：爱好音乐。瑟：古乐器名，形

状像琴，通常有二十五根弦。 (52) 御史：战国时各国掌管图籍、记载国家大事的史官。 (53) 秦声：秦地乐曲。奉：进献。缻(fǒu)：同“缶”，盛酒浆的瓦器。秦人歌唱时，常击缶为节拍。 (54) 得以颈血溅大王：意谓与秦王拼命。 (55) 刃：杀。叱：大声斥骂。靡：倒退。 (56) 不怿(yì)：不高兴。 (57) 为秦王寿：向秦王献礼。寿：向人敬酒或献礼。 (58) 咸阳：秦国的都城，今属陕西。 (59) 竟酒：宴会结束。 (60) 右：上。秦汉以前，席位以右为尊。 (61) 徒以口舌为劳：只靠言辞立点功劳。 (62) 素：向来，本来。贱人：蔺相如是宦者令的舍人，出身低贱。 (63) 宣言：扬言。 (64) 争列：争位次的上下。 (65) 引车：掉转车子方向。避匿：躲避。 (66)“臣所以”二句：我们所以离开亲人来投靠你，只是因为仰慕你高尚的品德。 (67) 且庸人尚羞之：连一般的人都对这种情况感到羞耻。 (68) 孰与秦王：比秦王怎样。孰与：何如。 (69) 驽：愚笨，拙劣。独：岂。 (70) 顾：但是。 (71) 两虎：指廉颇和蔺相如。不俱生：不共存。 (72) 肉袒负荆：赤膊背着荆条，表示愿受责罚。荆：荆条，古代常用它做刑杖。因宾客：通过宾客的介绍。 (73) 不知将军宽之至此：没有料到将军竟宽容我到这样的地步。将军：指蔺相如，当时上卿兼任将相，故称将军。 (74) 刎颈之交：誓同生死的朋友。刎：用刀割脖子。

【赏析】

《廉颇蔺相如列传》选自《史记》卷八十一。它包括蔺相如、廉颇、赵奢、赵括、李牧的事迹。其中写赵奢赞扬他救阏与、破秦军所取得的胜利，写赵括指责他只会纸上谈兵而不知随机应变，写李牧突出他的生死关系到赵国的存亡。

传记主要叙述完璧归赵、渑池之会和廉蔺释嫌的著名故事。蔺相如在强大的秦国面前，无所畏惧，不辱使命，维护了赵国的尊严。他不居功自傲，先国后私，考虑大局，不与廉颇计较位次。廉颇也勇于改过，主动搞好将相之间的关系，以共同抵抗秦国，保卫赵国。梁启超指出，写人“凡足以表现传中人个性的言论行事，无论大小，总要淋漓尽致委曲详尽地极力描写，令那人人格跃然纸上”，“在这种关键中绝不爱惜笔墨”。他举例说：“(《史记》)记蔺相如完璧归赵及渑池之会两事，从始至末一言一动都记得不漏，这是详记大事之法。因为这两件大事最足表现相如的个性，所以专用重笔写他，其余小事都不叙。廉颇的大事，三回伐齐，两回伐魏，一回伐燕，传中前后只用三四十个字便算写过，绝不写他如何作战、如何战胜。因为这些战术战功是良将所通有，不足以特表廉颇的人格。倒是廉颇怎样的妒忌蔺相如，经相如退让之后怎样的肉袒谢罪……写得十分详细，读之便可以知道廉颇为人短处在褊狭，长处在重意气识大体。”(《作文教学法》)这些有关廉、蔺的部分可以说是作者在矛盾冲突中表现人物的典范作品之一。

三个典型故事写出了两对矛盾，一对是外部的秦赵矛盾，一对是内部的廉蔺矛盾。前者是主要矛盾，后者是次要矛盾。主要矛盾发展的结果，导致次要矛盾的产生，次要矛盾受到主要矛盾的支配而得以解决。列传富有变化、逐层推进地描写了这些矛盾斗争的形成、发展、高潮和结局，从而写活了两位历史人物的声容笑貌和思想性格。

完璧归赵的故事写秦赵矛盾。虎狼之秦咄咄逼人，秦王求璧，志在必得。他不按外交礼仪接待赵国使者,得璧后更是得意扬扬,丝毫没有以城换璧之意。蔺相如目光锐利,洞烛其奸,要用计取回玉璧。于是,他巧妙地提出"璧有瑕,请指示王"的要求。秦王爱璧心切,很想知道瑕在何处,就把玉璧交给他。他"持璧却立,倚柱,怒发上冲冠",严正指责了秦王的傲慢态度和失约心态。蔺相如捧璧后退,暂时赢得了一点保璧的时间和空间;靠着柱子,具备了头与璧俱碎于柱的条件;怒发冲冠,表现出誓死维护赵国利益的坚强决心。如果不向后退,拉开距离,也不靠着可以使头、璧俱碎的柱子,那么秦王身边众人就会蜂拥而上,完好无缺地抢回玉璧,蔺相如完璧归赵的计划也就付诸东流。对突如其来的僵局,秦王"恐其破璧,乃辞谢",作了让步,并答应斋戒五天的要求。五天后,秦王在朝廷上安排九宾迎接玉璧的隆重典礼,派人请来赵国使者。面对秦王,蔺相如慷慨陈词,指出秦国自穆公以来的二十多位国君从未坚守信约,自己担心受骗而辜负赵王,所以已经完璧归赵。他强调:"秦强而赵弱,大王遣一介之使至赵,赵立奉璧来。今以秦之强而先割十五都予赵,赵岂敢留璧而得罪于大王乎?臣知欺大王之罪当诛,臣请就汤镬。"他回顾秦国历史,点明秦、赵现状,提出先割城再献璧的建议,显出据理力争、不怕牺牲、退中有进、柔中寓刚。这就使秦王意识到杀了赵国使者,也还是得不到玉璧,反而破坏秦、赵两国的关系,不如善待对方。完璧归赵的故事反映了秦、赵两国的矛盾斗争,表现出蔺相如惊人的智慧、极大的勇气和为国家利益即使赴汤蹈火也在所不惜的精神。

　　渑池之会的故事又写秦赵矛盾。后来,秦伐赵,夺取石城,复攻赵,杀死两万人。在这样的背景下,秦王派使者告诉赵王,希望与赵国修好,邀请赵王在河西外的渑池会面。这显然是恃强凌弱,居心不善。在渑池会上,秦王喝酒喝到畅快的时候说:"寡人窃闻赵王好音,请奏瑟。"原先就畏惧秦国,不愿赴会的赵王不得不顺从地弹了瑟。依计行事的秦国御史立刻走上前来,在史册上记载道:"某年月日,秦王与赵王会饮,令赵王鼓瑟。"蔺相如见状,立即上前说:"赵王窃闻秦王善为秦声,请奉盆缻秦王,以相娱乐。"面对秦王怒而不许,蔺相如"前进缻,因跪请秦王"。看到"秦王不肯击缻",蔺相如警告对方:"五步之内,相如请得以颈血溅大王矣!"发现秦王侍卫要来杀死自己,蔺相如"张目叱之",使之"皆靡"。秦王很不高兴地敲了一下缻,蔺相如马上回头招呼赵国御史,写道:"某年月日,秦王为赵王击缻。"至于秦国群臣提出要赵国把十五座城邑送给秦王作为贺礼,蔺相如更是直截了当地回答说要秦国把国都咸阳送给赵王作为贺礼。一直到宴会结束,秦王始终不能占赵国的便宜。渑池之会的故事再现了秦、赵两国的又一次矛盾斗争。秦王以强欺弱,蔺相如寸步不让。他以智慧、胆量和正气压倒了秦王的淫威,充分显示出自己为维护赵国利益而置个人生死于度外的崇高精神境界。这是蔺相如在完璧归赵后,又一次在外交方面战胜秦国。当然,廉颇以军事力量支持了蔺相如的外交斗争。

　　与完璧归赵、渑池之会的故事写秦赵矛盾不同,将相释嫌的故事则是写廉蔺矛盾。秦赵矛盾的存在和发展孕育着之后的廉蔺矛盾，秦赵矛盾暂时解决使廉蔺矛盾表面化和尖锐化。蔺相如出色完成外交使命回国后，因为功劳很大，被任命为上卿，位居廉颇之上。对此，廉颇非常计较，他说："我为赵将，有攻城野战之大功，而蔺相如徒以口舌为劳，而位居我上。且相如素贱人，吾羞，不忍为之下。"他还扬言："我见相如，必辱之。"廉颇重视位次，讲究出身，决心侮辱对方。廉蔺矛盾一产生就迅速展开，矛盾的复杂化表现在蔺相如的门客都请求离去。面对这样的问题，蔺相如能够正确对待，妥善处理。他"不肯与会。相如每朝时，常称病，不欲与廉颇争列。已而相如出，望见廉颇，相如引车避匿"。蔺相如不仅主动避让，委曲求全，还向门客们披露自己的心迹。他指出自己既然能在秦廷上当众斥责威风凛凛的秦王，羞辱他的群臣，就不可能怕廉将军。"强秦之所以不敢加兵于赵者，徒以吾两人在也。今两虎共斗，其势不俱生。吾所以为此者，以先国家之急而后私仇也。"蔺相如强调"先国家之急而后私仇"，表明他置国家利益于个人恩怨之上。正因为这样，所以"廉颇闻之，肉袒负荆，因宾客至蔺相如门谢罪"，并说："鄙贱之人，不知将军宽之至此也。"于是两人和好，成为生死与共的朋友。将相交欢的故事涉及廉蔺矛盾斗争，突出了两人的鲜明特点。蔺相如时刻考虑国家利益，置个人进退于不顾，化解矛盾，加强团结。廉颇开始缺乏全局观念，追求个人位次，一度意气用事，后来明辨是非，知过能改，表现出对国家的忠诚和对蔺相如的钦佩。

　　作者在反映秦赵矛盾斗争和廉蔺矛盾冲突中，成功地刻画了蔺相如和廉颇两位历史人物的性格。他特别对蔺相如进行了热情的赞扬："知死必勇，非死者难也，处死者难。方蔺相如引璧睨柱，及叱秦王左右，势不过诛，然士或怯懦而不敢发。相如一奋其气，威信敌国；退而让颇，名重太山。其处智勇，可谓兼之矣。"叶适也说蔺相如"持璧睨柱，进瓴秦王，当是时，气习之所激，有志者皆能自奋也。庸人所难，君子所易，虽非必易，而义不得止矣。若夫君子所易，则庸人固难之，故称病让颇，亦相如之所优为也"（《习学记言序目·史记》）。蔺相如确实是智勇双全的英雄，他的事迹一直为后人所称颂。

魏其武安侯列传

司马迁

　　魏其侯窦婴者，孝文后从兄子也①。父世观津人②。喜宾客。孝文时，婴为吴相，病免。孝景初即位，为詹事③。

　　梁孝王者，孝景弟也，其母窦太后爱之。梁孝王朝，因昆弟燕饮④。是时上未立太子，酒酣，从容言曰："千秋之后传梁王⑤。"太后欢。窦婴引卮酒进上⑥，曰："天下者，高祖天下，父子相传，此汉之约也，上何以得擅传梁王！"太后由此憎窦婴。窦婴亦薄其官⑦，因病免。太后除窦婴门籍，不得入朝请⑧。

孝景三年，吴、楚反，上察宗室、诸窦，毋如窦婴贤⑨，乃召婴。婴入见，固辞谢病不足任。太后亦惭。于是上曰："天下方有急，王孙宁可以让邪⑩？"乃拜婴为大将军，赐金千斤。婴乃言袁盎、栾布诸名将贤士在家者进之⑪。所赐金，陈之廊庑下，军吏过，辄令财取为用⑫，金无入家者。窦婴守荥阳，监齐、赵兵⑬。七国兵已尽破，封婴为魏其侯。诸游士宾客争归魏其侯。孝景时每朝议大事，条侯、魏其侯，诸列侯莫敢与亢礼⑭。

孝景四年，立栗太子⑮，使魏其侯为太子傅。孝景七年，栗太子废，魏其数争不能得。魏其谢病，屏居蓝田南山之下数月⑯，诸宾客辩士说之，莫能来。梁人高遂乃说魏其曰："能富贵将军者，上也；能亲将军者，太后也。今将军傅太子，太子废而不能争；争不能得，又弗能死。自引谢病，拥赵女，屏闲处而不朝。相提而论，是自明扬主上之过⑰。有如两宫螫将军，则妻子毋类矣⑱。"魏其侯然之，乃遂起，朝请如故。

桃侯免相⑲，窦太后数言魏其侯。孝景帝曰："太后岂以为臣有爱⑳，不相魏其？魏其者，沾沾自喜耳，多易㉑。难以为相，持重㉒。"遂不用，用建陵侯卫绾为丞相㉓。

武安侯田蚡者，孝景后同母弟也，生长陵㉔。魏其已为大将军后，方盛，蚡为诸郎㉕，未贵，往来侍酒魏其，跪起如子姓㉖。及孝景晚节，蚡益贵幸，为太中大夫㉗。蚡辩有口，学《槃盂》诸书，王太后贤之㉘。孝景崩，即日太子立，称制，所镇抚多有田蚡宾客计筴㉙。蚡弟田胜，皆以太后弟，孝景后三年封蚡为武安侯，胜为周阳侯㉚。

武安侯新欲用事为相，卑下宾客㉛，进名士家居者贵之，欲以倾魏其诸将相㉜。建元元年㉝，丞相绾病免，上议置丞相、太尉。籍福说武安侯曰㉞："魏其贵久矣，天下士素归之。今将军初兴，未如魏其，即上以将军为丞相，必让魏其。魏其为丞相，将军必为太尉。太尉、丞相尊等耳㉟，又有让贤名。”武安侯乃微言太后风上㊱，于是乃以魏其侯为丞相，武安侯为太尉。籍福贺魏其侯，因吊曰㊲：“君侯资性喜善疾恶，方今善人誉君侯，故至丞相；然君侯且疾恶，恶人众，亦且毁君侯。君侯能兼容，则幸久㊳；不能，今以毁去矣㊴。”魏其不听。

魏其、武安俱好儒术，推毂赵绾为御史大夫，王臧为郎中令㊵。迎鲁申公，欲设明堂㊶，令列侯就国，除关，以礼为服制㊷，以兴太平。举适诸窦宗室毋节行者，除其属籍㊸。时诸外家为列侯，列侯多尚公主㊹，皆不欲就国，以故毁日至窦太后。太后好黄老之言，而魏其、武安、赵绾、王臧等务隆推儒术，贬道家言，是以窦太后滋不说魏其等㊺。及建元二年，御史大夫赵绾请无奏事东宫㊻。窦太后大怒，乃罢逐赵绾、王臧等，而免丞相、太尉，以柏至侯许昌为丞相，武强侯庄青翟为御史大夫㊼。魏其、武安由此以侯家居。

武安侯虽不任职，以王太后故，亲幸，数言事，多效，天下吏士趋势利者，皆去魏其归武安。武安日益横。建元六年，窦太后崩，丞相昌、御史大夫青翟坐丧事不办，免㊽。以武安侯蚡为丞相，以大司农韩安国为御史大夫㊾。天下士郡诸侯愈益附武安。

武安者，貌侵，生贵甚㊿。又以为诸侯王多长，上初即位，富于春秋(51)，蚡以肺腑为京师相，非痛折节以礼诎之，天下不肃(52)。当是时，丞相入奏事，坐语移日(53)，所言皆听。荐人或起家至二千石，权移主上(54)。上乃曰：“君除吏已尽未(55)？吾亦欲除吏。”尝请考工地益宅(56)，上怒曰：“君何不遂取武库(57)！”是后乃退。尝召客饮，坐其兄盖侯南乡(58)，自坐东乡，以为汉相尊，不可以兄故私桡(59)。武安由此滋骄，治宅甲诸第(60)，田园极膏腴，而市买郡县器物相属于道(61)。前堂罗钟鼓，立曲旃(62)；后房妇女以百数。诸侯奉金玉狗马玩好，不可胜数。

魏其失窦太后，益疏不用，无势，诸客稍稍自引而怠傲，唯灌将军独不失故(63)。魏其日默默不得志，而独厚遇灌将军。

灌将军夫者,颍阴人也㉞。夫父张孟,尝为颍阴侯婴舍人,得幸㉟,因进之至二千石,故蒙灌氏姓为灌孟㊱。吴、楚反时,颍阴侯灌何为将军,属太尉,请灌孟为校尉㊲。夫以千人与父俱。灌孟年老,颍阴侯强请之,郁郁不得意,故战常陷坚㊳,遂死吴军中。军法:父子俱从军,有死事,得与丧归㊴。灌夫不肯随丧归,奋曰:"愿取吴王若将军头㊵,以报父之仇。"于是灌夫被甲持戟,募军中壮士所善愿从者数十人㊶。及出壁门㊷,莫敢前。独二人及从奴十数骑驰入吴军,至吴将麾下㊸,所杀伤数十人。不得前,复驰还,走入汉壁,皆亡其奴,独与一骑归。夫身中大创十余,适有万金良药,故得无死。夫创少瘳㊹,又复请将军曰:"吾益知吴壁中曲折,请复往。"将军壮义之,恐亡夫,乃言太尉,太尉乃固止之。吴已破,灌夫以此名闻天下。

颍阴侯言之上,上以夫为中郎将。数月,坐法去㊺。后家居长安,长安中诸公莫弗称之。孝景时,至代相㊻。孝景崩,今上初即位,以为淮阳天下交,劲兵处㊼,故徙夫为淮阳太守。建元元年,入为太仆㊽。二年,夫与长乐卫尉窦甫饮,轻重不得㊾,夫醉,搏甫。甫,窦太后昆弟也。上恐太后诛夫,徙为燕相㊿。数岁,坐法去官,家居长安。

灌夫为人刚直使酒,不好面谀㉛。贵戚诸有势在己之右,不欲加礼,必陵之㉜;诸士在己之左,愈贫贱,尤益敬,与钧㉝。稠人广众,荐宠下辈㉞。士亦以此多之㉟。

夫不喜文学,好任侠,已然诺㉖。诸所与交通,无非豪杰大猾㉗。家累数千万,食客日数十百人。陂池田园,宗族宾客为权利,横于颍川㉘。颍川儿乃歌之曰:"颍水清,灌氏宁;颍水浊,灌氏族㉙。"

灌夫家居虽富,然失势,卿相侍中宾客益衰㉚。及魏其侯失势,亦欲倚灌夫引绳批根生平慕之后弃之者㉛。灌夫亦倚魏其而通列侯宗室为名高㉜。两人相为引重㉝,其游如父子然。相得欢甚,无厌㉞,恨相知晚也。

灌夫有服,过丞相㉟。丞相从容曰:"吾欲与仲孺过魏其侯,会仲孺有服㊱。"灌夫曰:"将军乃肯幸临况魏其侯,夫安敢以服为解⁹⁷！请语魏其侯帐具，将军旦日蚤临⁹⁸。"武安许诺。灌夫具语魏其侯如所谓武安侯⁹⁹。魏其与其夫人益市牛酒，夜洒扫，早帐具至旦。平明，令门下候伺⁽¹⁰⁰⁾。至日中，丞相不来。魏其谓灌夫曰："丞相岂忘之哉？"灌夫不怿⁽¹⁰¹⁾，曰："夫以服请，宜往⁽¹⁰²⁾。"乃驾，自往迎丞相。丞相特前戏许灌夫，殊无意往⁽¹⁰³⁾。及夫至门，丞相尚卧。于是夫入见，曰："将军昨日幸许过魏其，魏其夫妻治具，自旦至今，未敢尝食。"武安鄂谢曰⁽¹⁰⁴⁾："吾昨日醉，忽忘与仲孺言。"乃驾往。又徐行，灌夫愈益怒。及饮酒酣，夫起舞属丞相⁽¹⁰⁵⁾，丞相不起，夫从坐上语侵之⁽¹⁰⁶⁾。魏其乃扶灌夫去，谢丞相。丞相卒饮至夜，极欢而去。

丞相尝使籍福请魏其城南田⁽¹⁰⁷⁾。魏其大望曰⁽¹⁰⁸⁾："老仆虽弃，将军虽贵，宁可以势夺乎！"不许。灌夫闻，怒，骂籍福。籍福恶两人有郤，乃谩自好谢丞相曰⁽¹⁰⁹⁾："魏其老且死，易忍，且待之。"已而武安闻魏其、灌夫实怒不予田⁽¹¹⁰⁾，亦怒曰："魏其子尝杀人，蚡活之。蚡事魏其无所不可，何爱数顷田？且灌夫何与也⁽¹¹¹⁾？吾不敢复求田。"武安由此大怨灌夫、魏其。

元光四年春⁽¹¹²⁾，丞相言灌夫家在颍川，横甚，民苦之，请案⁽¹¹³⁾。上曰："此丞相事，何请⁽¹¹⁴⁾。"灌夫亦持丞相阴事，为奸利⁽¹¹⁵⁾，受淮南王金与语言⁽¹¹⁶⁾。宾客居间，遂止，俱解⁽¹¹⁷⁾。

夏，丞相取燕王女为夫人⁽¹¹⁸⁾，有太后诏，召列侯宗室皆往贺。魏其侯过灌夫，欲与俱。夫谢曰："夫数以酒失得过丞相⁽¹¹⁹⁾，丞相今者又与夫有郤。"魏其曰："事已解。"强与俱。饮酒酣，武安起为寿，坐皆避席伏⁽¹²⁰⁾。已魏其侯为寿，独故人避席耳，余半膝席⁽¹²¹⁾。灌夫不悦。起行酒⁽¹²²⁾，至武安，武安膝席曰："不能满觞。"夫怒，因嘻笑曰："将军贵人也，属之⁽¹²³⁾！"时武安不肯。行酒次至临汝侯，临汝侯方与程不识耳语⁽¹²⁴⁾，又不避席。夫无所发怒，乃骂临汝侯曰："生平毁程不识不直一钱，今日长者为寿，乃效女儿呫嗫耳语⁽¹²⁵⁾！"武安谓灌夫曰："程、李俱东西宫卫尉，今众辱程将军，仲孺独不为李将军地乎⁽¹²⁶⁾？"灌夫曰："今日斩头陷胸⁽¹²⁷⁾，何知程、李乎！"坐乃起更衣，稍稍去⁽¹²⁸⁾。魏其侯去，麾灌夫出⁽¹²⁹⁾。武安遂怒，曰："此吾骄灌夫罪⁽¹³⁰⁾。"乃令骑留灌夫。

灌夫欲出不得。籍福起为谢，案灌夫项令谢㉝。夫愈怒，不肯谢。武安乃麾骑缚夫置传舍，召长史曰㉞："今日召宗室，有诏。"劾灌夫骂坐不敬，系居室㉟。遂按其前事，遣吏分曹逐捕诸灌氏支属，皆得弃市罪㊱。魏其侯大愧，为资使宾客请㊲，莫能解。武安吏皆为耳目，诸灌氏皆亡匿，夫系，遂不得告言武安阴事。

魏其锐身为救灌夫㊳。夫人谏魏其曰："灌将军得罪丞相，与太后家忤㊴，宁可救邪？"魏其侯曰："侯自我得之，自我捐之，无所恨。且终不令灌仲孺独死，婴独生。"乃匿其家，窃出上书㊵。立召入，具言灌夫醉饱事，不足诛。上然之，赐魏其食，曰："东朝廷辩之㊶。"

魏其之东朝，盛推灌夫之善，言其醉饱得过，乃丞相以他事诬罪之。武安又盛毁灌夫所为横恣，罪逆不道。魏其度不可奈何，因言丞相短。武安曰："天下幸而安乐无事，蚡得为肺腑，所好音乐狗马田宅。蚡所爱倡优巧匠之属，不如魏其、灌夫日夜招聚天下豪杰壮士与论议，腹诽而心谤，不仰视天而俯画地㊷，辟倪两宫间㊸，幸天下有变，而欲有大功。臣乃不知魏其等所为㊹。"于是上问朝臣："两人孰是？"御史大夫韩安国曰："魏其言灌夫父死事，身荷戟驰入不测之吴军，身被数十创，名冠三军，此天下壮士。非有大恶，争杯酒，不足引他过以诛也。魏其言是也。丞相亦言灌夫通奸猾，侵细民㊺，家累巨万，横恣颍川，凌轹宗室，侵犯骨肉㊻，此所谓'枝大于本，胫大于股，不折必披'㊼，丞相言亦是。唯明主裁之。"主爵都尉汲黯是魏其㊽。内史郑当时是魏其，后不敢坚对㊾。余皆莫敢对。上怒内史曰："公平生数言魏其、武安长短，今日廷论，局趣效辕下驹，吾并斩若属矣㊿。"即罢起入，上食太后[51]。太后亦已使人候伺，具以告太后。太后怒，不食，曰："今我在也，而人皆藉吾弟，令我百岁后，皆鱼肉之矣[52]。且帝宁能为石人邪[53]！此特帝在，即录录[54]，设百岁后，是属宁有可信者乎？"上谢曰："俱宗室外家，故廷辩之。不然，此一狱吏所决耳。"是时郎中令石建为上分别言两人事[55]。

武安已罢朝，出止车门，召韩御史大夫载⑱，怒曰："与长孺共一老秃翁，何为首鼠两端⑲?"韩御史良久谓丞相曰："君何不自喜⑯？夫魏其毁君，君当免冠解印绶归，曰：'臣以肺腑幸得待罪⑰，固非其任，魏其言皆是。'如此，上必多君有让⑱，不废君。魏其必内愧，杜门龁舌自杀⑲。今人毁君，君亦毁人，譬如贾竖女子争言⑩，何其无大体也！"武安谢罪曰："争时急，不知出此。"

于是上使御史簿责魏其所言灌夫，颇不雠，欺谩⑪。劾系都司空⑫。孝景时，魏其常受遗诏⑬，曰："事有不便，以便宜论上⑭。"及系，灌夫罪至族，事日急，诸公莫敢复明言于上。魏其乃使昆弟子上书言之⑮，幸得复召见。书奏上，而案尚书大行无遗诏⑯。诏书独藏魏其家，家丞封⑰。乃劾魏其矫先帝诏，罪当弃市。五年十月，悉论灌夫及家属⑱。魏其良久乃闻，闻即恚，病痱⑲，不食欲死。或闻上无意杀魏其，魏其复食，治病。议定不死矣。乃有蜚语为恶言闻上，故以十二月晦论弃市渭城⑰。

其春，武安侯病，专呼服谢罪⑰。使巫视鬼者视之⑱，见魏其、灌夫共守，欲杀之。竟死。子恬嗣⑲。元朔三年，武安侯坐衣襜褕入宫⑭，不敬。

淮南王安谋反觉，治⑮。王前朝⑯，武安侯为太尉，时迎王至霸上，谓王曰："上未有太子，大王最贤，高祖孙，即宫车晏驾⑰，非大王立，当谁哉！"淮南王大喜，厚遗金财物。上自魏其时不直武安⑱，特为太后故耳。及闻淮南王金事，上曰："使武安侯在者，族矣。"

太史公曰：魏其、武安皆以外戚重，灌夫用一时决筴而名显⑲。魏其之举以吴、楚，武安之贵在日月之际⑱。然魏其诚不知时变，灌夫无术而不逊，两人相翼⑱，乃成祸乱。武安负贵而好权，杯酒责望⑱，陷彼两贤。呜呼哀哉！迁怒及人⑱，命亦不延。众庶不载，竟被恶言⑱。呜呼哀哉！祸所从来矣⑱！

【注释】

① 魏其：汉县名，在今山东临沂南。孝文后：汉文帝皇后窦姬，生景帝和梁孝王。从兄：堂兄。　② 观津：汉县名，在今河北武邑东南。　③ 詹事：官名，掌管皇后、太子宫

中事务。　④昆弟燕饮：指兄弟之间举行叙亲情的宴会，不用君臣之礼。燕：通"宴"。　⑤千秋之后：意谓死后。　⑥引卮酒进上：举一杯酒献给景帝，这里有失言罚酒的意思。　⑦薄其官：嫌官太小。　⑧门籍：进出宫殿门的名籍。朝请：诸侯朝见天子，春曰朝，秋曰请。　⑨孝景三年：前154年。吴、楚反：当时朝廷要削减诸侯的封地，于是吴王刘濞、楚王刘戊等七个同姓诸侯王就联合起兵反叛。诸窦：指窦太后的族人。毋如：不如。　⑩王孙：窦婴的字。让：推辞。　⑪在家：退职家居。进之：把他们推荐给景帝使用。　⑫庑(wǔ)：廊下之屋。财：通"裁"，酌量。　⑬监齐、赵兵：监督攻打齐国、赵国的两路军队。　⑭条侯：周亚夫封条侯。条：在今河北景县。亢礼：以平等的礼节相待。亢：通"抗"。　⑮栗太子：名荣，景帝长子，栗姬所生，故称栗太子。　⑯谢病：称病不朝。屏居：退居。蓝田：今属陕西。南山：蓝田山，在今蓝田东南。　⑰"相提"二句：互相对比来看，显然是自己要张扬皇上的过错。　⑱有如：假如。两宫：指太后和皇帝。螫(shì)：蜂蝎用毒刺刺人，这里是加害的意思。毋类：无有遗类，即斩尽杀绝。　⑲桃侯免相：丞相桃侯刘舍因日食免职。桃：在今河北冀州西北。　⑳臣：景帝对太后自称。爱：吝惜。　㉑易：轻率随便。　㉒持重：承担重任。　㉓建陵：今江苏沭阳西北。　㉔武安：今属河北。田蚡以外戚封武安侯。孝景后同母弟：孝景后叫王娡，父王仲，母臧儿。王仲死后，臧儿嫁到田家，生田蚡，所以说田蚡是孝景后的同母弟。长陵：今陕西咸阳东北。　㉕诸郎：一般郎官，如议郎、中郎等，属郎中令。　㉖子姓：子孙。　㉗晚节：晚年。贵幸：显贵得宠。太中大夫：掌管议论的官。　㉘辩有口：能说善辩，颇有口才。学《槃盂》诸书：学习《槃盂》一类古书。槃：同"盘"。《槃盂》：相传是黄帝史官孔甲所作的铭文，书写在盘、盂等器物上。王太后：王娡，景帝死后称王太后。贤之：认为田蚡有才能。　㉙即日太子立：景帝死日，太子刘彻即位，是为武帝。称制：指王太后代行皇帝职权。制：皇帝的命令。镇：镇压。抚：安抚。策：同"策"。　㉚孝景后三年：孝景帝死、孝武帝即位之年，前141年。周阳：今甘肃正宁。　㉛新欲用事为相：开始掌权，想当丞相。卑下宾客：对宾客非常谦恭。　㉜贵之：使他们显贵。倾：压倒，胜过。　㉝建元元年：前140年。建元：武帝的第一个年号。　㉞籍福：当时奔走于权豪之门的著名食客。　㉟尊等：尊贵程度相等。　㊱微言：委婉含蓄地说。风：同"讽"，暗示。　㊲因吊：顺便告诫。　㊳"君侯"二句：意谓你如果对好人坏人都能容忍，那么你的相位就能长期保住。　㊴今以毁去：即将因受到毁谤而离职。　㊵推毂(gǔ)：推车前进，这里是推荐的意思。毂：车轮的轴。赵绾、王臧：鲁申公的学生，有名的儒者。　㊶申公：名培，当时鲁国著名大儒。所传《诗经》，号称"鲁诗"。当时申公已八十余岁。欲设明堂：想建明堂，附会古制，以朝诸侯。明堂：古代帝王宣明政教的地方。　㊷就国：回到自己的封地。除关：废除关禁，以示天下一家。以礼为服制：按照礼法来规定吉凶的服制。　㊸举适：检举揭发。适：通"谪"。节行：节操品行。除其属籍：除去他们宗室的名籍。　㊹外家：外戚。尚公主：娶公主为妻。　㊺滋：愈加。说：同"悦"。　㊻无奏事东宫：不必对窦太后奏事。东宫：指窦太后，她住在宫苑东部的长乐宫。　㊼柏至：不详何处。武强：今属河北。　㊽坐丧事不办：因没有办好窦太后丧事而犯罪。免：革职。　㊾大司农：掌管国家财政的官。韩安国：字长孺，梁人。御史大夫：主管纠察的官。　㊿侵：通"寑"，矮小丑陋。生贵甚：生来就非常显贵。　㉛多长：大多年长。富于春秋：年纪还轻。　㉜肺腑：心腹，比喻亲戚关系。京师相：朝廷的丞相。痛：狠狠地。折节：降低别人的身份。诎：通

“屈”，屈服。肃：敬畏。这三句说，田蚡以皇亲国戚的身份当上丞相，因此他认为如果不用礼法狠狠打击、压制诸侯王，那么天下人就不会敬畏自己。 (53) 移日：日影移动了位置，指时间很长。 (54) 起家至二千石：把家居的人一下提升到二千石的官位。权移主上：把皇帝的权柄移到自己手中。 (55) 除吏：任命官吏。 (56) 考工：指考工室，掌管制造器械的衙门。益宅：扩建住宅。 (57) 武库：国家储藏兵器的库房。取武库等于造反，这是武帝愤怒斥责的话。 (58) 盖侯：指王信，王太后的哥哥，田蚡的同母兄。盖：在今山东沂水西北。乡：同“向”。 (59) 私桡：私自降低身份。桡：通“挠”，曲，指委屈自己，迁就别人。(60) 甲诸第：胜过所有的府第。 (61) 膏腴：肥沃。市买：购买。属：连接。 (62) 曲旃(zhān)：曲柄的旗帜，用整幅帛制成，古代国君用来招纳人才。田蚡擅立曲旃，是僭越当时丞相制度的。 (63) 自引而怠傲：自行离去，并且对他的态度也懈怠傲慢起来。不失故：不改变原来的态度。 (64) 颍阴：今河南许昌。 (65) 婴：灌婴，从刘邦起兵，以功封为颍阴侯。舍人：家臣。得幸：受到宠幸。 (66) 蒙：冒。 (67) 灌何：灌婴之子，袭封为颍阴侯。属太尉：隶属太尉周亚夫部下。请：举荐。校尉：分掌兵马的军官。 (68) 陷坚：突入敌军坚强的阵地。 (69) 死事：为国事而死。得与丧归：活着的可以护送遗骸还乡。 (70) 若：或。 (71) 所善愿从者：友好而愿意跟他同去的。 (72) 壁门：军营壁垒的门。 (73) 麾下：大将旗下。 (74) 瘳(chōu)：病好。 (75) 坐法去：因犯法而丢官。 (76) 代相：代国的相。(77) 今上：指武帝。淮阳：汉郡名，治所即今河南周口。天下交：天下交会之处。劲兵处：须有强兵驻守的地方。 (78) 太仆：汉代九卿之一，掌管皇帝车马。 (79) 长乐卫尉：管理长乐宫门卫兵的官。轻重不得：因争论是非而意见不合。轻重：意谓得失，是非。 (80) 燕相：燕国的相。 (81) 使酒：喝酒纵性使气。不好面谀：不喜欢当面恭维别人。 (82) 右：上。加礼：表示尊敬有礼。陵：胜过，侮辱。 (83) 左：下。钧：同“均”，平等对待。 (84)“稠人”二句：在人多的场合，灌夫对地位较己低下者总是推荐夸奖。 (85) 多之：称赞他。(86) 已然诺：已经答应别人的诺言，一定办到。 (87) 交通：交游往来。大猾：大奸巨猾。(88) 陂池：池沼，这里指筑陂蓄水。为权利：扩张权势，夺取利益。颍川：汉郡名，在今河南中部和东南部的地方。 (89)“颍水”四句：意谓颍水不会长久清洁，灌氏绝不会有好结果。族：灭族。 (90)“卿相”句：有权有势的宾客与他日益疏远了。侍中：皇帝的近臣。(91) 引绳：纠举。绳：绳墨，木工用以取直。批根：排除。树木近根处盘错，要多加批削。这句说，窦婴也想依靠灌夫去纠举排除那些平素仰慕他后来又因他失势而丢弃他的人。(92) 通：结交。为名高：抬高自己名声。 (93) 相为引重：相互援引借重。 (94) 相得：彼此投契。无厌：不感到厌倦。 (95) 服：丧服。过：拜访。 (96) 仲孺：灌夫的字。会：恰值。(97) 幸临况：荣幸地光顾。况：通“贶”，惠赐。解：推辞。 (98) 帐具：布置陈设，准备酒食。帐：同“张”，陈设。旦日：明天。蚤：同“早”。 (99) 具语：详细告诉。 (100) 平明：天刚亮。门下：手下管事的人。 (101) 不怿(yì)：不高兴。 (102)“夫以”二句：我不顾丧服在身请他践约，现在应该再去请他。 (103) 特：只不过。殊无：实在没有。 (104) 鄂：同“愕”。(105) 属：属意，邀请。此言灌夫起舞致礼后，请田蚡起舞。古人宴会时，常有此礼节。(106) 从坐上语侵之：在席位上用言语触犯田蚡。 (107) 请：求取。 (108) 望：怨恨。 (109) 恶两人有郄：怕窦婴和田蚡有嫌隙。郄：同“隙”。谩自好谢丞相：自己说谎，用好话去回复田蚡。谩：说谎。 (110) 实怒不予田：实在是愤怒而不肯给田。 (111) 何与：有什么相干。(112) 元光四年：前131年。 (113) 请案：请皇帝查办。 (114) 何请：何必请示。 (115) 持：抓住。

阴事：不可告人的秘密。为奸利：谋取不正当的利益。 ⑯"受淮南王金"句：田蚡受淮南王刘安的财物并且与他说了犯上之言。 ⑰居间：从中调解。遂止：双方的攻击因此中止。俱解：都和解了。 ⑱取：通"娶"。燕王女：燕王刘嘉的女儿。 ⑲得过：得罪。 ⑳为寿：敬酒祝福。避席伏：离开座位，伏在地上，表示不敢当。 ㉑已：过了一会。膝席：以膝跪在席上，稍稍直身坐正，表示对施礼者的礼貌，较避席为简慢。 ㉒起行酒：起身离位，依次敬酒。 ㉓属之：劝田蚡把酒喝干。 ㉔临汝侯：灌婴的孙子灌贤。程不识：当时名将，与李广齐名，时为长乐宫卫尉。耳语：附耳低言。 ㉕咕嗫(chèniè)：唧唧哝哝地说话声。 ㉖程、李：程不识和李广。李广是未央宫卫尉。东西宫：东宫指长乐宫，西宫指未央宫。众辱：当众侮辱。不为李将军地：不给李将军留些余地。 ㉗斩头陷胸：意谓不避死亡。 ㉘坐：在座的人。更衣：如厕，古人如厕要换衣。稍稍去：渐渐离开。 ㉙麾：通"挥"，招手。 ㉚此吾骄灌夫罪：这是我骄纵灌夫的罪过。骄：宠惯，纵容。 ㉛案：同"按"。项：头颈。 ㉜传舍：指丞相府中招待宾客留宿的地方。长史：丞相府中主管秘书的官。 ㉝劾：弹劾。系：拘禁。居室：少府属下的衙门，是当时囚禁官员及其家属的地方。 ㉞按：查办。前事：指灌夫在颍川的不法行为。分曹：分批。逐捕：追拿。支属：灌氏宗族的分支。弃市：指死刑。 ㉟愧：感到惭愧。为资：出钱。请：向田蚡求情。 ㊱锐身：挺身而出。 ㊲忤：逆，作对。 ㊳匿其家：瞒着家里人。窃出上书：偷偷出去向皇帝上书。 ㊴东朝廷辩之：到东宫去当廷辩论。 ㊵"不仰视天"句：不是抬头用眼看天，就是低头用手画地，意谓窦婴、灌夫等阴谋造反。 ㊶辟倪：通"睥睨"，斜视，窥探。两宫：指王太后和武帝。 ㊷"臣乃不知"句：我不知道窦婴他们在干什么。 ㊸侵细民：欺压小民。 ㊹凌轹(lì)：践踏，压迫。骨肉：指宗室。 ㊺枝：树枝。本：树干。胫：小腿。股：大腿。折：折断。披：分离，分裂。这三句是当时成语，比喻灌夫在地方上的势力太大，不除去会损害国家的政权。 ㊻主爵都尉：掌管列侯封爵的官。是魏其：以魏其所说的为是。 ㊼内史：掌管京城行政的官。坚对：坚持自己的意见。 ㊽局趣：通"局促"。辕下驹：驾在车辕下面的小马，进退不自由，这里指畏首畏尾，不敢自出主见。若属：你们。 ㊾罢：罢朝。入：进宫。上食太后：向太后献食物。 ㊿藉：蹂躏。鱼肉：当成鱼肉任意宰割。 ○51石人：责备武帝自己不做主，像石头人一样。 ○52录录：同"碌碌"，平凡庸鄙，随声附和。 ○53郎中令：郎官之长。 ○54止车门：宫禁外门。百官上朝时，到此必须停车，步行入宫。载：乘车。 ○55长孺：韩安国的字。老秃翁：秃顶老头，指窦婴。首鼠两端：前后矛盾，模棱两可。 ○56何不自喜：何以如此不自爱。 ○57待罪：做官的谦称，意谓不能胜任，等待治罪。 ○58多君有让：赞美你有谦让的美德。 ○59杜门齰(zé)舌：闭门咬舌头，即无脸见人，无话可说。 ○60贾竖：商贾小人。 ○61雠：符合。欺谩：欺骗。 ○62劾系都司空：弹劾窦婴欺君罪，拘禁在都司空。都司空：宗正下面的属官，专管皇帝交下来的案件。 ○63常：同"尝"，曾经。遗诏：景帝临死时的遗命。 ○64以便宜论上：可以不按一般规定论事上书。便宜：意谓灵活掌握。 ○65昆弟子：侄子。言之：说明受遗诏的事。 ○66案：查对。尚书：指尚书令所保管的内廷档案。大行：死去的皇帝称大行，这里指景帝。 ○67家丞封：窦婴的家臣用遗诏加封盖印。 ○68论：处决，执行死刑。 ○69恚(huì)：怨愤。痱(fèi)：风病。 ○70蜚：同"飞"。蜚语：没有根据的流言。晦：阴历每月的末一天。渭城：在今陕西咸阳东。 ○71专呼服谢罪：一味大声喊叫服罪谢罪。 ○72巫视鬼者：巫师能看见鬼的。 ○73子恬嗣：田蚡的儿子田恬袭封为武安侯。　⑰元朔三年：前126年。襜褕（chānyú）：长仅蔽膝的短衣，不是正式的朝服。　⑮觉：发觉。治：审理，追究。　⑯王前朝：淮南王刘安从前朝见武帝时，事在建元二年（前139）。　⑰宫车晏驾：指武帝死。晏：晚。官车晚出，必有事故，故以"晏驾"作为皇帝身死的代称。　⑱不直武安：不认为武安正确。　⑲"灌夫"句：灌夫因一时决定驰入吴军、为父报仇的策略而著名。　⑳日月之际：武帝与太后共同掌权之时。日：比喻武帝。月：比喻太后。　㉑不知时变：不懂因时变化之理。指窦太后死后，窦婴失去靠山，还要和田蚡争衡。无术而不逊：不学无术又不讲礼让。相翼：相辅相帮。　㉒负贵而好权：倚仗地位尊贵而喜欢耍弄权术。杯酒责望：为喝酒小事而苛责怨恨。　㉓迁怒及人：指田蚡把对灌夫的怨怒再推移到窦婴身上。　㉔载：通"戴"，拥护。竟被恶言：终于落得坏名声。　㉕祸所从来矣：意谓所以得祸是有其根源的。

【赏析】

《魏其武安侯列传》选自《史记》卷一百零七。梁启超在《要籍解题及其读法》中说，包括这篇列传在内的《史记》一些传记是他"平生所最爱读"的杰作，它们"皆肃括宏深，实叙事文永远之模范"。

《魏其武安侯列传》是窦婴、田蚡和灌夫三人的合传。先写窦婴在景帝时的经历，接着写田蚡日益得志，窦婴逐渐失势，然后在窦、田两人结怨和冲突中写灌夫。三人矛盾复杂，斗争激烈。在矛盾冲突发展到高潮时，武帝、王太后等人都被卷入其中。最终灌夫和窦婴被田蚡陷害致死。窦、田、灌之事形象地反映出统治阶级内部互相倾轧的残酷性，使人清楚地认识到朝廷昏暗和世态炎凉的真实情况。列传对三人所作的不同评价也倾注了作者深厚的思想感情，表现出鲜明的爱憎态度。

窦婴和田蚡同为外戚，灌夫以军功得封将军。窦婴有窦太后当靠山，地位特殊。平定吴楚七国之乱时，他能举贤授能，轻金疏财，功劳卓著。此后，他更加显贵，每当朝廷议事时，许多列侯都不敢同他平礼相待。然而，月有阴晴圆缺，人有沉浮变化。先是窦太后"好黄老之言"，而窦婴等人"隆推儒术，贬道家言"，所以，"窦太后滋不说魏其等"。后来，窦太后去世，窦婴完全失势。田蚡"以王太后故，亲幸，数言事，多效，天下吏士趋势利者，皆去魏其归武安"。他们以为天下以市道交，君有势则从君，无势则去。于是，"武安日益横"。丞相高位终为田蚡所得，"天下士郡诸侯愈益附武安"。田蚡以丞相之尊，又凭借王太后的势力和影响，"由此滋骄，治宅甲诸第，田园极膏腴，而市买郡县器物相属于道。前堂罗钟鼓，立曲旃；后房妇女以百数。诸侯奉金玉狗马玩好，不可胜数"。他趾高气扬，门庭若市，无视冷落无聊的窦婴。自然，两人之间的嫌隙逐渐产生了，关系也日益紧张起来，加上同窦婴情投意合、亲如父子的灌夫参与其间，就使双方矛盾不断加深，事态进一步恶化。

田、窦对立的表面化发生在窦婴准备的酒席上。开始，田蚡假意敷衍灌夫，表示要和他一起去拜访窦婴。灌夫信以为真，把这消息告诉窦婴。窦婴诚意设宴招待田蚡，他"与其夫人益市牛酒，夜洒扫，早帐具至旦。平明，令门下候伺"。

不料，从早上等到中午，不见田蚡大驾光临，灌夫很不愉快，就亲自去请。实际上，"丞相特前戏许灌夫，殊无意往。及夫至门，丞相尚卧"。酒宴上，田蚡对主人的盛情不以为意，傲慢无礼。这使窦婴心中不悦，灌夫怒形于色，用言语触犯田蚡。另外，田蚡曾经要求窦婴把京城南郊的田地让给他，窦婴对他的仗势欺人，大为怨恨，指出自己"虽弃，将军虽贵，宁可以势夺乎"，拒绝了对方的请求。灌夫闻之，也富有同感，怒斥这种过分的要求。不久，炙手可热的田蚡听说窦婴、灌夫"实怒不予田"，就愤怒地说："魏其子尝杀人，蚡活之。蚡事魏其无所不可，何爱数顷田？且灌夫何与也？吾不敢复求田。"从此，田蚡非常怨恨灌夫和窦婴。

田、窦冲突的尖锐化表现在田蚡举办的宴会上。这次宴会之前，田蚡就提出"灌夫家在颍川，横甚，民苦之"，要求皇帝查办他。灌夫也抓住田蚡的短处，说他以非法手段谋求私利，还收受刘安的财物等。后来，由于两家宾客从中调停劝和，矛盾暂时化解。宴会时，朝廷大臣、宗室宾客都前来庆贺田蚡的婚礼。田蚡起身向大家敬酒，他们都离开席位，伏在地上，表示不敢当。与此不同，窦婴起身向众人敬酒，只有那些与他有旧关系的人离开席位，其余半数的人照样坐着，连膝都没有离席。这就引起灌夫的极大不满，他勉强田蚡饮满杯酒，又指桑骂槐地辱骂了临汝侯灌贤，还表示自己毫不在乎"斩头陷胸"，以此发泄心中的怨怒。田蚡针锋相对，凶相毕露，他"令骑留灌夫"，"麾骑缚夫置传舍"。他宣布自己宴请是奉太后之诏行事，灌夫侮辱诏命，必须按照大不敬的条款治罪。于是，他把灌夫拘禁起来，派人分头捕捉灌家的亲属，都判为杀头示众的罪名。

一场你死我活的争斗发展到最高潮，双方闹到武帝面前，进行廷辩。窦婴"盛推灌夫之善"，为其醉酒失言辩护，又指责田蚡的不是。对此，田蚡"盛毁灌夫所为横恣，罪逆不道"。他巧舌如簧，阴险毒辣，不仅轻而易举地把自己的爱好归结为微不足道的生活小节，而且还耸人听闻地把窦婴、灌夫所为说成是图谋不轨、有害朝廷的政治大问题。廷辩时，有人开始认为窦婴是对的，后来却不敢坚持自己的意见，还有的胆小怕事，缄口不言。他们模棱两可，首鼠两端，趋炎附势，善自为谋。武帝发怒，他说这些人平时对窦、田两人优劣议论纷纷，"今日廷论，局趣效辕下驹"，并表示要把他们和犯法的当事人一起杀掉。得知廷辩经过后，王太后不能容忍别人非议自己的兄弟，也不满意武帝的态度。武帝碍于王太后，虽然不想袒护田蚡，但是也不为窦婴、灌夫说话。结局是田蚡得志于汉廷之上，窦婴、灌夫等人亡命于屠刀之下。

司马迁细致入微地描绘了田、窦之争，成功地刻画了窦婴、田蚡和灌夫这三个人物的不同性格。

窦婴有功于国，为人比较正直。"梁孝王者，孝景弟也，其母窦太后爱之。梁孝王朝，因昆弟燕饮。是时上未立太子，酒酣，从容言曰：'千秋之后传梁王。'太后欢。窦婴引卮酒进上，曰：'天下者，高祖天下，父子相传，此汉之约也。上何以得擅传梁王！'太后由此憎窦婴。"他坚持汉代法定的约束，屡次为立太子事直抒己见，不怕得罪皇帝和太后。

武帝时，窦婴对籍福劝自己向田蚡让步，不予理会；对飞扬跋扈、盛气凌人的田蚡，心怀怨恨；对那些先前同他结交、后来由于他失势而抛弃他的小人，极为蔑视。灌夫被囚禁时，他不怕危险，"锐身为救灌夫。夫人谏魏其曰：'灌将军得罪丞相，与太后家忤，宁可救邪？'魏其侯曰：'侯自我得之，自我捐之，无所恨。且终不令灌仲孺独死，婴独生。'乃匿其家，窃出上书"。这表现出窦婴性格的主要方面。

不过，窦婴为人处世又自以为是，轻浮难以持重，不能分析复杂的情况，不会应付凶险的局面。在没有担任丞相之职前，"孝景初即位"，窦婴"为詹事"，"薄其官，因病免"。"孝景三年，吴、楚反，上察宗室、诸窦，毋如窦婴贤，乃召婴。婴入见，固辞谢病不足任。""孝景七年，栗太子废，魏其数争不能得。魏其谢病，屏居蓝田南山之下数月，诸宾客辩士说之，莫能来。"他三次借口有病，不愿做职位较低的詹事官，谢绝担任出征将军，隐居蓝田而不上朝。景帝曾就任窦婴为丞相的问题回答窦太后说："太后岂以为臣有爱，不相魏其？魏其者，沾沾自喜耳，多易。难以为相，持重。"景帝觉得他这样是高傲自满，轻率随便，很难充当重任。在失去权势后，"魏其日默默不得志，而独厚遇灌将军"，"两人相为引重"，"相得欢甚，无厌，恨相知晚也"。窦婴不依附田蚡一派，又同灌夫公开往来，游如父子。这虽然不无可取之处，但是毕竟不讲策略，逆时而动，并由此导致了他日后的完全失败。

比较起来，田蚡就显得长于心计，骄横奸诈。当羽毛未丰时，他常陪侍窦婴饮食，态度恭敬，时跪时起，如同窦家的晚辈一样。籍福曾对田蚡说："魏其贵久矣，天下士素归之。今将军初兴，未如魏其，即上以将军为丞相，必让魏其。魏其为丞相，将军必为太尉。太尉、丞相尊等耳，又有让贤名。"田蚡采纳籍福的意见，让显贵多时的窦婴为丞相，表面上不与之争高低，还因此享有让贤的美名；暗地里，他却在运用权术，收买人心，扩大势力。当大权在握、几乎把皇帝的权柄掌握在自己手中时，他就更加虚伪、凶恶。开始，他对窦婴的诚意款待既怠慢无礼又矫揉造作、虚情假意；对灌夫冒犯自己的言语也听而不闻，不动声色。以后，他面对灌夫的使酒骂座，借机穷凶极恶地迫害灌夫和竭力营救灌夫的窦婴。特别在东朝廷辩时，田蚡说："天下幸而安乐无事，蚡得为肺腑，所好音乐狗马田宅。蚡所爱倡优巧匠之属，不如魏其、灌夫日夜招聚天下豪杰壮士与论议，腹诽而心谤，不仰视天而俯画地，辟倪两宫间，幸天下有变，而欲有大功。臣乃不知魏其等所为。"言外之意是窦、灌等人树立党羽，图谋造反。这说明他善于抓住要害问题，置对方于死地。

至于灌夫，他为人刚直，不喜欢阿谀逢迎。"贵戚诸有势在己之右，不欲加礼，必陵之；诸士在己之左，愈贫贱，尤益敬。"他常在人多的场合，"荐宠下辈"，"士亦以此多之"。但是，灌夫暴躁易怒，恣意横行。在故乡颍川一带，他和他的亲属与门客横行无忌,使民间怨声载道。当地的童谣说:"颍水清,灌氏宁;颍水浊,灌氏族。"意思就是颍水不会长久清洁,灌氏绝不会有好下场。灌夫与城府很深、位居丞相的田蚡交往,又不会应付,随意发怒,出口伤人。他看到世态炎凉的情形明显地反映在田蚡婚礼的宴会上,就愤怒至极,从怨恨田蚡到辱骂他人,不懂策略而留过失于敌手,以致受人蹂躏和宰割。

郭嵩焘说这篇列传描写"魏其、武安、灌将军,各以其势盛衰相次言之,合三传为一传,而情事益显"(《史记札记》)。先分述窦婴、田蚡和灌夫的不同经历和各自特点,然后合述他们结怨的起因、矛盾的发展和斗争的结果,突出三人的盛衰变化和性格冲突,从而使人物性格在激烈的矛盾冲突中得到充分的体现,也使三人合传如同一人独传而成为天衣无缝的杰作。

报任安书

司马迁

少卿足下①:曩者辱赐书②,教以慎于接物,推贤进士为务③。意气勤勤恳恳,若望仆不相师用,而流俗人之言④。仆非敢如是也。虽罢驽,亦尝侧闻长者遗风矣⑤。顾自以为身残处秽⑥,动而见尤,欲益反损,是以抑郁而无谁语。谚曰:"谁为为之?孰令听之⑦?"盖钟子期死,伯牙终身不复鼓琴⑧。何则?士为知己者用,女为悦己者容⑨。若仆,大质已亏缺矣,虽才怀随、和⑩,行若由、夷⑪,终不可以为荣,适足以发笑而自点耳⑫。书辞宜答,会东从上来⑬,又迫贱事⑭,相见日浅,卒卒无须臾之间,得竭指意⑮。今少卿抱不测之罪,涉旬月,迫季冬⑯,仆又薄从上上雍,恐卒然不可讳⑰。是仆终已不得舒愤懑以晓左右,则长逝者魂魄私恨无穷⑱。请略陈固陋。阙然不报,幸勿过⑲。

仆闻之,修身者,智之符也;爱施者,仁之端也;取予者,义之表也;耻辱者,勇之决也;立名者,行之极也⑳。士有此五者,然后可以托于世,列于君子之林矣。故祸莫憯于欲利㉑,悲莫痛于伤心,行莫丑于辱先,而诟莫大于宫刑㉒。刑余之人,无所比数㉓,非一世也,所从来远矣。昔卫灵公与雍渠同载,孔子适陈㉔；商鞅因景监见，赵良寒心㉕；同子参乘，爰丝变色㉖：自古而耻之。夫中材之人，事关于宦竖㉗，莫不伤气，况慷慨之士乎㉘！如今朝虽乏人，奈何令刀锯之余荐天下豪俊哉㉙！仆赖先人绪业，得待罪辇毂下㉚，二十余年矣。所以自惟㉛：上之，不能纳忠效信，有奇策才力之誉，自结明主㉜；次之，又不能拾遗补阙，招贤进能，显岩穴之士㉝；外之，不能备行伍，攻城野战，有斩将搴旗之功㉞；下之，不能累日积劳，取尊官厚禄，以为宗族交游光宠㉟。四者无一遂，苟合取容，无所短长之效㊱，可见于此矣。向者，仆亦尝厕下大夫之列，陪外廷末议㊲，不以此时引维纲㊳，尽思虑，今已亏形为扫除之隶，在阘茸之中㊴，乃欲卬首信眉，论列是非，不亦轻朝廷、羞当世之士邪！嗟乎，嗟乎！如仆尚何言哉！尚何言哉！

　　且事本末未易明也。仆少负不羁之才，长无乡曲之誉㊵，主上幸以先人之故，使得奏薄伎，出入周卫之中㊶。仆以为戴盆何以望天㊷，故绝宾客之知，亡室家之业㊸，日夜思竭其不肖之才力，务一心营职，以求亲媚于主上。而事乃有大谬不然者。夫仆与李陵，俱居门下，素非相善也㊹，趣舍异路，未尝衔杯酒接殷勤之欢㊺。然仆观其为人自奇士㊻，事亲孝，与士信，临财廉㊼，取予义，分别有让，恭俭下人，常思奋不顾身，以徇国家之急㊽。其素所蓄积也，仆以为有国士之风㊾。夫人臣出万死不顾一生之计，赴公家之难，斯已奇矣。今举事一不当，而全躯保妻子之臣，随而媒孽其短㊿，仆诚私心痛之。且李陵提步卒不满五千，深践戎马之地，足历王庭(51)，垂饵虎口，横挑强胡，卬亿万之师(52)，与单于连战十余日，所杀过当，虏救死扶伤不给(53)。旃裘之君长咸震怖(54)，乃悉征左右贤王，举引弓之民(55)，一国共攻而围之。转斗千里，矢尽道穷，救兵不至，士卒死伤如积。然陵一呼劳军(56)，士无不起，躬自流涕，沫血饮泣，张空弮(57)，冒白刃，北首争死敌(58)。陵未没时，使有来报，汉公卿王侯皆奉觞上寿(59)。后数日，陵败书闻，主上为之食不甘味，听朝不怡(60)。大臣忧惧，不知所出。仆窃不自料其卑贱，见主上惨凄怛悼，诚欲效其款款之愚(61)。以为李陵素与士大夫绝甘分少(62)，能得人之死力，虽古名将不过也。身虽陷败，彼观其意，且欲得其当而报汉㉝。事已无可奈何，其所摧败，功亦足以暴于天下㉞。仆怀欲陈之，而未有路。适会召问，即以此指，推言陵功㉟，欲以广主上之意，塞睚眦之辞㊱。未能尽明，明主不深晓，以为仆沮贰师㊲，而为李陵游说。遂下于理㊳。拳拳之忠，终不能自列。因为诬上，卒从吏议㊴。家贫，财赂不足以自赎㊵；交游莫救，左右亲近不为一言㊶。身非木石，独与法吏为伍，深幽囹圄之中，谁可告愬者㊷！此正少卿所亲见，仆行事岂不然邪？李陵既生降，隤其家声㊸，而仆又茸以蚕室，重为天下观笑㊹。悲夫，悲夫！事未易一二为俗人言也㊺。

仆之先人，非有剖符丹书之功㊻，文史星历，近乎卜祝之间㊼，固主上所戏弄，倡优畜之㊽，流俗之所轻也。假令仆伏法受诛，若九牛亡一毛，与蝼蚁何异㊾？而世又不与能死节者比㊿，特以为智穷罪极，不能自免，卒就死耳。何也？素所自树立使然㊿。人固有一死，死有重于泰山，或轻于鸿毛，用之所趋异也㊿。太上不辱先㊿，其次不辱身，其次不辱理色㊿，其次不辱辞令，其次诎体受辱㊿，其次易服受辱㊿，其次关木索、被箠楚受辱㊿，其次剔毛发、婴金铁受辱㊿，其次毁肌肤、断支体受辱㊿，最下腐刑极矣。传曰"刑不上大夫"，此言士节不可不厉也㊿。猛虎处深山，百兽震恐，及其在槛阱之中㊿，摇尾而求食，积威约之渐也㊿。故士有画地为牢，势不入；削木为吏，议不对，定计于鲜也㊿。今交手足，受木索，暴肌肤，受榜箠，幽于圜墙之中㊿。当此之时，见狱吏则头枪地，视徒隶则心惕息㊿。何者？积威约之势也。及已至此，言不辱者，所谓强颜耳㊿，曷足贵乎！且西伯，伯也，拘牖里㊿；李斯，相也，具五刑㊿；淮阴，王也，受械于陈㊿；彭越、张敖，南乡称孤㊿，系狱具罪；绛侯诛诸吕，权倾五伯，囚于请室㊿；魏其，大将也，衣赭，关三木㊿；季布为朱家钳奴㊿；灌夫受辱居室㊿。此人皆身至王侯将相，声闻邻国，及罪至罔加，不能引决自财㊿，在尘埃之中，古今一体㊿，安在其不辱也！由此言之，勇怯，势也；强弱，形也。审矣，曷足怪乎㊿？且人不能蚤自财绳墨之外㊿，已稍陵夷，至于鞭箠之间，乃欲引节⑩，斯不亦远乎！古人所以重施刑于大夫者，殆为此也⑪。

夫人情莫不贪生恶死，念亲戚，顾妻子。至激于义理者不然⑫，乃有不得已也。今仆不幸，蚤失二亲，无兄弟之亲，独身孤立，少卿视仆于妻子何如哉⑬？且勇者不必死节，怯夫慕义，何处不勉焉⑭！仆虽怯懦欲苟活，亦颇识去就之分矣，何至自沉溺缧绁之辱哉⑮！且夫臧获婢妾犹能引决⑯，况若仆之不得已乎？所以隐忍苟活，函粪土之中而不辞者⑰，恨私心有所不尽，鄙没世而文采不表于后也⑱。

古者富贵而名摩灭，不可胜记，唯倜傥非常之人称焉⑲。盖西伯拘而演《周易》⑳；仲尼厄而作《春秋》㉑；屈原放逐，乃赋《离骚》㉒；左丘失明，厥有《国语》㉓；孙子膑脚，《兵法》修列㉔；不韦迁蜀，世传《吕览》㉕；韩非囚秦，《说难》《孤愤》㉖。《诗》三百篇，大氐圣贤发愤之所为作也㉗。此人皆意有所郁结，不得通其道，故述往事，思来者㉘。及如左丘无目，孙子断足，终不可用，退论书策以舒其愤，思垂空文以自见㉙。仆窃不逊，近自托于无能之辞，网罗天下放失旧闻㉚，考之行事，稽其成败兴坏之理㉛，上计轩辕，下至于兹，为十表、本纪十二、书八章、世家三十、列传七十，凡百三十篇，亦欲以究天人之际，通古今之变，成一家之言㉜。草创未就，适会此祸，惜其不成，是以就极刑而无愠色㉝。仆诚已著此书，藏之名山，传之其人，通邑大都㉞，则仆偿前辱之责，虽万被戮㉟，岂有悔哉！然此可为智者道，难为俗人言也。

且负下未易居，下流多谤议㊱。仆以口语遇遭此祸，重为乡党戮笑㊲，污辱先人，亦何面目复上父母之丘墓乎？虽累百世，垢弥甚耳㊳！是以肠一日而九回，居则忽忽若有所亡，出则不知其所往㊴。每念斯耻，汗未尝不发背沾衣也。身直为闺阁之臣，宁得自引深藏于岩穴邪？故且从俗浮沉，与时俯仰，以通其狂惑㊵。今少卿乃教以推贤进士，无乃与仆之私指谬乎㊶？今虽欲自雕琢，曼辞以自解㊷，无益，于俗不信，祗取辱耳㊸。要之死日㊹，然后是非乃定。书不能尽意，故略陈固陋㊺，谨再拜。

【注释】

①少卿：指任安。足下：书信中对朋友的敬称。　②曩：从前。辱赐书：辱你给我写信。　③慎于接物：谨慎地待人处世。推贤进士：向朝廷推举贤能的士人。为务：当作应做的事务。　④勤勤恳恳：殷勤恳切。若：好像。望：怨恨。不相师用：没有遵从你的意见办事。而流俗人之言：反而听从世俗之人的话。　⑤罢驽：拙劣，低下。罢：同"疲"，疲弱。驽：劣马。侧闻：从旁听到。长者：品德高尚的人。　⑥顾：只是。身残处秽：指身受宫刑，处于污秽的环境里。见尤：被人指责。　⑦"谁为为之"二句：为谁而做呢，又让谁听呢。谁为：为谁。孰令：让谁。　⑧锺子期、伯牙：春秋时楚国人。伯牙善弹琴，而锺子期能知音。后锺子期死，伯牙认为世无知音，便破琴绝弦，终身不再弹琴。　⑨"士为"二句：士人为知己的人效劳尽力，女子为喜爱自己的人梳妆打扮。　⑩大质：指身体。亏：残。才怀随、和：怀有珠玉之才。随：指随侯之珠。和：指和氏之玉。　⑪行若由、夷：品行像许由、伯夷那样高尚。由、夷：许由、伯夷，古代传说中轻视富贵、品德高尚的典范人物。　⑫适：恰。点：通"玷"，玷污，污辱。　⑬会：适逢。东从上来：指跟随汉武帝由甘泉宫向东回到长安来。武帝此次巡幸甘泉宫，在征和二年七月。　⑭迫：急。贱事：谦辞，指自己担负的繁杂事务。　⑮相见日浅：彼此见面的日子不多。浅：少。卒卒(cù)：匆促。卒：同"猝"。须臾：片刻。间：空隙，这里指空暇。竭指意：尽情倾诉自己的心意。指：同"旨"。　⑯涉旬月：过一个月。涉：经过。旬：满。迫：接近。季冬：十二月。汉代法律规定十二月处决犯人。　⑰薄：迫近。从上上雍：跟随武帝到雍地去。雍：地名，在今陕西凤翔南。那里有祭五帝的坛，武帝常往祭祀。据《汉书·武帝纪》载："(征和)三年春正月，行幸雍。"卒然：突然。不可讳：指任安将被处死。这是委婉之辞。　⑱终已：终于。舒愤懑：抒发心中郁闷不平。晓：告知。左右：不直称对方，而称对方左右的人，表示尊敬。长逝者：死者，指任安。　⑲阙然不报：过了很久还没有回信。阙然：空缺的样子。幸：希望。过：责难。　⑳符：符信。智之符：智慧的凭证。爱施：乐于施舍。仁之端：仁德的开端。取予：索取与给予。义之表：义的表现。耻辱：能以受辱为可耻。勇之决：是断定人有勇气的先决条件。行：品行。极：最高境界。　㉑惨：通"惨"。欲：贪欲。　㉒辱先：辱没祖先。诟：耻辱。宫刑：古代残害男子生殖器和破坏妇女生殖机能的酷刑，又称"腐刑"。　㉓无所比数：不在同等对待之列。比：比并。　㉔卫灵公：春秋时卫国国君，前534年至前493年在位。雍渠：卫灵公宠幸的宦官。卫灵公与夫人同车出游，令雍渠坐在旁边，让孔子坐在后面的车上，孔子以为耻辱，离卫国去了陈国。　㉕景监：秦孝公宠幸的宦官。商鞅由景监荐引而见秦孝公。赵良：秦孝公时秦国的贤者，曾劝商鞅引退。寒心：因恐惧而心冷。赵良劝商鞅引退时，认为商鞅由景监引荐是不光彩的事，因而为他寒心。　㉖同子：汉文帝时的宦官赵谈。司马迁因避父亲司马谈的讳，改称"同子"。参乘：古时乘车陪坐在车右的人。爰丝：袁盎，字丝，汉文帝时大臣。变色：指发怒而变脸色。汉文帝乘车外出，赵谈陪坐于车右，袁盎伏在车前谏阻。　㉗宦竖：宦官。竖：宫中供役使的小臣。　㉘伤气：挫伤志气。慷慨之士：意气风发、情绪激昂的人。　㉙刀锯之余：指受过宫刑的人和宦官，这里指自己。　㉚绪业：余业，遗业。待罪：做官，谦辞。华毂：皇帝的车驾。华毂下：指皇帝左右。　㉛自惟：自思。　㉜纳忠效信：贡献忠心诚意。奇策才力：卓越的策略、杰出的能力。自结明主：取得英明君主的信任。　㉝拾遗补阙：拾取君主所遗忘的事，补救君主的缺失，这里指讽谏。阙：

通"缺"。岩穴之士：指隐居的贤能之士。　㉞ 备行伍：充数于军队之列。行伍：古代军队的编制，五人为伍，二十五人为行。搴：拔取。搴旗：拔取敌军的旗帜。　㉟ 累日积劳：积累平日微小的功劳。交游：指朋友。光宠：荣耀。　㊱ 遂：成就。苟合取容：苟且迎合以取得皇帝容纳。无所短长之效：犹言无尺寸之功。短长：大小。效：贡献。　㊲ 向者：当初。厕：夹杂在里面，谦辞。下大夫：指太史令。太史令秩俸六百石，位为下大夫。外廷：外朝。汉时称大司马、侍中、散骑诸吏为中朝官，称丞相以下至六百石为外朝官。末议：微不足道的议论，谦辞。　㊳ 维纲：指国家的法令。引维纲：根据国家的法令有所伸张说明。　㊴ 亏形：指受腐刑。扫除之隶：从事扫除的差役，指地位低下的人。阘茸(tàróng)：下贱，这里指卑微的人。　㊵ 少负不羁之才：年轻时缺少杰出不凡之才。负：无。不羁：这里指才质高远，不可羁系。乡曲：乡里。　㊶ 奏：进献。薄技：微小的技能。周卫：周密的保卫，指宫禁。　㊷ 戴盆何以望天：头上顶着盆子怎么还能望天，比喻忠于职守，专心致志，无暇顾及私事。　㊸ 知：了解，这里指交往。亡：失掉，不顾。　㊹ 李陵：西汉名将李广的孙子，善骑射。俱居门下：李陵曾为侍中，司马迁为太史令，都是能出入宫门的官，均任职于宫门内，所以说俱居门下。素：平素。善：交好。　㊺ 趣舍异路：两人的行止道路不同，比喻各人志向并不一致。趣：同"趋"，趋向。衔杯酒：在一起饮酒。殷勤：深情周到的样子。　㊻ 自奇士：能守住自己节操的不凡之士。　㊼ 事：侍奉。与士信：与人交往能实践诺言。临财：在财物面前。　㊽ 分别有让：能分别尊卑长幼，以礼相待。恭俭下人：谦恭俭让，居人下。徇(xùn)：同"殉"，为维护某种事物或追求某种理想而牺牲自己的性命。　㊾ 素所蓄积：平时积蓄的品德行为。国士：受全国推重仰慕的人。　㊿ 举事一不当：行事偶有不妥当。媒蘖(niè)其短：把李陵过失夸大扩张而构成大罪。媒：酒母。蘖：同"櫱"，酒曲，这里用作动词，是"酿"的意思。媒蘖：比喻挑拨是非，陷人于罪。　㉛ "且李陵"三句：况且李陵率领的步兵不到五千，深入战场，足踏匈奴君王的住处。　㉜ 垂饵虎口：李陵孤军深入敌阵犹如垂饵，极其危险。横挑强胡：面对强大的敌人而纵横挑战。卬：通"仰"，仰对，仰攻。李陵军被围在山谷之中，匈奴军居高临下，所以李陵对敌形势为仰攻。　㉝ 所杀过当：指所杀之敌超过汉军数目。当：相等。不给：顾不过来。　㉞ 旃(zhān)裘之君长：指匈奴的君长。旃裘：同"毡裘"，匈奴人穿的衣服，代指匈奴。　㉟ 悉：尽。征：征集。左右贤王：左贤王、右贤王都是匈奴王的称号。举引弓之民：发动所有能拉弓射箭的人。举：发动。　㊱ 劳军：慰劳士兵。　㊲ 沫血：血流满面。沫：通"颒"(huì)，洗脸。饮泣：泣不成声，泪流入口。张空弮(quān)：拉开空的弩弓。弮：弩弓。　㊳ 北首：面向北。争死敌：争先恐后地拼命杀敌。　㊴ 没：军队覆没。使有来报：有使者来报。奉觞(shāng)上寿：举起酒杯向皇帝祝寿，这是为了预祝胜利。　㊵ 听朝不怡：在朝廷听政时很不高兴。　㊶ 惨凄怛悼：都是悲伤的意思。款款：忠诚恳切的样子。　㊷ 绝甘分少：自己不吃甘美的东西，把不多的东西分给大家。　㊸ 彼观其意：即"观彼之意"。得其当：得到合适的时机。　㊹ 其所摧败：李陵所摧败的匈奴之兵。暴(pù)：表露。　㊺ 指：意思。推言：论述。　㊻ 广主上之意：宽慰皇上之心。睚眦(yázì)：发怒时瞪眼睛。睚眦之辞：指对李陵怨恨辱骂的言语。　㊼ 沮：毁谤。贰师：指贰师将军李广利。李广利是汉武帝所宠爱的李夫人的哥哥。贰师本是当时大宛国的地名。太初元年，武帝派李广利至该地夺取良马，因此以贰师为广利之号。天汉二年，武帝派李广利征匈奴，令李陵为助。李广利出兵祁连山，李陵率五千步卒出居延北。李陵被围，李广利按兵不动,无功而还。司马迁极力替李陵说话,无形之中贬低了李广利。因此,武帝以为他存心诋毁李广利。 ⑱遂下于理:于是把司马迁交付大理审问。理:大理,即廷尉,九卿之一,掌诉讼刑狱。秦时称廷尉,景帝时改称大理,武帝时又改称廷尉,这里是用旧名。 ⑲拳拳:忠诚恭谨的样子。列:陈述,分解。诬上:诬蔑皇上。卒从吏议:武帝最后听从了狱吏的判决。 ⑳财赂:指财物。自赎:汉代法律规定,可以用钱赎罪。 ㉑左右亲近:指在皇帝左右的近臣。 ㉒幽:禁闭。囹圄(língyǔ):监狱。愬(sù):同"诉"。 ㉓隤(tuí):败坏。 ㉔茸:推入。蚕室:刚受过宫刑的人怕风寒,住的地方必须严密温暖,像养蚕的屋子一样,所以称蚕室。重(zhòng):深深地。 ㉕"事未"句:事情不容易对一般人讲清楚。 ㉖剖符:分剖的符信。古代符分为两块,君臣各执以示信守。丹书:在铁券上用朱砂写上誓词。凡受封剖符丹书的有功之臣,后世子孙有罪可以赦免。 ㉗文史星历:文献、史籍、天文、历法,都属太史令掌管之事。卜:卜筮之官。祝:祭祀时赞辞的人。 ㉘倡优畜之:被当作乐师优伶来畜养。 ㉙蝼蚁:蝼蛄和蚂蚁,比喻无足轻重。 ㉚不与:不称许。死节者:死于名节的人。比:同等看待。 ㉛素所自树立使然:自己平日立身行事的表现使得人们这样轻视。 ㉜用之所趋异也:应用死节的地方不同。趋:向。 ㉝太上:最上,最高。不辱先:不使祖先受辱。 ㉞不辱理色:不为别人的道理、脸色所侮辱。 ㉟诎体:屈着身体,指被捆绑。诎:同"屈"。 ㊱易服:换上罪人的衣服。古代罪人穿赭色囚衣。 ㊲关木索:带上刑具。关:贯,带上。木索:木枷绳索。被箠楚:遭鞭打。被:遭受。箠:竹杖。楚:荆条。 ㊳剔毛发:剔去头发,即髡刑。剔:同"剃"。婴金铁:用铁圈束颈,即钳刑。婴:缠绕。 ㊴毁肌肤、断支体:指刺面(黥刑)、割鼻(劓刑)、断足(刖刑)。 ㊵传:指《礼记·曲礼上》。刑不上大夫:大夫以上官员犯法,可以不受刑罚。士节不可不厉:士大夫不可不勉励自己的节操。 ㊶阱:捕兽的陷坑。槛:关养野兽的笼子。 ㊷积威约之渐:人长期用威力渐渐地把虎驯服。积:积日累月。威约:威力制约。渐:浸渍。 ㊸"画地为牢"二句:即使在地上画个圈子作为牢狱,也决不进入。"削木为吏"二句:即使雕个木偶作为狱吏,也决不去面对它。定计于鲜:意谓准备未遇刑就自杀以免受辱。鲜:鲜明。 ㊹交手足:手脚被捆绑。暴肌肤:指受刑的人被剥去衣服,光身受刑。榜箠:鞭打。圜墙:监狱。 ㊺头枪地:叩头触地。枪:同"抢",触。徒隶:狱卒。心惕息:心惊胆战,不敢喘气。 ㊻强颜:厚着脸皮。 ㊼西伯:周文王。伯:方伯,一方诸侯之长。周文王曾为西方诸侯之长。牖(yǒu)里:地名,在今河南汤阴一带。周文王曾被殷纣王囚禁于此。 ㊽李斯:秦丞相。具五刑:指先后受五种刑罚。具:具备。五刑:黥、劓、斩左右趾、笞杀、枭首。 ㊾淮阴:淮阴侯韩信,汉高祖刘邦的大将。受械于陈:在陈这个地方手脚被戴上刑具。韩信先为楚王,被刘邦猜忌。刘邦用计逮捕了他。械:手铐脚镣一类的刑具。陈:地名,在今河南周口。 ㊿彭越:刘邦的功臣,被封为梁王,后被人诬告谋反,夷三族。张敖:张耳之子,张耳死后,续嗣为赵王,因人告他谋反而被捕入狱。南乡称孤:称王。 ○51绛侯:刘邦的功臣周勃。诸吕:刘邦之妻吕后的亲属。诸吕专权,刘氏倾危,周勃与陈平等共诛诸吕,拥立文帝。后有人告发他谋反,曾一度下狱。权倾五伯:权势超过春秋时五霸。伯:通"霸"。请室:汉代囚禁官吏有罪者的牢狱。 ○52魏其:魏其侯窦婴,汉景帝时为大将军。后与丞相田蚡不和,下狱,被杀。三木:在头、手、足三处所戴的刑具,即颈枷、手铐和脚镣。 ○53季布:项羽的将领。项羽失败后,季布为逃避刘邦的缉捕,曾隐姓埋名在大侠朱家处为奴。钳：以铁束颈。⑭灌夫：武帝时将军，因得罪丞相田蚡，被囚于居室。居室：官名，亦称保官。汉代少府属官有居室。居室官署有时也用为系囚之所。⑮罔：通"网"，法网。引决自财：下定决心自杀。财：通"裁"。⑯在尘埃之中：指在监狱之中受尽欺凌侮辱。一体：一样。⑰"由此"七句：由此说来，一个人的勇怯强弱都是形势所决定的，这是十分清楚的，有什么值得奇怪的。审：明白。⑱绳墨：这里指法律。⑲稍：渐渐。陵夷：颓败。引节：死节，即为坚持气节而死。⑳重：慎重。殆：大概。㉑激于义理：被真理信念所激发。㉒于妻子何如哉：对待妻子的态度是怎样的，意谓自己对妻子无所顾念。㉓勇者不必死节：真正勇敢的人不一定就为节义而死。怯夫慕义：怯懦的人会仰慕节义。何处不勉：在什么地方不可以勉励自己为名节而牺牲。㉔去就：指舍生就义。沉溺：指身陷其中，不能自拔。缧绁（léixiè）：捆绑囚犯的绳索，引申为囚禁。㉕臧获：奴婢的贱称。㉖粪土之中：肮脏污秽之地，指监狱。㉗私心有所不尽：内心想做的事尚未完成。鄙：耻。㉘摩：通"磨"。不可胜记：多得无法记述。倜傥：卓越，突出。称：著称。㉙演：推演。相传伏羲画八卦，文王被囚于羑里时，演成六十四卦，成为《周易》一书的主要内容。㉚厄：困厄。孔子周游列国，曾困厄于陈、蔡。他回到鲁国后，因鲁史而作《春秋》。㉛《离骚》：《楚辞》篇名，战国时楚人屈原的代表作。㉜左丘：左丘明，春秋时鲁国史官，相传《国语》是他作的。㉝孙子：战国时军事家孙膑，著有兵法。膑：古代一种剔掉膝盖骨的酷刑。修列：编成。㉞不韦：秦始皇的相国吕不韦。他因罪免职，后又奉命迁蜀，自杀。《吕览》：《吕氏春秋》，是吕不韦做相国时召集门下宾客编写的。㉟韩非：战国时韩国公子，作有《说难》《孤愤》等，后入秦，被李斯所谗，下狱死。㊱《诗》：《诗经》，是我国最早的一部诗歌总集，共收西周初年至春秋中期的诗歌三百零五篇。大氐：大抵。㊲不得通其道：不能实现其理想。思来者：希望将来的人知道自己的心意。㊳论书策：罗列自己的见解，著书立说。垂：流传。空文：指文章著作，与实际业绩相对而言。见：同"现"。㊴放失旧闻：散失遗逸的文献。㊵考之行事：考察他的事迹。稽：考察。㊶究天人之际：探究天地自然与人类社会的关系。古今之变：指历史变革。成：成就。㊷极刑：指腐刑。愠色：怨恨之色。㊸传之其人：留传给志同道合的人。通邑：大邑。㊹责：通"债"。万：万次。㊺负下未易居：背负着罪名在社会上不容易居处。下流：水的下游，比喻处在受污辱的地位。㊻乡党：乡里之人。㊼累：积累。垢：污辱。㊽肠一日而九回：忧思在心中反复回荡。忽忽：精神恍惚。出则不知其所往：指行动无所适从。㊾直：只不过。闺阁之臣：指宦官。宁得：岂能。自引：自己引身退居。㊿从俗浮沉：随波逐流。时：指时势。通：抒发。狂惑：指悲愤和郁结。㊿"无乃"句：恐怕与我内心太违背了吧。㊿自雕琢：自我妆饰。曼辞：美辞。㊿祇（zhī）：恰巧。取辱：招致耻辱。㊿要之：总之。㊿固陋：见闻不广。

【赏析】

《报任安书》选自《汉书·司马迁传》，是司马迁回复老朋友任安的一封信。

任安字少卿，荥阳人，曾任益州刺史、北军使者护军。司马迁任中书令时，任安曾来信，用古代贤臣的道义要求他，希望他为朝廷举荐贤才，司马迁因故经久未复。武帝征和二年(前91)，戾太子因遭诬陷，发兵杀江充等。任安既接受太子的符节，又闭门不出。后太子兵败自杀，任安也遭牵连入狱，将被处决，于是司马迁写了这封回信。

此信是情文并茂的散文杰作，也是人们了解作者生平思想、创作情况的重要文献。它可以分成七段。第一段说明迟迟没有回信的原因，谈起未能按来信行事的苦衷。第二段申诉自己是刑余之人，说明无法举贤进士的理由。第三段详述因李陵事件而下狱的经过，表明自己无罪，并委婉申明个人并非不谨慎地待人接物。第四、五段反复说明惨遭宫刑是极大耻辱，强调所以隐忍苟活是因为著作没有完成。第六段回顾前人发愤著述的情况，具体说明自己欲有所作为。第七段呼应开头，归结全文，点明任安所言不当，抒发内心抑郁不平。

这篇文章以回答任安劝自己"推贤进士"之语为线索，概述身世遭遇，表达悲凉沉痛的感情，揭露当时统治者的贤愚不分、喜怒无常和残忍自私。文中主要述说作者遭遇李陵之祸的经过和深刻的思想认识，表示发愤著书的坚强决心，进而提出成一家之言的目标。

李陵率兵出击匈奴，在矢尽粮绝、寡不敌众的情况下，战败投降。武帝闻讯非常忧烦，群臣媒蘖之言沸沸扬扬。司马迁在认为李陵行为确有不当时，如实评价其功过。他就李陵的情况，向武帝直抒己见。司马迁首先称赞李陵的为人，说他"自奇士，事亲孝，与士信，临财廉，取予义，分别有让，恭俭下人，常思奋不顾身，以徇国家之急。其素所蓄积也，仆以为有国士之风"。他又肯定李陵孤军作战、英勇杀敌的成绩，说其"提步卒不满五千，深践戎马之地，足历王庭，垂饵虎口，横挑强胡，卬亿万之师，与单于连战十余日，所杀过当"。他同时叙述衮衮诸公从奉觞上寿到不知所措再到媒蘖人短的丑态，不满朝臣趋炎附势、见风使舵、落井下石的态度，批评他们不赴公家之难而求私人之利。司马迁希望武帝慎重处理李陵一事，以便鼓励臣子尽心国事。然而，他因此得罪武帝，被捕入狱，受尽折磨。作者指出："明主不深晓，以为仆沮贰师，而为李陵游说。遂下于理。拳拳之忠，终不能自列。因为诬上，卒从吏议。家贫，财赂不足以自赎；交游莫救，左右亲近不为一言。身非木石，独与法吏为伍，深幽囹圄之中，谁可告愬者！"这一切使他深受精神摧残和肉体痛苦，也使他一度竭尽全力、忠勤供职的心情荡然无存。于是他痛苦之至，悲愤之极。

司马迁经历不幸遭遇后，对封建制度和社会现实的认识加深了，批判力度也加大了。他在书信中说士人"有画地为牢，势不入；削木为吏，议不对"，宁肯自杀，决不受辱。"今交手足，受木索，暴肌肤，受榜箠，幽于圜墙之中。当此之时，见狱吏则头枪地，视徒隶则心惕息。"他强调在刑罚、监狱的"积威约之势"的驱迫之下，人们大多屈身受辱，"言不辱者，所谓强颜耳"。他进而谈到历史人物入狱受刑之事。"西伯，伯也，拘牖里；李斯，相也，具五刑；淮阴，王也，受械于陈；彭越、张敖，南乡称孤，系狱具罪；绛侯诛诸吕，权倾五伯，囚于请室；魏其，大将也，衣赭，关三木；季布为朱家钳奴；灌夫受辱居室。此人皆身至王侯将相，声闻邻国，及罪至罔加，不能引决自财，在尘埃之中，古今一体，安在其不辱也!"所言形象地反映出自古以来王侯将相身败名裂、胆战心惊的困境和狱吏凶狠残暴、恣行无忌的狂相,也有力地指责了封建统治的残酷和社会现实的黑暗。

《报任安书》谈到作者当时的处境与心情,诉说他由痛不欲生到决定忍辱负重的思想变化过程,提出了比较正确的生死观,表现出坚持著述的顽强意志和坚韧不拔的战斗精神。"是以肠一日而九回,居则忽忽若有所亡,出则不知其所往。每念斯耻,汗未尝不发背沾衣也。身直为闺阁之臣,宁得自引深藏于岩穴邪?故且从俗浮沉,与时俯仰,以通其狂惑。"在极度的痛苦和悲愤中,司马迁曾经想引决自裁,但是他意识到"人固有一死,死有重于泰山,或轻于鸿毛",人们应该正确地对待生死问题。他想到自己著书尚未成功,不能有始无终,必须抖擞精神,坚持不懈。他强调自己"所以隐忍苟活,函粪土之中而不辞者,恨私心有所不尽,鄙没世而文采不表于后也"。

作者结合自己的切身体验和前人经历磨难而著书立说的实际情况,总结出历史上的一个规律性的现象,提出了发愤著书说。他提到古人从事著书的情况:"盖西伯拘而演《周易》;仲尼厄而作《春秋》;屈原放逐,乃赋《离骚》;左丘失明,厥有《国语》;孙子膑脚,《兵法》修列;不韦迁蜀,世传《吕览》;韩非囚秦,《说难》《孤愤》。《诗》三百篇,大氐圣贤发愤之所为作也。此人皆意有所郁结,不得通其道,故述往事,思来者。及如左丘无目,孙子断足,终不可用,退论书策以舒其愤,思垂空文以自见。"他"不复道屈原、韩非等而重言左氏、孙子者,二子如己之官体废残,气类之感更深也"(钱锺书《管锥编》)。《太史公自序》同样提出患难写作、发愤著书的理论,作者指出,封建社会中的仁人志士常受统治者和谗佞小人的迫害,心意有所郁结,理想无法实现,只能在著书立说中表明观点,抒发忧愤,歌颂善良,抨击丑恶。他们叙述过去事情,联系社会现实,寄希望于将来,发表独到之见。他们处在艰难险阻之中,始终艰苦奋斗,不屈不挠,最终完成各自的传世之作。

司马迁从历史人物写作的艰辛过程中有所领悟,受到鼓舞,决心忍辱不死,发愤著述。他坚持写完史书,把悲愤之情、爱憎之意融入其中,从而使《史记》成为发愤著书的典范之作。正如金人瑞《读第五才子书法》所说,大凡读书,"先要晓得作书之人,是何心胸,如《史记》,须是太史公一肚皮宿怨发挥出来,所以他于游侠、货殖传,特地着精神"。汪琬《答陈霭公论文书》说:"司马迁作《史记》,则托诸游侠、货殖、聂政、荆卿轻生慕义之徒,以寄其感激愤懑者皆是也。"李景星也说《屈原贾生列传》"以抑郁难遏之气,写怀才不遇之感,岂独屈、贾两人合传,直作屈、贾、司马三人合传读可也"(《四史评议·史记评议》)。当然,不仅《屈原贾生列传》《游侠列传》《货殖列传》等是这样,《史记》其他众多篇章也是如此。它们都是发泄作者的愤懑情绪,谴责历史和现实的黑暗现象,歌颂进步人士的优良品质。

发愤著书说实际阐述了文学与社会现实、文学与时代政治的密切关系，指出了人们的身世遭遇对文学创作的重要影响。作者忧愤郁结心中，有感而发，就创作出批判黑暗现实、反映生活本质、富有真情实感的优秀作品。它对西汉以后文学创作的发展和文学思想的研究发挥了积极的推动作用。

《报任安书》在论述发愤著书的过程中，还表达了作者著述的愿望。这就是"究天人之际，通古今之变，成一家之言"。《太史公自序》也说写作《史记》是"拾遗补艺，成一家之言，厥协六经异传，整齐百家杂语"。所谓成一家之言的具体内容就是全面总结六经异传、百家杂语，广泛收集遗佚的文献资料，探究自然与人事的至理，通晓历史变化的规律，写成规模宏伟、体系完整的著作。为了真正达到成一家之言的目的，司马迁在长期的创作活动中，注意收集材料，体验生活，强调分析研究，实事求是。"仆窃不逊，近自托于无能之辞，网罗天下放失旧闻，考之行事，稽其成败兴坏之理。"作者广泛获取大量的历史事实和思想资料，尽可能建立和扩大写作的材料仓库。他博览群书，漫游各地，积累知识，了解实际，因此成功地反映出社会生活中经济、政治、文化和民族关系等各个方面。他熟悉和掌握前代诗文的思想内容和艺术特色，所以能够集先秦散文之大成，开传记文学之先河。

司马迁的可贵之处在于他不仅"网罗天下"的历史资料和写作素材，还进一步"考之行事"，辨别书籍记载和遗文古事的可靠性，考察历史上成败兴衰的规律。《伯夷列传》说"考信于六艺"，"考信"是作者处理史料的原则。虽然他主张以六艺（六经）为考信标准，但是实际上他在处理史料时更着重通过自己对文献资料和写作素材的考核辨证来确定其可信程度。作为富有理想、承担重任的史官，他深知写作信史的重要性。因而他依据左图右史，更注重实际勘查，了解人物和事件的全部情况，探求事物发展过程中的本质联系和必然趋势，如《孔子世家》说"余读孔氏书，想见其为人。适鲁，观仲尼庙堂车服礼器"；《屈原贾生列传》说"余读《离骚》《天问》《招魂》《哀郢》，悲其志。适长沙，观屈原所自沉渊"；《淮阴侯列传》说"吾如淮阴，淮阴人为余言"，韩信在"母死"后，"行营高敞地，令其旁可置万家。余视其母冢，良然"。特别是《项羽本纪》，肯定项羽推翻暴秦的功绩，也批评他迷信武力的过错，反映出作者如实记载和公正评论人事的正确态度。正因为司马迁按照"考信"的原则处理史料，提炼素材，原始察终，见盛观衰，所以能在一定程度上认识历史发展的规律，对社会经济生活比较注意，对人们反抗黑暗加以肯定，对世俗所谓天道表示怀疑，从而实现了成一家之言的崇高理想。

全文回顾历史，结合实际，议论事理，直抒胸臆，显得内容充实，思绪万千，气势磅礴，结构宏大，笔力雄健，修辞出色。文章有详密传神的叙事、深刻透彻的说理和真挚恳切的抒情，又融三者于一体。它旁征博引，一唱三叹，跌宕有致，"如山之出云，如水之赴壑"，千变万化源于"其气之盛"（姚鼐《古文辞类纂》诸家集评方苞语）。它挥洒自如，尽情叙议，有时酣畅淋漓，有时低回曲折，形成了波澜起伏、委婉萦纡的态势。这使人们自然感受到文章充沛畅达的气势，了解作者丰富的感情世界，深受影响，陶冶性情，提高认识。因此，《报任安书》不仅成为西汉情意深厚、文辞优美的书信名篇，也一直在中国文学史上闪耀着思想和艺术的光辉。

报孙会宗书

杨　恽

恽材朽行秽，文质无所厎①，幸赖先人余业，得备宿卫②。遭遇时变，以获爵位③，终非其任，卒与祸会④。足下哀其愚蒙，赐书教督以所不及，殷勤甚厚⑤。然窃恨足下不深惟其终始⑥，而猥随俗之毁誉也⑦。言鄙陋之愚心，则若逆指而文过⑧；默而自守，恐违孔氏"各言尔志"之义⑨，故敢略陈其愚，惟君子察焉！

恽家方隆盛时，乘朱轮者十人⑩，位在列卿⑪，爵为通侯⑫，总领从官，与闻政事⑬。曾不能以此时有所建明，以宣德化⑭，又不能与群僚同心并力，陪辅朝廷之遗忘⑮，已负窃位素餐之责久矣⑯。怀禄贪势，不能自退，遭遇变故，横被口语⑰，身幽北阙⑱，妻子满狱。当此之时，自以夷灭不足以塞责，岂意得全其首领⑲，复奉先人之丘墓乎？伏惟圣主之恩，不可胜量。君子游道，乐以忘忧；小人全躯，说以忘罪⑳。窃自念过已大矣，行已亏矣，长为农夫以没世矣㉑。是故身率妻子，戮力耕桑，灌园治产，以给公上㉒，不意当复用此为讥议也。

夫人情所不能止者，圣人弗禁。故君父至尊亲，送其终也，有时而既㉓。臣之得罪，已三年矣。田家作苦，岁时伏腊㉔，烹羊炮羔㉕，斗酒自劳㉖。家本秦也㉗，能为秦声。妇赵女也，雅善鼓瑟㉘。奴婢歌者数人，酒后耳热，仰天抚缶而呼呜呜㉙。其诗曰："田彼南山，芜秽不治。种一顷豆，落而为萁㉚。人生行乐耳，须富贵何时㉛！"是日也，奋袖低昂㉜，顿足起舞，诚淫荒无度，不知其不可也。恽幸有余禄，方籴贱贩贵㉝，逐什一之利㉞。

此贾竖之事㉟，污辱之处，恽亲行之。下流之人，众毁所归，不寒而栗。虽雅知恽者，犹随风而靡㊱，尚何称誉之有？董生不云乎㊲："明明求仁义，常恐不能化民者，卿大夫之意也；明明求财利，常恐困乏者，庶人之事也㊳。"故道不同不相为谋㊴。今子尚安得以卿大夫之制而责仆哉㊵！

夫西河魏土㊶，文侯所兴㊷，有段干木、田子方之遗风㊸，凛然皆有节概㊹，知去就之分。顷者，足下离旧土，临安定㊺。安定山谷之间，昆戎旧壤㊻，子弟贪鄙，岂习俗之移人哉㊼？于今乃睹子之志矣。方当盛汉之隆，愿勉旃㊽，无多谈。

【注释】

① 材朽行秽：才能低劣，品行污秽。文质无所厎：文采和品质都没有什么造诣。厎：至。　② 先人：指其父杨敞。杨敞官至丞相。备：充数。宿卫：在官禁中担负警卫皇帝任务的侍从。　③ 时变：指霍氏谋反。杨恽因告发有功而被封为平通侯。　④ 卒与祸会：终于遭到灾祸，指被戴长乐诬告而失官。　⑤ 教督：教育督责。所不及：所认识不到的问题。殷勤甚厚：情意十分深厚。　⑥ 惟：思，考虑。　⑦ 猥：随随便便地。　⑧ 逆指：违背来信之意。指：同"旨"。文过：掩饰错误。　⑨ 各言尔志：《论语·公冶长》载，孔子对颜渊、季路说："盍各言尔志？"作者引此作为回信表明观点的依据。　⑩ 朱轮：红色轮子的车。汉制，公卿列侯及二千石以上的官员才能乘坐朱轮车。　⑪ 列卿：汉代中央的高级官员。　⑫ 通侯：爵位名，即列侯，原称彻侯，因避汉武帝刘彻讳，改为通侯。汉制，刘姓子孙封侯的称诸侯，异姓功臣封侯的称通侯。　⑬ 从官：皇帝的侍从官。杨恽曾任光禄勋，管辖所有的侍从官，并负责监察弹劾群臣，所以说"总领从官"。与：参与。　⑭ 有所建明：有所建议或陈述。宣德化：宣扬德行教化。　⑮ 陪：辅佐。　⑯ 窃位素餐：窃取官位而不尽职，不劳而食，无功受禄。　⑰ 横被口语：意外地受到诽谤。　⑱ 幽：囚禁。北阙：古代官殿北面的门楼。　⑲ 得全其首领：得以保全性命。　⑳ 说：同"悦"。　㉑ 没世：了此一生。　㉒ 戮力：并力，合力。耕桑：耕田植桑。灌园：从事田园劳动。给公上：供给国家的赋税。　㉓ 君父至尊亲：君至尊，父至亲。送其终：指为君、父送终。既：尽。古制，臣、子为君、父服丧三年。　㉔ 伏腊：古代两种祭祀的名称。夏祭叫伏，冬祭叫腊。　㉕ 炮(páo)：裹起来烤。　㉖ 劳：慰劳。　㉗ 家本秦：杨恽是华阴人，属秦地。　㉘ 雅：甚，很。雅善鼓瑟：很擅长弹琴鼓瑟。　㉙ 抚：拍击。缶：一种瓦器，秦人用来作为乐器。呼呜呜：呜呜地唱。李斯《谏逐客书》："夫击瓮叩缶，弹筝博髀，而歌呼呜呜快耳目者，真秦之声也。"　㉚ 田：种植。治：管理。萁(qí)：豆茎。这四句的意思是，朝廷荒乱不治，虽尽忠效节，徒劳而无获。　㉛ 须：待。　㉜ 奋袖低昂：举起袖子，一下一上。　㉝ 籴(dí)贱贩贵：买贱卖贵。　㉞ 逐：追逐。什一之利：十分之一的利润。　㉟ 贾竖：旧时对商人的贱称。　㊱ 随风而靡：随风倒下，意思是附和众人的诋毁。　㊲ 董生：指董仲舒，汉武帝时的大儒。　㊳ "明明"六句：引自董仲舒《对贤良策》。《汉书·董仲舒传》的原文是："夫皇皇求财利，常恐乏匮者，庶人之意也。皇求仁义，常恐不能化民者，大夫之意也。"明明：同"皇皇"，急急忙忙的样子。　㊴ 道不同不相为谋：各人主张不同，不必互

相商讨。语出《论语·卫灵公》。　㊵ 制：规矩，标准。　㊶ 西河魏土：战国时魏国的西河。战国时的西河辖境在今陕西东部黄河西岸地区，与汉代的西河不同。杨恽有意混为一谈，是为了讽刺孙会宗。　㊷ 文侯：魏文侯，著名贤君。　㊸ 段干木：魏文侯时人，守道不仕，文侯请他做魏相，他不接受，于是文侯以之为师。田子方：当时著名的贤人，也是魏文侯的老师。　㊹ 凛然：高远的样子。节概：节操，风度。　㊺ 安定：汉郡名，在今宁夏固原。当时孙会宗任安定郡守。　㊻ 昆戎旧壤：西戎旧地。昆戎：殷周时的西戎。　㊼ 贪鄙：贪婪卑陋。移人：改变人。　㊽ 旃(zhān)："之焉"的合音。

【作者简介】

杨恽(？—前54)，字子幼，西汉华阴(今属陕西)人。昭帝时丞相、安平侯杨敞之子，司马迁外孙。习《太史公书》，好史学。为人有才干，好结交英豪、儒生，名显朝廷。宣帝时，任左曹，因告发霍氏谋反，封为平通侯，迁中郎将，官至诸吏光禄勋。他轻财好义，廉洁无私。可是他自夸节行和才能，喜欢揭发别人的阴私，以此多结怨于朝廷官吏。因宣帝亲近之臣太仆戴长乐告他平时言语不敬，被免为庶人。后闲居在家，又适逢日食，有人上书说是由于他骄奢不悔过所致，遂被捕下狱。廷尉案验时，得到其写给孙会宗的信，宣帝见而恶之，于是判为大逆不道，腰斩，其妻、子流放酒泉郡(今属甘肃)。

【赏析】

《报孙会宗书》选自《汉书·杨恽传》。

杨恽获罪免职后，闲居在家，广治产业，建造房屋，以财自娱。友人安定太守孙会宗为此感到不安，就写信予以告诫，认为大臣废退，只能闭门思过，显出可怜样子，而不应当治产业，通宾客，有称誉。杨恽内心不服，就写了这封回信。他以嬉笑怒骂的口吻，回答友人的规劝，倾吐自己的委屈和不平，表现出蔑视皇权、不顾封建礼法的大无畏精神。此信感情激愤，语多讽刺，与司马迁《报任安书》的风格如出一辙，历来为人所称道。

信的开头简述自己的身世，表明回信的原因。作者说自己才德低劣，文采和品质均无造诣，只是依赖父亲的功业，得以充任皇帝的侍卫。他强调因为遇到霍氏谋反的时变而获得爵位，但是终究不能称职，以致碰上祸患。这样谦逊而平淡的叙述实际是正话反说，显然流露出不平之气。杨恽富有才干，锐意进取，因功受封，为人正直无私，在朝廷颇有声望。他在职期间，曾依法行事，任用人才，革除积弊。《杨恽传》说："(杨恽)为中郎将，罢山郎，移长度大司农，以给财用。其疾病休谒洗沐，皆以法令从事。郎、谒者有罪过，辄奏免，荐举其高弟有行能者，至郡守、九卿。郎官化之，莫不自厉，绝请谒货赂之端，令行禁止，宫殿之内翕然同声。"他的所作所为是有利于端正风气、巩固政权的，当然也得罪了朝中的权贵奸佞，于是就有人散布流言蜚语。因他与太仆戴长乐不和，戴长乐上书告他有罪，于是被免官贬为庶人。在杨恽陷于困境的时候，孙会宗深表同情，能"赐书教督以所不及，殷勤甚厚"。对于友人的好意，他自然非常感谢，不过认为对方未能探究事情的原委，随便附和世俗的毁誉，令人深感委屈，不免失望。因此，杨恽觉得不能沉默不语，应该回信答复。这不是违背来信之意，文饰自己过错，而是按照孔子"各言尔志"的道理来"略陈其愚"。这段直抒胸臆，引经据典，显得情理交融，分析细致，既揭示了写信的缘由，又为作者进一步抒情达意奠定了基础。

书信接着追叙身居要职的仕途生涯和被谤免职的不幸变故，表达对统治者的激愤和讽刺。作者指出自家兴隆旺盛时，"乘朱轮者十人，位在列卿，爵为通侯"。尤其是他沐浴皇恩，能统领所有的侍从，参与国家的大事。然而他不能在此时有所建议，宣传德行教化，又不能与同僚齐心合力，辅佐皇帝治国，这已经长期负有窃取官位而无功受禄的罪责了。显然，"窃位素餐"之言是因极其气愤而说的反话。事实上，杨恽为官廉洁无私，处事赏罚分明，改革时弊雷厉风行，为辅佐朝廷做出了努力，因成绩显著而升为诸吏光禄勋，亲近用事。然而，这样的有为之士还是"遭遇变故，横被口语，身幽北阙，妻子满狱"。作者谈到获罪的原因是意外地受到诬陷，这是符合事实的。《杨恽传》说他"伐其行治，又性刻害，好发人阴伏，同位有忤己者，必欲害之，以其能高人。由是多怨于朝廷，与太仆戴长乐相失，卒以是败"。一个有功于朝廷、忠诚于汉室的大臣只因自身的缺点，竟遭受别有用心者的恶意诽谤，而获罪被废。可见，这样写就表现了他对朝廷的不满与讽刺，也反映出朝廷的刻薄寡恩与不明是非。信中又写出了自己的内心活动，"当此之时，自以夷灭不足以塞责，岂意得全其首领"，"伏惟圣主之恩，不可胜量"。所言表面指责自己，称颂皇上，其实抱怨朝廷无情，痛恨政治昏暗，这完全是胸中不平的激愤之辞。既然幸免一死，作者就只好退而以小人自比，认为君子修养道德，快乐得忘记忧虑，小人保全性命，高兴得忘记有罪。他决心长为农夫，以了此一生，"是故身率妻子，戮力耕桑，灌园治产"。因为统治者不辨贤愚，把罪过强加于自己，所以自己含冤难申，只能务农终生，与统治者彻底决裂。这段对照强烈，反语讥刺，心理描写灵活自如，决绝之意溢于言表。

书信然后描述自由自在、自得其乐的生活，对孙会宗用卿大夫的规矩来责备进行了有力的驳斥。针对来信以为大臣废退应该谨慎行事，作者针锋相对地回答自己的行为符合天理人情。圣人不能禁止人之常情，"故君父至尊亲，送其终也，有时而既"，况且"臣之得罪，已三年矣"。这是以圣人有关礼节的规定来肯定自己的处世，驳斥人们的非议，说得理直气壮，令人信服。杨恽又笔锋一转，绘声绘色地描绘出一幅田家乐的图画。他在"岁时伏腊"，能"烹羊炮羔，斗酒自劳"。因自己"能为秦声"，妻子会弹琴鼓瑟，所以每逢"酒后耳热"，就"仰天抚缶而呼呜呜"。这种形式上无拘无束、饮酒作乐的活动，实际上反映出他因理想无法实现而产生的痛苦，也表现了他对昏暗政治、丑恶现象的反抗。不仅展现了醉酒歌舞的情景，也吟唱了大胆抨击朝政、令统治者无法容忍的歌词："田彼南山，芜秽不治。种一顷豆，落而为萁。人生行乐耳，须富贵何时！"这正是对当时黑暗现实的无情揭露。《杨恽传》张晏注:"山高而在阳,人君之象也。芜秽不治,言朝廷之荒乱也。一顷百亩,以喻百官也。言豆者,贞实之物,当在囷仓,零落在野,喻己见放弃也。其曲而不直,言朝臣皆谄谀也。"由于朝政腐败,奸佞得势,人才受压,他只能及时行乐,"奋袖低昂,顿足起舞",而且直言"诚淫荒无度,不知其不可"。这更是对朝廷和世俗的公开挑战,充分表明杨恽我行我素的态度。在讲完放肆玩乐之举后,作者指出自己还利用尚有余禄,"籴贱贩贵,逐什一之利",忙于"贾竖之事"。他以"下流之人"自居,深感"众毁所归,不寒而栗",即使是"雅知恽者",也"随风而靡",不无非议。所言显然是对来信的劝说表示不满,更是对朝廷贤愚不分、赏罚不明的满腔怨愤。杨恽引用董仲舒的话:"明明求仁义,常恐不能化民者,卿大夫之意也;明明求财利,常恐困乏者,庶人之事也。"他比较卿大夫与庶人的不同职责,认为主张不同,不必互相商量,强调自己已是庶人,"今子尚安得以卿大夫之制而责仆"。这段诗文融合,引用恰当,叙述形象,议论深刻,正话反说,反话正说,字里行间充满愤懑之情。

书信结尾借古地史事,对孙会宗进行了讽刺。作者谈到"西河魏土",战国时魏国的西河与西汉的西河并非一地,而孙会宗是西河人。杨恽这样说是有讥讽之意的。他认为西河魏土是魏文侯发迹之处,因此,那里的人尚有"段干木、田子方之遗风",讲究节操风度,懂得去就界限。他指出现在"足下离旧土",从西河这样人杰地灵的地方来到"子弟贪鄙"的"昆戎旧壤",自然会使自己的高远志向受到不良影响,从而产生贪鄙之念,这就是"习俗之移人"。所言的意思是,孙会宗未生于文侯之世,不能保留贤人遗风,而是生活于当今复杂残酷的社会,在政治昏暗、美丑莫辨的"习俗"下改变了志向。显而易见,这是对孙会宗的挖苦和抨击,更是对朝廷的辛辣讽刺和对现实的有力批判。这段用事自然,褒贬分明,讥刺巧妙,不仅呼应开头,突出主旨,也令人回味无穷。

杨恽为人轻财好义,清正廉洁,孤傲认真,因说话不慎,为人陷害而罢官,又因写信抒愤,触怒皇帝而遭腰斩,其悲惨遭遇令人慨叹。这种遭遇充分反映了统治阶级内部矛盾斗争的尖锐性和复杂性,也完全说明封建统治阶级内部绝对容不下正直认真而富有才能的人。汉宣帝以大逆不道罪,怒杀杨恽,这是以文字罪人。自此以后,类似的文字狱不计其数。吴楚材说《报孙会宗书》"宛然外祖答任安书风致。辞气怨激,竟遭惨祸。宣帝处恽,不以戴长乐所告事,而以报会宗一书,异哉帝之失刑也"(《古文观止》)。作者是司马迁的外孙,深受司马迁发愤抒情的影响,写下这封与"史迁之《报任安》"一样"志气槃桓,各含殊采"(刘勰《文心雕龙·书记》)的书信,使人读后仿佛从中看到一位满怀怨愤、不畏权贵、反抗黑暗、坚持理想、桀骜不驯的历史人物。

全文有鲜明的艺术特点。首先,文气疏荡,言辞激越,具有强烈的抒情性。回顾"总领从官"和"横被口语"的情况,倾吐满腹牢骚,这是叙事抒情。强调"人情所不能止者,圣人弗禁",表达明显的嘲讽之意,这是议论抒情。反映歌舞醉酒、"淫荒无度"的田园自娱活动，抒写激愤行乐的情怀，这是描写抒情。谈到罢官以后的心中所思，"过已大矣，行已亏矣，长为农夫以没世矣"，抒发充满愤慨的感情，这更是直抒胸臆。各种抒情方式灵活运用，作者感情世界得以充分展现。其次，文章正面嘲弄与反面讥讽相结合，尤其是多用反语。描写农家饮酒自劳、抚缶而歌、举袖上下、踩脚起舞的场面，以及提到"昆戎旧壤，子弟贪鄙"的情况，这些都是从正面驳斥孙会宗的劝诫，并讽刺他为习俗所移志。文中反语讥讽层见迭出，如"恽材朽行秽，文质无所厎"，"曾不能以此时有所建明，以宣德化"，"怀禄贪势，不能自退"，务农"以给公上"，"此贾竖之事，污辱之处，恽亲行之"；又如"圣主之恩，不可胜量"，"方当盛汉之隆"。通过运用反语手法，杨恽显示个人品德才干，表明以往从政成绩，肯定务农经商活动，抨击社会丑恶现象。最后，作者善用对比方法来表情达意，如把得官的过程与获罪的景象对比，把兴隆旺盛时的情况与遭谗罢官后的处境对比，把"君子游道"与"小人全躯"对比，把"卿大夫之意"与"庶人之事"对比，还把贤人遗风与"子弟贪鄙"对比。这些鲜明的对比有力地揭露了官场的黑暗与朝政的腐败，也充分表现出作者与统治集团的无情决裂。

战国策序

刘 向

　　周室自文、武始兴，崇道德，隆礼仪，设辟雍、泮宫、庠序之教①，陈礼乐、弦歌、移风之化，叙人伦，正夫妇，天下莫不晓然。论孝悌之义，惇笃之行②，故仁义之道满乎天下，卒致之刑错四十余年③。远方慕义，莫不宾服，《雅》《颂》歌咏④，以思其德。下及康、昭之后，虽有衰德⑤，其纲纪尚明。及春秋时，已四五百载矣，然其余业遗烈⑥，流而未灭。五伯之起⑦，尊事周室。五伯之后，时君虽无德，人臣辅其君者，若郑之子产、晋之叔向、齐之晏婴⑧，挟君辅政，以并立于中国⑨，犹以义相支持，歌说以相感，聘觐以相交，期会以相一⑩，盟誓以相救。天子之命，犹有所行；会享之国，犹有所耻⑪。小国得有所依，百姓得有所息。故孔子曰："能以礼让为国乎，何有⑫？"周之流化⑬，岂不大哉！

　　及春秋之后，众贤辅国者既没⑭，而礼义衰矣。孔子虽论《诗》

《书》,定《礼》《乐》,王道粲然分明⑮,以匹夫无势,化之者七十二人而已,皆天下之俊也⑯。时君莫尚之,是以王道遂用不兴⑰。故曰:"非威不立,非势不行。"仲尼既没之后,田氏取齐,六卿分晋⑱,道德大废,上下失序。至秦孝公⑲,捐礼让而贵战争,弃仁义而用诈谲,苟以取强而已矣⑳。夫篡盗之人,列为侯王;诈谲之国,兴立为强㉑。是以转相放效,后生师之㉒,遂相吞灭,并大兼小,暴师经岁㉓,流血满野。父子不相亲,兄弟不相安,夫妇离散,莫保其命,湣然道德绝矣㉔。

晚世益甚,万乘之国七,千乘之国五,敌侔争权㉕,尽为战国。贪饕无耻,竞进无厌㉖;国异政教,各自制断㉗;上无天子,下无方伯㉘;力功争强,胜者为右㉙;兵革不休,诈伪并起。当此之时,虽有道德,不得施设。有谋之强,负阻而恃固,连与交质,重约结誓㉚,以守其国。故孟子、孙卿儒术之士,弃捐于世㉛;而游说权谋之徒,见贵于俗。是以苏秦、张仪、公孙衍、陈轸、代、厉之属㉜,生从横短长之说,左右倾侧㉝。苏秦为从,张仪为横㉞。横则秦帝,从则楚王㉟。所在国重,所去国轻。然当此之时,秦国最雄,诸侯方弱,苏秦结之,时六国为一,以傧背秦㊱。秦人恐惧,不敢窥兵于关中㊲,天下不交兵者二十有九年。

然秦国势便形利,权谋之士,咸先驰之㊳。苏秦初欲横,秦弗用,故东合从。及苏秦死后,张仪连横,诸侯听之,西向事秦。是故始皇因四塞之国,据崤、函之阻,跨陇、蜀之饶㊴,听众人之策,乘六世之烈㊵,以蚕食六国,兼诸侯,并有天下。仗于谋诈之弊,终无信笃之诚㊶,无道德之教,仁义之化,以缀天下之心㊷。任刑罚以为治,信小术以为道㊸。遂燔烧诗书,坑杀儒士㊹;上小尧、舜,下邈三王㊺。二世愈甚,惠不下施,情不上达;君臣相疑,骨肉相疏㊻;化道浅薄㊼,纲纪坏败;民不见义,而悬于不宁。抚天下十四岁㊽,天下大溃,诈伪之弊也。其比王德,岂不远哉!孔子曰:"道之以政,齐之以刑,民免而无耻;道之以德,齐之以礼,有耻且格㊾。"夫使天下有所耻,故化可致也㊿。苟以诈伪偷活取容,自上为之,何以率下?秦之败也，不亦宜乎！

战国之时，君德浅薄，为之谋策者，不得不因势而为资，据时而为画㉛。故其谋，扶急持倾，为一切之权㉜，虽不可以临国教，化兵革，救急之势也。皆高才秀士，度时君之所能行，出奇策异智，转危为安，运亡为存，亦可喜，皆可观。

【注释】

① 文、武：指周文王、周武王。兴：兴盛。崇：崇尚。隆：尊崇。辟雍：周朝为天子所设的大学。泮宫：周朝为诸侯所设的大学。庠序：古代地方所设的学校，与天子的辟雍、诸侯的泮宫等大学相对而言。《孟子·滕文公上》载："设为庠序学校以教之……夏曰校，殷曰序，周曰庠，学则三代共之，皆所以明人伦也。" ② 惇笃：敦厚笃实。 ③ 卒：终于。致：取得。刑错：无人犯法，刑法搁置不用。《史记·周本纪》："成康之际，天下安宁，刑错四十余年不用。"错：同"措"，放置。 ④《雅》《颂》歌咏：歌咏《雅》诗、《颂》诗。 ⑤ 下及：后来到了。康：周康王姬钊。昭：周昭王姬瑕。衰德：德政衰微。 ⑥ 遗烈：遗留下来的业绩声威。 ⑦ 五伯：五霸，指齐桓公、晋文公、秦穆公、宋襄公、楚庄王。 ⑧ 子产：公孙侨，春秋时郑国的贤相。叔向：羊舌氏，名肸，春秋时晋国大夫。晏婴：字平仲，春秋时齐国的名相。 ⑨ 挟：辅佐。中国：指中原。 ⑩ 歌：赋诗言志。说：申说己意。聘：遣使聘问。觐：诸侯朝见天子。期会：约期会盟。相一：互相求得意见一致。 ⑪ 会享：会盟宴享。有所耻：因其可耻而不为。 ⑫ "能以礼让"句：所引孔子的话见《论语·里仁》，意思是能够用礼仪谦让来治理国家吗，治国有什么困难呢。让：不争。为：治理。 ⑬ 流化：广布教化。 ⑭ 没：死亡。 ⑮ 王道：儒家主张以仁义治天下，称为"王道"，与"霸道"相对。粲然：鲜明发光的样子。 ⑯ 以：因为。匹夫：庶人，平民。无势：没有权势。化：教化，指接受教育而有所感化。俊：才智超群的人。 ⑰ 是以：因此。遂：就。用：因而。 ⑱ 田氏取齐：春秋时齐国的田氏有意笼络人心，设法增强势力，最终代齐自立，史称"田氏代齐"。六卿分晋：春秋晚期，晋国由知、范、中行、赵、韩、魏六卿专权，史称"六卿分晋"。 ⑲ 秦孝公：秦国国君，名渠梁。他用商鞅变法，实行法制，主张耕战，使秦国日益富强。 ⑳ 捐：抛弃。贵：重视。诈谲：欺骗，诡诈。苟：苟且，指不讲道义，不择手段。 ㉑ 篡盗之人：指赵、韩、魏及田氏。诈谲之国：指秦。 ㉒ 放：通"仿"。师：效法。 ㉓ 暴师：指军队在外作战，蒙受风霜雨露。 ㉔ 潜（hūn）然：昏乱的样子。 ㉕ 万乘之国七：指秦、齐、楚、燕、赵、韩、魏。千乘之国五：指鲁、宋、郑、卫、中山。敌侔：地位对等，力量相当，指各国势力不相上下。 ㉖ 贪饕（tāo）：贪得无厌。厌：满足。 ㉗ 制断：决断。 ㉘ 方伯：一方诸侯之长。 ㉙ 右：古以右为尊。 ㉚ 负、恃：都是倚仗的意思。阻：险要之处。固：险要而能固守之地。连与：国家之间结成同盟。交质：相互以人质取信。重约：崇尚盟约。结誓：缔结誓言。 ㉛ 孙卿：荀子。汉人因避汉宣帝刘询讳而称荀子为孙卿。弃捐于世：被当世所抛弃。 ㉜ 苏秦、张仪、公孙衍、陈轸、代、厉：都是战国时纵横家的代表人物，《战国策》记载了他们的事迹。代、厉：指苏代、苏厉，是苏秦的兄弟。属：类。 ㉝ 生：兴起。从横：纵横，合纵连横。短长：策士的纵横游说。《史记·六国年表序》："六国之盛自此始，务在强兵并敌，谋诈用而从衡短长之说起。"故《战国策》亦称《短长书》。倾侧：不正，或偏左，或偏右。 ㉞ 为

从：主张合纵。为横：主张连横。 ㉟横则秦帝：实行连横，可使秦成其帝业。从则楚王：实行合纵，楚就成为山东六国联合抗秦的领袖。 ㊱傧：通"摈"，排斥，背弃。 ㊲不敢窥兵于关中：《史记·苏秦列传》："苏秦既约六国从亲，归赵，赵肃侯封为武安君，乃投从约书于秦。秦不敢窥函谷关十五年。" ㊳咸先驰之：都首先向那里跑。 ㊴四塞：指四面都有要塞。《史记·苏秦列传》："秦，四塞之国，被山带渭，东有关河，西有汉中，南有巴蜀，北有代马，此天府也。"崤、函：指崤山、函谷关。跨：据有。饶：富，物产丰富。 ㊵六世之烈：六世的功业。六世：指秦孝公、惠文王、武王、昭襄王、孝文王、庄襄王。 ㊶仗：凭仗，依靠。终：终结。 ㊷缀：联结，维系。缀天下之心：凝聚、团结天下人心。 ㊸小术：指权诈之术。 ㊹燔烧诗书：秦始皇三十四年(前213)，丞相李斯主张禁止儒生以古非今，以私学诽谤朝政。秦始皇接受他的建议，下令除秦纪以及医药、卜筮、农林的书以外，焚烧民间所藏的《诗》《书》和诸子百家著作。坑杀儒士：秦始皇在焚书的次年，将四百六十多名方士、儒生坑杀在咸阳。史称"焚书坑儒"。 ㊺小：轻视，小看。邈：通"藐"，轻视。三王：指夏禹、商汤、周文王。 ㊻疏：疏远。 ㊼化道：教化道德。 ㊽抚：据有。抚天下十四岁：指公元前221年秦统一天下到公元前207年秦灭亡，共十四年。 ㊾"道之以政"六句：见《论语·为政》。这段引文说，用政令来治理人民，用刑罚来约束人民，人民只求苟免于罪过，却没有廉耻之心；如果用道德来教导人民，用礼教来规范人民，人民不但有廉耻之心，而且真心归顺。 ㊿化：教化。致：达到，得到。 ㉛资：凭借。据时而为画：根据时势变化而做出谋划。 ㉜扶急持倾：扶助危急，扶持倾覆。一切之权：一时权宜之计。一切：一时权宜。权：权变，即衡量是非轻重，以因事制宜。古代常与"经"相对，经指至当不移的道理。

【作者简介】

刘向(约前77—前6)，西汉经学家、目录学家、文学家，本名更生，字子政。汉皇族楚元王刘交四世孙。宣帝时曾任谏大夫、给事中。元帝时任散骑宗正、给事中。他看到外戚许氏、史氏飞扬跋扈，宦官弘恭、石显弄权生事，非常忧虑，屡次上书劾奏外戚、宦官，结果多次下狱，被废十余年。成帝时复得进用，改名向。以故九卿召拜为中郎，使领护三辅都水，后任光禄大夫、中垒校尉。这期间，他反对外戚王氏擅断国事，因此得罪外戚和权贵，未能升职。曾受诏校阅群书，撰成《别录》，为我国目录学之祖。他为人简易无威仪，廉靖乐道，不愿交接世俗，专心研究经术，勤奋写作。所作《九叹》等辞赋三十三篇，大多亡佚。散文著作今存《洪范五行传》《新序》《说苑》和《列女传》等，奏疏名篇有《谏营昌陵疏》，校书叙录名篇有《战国策叙录》。其文章特点是典雅博奥，从容徐缓。原有集，已佚，明人辑有《刘中垒集》。

【赏析】

《战国策序》选自《战国策叙录》，是作者整理古籍《战国策》后所写的序言。

刘向是一个政治家。他关心时政，敢于直言，积极活动在西汉晚期的政治舞台上。元帝时，他看到外戚、宦官骄横放肆，专权误国，就和太傅萧望之、少傅周堪等人一起，与他们展开反复的斗争，结果失败，被捕下狱。后免为庶人，于是依托古事，写了《疾馋》《摘要》《救危》及《世颂》等八篇作品，哀悼自己及同类。

成帝时，他不满逐步形成的王氏代汉的局面，就编著《洪范五行传》，用自上古至秦汉的符瑞灾异来推论政治得失，反对外戚王氏日益专权。他经常上疏论政言事，匡谏皇帝，又著有《新序》《说苑》和《列女传》等，向统治者提供可资效法和借鉴的材料。然而，成帝心知他的用意，却无能为力。刘向也是一个经学家、目录学家和文学家。他专心致志地研究经术，昼诵书传，夜观星象，勤奋写作，写有不少著作。他曾受诏总校群书，写成《别录》。《汉书·艺文志》说："至成帝时，以书颇散亡，使谒者陈农求遗书于天下。诏光禄大夫刘向校经传诸子诗赋，步兵校尉任宏校兵书，太史令尹咸校数术，侍医李柱国校方技。每一书已，向辄条其篇目，撮其指意，录而奏之。"刘向重新编定群书的篇目次第，写出所校书籍的叙录，并把所作叙录汇编成书。叙录包括每一部书的书名篇目、主要内容、作者生平、学术渊源和整理情况等。其子刘歆继承父业，在《别录》的基础上，写成《七略》。原书已失传，但是人们可以从班固删其要而撰写的《汉书·艺文志》中看到《七略》的概况。《七略》包括辑略、六艺略、诸子略、诗赋略、兵书略、术数略和方技略，是我国最早的目录学著作。

这篇文章是《战国策叙录》的主要部分，它前面有一段简述整理经过的文字，说明所用的本子、命名的理由和编排的方法。刘向奉诏校书，看到宫中秘府所藏的《战国策》，其内容庞杂，编排体例不一，文字错乱难读。刘向所见的有《国策》《国事》《短长》《事语》《长书》和《修书》等，他认为这些都是战国时期谋臣策士游说各国或互相辩难所提出的策谋，应该称为"战国策"。他按照国别，略以时间排列，定为三十三篇。

作者着重写从西周到秦末的社会变化过程，论述纵横家活动的政治斗争，从中总结出政权存亡的经验教训，为巩固西汉王朝的统治提供鉴戒。文章在强调仁义道德等教化的重要作用时，对战国谋臣策士既有批评，也有肯定。

第一段写西周的兴盛，突出礼义道德的重要性。周文王、周武王崇尚道德，倡导仁义，推行文教，兴利除弊，正理平治，使"仁义之道满乎天下"，"刑错四十余年"，政事顺利，百姓和乐，"远方慕义，莫不宾服"。于是"《雅》《颂》歌咏，以思其德"。周室衰微之后，"余业遗烈"流传久远。春秋五霸尚能尊奉周室，五霸以后，即使时君无德，贤臣如"郑之子产、晋之叔向、齐之晏婴"也能辅政处事，人心仍有所维系。各国"以义相支持"，聘觐相交，期会求同，盟誓相救，不愿做不义之事。文章进而引用孔子的话，肯定用礼让来治理国家，表达作者向往周代教化的深情。这段波澜起伏，层层推进，排比出色，对照鲜明，情理交融。

随后，笔锋一转，写春秋之后礼义衰败的情况。尽管孔子论《诗》《书》，定《礼》《乐》，主张治国以礼，为政以德，但是"时君莫尚"，孔子无权无势，不能实现儒家的政治理想，"王道遂用不兴"。文章认为自春秋末期田氏代齐、六卿分晋以来，道德废弃，上下无序。尤其是秦孝公"捐礼让而贵战争，弃仁义而用诈谲"，弱肉强食，礼义已绝。于是"篡盗之人，列为王侯；诈谲之国，兴立为强"，天下效法，"遂相吞灭"。这就造成了极大的祸害，"暴师经岁，流血满野。父子不相亲，兄弟不相安，夫妇离散，莫保其命"。

文章进一步指出晚世情况更加严重，"万乘之国七，千乘之国五，敌侔争权，尽为战国"。各国相争，贪得无厌；政教不一，各行其是；上无天子，下无诸侯；战事不休，诈伪群起；"虽有道德，不得施设"。天下"连与交质，重约结誓"，于是合纵连横之说产生了。纵横家顺应乱世的需要而出现，使儒学之士黯然失色。纵横家们奔走各国，大行其道，纵横捭阖，显得举足轻重，所谓"一怒而诸侯惧，安居而天下熄"（《孟子·滕文公下》）。"苏秦为从，张仪为横。横则秦帝，从则楚王。所在国重，所去国轻。"战国后期，"秦国最雄，诸侯方弱"。苏秦合纵，联合六国共同抗秦，使秦人恐惧，天下偃兵。这段批评道德之废，义正词严；反映战祸之烈，真实准确；论述纵横之兴，泼墨如云。应当说，刘向所言显然具有浓厚的儒家思想的色彩，有其片面性。不过，他以历史观点，从实际出发，注意到苏秦、张仪等人的纵横之说是特定历史时期的产物，这是值得重视的。作者校录群书时，以经义为标准来评论文章。受西汉罢黜百家、独尊儒术的影响，又与家学好《诗》《书》的渊源有联系，刘向思想的主要倾向属于儒家。他强调儒者有益于国家，推崇儒学之意溢于言表。然而他又受到诸子思想的某些影响，能吸取其他学说的积极因素。凡是对汉朝统治与国家治理有用的著作，他都认为是符合经义的，是可以收录的。他虽然尊儒，但是能看到纵横之说产生的时代特点，并不一概排斥这样的乱世之学。

第四段着重论述秦统一天下的强盛和迅速灭亡的原因。"秦国势便形利"，策士争先前往，张仪连横，使六国服从秦国，秦国力量更加强大。秦始皇"因四塞之国，据崤、函之阻，跨陇、蜀之饶，听众人之策，乘六世之烈"，用十年时间消灭称雄割据的六国，建立统一的中央集权的国家。文章同时谈到秦始皇统一后的倒行逆施，直斥其抛弃仁义道德，崇尚权诈之术，严刑苛法，焚书坑儒，轻视圣贤。文章接着写二世更加严酷，使得君臣猜忌，骨肉相残，教化废弃，纲纪败坏，而秦王朝很快土崩瓦解的原因就是诈伪之弊。文章引用孔子的话，强调治理国家必须注重礼义道德，使天下人有廉耻之心，能真心归顺。正因为秦的所作所为比起"王德，岂不远哉"，所以"秦之败也，不亦宜乎"。这段描写生动形象，议论深中肯綮，抒情从容自然。不仅论述纵横家在秦的统一过程中所发挥的重要作用，批评秦"无道德之教，仁义之化"，以致"燔烧诗书，坑杀儒士"，融入希望西汉统治者能以秦为殷鉴而避免重蹈覆辙的用意，而且在众多的排偶语句和富有变化的行文中，显出一种融整饬与疏荡为一体的美感。

第五段肯定纵横家是有所作为的，而记载他们言行的《战国策》也是"可喜""可观"的。文章指出战国时代君德浅薄，与西周盛世崇道德、隆礼义、行王道有天壤之别，这就使策士不得不"因势而为资，据时而为画"，采用权谋来挽救危急的局面，扶持倾覆的形势。文章强调"虽不可以临国教，化兵革，救急之势也"，认为由于时代不同,环境变化,他们只能运用权宜之计来救急避难。文章积极评价纵横家中有才能、有见识的人士,称赞他们"皆高才秀士",能审时度势,"出奇策异智,转危为安,运亡为存",从而说明了这部可喜可观的《战国策》值得整理的原因。这段抑扬兼施,简而意赅,言之成理,归纳全篇。刘向的评价还是比较符合实际的。战国时的纵横家知识渊博,又富于机智,注意了解和分析天下形势及各国之间的利害关系,然后根据不同的情况和特点,及时提出不同的对策。他们善于利用矛盾,趋利避害,化险为夷,消除祸患。其中不少人确实做了一些有益的事情,这在客观上反映了人民群众反对战乱、希望和平的愿望。纵横家的代表人物苏秦、张仪游说天下,积极向各诸侯国的统治者宣传自己的主张和谋略。"苏秦相于赵","不费斗粮,未烦一兵,未战一士,未绝一弦,未折一矢,诸侯相亲,贤于兄弟"(《秦策一》)。其他策士也颇有作为,能劝阻六国君王对秦让步的行为,制止各国之间相互战争。陈轸说昭阳毋攻齐(《齐策二》),淳于髡谏齐勿伐魏(《齐策三》),冯忌劝阻平原君伐燕(《赵策三》),虞卿反对赵向秦割地求和(《赵策三》),周䜣阻止魏王朝秦(《魏策三》),朱己谏魏勿联秦攻韩(《魏策三》),张旄制止魏伐韩(《魏策四》),季梁谏阻魏攻邯郸(《魏策四》),苏代止赵伐燕(《燕策二》),等等,都是解决纠纷、消弭战祸的积极行为。值得注意的是,为了适应经济、政治等方面的新情况,巩固统一的西汉帝国,武帝采纳董仲舒的建议,排斥申不害、商鞅、韩非、苏秦、张仪之言。他曾在策问严助时明确指示:"具以《春秋》对,毋以苏秦纵横。"(《汉书·严助传》)刘向肯定纵横之说,显然违背了武帝所实行的罢黜百家、独尊儒术的政策。这表明作者见解独特,思想解放,论述大胆,也反映了西汉晚期文化政策稍有变化,今文经学仍有影响,不过已呈现衰微之势。

  本文回顾史实,由远及近,比较周秦,主张德治。作者行文逐层深入,引经突出主旨,说理发人深思,用语骈散相间。文中分析秦朝灭亡的原因,虽然没有像贾谊《过秦论》那样显得雄肆奔放,夸饰渲染,语言赡丽,兼采战国各家之长,富有艺术表现力;但是写得典雅醇厚,舒缓平易,说理畅达,入木三分,娓娓动听,更具汉代散文的特点。正如姚鼐所说:"此文固不若《过秦论》之雄骏,然冲溶浑厚,无意为文,而自能尽意,若《庄子》所谓'木鸡'者。此境亦贾生所无也。"(《古文辞类纂》)

解　嘲

扬　雄

  客嘲扬子曰:"吾闻上世之士^①,人纲人纪^②,不生则已,生则上尊人君，下荣父母[3]，析人之珪[4]，儋人之爵[5]，怀人之符[6]，分人之禄，纡青拖紫[7]，朱丹其毂[8]。今吾子幸得遭明盛之世，处不讳之朝[9]，与群贤同行[10]，历金门上玉堂有日矣[11]，曾不能画一奇，出一策，上说人主，下谈公卿。目如耀星，舌如电光[12]，一从一横，论者莫当[13]，顾默而作《太玄》五千文[14]，枝叶扶疏，独说数十余万言[15]，深者入黄泉，高者出苍天，大者含元气，细者入无间[16]。然而位不过侍郎，擢才给事黄门[17]。意者玄得无尚白乎[18]？何为官之拓落也[19]？”

扬子笑而应之曰：“客徒朱丹吾毂，不知一跌将赤吾之族也[20]！往昔周网解结，群鹿争逸[21]，离为十二，合为六七[22]，四分五剖[23]，并为战国。士无常君，国亡定臣，得士者富，失士者贫，矫翼厉翮，恣意所存[24]，故士或自盛以橐[25]，或凿坏以遁[26]。是故邹衍以颉颃而取世资[27]，孟轲虽连蹇，犹为万乘师[28]。

“今大汉左东海，右渠搜[29]，前番禺，后椒涂[30]，东南一尉，西北一侯[31]。徽以纠墨，制以锧铁[32]；散以礼乐，风以诗书[33]；旷以岁月，结以倚庐[34]。天下之士，雷动云合，鱼鳞杂袭[35]，咸营于八区[36]。家家自以为稷、契，人人自以为皋陶[37]。戴縰垂缨而谈者，皆拟于阿衡，五尺童子，羞比晏婴与夷吾[38]。当涂者升青云，失路者委沟渠[39]，旦握权则为卿相，夕失势则为匹夫。譬若江湖之崖，渤澥之岛[40]，乘雁集不为之多，双凫飞不为之少[41]。昔三仁去而殷墟[42]，二老归而周炽[43]，子胥死而吴亡[44]，种、蠡存而越霸[45]，五羖入而秦喜[46]，乐毅出而燕惧[47]，范雎以折摺而危穰侯[48]，蔡泽以噤吟而笑唐举[49]。故当其有事也，非萧、曹、子房、平、勃、樊、霍则不能安[50]；当其无事也，章句之徒相与坐而守之[51]，亦无所患。故世乱则圣哲驰骛而不足[52]，世治则庸夫高枕而有余[53]。

“夫上世之士，或解缚而相[54]，或释褐而傅[55]；或倚夷门而笑[56]，或横江潭而渔[57]；或七十说而不遇[58]，或立谈而封侯[59]；或枉千乘于陋巷[60]，或拥彗而先驱[61]。是以士颇得信其舌而奋其笔[62]，窒隙蹈瑕而无所诎也[63]。当今县令不请士，郡守不迎师，群卿不揖客，将相不俛眉[64]。言奇者见疑，行殊者得辟[65]，是以欲谈者宛舌而同声，欲步者拟足而投迹⁶⁶。向使上世之士处乎今⁶⁷，策非甲科⁶⁸，行非孝廉，举非方正⁶⁹，独可抗疏⁷⁰，时道是非，高得待诏⁷¹，下触闻罢⁷²，又安得青紫？

"且吾闻之，炎炎者灭，隆隆者绝⁷³。观雷观火，为盈为实，天收其声，地藏其热。高明之家，鬼瞰其室⁷⁴。攫拿者亡，默默者存⁷⁵；位极者宗危，自守者身全。是故知玄知默，守道之极⁷⁶；爰清爰静，游神之廷⁷⁷；惟寂惟漠，守德之宅⁷⁸。世异事变，人道不殊⁷⁹，彼我易时⁸⁰，未知何如。今子乃以鸱枭而笑凤凰，执螺蜓而嘲龟龙⁸¹，不亦病乎！子之笑我玄之尚白，吾亦笑子病甚，不遇俞跗与扁鹊也⁸²，悲夫！"

客曰："然则靡玄无所成名乎？范、蔡以下，何必玄哉⁸³？"

扬子曰："范雎，魏之亡命也，折胁摺髂⁸⁴，免于徽索⁸⁵，翕肩蹈背⁸⁶，扶服入橐⁸⁷，激卬万乘之主，介泾阳抵穰侯而代之⁸⁸，当也⁸⁹。蔡泽，山东之匹夫也⁹⁰，颤颐折頞⁹¹，涕唾流沫⁹²，西揖强秦之相⁹³，搤其咽而亢其气，拊其背而夺其位⁹⁴，时也⁹⁵。天下已定，金革已平⁹⁶，都于洛阳，娄敬委辂脱挽⁹⁷，掉三寸之舌，建不拔之策⁹⁸，举中国徙之长安，适也⁹⁹。五帝垂典，三王传礼¹⁰⁰，百世不易，叔孙通起于枹鼓之间¹⁰¹，解甲投戈，遂作君臣之仪，得也¹⁰²。吕刑靡敝¹⁰³，秦法酷烈，圣汉权制¹⁰⁴，而萧何造律¹⁰⁵，宜也¹⁰⁶。故有造萧何之律于唐、虞之世，则悖矣¹⁰⁷；有作叔孙通仪于夏、殷之时，则惑矣¹⁰⁸；有建娄敬之策于成周之世，则缪矣¹⁰⁹；有谈范、蔡之说于金、张、许、史之间，则狂矣¹¹⁰。夫萧规曹随¹¹¹，留侯画策¹¹²，陈平出奇¹¹³，功若泰山，响若坻隤¹¹⁴，虽其人之赡智哉，亦会其时之可为也¹¹⁵。故为可为于可为之时，则从¹¹⁶；为不可为于不可为之时，则凶¹¹⁷。若夫蔺生收功于章台¹¹⁸，四皓采荣于南山¹¹⁹，公孙创业于金马¹²⁰，骠骑发迹于祁连¹²¹，司马长卿窃赀于卓氏¹²²，东方朔割炙于细君¹²³。仆诚不能与此数子并¹²⁴，故默然独守吾《太玄》。"

【注释】
① 上世：上古之世。　② 人纲人纪：指人们遵循的准则。　③"生则"二句：意谓要作为就要上使人君受到尊崇，下使父母得到荣耀。　④ 析：分。人：指人君，以下三句同此。珪：同"圭"。古代以圭封诸侯，诸侯执以朝天子。　⑤ 儋：同"担"，这里指接受。

⑥ 符：古代朝廷传达命令或调兵遣将用的凭证。　⑦ 纡青拖紫：身佩青色、紫色的印绶。纡：缠绕。青、紫：借指高官显爵。汉制，公侯紫绶，九卿青绶。　⑧ 朱丹其毂（gǔ）：乘朱轮的车子。毂：车轮中心的圆木。　⑨ 不讳：不忌讳，指说话无所忌禁。　⑩ 行（háng）：行列。　⑪ 金门：金马门。被征召之士都在公车待诏，其中优异者在金马门待诏。玉堂：天子官殿。　⑫ "目如"二句：眼光有神如星闪耀，口才敏捷如电迅疾。　⑬ 一从一横：指辩说纵横驰骋。当：抵挡。　⑭ 顾：反而。默：静默不求闻达。《太玄》：《太玄经》，是扬雄模仿《易经》和《老子》而作的一部哲学著作。　⑮ 扶疏：枝叶四散分布的样子，这里以树喻文。说：解说。　⑯ "深者"四句：形容《太玄经》的博大精深。黄泉：地下的泉水。元气：太空中的大气。无间：没有间隙的东西。　⑰ 侍郎：秦汉官名，即皇帝左右的侍卫官，地位较低。擢：提升。才：不过。给事黄门：官名，即给事黄门侍郎，比一般侍郎地位高。　⑱ "意者"句：意谓扬雄作《太玄》空无所有。意者：想来。得无：莫非。尚：犹，仍。李善注引服虔曰："玄当黑，而尚白，将无可用。"《汉书》颜师古注："玄，黑色也。言雄作之不成，其色犹白，故无禄位也。"　⑲ 拓落：失意的样子。　⑳ 跌：失足。赤族：诛灭全族。《汉书》颜师古注："见诛杀者必流血，故云赤族。"　㉑ "往昔"二句：比喻周朝统治崩溃，诸侯叛离。鹿：李善注引服虔曰："喻在爵位者。"群鹿：喻指周末的诸侯。争逸：争先奔走。　㉒ 离：分开，叛离。十二：指十二国，即鲁、卫、齐、宋、楚、郑、燕、赵、韩、魏、秦、中山。合：合并。六七：指齐、燕、楚、韩、赵、魏六国，加上秦为七国。　㉓ 四分五剖：四分五裂。剖：破开。　㉔ "矫翼"二句：意谓士人择君而事如鸟振翼飞翔，任意息止。矫：举。厉：振奋。翮（hé）：鸟羽的茎状部分，中空透明。　㉕ 自盛以橐（tuó）：指范雎入秦时藏于橐中，意为忍辱求仕。　㉖ 凿坏（péi）以遁：《淮南子·齐俗》："颜阖，鲁君欲相之而不肯，使人以币先焉，凿坏而遁之。"这是指坚决不仕。坏：屋的后墙。遁：逃走。　㉗ "是故"句：所以邹衍凭奇怪之辞为世所用。邹衍：战国时齐人，曾为燕昭王师，名重诸侯。因其言"闳大不经"，时人称他为"谈天衍"。颉颃（xiéháng）：怪异之说。取世资：为世所用。　㉘ "孟轲"二句：孟子处境困难，还是受到各国诸侯的尊敬。连蹇（jiǎn）：处境艰难。万乘：万乘之君。　㉙ 左：指东方。东海：指会稽郡的东海，即今浙江东部。右：指西方。渠搜：古西戎国名，在今新疆北部及中亚部分地区。　㉚ 前：指南方。番禺：今属广东。后：指北方。椒涂：李善注引应劭曰："渔阳之北界。"其地相当于今北京以东、天津以北及长城以南一带。　㉛ 尉：汉代所设的都尉府，负守御镇抚之责。侯：边境守望之所。　㉜ "徽以"二句：意谓对轻罪者则用绳索捆绑，对重罪者则用死刑制裁。徽：束缚。纠墨：绳索。制：制裁。锧（zhì）：刀砧。铁（fū）：铡刀。锧铁：古代腰斩人的刑具。　㉝ "散以"二句：意谓用诗书礼乐来教育和感化人民。散：宣传。风：感化。　㉞ "旷以"二句：意谓让人民花费很长时间修建学舍去读书求学。旷：耗费。结：构筑。倚庐：即"畸庐"，指学舍。　㉟ "天下"三句：形容天下之士犹雷一样震动，如云一样聚集，像鱼鳞一样纷纭众多。杂袭：指士人熙熙攘攘，纷至杳来。　㊱ 营于八区：从四面八方营求官位。　㊲ 稷、契（xiè）：周始祖后稷、商始祖契。皋陶（yáo）：舜时贤臣。这两句说，人人都以圣贤自比，以为稷、契、皋陶没有什么了不起。　㊳ 縰（xǐ）：包发的巾。缨：系冠的丝带。戴縰垂缨：指士大夫。阿衡：商代官名，伊尹做过阿衡，因此成为伊尹的代称。晏婴：春秋时为齐景公相。夷吾：管仲。两人都辅佐君王，图谋霸业。　㊴ 当涂：当道，即掌权。失路：不当道，即失势。委：弃。沟渠：低洼之处。　㊵ 渤澥

(xiè)：古代称东海的一部分，即渤海。　㊶“乘雁”二句：比喻朝廷人才济济，加几个不显其多，减几个不显其少。乘(shèng)：古时计物的数词，四。凫(fú)：野鸭。　㊷三仁：指微子、箕子、比干。《论语·微子》：“微子去之，箕子为之奴，比干谏而死。孔子曰：‘殷有三仁焉。’”墟：指宫殿变为废墟，比喻殷朝的灭亡。　㊸二老：指伯夷、姜尚。《孟子·离娄上》载，伯夷躲避商纣，住在北海边上；姜尚躲避商纣，住在东海边上。他们听说周文王善养老者，于是归属文王。炽：兴旺。　㊹子胥：伍子胥，春秋时吴国大夫。曾帮助吴王阖闾，攻破楚国。吴王夫差时，因劝王拒绝越国求和并停止伐齐而被疏远，后吴王赐剑迫其自杀。九年后，吴国被越国所灭。　㊺种、蠡(lǐ)：指春秋时越国大夫文种、范蠡。他们辅佐越王勾践，灭吴称霸。　㊻五羖(gǔ)：指五羖大夫百里奚。《史记·秦本纪》载，百里奚原为虞国大夫，晋灭虞后将他俘获，并把他作为陪嫁的臣子送入秦国。后来百里奚从秦逃亡至楚，秦穆公听说他有才能，就用五张羖皮赎他回来，与他谈论国事，非常高兴，于是授之国政。羖：黑色的公羊。　㊼乐毅：《史记·乐毅列传》载，乐毅为燕昭王伐齐，大破齐。昭王死，惠王即位，心疑乐毅。乐毅惧诛而逃到赵国，赵封为望诸君，用来威胁燕、齐，于是惠王感到恐惧。　㊽范雎：《史记·范雎蔡泽列传》载，范雎是战国时魏国人，初随须贾出使齐国，因齐襄王赐金之事而为须贾所疑，回国后被打得折胁脱齿。后更名张禄，逃到秦国。折摺(lā)：折断肋骨和牙齿。危穰侯：范雎说服秦昭王，驱逐穰侯，拜他为相。　㊾蔡泽：《史记·范雎蔡泽列传》载，蔡泽是战国时燕国人，初游说诸侯失败，就请魏国相士唐举看相，唐举见其相貌丑陋，就开玩笑地说，听说圣人不像一般人的相貌，大概就是指你吧。后蔡泽入秦，代范雎为相。噤吟：下巴下垂经常闭不住的样子。笑唐举：被唐举所笑。　㊿萧：萧何，辅助刘邦建立汉朝，为丞相。曹：曹参，刘邦的将官，萧何死后继任丞相。子房：张良，辅佐刘邦平天下，封留侯。平：陈平，汉朝开国谋臣，后与周勃合谋平定诸吕之变。勃：周勃，刘邦的将官，后任太尉，封绛侯，平诸吕有功。樊：樊哙，佐刘邦定天下，后封舞阳侯。霍：霍光，汉昭帝死后，曾立昌邑王，因昌邑王淫乱而废去，更立宣帝。　(51)章句之徒：只能诵读章句的庸陋小儒。　(52)驰骛：奔走。　(53)高枕而有余：高枕无忧，绰有余闲。　(54)解缚而相：指管仲相齐桓公事。《左传·庄公九年》载，先前，管仲奉公子纠出奔鲁国，鲍叔牙奉公子小白出奔莒国。小白即位为齐桓公，管仲被囚归齐，鲍叔牙亲解其缚，并推荐他做齐桓公的相。　(55)释褐而傅：指傅说相武丁事。李善注引《墨子》：“傅说被褐带索，庸筑乎傅岩，武丁得之，举以为三公。”释褐：脱去粗布衣服，指登仕。傅：太傅，三公之一。　(56)倚夷门而笑：指侯嬴佐信陵君救赵事。《史记·魏公子列传》载，秦攻赵，赵求救于魏，魏王畏秦而观望不前。信陵君准备到秦军中拼死，往辞夷门监者侯嬴，侯嬴不表示意见。信陵君行至半路而回见侯嬴，侯嬴笑着说，我本来就知道你会回来的。于是他就为信陵君设谋，窃符救赵。　(57)横江潭而鱼：指与屈原谈话的渔父。《楚辞·渔父》载，屈原放逐江南，渔父劝他随波逐流，全身远祸。　(58)七十说而不遇：指孔子的事。传说孔子游说七十多个国君，但是没有遇到一个明主。　(59)立谈而封侯：指虞卿的事。《史记·平原君虞卿列传》载，虞卿游说赵孝成王，一见而得黄金白璧，二见而拜为上卿。　(60)枉千乘于陋巷：指齐桓公的事。李善引注《吕氏春秋》说，齐桓公去见小臣稷，一日三次而未曾见面，但是齐桓公仍坚持要见他。枉：委屈。千乘：大国之君。　(61)拥彗而先驱：指燕昭王礼遇邹衍事。《史记·孟子荀卿列传》载，邹衍“如燕，昭王拥彗先驱，请列弟子之座而受业，筑碣石宫，身亲往师之”。拥彗：执帚。

先驱：先行。　㉖信其舌：发挥其口才。信：同"伸"。　㉗窒隙蹈瑕：钻进空隙，踏入裂缝，犹言乘其时机。诎：同"屈"。无所诎：没有受到任何阻挠。　㉘"当今"四句：意谓当时在位者对士人非常轻视。揖客：对客作揖，指礼贤下士。俛眉：低眉。俛（fǔ）：同"俯"。　㉙殊：与众不同。辟：罪。　㉚"是以"二句：意谓士人不敢说真话，也不敢做人所不做的事，而是人云亦云，亦步亦趋。宛：屈。拟：揣度，比量。　㉛向使：假使。　㉜策：指射策和对策，是汉代考试取士的办法。甲科：科举考试分甲乙丙三科，甲科为最上级，入选者为郎中。　㉝孝廉、方正：汉代取士的科目有两种，以孝敬廉洁著称的人可举为孝廉，以行为端方、正直贤良著称的人可举为贤良方正。　㉞抗疏：向皇帝上疏。　㉟待诏：官名，汉代征士凡特别优异的待诏于金马门。　㊱下触闻罢：意谓次一等的触犯忌讳，皇帝就通知罢而不用。　㊲炎炎：火光旺盛。隆隆：雷声不绝。　㊳"高明"二句：意谓显贵人家将有鬼神窥伺其衰败。瞰（kàn）：窥望。以上八句是阐发《周易》丰卦的盛衰倚伏之理。丰卦震居上，震即雷，就是天收其声；丰卦离居下，离即火，就是地藏其热。丰卦还说："丰其屋，蔀其家，窥其户，阒其无人。"意谓高明之家，鬼瞰其室。　㊴攫（jué）拿：执持牵引。默默：指恬淡自守，不争名利。　㊵"是故"二句：意谓懂得清静无为是守道的最高标准。李善注引《淮南子》曰："天道玄默，无容无则。"　㊶"爱清"二句：指淡泊无欲可以神游物外。李善注引《老子》曰："知清知静，为天下正。"廷：精神所居之处。　㊷"惟寂"二句：只有甘于寂寞的人，才能保守其高尚的道德品质。宅：道德所存之处。　㊸人道：做人处世的道理。　㊹彼：上世之士。　㊺"今子"二句：意谓客只识鸱枭、蝘蜓，竟以下愚之见嘲笑圣贤。鸱（chī）枭、蝘蜓（yǎnyán）：猫头鹰、壁虎，比喻愚者。凤凰、龟龙：比喻贤者。这两句用《荀子·赋篇·佹诗》"螭龙为蝘蜓，鸱枭为凤凰"语意。　㊻俞跗（fù）：上古时的良医。扁鹊：战国时的良医。　㊼"然则"三句：范雎、蔡泽等人都因游说诸侯而得到名位，难道不靠著书立说就不能成名吗。靡：无。　㊽胁：肋骨。髂（qià）：腰骨。　㊾徽索：绳子。此指范雎诈死出亡，免为魏人所捕获。　㊿弇（xī）肩：收缩肩膀。蹈背：背上被踩。　○51扶服：同"匍匐"。橐：口袋。　○52"激卬"二句：意谓范雎入秦激怒秦昭王，离间他与泾阳君、穰侯的关系，而担任秦相。卬：同"昂"。介：离间。泾阳：指泾阳君，秦昭王弟。抵（zhǐ）：攻击。　○53当：适当。　○54山东：泛指崤山函谷关以东地区。　○55頯（qin）颐：下巴向上翘。折頞（è）：鼻梁陷塌。　○56唾：唾沫。这句说，蔡泽肮脏，涕唾满面。　○57揖：本指拱手行礼，这里指谒见。强秦之相：指范雎。　○58"搤其咽"二句：意谓蔡泽用言语对范雎要挟威胁，软硬兼施，取而代之。搤（è）：同"扼"。亢：绝。拊（fǔ）：拍。　○59时：时机，机会。　○60金革：兵甲，指战争。　○61娄敬：刘敬。《史记·刘敬叔孙通列传》载，娄敬去陇西服役，经过洛阳，放下车子，向刘邦建议建都长安，刘邦听从娄敬的意见，并赐其姓刘。委：扔下。辂：车前横木。脱：取下。挽：挽车，此指挽车用的绳索。　○62掉：摇动。不拔之策：稳妥可靠的建议。　○63适：碰巧。　○64五帝：指黄帝、颛顼、帝喾、尧、舜。典：典籍。三王：指夏禹、商汤、周文王。　○65叔孙通：本是秦博士，在刘邦定天下后，他招集儒生，制定君臣之间的礼仪，使贵贱有差别，尊卑有次第。枹（fú）：鼓槌。　○66得：得其欢心。　○67吕刑：泛指周代的刑罚。吕：吕侯，周穆王时人，为天子司寇，穆王叫他制定刑法，通告四方。今《尚书·吕刑篇》即记载其事。靡敝：败坏。　○68权制：制定法典。　○69造律：制定律令。　○70宜：合其时宜。　○71悖（bèi）：谬误。　○72惑：不明事理。　○73成周之世：指周公辅成王的时代。缪：通

110

"谬",错误。　⑩金、张:指金日䃅、张安世。他们是汉宣帝时的显宦,后世以"金张"代称显宦。许:指许广汉,他是汉宣帝皇后许氏的父亲。史:指史恭及其长子史高,史恭是汉宣帝祖母史良娣之兄。后世以"许史"代称外戚。狂:精神失常,胡闹。　⑪萧规曹随:曹参继萧何为相,完全根据其成规办事。　⑫留侯:指张良。画策:筹谋计策。　⑬奇:指奇计。陈平辅佐刘邦得天下,曾六出奇计。　⑭响:指声誉。坻隤(dítuí):岩石崩倒。此以山崩巨响喻声誉广远。　⑮赡:充足。会:逢。这两句说,虽然那些人富有才智,但是也由于他们遇到可以有所作为的好时机。　⑯从:顺利。　⑰凶:不顺利。　⑱蔺生:蔺相如。收功:取得功绩。章台:秦国宫殿名。这是指蔺相如完璧归赵事。　⑲四皓:指秦汉之际东园公、绮里季、夏黄公、甪里先生。采荣:双关语,一方面荣是草木之英,采取以充食,另一方面隐士因隐居而获得荣誉。南山:今河南的商山。秦始皇时,四皓避世,隐居南山。汉初刘邦召之不出,后来刘邦想废太子,吕后用张良计,迎接他们来辅佐太子。　⑳公孙:指公孙弘。汉武帝元光五年征召贤才,公孙弘对策,被录取为第一名,待诏金马门,后官至丞相。　㉑骠骑:指霍去病。发迹:起家。祁连:祁连山,在今甘肃张掖西南。霍去病曾率兵击匈奴,深入祁连山,捕杀敌军甚多。　㉒司马长卿:司马相如。窃赀(zī):指用诡谲手段取得卓王孙的财物。司马相如娶临邛富人卓王孙之女卓文君,卓王孙怒不分给一钱。后来,司马相如开设酒肆,叫文君当垆。卓王孙不得已,于是给文君钱财。　㉓炙:烤肉。细君:指妻。《汉书·东方朔传》载,汉武帝在三伏天赐群臣肉,日暮时,主持其事的大臣未至,东方朔独自割肉而去。次日武帝责问他,他自责说割肉"归遗细君,又何仁也"。　㉔并:并列。

【作者简介】

扬雄(前53—18),西汉文学家、哲学家、语言学家,字子云,蜀郡成都(今属四川)人。少时勤奋学习,博览群书。为人口吃,不善剧谈,一直好学深思,不求闻达。早年喜欢辞赋,崇拜司马相如,学习他的作品,也同情屈原,写了《反离骚》《广骚》和《畔牢愁》等。离蜀到京师,被大司马车骑将军王音召为门下吏,推荐给汉成帝。他随成帝游猎,曾作《甘泉赋》《河东赋》《羽猎赋》和《长杨赋》等。其间,为给事黄门郎。经历成、哀、平三帝而不能升官。王莽时,校书天禄阁,官为大夫。他专心著述,模拟《易经》作《太玄》,仿效《论语》作《法言》,提出以"玄"为宇宙万物根源的学说,强调认识自然现象的必要,驳斥神仙方术的迷信,重视儒家的传统思想。他好古乐道,想以文章留名于后世,因此,尽力写作,著述丰富。原有集,已散佚,明人辑有《扬子云集》,清严可均《全上古三代秦汉三国六朝文》收其赋、箴等共四卷,最为详备。

【赏析】

《解嘲》选自《汉书·扬雄传》。

尽管扬雄较少参加当时的实际政治活动,然而他依然关注现实,议论时政,注重辞赋的讽谏作用。他多次跟随汉成帝游猎,创作《甘泉赋》《河东赋》《羽猎赋》和《长杨赋》。四篇大赋充分体现强烈的讽喻意识,"赋之讽谏,可于斯取则矣"(刘熙载《艺概·赋概》)。即使他的一些小赋也不乏讽谏意味,如《汉书·游侠传》

所载的《酒箴》就是借状物来劝谏的。由于现实情况是赋劝不止，他只能辍笔不为，转向理论著述，写出《太玄》《法言》等哲学著作。扬雄努力写作，不求闻达，不为时人所重视，反而遭到别人嘲笑。《汉书·扬雄传》说："巨鹿侯芭常从雄居，受其《太玄》《法言》焉。刘歆亦尝观之，谓雄曰：'空自苦！今学者有禄利，然尚不能明《易》，又如《玄》何？吾恐后人用覆酱瓿也。'雄笑而不应。"可见他还是非常珍重自己的学术著作的。传记又说："哀帝时丁、傅、董贤用事，诸附丽之者或起家至二千石。时雄方草《太玄》，有以自守，泊如也。或嘲雄以玄尚白，而雄解之，号曰《解嘲》。"为回答别人的嘲笑，扬雄写了这篇文章。它揭露西汉末期外戚专权、小人用事、世风日下的情况，表明作者不愿趋附权贵而自甘淡泊的态度。

在《法言》《太玄》等著作和《汉书·扬雄传》中，扬雄的文学思想有所体现。他继孟子、荀子之后，进一步发展了儒家的文学观。在具体论述明道、征圣、宗经的原则的过程中，扬雄谈到作品内容与形式的关系问题，主张华实相符（《法言·修身》）、事辞相称、文质一致（《法言·吾子》）。《解嘲》就充分体现了这种文学主张，它内容充实，形式完美，情文并茂，语意两工。全文可分三部分，能在纵横叙事中深刻议论，又在叙议结合中委婉抒情。

第一部分记载客难之辞，写出自己才高位低。客人先提起古人能够有所作为，深得君王重用，享有荣华富贵，令人羡慕不已。然后他明言扬雄现在"遭明盛之世，处不讳之朝，与群贤同行"，可是长期以来未能献出奇计妙策，反而潜心创作《太玄》。他进而指出尽管论著体大思精，见识卓越，文辞繁富，但是扬雄做官失意，"位不过侍郎，擢才给事黄门"。嘲弄之词的意思是，扬雄这样的情况违背了士人的准则。显然，作者借客之口，运用对比手法和意味深长的语言，概述"上世之士"与自己的不同境遇，涉及西汉称盛而人才受压的现象，突出水平高超与官职低微的矛盾，巧妙地把个人处世顺逆的问题放到古今广阔的社会历史背景中来考察。这是文章中心的一个引子，也是主体部分的一个铺垫。

第二部分反驳所谓"不能画一奇，出一策"的嘲笑，揭示当时贤才失志的社会原因。它主要采用对比论证来展开论述，"往昔"与"今大汉"的对比是贯穿其中的轴心。这一对比具体反映在三个方面。一是往昔士人与当今士人的命运对比。从前周朝衰败，天下分裂，诸侯纷争，各国称雄。"士无常君，国亡定臣，得士者富，失士者贫。"社会的需求使士人大有用武之地，时代的潮流将人才推上政治舞台。他们自由选择，游说君王，左右世事，有为于世。因此，邹衍名重诸侯，为世所用，孟轲受到各国诸侯的尊敬。汉代统一天下，独尊儒术，施行王道。士人顺服，朝廷人才济济，多少无关紧要。尤其是"当涂者升青云，失路者委沟渠，旦握权则为卿相，夕失势则为匹夫"，变化莫测，身不由己。这样的对比说明，社会状况注定了士人的命运。二是往昔士人与当今士人的作用对比。以往士人的去留、生死关系到国家的兴亡和事业的成败，如微子、箕子、比干离去而殷都变为废墟，伯夷、姜尚归来而周朝得以昌盛，伍子胥自杀而吴国灭亡，文种、范蠡并用而越国称霸，百里奚入秦而穆公高兴，乐毅出燕而惠王恐惧，这些足以证明那时士人是举足轻重的。汉代天下无事，局面稳定，各得其所，人们安居乐业。士人自然没有施展才能的机会，无法在当代政治舞台上表演威武雄壮的节目。这样的对比说明，时代需要决定了士人的作用。三是往昔士人与当今士人的地位对比。前代士人有的解缚释放而做了相国，有的脱去布衣而担任高官，有的游说君王而封为上卿，还有的枉驾国君而引人注目。他们"颇得信其舌而奋其笔，窒隙蹈瑕而无所诎"。汉代"县令不请士，郡守不迎师，群卿不辑客，将相不俛眉"。士人不仅为人所轻视，毫无地位，而且"言奇者见疑，行殊者得辟"。因此，"欲谈者宛舌而同声，欲步者拟足而投迹"，只得人云亦云，亦步亦趋。假使前代之士处于当代，"策非甲科，行非孝廉，举非方正"，只能上疏。高者不过留下备皇帝咨询，下者有所触犯而不被任用，根本不可能得到高官显爵。这样的对比说明，时势变化决定了士人的地位。三方面的对比依次展开，内容逐步深入，大大增强了说理的说服力。作者在详细论述往昔与当今的不同情况后，又谈到《周易》、老庄之理。他指出"炎炎者灭，隆隆者绝"；妄取者亡，"默默者存"；"位极者宗危，自守者身全。是故知玄知默，守道之极；爱清爱静，游神之廷；惟寂惟漠，守德之宅"。所言充分阐述盛衰倚伏的意思和清静无为的思想，表明作者的处世之道。他进而讥刺客人不明事理，嘲笑贤者，愚昧至极。这部分驳斥责难，援引史事，不满时政，批评现实，显得对比鲜明，排比纵横，脉络清晰，分析透辟。

　　第三部分发表作者对著书成名的看法，表明他不愿同流合污的情操。面对客人所说不著《太玄》无以成名的问题，作者回顾史实，畅所欲言，展现自己默然著书的内心世界。文章指出历史上士人功成名遂，为数不少。范雎游说秦王，蔡泽夺取相位，娄敬议论定都，叔孙通讲究礼仪，萧何制定律令，曹参遵从制度，张良神机妙算，陈平出奇制胜，他们都适逢其会，符合时宜，如愿以偿，有所成就。文章认为尽管有为之士富有才智，然而他们"会其时之可为"。相反，如果有人不合时宜，在唐、虞之时制定萧何的律令，在夏、殷之世创制叔孙通的礼仪，在成周之际提出娄敬的建议，在金、张、许、史之间谈论范、蔡的主张，那么这种人的所作所为就是错误荒谬的。因此，文章强调"为可为于可为之时，则从；为不可为于不可为之时，则凶"。显然，这既抒发了扬雄生不逢时的苦闷，又表达出当时不少士人怀才不遇的情感。文章最后谈到作者的生活时代和人生态度。蔺相如建功于章台，四皓获荣于南山，公孙弘创业于金马门，霍去病起家于祁连山，司马长卿取财于卓氏，东方朔割肉给妻子，作者觉得他们处在"可为之时"，所以有所作为，而自己"诚不能与此数子并"。所言暗中责备哀帝无能，信用小人，意谓自己身处"不可为之时"，自然无所作为。作者强调既然现状如此，他就只能靠著书立说来闻名于世，因而"默然独守吾《太玄》"。这部分解释草创《太玄》的原因，点明适逢时宜的重要性，表现出有志难伸、有才难施的郁闷悲愤，论述富有哲理，语句深沉委婉。

扬雄不满现状，有感而发。《解嘲》立足汉代，对历史上的人物和事件进行审视，展开纵横捭阖的评说，抒发了作者的愤懑之情与落拓之志。这样抒情言志的文章反映了汉代封建制度的部分弊端和当时社会的某些实情，表达了反对压抑人才、主张重用贤能的进步思想，丰富了西汉感叹士人不遇的散文内容，给人以强烈的感染和深刻的教育。

  这篇文章采用赋体的表现手法，展开主客问答，讲究修辞。它句式不一，押韵多变，骈散交替出现，行文富有变化而归于平易自然。比喻、夸张、对偶、排比、用典、反语和借代不一而足，它们各有侧重又巧妙结合，成功地表现出文章的题旨情境。文中叙事、议论、抒情三者融合，相得益彰。议论使叙事包含深刻的道理，叙事使道理呈现生动的画面，而抒情成为谋篇布局的内在脉络。因此，它成为作者的传世名篇之一，正如刘勰《文心雕龙·杂文》所说："扬雄《解嘲》，杂以谐谑，回环自释，颇亦为工。"

为幽州牧与彭宠书

朱　浮

  盖闻知者顺时而谋，愚者逆理而动①，常窃悲京城太叔以不知足而无贤辅，卒自弃于郑也②。

  伯通以名字典郡③，有佐命之功④，临人亲职⑤，爱惜仓库⑥，而浮秉征伐之任，欲权时救急⑦，二者皆为国耳。即疑浮相谮⑧，何不诣阙自陈⑨，而为族灭之计乎⑩？朝廷之于伯通，恩亦厚矣，委以大郡，任以威武⑪，事有柱石之寄⑫，情同子孙之亲。匹夫媵母尚能致命一餐⑬，岂有身带三绶，职典大邦⑭，而不顾恩义，生心外畔者乎⑮！伯通与吏人语，何以为颜⑯？行步拜起，何以为容⑰？坐卧念之，何以为心⑱？引镜窥影，何施眉目⑲？举措建功⑳，何以为人？惜乎弃休令之嘉名㉑，造枭鸱之逆谋㉒，捐传世之庆祚㉓，招破败之重灾，高论尧、舜之道，不忍桀、纣之性㉔，生为世笑，死为愚鬼，不亦哀乎！

  伯通与耿侠游俱起佐命，同被国恩㉕。侠游谦让，屡有降挹之言㉖；而伯通自伐㉗，以为功高天下。往时辽东有豕㉘，生子白头，异而献之，行至河东㉙，见群豕皆白，怀惭而还㉚。若以子之功论于朝廷,则为辽东豕也。今乃愚妄,自比六国㉛。六国之时,其势各盛,廓土数千里㉜,胜兵将百万㉝,故能据国相持,多历年世㉞。今天下几里,列郡几城,奈何以区区渔阳而结怨天子?此犹河滨之人捧土以塞孟津㉟,多见其不知量也㊱!

方今天下适定㊲,海内愿安,士无贤不肖㊳,皆乐立名于世。而伯通独中风狂走㊴,自捐盛时㊵,内听骄妇之失计㊶,外信逸邪之谀言㊷,长为群后恶法㊸,永为功臣鉴戒,岂不误哉!定海内者无私仇,勿以前事自误㊹,愿留意顾老母少弟。凡举事无为亲厚者所痛,而为见仇者所快㊺。

【注释】

①"盖闻"二句:听说聪明的人顺应时势来考虑问题,愚蠢的人则违背事理而轻举妄动。盖:发语词。知者:智者。　②窃:私下。京城太叔:春秋时郑庄公之弟共叔段,曾经居于京(今河南荥阳东南),称京城太叔。他与哥哥互相倾轧,争权夺利,最终被郑庄公打败。贤辅:贤能的辅助。卒:终于。自弃于郑:指被郑国逐走。这两句借共叔段的事暗指彭宠的自弃于汉。　③伯通:彭宠字伯通。名字:声誉。典郡:主管一郡。　④佐命之功:辅助皇帝建国之功。古代帝王建立王朝,自谓承天受命,故谓辅助之臣为佐命。刘秀起兵时,彭宠接受吴汉的建议,派兵三千人先归附刘秀,后在围攻邯郸时,又不断为他转运粮食。刘秀封彭宠为建忠侯,赐号大将军。　⑤临:管理,治理。亲职:亲自处理政务。　⑥爱惜仓库:指彭宠反对朱浮征发所属各郡仓谷一事。　⑦秉:执掌。权时:衡量时势。　⑧谮(zèn):说坏话,诬告。　⑨诣:到。阙:宫殿前门楼,借指皇帝所居。　⑩族灭之计:指举兵反叛将使宗族覆灭之事。古代对反叛者要处死其全家亲属。　⑪任以威武:授予军职,指刘秀赐彭宠大将军称号。　⑫柱石:造屋用的梁柱和基石。寄:依靠。柱石之寄:比喻肩负国家重任。　⑬匹夫:普通男子。媵(yìng)母:普通妇女。致命一餐:因一餐之恩而以生命相报。　⑭三绶:掌管三印。彭宠为渔阳太守、建忠侯、大将军,故说他身带三绶。绶:系印信的丝带。职典大邦:职务是管理大郡(指渔阳)。　⑮生心:蓄意,起心。畔:通"叛"。　⑯何以为颜:怎么能不羞愧脸红。　⑰行步拜起:指日常生活行动。何以为容:怎么能镇定自若。　⑱何以为心:怎么能安心。　⑲何施眉目:把眉眼放在哪里。　⑳举措:行动。建功:办事。　㉑休令:美好。嘉名:美誉。　㉒枭鸱(xiāochī):猫头鹰一类的鸟。传说枭鸱长大后食其母,被认为是恶鸟,故常以枭鸱比喻奸邪恶人。　㉓捐:抛弃。庆祚(zuò):幸福,指彭宠受封侯爵,本可以传之后代子孙。　㉔忍:抑制,克制。　㉕耿侠游:名况,西汉末年任上谷郡(今河北怀来)太守,曾与彭宠一起辅助刘秀开国创业。被:受到。　㉖降挹:退让谦逊。　㉗自伐:自夸。伐:夸耀。　㉘辽东:郡名,今辽宁东南部。豕:猪。　㉙河东:今山西境内黄河以东地区。　㉚怀惭:内心羞愧。　㉛六国:指战国时的楚、齐、燕、韩、赵、魏六国,与秦并称战国七雄。这句说,把自己与战国时的六国相比。　㉜廓土:开拓土地。　㉝胜兵:强兵。将:近。　㉞据国相持:占据国土,长期坚持。多历年世:经历很多年。　㉟河:指黄河。孟津:黄河的一个渡口,在今河南洛阳。　㊱多:只。　㊲适:刚刚。　㊳无:不论。不肖:不

贤。 ㊴中(zhòng)风狂走：指得了狂病，胡作妄为。 ㊵自捐盛时：自己失去兴盛时代的良好机遇。 ㊶骄妇：骄横的妻子。失计：错误的计谋。《后汉书·彭宠传》说"其妻素刚"，在建武二年春刘秀召彭宠去洛阳时，"固劝无受召"。 ㊷谀邪：说坏话的坏人。谀言：奉承话。 ㊸群后：指各地州郡长官。恶法：坏榜样。 ㊹定海内者：统一天下的人，指光武帝刘秀。前事：指彭宠过去的错事。 ㊺"凡举事"二句：凡是办事，不要做那些使亲近的人感到痛心而使仇恨的人感到高兴的事。

【作者简介】

朱浮(约前6—66)，字叔元，东汉沛国萧县(今属安徽)人。先是跟随光武帝刘秀起兵，为偏将军。攻破邯郸后，任大将军、幽州牧，封舞阳侯。官至太仆、大司空。因为功高自满，得罪同列。永平中，有人无证据地上告他，汉明帝大怒，赐其死。所作书疏奏议多篇，能关心国事，提出建议，击中时弊。其中《与彭宠书》最有名，是历来传诵之作。《后汉书》有传。

【赏析】

《为幽州牧与彭宠书》选自《汉书·朱浮传》，是作者写给彭宠的一封著名书信。

建武二年(26)，朱浮任幽州牧，驻守蓟城。他年轻又有才能，很想振奋风气，收拢人心，于是就征召州中有名望者和王莽时故吏担任从事与幕僚，并下令打开各郡粮仓，供养他们的妻室儿女。渔阳太守彭宠以为天下还没有平定，军队刚刚开始兴建，不宜设置过多的官属，而损耗军用物资，于是不听从他的命令。朱浮急躁自满，心中很是不平，因此用严厉的文字诋毁他。彭宠也凶狠强暴，又自恃有功，双方怨恨越积越深。朱浮向朝廷密奏彭宠的罪状，说他迎接妻子而不迎接母亲，接受别人财物而杀害朋友，聚兵积谷而意图难料。彭宠对朱浮积怨已经很深，得知此事，极其愤怒，就起兵攻打朱浮。于是朱浮写信责问他。作者写信的目的自然是利用朝廷的声威，向彭宠施加压力。彭宠收到信后更加愤怒，攻打朱浮更加猛烈。后来蓟城陷落，朱浮逃脱，彭宠自立为燕王。建武五年(29)春，彭宠睡觉时，为仆隶子密等三人所擒。尽管他与之周旋，试图转危为安，但是无济于事，被斩下首级。随后光武帝封子密为不义侯，并夷灭了彭宠全族。

朱浮与彭宠之间的斗争是当时统治集团内部的斗争，这样的斗争实际是统一和分裂的斗争。天下分裂显然违背民众的意愿，不符合历史发展的潮流。朱浮看到光武帝刘秀振兴汉朝大业，天下一统已是大势所趋，就顺应潮流，拥护进步，反对倒退，抨击分裂，这正是强调国家统一。国家统一是有利于政治安定和经济发展的。朱浮为人有不少缺点和不足，然而其在帮助建立和巩固东汉政权的过程中是有所作为的。尤其是他后来经常上疏，议论时政。他赞成刘秀保护民众，使之休养生息；认为世上功绩不能一蹴而就，艰难事业需要日积月累才有成效；批评严格责求官员，追求速成功绩；建议扩大博士人选，任用大量优秀人才。这些足以说明他积极从政，锐意进取。

朱浮在信中首先指出"知者顺时而谋，愚者逆理而动"，强调人们应该顺应时势谋事，而不能违背事理处事。这样提出鲜明的观点，具有高屋建瓴、综览全局的气势。他又以京城太叔为例，表示自己常常为之悲哀，感到其"以不知足而无贤辅"，最终被郑国抛弃。这是明言京城太叔，说他贪得无厌，愚昧狂妄，结果自取灭亡；暗指彭宠，说对方是愚蠢之人，处事违反事理，失败的结局是无法避免的。书信开门见山，论点警策有力，举例真实典型。

其次，作者谈到双方的矛盾，指责对方的叛汉逆谋。他认为彭宠辅助皇帝建国，主持郡政，管理百姓，爱惜仓库财物；而自己执掌征战大权，想衡量时势，解救燃眉之急，"二者皆为国"。这样既肯定自己，也没有否定对方，强调双方在主观上都是为了维护国家利益和巩固东汉政权。朱浮从"为国"入手，问题就迎刃而解。他说如果彭宠怀疑自己说其坏话，就应该前去朝廷陈述清楚，而不应去做将会被灭族的事。这里指建武二年春，光武帝征召彭宠进京，彭宠觉得这是朱浮出卖自己的结果，自己将受惩处。他的妻子固执地劝丈夫不要接受皇上征召，所亲信的官吏也都反对其应召。于是彭宠发兵叛汉，分封将帅，亲自率领二万余人攻打朱浮，又分兵占领广阳、上谷和右北平。朱浮的意思是，真正为国就要同心同德，而不能各自为政，也不能猜忌别人，更不能倒行逆施。彭宠所为不是为国，而是不听调遣，怀疑同事，反叛朝廷，走向灭亡。朱浮随即点明"朝廷之于伯通，恩亦厚矣"，委之重任，授之军权，"事有柱石之寄，情同子孙之亲"。普通男子和普通妇女尚能用生命报答一餐之恩，而身兼三职、管理大郡的人却"不顾恩义，生心外畔"。所言充分显出朝廷恩重如山，彭宠无耻之尤。作者进而直斥对方行为愚蠢，不仅说他"与吏人语"，"行步拜起"，"坐卧念之"，"引镜窥影"，"举措建功"，都会无地自容，于心不安；而且说他抛弃美好名声，丢掉世传幸福，从事谋逆活动，招致失败灾祸，"高谈尧、舜之道，不忍桀、纣之性，生为世笑，死为愚鬼"。这悬河泻水般的指责显得义正词严，气势凌厉，使对方哑口无言，内心深受谴责。

其三，作者以同僚情况、生活事例和历史事实，谴责对方狂妄愚蠢，不自量力。他谈起耿侠游与彭宠一同辅佐刘秀开国创业，蒙受国家恩德。耿侠游谦让，经常有贬抑自己的言论；而彭宠却自我夸耀，以为功冠天下。这样鲜明的对比就显示了彭宠自以为是，骄傲自大。他又谈起辽东有人想把白头猪献给朝廷，走到河东，看到那里的猪全是白的，于是惭愧而还。"若以子之功论于朝廷，则为辽东豕也"，这样生动的比喻就反映了彭宠的自矜功伐是极其可笑的。他还谈起战国史实，那时各国势力强大，疆土千里，雄兵百万，世代经营。彭宠"今乃愚妄，自比六国"，意图割据称雄，居然以区区渔阳郡来和天子结仇。"此犹河滨之人捧土以塞孟津，多见其不知量也"，这样的势力对比和贴切比喻就表现出彭宠所为是螳臂当车，蚍蜉撼树，以卵投石。所有这些都是斥责对方逆理举兵的愚蠢背时，从而使之自感理亏心虚。

最后，作者劝对方认清天下形势，考虑行动后果。他强调当时天下刚刚平定，人们希望安定，士人都乐于在世上建立功名。相反，彭宠却像中风一样，胡作妄为，"自捐盛时，内听骄妇之失计，外信谗邪之谀言"，从而使自己长久成为各地方长官的坏榜样，永远让功臣引以为戒。这简直是荒谬绝伦。作者进一步指出，凡是处理问题都要分辨利害，考虑结果，不要干出那些使亲人痛心而让仇人快意的蠢事。结尾鞭辟入里，发人深省。

这封书信在艺术上颇有特色。全文说理透彻，气盛词严。行文泼辣犀利，婉转流畅，有时讽刺嘲笑，有时痛加斥责，或者抑扬兼施，或者褒贬结合，显得层层递进，语势逼人。文章善用比喻、对偶、排比、反诘等修辞手法和对比等表现方法。尤其是连用五个反诘——"何以为颜""何以为容""何以为心""何施眉目""何以为人"，形成奔放雄肆的文势，具有强烈的震撼力。文中言辞简练，意味隽永，警句名言为数不少，如"知者顺时而谋，愚者逆理而动""无为亲厚者所痛，而为见仇者所快"，富有哲理，流传后世；又如"辽东豕"之语，常为后世的诗歌散文所引用，成为有名的典故。总之，书信斥责反汉，分析事理，晓谕形势，写得理直气壮，文采飞扬。因此，它不仅是作者的传世作品，也是东汉的散文名篇。

苏 武 传

班　固

武字子卿，少以父任，兄弟并为郎①，稍迁至栘中厩监②。时汉连伐胡，数通使相窥观③。匈奴留汉使郭吉、路充国等，前后十余辈④。匈奴使来，汉亦留之以相当⑤。

天汉元年，且鞮侯单于初立⑥，恐汉袭之，乃曰："汉天子我丈人行也⑦。"尽归汉使路充国等。武帝嘉其义，乃遣武以中郎将使持节送匈奴使留在汉者⑧，因厚赂单于，答其善意⑨。武与副中郎将张胜及假吏常惠等募士、斥候百余人俱⑩。既至匈奴，置币遗单于。单于益骄，非汉所望也⑪。

方欲发使送武等，会缑王与长水虞常等谋反匈奴中⑫。缑王者，昆邪王姊子也⑬，与昆邪王俱降汉，后随浞野侯没胡中⑭。及卫律所将降者，阴相与谋劫单于母阏氏归汉⑮。会武等至匈奴，虞常在汉时素与副张胜相知，私候胜曰⑯："闻汉天子甚怨卫律，常能为汉伏弩射杀之⑰。吾母与弟在汉，幸蒙其赏赐。"

张胜许之，以货物与常。后月余，单于出猎，独阏氏子弟在。虞常等七十余人欲发，其一人夜亡，告之。单于子弟发兵与战。缑王等皆死，虞常生得。

单于使卫律治其事。张胜闻之，恐前语发，以状语武。武曰："事如此，此必及我⑱。见犯乃死，重负国⑲。"欲自杀，胜、惠共止之。虞常果引张胜。单于怒，召诸贵人议，欲杀汉使者。左伊秩訾曰⑳："即谋单于，何以复加㉑？宜皆降之。"单于使卫律召武受辞㉒，武谓惠等："屈节辱命㉓，虽生，何面目以归汉！"引佩刀自刺。卫律惊，自抱持武，驰召医㉔。凿地为坎，置煴火，覆武其上，蹈其背以出血㉕。武气绝，半日复息。惠等哭，舆归营㉖。单于壮其节，朝夕遣人候问武，而收系张胜㉗。

武益愈，单于使使晓武，会论虞常㉘，欲因此时降武。剑斩虞常已，律曰："汉使张胜，谋杀单于近臣，当死，单于募降者赦罪。"举剑欲击之，胜请降。律谓武曰："副有罪，当相坐㉙。"武曰："本无谋㉚，又非亲属，何谓相坐？"复举剑拟之㉛，武不动。律曰："苏君，律前负汉归匈奴，幸蒙大恩，赐号称王，拥众数万，马畜弥山㉜，富贵如此。苏君今日降，明日复然。空以身膏草野㉝，谁复知之！"武不应。律曰："君因我降，与君为兄弟，今不听吾计，后虽欲复见我，尚可得乎㉞？"武骂律曰："女为人臣子，不顾恩义，畔主背亲，为降虏于蛮夷，何以女为见㉟？且单于信女，使决人死生，不平心持正，反欲斗两主㊱，观祸败。南越杀汉使者，屠为九郡㊲；宛王杀汉使者，头县北阙㊳；朝鲜杀汉使者，即时诛灭㊴。独匈奴未耳。若知我不降明㊵，欲令两国相攻，匈奴之祸从我始矣。"

律知武终不可胁，白单于。单于愈益欲降之，乃幽武置大窖中，绝不饮食㊶。天雨雪，武卧啮雪与旃毛并咽之㊷，数日不死。匈奴以为神，乃徙武北海上无人处，使牧羝，羝乳乃得归㊸。别其官属常惠等，各置他所。

武既至海上，廪食不至，掘野鼠去草实而食之㊹。杖汉节牧羊，卧起操持，节旄尽落。积五六年，单于弟於靬王弋射海上㊺。武能网纺缴，檠弓弩㊻，於靬王爱之，给其衣食。三岁余，王病，赐武马畜、服匿、穹庐㊼。王死后，人众徙去。其冬，丁令盗武牛羊，武复穷厄㊽。

初，武与李陵俱为侍中㊾。武使匈奴明年，陵降，不敢求武。久之，单于使陵至海上，为武置酒设乐。因谓武曰："单于闻陵与子卿素厚，故使陵来说足下，虚心欲相待㊿。终不得归汉，空自苦亡人之地，信义安所见乎(51)？前长君为奉车，从至雍棫阳宫(52)，扶辇下除，触柱折辕，劾大不敬(53)，伏剑自刎，赐钱二百万以葬。孺卿从祠河东后土，宦骑与黄门驸马争船(54)，推堕驸马河中溺死，宦骑亡，诏使孺卿逐捕，不得，惶恐饮药而死(55)。来时，太夫人已不幸，陵送葬至阳陵(56)。子卿妇年少，闻已更嫁矣。独有女弟二人(57)，两女一男，今复十余年，存亡不可知。人生如朝露，何久自苦如此(58)！陵始降时，忽忽如狂，自痛负汉，加以老母系保宫(59)，子卿不欲降，何以过陵？且陛下春秋高，法令亡常，大臣亡罪夷灭者数十家(60)，安危不可知，子卿尚复谁为乎？愿听陵计，勿复有云(61)。"武曰："武父子亡功德，皆为陛下所成就(62)，位列将，爵通侯，兄弟亲近，常愿肝脑涂地(63)。今得杀身自效，虽蒙斧钺汤镬，诚甘乐之(64)。臣事君，犹子事父也，子为父死亡所恨。愿勿复再言。"

陵与武饮数日，复曰："子卿壹听陵言(65)。"武曰："自分已死久矣(66)！王必欲降武，请毕今日之欢，效死于前！"陵见其至诚，喟然叹曰："嗟乎，义士！陵与卫律之罪，上通于天。"因泣下沾衿，与武决去(67)。

陵恶自赐武，使其妻赐武牛羊数十头。后陵复至北海上，语武："区脱捕得云中生口，言太守以下吏民皆白服，曰上崩(68)。"武闻之，南乡号哭，欧血，旦夕临(69)，数月。

昭帝即位(70)，数年，匈奴与汉和亲。汉求武等，匈奴诡言武死(71)。后汉使复至匈奴，常惠请其守者与俱，得夜见汉使，具自陈道(72)。教使者谓单于，言天子射上林中，得雁，足有系帛书(73)，言武等在某泽中。使者大喜，如惠语以让单于(74)。单于视左右而惊，谢汉使曰："武等实在。"于是李陵置酒贺武曰："今足下还归，扬名于匈奴，功显于汉室(75)。虽古竹帛所载，丹青所画(76)，何以过子卿！陵虽驽怯，令汉且贳陵罪，全其老母，使得奋大辱之积志，庶几乎曹柯之盟㊆，此陵宿昔之所不忘也。收族陵家，为世大戮，陵尚复何顾乎？已矣㊆！令子卿知吾心耳。异域之人，壹别长绝！"陵起舞，歌曰："径万里兮度沙幕，为君将兮奋匈奴㊆。路穷绝兮矢刃摧，士众灭兮名已隤㊆。老母已死，虽欲报恩将安归！"陵泣下数行，因与武决。单于召会武官属，前已降及物故㊆，凡随武还者九人。

武以始元六年春至京师㊆。诏武奉一太牢谒武帝园庙㊆。拜为典属国，秩中二千石㊆，赐钱二百万，公田二顷，宅一区。常惠、徐圣、赵终根皆拜为中郎㊆，赐帛各二百匹。其余六人老，归家，赐钱人十万，复终身。常惠后至右将军，封列侯，自有传。武留匈奴凡十九岁㊆，始以强壮出，及还，须发尽白。

武来归明年，上官桀子安与桑弘羊及燕王、盖主谋反㊆。武子男元与安有谋，坐死㊆。初，桀、安与大将军霍光争权，数疏光过失予燕王㊆，令上书告之。又言苏武使匈奴二十年，不降，还乃为典属国，大将军长史无功劳，为搜粟都尉，光颛权自恣㊆。及燕王等反诛，穷治党与，武素与桀、弘羊有旧，数为燕王所讼，子又在谋中，廷尉奏请逮捕武㊆。霍光寝其奏㊆，免武官。

数年，昭帝崩。武以故二千石与计谋立宣帝㊆，赐爵关内侯，食邑三百户㊆。久之，卫将军张安世荐武明习故事，奉使不辱命，先帝以为遗言㊆。宣帝即时召武待诏宦者署㊆。数进见，复为右曹典属国㊆。以武著节老臣，令朝朔望，号称祭酒㊆，甚优宠之。武所得赏赐，尽以施予昆弟故人，家不余财。皇后父平恩侯、帝舅平昌侯、乐昌侯、车骑将军韩增、丞相魏相、御史大夫丙吉㊆，皆敬重武。武年老，子前坐事死，上闵之㊆。问左右："武在匈奴久，岂有子乎？"武因平恩侯自白㊆："前发匈奴时，胡妇适产一子通国，有声问来㊆，愿因使者致金帛赎之。"上许焉。后通国随使者至，上以为郎。又以武弟子为右曹㊆。武年八十余，神爵二年病卒㊆。

甘露三年，单于始入朝㊆。上思股肱之美，乃图画其人于麒麟阁，法其形貌⑩，署其官爵、姓名。唯霍光不名⑩，曰大司马大将军博陆侯姓霍氏，次曰卫将军富平侯张安世，次曰车骑将军龙额侯韩增，次曰后将军营平侯赵充国，次曰丞相高平侯魏相，次曰丞相博阳侯丙吉，次曰御史大夫建平侯杜延年，次曰宗正阳城侯刘德，次曰少府梁丘贺，次曰太子太傅萧望之，次曰典属国苏武。皆有功德，知名当世，是以表而扬之，明著中兴辅佐，列于方叔、召虎、仲山甫焉⑩。凡十一人，皆有传。自丞相黄霸、廷尉于定国、大司农朱邑、京兆尹张敞、右扶风尹翁归及儒者夏侯胜等，皆以善终，著名宣帝之世，然不得列于名臣之图。以此知其选矣⑩。

赞曰⑩……孔子称："志士仁人，有杀身以成仁，无求生以害仁⑪。""使于四方，不辱君命⑫。"苏武有之矣。

【注释】

①"少以"二句：年轻时因父亲职位关系而任官，兄弟几个都被任用为郎。汉制，二千石以上的官员，其子弟得以父荫为郎。苏武父亲苏建以功封平陵侯，为代郡太守，故苏武与兄苏嘉、弟苏贤都按规定得到任用。郎：官名，皇帝近侍。　②稍迁：逐渐升迁。栘(yí)中厩(jiù)：汉宫中有栘园，园中有马厩。监：指管马厩的官，掌管栘园中鞍马、鹰犬等射猎用具。　③数(shuò)：屡次。通使：互派使者。相窥视：互相侦查对方的情况。　④留：扣留。郭吉：元封元年(前110)，汉武帝统兵征匈奴，先派郭吉到匈奴，晓谕单于归顺，单于大怒，扣留了郭吉。路充国：元封四年(前107)，匈奴派遣使者至汉，因病死亡。汉派路充国送其归丧，单于以为汉杀其使者，扣留了路充国。辈：批。　⑤相当：相抵。　⑥天汉元年：前100年。且鞮(jūdī)侯：单于嗣位前的封号。单(chán)于：匈奴君主的称号。初立：刚刚即位。　⑦丈人行(háng)：长辈。丈人：家长。行：辈。　⑧中郎将：皇帝的侍卫长。节：使臣所持信物，以竹为柄，柄长八尺，上缀牦牛尾，凡三层，故又称"旄节"。这句说，于是派遣苏武以中郎将的身份出使，持着旄节，护送扣留在汉朝的匈奴使节回国。　⑨因：趁便。赂：赠送礼物。善意：友好的表示。　⑩假吏：临时充任的使臣属吏。募：招募。士：士兵。斥候：侦察员。　⑪置币：陈设财物。遗(wèi)：赠送。非汉所望：不是汉朝原来所期望的那样。　⑫缑(gōu)王：匈奴的一个亲王。长水：水名，在今陕西蓝田西北。虞常：长水人，早年沦陷于匈奴。　⑬昆邪(húnyé)王：匈奴的一个亲王，居于匈奴的西部，于武帝元狩二年(前121)降汉。　⑭浞(zhuó)野侯：赵破奴，太原人，早年亡命匈奴，后归国，为霍去病军司马。太初二年(前103)春，率二万骑出击匈奴，兵败被俘，投降匈奴，全军皆沦没。后又逃归汉，因罪灭族。　⑮卫律：其父长水胡人，律长于汉，与协律都尉李延年友善，被延年荐为汉使，出使匈奴。返回汉时，正值延年因罪被捕，他怕受牵连，就逃奔匈奴，受单于重用，封为丁灵王。阴相与谋：暗中在一起策划。阏氏(yānzhī)：匈奴王后的称号。这两句说，卫律所带来的那些投降匈奴的人，暗中与缑王、虞常等策划，想把单于的母亲劫持归汉。　⑯相知：有交往。私候：私下拜访。

⑰“常能”句：我能为汉朝效力，暗藏弓箭，把他射死。 ⑱ 事如此：事情到这个地步。此必及我：这一定会牵涉到我。 ⑲ 见犯：被侵犯，被侮辱。重：更加。这两句说，受到侮辱才去死，更加对不起国家。 ⑳ 左伊秩訾(zī)：匈奴的王号，有左、右之分。 ㉑“即谋”二句：假使他们谋杀单于，又该怎样加重对他们的处罚呢。 ㉒ 受辞：受审讯。㉓ 屈节辱命：屈辱了自己的节操和国家的使命。 ㉔ 驰召医：派人骑马去找医生来。㉕ 凿地为坎：在地上挖了一个坑。煴(yūn)火：没有火焰的微火。蹈：轻轻拍打。出血：让淤血流出来。 ㉖ 舆归营：把苏武抬回汉使的营帐。 ㉗ 单于壮其节：单于钦佩他的节操。候问：探望询问伤情。收系：逮捕监禁。 ㉘ 使使晓武：派使者通知苏武。会论：共同定罪。 ㉙ 相坐：连带治罪。古代法律规定，凡犯谋反等大罪者，其亲属也要跟着治罪，叫作连坐。这两句说，副使有罪，正使也应当连同治罪。 ㉚ 本无谋：本来没有共谋。㉛ 拟之：做出要杀的样子。 ㉜ 弥山：满山。 ㉝ 空：徒然，白白地。膏：肥美滋润，这里用作动词。 ㉞ 君因我降：你因我的劝说而投降。尚可得乎：还能办得到吗。 ㉟ 女(rǔ)：同“汝”。为人臣子：作为君之臣、父之子。畔主背亲：背叛君王，丢弃父母。何以女为见：要见你干什么。 ㊱ 斗两主：挑拨汉天子与单于之间的关系，使之相斗。斗：用为使动词。 ㊲“南越”二句：武帝元鼎五年(前 112)，南越王相吕嘉杀其国王及汉使者，叛汉。武帝派路博德、杨仆等往讨之，于次年平定南越，抓获吕嘉。汉以其地设置南海、苍梧、郁林、合浦、交趾、九真、日南、珠崖、儋耳九郡。屠：平定。 ㊳“宛王”二句：武帝太初元年(前 104)，汉使车令入大宛求良马，大宛国王毋寡不但不肯献马，并令其贵族郁成王把汉使截杀于归途。武帝大怒，令李广利伐大宛，至太初三年(前 102)，大宛诸贵族乃杀毋寡，献马出降。李广利携毋寡首级回京师，悬挂在汉朝宫殿的北门之下。县：同“悬”。北阙：宫殿的北门。 ㊴“朝鲜”二句：武帝元封二年(前 109)，汉遣涉何出使朝鲜，涉何派御者刺死伴送他的朝鲜人，谎报为杀了朝鲜将领，因而被武帝封为辽东东部都尉。朝鲜发兵杀死涉何。武帝遣将攻朝鲜。次年，朝鲜相杀其王右渠，降汉。 ㊵ 若知我不降明：你明明知道我不会投降。若：你。 ㊶ 幽：禁闭。窖(jiào)：地穴。绝不饮食：断绝供应，不给他喝水、吃东西。 ㊷ 雨：落。啮(niè)：咬。旃(zhān)：同“毡”，毛织物。㊸ 北海：当时匈奴的极北方，即今贝加尔湖。羝乳乃得归：要公羊生小羊才能放回。这实际上是匈奴永远不许他回汉朝。羝(dī)：公羊。乳：生育，指生小羊。 ㊹ 廪(lǐn)食：公家(指匈奴)分给的粮食。去(jǔ)：同“弆”，藏。这是说，苏武挖掘野鼠所储藏的草实来充饥。 ㊺ 於靬(wūjiān)王：且鞮侯单于之弟，匈奴的一个亲王。弋射：射猎。 ㊻ 网纺缴(zhuó)：“网”字前应有“结”字，缴是箭的尾部所系的丝绳。这句说，编结打猎的网，纺织系在箭上的丝绳。檠(qíng)：矫正弓弩的工具，这里是矫正的意思。 ㊼ 服匿：盛酒酪的器皿，类似坛子。穹庐：圆顶大篷帐。 ㊽ 丁令：丁灵，匈奴的部落。卫律为丁灵王。穷厄：穷困。 ㊾ 李陵：字少卿，西汉陇西成纪(今甘肃秦安)人，名将李广之孙，武帝时为骑都尉。天汉二年(前 99)，出征匈奴，兵败投降，后病死匈奴。侍中：官名，皇帝的侍从，掌管皇帝的车马服饰。 ㊿ 素厚：一向交情深厚。说：劝说。虚心欲相待：很想虔诚地对待你。 (51)“空自”二句：你白白地在没有人的地方受苦，你的信义怎能被人看见。(52) 长君：指苏武的长兄苏嘉。奉车：奉车都尉，掌管皇帝乘坐车辇的官。从：跟随。雍：汉代县名，在今陕西凤翔南。棫(yù)阳宫：秦宫，在雍东北。 (53) 辇(niǎn)：皇帝乘坐的车。除：殿阶。触柱折辕：车子碰在柱子上，把车辕碰断了。劾(hé)：受到弹劾。大不敬：

不敬皇帝的罪名，依法当斩。 (54) 孺卿：苏武弟苏贤的字。祠：祭祀。河东：郡名，在今山西夏县北。后土：地神。宦骑：骑马侍从的宦官。黄门驸马：驸马都尉属下的官名。驸马本指皇帝副车所用之马，后指乘副马之官。 (55) 诏：皇帝命令。惶恐：忧虑害怕。饮药：服食毒药。 (56) 太夫人：指苏武的母亲。不幸：指逝世。阳陵：汉县名，在今陕西咸阳东，因景帝葬此，故称陵。 (57) 女弟：妹妹。 (58) 人生如朝露：人的一生很短促，好像早上露水一样，太阳出来就消失了。自苦：自讨苦吃。 (59) 忽忽：神思昏乱的样子。系：拘禁。保宫：少府所属囚禁犯罪大臣及眷属的地方。本名"居室"，太初元年更名"保宫"。(60) 春秋高：指年纪老。法令亡常：经常随便改变法令。夷灭：灭族。 (61) 勿复有云：不要再说什么。 (62) 亡功德：没有功劳品德。成就：栽培，提拔。 (63) 位列将：指父苏建为右将军，武为中郎将，兄嘉为奉车都尉，弟贤为骑都尉。爵通侯：指苏建封平陵侯。兄弟亲近：兄弟三人是皇帝近臣。肝脑涂地：形容不惜牺牲一切，报效国家。 (64) 杀身自效：牺牲自己，效忠皇帝。蒙斧钺(yuè)汤镬(huò)：指被处极刑。蒙：受到。钺：大斧。镬：大锅。汤镬：指把人投入滚汤中煮死的酷刑。甘乐：甘心乐意。 (65) 壹：一定。 (66) 自分(fèn)：自己料定。 (67) 沾衿：同"沾襟"，沾湿衣襟。决：诀别。 (68) 区(ōu)脱：匈奴与汉交界地区。云中：郡名，在今内蒙古河套东部一带。生口：俘虏。上崩：指后元二年(前87)汉武帝死。 (69) 乡：同"向"。号哭：大声痛哭。欧：同"呕"。临：哭丧。 (70) 昭帝：武帝少子，名弗陵，于前 87 年即位，次年改元始元。始元六年，与匈奴达成和议。 (71) 诡言：谎言。 (72) 俱：一起。具：详细，完全。陈道：陈述。这里的意思是，常惠请看守和他一道去见汉使，把这些年的经过详细讲给汉使听。 (73) 上林：上林苑。本秦时旧苑，汉武帝扩建，周围三百里，是皇帝游猎之地。故址在今陕西西安南。足有系帛书：雁足上有系着的信。 (74) 如惠语：按常惠所教的说法。让：责问。 (75) 扬名：传播名声。汉室：汉朝。 (76) 竹帛：古代以竹简和缯帛记事，此指史籍。丹青所画：丹青所画的杰出人物。丹青：绘画所用的颜料，此指图画。 (77) 驽怯：凡庸胆怯。令：假使。且：姑且。贳(shì)：宽赦。全：保全。大辱：指兵败投降事。积志：蓄积已久的志向。庶几：也许可以。曹柯之盟：春秋时，齐军伐鲁，曹沫为鲁庄公将，三战皆败，庄公献遂邑之地以求和，与齐盟于柯。曹沫在盟时，执匕首劫持齐桓公，迫使其归还所侵之地。柯：春秋时齐邑，故址在今山东阳谷东北。李陵以此自比，希望能做出像曹沫劫持齐桓公那样的事来。 (78) 收：收捕。族：灭族。大戮：大耻辱。顾：留恋。已矣：算了吧。 (79) 径：通过。度：渡过，越过。沙幕：沙漠。为君将：做汉武帝的将领。奋：奋战。 (80) 路穷绝：兵败被困，无路可走。矢刃摧：兵器已损坏。隤：同"颓"，败坏。 (81) 会：聚集。官属：随从苏武出使匈奴的人员。物故：死亡。 (82) 始元六年：前 81 年。始元：汉昭帝年号。 (83) 奉：呈献。太牢：以一牛、一豕、一羊为祭品。谒：祭告。园：陵园，帝后的墓地。庙：祠庙，祭祀祖先的处所。 (84) 典属国：官名，掌管依附汉朝的外族事务。秩：官俸。中二千石：汉代官吏俸禄以粮食数量来分等级。二千石中分为三等，即"中二千石""二千石""比二千石"。中二千石月俸为一百八十斛谷。 (85) 常惠、徐圣、赵终根：都是随苏武出使的官吏。中郎：官名，属郎中令，掌管宿卫侍值。 (86) 十九岁：苏武从武帝天汉元年(前 100)出使，至昭帝始元六年(前 81)还，共十九年。 (87) 上官桀：武帝末年封安阳侯，与霍光同辅昭帝。其子上官安，娶霍光女，生女，为昭帝皇后，安被封桑乐侯。后上官桀父子欲废昭帝，杀霍光，立燕王，事败被灭族。桑弘羊：武帝时任治粟都尉，领大司农，掌管国家盐铁与运输。

昭帝即位，他与霍光等共同辅政，任御史大夫。后因被指与上官桀等谋废昭帝、立燕王而被杀。燕王：名旦，武帝第三子。盖主：武帝长女，封鄂邑长公主，因嫁盖侯（王充耳），故又称盖主。谋反事败，她与燕王都自杀。　⑱安：上官安。坐死：因参与谋反被处死刑。　⑲霍光：字子孟，武帝时为奉车都尉。昭帝即位，他与桑弘羊等同受武帝遗诏辅政，任大司马大将军，封博陆侯。昭帝死后，迎立昌邑王刘贺为帝，不久即废，又迎立宣帝。一切政事都由他决定。数：屡次。疏：条陈。　⑳大将军：指霍光。长史：指大将军属下的长史杨敞。搜粟都尉：官名，也称治粟都尉，属大司农。颛（zhuān）：通"专"。恣：放肆。　㉑穷治：彻底追查根究。党与：犹党羽。有旧：有交情。讼：上书为人申诉。燕王多次上书，认为苏武官位太低，朝廷待遇不公。廷尉：掌管刑狱的官。　㉒寝：搁置不理。这句说，霍光不把廷尉欲捕苏武的奏章发下。　㉓故二千石：前二千石。与：参与。宣帝：汉武帝曾孙刘询。这句说，苏武以前任二千石官的身份，参与谋立宣帝的计划。　㉔关内侯：秦汉时的一种封爵，有侯的称号，但无统辖的土地。食邑：又名采邑、采地，因食其封邑的租税而称食邑。　㉕张安世：字子孺，张汤之子。昭帝时，任右将军、光禄勋、封富平侯。昭帝死，与霍光策立宣帝，为大司马。明习：熟悉。故事：朝章典故。先帝：昭帝。遗言：昭帝遗言说苏武"明习故事，奉使不辱命"。　㉖待诏：等待皇帝召见。宦者署：官署名，宦者令的衙门。　㉗右曹：汉时尚书令下的加官，为空衔。　㉘著节：节操卓著。朔：每月初一。望：每月十五日。祭酒：古代宴会和祭祀时，必推一年高有德者先举酒以祭，称为"祭酒"。后即称年高有德者为"祭酒"。这里是朝廷对苏武所加的尊称。　㉙平恩侯：宣帝后之父许广汉的封号。平昌侯：宣帝之舅王无故的封号。乐昌侯：王无故之弟王武的封号。韩增、魏相、丙吉：都是宣帝初年的功臣。　㉚闵：同"悯"，怜悯。　㉛因：通过。自白：叙述情况。　㉜发匈奴时：从匈奴动身回汉时。发：动身。声问：音讯。　㉝武弟子：苏贤的儿子。　㉞神爵二年：前60年。神爵：宣帝年号。　㉟甘露三年：前51年。甘露：宣帝年号。单于：指呼韩邪单于。当时匈奴内乱，呼韩邪单于为得到汉朝的帮助，壮大自己的力量，于是向汉称臣，并于甘露三年入朝。　㊱股肱（gōng）：指辅佐大臣。股：大腿。肱：胳膊。美：功绩。麒麟阁：在汉未央宫中。法：模仿，此指临摹。　㊲唯霍光不名：指单对霍光不直书其名，以示尊敬。　㊳明：明确地。著：说明，指出。中兴：衰而复盛。列：并列。方叔、召虎、仲山甫：都是辅佐周宣王中兴的功臣。　㊴选：选择，此指选择标准。　㊵赞：史传中的作者评论。　㊶"志士"三句：出自《论语·卫灵公》。"子曰：志士仁人，无求生以害仁，有杀身以成仁。"　㊷"使于"二句：出自《论语·子路》。"子曰：行己有耻，使于四方，不辱君命，可谓士矣。"

【作者简介】

班固（32—92），东汉史学家、文学家，字孟坚，扶风安陵（今陕西咸阳东北）人。九岁能写文章，诵诗赋，成人时博通典籍，穷究九流百家之言。父亲班彪很有才华，潜心史籍，曾续《史记》，写过《后传》。班彪去世，班固在《后传》基础上，进一步搜集材料，开始编写《汉书》。不久被人告发私自篡改国史，因此被捕入狱。其弟班超上书解释，始得获释。后来召为兰台令史，升迁为郎，典校秘书，奉诏完成这部著作。班固专心致志地撰述二十多年，基本写成《汉书》。建初四年（79），章帝召集名儒在白虎观讨论五经同异，班固以史官兼任记录，奉命把讨论结果整理成《白虎通德论》。和帝永元元年（89），班固从大将军窦宪出征匈奴，任中护军。

后来窦宪谋反被杀，他也受牵连，死于狱中。班固死后，《汉书》所缺的八表和《天文志》，由其妹班昭与马续续修完成。班固不但善于修史，而且擅长写赋，《两都赋》等是其赋中的代表作。《汉书》是我国第一部纪传体断代史，其体例基本依照《史记》，又略有变动。全书有十二纪、八表、十志、七十列传，共一百篇，起于汉高祖，止于王莽，主要记载西汉一代二百三十年间的史事。《汉书》评价人事往往从封建正统观点出发，以儒家伦理道德为标准，不过，书中保存了许多珍贵史料，部分篇章也能同情和赞扬民族志士或正直人士，揭露和批判某些统治者。它不仅是一部重要史书，也是一部著名的传记文学著作。文章叙事详赡，结构严密，文辞典雅，写人叙事颇有特色。这些对后世产生很大影响。

【赏析】

《苏武传》选自《汉书》卷五十四。

苏武是西汉时人，他所处的时代是西汉与匈奴从和亲转为战争的时期。数十年的汉匈战争给西汉的社会和苏武的生活带来了极大的影响。天汉元年（前100），苏武以中郎将的身份出使匈奴，并护送匈奴使者回国，希望促使汉匈和解，结果遭遇不测，被对方扣留。匈奴贵族多方威胁诱降，还把他迁到北海边牧羊。他尽管受尽凌辱虐待，但是能以凛然的正气，做到威武不能屈、富贵不能淫，维护了汉朝的尊严，又以惊人的毅力，熬过近二十年艰难困苦的生活，从而在中国历史上写下了光辉的篇章。苏武坚持民族气节的忠贞精神和感人事迹震撼了当时，也影响了后世，激励了一代又一代的民族英雄和仁人志士在历史舞台上展现出许多威武雄壮、可歌可泣的事迹。《汉书·李广苏建传》正是以艺术之笔，详细记叙了苏武在匈奴的艰难处境及其卓绝节操，尤其通过人物言行描写和对比衬托手法来写活人物形象，披沥其思想性格，展现历史的进程。

准确的语言描写是作者为苏武立传的独到之处。

当匈奴统治集团内部个别成员谋反失败、张胜不得不把自己涉及其中的事情告诉苏武时，苏武清醒地意识到问题的严重性，明确表示："事如此，此必及我。见犯乃死，重负国。"所言反映了他善于分析事理的特点和决不辜负国家信任的心情。接着，单于闻信，就派卫律来审讯。苏武对常惠等人说："屈节辱命，虽生，何面目以归汉！"他强调自己是汉朝使臣，不能丧失气节，玷辱使命，而应全力维护国家利益。

随后，卫律以自己背叛汉朝、归顺匈奴、获得荣华富贵的经历来开导，又以一旦苏武归顺就与之结为兄弟的允诺来笼络，还以不肯投降的人只能白白葬身草莽荒野的压力来逼迫。对于这一切，苏武严加痛斥。他指出："女为人臣子，不顾恩义，畔主背亲，为降虏于蛮夷，何以女为见？且单于信女，使决人死生，不平心持正，反欲斗两主，观祸败。南越杀汉使者，屠为九郡；宛王杀汉使者，头县北阙；朝鲜杀汉使者，即时诛灭。独匈奴未耳。若知我不降明，欲令两国相攻，匈奴之祸从我始矣。"人物情绪激动昂扬，言辞充满正气。他回顾南越、大宛、朝鲜等国所为，强调随意杀害汉使是没有好结果的，表明自己痛恨卫律忘恩负义、希望汉匈双方和解的心情。

最后，李陵奉命前来劝说。他为苏武准备酒宴，陈设歌舞，认为对方没有必要在荒无人烟之处白白受苦，其所守的信用道义无人看见。他进一步用汉王朝对苏武家庭成员刻薄寡恩的实际情况和自己的亲身遭遇来动摇苏武的赤胆忠心。可是苏武毫不动摇，一心为汉。他说："武父子亡功德，皆为陛下所成就，位列将，爵通侯，兄弟亲近，常愿肝脑涂地。今得杀身自效，虽蒙斧钺汤镬，诚甘乐之。臣事君，犹子事父也，子为父死亡所恨。愿勿复再言。"他明确表示："自分已死久矣！王必欲降武，请毕今日之欢，效死于前！"苏武不计较其兄弟侍奉皇帝而"伏剑自刎"和"饮药而死"的结局，不考虑家庭变故、音信皆无的情况，也不担心"法令亡常"的说法，而是忠心耿耿，立场坚定，严词拒绝昔日知交的劝降。慷慨的陈词充分表达出人物置个人生死于度外，为国家利益和民族尊严而情愿粉身碎骨的坚定意志。

这些语言描写简练生动，绘声绘影，栩栩传神地描绘了苏武的形象，淋漓尽致地展现出他坚贞不屈的高尚品格和公而忘私的崇高精神。

出色的行动描写是传记刻画苏武形象的显著特点。

一听说副使张胜与政变事情有牵连，苏武就深知单于必定追究到自己，因此，"欲自杀"。这反映出他善于分析事态，果断处理问题，以国家利益为重，避免出现有辱国体的局面。果然，卫律奉单于之命，把苏武找来受审讯。苏武不愿以汉使身份在匈奴受审，也不愿苟且偷生，于是"引佩刀自刺"。这表明他一心维护国家利益，坚贞不贰，视死如归。

在卫律声色俱厉、举剑欲斩的威胁和只要归降就享有荣华富贵的许诺面前，"武不动"，"武不应"，"武骂律"。这些动作是作者精心选择、精心描写的无声语言，它们充分反映出人物不为武力权势所屈服和不为金钱地位所迷惑的气节操守。

苏武越是守正不阿，单于等人越想使他归降。他们先后把苏武囚禁在大地窖里，迁徙到北方杳无人烟的地方。面临饮食绝和天下雪的困境，"武卧啮雪与旃毛并咽之，数日不死"。"武既至海上，廪食不至"，只得掘取野鼠所藏的草根、野果充饥。他"杖汉节牧羊，卧起操持，节旄尽落"。在漫长的岁月里，苏武以自身的行动来排除万难，坚持斗争，顽强生存，表现出自己高尚的品格和坚贞的气节。

后来，苏武得知武帝死去的消息，就"南乡号哭，欧血"，而且"旦夕临"。他当初是奉武帝之命出使的，知道武帝想通过互派使臣来修好结盟，而现在汉匈双方尚未和解，自己仍然被扣，武帝未能实现愿望并离开人世。因此，他向着南方号啕痛哭，早晚哀伤不止。人物这样的行为清楚地表明他对武帝的思念、对西汉的忠诚和对汉匈和好的渴望。

显然，一系列简洁、生动的行动描写，逼真、传神地写出在突发事变、生死考验和非人折磨中汉使苏武的所作所为。他威武不屈、富贵不淫的高尚节操都从这些行动中展现出来，给人留下难以忘怀的印象。

运用其他人物的言行来对比衬托主要人物，这也是作品写人叙事的长处之一。

张胜与苏武等人一起出使匈奴。作为副使，他极不明智地涉及了匈奴统治集团内部的叛乱之事，因而被囚禁，还连累苏武。卫律主审叛乱案件，宣告"单于募降者赦罪"的旨意，并"举剑欲击之"。见到此情此景，张胜连忙"请降"。他早已不遵守节操，不考虑使命，不顾念同来匈奴者的危险，而是一心保住自己的性命，要向匈奴投降，希望对方宽赦自己的死罪。这就写出了他玷辱使命，弃义求生。

卫律本是汉朝使节，却投降匈奴，想方设法为其效劳。在审讯过程中，他以"副有罪，当相坐"的说法来逼迫苏武承担所谓罪责，同时"举剑拟之"，威胁苏武。看见对方据理力争，无所畏惧，卫律又从气势汹汹的恐吓转为和风细雨的劝诱。他说自己"前负汉归匈奴，幸蒙大恩，赐号称王，拥众数万，马畜弥山，富贵如此。苏君今日降，明日复然。空以身膏草野，谁复知之"，"君因我降，与君为兄弟，今不听吾计，后虽欲复见我，尚可得乎"。卫律背主叛亲，恬不知耻，以享有荣华富贵为荣。他为单于做事不遗余力，对情愿舍生取义的汉使极尽威迫利诱的能事。这就写出了他忘恩负义，为虎作伥，迷恋富贵。

李陵曾经率领汉兵在塞外孤军作战，后来覆没投降匈奴。他奉命前来劝说苏武。他首先强调苏武没有必要在荒无人烟之处白白受苦，其信用道义应为人所见。他接着叙述苏武一家的不幸遭遇，指出其兄弟侍奉皇帝，先后拔剑、服毒自杀，母亲也已去世，夫人年轻，听说已经改嫁，苏家只剩下苏武的两个妹妹，且"今复十余年，存亡不可知"。他进而认为："人生如朝露，何久自苦如此！陵始降时，忽忽如狂，自痛负汉，加以老母系保宫，子卿不欲降，何以过陵？且陛下春秋高，法令亡常，大臣亡罪夷灭者数十家，安危不可知，子卿尚复谁为乎？愿听陵计，勿复有云。"李陵的倾心之言不无友情的流露，但他内心考虑的主要是个人的安危、功名及家庭的利益，而不是国家的尊严、民族的利益。这样的思想感情在他后来送别苏武时所说的一番肺腑之言里表达得更加淋漓尽致。他说苏武归国，"扬名于匈奴，功显于汉室。虽古竹帛所载，丹青所画，何以过子卿！陵虽驽怯，令汉且贳陵罪，全其老母，使得奋大辱之积志，庶几乎曹柯之盟，此陵宿昔之所不忘也。收族陵家，为世大戮，陵尚复何顾乎？已矣！令子卿知吾心耳。异域之人，壹别长绝。"他只是从个人的恩怨感情、名誉得失出发来处理问题，而不能始终以国家与民族的利益为重。这就写出了他忘义负国，苟且偷生，惭愧悲哀。

上述与苏武相映衬的几个人物的描写，展现了贪生怕死的张胜、为虎作伥的卫律和草间求活的李陵，使他们的卑劣品格与苏武的高尚节操形成鲜明的对比，从中显出苏武形象的高大完美，也有助于人们提高识别美丑善恶的能力，培养高尚的道德情操。

全文在记叙历史事实的同时，注重以主要人物自身的语言和行动来突出其思想性格，又以其他人物的言行来对比反衬主要人物，从而成功地塑造了一位愿杀身成仁、能不辱使命的爱国者的光辉形象。

朱云攀殿槛

班　固

　　至成帝时①，丞相故安昌侯张禹以帝师位特进②，甚尊重。云上书求见，公卿在前。云曰："今朝廷大臣上不能匡主③，下亡以益民④，皆尸位素餐⑤，孔子所谓'鄙夫不可与事君'，'苟患失之，亡所不至'者也⑥。臣愿赐尚方斩马剑⑦，断佞臣一人以厉其余⑧。"上问："谁也？"对曰："安昌侯张禹。"上大怒，曰："小臣居下讪上⑨，廷辱师傅，罪死不赦。"御史将云下，云攀殿槛⑩，槛折。云呼曰："臣得下从龙逄、比干游于地下，足矣⑪！未知圣朝何如耳⑫？"御史遂将云去。于是左将军辛庆忌免冠解印绶⑬，叩头殿下曰："此臣素著狂直于世⑭。使其言是⑮，不可诛；其言非，固当容之⑯。臣敢以死争⑰。"庆忌叩头流血。上意解⑱，然后得已。及后当治槛⑲，上曰："勿易！因而辑之⑳，以旌直臣㉑。"

【注释】

　　①成帝：刘骜，汉元帝子，公元前33年至前7年在位。　②故：刘攽、钱大昕、王念孙等认为，"故"字应在"丞相"前。张禹：字子文，西汉河内轵（今河南济源东南）人。元帝时，授太子《论语》。成帝时，任丞相，封安昌侯。他表面谨厚，实际奢侈，为相六年，于国无益。特进：官名，位在三公下。　③匡主：辅助君王。匡：纠正，帮助。　④亡：同"无"。　⑤尸位素餐：居位食禄而不尽职。颜师古注："尸，主也；素，空也。尸位者，不举其事，但主其位而已。素餐者，德不称官，空当食禄。"　⑥"鄙夫"句：不可以与鄙陋小人一起辅佐君主。"苟患"二句：如果害怕失去禄位，就会想方设法保持，结果是言行僻邪而无所不为了。《论语·阳货》的原文说："鄙夫可与事君也与哉？其未得之也，患得之。既得之，患失之。苟患失之，无所不至矣。"　⑦尚方：少府属官，掌管制作皇室所用刀剑等兵器及玩好器物。斩马剑：剑名，谓其锋利可以斩马。　⑧佞臣：谄媚善辩的臣子。厉：劝勉。　⑨讪（shàn）：毁谤。　⑩槛（jiàn）：栏杆。　⑪龙逄：夏代末年大臣。夏桀暴虐荒淫，他多次直言进谏，后被囚禁杀死。比干：商纣王的叔父，官少师。他因屡次劝谏纣王，被剖心而死。这两句说，能到地下与关龙逄、比干交游，已经心满意足了。　⑫"未知"句：不知道国家的前途怎么样。　⑬辛庆忌：字子真，西汉狄道（今甘肃临洮

南)人。初为右校丞,屯田乌孙赤谷城。元帝时,任金城长史,迁张掖、酒泉太守。成帝初,任光禄大夫、执金吾等职,后任左将军。免冠解印绶:脱帽解下印绶,表示所言触犯皇帝,准备被罢官,受处罚。 ⑭此臣句:这位臣子向来以狂放正直在世上闻名。著:著名。 ⑮使:假使。 ⑯固:本来。容:宽容,原谅。 ⑰争:通"诤",诤谏。 ⑱意:这里指怒气。解:消除。 ⑲治槛:整修栏杆。 ⑳因而辑之:依照原样整理它。 ㉑旌:表彰。

【赏析】

《朱云攀殿槛》选自《汉书·杨胡朱梅云传》。

原传写杨王孙、胡建、朱云、梅福、云敞五人。他们狂放不羁,不畏权贵,刚正耿直,都是敢于同恶势力或不良风气做斗争的人。杨王孙提出裸葬,匡正世俗厚葬之风。胡建处斩监军御史,严明军纪。尤其是朱云指责时弊,不怕牺牲。他攀殿槛之事"可以上尊朝廷,下肃臣僚,近表一时,远风百世"(李景星《四史评议·汉书评议》)。班固把五人合立一传,传神地描绘他们的为人处世和精神面貌,从而反映出自己思想进步的一面。作者对他们有所肯定,而对西汉中叶以后不少儒家出身的宰相颇有微词。他在《匡张孔马传》里说:"自孝武兴学,公孙弘以儒相,其后蔡义、韦贤、玄成、匡衡、张禹、翟方进、孔光、平当、马宫及当子晏咸以儒宗居宰相位,服儒衣冠,传先王语,其酝藉可也。然皆持禄保位,被阿谀之讥。彼以古人之迹见绳,乌能胜其任乎!"他认为这些人表面上俨然儒者,而骨子里却是持禄保位的阿谀之徒,因此在他们的传记里运用微词曲笔,展现人物的阴暗心理。正如《四史评议·汉书评议》所说:"(匡衡、张禹、孔光、马宫)四人皆以明经至大位,而持禄固宠又复相同,总其生平之所为,盖孔子所谓'患得患失'之鄙夫也,故班氏以之合传焉。"这四人中的张禹正是朱云深切斥责并要求斩杀的徒占职位而无所事事者。

班固为朱云立传,记载他的生平事迹,浓墨重彩地描写朱云攀殿槛的场景,充分显示了他狂放耿直、犯颜直谏的特点。何焯说:"成帝以后,士皆依附儒术,容身固位,志节日微,卒成王氏之篡。史家于朱云深有取焉,特为立传,盖激于张、孔之徒尔。"(《义门读书记·前汉书》)

朱云年轻时勇于任侠,四十岁学习《易》和《论语》,为世人所称誉。汉元帝时,华阴守丞嘉荐其以六百石秩试守御史大夫,为太子少傅匡衡所反对。后来,他被推荐与当时贵幸的《易》专家五鹿充宗辩论。"充宗乘贵辩口,诸儒莫能与抗,皆称疾不敢会。"朱云与之论辩说理,接连驳倒对方,因此成为博士,迁杜陵令、槐里令。其间,中书令石显用事,百官畏惧,只有朱云与御史中丞陈咸抗节不附,于是受到石显及丞相韦玄成的陷害,被捕入狱。汉成帝时,丞相张禹尊贵。他更是不满现实,批评弊政,因而触怒皇帝。

朱云上书求见成帝,公卿大臣站在御前。他直言:"今朝廷大臣上不能匡主,下亡以益民,皆尸位素餐,孔子所谓'鄙夫不可与事君','苟患失之,亡所不至'

者也。"朱云引经据典,侃侃而谈,关注国事民生,抨击朝廷弊端,指责衮衮诸公。他进而强调:"臣愿赐尚方斩马剑,断佞臣一人以厉其余。"所言直斥权奸,锋不可当。他要斩的人正是张禹。张禹通经学,为博士,专治《论语》,兼治《易》。成帝时,担任丞相,毫无建树。以后,"丞相故安昌侯张禹以帝师位特进,甚尊重"。国家每有大政,必与其定议。永始、元延之间,吏民多上书以灾异讥切外戚王氏专政。张禹自见年老,子孙弱,恐为王氏所怨,就说吏民所言乱道误人,因此成帝不疑王氏。他为人谨厚,性奢侈,喜殖货物,多买膏腴之田。对于这样名不副实、容身保位、贪图私利的人物,朱云迎头痛击,直抒己见,敢于冒犯皇上的威严,丝毫不怕死亡的威胁。

成帝闻此大胆惊人的犯上之语,怒气冲冲,准备严惩不贷。当御史要把朱云拖下去时,"云攀殿槛,槛折。云呼曰:'臣得下从龙逄、比干游于地下,足矣!未知圣朝何如耳?'御史遂将云去"。面对皇帝的盛怒和御史的奉命拖曳,朱云死命攀住殿前栏杆不走,结果拉断了栏杆。他不愿使自己坚持正义的形象在人们眼前轻易消逝,也不愿最高统治者为腐败或无能的官员所包围。他要继续阐明自己的观点,以维护国家的长治久安,促使成帝的翻然改图。因此,他大声呼喊,表示自己能步前代直谏遇害的贤者后尘而感到心满意足,只是忧虑国家的前途。这里人物与龙逄、比干交游的语言、攀殿槛的动作和槛折的结果充分说明其义愤填膺,顽强不屈,视死如归,一心为国。

起初朱云斥责朝中大臣既不能辅助君主,也不能爱护百姓,只求保持宠禄,完全不尽职守。因此,他要求杀掉奸臣。此刻,成帝还是耐心听讲,并未发作。这表明他想听取意见,革除弊政,巩固政权。不过,他对这样的直言极谏,自然心中不悦。只是在朱云不顾个人安危、点名斩杀张禹时,成帝才"大怒"说:"小臣居下讪上,廷辱师傅,罪死不赦。"然而,他见到朱云攀殿槛的情景,听了辛庆忌的劝说,就渐消怒气,并赦免朱云的死罪。后来在修理栏杆时,成帝说:"勿易!因而辑之,以旌直臣。"这前后不同的态度反映出人物思想感情的变化。他先是无法容忍小臣在朝堂之上公然毁谤大臣,侮辱自己的老师,以后对直臣忠言有所认识,知过尚能改进。这种收回成命、保存栏杆、肯定直臣的态度,历来为人所称道。

处于朱云与成帝激烈冲突的场景中,"左将军辛庆忌免冠解印绶,叩头殿下"。这位将军要仗义执言,不怕触犯皇帝,并做好被革职处罚的准备。他说朱云"素著狂直于世。使其言是,不可诛;其言非,固当容之"。他"敢以死争",随即"叩头流血"。对此,洪迈曾说:"云之免于死,由庆忌即时争救之故。"(《容斋续笔·朱云陈元达》)人物的言行表明了他能辨别是非,维护正义,批评错误,特别是他"使其言是,不可诛;其言非,固当容之"的言论,闪耀着民主思想的光辉,令人赞叹。

作者将攀殿槛的场面描写得如此生动精彩,一波三折,出色地刻画了朱云、成帝、辛庆忌三个人物形象，深情地歌颂了主要人物的凛然正气，尤其把朱云无所畏惧、正直无私的性格特征表现得十分感人。

像朱云攀殿槛这样绘声绘色的场面描写在《汉书》中为数不少，如《李广苏建传》写李陵兵败仍顽强杀敌，《公孙刘田王杨蔡陈郑传》写陈万年大怒教子，《杨胡朱梅云传》写胡建斩监军御史，《盖诸葛刘郑孙毋将何传》写盖宽饶傲视公卿，等等，都写得使人如见其人，有身临其境之感，可谓传神之笔。《盖宽饶传》记载："许伯自酌曰：'盖君后至。'宽饶曰：'无多酌我，我乃酒狂。'丞相魏侯笑曰：'次公醒而狂，何必酒也？'坐者皆属目卑下之。酒酣乐作，长信少府檀长卿起舞，为沐猴与狗斗，坐皆大笑。宽饶不悦，卬视屋而叹曰：'美哉！然富贵无常，忽则易人，此如传舍，所阅多矣。惟谨慎为得久，君侯可不戒哉！'因起趋出。"传记通过这样精彩的场面描写，主要描绘了一位耿直的儒者盖宽饶，也展现了一些丑陋的公卿形象，从而给人留下非常深刻的印象。由此可见，《汉书》善于选取事情发展过程中的典型情景，逼真描绘各种各样的动人一幕，主要突出人物的表情与言行，写得生动形象，细致深刻。因而它成功地表现了在不同场面中不同人物的个性特征，极大地丰富了西汉社会的生活画面，也鲜明地体现出作者写人叙事的较高水平。

霍 光 传

班 固

霍光字子孟，票骑将军去病弟也①。父中孺，河东平阳人也②，以县吏给事平阳侯家③，与侍者卫少儿私通而生去病④。中孺吏毕归家⑤，娶妇生光，因绝不相闻⑥。久之，少儿女弟子夫得幸于武帝，立为皇后，去病以皇后姊子贵幸。既壮大，乃自知父为霍中孺，未及求问，会为票骑将军击匈奴，道出河东，河东太守郊迎，负弩矢先驱⑦，至平阳传舍，遣吏迎霍中孺。中孺趋入拜谒，将军迎拜，因跪曰："去病不早自知为大人遗体也⑧。"中孺扶服叩头⑨，曰："老臣得托命将军，此天力也。"去病大为中孺买田宅奴婢而去。还，复过焉，乃将光西至长安⑩，时年十余岁，任光为郎，稍迁诸曹侍中⑪。去病死后，光为奉车都尉光禄大夫⑫，出则奉车，入侍左右，出入禁闼二十余年⑬，小心谨慎，未尝有过，甚见亲信。

征和二年，卫太子为江充所败⑭，而燕王旦、广陵王胥皆多过失⑮。是时上年老，宠姬钩弋赵倢伃有男⑯，上心欲以为嗣⑰，命大臣辅之。察群臣唯光任大重，可属社稷⑱。上乃使黄门画者画周公负成王朝诸侯以赐光⑲。后元二年春，上游五柞宫⑳，病笃，光涕泣问曰："如有不讳㉑，谁当嗣者？"上曰："君未谕前画意邪㉒？立少子，君行周公之事。"光顿首让曰："臣不如金日䃅㉓。"日䃅亦曰："臣外国人，不如光。"上以光为大司马大将军，日䃅为车骑将军，及太仆上官桀为左将军㉔，搜粟都尉桑弘羊为御史大夫㉕，皆拜卧内床下㉖，受遗诏辅少主。明日，武帝崩，太子袭尊号㉗，是为孝昭皇帝。帝年八岁，政事壹决于光㉘。

先是，后元年㉙，侍中仆射莽何罗与弟重合侯通谋为逆㉚，时光与金日䃅、上官桀等共诛之，功未录㉛。武帝病，封玺书曰："帝崩发书以从事㉜。"遗诏封金日䃅为秺侯，上官桀为安阳侯，光为博陆侯㉝，皆以前捕反者功封。时卫尉王莽子男忽侍中，扬语曰㉞："帝病，忽常在左右，安得遗诏封三子事㉟！群儿自相贵耳。"光闻之，切让王莽，莽鸩杀忽㊱。

光为人沉静详审，长财七尺三寸㊲，白皙，疏眉目，美须髯㊳。每出入下殿门，止进有常处㊴，郎仆射窃识视之，不失尺寸，其资性端正如此㊵。初辅幼主，政自己出，天下想闻其风采㊶。殿中尝有怪，一夜群臣相惊，光召尚符玺郎㊷，郎不肯授光。光欲夺之，郎按剑曰："臣头可得，玺不可得也！"光甚谊之㊸。明日，诏增此郎秩二等㊹。众庶莫不多光㊺。

光与左将军桀结婚相亲，光长女为桀子安妻。有女年与帝相配㊻，桀因帝姊鄂邑盖主内安女后宫为倢伃㊼，数月立为皇后。父安为票骑将军，封桑乐侯。光时休沐出㊽，桀辄入代光决事。桀父子既尊盛，而德长公主。公主内行不修，近幸河间丁外人㊾。桀、安欲为外人求封，幸依国家故事以列侯尚公主者㊿，光不许。又为外人求光禄大夫，欲令得召见，又不许。长主大以是怨光㉛。而桀、安数为外人求官爵弗能得，亦惭。自先帝时，桀已为九卿，位在光右㉜。及父子并为将军，有椒房中宫之重㉝，皇后亲安女，光乃其外祖，而顾专制朝事㉞，繇是与光争权。

燕王旦自以昭帝兄，常怀怨望。及御史大夫桑弘羊建造酒榷盐铁⑤，为国兴利，伐其功⑥，欲为子弟得官，亦怨恨光。于是盖主、上官桀、安及弘羊皆与燕王旦通谋，诈令人为燕王上书⑤，言："光出都肄郎羽林⑤，道上称跸，太官先置⑤。"又引⑥："苏武前使匈奴，拘留二十年不降，还乃为典属国，而大将军长史敞亡功为搜粟都尉。又擅调益莫府校尉⑥。光专权自恣，疑有非常⑥。臣旦愿归符玺，入宿卫，察奸臣变。"候司光出沐日奏之⑥。桀欲从中下其事，桑弘羊当与诸大臣共执退光⑥。书奏，帝不肯下。

明旦，光闻之，止画室中不入⑥。上问："大将军安在？"左将军桀对曰："以燕王告其罪，故不敢入。"有诏召大将军。光入，免冠顿首谢，上曰："将军冠。朕知是书诈也，将军亡罪。"光曰："陛下何以知之？"上曰："将军之广明都郎，属耳⑥。调校尉以来未能十日，燕王何以得知之？且将军为非，不须校尉。"是时帝年十四，尚书左右皆惊，而上书者果亡⑥，捕之甚急。桀等惧，白上小事不足遂⑥。上不听。

后桀党与有谮光者，上辄怒曰："大将军忠臣，先帝所属以辅朕身，敢有毁者坐之⑥。"自是桀等不敢复言，乃谋令长公主置酒请光，伏兵格杀之，因废帝，迎立燕王为天子。事发觉，光尽诛桀、安、弘羊、外人宗族。燕王、盖主皆自杀。光威震海内。昭帝既冠，遂委任光⑦，讫十三年，百姓充实，四夷宾服。

元平元年⑦，昭帝崩，亡嗣。武帝六男独有广陵王胥在，群臣议所立，咸持广陵王。王本以行失道，先帝所不用。光内不自安。郎有上书言："周太王废太伯立王季⑦，文王舍伯邑考立武王⑦，唯在所宜，虽废长立少可也。广陵王不可以承宗庙。"言合光意。光以其书视丞相敞等⑦，擢郎为九江太守⑦，即日承皇太后诏⑦，遣行大鸿胪事少府乐成、宗正德、光禄大夫吉、中郎将利汉迎昌邑王贺⑦。

贺者，武帝孙，昌邑哀王子也。既至，即位，行淫乱。光忧懑⑦，独以问所亲故吏大司农田延年⑦。延年曰："将军为国柱石，审此人不可，何不建白太后⑧，更选贤而立之？"光曰："今欲如是，于古尝有此否？"延年曰："伊尹相殷，废太甲以安宗庙㉛，后世称其忠。将军若能行此，亦汉之伊尹也。"光乃引延年给事中㉜，阴与车骑将军张安世图计，遂召丞相、御史、将军、列侯、中二千石、大夫、博士会议未央宫㉝。光曰："昌邑王行昏乱，恐危社稷，如何？"群臣皆惊鄂失色㉞，莫敢发言，但唯唯而已。田延年前，离席按剑，曰："先帝属将军以幼孤，寄将军以天下，以将军忠贤能安刘氏也。今群下鼎沸，社稷将倾，且汉之传谥常为孝者，以长有天下，令宗庙血食也㉟。如令汉家绝祀㊱，将军虽死，何面目见先帝于地下乎？今日之议，不得旋踵㊲。群臣后应者，臣请剑斩之。"光谢曰："九卿责光是也。天下匈匈不安，光当受难㊳。"于是议者皆叩头，曰："万姓之命在于将军，唯大将军令。"

光即与群臣俱见白太后㊴，具陈昌邑王不可以承宗庙状。皇太后乃车驾幸未央承明殿㊵，诏诸禁门毋内昌邑群臣。王入朝太后还，乘辇欲归温室㊶，中黄门宦者各持门扇㊷，王入，门闭，昌邑群臣不得入。王曰："何为？"大将军跪曰："有皇太后诏，毋内昌邑群臣。"王曰："徐之㊸，何乃惊人如是！"光使尽驱出昌邑群臣，置金马门外。车骑将军安世将羽林骑收缚二百余人，皆送廷尉诏狱。令故昭帝侍中中臣侍守王。光敕左右："谨宿卫，卒有物故自裁㊹，令我负天下，有杀主名。"王尚未自知当废，谓左右："我故群臣从官安得罪，而大将军尽系之乎？"顷之，有太后诏召王。王闻召，意恐，乃曰："我安得罪而召我哉！"太后被珠襦，盛服坐武帐中㊺，侍御数百人皆持兵，期门武士陛戟，陈列殿下㊻。群臣以次上殿，召昌邑王伏前听诏。光与群臣连名奏王㊼，尚书令读奏曰：

> 丞相臣敞、大司马大将军臣光、车骑将军臣安世、度辽将军臣明友、前将军臣增、后将军臣充国、御史大夫臣谊、宜春侯臣谭、当涂侯臣圣、随桃侯臣昌乐、杜侯臣屠耆堂、太仆臣延年、太常臣昌、大司农臣延年、宗正臣德、少府臣乐成、廷尉臣光、执金吾臣延寿、大鸿胪臣贤、左冯翊臣广明、右扶风臣德、长信少府臣嘉、典属国臣武、京辅都尉臣

广汉、司隶校尉臣辟兵、诸吏文学光禄大夫臣迁、臣畸、臣吉、臣赐、臣管、臣胜、臣梁、臣长幸、臣夏侯胜、太中大夫臣德、臣卬昧死言皇太后陛下⑱：臣敞等顿首死罪⑲。天子所以永保宗庙总壹海内者，以慈孝礼谊赏罚为本。孝昭皇帝早弃天下⑩，亡嗣，臣敞等议，礼曰"为人后者为之子也⑩"，昌邑王宜嗣后，遣宗正、大鸿胪、光禄大夫奉节使征昌邑王典丧⑩。服斩缞⑩，亡悲哀之心，废礼谊，居道上不素食，使从官略女子载衣车，内所居传舍⑩。始至谒见，立为皇太子，常私买鸡豚以食。受皇帝信玺、行玺大行前，就次发玺不封⑩。从官更持节，引内昌邑从官驺宰官奴二百余人，常与居禁闼内敖戏⑩。自之符玺取节十六⑩，朝暮临，令从官更持节从。为书曰："皇帝问侍中君卿：使中御府令高昌奉黄金千斤，赐君卿取十妻。"大行在前殿，发乐府乐器，引内昌邑乐人，击鼓歌吹作俳倡⑩。会下还⑩，上前殿，击钟磬，召内泰壹宗庙乐人辇道牟首⑩，鼓吹歌舞，悉奏众乐。发长安厨三太牢具祠阁室中⑪，祀已，与从官饮啖⑫。驾法驾，皮轩鸾旗，驱驰北宫、桂宫，弄彘斗虎⑬。召皇太后御小马车，使官奴骑乘，游戏掖庭中⑭。与孝昭皇帝宫人蒙等淫乱，诏掖庭令敢泄言要斩⑮。

太后曰："止！为人臣子当悖乱如是邪！"王离席伏。尚书令复读曰：

取诸侯王、列侯、二千石绶及墨绶、黄绶以并佩昌邑郎官者免奴⑯。变易节上黄旄以赤。发御府金钱刀剑玉器采缯，赏赐所与游戏者。与从官官奴夜饮，湛沔于酒⑰。诏太官上乘舆食如故⑱。食监奏未释服未可御故食，复诏太官趣具⑲，无关食监。太官不敢具，即使从官出买鸡豚，诏殿门内，以为常。独夜设九宾温室，延见姊夫昌邑关内侯。祖宗庙祠未举，为玺书使使者持节，以三太牢祠昌邑哀王园庙，称嗣子皇帝。受玺以来二十七日，使者旁午⑳，持节诏诸官署征发，凡千一百二十七事。文学光禄大夫夏侯胜等及侍中傅嘉数进谏以过失，使人簿责胜，缚嘉系狱。荒淫迷惑，失帝王礼谊,乱汉制度。臣敞等数进谏,不变更,日以益甚,恐危社稷,天下不安。

臣敞等谨与博士臣霸、臣隽舍、臣德、臣虞舍、臣射、臣仓议⑫,皆曰:"高皇帝建功业为汉太祖,孝文皇帝慈仁节俭为太宗,今陛下嗣孝昭皇帝后,行淫辟不轨⑫。《诗》云:'藉曰未知,亦既抱子⑫。'五辟之属⑭,莫大不孝。周襄王不能事母,《春秋》曰:'天王出居于郑⑮。'繇不孝出之,绝之于天下也⑯。宗庙重于君,陛下未见命高庙,不可以承天序,奉祖宗庙,子万姓⑰,当废。"臣请有司御史大夫臣谊、宗正臣德、太常臣昌与太祝以一太牢具,告祠高庙。臣敞等昧死以闻。

皇太后诏曰:"可。"光令王起拜受诏,王曰:"闻天子有争臣七人,虽无道不失天下⑫。"光曰:"皇太后诏废,安得天子!"乃即持其手,解脱其玺组,奉上太后,扶王下殿,出金马门,群臣随送。王西面拜,曰:"愚戆不任汉事⑫。"起就乘舆副车。大将军光送至昌邑邸,光谢曰:"王行自绝于天,臣等驽怯⑬,不能杀身报德。臣宁负王,不敢负社稷。愿王自爱,臣长不复见左右。"光涕泣而去。群臣奏言:"古者废放之人屏于远方,不及以政,请徙王贺汉中房陵县⑬。"太后诏归贺昌邑,赐汤沐邑二千户⑬。昌邑群臣坐亡辅导之谊,陷王于恶,光悉诛杀二百余人。出死,号呼市中曰:"当断不断,反受其乱⑬。"

光坐庭中,会丞相以下议定所立。广陵王已前不用,及燕剌王反诛,其子不在议中。近亲唯有卫太子孙号皇曾孙在民间,咸称述焉⑭。光遂复与丞相敞等上奏曰:"《礼》曰:'人道亲亲故尊祖,尊祖故敬宗。'大宗亡嗣,择支子孙贤者为嗣⑮。孝武皇帝曾孙病已,武帝时有诏掖庭养视,至今年十八,师受《诗》《论语》《孝经》,躬行节俭,慈仁爱人,可以嗣孝昭皇帝后,奉承祖宗庙,子万姓。臣昧死以闻。"皇太后诏曰:"可。"光遣宗正刘德至曾孙家尚冠里⑬,洗沐赐御衣,太仆以軨猎车迎曾孙就斋宗正府⑬,入未央宫见皇太后,封为阳武侯⑬。已而光奉上皇帝玺绶,谒于高庙,是为孝宣皇帝。明年,下诏曰:"夫褒有德,赏元功,古今通谊也。大司马大将军光宿卫忠正，宣德明恩，守节秉谊⑱，以安宗庙。其以河北、东武阳益封光万七千户⑩。"与故所食凡二万户。赏赐前后黄金七千斤，钱六千万，杂缯三万匹，奴婢百七十人，马二千匹，甲第一区⑭。

自昭帝时，光子禹及兄孙云皆中郎将，云弟山奉车都尉侍中，领胡越兵⑭。光两女婿为东西宫卫尉⑭，昆弟诸婿外孙皆奉朝请⑭，为诸曹大夫、骑都尉、给事中。党亲连体，根据于朝廷⑭。光自后元秉持万机⑭，及上即位，乃归政。上谦让不受，诸事皆先关白光⑭，然后奏御天子。光每朝见，上虚己敛容，礼下之已甚。

光秉政前后二十年。地节二年春病笃⑭，车驾自临问光病，上为之涕泣。光上书谢恩曰："愿分国邑三千户，以封兄孙奉车都尉山为列侯，奉兄骠骑将军去病祀。"事下丞相御史⑭，即日拜光子禹为右将军。

光薨，上及皇太后亲临光丧。太中大夫任宣与侍御史五人持节护丧事⑮。中二千石治莫府冢上⑮。赐金钱、缯絮，绣被百领，衣五十箧，璧珠玑玉衣，梓宫、便房、黄肠题凑各一具，枞木外臧椁十五具⑮。东园温明⑮，皆如乘舆制度。载光尸枢以辒辌车，黄屋左纛⑭，发材官轻车北军五校士军陈至茂陵⑮，以送其葬。谥曰宣成侯。发三河卒穿复土⑮，起冢祠堂，置园邑三百家，长丞奉守如旧法。

既葬，封山为乐平侯⑮，以奉车都尉领尚书事。天子思光功德，下诏曰："故大司马大将军博陆侯宿卫孝武皇帝三十有余年，辅孝昭皇帝十有余年，遭大难，躬秉谊⑱，率三公九卿大夫定万世册以安社稷⑲，天下蒸庶咸以康宁⑯，功德茂盛，朕甚嘉之。复其后世，畴其爵邑⑯，世世无有所与，功如萧相国⑯。"

【注释】

① 票骑：同"骠骑"，汉代将军名号。去病：霍去病，西汉名将。官至骠骑将军，封冠军侯。前后六次出击匈奴，打开通往西域的道路，解除了汉初以来匈奴对汉王朝的威胁。
② 中：通"仲"，"中孺"即"仲孺"。河东：秦汉时郡名。平阳：在今山西临汾西南。
③ 给事：服役，服务。平阳侯：曹参后代。这句说，霍仲孺作为县里小吏，被派到平阳侯家做事。 ④ 侍者：侍女。卫少儿：汉武帝皇后卫子夫的姐姐。 ⑤ 吏毕：在平阳侯家的

霍 光 传

任务完毕。　⑥ 因绝不相闻：于是霍仲孺和卫少儿彼此消息隔绝，不通音讯。　⑦ 郊迎：去城外迎接。负弩矢先驱：替霍去病背着弓箭，在前面领路。　⑧ 遗体：传留下来的身体。这句说，霍去病从前并不知道自己是霍仲孺所生的。　⑨ 扶服：同"匍匐"，伏在地上。　⑩ 将：带着。　⑪ 稍迁：逐渐升迁。诸曹侍中：指其官为侍中，负责掌管尚书各个官署。侍中：官名，侍从皇上左右，出入宫禁。　⑫ 奉车都尉：掌管皇帝乘车的官。光禄大夫：官名，属光禄勋，掌顾问应对，秩比"二千石"。　⑬ 禁闼：宫门。　⑭ 征和二年：前91年。卫太子为江充所败：指武帝时著名的巫蛊事件。武帝后来年老多病，常常怀疑左右皆为巫蛊(用巫术诅咒及将木偶埋入地下，迷信以为能够害人)，信用江充为直指绣衣使者，专治巫蛊。江充陷害卫太子刘据，带人在太子宫中掘得桐木人。太子惧祸，举兵杀江充，与丞相刘屈氂等战于长安，兵败自缢而死。　⑮ 燕王旦：武帝第三子。卫太子败，齐怀王(武帝次子)亦死，旦觉得按照顺序，自己当立，就上书求入宿卫。武帝大怒，把其派遣来上书的使者下于狱中。后来又犯藏匿亡命之徒的罪，武帝因此憎恶他。广陵王胥：武帝之子。他身强力壮，好倡乐逸游，力能扛鼎，空手搏猛兽，行为不遵法度，所以说皆多过失。　⑯ 钩弋：钩弋宫。倢伃(jiéyú)：女官名。汉武帝时所置，位同上卿，爵比列侯。钩弋赵倢伃：汉昭帝之母。这句说，居住在钩弋宫的宠姬赵倢伃生有一个儿子。　⑰ "上心"句：汉武帝想立赵倢伃的儿子为太子。　⑱ 任：堪，能够。可属社稷：可以把国家托付给他。属：托付。　⑲ "上乃使"句：汉武帝于是叫内廷画工画了一幅周公抱着成王接受诸侯朝见的图画赐给霍光。黄门画者：内廷画工。负：抱。　⑳ 后元二年：前87年。汉武帝死于此年。五柞宫：汉之离宫，在今陕西周至东南，宫中有五株柞树，因以为名。　㉑ 不讳：指武帝之死。　㉒ "君未谕"句：你没有理解之前赐给你图画的意思吗。　㉓ 金日䃅(mìdī)：字翁叔，本匈奴休屠王太子，后与母、弟没入汉廷，在黄门养马，为武帝所重用。武帝临终，与霍光等同受命辅昭帝。　㉔ 上官桀：武帝临终，接受遗命，辅佐少主，任左将军，封安阳侯。后因谋反罪被诛。　㉕ 桑弘羊：武帝时任治粟都尉，制订、推行盐铁酒类的官营专卖政策，设立平准、均输机构控制全国商品，打击了富商大贾的势力。后与上官桀等因谋反罪被杀。御史大夫：官名，秦汉时仅次于丞相的中央最高长官，主要职务为监察、执法，兼掌重要文书图籍。西汉时与丞相(大司徒)、太尉(大司马)合称三公。后来改称大司空。　㉖ 拜卧内床下：在武帝卧室中床前下拜。　㉗ 袭尊号：承袭皇帝的尊号。　㉘ 政事壹决于光：国家政事完全由霍光决定。　㉙ 先是：追述往事的习惯用语，犹言"当初"。后元年：后元元年，前88年。　㉚ 仆射：官名，意即首长。侍中仆射即侍中的首长。莽何罗：本名马何罗，因其为东汉明帝皇后马氏的先人，马后恶其先人有谋反者，故以同音假借之法，易"马"姓为"莽"。重合侯通：马何罗之弟马通，重合侯是其封号。重合：汉县名，在今山东乐陵西。逆：叛逆，造反。　㉛ 功未录：功劳还没有受赏。录：记录功绩。　㉜ 封玺书：写好诏令，装入函中，然后在封口地方加盖皇帝玺印。从事：按照上面的指示办事。　㉝ 秺(dù)：汉县名，在今山东城武西北。安阳：汉县名，在今河南正阳南。博陆：地名，在今北京密云东南；一说"博"为大，"陆"为平，取其嘉名，实无其地。　㉞ 王莽：字稚叔，天水人。与西汉末年篡位的王莽不是同一人。扬语曰：向外宣扬说。　㉟ "安得"句：哪里有皇帝留遗诏封霍光等三人的事情。　㊱ 切让：犹言狠狠地责问。鸩杀：用毒酒杀死。　㊲ 沉静详审：稳重、谦卑、安详、谨慎。长：身长。财：通"才"，不过。按：秦汉时以身长八尺为够标准，故此言霍光长仅七尺余。　㊳ "白皙"三句：霍光面色白，眉目清秀，胡须美观。　㊴ 止进有常处：停步的地方和行进的地方都有一定的位置。　㊵ 郎仆射：郎官的首长。识(zhì)：记住。资性：犹言秉性、天性。　㊶ 想闻其风采：希望知道他的风度文采。　㊷ 尚符玺郎：汉代官名，又叫"尚符玺郎中"，是符节令手下的属官，掌握皇帝的玺印。　㊸ 谊：通"义"。谊之：肯定他做得对。　㊹ "诏增"句：皇帝下令把这个郎官的爵秩提升二级。　㊺ 众庶：老百姓。多：赞美，尊重。　㊻ "有女"句：上官安的女儿年岁与昭帝相当。　㊼ 鄂邑盖主：昭帝姊，封于鄂邑（今湖北鄂州），为盖侯王信之孙王受妻，故又称"盖主"。内：同"纳"。　㊽ 时：犹言"每逢"。休沐：指每五天有一天例假，休息沐浴。　㊾ 丁：姓。外人：名，此人字少君。这里说盖主私生活不检点，与丁外人私通。　㊿ 幸：希望。依：按照。故事：旧例。尚公主：娶公主为妻。　51 "长主"句：长公主特别因为这个缘故怨恨霍光。大：犹言"特别地""格外地"。　52 "自先帝"三句：武帝时，上官桀就已是九卿之一，官位在霍光之上。　53 椒房中宫：皇后所居。旧说以椒和泥涂壁，取其温暖芳香。重：显要。　54 皇后亲安女：皇后是上官安的亲生女儿。顾：反而。专制朝事：自己专权，独揽朝政。　55 建造：创设。　56 伐：自我夸耀。　57 "诈令人"句：以欺骗的手法让人替燕王给皇帝上书。　58 都肄郎羽林：把郎官、羽林军都集中起来进行操练演习。都：总。肄：试习。羽林：皇家的禁卫军。　59 称趯(bì)：犹言"发布戒严令"。这是天子出行时才有的制度。趯：通"跸"，帝王出行时开路清道，断绝交通。太官：掌管皇帝饮食的官员，属少府。先置：指先行准备饮食。所言都是指控霍光僭越之罪。　60 又引：犹言"又说"。引：称。　61 擅调：擅自选拔。益：增加员额。莫府：幕府，指大将军府。　62 非常：特殊情况。　63 候司：等到。司：通"伺"。　64 下：交给下面有关部门处理。当：担当。执退：胁迫使屈服退位。　65 画室：朝见时暂时停留的屋室，室内画有图像，故称画室。　66 之：往。广明：亭驿名。都郎：检阅禁卫军。属耳：不过是最近的事。属：近。　67 果亡：果然逃走了。　68 白上：对皇帝说。不足遂：不值得穷究。　69 "敢有"句：再有敢毁谤他的，就要依法治罪。　70 "昭帝"二句：昭帝虽已成年，但自始至终把政事委托给霍光担任。　71 元平元年：前74年。　72 周太王：周文王的祖父古公亶父。太伯：吴太伯，太王的长子。王季：文王的父亲，太王的少子，名季历。　73 伯邑考：文王的长子。武王：周武王姬发，文王的次子。　74 视：通"示"。敞：杨敞，时为丞相。　75 "擢郎"句：把上书建议废长立少的郎官提升为九江太守。　76 皇太后：昭帝上官皇后。　77 行：代理。大鸿胪：官名，相当于今之礼宾司。少府：官名，掌管山海池泽的收入等，九卿之一。乐成：姓史。他的官职为少府，代理大鸿胪职务。宗正：官名，掌管皇室亲属的事务，九卿之一。德：刘德。吉：丙吉。中郎将：官名，统领皇帝侍卫。利汉：人名。昌邑王贺：武帝之孙，昌邑王髆之子。　78 忧懑(mèn)：忧郁烦闷。　79 大司农：官名，九卿之一，掌管租税、钱谷、盐铁和国家的财政收支。田延年：字子宾，战国时齐王田氏后裔。曾以才略供职于霍光幕府，为霍光所器重。　80 柱石：犹言"栋梁"。建白太后：向太后建议。　81 伊尹：商汤的贤相。太甲：商汤嫡长孙，即位为帝太甲。在位三年，暴虐而不遵汤法，被伊尹迎回而受流放到桐官（汤陵寝所在地，在今河南商丘）悔过。三年之后，太甲弃恶从善，于是伊尹迎回而授之政。宗庙：社稷，指国家政权。　82 引：举荐。给事中：官名，为将军、列侯、九卿等的加衔。其职务为服务殿中，备顾问应对，讨论政事。　83 会议：共同商议。　84 鄂：通"愕"。失色：面无人色。　85 "且汉"三句：况且汉朝历代帝王相传，其谥法永远带有"孝"字，就是要使子孙万代保有天下，让祖先能享受子孙的祭祀。　㊗绝祀：断绝祭祀，喻指亡国。　㊘旋踵：转动脚跟，喻时间迅速。这两句说，今天的议论应该从速解决，不能有片刻延迟。　㊙"天下"二句：天下纷乱不宁，我应该受到责难。　㊚见白：谒见太后，并向太后陈述。　㊛"皇太后"句：皇太后于是乘车驾到了未央宫内的承明殿。　㉛温室：殿名，在未央宫内，武帝时建。此殿为冬日保暖避寒之所。　㉜"中黄门"句：在后宫服役的宦官每人把持着一扇门。　㉝徐之：慢一点儿。　㉞物故：死亡。自裁：自杀。　㉟被珠襦：披着用珍珠穿成的短袄。盛服：穿着庄严华贵的礼服。武帐：皇帝升殿时所用的内置兵器的帷帐。　㊱期门：指禁卫军。陛戟：执戟守卫在殿陛之下。陛：宫殿的台阶。　㊲连名奏王：一起署名奏劾昌邑王的罪状。　㊳敞：杨敞。光：霍光。安世：张安世。明友：范明友，霍光女婿。增：韩增。充国：赵充国。谊：蔡谊，一作"蔡义"，以通经术为霍光幕府中人物，后来代杨敞为丞相。谭：王谭，昭帝时丞相王䜣之子。圣：魏圣，当涂侯魏不害之子。昌乐：赵昌乐，故苍梧王赵光之子。屠耆堂：本匈奴人，其祖父复陆支，归汉为属国王，从霍去病有功，更封杜侯。延年：杜延年。昌：蒲侯苏昌。延年：田延年。宗正臣德：刘德。光：李光。执金吾：官名，掌管巡查京师，以防盗贼。延寿：李延寿。贤：韦贤。广明：田广明。右扶风臣德：周德。嘉：不知其姓，一说即下文的侍中傅嘉。武：苏武。广汉：赵广汉。辟兵：人名，不知其姓。迁：王迁。畸：宋畸。吉：丙吉。自"臣赐"至"臣长幸"，都不知其姓。太中大夫臣德：不知其姓。卬：赵卬，赵充国之子。昧死：冒着死罪。　㊴顿首死罪：奏章习惯用语，意谓自知所言不当，故叩头请罪。　㊵早弃天下：犹言"死得太早"。　㊶为人后者为之子也：意谓昭帝无子，取其子侄辈中一人过继为后嗣。　㊷典丧：主持丧礼仪式。　㊸斩缞(cuī)：儿子为父丧所穿孝服，是丧服中的最重者。缞：用粗质生麻布制成的孝衣。衣的四边不用线缝，只用剪刀截割，故称"斩缞"。　㊹略：通"掠"，掠夺，抢劫。内所居传舍：将女子收留在他沿途所住的馆舍中。　㊺信玺：皇帝的印信之一。汉初有三玺，天子之玺自佩，行玺、信玺在符节台。大行：皇帝死亡的讳称，一去不返之意，此指昭帝的灵柩。就次：就位。发玺：从封匣中取出玺来。不封：不再封起。此指昌邑王极不慎重严肃。　㊻从官：侍从的官吏。更持节：轮流拿着旄节。驺宰：管马厩的人。禁闼内：宫禁之中。敖戏：游戏。　㊼"自之"句：昌邑王亲自去藏符玺的地方取来十六根旄节。　㊽歌吹：唱歌奏乐。俳倡：谐戏歌舞。　㊾下：指昭帝灵柩下葬。　㊿泰壹：同"太一"，神名。泰壹宗庙乐人：专为祭祀太一神和祭祀宗庙奏乐的乐工。輂道：宫中行车的阁道。牟首：池名，在上林苑中。　⑪长安厨：专门供应皇帝肴膳的地方。这句说，从长安厨中拿出三份太牢的设备在阁道中的密室里祭祀。　⑫饮啖：大吃大喝。　⑬法驾：天子所乘车驾。皮轩：皮车。鸾旗：绘有鸾凤的旗。皮轩、鸾旗都是法驾的组成部分。北宫、桂宫：皆汉宫名，在未央宫北。弄彘斗虎：观看戏弄野猪和斗老虎的杂技。　⑭游戏掖庭中：在宫廷里奔驰着玩耍。　⑮掖庭令：宫廷内管宫女的官。要斩：腰斩。　⑯墨绶：六百石官吏所佩。黄绶：二百石官吏所佩。免奴：被赦免为良人的奴隶。　⑰湛沔：同"沉湎"，犹言"耽溺"，指荒迷无度。　⑱上乘舆食：犹言"给皇帝进献食物"。如故：照常。　⑲趣具：赶快供应食物。趣：同"促"。　⑳使者旁午：派遣使者络绎不绝。　㉑霸：孔霸，字次儒，孔子后裔，夏侯胜弟子，通《尚书》，昭帝末年为博士。隽舍、虞舍：因同名同官，故加姓氏以别。德、射：皆不知其姓。仓：后苍，字近君，通《诗》《礼》。此言曾同博士们讨论过。　㉒辟：同"僻"，指邪恶的行为。不轨：不守法度。⑫藉曰：犹言"假使说"。藉：通"借"。未知：没有知识。亦既抱子：也已经长大抱子了。此指昌邑王已不是小孩子而是成年人了。⑭五辟：五刑，泛指古刑事法。属：类，犹言"条文"。⑮周襄王：名郑，周惠王之子。不能事母：不能奉事其后母惠后。天子出居于郑：惠王生叔带，有宠于惠王。襄王时，叔带奔齐，后返周，又与狄人勾结，率师伐周，故襄王出奔于郑。最终晋文公诛叔带，襄王始复立为王。《春秋公羊传》说："王者无外，此其言'出'何？不能乎母也（这是由于同母亲不融洽的缘故）。"意谓襄王因为不孝而遇到国难。⑯绝之于天下：被天下所抛弃。⑰承天序：犹言"顺天心"。子万姓：以百姓为子民。⑱争臣：谏诤之臣。争：同"诤"。这句说，听说天子周围有七个谏诤之臣，即使无道，也不会丧失天下。⑲愚戆(zhuàng)：愚蠢戆直。不任汉事：担任不了汉朝的事。⑳驽怯：犹言"无能"。㉑汉中房陵县：今湖北房县。㉒"太后诏"二句：太后下令仍命刘贺回昌邑去，并赐其汤沐邑二千户。㉓"当断不断"二句：这是当时成语。㉔卫太子：戾太子刘据。他因巫蛊事自杀。太子纳史良娣，生子，号史皇孙。史皇孙娶王夫人，生子名病已，为武帝曾孙，故号皇曾孙。此人即后来的汉宣帝，改名为询。咸称述焉：民间都称道他。㉕"择支"句：选择近支孙中贤德之人为其后嗣。㉖尚冠里：长安中里名，在长安城南。㉗䩭(líng)猎车：一种轻便小车，可乘之以射猎。当时未备天子车驾，故用此车，取其轻便。斋：斋戒。㉘阳武：县名，在今河南原阳东南。㉙守节秉谊：行动有操守，能坚持正义。㉚河北：汉县名，在今山西芮城西。东武阳：汉县名，在今山东莘县西。㉛甲第一区：住宅一所。㉜领胡越兵：率领外族归附的军队。㉝光两女婿：指未央卫尉范明友和长乐卫尉邓广汉。㉞奉朝请：定期参加朝会、召请。㉟党亲：指远近亲戚。连体：指同族子弟。根：在朝中根深蒂固。据：盘踞，占据。㊱后元：汉武帝末年年号。秉持万机：掌握政权，管理天下大事。㊲关：通过。白：通知。㊳地节二年：前68年。病笃：病重。㊴"事下"句：把所求之事交给丞相御史去讨论，并责成他们拟出办法。㊵护丧事：护理丧事。㊶治莫府冢上：临时在坟地设立办公机构。㊷璧：圆形的玉。珠玑：指珠串之类。玑：不圆的珠。玉衣：金缕玉衣，以黄金为缕，以玉连缀而成的像铠甲那样的裹尸之物。梓官：棺材。便房：以楩木为椁，罩于棺外者。题凑：在棺材顶端的累棺之木。因以柏木黄心制成，故称黄肠题凑。外臧：殉葬婢妾所埋之处。臧：同"藏"。㊸东园：官署名，属少府，是专门制作葬器的地方。温明：藏纳于棺中的一种葬器。形如方漆桶，开一面，用漆作画，以镜放置其中，悬于尸上，入殓时一并封入棺内。㊹辒辌(wēnliáng)车：古代一种供人卧息的车，既通风又十分隐蔽。有窗，闭之则温，开之则凉。黄屋：黄屋车，天子所乘之车，以黄缯为车盖的衬里。左纛(dào)：在车前衡木左上方插上用羽毛制成的旗类装饰物。㊺材官轻车北军：汉代的三个军事部门。材官是高级武官属下的勇武之卒。轻车是汉代兵种之一。北军是禁卫军之一，由中垒校尉掌管，共五营。五校：五营。陈：同"阵"，排成队伍。茂陵：汉武帝陵墓。霍光墓在茂陵以东。㊻三河：指河东、河内、河南三郡。穿复土：挖掘墓穴。㊼乐平：县名，在今山东聊城。㊽躬秉谊：亲自坚持正义。㊾定万世册：指霍光废刘贺立宣帝的决策。㊿蒸庶：众庶，万民。㉑复其后世：免除他后辈子孙的徭役。畴其爵邑：规定他封爵采邑的范围。㉒无有所与：再没有人能与他相比。功如萧相国：萧何辅佐刘邦创业，霍光帮助汉代中兴，故以霍光与萧何相比。

霍 光 传

【赏析】

《霍光传》选自《汉书》卷六十八。主要描写霍光受武帝托孤后,经过尖锐复杂的斗争,完成辅昭帝、废昌邑王、立宣帝等重大事情。通过细致生动、有声有色地记载这些历史大事的变化和经过,传记写出了人物之间的联系、矛盾和斗争,表现了人物的主要特征,尤其使霍光"沉静详审"的性格在曲折多变的故事情节中得到充分展示。

在辅佐昭帝时,霍光为人沉着安详、仔细周密,处事坚决果断、不徇私情。

一是接受遗命。霍光由同父异母兄霍去病保举入宫为郎官,逐渐迁升为诸曹侍中,随后任奉车都尉光禄大夫。皇帝出行或入宫,他都在左右侍奉,而且"出入禁闼二十余年,小心谨慎,未尝有过",很受武帝喜欢信任。后来,著名的巫蛊事件发生了,卫太子为江充诬陷所毁。此时,武帝年纪已老,就确定小儿子做自己的继承人,想命令大臣来辅佐他。武帝考察群臣,认为"唯光任大重,可属社稷"。因此,他命令内廷画工"画周公负成王朝诸侯"的图画赐给霍光,以此希望霍光日后能负起周公的责任,辅佐自己的小儿子。不久,武帝得病很重,霍光流泪哭泣问道:"如有不讳,谁当嗣者?"武帝说:"君未谕前画意邪?立少子,君行周公之事。"于是,霍光"受遗诏辅少主"。昭帝即位时年仅八岁,朝政事务完全由霍光决定。

二是拒绝求封。霍光执掌国政后,更加认真负责,对于忠于职守的人,予以赞扬和提拔。当时,上官桀与霍光结为儿女亲家,他通过昭帝大姐盖主的帮助,把自己的孙女送入后宫,被立为皇后。上官桀父子由此成为皇亲国戚,获得显贵地位,当然,他们也不忘长公主的好处。他们得知"内行不修"的长公主亲近宠幸丁外人,就打算为丁外人请求封侯,但霍光考虑到丁外人不是公主的丈夫,封侯不符合国家旧例,就"不许"。他们"又为外人求光禄大夫",想让他有被昭帝召见的机会,可霍光"又不许"。因此,长公主非常怨恨霍光,上官桀父子也感到脸面无光,内心惭愧。由于武帝时上官桀官位在霍光之上,现在父子同为将军,又有宫中皇后的关系,他们就不满与自身有亲戚关系的霍光独揽朝政,想与之争夺政权。

三是遭受诬陷。有许多过失的燕王旦,"自以昭帝兄",理应为帝,却不能继位,因此,心里常常怀着怨恨。同时,桑弘羊创立酒类专卖、盐铁官营制度,为国家开辟财源,他就夸耀有功于国,要为子弟谋求官职,也不满和怨恨霍光专权。于是,长公主、上官桀父子和桑弘羊"皆与燕王旦通谋"。他们派人假装替燕王上书,说霍光外出集合郎官、羽林军操练演习,途中下令戒严,断绝交通,又让掌管御膳的官员提前准备饮食,还随意提拔没有什么功绩的官员,擅自选调人才,增加自己幕府的校尉。他们诬蔑霍光为所欲为,图谋不轨,并准备在霍光休假出宫、上官桀代理执行政务时上奏书信。桑弘羊还打算与众臣一起围攻霍光,使他被黜而离职。一时间,不白之冤从天而降,夺权斗争进入高潮。

四是幸遇明主。霍光听说被人诬告，就留在殿前画室里不肯入朝。后来应诏进入宫殿，霍光见了昭帝，又脱下帽子，叩头谢罪。面对此事，昭帝的应对显示出他的聪明智慧。他心中有数，不肯把这封诬告书信交给下面官吏议处。他安慰霍光："将军冠。朕知是书诈也，将军亡罪。"他又分析霍光外出练兵不过是近日的事情，"调校尉以来未能十日"，远在外地的燕王"何以得知之？且将军为非，不须校尉"。年少的昭帝判别真伪的这些话，使旁边的尚书等人都深感惊讶。以后，昭帝凡是遇到诬蔑霍光的情况，就发怒说："大将军忠臣，先帝所属以辅朕身，敢有毁者坐之。"从此，公开诽谤霍光的人不得不暂时收敛。

五是平息叛乱。上官桀等人诬告不成，争权失利，仍暗中策划，加紧活动。他们密谋由长公主摆酒席请霍光赴宴，埋伏士兵击杀他，然后废黜昭帝，迎立燕王做天子。这个险恶阴谋未及施行就败露了。霍光当机立断，把上官桀父子、桑弘羊、丁外人的宗族全部诛灭。燕王、盖主见势不妙，也自杀了。一场叛乱被平息，霍光"威震海内"。昭帝在位十三年，自始至终都委任霍光执政。

在废立风波中，霍光能虚心纳谏，择善而行，处理事务周密谨慎。

议立刘贺，西汉王朝拉开了废立活动的序幕。昭帝去世后，没有继承人。武帝的六个儿子只有广陵王还活着，群臣讨论所立人选时，都主张立广陵王。然而，广陵王原本品行不轨而不为武帝所信任。因此，霍光"内不自安"。这时正好有个郎官上书，援引周太王立少子、周文王立次子的史实，主张"唯在所宜，虽废长立少可也。广陵王不可以承宗庙"。所言正合霍光心意，于是他把这位上书建议废长立少的郎官提升为九江太守，与太后、丞相等人商议，决定迎立武帝的孙子昌邑王刘贺。

不久立而复废，霍光等人成功地演出了惊心动魄的废黜节目。刘贺到达宫中后，一即皇帝位就淫乱无度，令人大为失望，霍光为此忧愁气愤，他向田延年问计。田延年说："将军为国柱石，审此人不可，何不建白太后，更选贤而立之？"他以殷朝相伊尹废黜太甲、安定社稷、为人称道的先例来劝说霍光选贤更立，做汉朝的伊尹。霍光采纳这个建议，与文武群臣紧急磋商，消除疑虑，解释原因，同时，详尽地掌握了刘贺放纵自恣的实情，与众臣一起谒见太后，具体陈述昌邑王不能为帝的情况。于是，太后和百官大臣上殿共商国是，决定废立。

"太后被珠襦，盛服坐武帐中，侍御数百人皆持兵，期门武士陛戟，陈列殿下。群臣以次上殿，召昌邑王伏前听诏。"霍光与群臣联名奏劾昌邑王的罪状。尚书令宣读奏章说他身穿孝子之服，"亡悲哀之心，废礼谊，居道上不素食，使从官略女子载衣车，内所居传舍"。他"始至谒见，立为皇太子，常私买鸡豚以食"，招引昌邑王府的从官、马官、官奴等二百多人进宫，"常与居禁闼内敖戏"。主持丧事期间，他"发乐府乐器，引内昌邑乐人，击鼓歌吹作俳倡"，又召集其他乐工"鼓吹歌舞，悉奏众乐"。他出则"驱驰北宫、桂宫，弄彘斗虎"，入则与昭帝时的宫女"淫乱，诏掖庭令敢泄言者要斩"。平时，他随意拿大臣的印绶给自己的郎官等人，"发御府金钱刀剑玉器采缯，赏赐所与游戏者。与从官官奴夜饮，湛沔于酒"。他"受玺以来二十七日"，使者络绎不绝，"持节诏诸官署征发，凡千一百二十七事。文学光禄大夫夏侯胜等及侍中傅嘉进谏以过失，使人簿责胜，缚嘉系狱。荒淫迷惑，失帝王礼谊，乱汉制度"。群臣"数进谏，不变更，日以益甚，恐危社稷，天下不安"。

在宣读奏章的过程中，太后曾打断尚书令的宣读，并对昌邑王进行责问。宣读一结束，太后就批准奏章，同意废黜昌邑王。作品详述废黜之事，内容精彩、情节动人。正如李景星所说："以一弱龄女主端坐于上，众文武大臣罗列于旁，一昏庸废帝匍匐于下，挨次写来，亦既摹绘如画矣。而于废帝过失，只用奏议一通，绝不自为断语。更于群臣读奏议之中，间以一'止'字顿挫之，最后以一'可'字收束之，酣畅淋漓，逐字生动，千载而下，如见如闻……凡此等处，皆使尽全力，为他传所未有。"（《四史评议·汉书评议》）

宣读奏章前，霍光"使尽驱出昌邑群臣，置金马门外"，"令故昭帝侍中中臣侍守王"，又告诫左右"谨宿卫，卒有物故自裁，令我负天下，有杀主名"。刘贺被废黜后，霍光"送至昌邑邸"，表示"王行自绝于天"，"臣宁负王，不敢负社稷"，于是"涕泣而去"。霍光这些言行反映出他在坚决地废黜不堪担任汉朝大业的昌邑王的同时，审慎地避免背负杀害君主的罪名。正如何焯所说："自送至邸，防其自裁，或他人承望意指，逼人使死，致负谤于天下。此亦皆光之谨慎也。"（《义门读书记·前汉书》）

最终确定立宣帝，汉廷降下了废立活动的帷幕。解决昌邑王及其群臣的问题后，霍光又召集丞相以下的百官，共同商议确定所立人选。因为皇室直系亲属只有卫太子的孙子，号称皇曾孙，还在民间，并受到一致称道，所以霍光与众臣一起上书，请太后下诏，立武帝曾孙为帝。宣帝"师受《诗》《论语》《孝经》，躬行节俭，慈仁爱人，可以嗣孝昭皇帝后，奉承祖宗庙，子万姓"。他即位后，褒扬和奖赏霍光，让霍光继续执政，"诸事皆先关白光，然后奏御天子。光每朝见，上虚己敛容，礼下之已甚"。至此，昭帝去世后的政局变动画上了比较圆满的句号。霍光辅佐昭帝时形成的"百姓充实，四夷宾服"的局面也得以维持。

总之，这篇传记形象地描述了霍光在重大事件中的突出表现，成功地展示了他稳重谦虚、从容周密、公正无私、从谏如流的特点。传记写得波澜起伏，曲折动人，具有独特的艺术魅力，令人读后回味无穷。

遗黄琼书

李 固

闻已度伊、洛①,近在万岁亭②,岂即事有渐,将顺王命乎③?盖君子谓伯夷隘,柳下惠不恭④,故传曰:"不夷不惠,可否之间⑤。"盖圣贤居身之所珍也⑥。诚遂欲枕山栖谷⑦,拟迹巢、由⑧,斯则可矣⑨;若当辅政济民,今其时也⑩。自生民以来⑪,善政少而乱俗多,必待尧、舜之君,此为志士终无时矣⑫。常闻语曰⑬:"峣峣者易缺,皦皦者易污⑭。"《阳春》之曲,和者必寡⑮,盛名之下,其实难副⑯。近鲁阳樊君被征初至,朝廷设坛席,犹待神明⑰。虽无大异,而言行所守无缺⑱。而毁谤布流,应时折减者,岂非观听望深,声名太盛乎⑲?自顷征聘之士,胡元安、薛孟尝、朱仲昭、顾季鸿等⑳,其功业皆无所采㉑,是故俗论皆言处士纯盗虚声㉒。愿先生弘此远谟㉓,令众人叹服,一雪此言耳㉔。

【注释】

① 度:通"渡"。伊、洛:伊水、洛水。伊水:又名伊川,流经河南西部,东汉时期在雒阳南入洛水。洛水:今名洛河,流经陕西东南部、河南西部,东汉时期在巩县东北入黄河。 ② 万岁亭:洛阳附近的亭名,故址在今河南登封。亭是基层地方组织。这句说,到了京城近处的万岁亭。 ③ "岂即事"二句:岂不是已渐有接受征召的意思,将要顺从君王诏命。即事:就事,这里指出来做官。渐:开端,趋向。 ④ 君子:指孟子。《孟子·公孙丑上》:"伯夷隘,柳下惠不恭。隘与不恭,君子不由也。"伯夷:商末孤竹君长子。周武王伐纣时,他和弟弟叔齐叩马而谏,反对武王进军讨伐商王朝。武王灭商后,他们逃到首阳山,不食周粟而死。隘:狭隘,固执。柳下惠:春秋时鲁国大夫,姓展,名获,字禽,因食邑柳下,谥号惠,故称柳下惠。他曾任鲁国典狱官,三次被罢官,也不肯离开鲁国。不恭:不严肃,不自重。 ⑤ 传(zhuàn):指扬雄《法言》。"不夷"二句:做人既不能像伯夷那样过分清高,也不要像柳下惠那样降志辱身,而应居于二者之间。引语见《法言·渊骞》。 ⑥ 盖:大概。居身:立身处世。珍:重视。这句说,大概这就是圣贤所重视的立身处世的态度吧。 ⑦ 诚:果真。遂:竟,终于。枕山栖谷:指隐居生活。 ⑧ 拟迹巢、由:仿效巢父、许由的行为。巢父和许由都是尧时的隐士。相传尧曾想让位给他们,他们出逃,农耕而食。 ⑨ 斯则可矣:这样做是可以的。斯:这,指黄琼称疾不进的做法。 ⑩ "若当"二句:如果认为应该辅佐皇帝治国,救济百姓疾苦,那么现在正是好时机。 ⑪ 自生民以来:自从有人类以来。 ⑫ "必待"二句:必定要等待有尧、舜那样的贤君才肯出来做官,那么要做一个辅政济民的志士就永远没有机会。 ⑬ 语:谚语,俗语。 ⑭ "峣峣"二句:高峻的东西容易折损,洁白的东西容易污染。峣峣(yáo):形容高峻。

缺：损坏，折断。皦皦(jiǎo)：形容洁白。污：污染。　⑮阳春之曲：阳春白雪，古代的一种高雅曲调。和：和谐地跟着唱。宋玉《对楚王问》："客有歌于郢中者，其始曰《下里》《巴人》，国中属而和者数千人……其为《阳春》《白雪》，国中属而和者不过数十人。"这两句说，曲调越高雅，跟着唱的人就越少。　⑯"盛名"二句：名声太大了，实际就很难与名声相称。盛名：很大的名声。副：相称，符合。　⑰鲁阳樊君：樊英，字季齐，鲁阳(今河南鲁山)人，隐于壶山，著《易章句》，生徒众多。《后汉书·方术传》载，永建二年，汉顺帝用重礼征召他。他到京称病不起，被人用车载入宫，仍十分傲慢。面对顺帝发怒，他表示："臣受命于天。生尽其命，天也；死不得其命，亦天也。陛下焉能生臣，焉能杀臣。"后来顺帝专为他筑坛，铺席于上，"待以师傅之礼，延问得失"。然而他只会空谈，没有"奇谟深策"，不务实际，使人大失所望。　⑱无大异：没有什么重大突出的表现。所守：说话做事的准则。这两句说，这个人虽然没有特殊的表现，但是为人处世遵循准则，也没什么过失。　⑲布流：散步流传。应时：即时。折减：指名声降低。望深：期待太高。这四句说，然而诽谤樊英的话散布流传，他的声望随之大减，这难道不是人们注意他的言行，对他期望过高，他的名声也太大的缘故吗。　⑳自顷：不久前。胡元安：名定，颍川颍阳(今河南许昌)人，家贫，居丧守礼，县官馈赠，他仅收一半，因此得名。薛孟尝：名包，汝南(今属河南)人，与兄弟分家时，推让好的东西，留下坏的给自己，以此得名。朱仲昭：未详。顾季鸿：名奉，吴(今江苏苏州)人，官至颍川太守。　㉑"其功业"句：他们的功业都没有什么可取的。　㉒俗论：世俗议论。处士：没有做过官的读书人。纯盗虚声：完全是盗窃虚名骗人。　㉓先生：指黄琼。弘此远谟：大大施展远大谋略。　㉔一雪此言：彻底洗刷俗论所言处士都是欺世盗名的谤议。一：彻底，完全。雪：洗清，洗刷。

【作者简介】

李固(94—147)，字子坚，东汉汉中南郑(今属陕西)人。父亲李郃曾任司徒。他自幼好学，常步行寻师，不远千里，又穷究典籍，结交名士，有名于时。官府多次征召，都以病为由，不肯出仕。顺帝阳嘉二年，因发生地震、山崩等重大灾祸，朝中公卿共同推荐，他入朝对策，直陈外戚宦官专权之弊，被拜为议郎，历任荆州刺史、太山太守、将作大匠、大司农等职。冲帝时任太尉，与大将军梁冀参录尚书事。冲帝死，他议立清河王。梁冀不从，另立质帝。不久，梁冀鸩杀质帝，他再次请立清河王，故为梁冀所忌，被免职。后为梁冀所诬，被杀。李固著有章、表、奏、议、教令、对策、记、铭凡十一篇，今存者有《对策》《上疏陈事》《遗黄琼书》等。

【赏析】

《遗黄琼书》选自《后汉书》卷六十一，是作者劝说黄琼出仕的一封书信，写于汉顺帝永建二年(127)。

当时正值东汉后期，是我国历史上政治腐败、社会黑暗的历史时期之一。东汉自和帝以来，皇权旁落，朝政为外戚、宦官所控制。他们拥立幼主，挟持皇帝，排斥异己，残害贤良，卖官鬻爵，横征暴敛，骄奢淫逸。面对纷乱昏暗的现象，一些刚直不阿的士大夫为维持社会秩序和稳定东汉政权，就与他们展开了激烈的斗争。李固就是以反对外戚、宦官专权而闻名的。他在顺帝时，应诏对策，直陈当世之弊，主张"招会群儒，引问得失"，"罢退宦官，去其权重"（《后汉书·李固传》）。后来他因一再议立清河王而被梁冀诬陷为谋反，死于狱中。李固坚持仁义的事迹深为后人所称道，正如《李固传论》所说："顺桓之间，国统三绝，太后称制，贼臣虎视。李固据位持重，以争大义，确乎而不可夺。岂不知守节之触祸？耻夫覆折之伤任也。观其发正辞，及所遗梁冀书，虽机失谋乖，犹恋恋而不能已。至矣哉，社稷之心乎！其顾视胡广、赵戒，犹粪土也。"范晔认为为了尽臣节以报效国家和形成良好的社会风气，就要提倡仁义名节和杀身成仁之美。因此，他肯定李固不顾个人安危，"据位持重，以争大义"，高度赞扬其以身殉国的精神。这不仅突出地反映了范晔的思想观点，也深刻地展现出人物形象的个性特征。李固在朝廷任职，就希望招纳正直有为的士人，力图形成能够左右时势的力量，从而挽救危局。他写信给黄琼时还没有做官，但他非常关心时政，认为士人应该加强自身修养，进而入朝做官，为国效力。

黄琼，字世英，江夏安陆（今属湖北）人。魏郡太守黄香之子，为当时名士。官府屡次征召，他一直拒绝征荐。永建年间，许多公卿举荐黄琼，朝廷派出专车前去迎接。他被征入京，行至中途，称疾不进。一时朝中议论纷纷，有人甚至要以对皇帝不敬的罪名治他。皇帝又下诏令地方官劝导他入京，黄琼不得已，前行赴洛。在此之前征聘的处士，多名不副实。李固一向敬慕黄琼，就在黄琼将至洛阳的时候，写了这封信去劝说他。黄琼至京师，初任议郎，后迁尚书令，官至太尉、司空，在朝中起了较大的积极作用，确实不负李固厚望。

李固在信中，针对当时一些处士往往自命清高、名不副实而为人所议论的实际情况，表明自己对处士应征受辟的态度，希望黄琼勿恃虚名，勿负众望，勉励他积极出仕，有所作为。

文章可分三层。第一层表示作者听说黄琼已经渡过伊水、洛水，快到京城近处的万岁亭，觉得他已有参与政事的趋向，将要接受朝廷的任命了。寥寥数语写得亲切随和，既表达了关心对方的情意，也含蓄地流露出写信的意图。

第二层劝说黄琼慎重考虑出处，不要轻易放弃有为于世的机会。先引用经传，谈到伯夷的胸襟狭隘和柳下惠的态度不够严肃，认为做人既不能像伯夷那样清高，也不能像柳下惠那样随便，而是要在两者之间善加选择。所言清楚地表明圣人贤士立身处世的态度，进而指出黄琼如果真的愿意隐居深山幽谷，模仿巢父和许由不受禅让的行为，这样拒绝征召也是可以的；如果他认为应该辅佐朝政，拯救人民，那么现在正是良机。这实际上劝导对方不要仿效隐士所为，消极避世，而要抓住机遇，积极从政。然后强调自从有人类以来，"善政少而乱俗多"，如果必定要等待尧、舜那样的圣君在位才肯出仕，那么想成为辅政济民的志士就终生没有施展抱负的机会了。这不仅是对黄琼从政的激励，也是对传统观点"有道则仕，无道则隐"的挑战。

第三层批评东汉有名无实的社会风气，希望黄琼能够参与政事，建功立业。

从俗语典故说起,规劝对方勿图虚名,要做实际事业。所言包含朴素辩证法的合理因素,对我们颇有启发借鉴意义。书信谈到,高峻的东西容易损折,洁白的东西容易污染。这是以自然现象来隐喻,越是颇有名声的"峣峣者""皦皦者",越是容易显出自身的不足,因此越要不骄不躁,虚怀若谷,否则事情就会走向反面。曲调越高雅,能合唱的人就越少,名声太大了,实际言行也就很难与盛名相称。这是以艺术欣赏和生活经验来告诫人们不要自命不凡,孤芳自赏,要有自知之明,严于律己,经常想到自己的弱点和缺点。在简要说理之后,书信揭露了当时自我陶醉、徒有虚名的士风。名士樊英隐居于壶山,朝廷用重礼征召他。他勉强到京,仍称病不起。后来顺帝为他筑坛,奉若神明。然而他只会空谈,不切实际,于是声名大减。其中原因就是人们对他的期望太高,他的声名也太盛。此外,胡元安、薛孟尝、朱仲昭、顾季鸿等都是朝廷征聘的名士,他们的功业也无可称道。因此,人们都认为所谓处士纯粹是骗取虚名。作者通过叙述这些处士被征召而令人失望的事实,劝说黄琼不要自恃名声,自以为是,应该积极发挥聪明才智,争取在政治舞台上表演出威武雄壮的剧目,实现辅政济民的远大理想,使众人赞叹信服,从而改变世俗非议处士的情况。

东汉后期朝政混乱,世风日下。不少士人喜欢隐居山林,借以抬高身价,或者互相吹捧,欺世盗名。他们享有盛名,却无高尚品德和真才实学,一旦从政,常常是名高难副,脱离现实,毫无建树。李固联系实际,敦促黄琼出仕,施展宏图,干出实绩,以彻底洗刷"处士纯盗虚声"的谤议,并扭转一时风气。这不仅有力指责了当时的社会流弊,也充分反映出作者关注国事、强调务实、争取人才的可贵精神。他从政前针砭不良士风,主张名实相副,从政后取得很高声望,坚持仁义道德,主张选贤任能,反对腐朽势力,不顾个人安危。可见作者前后言行一致,名声符合实际。

全文立意高远,情感真挚,劝勉委婉,挥洒自如,措辞讲究,文字简练,感染力强,因而对魏晋笺启有所影响。书信主旨是勉励黄琼出仕。不过,对于黄琼这样一个很有名声、自视清高的人,作者不便直抒胸臆,不宜一味催促,更不能批评其称病不仕。因此,信的开头以询问的口吻和推测的语气从正面加以引导,肯定对方已有接受征召的意思。书信随即提到"不夷不惠,可否之间"的儒家出处行止的观点,强调仁人志士对于朝廷征辟应有正确的态度。同时,婉转指出"辅政济民,今其时也",然后继续劝说对方不要只求虚名,而要注重实际。信中举例论证,把说理与叙事融为一体,又把详述与概述联系起来,清楚地说明了"盛名之下,其实难副"的生活经验。直到结尾才恳切地说出作者的希望,表明写信的目的。通篇风格简淡自然,劝勉而不过分夸奖,告诫而不装模作样,用事而不隐晦难懂。因此,此文是作者的著名作品,也是流传后代的优秀散文。

与曹操论盛孝章书

孔 融

　　岁月不居①，时节如流。五十之年，忽焉已至②。公为始满③，融又过二④。海内知识⑤，零落殆尽⑥，惟有会稽盛孝章尚存。其人困于孙氏⑦，妻孥湮没⑧，单子独立⑨，孤危愁苦。若使忧能伤人⑩，此子不得永年矣⑪！

　　《春秋传》曰："诸侯有相灭亡者，桓公不能救，则桓公耻之。"⑫今孝章实丈夫之雄也⑬，天下谈士，依以扬声⑭，而身不免于幽縶⑮，命不期于旦夕⑯，吾祖不当复论损益之友⑰，而朱穆所以绝交也⑱。公诚能驰一介之使⑲，加咫尺之书⑳，则孝章可致㉑，友道可弘矣㉒。

　　今之少年，喜谤前辈，或能讥评孝章。孝章要为有天下大名㉓，九牧之人㉔，所共称叹。燕君市骏马之骨㉕，非欲以骋道里㉖，乃当以招绝足也㉗。惟公匡复汉室㉘，宗社将绝㉙，又能正之㉚。正之之术，实须得贤。珠玉无胫而自至者㉛，以人好之也，况贤者之有足乎！昭王筑台以尊郭隗㉜，隗虽小才而逢大遇㉝，竟能发明主之至心㉞，故乐毅自魏往㉟，剧辛自赵往㊱，邹衍自齐往㊲。向使郭隗倒悬而王不解㊳，临溺而王不拯㊴，则士亦将高翔远引，莫有北首燕路者矣㊵。凡所称引㊶，自公所知，而复有云者，欲公崇笃斯义也㊷。因表不悉㊸。

【注释】

①居：停留。　②忽焉：忽然。　③公：指曹操。始满：意思是曹操的年龄刚满五十岁。　④过二：超过两岁。　⑤知识：相知相识，指有交谊的人。　⑥零落：指死亡。殆：近于，几乎。　⑦其人：指盛孝章。孙氏：孙氏的东吴政权，指孙权。　⑧妻孥(nú)：妻子儿女。湮没：指丧亡。　⑨单子(jié)：孤单无援。独立：独自存活。　⑩若使：假若。　⑪此子：指盛孝章。永年：长寿。　⑫《春秋传》：指《春秋公羊传·僖公元年》。"邢已亡矣。孰亡之？盖狄灭之。曷为不言狄灭之？为桓公讳也。曷为为桓公讳？上无天子，下无方伯，天下诸侯有相灭亡者，桓公不能救，则桓公耻之。"桓公：指齐桓公。耻之：引以为耻。这里引这段话，以齐桓公比曹操，说明曹操应该营救盛孝章。　⑬丈夫之雄：男子中的杰出人物。　⑭谈士：评议清谈之士。汉末封建士大夫有品评人物的风气，知名之士可以片言只语评定人物高下。依以扬声：依靠盛孝章来宣扬自己的声名。　⑮幽縶(zhí)：囚禁。縶：拘禁，束缚。　⑯命不期于旦夕：指生命危在旦夕，随时都有死的可能。旦夕：早晚。　⑰吾祖：指孔子。孔融是孔子的后代，所以称孔子为吾祖。论损益之

友：议论有害的、有益的朋友的问题。《论语·季氏》：" 孔子曰：'益者三友，损者三友。友直，友谅，友多闻，益矣。友便辟，友善柔，友便佞，损矣。'"这句意思是说，如果像盛孝章那样的人遭遇危险而无人营救，那么家祖孔子就不必再议论损益之友。 ⑱朱穆：字公叔，东汉后期人。他感于当时世风的浇薄，不讲友情，就写《绝交论》以示讽刺。 ⑲一介：一个。 ⑳咫(zhǐ)尺之书：指简短的书信。咫：八寸。 ㉑致：招致。 ㉒弘：光大，发扬。 ㉓要：总之。 ㉔九牧：九州，即天下。古代九州的长官叫牧伯，故称九州为九牧。 ㉕燕君：指燕昭王。市：买。《战国策·燕策一》载，燕昭王欲招贤，郭隗对他说："臣闻古之君人，有以千金求千里马者，三年不能得。涓人言于君曰：'请求之。'君遣之。三月得千里马，马已死，买其首五百金，反以报君。君大怒曰：'所求者生马，安事死马而捐五百金？'涓人对曰：'死马且买之五百金，况生马乎？天下必以王为能市马，马今至矣。'于是不能期年，千里之马至者三。今王诚欲致士，先以隗始。隗且见事，况贤于隗者乎？"这里说"燕君市骏马之骨"，可能是传说中的异闻。 ㉖骋道里：跑远路。 ㉗绝足：绝尘之足，指跑得最快的千里马。这句意思是说，即使盛孝章不是绝顶的贤才，但是救助他，可以得到好贤的名声，绝顶的贤人必将接踵而至。 ㉘匡复：匡救和恢复将倾的国运。 ㉙宗社：宗庙社稷，指国家政权。绝：灭亡。 ㉚正：匡正。 ㉛胫：小腿，这里指足。《韩诗外传》记船人盍胥对晋平公说："夫珠出于江海，玉出于昆山，无足而至者，犹主君之好也。士有足而不至者，盖主君无好士之意耳。何患于无士乎？"这里的意思是，只要有好士之心，贤者自然会来。 ㉜昭王筑台以尊郭隗：《战国策·燕策一》载，燕昭王听了郭隗的话，于是就为他筑官而师事之。又相传燕昭王曾在易水东南筑黄金台，置千金于台，延聘天下贤士。 ㉝大遇：隆重的待遇。 ㉞发：启发。至心：诚意。 ㉟乐毅：战国时魏人，仕燕昭王，拜上将军，为燕伐齐，破齐七十余城，封昌国君。 ㊱剧辛：战国时人，有贤才，与乐毅等仕燕，并提供破齐之计。 ㊲邹衍：战国时齐人，阴阳家，燕昭王师事之。 ㊳向：从前。使：假使。倒悬：倒挂，比喻处境困苦危急。解：解救。《孟子·公孙丑上》："民之悦之，犹解倒悬也。" ㊴临溺：快要淹死。拯：拯救。 ㊵高翔远引：远走高飞。北首燕路：向北到燕国去。首：向。这里用《史记·淮阴侯列传》广武君李左车语。 ㊶称引：称说和引证。 ㊷崇笃：崇尚，重视。斯义：指招贤纳士之义。 ㊸因表不悉：因盛孝章的事表白自己的意见，言不尽意。不悉：不尽。

【作者简介】

孔融(153—208)，汉末文学家，字文举，鲁国(今山东曲阜)人，孔子二十世孙。七世祖孔霸为汉元帝师，位至侍中。父孔宙为泰山都尉。他幼有异才，性又好学，博闻广览。为人秉性刚直，恃才负气，在当时颇有声名。曾任北海相，时称孔北海。曹操迎献帝都于许，征为将作大匠，又任少府、大中大夫等职。后因不满曹操的行事，屡次加以嘲讽，终于被曹操网罗罪名而遭到杀害，妻、子也同时被杀。孔融是汉末的名士，也是"建安七子"之一。他在文学上的成就主要表现在散文方面。所作议论深刻，气势雄放，语言劲健，具有鲜明的个性。曹丕曾称赞其文"体气高妙"，可为"扬、班俦也"(《典论·论文》)。诗歌流传不多，也反映出慷慨激昂的情感。原有集，已散佚，明人辑有《孔北海集》。

【赏析】

《与曹操论盛孝章书》选自《文选》卷四十一，是作者在汉献帝建安九年（204）写给曹操的一封信。信中向曹操推荐盛孝章并为其求援。

盛孝章，名宪，会稽（今浙江绍兴）人，曾任吴郡太守，为当时名士。孙策逐步平定江东，因担心盛孝章不利于自己的统治，就对他怀有忌恨。孔融与盛孝章友善，得知消息后，心急如焚，怕他终将遭遇不测。当时曹操正在挟天子而令诸侯，权势显赫，如日中天。孔融深知只有曹操才能挽救盛孝章，于是就写了这封信给主持朝政的曹操，请他鼎力相助。曹操得信后，以朝廷的名义，征召盛孝章为骑都尉，但是诏书未到，他已被孙权杀害。此封书信有求于曹操，却无卑躬折节之语，而有从容不迫之色。书信从交友之道和为国求贤两个方面展开论述，以情感人，以理服人，以利引人，写得不卑不亢，恳切委婉，具体生动，富有极大的感染力与说服力，因而成为流传后世的佳作。

孔融与曹操的关系可以说是始合终离的。开始，曹操拥戴献帝，定都许昌，邀请名流，并不断取得军事上的胜利。孔融以为曹操可以辅佐皇帝，振兴汉室。他对曹操寄予希望，有所赞扬，并常常推荐人才。后来，曹操专权之势严重，代汉之心明显，这自然使儒家正统人物孔融不能容忍。他原本对曹操存有戒心，任北海相时就觉得曹操"终图汉室"，所以"不欲与同"（《后汉书·孔融传》）。于是孔融公开反对曹操，常用嘲弄讥讽之辞，指责他禁酒、抑制豪强、滥杀无辜等。对此，曹操无法长期容忍，就在北方大局已定之后，虚构罪状，杀害了孔融。当然，孔融写这封推荐、求援信时，与曹操的关系还是不错的。

文章第一段抒发感情，打动对方。作者是为盛孝章事而向曹操求援的，但他在开头没有直接提出要求，而是感叹岁月流逝不止，叙述彼此年过半百，以此缩短距离，密切关系。他又感伤知交零落，表示世上朋友难得，进而提出当时"惟有会稽盛孝章尚存"，使曹操认识到这是很不容易的，应该珍视尚存的朋友。这样的铺垫显得自然亲切，有助于双方消除隔阂，沟通感情，也有助于文章叙说事理，达到目的。随后，作者叙述了盛孝章的艰危处境，说他被困在江东，受制于孙权，妻丧子亡，"单子独立，孤危愁苦"，并强调如果"忧能伤人"，那么盛孝章就不能达到较长年寿。所言不仅具体形象地展现人物的悲惨境遇，显出救援的必要性和迫切性，而且点明忧伤危害朋友的身心健康，自然形成动人的感情力量。这就使曹操内心深处有所触动，不得不考虑救助之事。

第二段论述道理，说服对方。文章谈论交友之道，引经据典，阐明大义。文章先指出："诸侯有相灭亡者，桓公不能救，则桓公耻之。"所言记载于《春秋公羊传·僖公元年》。春秋时，狄人侵略邢国。作为霸主的齐桓公未能及时发兵相救，致使邢国覆亡。《公羊传》的作者认为《春秋》没有写明邢为狄所灭，是为桓公隐讳，因为桓公对此应该引为耻辱。这里借用桓公之事，说明曹操应该迅速营救盛孝章，如果他置之不理，就要像桓公不能救邢那样，自感羞耻。接着文章点明盛孝章具备才能，很有名望，堪称"丈夫之雄"，尤其是天下善于谈说议论的人，都要依靠盛孝章来宣扬自己的名气。所言既强调这样的杰出人物是十分难得的、非常有用的，又表明曹操要是救助人才就可使自己声名远扬。显然，这对渴望招致贤能、成就大业、发扬声名的曹操来说，是正合心意的。在称赞盛孝章的同时，文章再次提到他处境的岌岌可危，"身不免于幽絷，命不期于旦夕"。这是以形象而对偶的语句突出事态的严重性和救人的迫切性，希望能引起曹操足够的重视，立即采取援助行动。然后，文章郑重指出假使曹操无动于衷，袖手旁观，使像盛孝章这样的人物身处逆境，生命垂危而无人营救，那么"吾祖不当复论损益之友，而朱穆所以绝交也"。所言涉及孔子和朱穆有关交友之道的言论。孔子曾教导学生应该善于择友，同正直的、诚实的和见多识广的人交朋友是有益的，而同阿谀奉承的、两面三刀和花言巧语的人交朋友是有害的。朱穆因感叹东汉世风浇薄，不讲友道，就写下《绝交论》以示讽刺。作者提到他们的交友之言，就是要曹操通过救助盛孝章的实际行动来发扬友道。尽管字里行间不无逼迫之意，但是言而有据，论之成理，令人深刻认识到援救是理所当然的，而不救则是违背大义的。应该说，这是从当时曹操想大有作为又掌握政权的实际情况出发而提出的正当要求。对此，曹操只能接受，无法拒绝。在详论交友之道的基础上，文章自然写出作者的建议，恳请曹操"驰一介之使，加咫尺之书"，认为如果这样做，"则孝章可致，友道可弘"。这里文笔轻松，显出意义极其重大，而办事易如反掌，自然会使曹操产生不妨试试的念头。

　　第三段展示美景，吸引对方。在前面劝说曹操弘扬友道、解救人才后，文章着重分析为国求贤的问题，援引史实，生动形象地描绘出明主爱才、群贤毕至的大好局面。文章先批评了"今之少年，喜谤前辈"的不良风气，直言有人对盛孝章的非议纯属诽谤，别有用心，以此防止曹操可能听信流言，产生误解。又提到盛孝章"要为有天下大名，九牧之人，所共称叹"，确实是当今名士贤才，任何诽谤都无损于他的人品与才能，这就使曹操出面救援的想法更加坚定。文章随后强调曹操面临国家即将灭亡，正在从事"匡复汉室"的大业，"正之之术，实须得贤"。要使社稷得以维系，首先就要吸收大量的贤能之士，让他们能够发挥才能，帮助朝廷，克服困难，治理国家。当务之急就是救助盛孝章，只有这样，才能招致贤才。在治国需要贤能帮助、曹操应该救援人才的说理过程中，作者泼墨如云，多用比喻，联系史实，展开论证，充分表现了人才会集、事业兴旺、令人鼓舞的美好前景。书信谈到古代国君重金买骨和燕昭王尊敬郭隗的事情，这涉及《战国策·燕策一》的有关记载。当时燕昭王一心招贤纳士，郭隗就对他说，古代有位国君以千金求购千里马而不得，于是让人用五百金买回马骨，后来不到一年就买到三匹千里马。郭隗强调大王真想招致贤士，就请先重用自己，那么比自己高明的人一定会来。燕昭王采纳了他的意见，专门为他筑宫，并以师礼相待。此外，相传燕昭王在易水东南修筑黄金台，上置千金，招聘天下人才。文章指出古代国君

"市骏马之骨，非欲以骋道里，乃当以招绝足也"。言下之意是，即使盛孝章不是杰出人物，但是招致他来，可以获得好士的美名，并使更加优秀的人才纷纷来归。文章又指出："珠玉无胫而自至者，以人好之也，况贤者之有足乎！昭王筑台以尊郭隗，隗虽小才而逢大遇，竟能发明主之至心。"所言认为只要像燕昭王修筑宫台、尊敬郭隗那样，怀有招贤纳士的真诚心意，天下贤者就必将心悦诚服，接踵而至，献策出力。文章进一步强调历史上由于燕昭王真心求贤，"乐毅自魏往，剧辛自赵往，邹衍自齐往"，而现实中如果能重视、帮助和录用人才，也就会重现过去这种人才共同为国效力的鼎盛景象。作者有意描述这样的景象就是要吸引曹操，让他明确营救一个盛孝章是大有好处的，会使众多的贤能前来效力，这是天赐良机，应该及时把握，不能失之交臂。这样的景象确实也是曹操非常向往、梦寐以求的，因此，他会把救援想法付诸行动。在正面论述好士所得到的切实利益后，作者笔锋一转，折入反面推理。"向使郭隗倒悬而王不解，临溺而王不拯，则士亦将高翔远引，莫有北首燕路者矣。"形象的论述和自然的用典充分说明了不救助人才的严重后果，也对曹操的救援行动起了积极的推动作用。全文结语言简意赅，表明所述之事是曹操所熟悉的，而叙述的原因则是"欲公崇笃斯义"，希望曹操能重视交友求贤之义。

　　这篇文章充满感情，富有气势，而且论证有力，用事贴切，比喻形象，对照鲜明，骈散相间，行文变化自如，语言丰富精美。文章取材广泛，要点突出，字里行间体现出作者对友情的珍视和对人才的爱惜。文中提到《春秋传》的记载、孔子与朱穆的言论、古代国君的事例等，或引用，或证明，或深化观点，都是为文章主旨服务的。这样广征博引，就使文章具有一种高屋建瓴的气势，也使所揭示的交友求贤道理建立在典籍和史实的坚实基础之上，令人自然信服。孔融的文章很能代表建安前期的特点，胆大气盛，放言无忌，才气横溢。刘勰《文心雕龙》说孔融"气盛于为笔"(《才略》)，文章"气扬采飞"(《章表》)。张溥也说："东汉词章拘密，独少府诗文，豪气直上。"(《汉魏六朝百三家集题辞》)

让县自明本志令

曹　操

　　孤始举孝廉①，年少，自以本非岩穴知名之士②，恐为海内人之所见凡愚③，欲为一郡守④，好作政教⑤，以建立名誉，使世士明知之⑥。故在济南⑦，始除残去秽⑧，平心选举⑨，违迕诸常侍⑩。以为强豪所忿，恐致家祸⑪，故以病还⑫。

去官之后，年纪尚少⑬，顾视同岁中⑭，年有五十，未名为老⑮。内自图之⑯，从此却去二十年⑰，待天下清⑱，乃与同岁中始举者等耳⑲。故以四时归乡里，于谯东五十里筑精舍⑳，欲秋夏读书，冬春射猎，求底下之地㉑，欲以泥水自蔽㉒，绝宾客往来之望。然不能得如意。

后征为都尉㉓，迁典军校尉㉔，意遂更欲为国家讨贼立功㉕，欲望封侯作征西将军㉖，然后题墓道言"汉故征西将军曹侯之墓"㉗，此其志也。而遭值董卓之难㉘，兴举义兵㉙。是时合兵能多得耳㉚，然常自损㉛，不欲多之。所以然者，多兵意盛，与强敌争，倘更为祸始㉜。故汴水之战数千㉝，后还到扬州更募㉞，亦复不过三千人，此其本志有限也。

后领兖州㉟，破降黄巾三十万众㊱。又袁术僭号于九江㊲，下皆称臣，名门曰建号门，衣被皆为天子之制㊳，两妇预争为皇后。志计已定，人有劝术使遂即帝位㊴，露布天下㊵，答言"曹公尚在，未可也"。后孤讨禽其四将㊶，获其人众，遂使术穷亡解沮㊷，发病而死。及至袁绍据河北㊸，兵势强盛，孤自度势，实不敌之，但计投死为国，以义灭身，足垂于后。幸而破绍，枭其二子㊹。又刘表自以为宗室㊺，包藏奸心，乍前乍却㊻，以观世事，据有当州㊼。孤复定之，遂平天下。身为宰相㊽，人臣之贵已极，意望已过矣㊾。

今孤言此，若为自大，欲人言尽，故无讳耳㊿。设使国家无有孤51，不知当几人称帝，几人称王。或者人见孤强盛，又性不信天命之事，恐私心相评52，言有不逊之志53，妄相忖度，每用耿耿54。齐桓、晋文所以垂称至今日者55，以其兵势广大，犹能奉事周室也。《论语》云："三分天下有其二，以服事殷，周之德可谓至德矣56。"夫能以大事小也57。昔乐毅走赵58，赵王欲与之图燕59，乐毅伏而垂泣，对曰："臣事昭王，犹事大王；臣若获戾60，放在他国61，没世然后已62，不忍谋赵之徒隶63，况燕后嗣乎64！"胡亥之杀蒙恬也65，恬曰："自吾先人及至子孙，积信于秦三世矣66。今臣将兵三十余万，其势足以背叛，然自知必死而守义者67，不敢辱先人之教以忘先王也。"孤每读此二人书，未尝不怆然流涕也。孤祖、父以至孤身⑱，皆当亲重之任⑲，可谓见信者矣，以及子桓兄弟⑳，过于三世矣。孤非徒对诸君说此也㉑，常以语妻妾，皆令深知此意。孤谓之言："顾我万年之后㉒，汝曹皆当出嫁㉓，欲令传道我心㉔，使他人皆知之。"孤此言皆肝鬲之要也㉕。

所以勤勤恳恳叙心腹者，见周公有《金滕》之书以自明㉖，恐人不信之故。然欲孤便尔委捐所典兵众，以还执事㉗，归就武平侯国㉘，实不可也。何者？诚恐已离兵为人所祸也。既为子孙计，又已败则国家倾危，是以不得慕虚名而处实祸，此所不得为也。前朝恩封三子为侯，固辞不受，今更欲受之，非欲复以为荣，欲以为外援，为万安计㉙。

孤闻介推之避晋封㉚，申胥之逃楚赏㉛，未尝不舍书而叹，有以自省也。奉国威灵㉜，仗钺征伐㉝，推弱以克强㉞，处小而禽大。意之所图，动无违事㉟，心之所虑，何向不济㊱？遂荡平天下，不辱主命。可谓天助汉室，非人力也。然封兼四县㊲，食户三万㊳，何德堪之！江湖未静，不可让位；至于邑土，可得而辞。今上还阳夏、柘、苦三县户二万，但食武平万户，且以分损谤议㊴，少减孤之责也。

【注释】

① 孤：古代王、侯的谦称。当时曹操任丞相，封武平侯，因此自称为孤。孝廉：汉朝选拔官吏的科目之一。郡国每年向中央推举孝顺父母、行为廉洁的人，供选拔担任官职，称为孝廉。东汉时，郡国人口二十万举孝廉一人。汉灵帝熹平三年(174)，曹操被举为孝廉时才二十岁。　② 岩穴知名之士：指隐居而有名望的人。东汉风尚，读书人常隐居山林，故意不受朝廷征召，以抬高身价，取得高官。岩穴：山洞，指隐居之处。　③ 海内人：这里主要指世家豪族。曹操的父亲曹嵩是宦官曹腾的养子，所以曹操被轻视。所见凡愚：被视为庸碌无知。　④ 郡守：州郡太守，是一个郡的最高行政长官。　⑤ 好行政教：把行政教化搞好。　⑥ 世士：当代人士。　⑦ 济南：东汉王国名，治所在今山东济南东。王国设相，相当于太守。曹操在中平元年(184)，任济南国相。　⑧ 除残去秽：《三国志·魏书·武帝纪》载，曹操任济南相时，曾奏免八个"阿附贵戚，脏污狼藉"的长吏，又"禁断淫祀"，使许多违法乱纪者逃窜别处，一时"郡界肃然"。　⑨ 平心选举：指推选人才公正，不受请托。　⑩ 违连(wǔ)：违背、触犯。诸：之于。常侍：也称中常侍，皇帝的侍从近臣，东汉时专用宦官担任。当时宦官专权，权贵豪强多与宦官勾结作恶。　⑪ 恐致家祸：怕导致全家遭受祸害。　⑫ 以病还：托病回家。　⑬ 年纪尚少：曹操离官还乡，才三十来岁。　⑭ 顾视：回头看。同岁：同一年举孝廉的人。　⑮ 未名为老：还不能说已经年老。

⑯ 内自图之：自己心里盘算。 ⑰ 却去：退去，指辞官归隐。 ⑱ 清：清平、太平。
⑲ 始举者：刚举孝廉时已有五十岁的人。 ⑳ 谯(qiáo)：今安徽亳州，曹操的故乡。精舍：读书讲学的房舍。 ㉑ 底下之地：《太平寰宇记·酂县》下引《魏略》："太祖于谯东五十里泽中筑精舍，读书射猎，闭绝宾客。"因精舍筑在泽中，所以说"底下之地"。底：同"低"。 ㉒ 泥水自蔽：指地方卑湿，道路泥泞，交通困难，正好借以遮蔽自己，切断与外面的联系。 ㉓ 征：朝廷征召。都尉：汉代武官名，掌管一郡军事。 ㉔ 迁：调任官职，一般指升官。典军校尉：武官名，掌管禁卫兵。中平五年(188)，汉灵帝置西园八校尉，以小黄门蹇硕为上军校尉，袁绍为中军校尉，曹操为典军校尉。 ㉕ 讨贼：指讨伐叛逆。
㉖ 征西将军：当时任命曹操为典军校尉，是准备派他去讨平边章、韩遂叛乱的，所以说欲为国家讨贼立功，封侯，当征西将军。 ㉗ 题墓道：指立墓碑。 ㉘ 董卓之难：中平六年(189)，灵帝死，何进与袁绍等谋诛宦官，召董卓引兵协助，董卓入洛阳后，操纵大权，废少帝刘辩，立陈留王刘协为帝(汉献帝)，自为太尉和相国，把持朝政，酿成大乱，关东各州郡都起兵反对他。 ㉙ 兴举义兵：初平元年(190)，曹操和袁绍等起兵讨伐董卓。董卓挟持献帝迁都长安，并放火焚烧洛阳，后被王允、吕布所杀。义兵：旧时对维护或恢复王朝统治的武装力量的通称。 ㉚ 合兵：招募军队。 ㉛ 自损：自我节制。损：削减，限制。 ㉜ 倘：可能。祸始：祸根。 ㉝ 汴水之战：初平元年，以袁绍为盟主的关东各州郡起兵讨董，实各怀私利，又怕董卓兵强，不敢先进。曹操独率军西进，与董卓部将徐荣战于汴水(今河南荥阳东北)，曹操兵败，中流矢。 ㉞ 扬州更募：汴水战败后，曹操与夏侯惇等到扬州重新招募兵丁。 ㉟ 领兖(yǎn)州：任兖州牧。兖州：东汉州名，约辖今山东西南部，治所在今山东金乡。 ㊱ 破降黄巾：初平三年(192)，青州黄巾军攻入兖州，杀刺史刘岱。曹操被推为兖州牧。他领兵镇压黄巾军，使黄巾军三十万被迫投降，并选取其中精锐的组成"青州兵"。 ㊲ 袁术：字公路，袁绍之弟，东汉末年出身于士族的大军阀。僭(jiàn)号：盗用皇帝称号。建安二年(197)，袁术在九江称帝。僭：超越本分。九江：郡名，治所在今安徽寿县。 ㊳ 衣被：指衣冠服饰。 ㊴ 遂即帝位：立即做皇帝。 ㊵ 露布：不加封缄的文书，这里是布告、宣布。 ㊶ 禽：同"擒"，擒获。建安二年九月，曹操东征袁术，擒杀袁术部将桥蕤、李丰、梁纲、乐就。 ㊷ 穷亡解沮(jǔ)：困窘逃亡，瓦解崩溃。
㊸ 袁绍：字本初，袁术的从兄。建安四年(199)三月，他消灭公孙瓒，据有黄河以北的冀、青、幽、并四州，成为北方最强大的割据势力。 ㊹ 枭(xiāo)：枭首，斩首示众。枭其二子：建安五年(200)，曹操在官渡(今河南中牟东北)之战中，以少胜多，消灭袁绍军的主力。不久，袁绍病死。其子袁谭、袁尚因争夺冀州互相攻杀。建安十年(205)，曹操出兵击杀袁谭，袁尚和他的次兄袁熙逃奔辽西乌桓。建安十二年(207)，曹操北征乌桓，袁熙、袁尚又逃往辽东，为辽东太守公孙康所杀。 ㊺ 刘表：字景升，自以为鲁恭王刘余的后代，汉末割据荆州。 ㊻ 乍前乍却：忽前忽后，指态度不明朗。官渡之战，袁绍向刘表求援，刘表答应而没有去。有人劝他归附曹操，他也持观望态度。 ㊼ 当州：所在的州，即荆州。建安十三年(208)七月，曹操南征，刘表病死，其幼子刘琮即以荆州投降曹操。
㊽ 身为宰相：建安十三年，汉废三公官，立丞相一人，以曹操为丞相。 ㊾ 意望已过：已超过自己的意想和愿望。 ㊿ 讳(huì)：隐瞒，避忌。 (51) 设使：假如。 (52) 恐私心相评：恐怕别人以主观臆测来评论自己。 (53) 不逊之志：不恭顺，不臣服，指代汉自立为皇帝。
(54) 耿耿：心中不安的样子。 (55) 齐桓、晋文：春秋时齐桓公小白、晋文公重耳，是当时诸

侯盟主，势力极大而尊奉周室。垂称至今日：直到今天还受到称颂。(56)“三分”三句：见《论语·泰伯》。孔子称赞周文王，说他得了三分之二的天下，还是恪守臣节，服事殷朝，可以称为最高的德行了。(57)以大事小：以强大的诸侯来侍奉弱小的天子。曹操借用《论语》中的话，表明自己拥护东汉王朝，并无篡位之心。(58)乐毅：战国时燕昭王将，曾率赵、楚、韩、魏、燕五国军队破齐，攻下齐国七十余城，封为昌国君。昭王死，惠王立，中了齐将田单的反间计，让骑劫代乐毅之职，乐毅被迫投奔赵国。(59)图燕：图谋攻打燕国。(60)获戾(lì)：得罪。(61)放：放逐，流放。(62)没世：终身，指死。(63)徒隶：在狱中服役的犯人，指奴隶，此泛指地位低贱的人。(64)后嗣：后代，指燕昭王之子燕惠王。乐毅的意思是，自己要是有罪，被放逐到别国去，到死为止，不会忍心谋害赵国的奴隶，何况燕国国君的后代。(65)胡亥：秦始皇嬴政的小儿子，即二世。蒙恬(tián)：秦始皇大将，秦统一六国后，他率兵三十万，北击匈奴。秦始皇死后，赵高篡权，伙同二世，强迫蒙恬自杀。(66)积信于秦三世：蒙恬祖父蒙骜、父亲蒙武和自己，三代任秦国将领，受到信任。(67)守义：指守君臣大义，不背叛。(68)孤祖、父以至孤身：指祖父曹腾、父亲曹嵩和曹操自己。曹腾在汉桓帝时任中常侍大长秋，封费亭侯。曹嵩是曹腾养子，汉灵帝时官至太尉。(69)亲重之任：亲信重要的职务。(70)子桓：曹操次子曹丕的字。子桓兄弟：指曹丕、曹植等。(71)非徒：不仅，不但。(72)顾：念，想到。万年：死的代称。(73)汝曹：你们。曹：辈。(74)传道：传布。(75)肝鬲(gé)之要：出自内心的肺腑之言。鬲：同“膈”，横膈膜。(76)周公：周武王弟，周成王叔。《金縢》：《尚书》中的一篇。相传武王病重时，周公曾作策书祈告神明，请求代死，事后藏策书于金縢柜中。武王死，成王年幼，周公摄政。有流言中伤周公，说他将篡位，于是周公避居洛阳。后来成王开柜发现策文，知其忠心耿耿，就亲自迎他回来重新执政。縢：封缄。金縢：用金属封口的柜子。(77)便尔：就这样。委捐：放弃，交出。执事：指朝中主管军队的官员。(78)武平侯国：建安元年(196)，献帝以曹操为大将军，封武平侯。武平：在今河南鹿邑西北。(79)为万安计：是为自己的万无一失作打算。曹操此令公布后，据《三国志·魏书·武帝纪》注引《魏书》记载，汉献帝在建安十六年(211)，封曹操之子曹植为平原侯，曹据为范阳侯，曹豹为饶阳侯。(80)介推：介子推，春秋时晋国人，曾随晋公子重耳出亡十九年。重耳回国当政后，大封从亡诸臣。介子推不言己功，侍奉母亲隐于绵山。传说晋文公焚山逼他出来，他抱着树木被烧死。(81)申胥：申包胥，春秋时楚国大夫。伍子胥率吴军伐楚，攻下郢都(今湖北荆州)。申包胥求救于秦，痛哭七日。秦国终于发兵相救，打败吴国。事后楚王赏赐功臣。他避而逃走，不肯受赏。(82)奉国威灵：凭仗国家的声威。(83)仗钺(yuè)征伐：倚仗皇帝授权，讨伐不肯臣服的人。钺：大斧，既是兵器，又是仪仗。(84)推弱：凭借、推动弱小的力量。克强：攻克、战胜强大的敌人。(85)动无违事：一有举动，就能如愿以偿。(86)何向不济：无往而不胜。(87)四县：指武平、阳夏(jiǎ，今河南太康)、柘(今河南柘城北)、苦(hù，今河南鹿邑东)。(88)食户三万：享受三万户人家所纳缴的赋税。(89)分损：减少。

【作者简介】

曹操(155—220)，东汉末年著名的政治家、军事家和文学家，字孟德，沛国谯(今安徽亳州)人。东汉末，在镇压黄巾起义和平定董卓之乱的过程中，逐步扩大自己的力量。建安元年(196)，迎献帝建都许昌，取得控制朝政大权的地位。后来用天子名义发号施令，先后削平袁术、袁绍等地方势力，统一了北方，成为汉末的实际统治者,封为魏王。曹丕称帝,追尊他为武帝。曹操实行屯田,兴修水利,打击豪强,抑制兼并,制定法令,广揽人才,对社会的进步和经济的发展有积极的作用。他平生爱好文学,招引文士,形成邺下文人集团。所作乐府大多抒发政治抱负,反映汉末现实,显得气魄雄伟,慷慨悲凉。散文也很有特色,内容和形式都突破旧的传统,文章清峻通脱,鲁迅称他是"改造文章的祖师"(《魏晋风度及文章与药及酒之关系》)。由于曹氏父子的倡导,建安文学在文学史上占有重要地位。明人辑有《魏武帝集》。

【赏析】

《让县自明本志令》选自《三国志·魏书·武帝纪》裴松之注引《魏武故事》,是曹操散文的代表作,写于建安十五年(210)。

这时,曹操已经相继消灭董卓、吕布、袁术、袁绍和刘表等势力,统一北方,"总御皇机,克成洪业"(《三国志·魏书·武帝纪》)。他官居丞相,统率三军,独揽大权,"挟天子以令诸侯"。不过,当时北方统治并未完全巩固,孙权与刘备正在扩大势力,图谋天下,朝廷内外不少人也议论曹操有"不逊之志"。于是他针对这些情况,表明心迹,强调自己终身不背汉朝,还指出因"江湖未静"而"不可让位"。文章直抒胸臆,朴质无华,比较全面地反映了作者的出身、经历、思想、抱负和散文风格。

全文按内容,可分为两部分。前四段是第一部分,主要回顾作者的经历,说明个人的抱负。

第一段写曹操早年的志趣。他举孝廉时,才二十岁,自以为不是隐居岩穴的知名人物,恐怕被世人视为平庸之辈,这实际上反映出他内心对自己作为宦官养子的后代,感到很不光彩。因此,他想做一郡太守,在从事政治教化的工作中建立名誉。他在任济南相时,打击豪强,清除污秽,不徇权势,选拔人才,因而触犯宦官。后来,他怕给家族招来灾祸,就借口有病,辞官回乡。

第二段写作者隐居家乡谯县时的情况和想法。他返回家乡,建立书房,打算秋夏读书,冬春打猎,还想将自己与外界隔开,断绝和宾客往来的念头。作者考虑与他同举孝廉的人五十尚不称老,自己即使隐居二十年,等天下安定后再出来做官,也不过五十岁。这些都是他在时机尚未成熟时以退为进的活动和策略。

第三段写作者当初希望封侯的志愿。自召为都尉、调任典军校尉以后,他就想为国讨贼立功,希望能够封侯,当征西将军。然而遭遇董卓叛乱,各地纷纷起兵讨伐。曹操处事审慎,本来完全可以扩大实力,不过自己常常加以限制,因为担心兵多人众与强敌相争,可能会引起祸端。这就表明他志向有限,只想平定董卓。

第四段着重叙述作者平定天下的功劳。作者任兖州牧,收编青州黄巾军三十万,加强了逐鹿中原的军事力量。袁术称帝的决心和计划已定,被劝马上即帝位,但还是表示"曹公尚在,未可也"。这不仅显示袁术的胆怯,也写出曹操的才略和影响。随后,曹操击败袁术,使其走投无路,发病死去。曹操在与自己的劲敌袁绍相争的过程中,不畏对手强大和困难重重,只是想到"投死为国,以义灭身,足垂于后",最终战胜袁绍,消灭袁氏势力。此外,曹操认为刘表虽是汉室宗亲,却包藏奸心,窥测形势,占据荆州。于是,他消灭了刘表。这样曹操平定群雄,当权为相,早已超过原来的志向,言下之意是自己不会有更大的野心。

上述四段从举孝廉,一直讲到消灭袁术、袁绍、刘表,突出自己的志向,强调志向在各个阶段随形势变化而有所变化,不过一直有所限制,就是为汉朝尽心尽力。所言大体还是符合事实的,不能说是自大。

在叙述个人历史和主要功劳后,文章进入第二部分,反复表白作者忠于汉室又不让权的内心,明言他始终一心为国,没有"不逊之志"。

第五段作者肯定自己在维护北方统一中所起的重大作用,进而说明自己对国家的一片忠心。曹操评价功绩,显得踌躇满志,不过也是实事求是。针对代汉自立的流言,他以史实来回答。齐桓公、晋文公"兵势广大,犹能奉事周室",周文王"三分天下有其二,以服事殷",而他将仿效他们,侍奉汉王朝。乐毅不愿危害燕国,蒙恬毫无拥兵反叛之心,而他会恪守君臣之义,不做不利于汉室的事。尤其是蒙恬"积信于秦三世",而曹操也同样深受汉室重用,且超过三代,因此他更会像蒙恬那样知恩图报,绝无二心。曹操表示要把自己的肺腑之言告诉妻妾,使天下人都知道。

第六段作者回应指责,表明态度。鉴于周公有《金縢》之书,曹操也不厌其烦地披沥陈词。他强调有人怀疑自己有"不逊之志",而自己确实没有,可是不能放弃兵权,辞去丞相,回归封地。他认为交出大权就会被人谋害,自己失败,国家也会面临危亡,所以不能追求虚名而遭受实祸。他还指出自己过去推辞朝廷封三子为侯,而现在愿意接受,主要是想以他们作为外援,来确保朝廷和自己的安全。

第七段作者以古代介子推、申包胥避封逃赏的行为来自我对照,表示要退还三县的封地。曹操强调自己能够取得成功,这是"天助汉室,非人力也"。他尽管劳苦功高,但是对封地兼有四县也于心不安,因此想让出三县,来表示自己忠于汉室的意思,减少别人对自己的非议。最后曹操表示让名让利都可以,唯独不能让权,因为天下还未安定。

从本文可以看出曹操所言都是真话,事实也证明他生前没有当皇帝。曹操大权在握,代汉自立易如反掌。《三国志·魏书·武帝纪》注引《魏武故事》说曹操曾对人表示"若天命在吾,吾为周文王矣"。显然,他是想替代汉室,统治天下,不过他富有权术,始终注意树立自己的忠臣形象,绝不会简单行事,急于求成。他自比周文王,就是要顺应形势的发展,为一统天下奠定稳固的基础,而由子孙后代来改朝换代。

气魄宏大、挥洒自如是本文最鲜明的艺术特色。鲁迅在《魏晋风度及文章与药及酒之关系》中说,汉末魏初文章的特点是"清峻通脱",曹操"是一个很有本事的人，至少是一个英雄"，他"胆子很大，文章从通脱得力不少，作文章时又没有顾忌，想写的便写出来"。本文就具有这种特色。为了表明自己没有想当皇帝和退出受封四县中三个的意思，作者采用广为传布的"令"的形式，这本身就是大胆的行动。他在文中畅所欲言，无拘无束。在记述经历时，他从举孝廉开始，先"欲为一郡守"，接着"欲以泥水自蔽"，然后"欲望封侯作征西将军"，再谈到用兵有节制，消灭群雄，平定北方，贵为宰相，"意望已过"。所言脉络分明，层层深入，得失并举，荣辱无讳。在肯定功绩时，他强调："设使国家无有孤，不知当几人称帝，几人称王。"简单爽快的语句既符合实际情况，也显出自己当仁不让。在表明本志时，他认为"委捐所典兵众"，"归就武平侯国，实不可也"，并要接受对三子的封侯，以避免"己败则国家倾危"的结局。他还谈到自己死后妻妾"皆当出嫁，欲令传道我心"，指出退还三县的食邑是为了"分损谤议"。这些都是直陈心迹，随便不拘，充分表现出曹操作为一个讲求实际的政治家的气度和见识。

以古证今、用典灵活也是本文引人注目之处。文章回顾齐桓、晋文之事，是表示自己执掌大权而无篡汉之意；引用《论语》赞美周文王之语，是表明自己同样以大事小，以强事弱；叙述乐毅、蒙恬的言行而强调深受感动，是突出自己忠于汉朝的心意；提及周公《金縢》之书，是显示自己行文取信于人的诚意；而写到介子推、申包胥之事，则是以此"自省"并过渡到退让三县。作者运用这些典故，或侧重史事，或在于语言，或钦慕前人，或类比自己，都能灵活自然地强调他人"妄相忖度"的虚妄不实，反映自己对汉室的忠贞不贰。这就使文章具有说服力量，也显得庄重典雅。

此外，通篇叙述简洁明白，抒情慷慨激昂，用语不加雕饰，布局周严缜密，这些都使文章具有汉魏风骨。如"除残去秽，平心选举，违迕诸常侍"，"后孤讨禽其四将，获其人众，遂使术穷亡解沮"，"推弱以克强，处小而禽大。意之所图，动无违事，心之所虑，何向不济"，又如"孤每读此二人书，未尝不怆然流涕也"，"孤此言皆肝鬲之要也"等，时代特色明显，感情真挚强烈，格调慷慨悲壮，文笔健美有力，充满了不可阻挡的气势。

为袁绍檄豫州

陈 琳

左将军领豫州刺史郡国相守①：盖闻明主图危以制变，忠臣虑难以立权。是以有非常之人，然后有非常之事；有非常之事，然后立非常之功。夫非常者，故非常人所拟也②。曩者强秦弱主,赵高执柄③,专制朝权,威福由己,时人迫胁,莫敢正言,终有望夷之败④,祖宗焚灭,污辱至今,永为世鉴。及臻吕后季年,产、禄专政⑤,内兼二军,外统梁、赵,擅断万机,决事省禁,下凌上替⑥,海内寒心。于是绛侯、朱虚,兴兵奋怒,诛夷逆暴,尊立太宗⑦。故能王道兴隆,光明显融,此则大臣立权之明表也。

司空曹操,祖父中常侍腾⑧,与左悺、徐璜并作妖孽⑨,饕餮放横⑩,伤化虐民。父嵩,乞丐携养,因赃假位⑪,舆金辇璧,输货权门⑫,窃盗鼎司,倾覆重器⑬。操赘阉遗丑,本无懿德,僄狡锋协⑭,好乱乐祸。幕府董统鹰扬,扫除凶逆⑮,续遇董卓侵官暴国⑯,于是提剑挥鼓,发命东夏⑰,收罗英雄,弃瑕取用。故遂与操同咨合谋,授以裨师⑱,谓其鹰犬之才,爪牙可任。至乃愚佻短略,轻进易退,伤夷折衄⑲,数丧师徒。幕府辄复分兵命锐,修完补辑,表行东郡,领兖州刺史,被以虎文,奖蹙威柄,冀获秦师一克之报⑳。而操遂承资跋扈,肆行凶忒,割剥元元㉑,残贤害善。故九江太守边让㉒,英才俊伟,天下知名,直言正色,论不阿谄,身首被枭悬之诛,妻孥受灰灭之咎㉓。自是士林愤痛,民怨弥重,一夫奋臂,举州同声。故躬破于徐方,地夺于吕布,彷徨东裔,蹈据无所㉔。幕府惟强干弱枝之义,且不登叛人之党㉕,故复援旌擐甲,席卷起征,金鼓响振,布众奔沮㉖。拯其死亡之患,复其方伯之位㉗。则幕府无德于兖土之民,而有大造于操也㉘。

后会銮驾返旆,群虏寇攻㉙,时冀州方有北鄙之警,匪遑离局㉚,故使从事中郎徐勋,就发遣操,使缮修郊庙,翊卫幼主㉛。操便放志专行,胁迁当御省禁㉜,卑侮王室,败法乱纪,坐领三台㉝,专制朝政,爵赏由心,刑戮在口。所爱光五宗,所恶灭三族㉞;群谈者受显诛,腹议者蒙隐戮;百僚钳口,道路以目;尚书记朝会,公卿充员品而已。故太尉杨彪,典历二司㉟,享国极位。操因缘眦睚,被以非罪,榜楚参并,五毒备至,触情任忒,不顾宪网㊱。又议郎赵彦㊲,忠谏直言,义有可纳,是以圣朝含听,改容加饰㊳。操欲迷夺时明,杜绝言路,擅收立杀,不俟报闻。又梁孝王先帝母昆，坟陵尊显，桑梓松柏㊴，犹宜肃恭。而操帅将吏士，亲临发掘，破棺裸尸，掠取金宝，至今圣朝流涕，士民伤怀。操又特置发丘中郎将、摸金校尉，所过隳突㊵，无骸不露。身处三公之位，而行桀虏之态㊶，污国虐民，毒施人鬼。加其细政苛惨，科防互设，罾缴充蹊㊷，坑阱塞路，举手挂网罗，动足触机陷。是以兖、豫有无聊之民㊸，帝都有吁嗟之怨。

历观载籍，无道之臣，贪残酷烈，于操为甚。幕府方诘外奸，未及整训，加绪含容，冀可弥缝㊹。而操豺狼野心，潜包祸谋，乃欲摧挠栋梁，孤弱汉室，除灭忠正，专为枭雄㊺。往者伐鼓北征公孙瓒，强寇桀逆，拒围一年。操因其未破，阴交书命，外助王师，内相掩袭，故引兵造河，方舟北济㊻。会其行人发露，瓒亦枭夷，故使锋芒挫缩，厥图不果㊼。尔乃大军过荡西山，屠各左校，皆束手奉质，争为前登，犬羊残丑，消沦山谷㊽。于是操师震慑，晨夜逋遁，屯据敖仓，阻河为固，欲以螗螂之斧，御隆车之隧㊾。幕府奉汉威灵，折冲宇宙㊿，长戟百万，胡骑千群，奋中黄、育、获之士(51)，骋良弓劲弩之势，并州越太行，青州涉济、漯，大军泛黄河而角其前，荆州下宛、叶而掎其后(52)。雷震虎步，并集虏庭，若举炎火以焫飞蓬，覆沧海以沃熛炭(53)，有何不灭者哉！

又操军吏士，其可战者，皆自出幽、冀，或故营部曲，咸怨旷思归(54)，流涕北顾。其余兖、豫之民，及吕布、张扬之遗众(55)，覆亡迫胁，权时苟从，各被创夷，人为仇敌。若回旆方徂，登高冈而击鼓吹，扬素挥以启降路(56)，必土崩瓦解，不俟血刃。

方今汉室陵迟，纲维弛绝，圣朝无一介之辅，股肱无折冲之势(57)，方畿之内，简练之臣，皆垂头拓翼，莫所凭恃(58)。虽有忠义之佐，胁于暴虐之臣，焉能展其节？又操持部曲精兵七百，围守宫阙，外托宿卫，内实拘执，惧其篡逆之萌，因斯而作。此乃忠臣肝脑涂地之秋，烈士立功之会，可不勖哉(59)！

操又矫命称制(60)，遣使发兵，恐边远州郡，过听而给与，强寇弱主，违众旅叛(61)，举以丧名，为天下笑，则明哲不取也。即日幽、并、青、冀四州并进。书到荆州，便勒见兵，与建忠将军协同声势㉒。州郡各整戎马,罗落境界㉓,举师扬威,并匡社稷,则非常之功,于是乎著。其得操首者,封五千户侯,赏钱五千万。部曲偏裨将校诸吏降者,勿有所问。广宣恩信,班扬符赏㉔,布告天下,咸使知圣朝有拘逼之难。如律令㉕。

【注释】

① 左将军:指刘备。刘备归附曹操后,曹操曾推举刘备为左将军。领:兼任。豫州刺史:刘备依附陶谦,陶谦上表请封刘备为豫州刺史。郡国:汉代地方分郡与国。郡直辖于朝廷,任有郡守。国分封于诸王侯,设有国相。 ② 拟:仿效,比拟。 ③ 曩(nǎng)者:从前。弱主:秦二世胡亥。赵高:秦朝宦官。秦始皇死,他与丞相李斯矫诏,逼死长子扶苏,立胡亥为二世皇帝。他又杀李斯,自任丞相,专断朝政,指鹿为马。后杀秦二世,立子婴。子婴即位,杀死赵高。 ④ 望夷之败:望夷是秦宫名,赵高逼秦二世自杀于望夷宫,故称望夷之败。 ⑤ 臻:至。季年:末年。产、禄:指吕后的侄儿吕产、吕禄。当时他们专权,在内总领南北两军,在外统制梁、赵之地,领兵辅政,权势倾国。 ⑥ 省禁:宫禁之中。凌:侵犯。替:衰败。 ⑦ 绛侯、朱虚:指绛侯周勃和朱虚侯刘章。两人周密安排,平定诸吕,迎立代王刘恒为帝。太宗:指汉文帝刘恒。 ⑧ 司空:官名,为汉代朝廷三公之一。中常侍:官名,东汉时由宦官充任。腾:指曹腾。曹操祖父,东汉宦官,顺帝时为中常侍。后来以定策迎立桓帝有功,封费亭侯,迁大长秋。用事宫中长达三十余年,死后,养子曹嵩嗣为侯。 ⑨ 左悺(guàn)、徐璜:都是东汉宦官。左悺曾为小黄门史,徐璜曾为中常侍。两人与唐衡、单超等合谋诛灭外戚梁冀,因此封侯掌权,横行一时。 ⑩ 饕餮(tāotiè):传说中的凶恶贪食野兽,这里喻指贪残。放横:放纵恣意,横行霸道。 ⑪ 嵩:指曹嵩。曹操之父,字巨高,夏侯氏之子,曹腾无子,讨来作为养子。乞丐:讨求。因赃假位:指用不义之财买官。《后汉书·曹腾传》:"嵩灵帝时货赂中官及输西园钱一亿万,故位至太尉。" ⑫ "舆金"二句:用车子载着黄金宝玉,送到执掌朝政的权贵家里。 ⑬ 鼎司:指三公的职位。东汉以太尉、司空、司徒合称三公,又称三司。鼎:三公的代称。倾覆:使失败,颠覆。重器:国家的宝器,指政权。 ⑭ 赘阉遗丑:附赘于宦官的人遗留的丑类。懿(yì)德:美德。剽(piāo)狡:轻疾勇猛。剽:同"僄"。锋协:同"锋侠",形容锐气极盛,似兵刃之锋利。 ⑮ 幕府:将帅在外的营帐,这里指袁绍。军旅没有固定住所,以帐幕为府署,故称幕府。董统:督察统领。鹰扬:如鹰之奋扬,比喻威武雄壮。扫除凶逆:指袁绍消灭宦官。 ⑯ 董卓:东汉陇西人,字仲颖,灵帝时任并州牧。灵帝死后,应大将军何进的征召,率兵入据京师,废少帝,立献帝,独揽朝政。袁绍等起兵讨伐,他挟持献帝迁都长安,自为太师,并焚毁洛阳。后为王允、吕布所杀。侵:冒犯。暴国:祸害国家。 ⑰ 东夏:中国的东部,这里指勃海。袁绍以勃海太守为讨伐董卓盟军首领。 ⑱ 同咨合谋:共同商议,一齐行动。裨(pí)师:偏师。 ⑲ 愚佻(tiāo):愚蠢轻佻。短略:缺乏谋略。伤夷:同"伤痍",指作战所受的创伤。折:挫折。衄(nǜ):战败。 ⑳ 表行东郡:袁绍曾荐举曹操为东郡太守。被:披。虎文:指虎衣文。奖:奖励。蹙(cù):成。秦师一克之报:春秋时,孟明视等率秦军伐郑,被晋败于崤,再领兵伐晋,又败。但是他们继续为秦穆公所重用,后来渡河焚舟伐晋,取得胜利。一克:终有一次克敌制胜。 ㉑ 承资跋扈:曹操以袁绍给予的权力作为资本,横行霸道,胡作非为。凶忒(tè):凶恶。元元:

平民百姓。　㉒边让：字文礼，陈留浚仪（今河南开封）人，曾任九江太守。他在初平年间，因言议冒犯曹操，被杀。　㉓枭悬：斩首悬头示众。妻孥（nú）：妻子儿女的合称。灰灭之咎：指灭门之罪。　㉔躬：自身，指曹操。徐方：指徐州。吕布：字奉先，东汉末五原九原（今内蒙古包头西北）人。武艺高强。初从并州刺史丁原，继而杀丁原归董卓，又与王允合谋杀董卓。后任奋威将军，封温侯，割据徐州。建安三年（198）为曹操所败，被擒杀。东裔：东部荒远的地方。蹈据无所：没有立足依靠的地方。　㉕惟：思考，谋虑。强干弱枝：强本弱末，指加强中央权力，削弱地方权力。登：增大。叛人：指吕布。　㉖援旌擐（huàn）甲：手持旌旗，身穿甲衣。奔沮（jǔ）：奔走败退。　㉗拯其死亡之患：把曹操从死亡线上救了回来。《文选》李善注引谢承《后汉书》："操围吕布于濮阳，为布所破，投绍。绍哀之，乃给兵五千人，还兖州。"方伯：一方诸侯之长，泛称地方长官。　㉘兖土：兖州，在今山东一带。大造：大成就。　㉙銮驾：帝王的车驾。反斾（pèi）：出师归来，这里指汉献帝从长安返回洛阳。群虏寇攻：众多军阀互相攻打厮杀。　㉚北鄙之警：冀州牧韩馥把冀州让给袁绍，公孙瓒反对袁绍而立刘伯安，率众攻打袁绍。匪遑离局：无暇离开冀州。　㉛翊（yì）卫幼主：辅佐保卫汉献帝。　㉜胁迁：逼迫迁都。汉献帝于建安元年（196）七月回到洛阳，九月被曹操迁到许昌。当御：当值，值班，总管。省禁：禁中，宫中。　㉝三台：尚书为中台，御史为宪台，谒者为外台，合称"三台"。　㉞五宗：五服以内的亲人，即上至高祖下及孙。三族：父族、母族、妻族，一说指父母、兄弟、妻子。　㉟杨彪：字文先。献帝时任司徒、太尉。李傕、郭汜作乱时，全力保护献帝。后来曹操忌恨他，污蔑其有大逆之罪，经孔融相救而幸免于难。典立二司：杨彪曾代董卓为司空，又代黄琬为司徒。　㊱眦睚（zìyá）：发怒时瞪眼睛，指极小的仇恨。榜楚：捶击，鞭打。五毒：五种酷刑。任忒：随意变更。宪网：国家法度。　㊲赵彦：东汉末琅琊人，通术数。献帝时为议郎，曾为帝陈言时策，曹操恶而杀之。　㊳含听：含容采纳。加饰：同"加锡"，加以赏赐。　㊴梁孝王：指汉文帝之子、汉景帝之弟刘武。母昆：同母昆弟。桑梓：桑树、梓树是古代住宅旁常栽的树木。松柏：古人墓地栽种松柏作为标志。　㊵发丘中郎将、摸金校尉：这两种官职史籍未载，当为夸大之词。因此，刘勰《文心雕龙·檄移》说陈琳这篇文章"发丘摸金，诬过其虐"。隳（huī）突：冲撞毁坏。　㊶桀虏：凶暴掳掠。　㊷科防：条律禁令。罾缴（zēngzhuó）：罾是打鱼的网，缴是系在箭上的生丝绳，用来射鸟。充蹊：布满道路。　㊸无聊：生活穷困，无所依赖。　㊹诘：问罪。外奸：指公孙瓒，字伯珪，东汉末辽西令支（今河北迁安西）人。曾大破黄巾军，后与袁绍连年混战。加绪：注意，特意。含容：宽容，忍让。冀可弥缝：希望曹操能够弥补过失，有所悔改。　㊺摧挠：摧折屈服。栋梁：隐指袁绍。枭雄：强横有野心的人物。　㊻造河：到达黄河边上。方舟：两船相并。济：渡河。　㊼行人：使者。枭夷：诛灭。厥图不果：曹操的阴谋未能实现。　㊽大军：指袁绍的军队。过荡：经过扫荡。西山：指常山，在今河北曲阳西北。屠各：当时匈奴部落之一。左校：当时农民起义军之一部分。《文选》李善注引范晔《后汉书》："黑山贼于毒等覆邺城，绍入朝歌鹿肠山破之，斩毒。又击左校郭太贤等，遂及西营屠各战于常山。"奉质：进献人质和贡品，表示臣服。犬羊残丑：对农民起义军和匈奴将士的蔑称。消沦：灭亡。　㊾震慑：震惊害怕。逋逃：逃跑。敖仓：秦代在敖山上所置谷仓名，亦称敖庾。螗蜋：同"螳螂"。御：抵挡。隆车之隧：喻指军队前进。隆车：许多车子。隧：旋转。　㊿折冲：使敌人的战车后撤，即击退敌军。冲：一种战车。　㉛中黄、育、获：指中黄伯、夏育、乌获，都是古代大力勇猛之士。 ㊿② 并州：袁绍以其外甥高干为并州刺史。越太行：高干率军越过太行山来帮助。青州：袁绍以其长子袁谭为青州刺史。涉济、漯(tà)：袁谭领兵渡过济水和漯水来会合。泛：漂浮，指渡过。荆州：刘表时为荆州刺史。下宛、叶：刘表军队从宛、叶出发。宛：地名，在今河南南阳。叶：地名，在今河南叶县西南。角其前、掎(jǐ)其后：掎角之意，角是抓住角，掎是拉住腿，掎角指夹击敌人。 ㊿③ 爇(ruò)：点燃，焚烧。飞蓬：蓬草。沃：浇注。熛(biāo)：燃烧。 ㊿④ 部曲：豪门大族的私人军队。怨旷：怨恨离别长久。 ㊿⑤ 张扬：应作"张杨"，字稚叔，东汉云中人。董卓以他为建义将军。曹操围困吕布，他欲出兵救出吕布，后为部将杨丑所杀。 ㊿⑥ 回旆方徂：指曹操的军队转向投奔袁绍。素挥：白旗。挥：同"徽"，旗，幡。 ㊿⑦ 陵迟：衰落。纲维：法度。弛绝：松懈。一介：一个。股肱：大腿和胳膊，比喻左右辅助得力的人。 ㊿⑧ 方畿之内：国境以内。简练：精选训练。拓翼：指鸟垂翅，形容垂头丧气的样子。凭恃：依靠。 ㊿⑨ 勖(xù)：勉励。 ⑥⓪ 矫命称制：假托皇帝的命令以行事，即挟天子以令诸侯。 ⑥① 过听：误听。寇：指曹操。主：指献帝。违众旅叛：违反民心，帮助反叛。旅：助。叛：指曹操。 ⑥② 建忠将军：指张绣。他以军功著称，迁至建忠将军，封宣威侯。 ⑥③ 罗落：分布排列。 ⑥④ 班扬符赏：颁布并广为宣扬奖赏。符：古代派遣使者或调动军队的凭证。以竹、木、玉、铜等为之，刻上文字，分成两半，各执一半，合之以验真假。 ⑥⑤ 如律令：按法令执行。古代命令性文书结尾多用此语。

【作者简介】

陈琳(？—217)，汉末文学家，字孔璋，广陵(今江苏扬州)人。初为大将军何进主簿。何进欲诛宦官，召四方猛将领兵入京，他曾劝谏，认为这样做将授人以柄，不能成功。后来避难冀州，依附袁绍，袁绍使其主管文章。袁绍失败，他归顺曹操。曹操以其为司空军谋祭酒，管记室，徙门下督。为"建安七子"之一，擅长章表书记。军国文书，多为其所作。曹丕称其"章表殊健"(《与吴质书》)，是"今之隽也"(《典论·论文》)。诗歌仅存四首，以《饮马长城窟行》最著名，描写徭役之苦，真实生动。明人辑有《陈记室集》。

【赏析】

《为袁绍檄豫州》选自《文选》卷四十四，是陈琳代袁绍写的一篇征讨曹操的檄文。

陈琳颇有才气，擅长写作檄文，很能打动人心。《三国志·魏书·王粲传》说陈琳"避难冀州，袁绍使典文章。袁氏败，琳归太祖。太祖谓曰：'卿昔为本初移书，但可罪状孤而已，恶恶止其身，何乃上及父祖邪？'琳谢罪，太祖爱其才而不咎"。所言能使陈琳转危为安、为人赏识的移文就是《为袁绍檄豫州》。此外，《王粲传》裴松之注引《典略》有关陈琳文章医好曹操头痛病的记载，也显露出他的才华。

建安四年(199)，袁绍率领十多万军队，要进攻都城许(今河南许昌)。于是他让陈琳起草檄文，晓谕豫州刺史刘备，揭露曹操的凶残暴虐，希望人们协力讨伐曹操。

这篇檄文一开始就从图危制变入手，展开论述，显得十分有力。作者没有就事论事，而是抓住关键。他认为："明主图危以制变，忠臣虑难以立权。是以有非常之人，然后有非常之事；有非常之事，然后立非常之功。"在国家危难之际，如果蹈常袭故就不能成大事，只有认清形势，随机应变，才能挽救危亡，建功立业。当时，曹操积极发展自己的势力，挟天子以令诸侯，已经形成对他有利的局面。因此，陈琳就把袁绍这次征讨称为救国图存、打击反叛的非常之举，号召人们当机立断，群起响应。为了使图危制变言之有据，令人信服，作者引用史实来证明观点。秦二世时，赵高架空皇帝，专断朝政，作威作福，以致大臣不敢劝谏，终于导致二世被迫自杀，秦朝毁于一旦。这样的惨痛之事是应该认真吸取的历史教训。吕后末年，吕产、吕禄得势，"内兼二军，外统梁、赵，擅断万机，决事省禁，下凌上替，海内寒心"。周勃和刘章面对危急状况，协同行动，铲平诸吕，迎立代王刘恒为汉文帝，使西汉政权得以稳定。这样的成功之举是大臣图危制变的最好例证。作者从正反两方面援引古事，目的就是希望刘备能认清不图危制变的危害，积极效法前贤，响应袁绍起兵，共同完成灭贼扶汉的大业。

檄文接着公开谴责曹操的罪恶，言之有物，言之有序，写得淋漓尽致，很有气势。刘勰《文心雕龙·檄移》说檄移"奋其武怒，总其罪人，惩其恶稔之时，显其贯盈之数，摇奸宄之胆，订信慎之心"。所言要求充分显示自身的威武和愤怒，具体揭露敌人的罪大恶极，彻底动摇他们的胆量。作者把握声讨曹操的重点，从曹操的出身经历、为人处世等方面进行暴露和抨击。文章说曹操祖父曹腾"与左悺、徐璜并作妖孽"，他们沆瀣一气，恃宠作恶。父亲曹嵩"乞丐携养，因赃假位，舆金辇璧"，奔走权门，窃据高位。在非议曹操祖父和父亲的所作所为后，笔锋顺势而下，直指曹操。文中说他出身不好，本无美德，又好生祸端。在讨伐董卓叛乱之中，缺乏谋略，轻率进军，连吃败仗，损兵折将；在担任兖州刺史之时，横行霸道，胡作非为，残害百姓，诛戮贤才；而在独揽汉朝大权之际，更是无视法度，为所欲为，名义效忠汉室，实则独尊自己。文章进一步说他拒绝忠言，滥施刑罚，擅杀大臣，又发掘梁孝王陵墓，"破棺裸尸，掠取金宝"，使得"圣朝流涕，士民伤怀"，还"持部曲精兵七百，围守宫阙，外托宿卫，内实拘执"。所言内容充实，层层深入，把曹操丑恶愚蠢、凶残暴虐的本质暴露无遗。在反映曹操飞扬跋扈、肆行无忌的同时，文章通过回顾曹操与袁绍的关系，揭露他的忘恩负义。袁绍"收罗英雄，弃瑕取用。故遂与操同咨合谋，授以裨师，谓其鹰犬之才，爪牙可任"。每次曹操碰到困难，遭受失败，袁绍总是鼎力相助，使他转危为安，增强实力。尤其是曹操处于"彷徨东裔，蹈据无所"的困境险地时，袁绍出于加强中央政权、削弱地方势力的考虑，努力把曹操从死亡线上挽救回来，并恢复他一方诸侯的地位。袁绍对曹操是有恩德的，然而曹操不是以德报德，而是恩将仇报。当袁绍率军讨伐公孙瓒时，曹操就图谋不轨，表面说发兵帮助袁绍，暗中却与公孙瓒勾结，想危害袁绍。显然，文章在对曹操其人其事的详细叙述中，不仅有力揭露了曹操的凶恶残暴、专权欺主、背义忘德，也充分显示出袁绍讨伐曹操是顺应天道、符合民意的。

为了更好地达到使刘备不依附曹操而归顺袁绍的目的，檄文又分析了双方力量对比和战争形势发展，从中展现出袁绍稳操胜券、袁军声势浩大和胜利指日可待的大好局面。他指出袁绍"奉汉威灵，折冲宇宙，长戟百万，胡骑千群"，战士骁勇，弓弩强劲。袁绍外甥高干是并州刺史，要率军越过太行山来帮助；袁绍长子袁谭是青州刺史，要领兵渡过济水和漯水来会合；荆州刺史刘表与袁绍结盟，他的军队也准备从宛、叶出发。讨伐曹操的大军将形成对曹军的掎角之势。文章进而强调"即日幽、并、青、冀四州并进。书到荆州，便勒见兵"，刘表与张绣会协同作战，而且"州郡各整戎马，罗落境界，举师扬威，并匡社稷"。军队同心协力，士气高涨，锐不可当，无往不胜。文中既尽情渲染袁绍的强盛，又着力写出曹操的衰弱。曹操军队"其可战者"，"咸怨旷思归，流涕北顾"，其余部队大多数是"覆亡迫胁，权时苟从，各被创夷，人为仇敌"。相比之下，强弱情势显而易见，袁胜曹败无可置疑。比较的目的就是使刘备权衡轻重，自然弃曹从袁。文章最后点明讨伐之师将广泛宣扬恩德信义，并公布立功者受封获奖的标准和投降者得到宽待的规定，希望包括刘备在内的天下豪杰加快扶汉的步伐，建立伟大的功业。这样的分析对比鲜明，论如析薪，言之成理，情在其中。

通篇围绕揭露曹操罪恶、号召群起讨伐这一中心，善于选择众多的材料来展开论述，阐明事理。文章叙述事情既有概括描述，又有具体举例，显得真实可信，因而具有很强的说服力。文章先记叙曹操在地方上凶残暴虐，写曹操以袁绍给予的权力作为资本，专横暴戾，"肆行凶忒，割剥元元，残贤害善"，也写九江太守边让"英才俊伟，天下知名"，为人诚实，直言不讳，因言议冲撞曹操而"身首被枭悬之诛，妻孥受灰灭之咎"。文章还反映曹操在朝廷专权横行，写出曹操肆意胡为，总领省禁，冒犯皇室，败坏法纪，"坐领三台，专制朝政，爵赏由心，刑戮在口。所爱光五宗，所恶灭三族"。他身处三公之位，却推行暴政，玷污国家，凌辱百姓，毒害万物。"加其细政苛惨，科防互设，罾缴充蹊，坑阱塞路，举手挂网罗，动足触机陷。"太尉杨彪历任司徒、司空，享有名望，曹操"因缘眦睚，被以非罪，榜楚并兼，五毒备至，触情任忒，不顾宪网"。"议郎赵彦，忠谏直言，义有可纳"，曹操为了迷惑皇上，堵塞言路，就"擅收立杀，不俟报闻"。以事实材料作为例证，概括描述结合具体个案，使檄文材料丰富，事例典型，说理透彻，从而充分表现出曹操的贪残酷烈和无道弃义。

全文讲究骈偶，善于修辞。作者在行文中经常运用排比、对偶等手法，使文章显得句式严整，气势充畅。写曹操横行为人痛恨，则是"士林愤痛，民怨弥重，一夫奋臂，举州同声"。写人们议论被害，官员形同虚设，则是"群谈者受显诛，腹议者蒙隐戮"，"尚书记朝会，公卿充员品"。写曹操包藏祸心，则是"摧挠栋梁，孤弱汉室，除灭忠正，专为枭雄"。写雄师所向无敌，曹军纷纷倒戈，则是

"登高冈而击鼓吹，扬素挥以启降路"。这些排偶语句不仅能丰富语义，增强气势，扩大影响，也显示了整齐对称的完善形式。文中用典也为数不少，而且选用恰当，融化自然。引用司马相如《难蜀父老》中的原话，强调袁绍起兵讨伐的理所当然。谈到秦二世"终有望夷之败"，"绛侯、朱虚，兴兵奋怒"，突出图危制变的重要性。至于"秦师一克之报"，是期望曹操像秦军当年伐晋那样，终有一次克敌制胜。"道路以目"，是指出曹操杜绝言路如同周厉王弭谤，迫使人们不敢说话。这些典故都用得融会贯通，精当贴切，既使檄文典雅精练，又使作者的思想感情得到充分表达。此外，文章比喻层见迭出，生动形象，文中以"饕餮放横"，形容作恶宦官贪残横行；以"幕府董统鹰扬"，形容袁绍如同鹰之奋扬，显得威武雄壮；以"强干弱枝"，形容加强中央管理，削弱地方势力；以"罾缴充蹊"，形容曹操构织法网，陷人于罪；以"螳螂之斧"，形容曹操不自量力，企图阻挡袁军前进；以"举炎火以爇飞蓬，覆沧海以沃熛炭"，形容袁绍取胜易如反掌，曹军不堪一击；以"垂头搨翼"，形容大臣受压，垂头丧气，委靡不振。上述贴切自然的比喻，把所写人事的特点和作者褒善贬恶之意形象地反映出来，具有加深印象、激发感情的作用。

在古代用于晓谕、征召、声讨的檄文中，本文是历来传诵的名篇。文章放言无惮，鞭辟入里，刚健有力，充满气势。正如刘勰《文心雕龙·檄移》所说，陈琳这篇文章"壮有骨鲠，虽奸阉携养，章密太甚，发丘摸金，诬过其虐；然抗辞书衅，皦然露骨"。

出　师　表

诸葛亮

先帝创业未半而中道崩殂①，今天下三分，益州疲弊②，此诚危急存亡之秋也③。然侍卫之臣不懈于内，忠志之士忘身于外者④，盖追先帝之殊遇⑤，欲报之于陛下也⑥。诚宜开张圣听⑦，以光先帝遗德，恢弘志士之气⑧，不宜妄自菲薄⑨，引喻失义⑩，以塞忠谏之路也。宫中府中俱为一体⑪，陟罚臧否，不宜异同⑫。若有作奸犯科及为忠善者⑬，宜付有司论其刑赏⑭，以昭陛下平明之理⑮，不宜偏私，使内外异法也⑯。

侍中、侍郎郭攸之、费祎、董允等⑰，此皆良实，志虑忠纯，是以先帝简拔以遗陛下⑱。愚以为宫中之事，事无大小，悉以咨之⑲，然后施行，必能裨补阙漏，有所广益⑳。将军向宠㉑，性行淑均㉒，晓畅军事，试用于昔日㉓，先帝称之曰能，是以众议举宠为督㉔。愚以为营中之事，事无大小，悉以咨之，必能使行阵和睦，优劣得所㉕。亲贤臣，远小人，此先汉所以兴隆也㉖；亲小人，远贤臣，此后汉所以倾颓也㉗。先帝在时，每与臣论此事，未尝不叹息痛恨于桓、灵也㉘。侍中、尚书、长史、参军㉙，此悉贞亮死节之臣也㉚，愿陛下亲之信之，则汉室之隆，可计日而待也㉛。

臣本布衣，躬耕于南阳㉜，苟全性命于乱世，不求闻达于诸侯㉝。先帝不以臣卑鄙㉞，猥自枉屈㉟，三顾臣于草庐之中，咨臣以当世之事。由是感激，遂许先帝以驱驰㊱。后值倾覆㊲，受任于败军之际，奉命于危难之间㊳，尔来二十有一年矣㊴。先帝知臣谨慎，故临崩寄臣以大事也㊵。受命以来，夙夜忧叹，恐托付不效，以伤先帝之明㊶，故五月渡泸，深入不毛㊷。今南方已定，兵甲已足，当奖率三军，北定中原㊸，庶竭驽钝㊹，攘除奸凶㊺，兴复汉室，还于旧都㊻。此臣所以报先帝，而忠陛下之职分也。至于斟酌损益㊼，进尽忠言，则攸之、祎、允之任也。

愿陛下托臣以讨贼兴复之效㊽；不效，则治臣之罪，以告先帝之灵。若无兴德之言，则责攸之、祎、允等之咎，以彰其慢㊾。陛下亦宜自谋，以咨诹善道㊿，察纳雅言○51，深追先帝遗诏○52。臣不胜受恩感激。今当远离，临表涕泣，不知所云。

【注释】

①先帝：指蜀昭烈帝刘备。创业未半：刘备建立蜀汉政权，不久就去世，他想统一中国的目标远未实现。崩殂(cú)：皇帝之死叫崩，又叫殂。 ②三分：指魏、蜀、吴三国割据鼎立。益州：汉置益州，包括今四川及云南、贵州、陕西部分地区，这里指蜀汉统治区。疲弊：这里指国力贫弱。 ③诚：实在是。秋：这里指关键的时刻。 ④"然侍卫"二句：可是朝内大臣毫不懈怠而朝外志士尽忠忘我的原因。内：内廷，宫廷。外：执政机构或战场。 ⑤盖：发语词，表示说明原因。追：追念。殊遇：特殊的礼遇。 ⑥陛下：对皇帝的敬称，此指后主刘禅。 ⑦开张圣听：广开言路，听取意见。圣：对皇帝的尊称。 ⑧光：发扬光大。恢弘：发扬振奋。 ⑨妄自菲薄：随便看轻自己。 ⑩引喻失义：说话不合道理。引喻：称引譬喻。 ⑪宫中：指宫中侍奉皇上的近臣。府中：指丞相府中的官员。俱为一体：内廷和相府都是一个整体。 ⑫陟(zhì)：提升。臧否(zāngpǐ)：赞美和贬斥。不宜异同：不应有所差异。 ⑬作奸犯科：营私舞弊，违法乱纪。科：法律条文。 ⑭有司：主管官吏。论：评断。 ⑮昭：显示。平明：公平英明。理：治。 ⑯内外异

法：指宫中府中法纪不同。　⑰侍中、侍郎：官名，都是侍奉皇帝的近臣。郭攸之：字演长，南阳人，有器识才学，当时任侍中。费祎(yī)：字文伟，江夏人，刘禅即位时任黄门侍郎，曾出使吴国，回来之后升为侍中。董允：字休昭，枝江人，当时任黄门侍郎。三人都有德才，为诸葛亮所器重。　⑱良实：善良笃实。志虑忠纯：志向思想忠诚纯洁。简拔：选拔。　⑲愚：诸葛亮的谦称。咨：询问，商量。　⑳裨(bì)补阙漏：弥补缺漏。裨：弥补。阙：同"缺"。有所广益：有更多的获益。　㉑向宠：字巨违，襄阳宜城人。刘备时为牙门将。刘备伐吴兵败，只有向宠的部队完好无损，诸葛亮认为他善于治军。刘禅继位，封都亭侯，为中部督，掌管禁兵。　㉒淑均：善良公平。淑：善。均：平。　㉓晓畅：通晓，熟悉。试用于昔日：指向宠曾随刘备伐吴，蜀兵大败，唯他所部独无损失。　㉔督：中部督，统领禁卫军。　㉕行阵：指军队。优劣得所：军中各部能按力量强弱，将士能按才能大小，得到合理安排。　㉖先汉：指西汉。　㉗后汉：指东汉。倾颓：倾覆衰败。㉘桓：东汉桓帝刘志。灵：东汉灵帝刘宏。当时外戚骄横，宦官专权，政治极端腐败，正直人士遭到禁锢和捕杀，终于造成天下大乱，汉室名存实亡。　㉙侍中：指郭攸之和费祎。尚书：协助皇帝处理政务的官吏，这里指陈震，字孝起，南阳人，建兴三年(225)拜尚书。长史：汉时在丞相府及三公府(太尉、司徒、司空)协助管理政务的官吏。这里指张裔，字君嗣，蜀郡成都人，当时以射声校尉领留府长史。参军：丞相府属官，这里指蒋琬，字公琰，零陵湘乡人，时为参军，与长史张裔统留府事。　㉚贞亮：坚贞可靠。死节：能以死殉节，报效国家。　㉛计日而待：指成功很有把握。　㉜布衣：平民。躬耕：亲自耕种。南阳：郡名，今属河南。诸葛亮隐居在南阳邓州的隆中。　㉝闻达：有名声，做大官。㉞卑鄙：卑微鄙陋，谦辞。　㉟猥(wěi)：谦辞，表示谦卑。枉屈：屈尊，降低自己的身份。　㊱驱驰：奔走效劳。　㊲值：遇到。倾覆：失败，指建安十三年(208)刘备在当阳长坂被曹操打败之事。　㊳"受任"二句：在战败之时接受委任，在危难之中执行使命。这两句指刘备当阳兵败，退至夏口(今湖北武汉)，派诸葛亮赴东吴，联合孙权，共御曹操。㊴"尔来"句：到现在已有二十一年了。从建安十二年(207)刘备与诸葛亮在隆中相遇，到建兴五年(227)诸葛亮上表北伐，经过二十一年。有：同"又"。　㊵临崩寄臣以大事：《三国志·蜀书·诸葛亮传》载，章武三年(223)，刘备伐吴兵败，病危于永安(今重庆奉节东)，临终对诸葛亮嘱托后事，他说："君才十倍曹丕，必能安国，终定大事。若嗣子可辅，辅之；如其不才，君可自取。"诸葛亮涕泣说："臣敢竭股肱之力，效忠贞之节，继之以死！"刘备又对刘禅说："汝与丞相从事，事之如父。"　㊶夙夜忧叹：早晚忧愁叹息。夙夜：朝夕。不效：不见成效。伤先帝之明：有损先帝知人之明。　㊷五月渡泸：建兴三年诸葛亮率军南征，渡过泸水，平定叛乱，稳定了后方。泸：泸水，指今雅砻江下游及其汇入金沙江后的金沙江河段。据说泸水湿热多瘴气，三四月很少有人渡河，五月渡河就更加困难。不毛：不生草木五谷，指荒凉之地。　㊸奖率：奖励，率领。北定中原：出兵北方，夺取曹魏所占地区。　㊹庶：希望，愿意。驽钝：劣马钝刀，自谦才能低下。　㊺攘除：排除。奸凶：指曹魏。　㊻汉室：汉王朝。旧都：指东汉都城洛阳。　㊼斟酌损益：权衡得失，考虑取舍。　㊽效：功效，成效。　㊾慢：怠慢，疏忽。彰其慢：显示他们的过失。　㊿咨诹(zōu)：询问。善道：指治国的良好意见和方法。　㉛察纳：考察，采纳。雅言：正确的言论。　㉜先帝遗诏：《三国志·蜀书·先主传》裴松之引注《诸葛亮集》载先主遗诏敕后主曰："勿以恶小而为之，勿以善小而不为。惟贤惟德，能服于人。"

【作者简介】

诸葛亮(181—234),三国蜀汉政治家、军事家,字孔明,琅琊阳都(治今山东沂南南)人。早年避难荆州,躬耕陇亩,留心世事,自比管仲、乐毅,被人称作"卧龙"。建安十二年(207),刘备三顾茅庐,他出山辅佐刘备。随后联合孙权,对抗曹操,西取益州,建立蜀汉,与魏、吴形成三分鼎立的局面。曹丕代汉自立,他劝刘备称帝,任丞相。建兴元年(223)刘禅继位,他被封为武乡侯,领益州牧,政事不论大小,都由他决定。当政期间,励精图治,严明法纪,发展农业生产,注意与西南各族改善关系,有利于当地经济和文化的发展。为实现统一,他东联孙吴,前后六次出师北伐曹魏,未能成功,鞠躬尽瘁,病死于军中。谥忠武侯。诸葛亮并不以文学著称,但是他的文章写得周密畅达,被刘勰称为"志尽文畅"(《文心雕龙·章表》)。《出师表》等文章是他的代表作,常为后人所称道。

【赏析】

《出师表》选自《三国志·蜀书·诸葛亮传》,是诸葛亮在蜀汉建兴五年(227)准备出师北伐曹魏时写给后主刘禅的一篇奏章。篇名为后人所加,又称"前出师表"。建兴六年(228)诸葛亮再次上表,坚持北伐,故后人为与前者区别,就称之为"后出师表"。

当时,蜀汉政权与曹魏集团、孙吴势力形成鼎立的局面。三国之中,魏国已经统一了北方,经济不断恢复,弊政有所改革,国家实力较强。吴国占据长江中下游,土地肥沃,孙氏经营了三代,根基牢固。相比之下,蜀国虽然地势险要,但是地处偏远,经济落后,国力不强。刘备欲报吴国杀死关羽夺取荆州之仇,全力伐吴,却大败而归。这使国力遭到严重削弱,并导致吴蜀矛盾更加激化。随后,刘备病逝,继位的刘禅幼弱。因此,蜀国面临的形势是非常严峻的。诸葛亮统领军国大事,既要密切注意曹魏动向,又要妥善处理蜀吴关系,还要兴利除弊,治国安民。他为了救亡图存,进而统一天下,就从政治军事的实际情况出发,采取了以攻为守的策略,坚决主张北伐。正如《后出师表》所说:"不伐贼,王业亦亡,惟坐待亡,孰与伐之?"

诸葛亮想消除后顾之忧,就在出发前对国内各方面的事情做了全面考虑与适当布置。《出师表》在追怀刘备和分析时势的基础上,反复劝勉刘禅在蜀国疲弊、时局危急的情况下,继承刘备的遗志,听取劝谏,亲贤使能,执法如一,奖罚分明,励精图治。文章又陈述作者报效先帝、忠于蜀汉的情怀和北取中原、讨贼兴汉的坚强意志。作者的思想品德、政治主张和献身精神都在表中得到充分体现。何焯指出:"以不懈于内任群司,以往身于外自效,以修身正家、纳谏任人责难其主,盖此又兴复之本也。其真王佐之才,与伊训、说命相表里欤。"(《义门读书记·三国志》)由于《出师表》等重要文章和作者努力奋斗事迹的记载与流传,一位既有惊人智慧、绝世才干又能鞠躬尽瘁、死而后已的人物形象,就栩栩如生地活跃在《三国志》的人物画廊之中,并成为封建社会洁己奉公、克尽厥职、富有智谋的名臣和中国人民智慧的象征。《出师表》思虑深远,辞意恳切,是千古流传的名篇,历来受到人们的高度评价。苏轼就说诸葛亮"不以文章自名,而开物成务之姿,综练名实之意,自见于言语。至《出师表》简而尽,直而不肆,大哉言乎"(《乐全先生文集叙》)。

首先,文章希望刘禅有所作为,采纳忠言,严明法纪。"先帝创业未半而中道崩殂,今天下三分,益州疲弊,此诚危急存亡之秋也。"开头数语明言蜀国形势危急,作者忧国之情已跃然纸上。所言突出刘备所创之业是兴复汉室、统一天下的大业,然而他的事业并未成就,眼前国小兵弱的蜀国在天下三分的形势下,如果不发愤图强,就很难与魏、吴持久并存。这样的概括论述开门见山,洞见症结,不仅使刘禅正视危机,也为后面叙述奠定基础。文章又指出虽然国家正处在危急存亡的关头,但是文臣武将都追念刘备恩遇,忠心为国效力,"侍卫之臣不懈于内,忠志之士忘身于外"。这是蜀国稳定政权、渡过难关的有利条件,必须充分利用。文章接着对修明内政提出具体建议。一是刘禅应该"开张圣听",多听群臣的忠言,只有这样才能发挥大家的聪明才智,才能光大刘备遗留的美德,发扬志士的气节。如果胸无大志,妄自菲薄,偏安一隅,贪图安逸,言谈违背义理,就会堵塞臣子忠心进谏的道路。二是赏罚必须公正严明,不徇私情。皇宫和相府的官员同为一朝的臣子,凡是有所奖惩不应有异。如有犯法作恶的或尽忠立功的,就应交给有关部门来讨论他们的刑罚或奖赏。不应当偏袒终日相处的宫中人们,使朝内朝外有不同的法度。这样的主张是非常正确的。作者恪守君臣之礼,语气委婉,连说"宜"与"不宜",指出应该与否,未谈刘禅做得怎样,而事实上都是切中要害的。刘禅既无抱负又无才,即位以后不思进取,而亲近小人,宠信宦官。诸葛亮正是针对刘禅平庸暗弱的特点而进行劝谏的。

其次,文章向刘禅推荐可以信用的人才,强调任人唯贤。尽管反复劝谏,但是作者仍有所忧虑,于是更加具体地指出宫中应该任用哪些人,从文官到武将,从性情到才能,从刘备选拔到众人推举,逐一列举,详尽叙述。他指出"侍中、侍郎郭攸之、费祎、董允等,此皆良实,志虑忠纯,是以先帝简拔以遗陛下","将军向宠,性行淑均,晓畅军事,试用于昔日,先帝称之曰能,是以众议举宠为督",要求重视和信用这些先帝所简拔称道的文武大臣,让他们分别主持朝中政务和统率禁卫部队。显然,坚贞可靠者掌握后方的军政大权,国事就不会发生紊乱,诸葛亮也就能减少后顾之忧。文章对宫中用人言之甚详,认为宫中之事无论大小,都要询问忠良诚实、和善公正的人,"然后施行,必能裨补阙漏,有所广益"。这是为了防止宦官弄权,小人得志,贻误国事。随后,诸葛亮回顾历史,用西汉兴盛、东汉衰败的事实为例,郑重指出能否"亲贤臣,远小人"是直接关系到国家盛衰成败的大事,并表示自己与刘备都极其痛恨桓、灵时宦官专权、外戚骄横、贤良被害、政治腐败的现象,以期引起刘禅的警觉与重视。他强调自己所举荐的人都是"贞亮死节之臣",进而鼓励刘禅具有远大理想,亲近贤臣,疏远小人,如果这样做,那么汉室的兴复"可计日而待"。对府中之事,作者言之甚少,这是因为刘禅不大过问政事,宫中无事,府中自然安宁。文章至此,援引史实,总结经验,议论朝政,提出建议,显出作者开诚布公,语重心长,安排周到。很早就有人"怪亮文彩不艳,而过于丁宁周至"(《三国志·蜀书·诸葛亮传》)。其实,对于刘禅这样的人,诸葛亮所言必须明白恳切,周详备至,否则根本无法使其对事关大局的问题有所认识。

再者,文章叙述作者的经历,表示其兴复汉室的决心。"臣本布衣,躬耕于南阳,苟全性命于乱世,不求闻达于诸侯。"作者叙述自己原本只求在乱世中保全性命,并不想扬名天下。由于刘备求贤若渴,三顾茅庐,个人深受知遇之恩,"遂许先帝以驱驰"。后来刘备历经挫折,自己"受任于败军之际,奉命于危难之间",虽然备尝艰难,但是坚持不渝,"尔来二十有一年矣"。在回忆自己受到刘备重用的经过后,作者着重谈到"先帝知臣谨慎,故临崩寄臣以大事"。显然,这是刘备对诸葛亮的极大信任和临终嘱托。因此,他"受命以来,夙夜忧叹,恐托付不效,以伤先帝之明"。于是诸葛亮勇敢地承担起北定中原、兴复汉室的重大责任。他强调"今南方已定,兵甲已足",应该"奖率三军",出师北伐,完成刘备的遗志。这既是报答刘备的知遇之恩,又是忠于刘禅的职责本分。可见,作者叙述刘备对自己的殊遇和重托,表明自己北伐的坚定意志和对蜀汉事业的无限忠诚,写得坦率详明,生动形象,变化自如,逐层深入。这是诸葛亮对刘备感激和忠贞之情的自然流露,也是对刘禅的劝导和激励。

最后,文章在强调各负其责的基础上,要求刘禅自谋,听取有益意见。"愿陛下托臣以讨贼兴复之效;不效,则治臣之罪,以告先帝之灵。"作者不怕困难,勇于负责,主动表示如果不能取得成绩就甘愿受罚,并要求郭攸之、费祎、董允等忠于职守。他将要离开朝中北伐曹魏,面对年轻暗弱的刘禅总是放心不下,所以再次告诉刘禅要"咨诹善道,察纳雅言",牢记先帝遗诏,并付诸实践。这就与前文"开张圣听""亲贤臣,远小人"的论述前后呼应,进一步表现出诸葛亮对国家的忠心耿耿、对刘禅的关怀备至。当然,作者能不厌其烦地劝告刘禅必须集思广益,听取良言,这与他平时谨慎处事、虚心纳谏是分不开的。

诸葛亮是一位卓越的政治家、军事家,而不是文学家。不过,这篇文章写得很好,包含了十分丰富的内容。作者匡复天下的志向,竭忠尽节、大公无私的品格,鞠躬尽瘁、死而后已的精神,秉公执法、不徇私情的风范,都在文中得到充分展现,给人留下极其深刻的印象,令千秋万代之后,高山仰止,无与比肩者。正如陆游所说:"出师一表真名世,千载谁堪伯仲间。"(《书愤》)同时,作者壮志未酬,事业未成,也使多少后人为之扼腕叹息。杜甫就在叙述和评价诸葛亮一生业绩时,发出了"出师未捷身先死,长使英雄泪满襟"(《蜀相》)的感慨。

全文脉络清晰,结构严密,语言质朴,见解精辟,尤其是感情深厚,对比鲜明。通篇不长,却有十三处提到"先帝",可见诸葛亮对蜀汉的赤胆忠心和对刘禅的良苦用心。刘备真正信用诸葛亮，诸葛亮全力辅佐刘备，君臣亲密无间，同心同德。特别是刘备临终嘱托，更使诸葛亮流涕说自己"敢竭股肱之力，效忠贞之节，继之以死"（《三国志·蜀书·诸葛亮传》）。作者在这篇文章中也表示受命以来，日夜忧虑，担心付托不能奏效，损伤先帝知人之明。他的为人处世就是要报答刘备，忠于刘禅。然而，刘禅昏庸无能，信用小人，这使将要北伐远行的诸葛亮十分担心。因此，他就时时提起先帝，谈到遗德、遗诏，推荐刘备称赞和信用的人才，而且谆谆告诫，反复叮咛，希望刘禅能够感激发奋，有所作为。显然，作者的真挚感情发自肺腑，感人至深。文中在叙事说理时，常常采用对比的手法。在谈到不应"内外异法"时，以宫中与府中对比，强调"宫中府中俱为一体"。在总结历史经验教训时，以西汉与东汉对比，认为"亲贤臣，远小人，此先汉所以兴隆也；亲小人，远贤臣，此后汉所以倾颓也"。在回顾往事、抒发感情时，以作者原来的打算与眼前北伐的决心对比，坦言诸葛亮当初并不想向诸侯谋求高官厚禄和显赫名声，如今就要北伐曹魏，"攘除奸凶，兴复汉室，还于旧都"。这些鲜明的对比充实了论据，突出了观点，也容易引起刘禅的注意。总之，文章有为而发，不事雕琢，言之成理，逻辑性强。或从感情上激励，或在比较中说理，凡所论述显得朴实清新，细致周详，堪称"志尽文畅"（《文心雕龙·章表》）的典范之作。

典论·论文

曹　丕

文人相轻①，自古而然。傅毅之于班固，伯仲之间耳②，而固小之③，与弟超书曰④："武仲以能属文为兰台令史⑤，下笔不能自休⑥。"夫人善于自见⑦，而文非一体，鲜能备善⑧。是以各以所长，相轻所短。里语曰⑨："家有弊帚，享之千金⑩。"斯不自见之患也⑪。

今之文人，鲁国孔融文举⑫，广陵陈琳孔璋⑬，山阳王粲仲宣⑭，北海徐幹伟长⑮，陈留阮瑀元瑜⑯，汝南应玚德琏⑰，东平刘桢公幹⑱：斯七子者⑲，于学无所遗⑳，于辞无所假㉑，咸以自骋骥骤于千里㉒，仰齐足而并驰㉓。以此相服，亦良难矣。盖君子审己以度人㉔，故能免于斯累而作《论文》㉕。

王粲长于辞赋，徐幹时有齐气，然粲之匹也㉖。如粲之《初征》《登楼》《槐赋》《征思》㉗，幹之《玄猿》《漏卮》《圆扇》《橘赋》㉘，虽张、蔡不过也㉙。然于他文未能称是㉚。琳、瑀之章表书记，今之隽也㉛。应玚和而不壮，刘桢壮而不密㉜。孔融体气高妙，有过人者，然不能持论，理不胜辞㉝，以至乎杂以嘲戏，及其所善，扬、班俦也㉞。

　　常人贵远贱近，向声背实㉟，又患暗于自见，谓己为贤。夫文，本同而末异㊱，盖奏议宜雅，书论宜理，铭诔尚实，诗赋欲丽㊲。此四科不同，故能之者偏也；唯通才能备其体。

　　文以气为主；气之清浊有体，不可力强而致㊳。譬诸音乐，曲度虽均㊴，节奏同检㊵；至于引气不齐㊶，巧拙有素，虽在父兄，不能以移子弟。

　　盖文章经国之大业㊷，不朽之盛事㊸。年寿有时而尽，荣乐止乎其身，二者必至之常期，未若文章之无穷。是以古之作者，寄身于翰墨㊹，见意于篇籍，不假良史之辞㊺，不托飞驰之势㊻，而声名自传于后。故西伯幽而演《易》㊼，周旦显而制《礼》㊽，不以隐约而弗务㊾，不以康乐而加思㊿。夫然，则古人贱尺璧而重寸阴，惧乎时之过已㉛。而人多不强力㉜，贫贱则慑于饥寒，富贵则流于逸乐，遂营目前之务，而遗千载之功。日月逝于上，体貌衰于下，忽然与万物迁化㉝，斯志士之大痛也！融等已逝，唯幹著论，成一家言㉞。

【注释】

　　① 相轻：互相轻视。　② 傅毅：字武仲，茂陵（今陕西兴平）人，东汉文学家。章帝时为兰台令史，与班固共同主持校订古籍的工作。班固：字孟坚，东汉史学家和文学家，《汉书》的作者。伯仲之间：像伯仲之间那样相差无几，这里比喻才能相差不远。伯仲：古代习惯以称兄弟次序。　③ 小：轻视，贬低。　④ 超：班超，字仲升，班固之弟，东汉名将。曾多次出征，巩固了汉在西域的统治，并击退了匈奴的反扑和西域地区贵族的变乱，维护西域各族的安全及丝绸之路的畅通。　⑤ 属（zhǔ）文：写文章。属：连缀。兰台：汉代官廷藏书的地方，由御史中丞兼管，后又设置兰台令史，主持校理图书和掌管奏章的工作。⑥ 下笔不能自休：下笔自己控制不了。这是讥评其为文冗长，缺少剪裁。　⑦ 善于自见：善于自见所长。　⑧ 鲜能备善：很少能兼备各种文体的长处。鲜：少。备善：指都写得好。⑨ 里语：俗语，谚语。里：里巷，民间。　⑩ "家有"二句：家有破旧的扫帚，也把它当成价值千金的东西。这是比喻人们不但看不见自己的缺点，反而把缺点当作优点。弊帚：破旧的扫帚。享：当。《东观汉记·光武帝纪》："家有弊帚，享之千金。"　⑪ 斯不自见之患也：这就是不能自见其短的害处。　⑫ 孔融：字文举，东汉鲁国（今山东曲阜）人。曾任

北海相，后被曹操所杀。　⑬陈琳：字孔璋，东汉广陵（今江苏扬州）人。初为何进主簿，后归袁绍。袁绍失败，归附曹操。　⑭王粲：字仲宣，东汉山阳高平（治今山东微山两城镇）人。年轻时就很有才名。曾因避难到荆州，依附刘表，未被重用，后归附曹操。　⑮徐幹：字伟长，东汉北海剧（治今山东昌乐西）人。曾被曹操任为司空军谋祭酒掾属，五官中郎将文学。　⑯阮瑀：字元瑜，东汉陈留（治今河南开封陈留镇）人。为曹操司空军谋祭酒，管记室，后为仓曹掾属。善作书檄，又能诗。　⑰应玚（yáng）：字德琏，东汉汝南南顿（治今河南项城南顿镇）人。曹操征召为丞相掾属，后为五官中郎将文学。　⑱刘桢：字公幹，东汉东平宁阳（治今山东宁阳南）人，为曹操丞相掾属。其五言诗在当时负有重名。　⑲斯：此。七子：指上举七人。"七子"之称，源出于此。后世称为建安七子或邺下七子。除孔融因触怒曹操被杀外，其余六人都为曹氏效力，形成曹魏文学集团。　⑳于学无所遗：无所不学。遗：余留。　㉑于辞无所假：无所因袭，能自创新辞。假：借，依傍。　㉒咸：都。骋：驰骋。骥骦（jì lù）：千里良马。　㉓仰齐足而并驰：仗恃才力相等而并驾齐驱。仰：恃。　㉔君子：有道德有修养的人，这里是曹丕自谓。审己以度人：能审察自己然后衡量别人。审：审察。度：衡量。　㉕故能免于斯累：所以能免除"文人相轻"的毛病。累：弊病。而作《论文》：于是平心地写出这篇《论文》。　㉖齐气：舒缓的个性和风格。古人认为舒缓是齐地特殊的风俗习惯，影响到作家的个性和作品的风格，呈现出诗文的舒缓气象，称为齐气。《左传·襄公二十九年》记载公子札来观周乐，乐工"为之歌《齐》，曰'美哉，泱泱乎，大风也哉'"。服虔注："泱泱，舒缓深远，有太和之意。"《文选》李善注："言齐俗文体舒缓，而徐幹亦有斯累。"徐幹是齐地人，故有舒缓的文章风格。匹：匹敌，指水平相当。　㉗《初征》《登楼》《槐赋》《征思》：都是王粲所作的辞赋，《初征赋》《槐赋》见严可均辑《全后汉文》，《登楼赋》见《文选》，《征思赋》已佚。　㉘《玄猿》《漏卮》《圆扇》《橘赋》：都是徐幹所作的辞赋，《圆扇赋》见严可均辑《全后汉文》，《玄猿赋》《漏卮赋》《橘赋》已佚。　㉙张、蔡：指张衡、蔡邕。张衡，东汉文学家、科学家，擅长辞赋，代表作有《西京赋》《东京赋》《思玄赋》等。蔡邕，东汉文学家、书法家，亦擅长辞赋，赋作有《述行赋》。不过：不能超过。　㉚称：相符，相称。是：此。这句说，王粲、徐幹写起其他文体的文章，就不能像辞赋那样好了。　㉛章表书记：都是古代的应用文，章、表是臣下上奏君主的文章，书、记是往来的函件。陈琳长于章、表，阮瑀长于书、记。隽：通"俊"，杰出。　㉜和而不壮：和谐而不雄壮。壮而不密：雄壮而不精密。　㉝持论：立论。理不胜辞：长于辞句，短于说理。　㉞杂以嘲戏：在文中夹杂嘲讽和戏谑之词。孔融《与曹公书》言"武王伐纣，以妲己赐周公"，就是嘲戏的例子。扬、班：指扬雄、班固。扬雄有《解嘲》，班固有《答宾戏》，是嘲戏之作中的名篇。俦：匹配。这是说，孔融杂以嘲戏的文章，好的可以与扬雄、班固的这类文章相比。　㉟向声背实：崇尚虚名，不重实际。向：趋向。背：背弃。　㊱本同：指一切文章的共同性。末异：指不同文体的特殊性。　㊲"盖奏议"四句：奏议必须典雅庄重，书论应该说理明白，铭诔则是崇尚真实，诗赋要求词采华丽。　㊳气：主要指作家的才气。清浊：意近于《文心雕龙·体性》所说的气有刚柔，刚近于清，柔近于浊。体：区别。不可力强而致：不是勉强可以达到的。　㊴曲度虽均：曲调的高低虽然相同。均：同。　㊵节奏同检：音节的缓急同一法度。检：法度，规定。　㊶引气不齐：指吹奏时行腔运气不一致。引：导引。　㊷经国之大业：治国的重大事业。　㊸不朽之盛事：永久流传的盛大事业。《左传·襄公二十四年》："太上有立德，其次有立功，其次有立言。虽久不废，此之谓不朽。”文章属于立言的范围，所以说是不朽之盛事。 ㊹ 翰墨：笔墨，指文章。寄身于翰墨：从事文章写作。 ㊺ 不假良史之词：不凭借优秀历史家的记载。假：借。 ㊻ 不托飞驰之势：不依托飞黄腾达的势力。飞驰之势：高官显宦出则高车驷马，声势赫赫。 ㊼ 西伯：周文王，殷时为西伯。幽：囚禁。《史记·太史公自序》：“昔西伯拘羑里，演《周易》。” ㊽ 周旦：周公旦，武王之弟，成王之叔。显：显达。制《礼》：作《周礼》。 ㊾ 不以隐约而弗务：不因为穷困不得志就不致力于著述。隐约：穷困。 ㊿ 不以康乐而加思：不因为富贵安乐就转移著述的念头。加：移。 (51)“则古人”二句：《淮南子·原道》：“故圣人不贵尺之璧而重寸之阴，时难得而易失也。” (52) 强力：努力。 (53) 迁化：迁移变化，指死亡。 (54)“唯幹著论”二句：只有徐幹著有《中论》，成为一家之言。徐幹有《中论》二十篇，曹丕认为这能“成一家言”，传于后代，算是“不朽”之事。

【作者简介】

曹丕(187—226)，即魏文帝，三国时魏国的建立者，文学家，字子桓，沛国谯(今安徽亳州)人，曹操次子。建安十六年(211)，为五官中郎将、副丞相。建安二十二年(217)，立为魏太子。建安二十五年(220)，曹操病故，他袭为魏王，随即代汉自立，世称魏文帝。他即位后，采纳陈群的建议，实行九品中正制，尚能保持曹操用人不计门第的原则，这与后来司马氏当政时保证世族特权的做法有区别。曹丕不仅是邺下文人集团的核心成员，也是建安文学的重要作家。他爱好文学，重视著述，在创作和理论方面都有所成就。他的诗歌受到民歌体裁的影响，形式多样，语言自然，描写细致。其中《燕歌行》写女子思念远行的丈夫，抒情委婉，音节和谐，是现存最早的完整的七言诗。所著《典论·论文》和《与吴质书》是我国较早的文学批评重要著作，对后代文学批评的发展发挥了积极的作用。曹丕比较喜欢华美的文章。鲁迅《魏晋风度及文章与药及酒之关系》说曹丕和“其弟曹植，还有明帝曹叡，都是喜欢文章的。不过到那个时候，于通脱之外，更加上华丽”，又指出“汉文慢慢壮大起来，是时代使然，非专靠曹操父子之功的。但华丽好看，却是曹丕提倡的功劳”。曹丕的散文说理详密，文辞流丽，感情浓郁。有《魏文帝集》。

【赏析】

《典论·论文》选自《文选》卷五十二，是我国文学批评史上较早的一篇专论。

《典论》是曹丕精心写作的专著。《隋书·经籍志》著录为五卷。《宋史》以后，始不复著录，盖已久佚。清严可均辑其佚文，收在《全三国文》卷八。《典论》至今保存完好无缺的仅有两篇，一篇是《自叙》，见于《三国志·魏书·文帝纪》裴松之注；一篇是《论文》，见于《文选》。据《艺文类聚·赞述太子表》可知，曹丕写成《典论》是在做太子时。又从《论文》谈及建安七子已逝的情况看，成文的时间应该在建安后期。

作为我国文学批评史上长篇论著的开始，《典论·论文》已经涉及文学史上有关文学批评的一些重大问题，包括文学价值、作家个性与作品风格、文体、批评态度等问题。作者批评轻视文学的观点，重视文学的独立地位，提出自己的文学见解。在此之前，固然存在一些有关文学的意见和论及文学批评的片断文章，如卫宏的《毛诗序》、班固的《离骚序》和王逸的《楚辞章句序》等，都是仅就某一问题立论，而曹丕的这篇文章则是完备意义上的文学批评专论，包括诸多理论问题，开了文学批评的风气，并对后世的文学创作和评论产生了很大影响。

首先，文章评论文人相轻的积习。作者开门见山，指出"文人相轻，自古而然"，从历史发展的高度发表看法，并用东汉班固轻视傅毅、讥评其文冗长的事实来说明当时文人也有这样的陋习。然后他分析形成作家互相轻视的原因，认为不仅是人们"善于自见"，喜欢自我欣赏，也是"文非一体，鲜能备善"，于是在文坛上产生了"各以所长，相轻所短"的不良风气。作家这种互相轻视的风气是不利于文学繁荣的，因此，曹丕主张要展开正确的文学批评，就要首先端正批评的态度，他希望文人能有自知之明，不可敝帚自珍。

其次，文章写明作者将以"审己以度人"的正确态度来衡量当时的文人。建安七子因本文并举七人且予赞扬而闻名。作者指出他们都知识渊博，无所不学，又务去陈言，有所创新，而且"咸以自骋骥騄于千里，仰齐足而并驰"，施展才华，并驾齐驱，同领风骚。他认为七子各有成就而互相钦佩，的确难能可贵。曹丕强调有学问有道德的君子在展开文学批评时，是能够做到"审己以度人"的。这就是说，首先对自己有正确的认识，然后才能对别人有正确的估计。只有保持自知之明，才能具有知人之明。对自己、对别人应有共同的标准和客观的尺度，避免主观好恶，公正评论作家。如果能采取"审己以度人"的正确态度来批评作家及其作品，那就能免除文人相轻的毛病，发挥文学批评的作用，进而促进创作和理论的发展。

其三，文章具体评论建安时期的重要文人。曹丕对这些作家的长处和短处，给予较为中肯的评价。他指出王粲、徐幹都长于辞赋，徐幹偶有齐气舒缓之处，可以与王粲相匹敌。例如王粲的《初征赋》《登楼赋》《槐赋》《征思赋》和徐幹的《玄猿赋》《漏卮赋》《圆扇赋》《橘赋》，它们与东汉文学家张衡、蔡邕所作的辞赋相比也不相上下。然而，他们写其他体裁的文章，就不如辞赋写作了。陈琳、阮瑀的文章在当时是杰出的，不过仅仅是在章表书记这样的应用文章的范围内。应玚的文章风格和谐而不雄壮，刘桢的文章气势雄壮而不精密。他们都各有所长，也有所短。此外，孔融体气高妙，才华过人，但是不善于立论，长于语言，短于说理，甚至在文中杂以嘲戏之词。当然，"及其所善，扬、班俦也"，也就是说，孔融杂以嘲戏的文章，好的可与汉代辞赋散文大家扬雄和班固所作媲美。事实上，扬雄的《解嘲》、班固的《答宾戏》都是嘲戏之作中的上品。显然，作者对建安七子都有所分析，肯定成绩，点出不足，而其中对孔融的评价较高。可见，这段文字对七子的创作活动和作品风格，进行了恰如其分的评论，也为人们提供了文学批评的示范。

其四，文章继续议论批评者的态度，进而区分文章体裁。作者指出当时文人的两种错误态度：一是"贵远贱近，向声背实"，一是"暗于自见，谓己为贤"。

他批评了贵远贱近，不重实际的观点，这与前人所论有传承关系。东汉桓谭在称赞扬雄《太玄经》时说："世咸尊古卑今，贵所闻贱所见也，故轻易之。"（《新论·闵友》）东汉王充主张独创，反对抄袭模拟，指出："夫俗好珍古不贵今，谓今之文不如古书。夫古今一也，才有高下，言有是非，不论善恶而徒贵古，是谓古人贤今人也……善才有浅深，无有古今；文有真伪，无有故新。"（《论衡·案书》）曹丕继桓谭、王充之后，在文学批评专论中反对贵古贱今，显得更有针对性。作者又批评了自以为是、轻视别人的风气。他在文章开头谈到文人相轻问题的基础上，指出有些人昏聩而无自知之明，总以为只有自己贤德，而这样"暗于自见"的人，就不可能展开正确的文学批评。所论鞭辟入里，富有新意，既点明了文人相轻的思想根源，也指斥了当时文坛的不良倾向。曹丕进一步谈到文体，认为不同体裁的文章具有不同的特色。文章"本同而末异"，"本同"指一切文章的共同性，"末异"指不同文体的特殊性。奏议是上行的文书，必须典雅庄重；书论是阐述问题的，应该讲明道理；铭诔是表彰死者的，所以崇尚真实；诗赋是状物抒情的，要求辞采华美。这里，作者对文章进行初步分类，说明由于各类文体有其自身特点，一个作家常常只能长于某一类型，通才是很少的，因此，以其所长而轻人所短是没有道理的。当然，只有个别通才才能写好各类文章。应该说，作者提出文体论，具有开创之功。在此之前，人们对文章的认识，大多限于其共同性，而曹丕首先提出把本末结合起来的观点，这就推进了以后的文体研究。后来桓范《世要论》、陆机《文赋》、挚虞《文章流别论》、李充《翰林论》和刘勰《文心雕龙》里有关文体的论述，显然是与《典论·论文》一脉相承的。

其五，文章论述文气的清浊有体。曹丕提出"文以气为主"，而"气之清浊有体"。所谓"气"是指作家的气质才性，形诸作品，就成为作品的风格。"清"是指俊爽超迈的阳刚之气，"浊"是指凝重沉郁的阴柔之气。他认为由于各个作家的个性不同，创作风格也就千差万别，这是不可勉强改变的。他以演奏音乐作比喻，虽然曲调相同，节奏一样，但由于每个人运气发声的不同，巧拙素养的差别，演唱结果就不一样，这种技艺即使父兄也无法传给子弟。所言过于强调个性的决定作用，而忽略了生活实践和学习锻炼对作家风格形成的重大影响，这是有所不足的。可是，作者指出作品风格的形成与作家的气质才性有关，而气质才性不同就使创作风格各异，因此不能执此非彼，以己之长轻人之短，而应该清醒地认识自己，正确地评价别人，这还是颇有道理的。显然，曹丕在论述作家和作品的关系时，非常重视气的作用。先秦孟子提出养气之说，东汉王充喜欢以气论人，到了曹丕，就以气论文。他在总结前人经验的基础上所发表的创新见解，在后来的文学理论领域内产生积极影响。沈约《宋书·谢灵运传论》说"刚柔迭用，喜愠分情"，刘勰《文心雕龙·体性》说"才有庸俊，气有刚柔……风趣刚柔，宁或改其气"，韩愈《达李翊书》说"气盛则言之短长与声之高下者皆宜"，苏辙《上枢密韩太尉书》说"以为文者，气之所形。然文不可以学而能，气可以养而致"，这些多少从曹丕论文中得到启示,并有所发展。

其六,文章谈到文学的作用和价值。作者认为文章是"经国之大业,不朽之盛事",这表明他对文学的高度重视。在此之前,人们对著作一直很重视。《左传·襄公二十四年》载有"三不朽"的说法,其中之一是立言;儒家的荀子、扬雄等更阐发了明道、征圣、宗经的思想;王充《论衡》也很注重著作的价值。不过,像曹丕那样把文学和事功相提并论,对文章的价值和作用作崇高的评价,是前所未有的。而且,他所说文章的概念与前人有所区分。前人一般是指德教、政教和学术著作等而言,而曹丕主要指诗赋、散文等文学作品,并认为它们都可以不朽。作者在当时如此重视文学作品,这不仅是文学观念的逐步明确,也是文学自觉性的表现。鲁迅指出:"用近代的文学眼光看来,曹丕的一个时代可说是'文学的自觉时代'。"(《魏晋风度及文章与药及酒之关系》)曹丕进一步指出寿命到时就会结束,荣乐只能限于己身,两者都不如文章可以永久流传。因此,"古之作者,寄身于翰墨,见意于篇籍,不假良史之辞,不托飞驰之势,而声名自传于后"。他举例强调古人重视著书立说,周文王被拘禁而推演《周易》,周公旦在当政时制定礼法,他们不因穷困而不致力于著述,也不因富贵而改变写作念头。这就不仅把文学看作独立不朽的事业,而且勉励人们积极地面对客观环境和自身遭遇,努力为文学事业而奋斗。作者同时批评当时有些人不珍惜时间,不积极努力,或畏于饥寒,或溺于安乐,追求眼前利益,不顾千秋大业,这样时光流逝,年老力衰,一事无成,实在令人痛惜。他在本段末希望作家不遗余力,抓紧时间,最好能像徐幹那样写成《中论》,成一家之言,能流传后代。这就使文章容量更加扩大,意味更加隽永。

全篇见解独到,论述精辟,具有鲜明的写作特点。

第一,评论作家体现出全面的整体的观点。文章立论公允,剖析细致,说理畅达,评价中肯。对历来文学现象和当时作家作品的分析和判断,都是有根有据,不为空论,而且全面客观,富有整体感。作者总的论述建安七子的学识、才能和成就,认为他们富有才华,敢于独创,共同在文学天地里有所作为。他又具体分析他们各有所长所短,说明王粲、徐幹、陈琳、阮瑀、应玚、刘桢都是只擅长某一文体和风格,而不可兼得,并指出孔融"有过人者",但是有时"理不胜辞"。这些论述和分析符合实事求是的精神,运用一分为二的方法,从而比较全面地展现出七子的整体面貌和各自特点。

第二,举例说理交织着作者强烈的情感活动。曹丕曾与七子亲密无间,诗酒流连,因此评论起他们来,自然非常熟悉,常在字里行间融入深情。他希望当时文人不要"各以所长,相轻所短"而要"审己以度人",能保持自己的优点而认识个人的不足,应懂得文体特征与作家性格的问题,都写得情意深厚,理在其中。尤其在议论文章的重要作用时,作者尽情抒发了爱惜光阴、努力著作的思想感情。他要求文人学习古代圣贤,不论境遇顺逆、时运蹇幸,都应坚持著书立说,千万不要虚度光阴,无所作为,"忽然与万物迁化",而这是"志士之大痛"。爱护友人之心、鼓励写作之意和珍惜时光之情充分反映出来。

第三,行文挥洒自如而主题集中突出。作者思路开阔,行文灵活,起笔从古代文人相轻谈起,随着论述的展开,思绪也富有变化。文章时而旁征博引,时而妙语连珠,或者叙述抒情,或者赞扬批评,真是笔意纵横,令人目不暇接。然而不论行文如何跳跃,曹丕都能把握内在的联系,突出文章的主题。他先反对文人相轻的毛病,表示应采取正确态度,接着评价建安文人各有长短,并议论文体各有所宜,最后论述文气的清浊有体和文章的重要作用,鼓励人们开阔心胸,抓紧时间,投身文学事业。可见,作者论述洋洋洒洒,始终把笔力凝聚在批评文人相轻的主旨上。

与吴质书

曹　丕

二月三日,丕白①:岁月易得②,别来行复四年③。三年不见,《东山》犹叹其远④,况乃过之,思何可支⑤!虽书疏往返⑥,未足解其劳结⑦。

昔年疾疫⑧,亲故多离其灾⑨,徐、陈、应、刘⑩,一时俱逝,痛可言邪⑪!昔日游处,行则连舆,止则接席,何曾须臾相失⑫。每至觞酌流行⑬,丝竹并奏⑭,酒酣耳热⑮,仰而赋诗⑯,当此之时,忽然不自知乐也⑰。谓百年己分,可长共相保⑱。何图数年之间⑲,零落略尽⑳,言之伤心!顷撰其遗文㉑,都为一集㉒。观其姓名,已为鬼录㉓。追思昔游,犹在心目,而此诸子,化为粪壤㉔,可复道哉!

观古今文人,类不护细行㉕,鲜能以名节自立㉖。而伟长独怀文抱质㉗,恬淡寡欲㉘,有箕山之志㉙,可谓彬彬君子者矣㉚。著《中论》二十余篇,成一家之言㉛,辞义典雅㉜,足传于后,此子为不朽矣㉝。德琏常斐然有述作之意㉞,其才学足以著书,美志不遂㉟,良可痛惜。间者历览诸子之文㊱,对之抆泪㊲,既痛逝者,行自念也㊳。孔璋章表殊健㊴,微为繁富㊵。公幹有逸气㊶,但未遒耳㊷;其五言诗之善者,妙绝时人㊸。元瑜书记翩翩㊹,致足乐也㊺。仲宣续自善于辞赋㊻,惜其体弱,不足起其文㊼,至于所善,古人无以远过。昔伯牙绝弦于锺期㊽,仲尼覆醢于子路㊾,痛知音之难遇,伤门人之莫逮㊿,诸子但为未及古人,自一时之隽也[51]。今之存者,已不逮矣。后生可畏,来者难诬[52],然恐吾与足下不及见也[53]。

年行已长大[54],所怀万端[55]。时有所虑,至通夜不瞑[56],志意何时复类昔日[57]?已成老翁,但未白头耳。光武言:"年三十余,在兵中十岁,所更非一。"[58]吾德不及之,年与之齐矣[59]。以犬羊之质,服虎豹之文[60],无众星之明,假日月之光[61],动见瞻观,何时易乎[62]?恐永不复得为昔日游也[63]。少壮真当努力,年一过往,何可攀援[64]!古人思秉烛夜游[65],良有以也[66]。顷何以自娱[67]?颇复有所述造不[68]?东望于邑[69],裁书叙心[70]。丕白。

【注释】

① 白:向同辈陈告,当时书信的习惯用语。　② 岁月易得:岁月容易逝去。　③ 行复:将又。　④ "三年不见"二句:分别三年,《东山》里的士卒还叹恨时间太久。《诗经·豳风·东山》:"我徂东山,慆慆不归……自我不见,于今三年。"　⑤ 过之:指分别已超过三年。支:支持,承受。思何可支:思念之情不堪承受。　⑥ 书疏:书信。　⑦ 劳结:郁结于心的思念之情。劳:指思念之劳。结:指因怀念而心中郁结。　⑧ 昔年:指建安二十二年(217)。　⑨ 亲故:亲戚故交。离:同"罹",遭受。　⑩ 徐、陈、应、刘:指建安七子中的徐幹、陈琳、应场、刘桢。　⑪ 痛:悲痛。　⑫ "行则"三句:出行时车子相接,休息时坐席相连,一会儿也没有分离过。舆(yú):车辆。席:坐席。须臾:片刻。相失:互相离开。　⑬ 觞酌(shāngzhuó)流行:指宴会上传杯送盏,互相劝酒。觞:酒杯。酌:斟酒。　⑭ 丝竹:琴瑟、箫管等乐器。　⑮ 酒酣:酒喝得很畅快。　⑯ 仰而赋诗:仰头唱和赋诗。　⑰ 忽然:恍惚,不经意。不自知乐:没有觉得那时快乐的可贵。　⑱ "谓百年"二句:原想百年的寿命是自己应得的,大家可以长久在一起,保持不散。　⑲ 何图:哪里料到。　⑳ 零落:指死亡。略尽:大致已完。　㉑ 撰:编定。　㉒ 都:总,合。　㉓ 鬼录:死人的名册。　㉔ 化为粪壤:指死亡。　㉕ 类:大多。护:拘。细行:小节。　㉖ "鲜能"句:很少能够以名誉节操独立于世。鲜:少。　㉗ 伟长:徐幹的字。怀文抱质:胸有才学,行有品德。文:指文采。质:指品德。　㉘ 恬淡寡欲:不慕名利,少有欲望。　㉙ 箕(jī)山:相传是古代高士许由隐居的地方。箕山之志:传说尧要让天下给许由,许由就跑到箕山(今河南登封东南)下隐居。这里比喻徐幹有隐居不仕的高尚情志。　㉚ 彬彬君子:文质兼备的君子。《论语·雍也》:"质胜文则野,文胜质则史。文质彬彬,然后君子。"　㉛ 一家之言:指有独特见解、能自成体系的学术著作。　㉜ 辞义典雅:文辞义理都有根据,合于标准。　㉝ 此子为不朽:这个人可以永垂不朽了。不朽:古人以立德、立功、立言为三不朽。　㉞ 德琏:应场的字。斐然:富有文采的样子。《论语·公冶长》:"斐然成章。"述作:著书立说。述:阐述前人成说。作:自己创作。　㉟ 美志不遂:美好的志愿没

有完成。 ㊱ 间者：近时，近来。 ㊲ 抆(wěn)泪：擦眼泪。 ㊳“既痛”二句：既伤痛朋友的亡故，也想到了自己。行：且。 ㊴ 孔璋：陈琳的字。殊健：特别雄健。 ㊵ 微为繁富：稍微烦冗，不够简洁。 ㊶ 公幹：刘桢的字。逸气：奔放的气势。 ㊷ 遒(qiú)：遒劲，坚固，这里作“密”解。曹丕《典论·论文》评论刘桢文章“壮而不密”。 ㊸ 妙绝时人：同时的人没有比他写得更好的。 ㊹ 元瑜：阮瑀的字。书记：公文书札。翩翩：形容文采优美。 ㊺ 致足乐也：使人读了十分愉快。致：同“至”，极。 ㊻ 仲宣：王粲的字。续：“言仲宣最少，续彼众贤，自善于辞赋也。续或为独。”(李善注) ㊼“惜其”二句：可惜他体气不强，不能振作文气。体弱：文章体气不强。 ㊽ 伯牙、锺期：锺期指锺子期，伯牙与锺子期都是春秋时楚国人。《吕氏春秋·本味》载，伯牙善于弹琴，锺子期能知音。后来锺子期死，伯牙便破琴绝弦，终身不复鼓琴。 ㊾ 覆：倾覆。醢(hǎi)：肉酱。仲尼覆醢于子路：《礼记·檀弓上》载，孔子的学生子路在卫国的内战中被剁成肉酱，孔子得知后非常哀痛，就把吃的肉酱倒掉了，以免见了伤心。 ㊿“痛知音”二句：伯牙所悲痛的是知音不容易遇到，孔子所悲痛的是余下门人不及子路。逮：及。 (51) 但为：只是。隽：才智突出。 (52) 后生可畏：青年人大有希望，令人敬畏。来者难诬：未来的人怎样，不可轻视。难诬：难欺，有不可轻视之意。《论语·子罕》：“后生可畏，焉知来者之不如今也?” (53)“然恐吾”句：但是恐怕我和你都来不及见到这种情况了。 (54) 年行：行年，年龄。 (55) 所怀万端：胸中感慨万端。 (56) 瞑：闭目，入睡。 (57)“志意”句：意志、兴趣几时再能跟从前一样。 (58)“光武”四句：见《文选》李善注引《东观汉记》。“光武赐隗嚣书曰：‘吾年已三十余，在兵中十岁，所更非一，厌浮语虚辞耳。’”光武：刘秀，东汉开国皇帝。所更非一：所经历的事情不只一件。 (59)“吾德”二句：我才德不及光武，可是年龄已跟他一样了。 (60)“以犬羊”二句：见扬雄《法言·吾子》。“羊质而虎皮，见草而说，见豺而战，忘其皮之虎矣。”比喻外表装作强大而内心怯懦。这是曹丕自谦之辞，说自己德行不够，虚处高位。质：实质。文：文采。 (61)“无众星”二句：没有众星的明亮，却假借日月的光辉。这也是曹丕的自谦之辞，说自己依靠君父势力做了太子，位居人上。 (62) 动见瞻观：一举一动都为众人所瞩目。易：改变。这两句说，身为太子，自己的举动为世人所瞩目，很受拘束，什么时候才能改变这种情况呢。 (63)“恐永”句：恐怕永远不能再得到过去那样的游乐了。 (64) 攀援：拉住，挽回。这是说，时光一旦流逝，又怎能拉得回来。 (65) 秉烛夜游：手持烛火，夜间游玩。《古诗十九首》：“生年不满百，常怀千岁忧。昼短苦夜长，何不秉烛游!” (66) 良有以也：实在是有道理的。 (67) 顷：近来。何以自娱：用什么来自我消遣。 (68) 颇：略少，稍微。述造：著作。不：同“否”。这句说，又多少写点文章了吗。 (69) 于邑：呜咽，郁抑。 (70) 裁书：裁笺作书，即写信。叙心：表述心意。

【赏析】

《与吴质书》选自《文选》卷四十二，是曹丕写给友人吴质的一封信。吴质，字季重，济阴(今山东定陶)人。建安时，为朝歌长，迁元城令，以有文才，与曹丕、曹植相友善。入魏，官至振威将军，假节都督河北诸军事，封列侯。

建安时期，人才辈出，佳作如林。曹氏父子喜爱文学，手不释卷，博览群书，写诗作文，在他们周围聚集了大批文学之士，形成了邺下文人集团。建安七子除孔融外，曹丕与其余六人都是过从甚密的好友。他们经常一起游乐欢宴，诗赋唱酬。然而，建安二十二年(217)，瘟疫流行，徐幹、陈琳、应玚、刘桢同时病死，同年王粲也逝去，阮瑀则去世更早。至此，建安文坛不复热闹，而是一时冷落。曹丕内心悲痛，于是在次年给往日一同游宴的吴质写了这封信。信中除表达对吴质的问候和思念外，主要回忆他们和已经去世的作家朋友当年共同游处、欢宴赋诗的友谊，并公允地评论了他们的文章，表达了自己的见解。文章感情悲怆真挚，论述自然切当，文笔清新流畅，语句骈散相间。它不仅是文学批评史上的文献，也是建安文学中优秀的抒情散文。

　　书信首尾呼应，通篇分为四段，各有侧重，又彼此联系。

　　第一段表达分别后的思念之情，作者感叹时光易过，别来将又四年。他进而引用《诗经·豳风·东山》的诗句，表明古代士卒别离三年就叹恨时间之久，何况自己与吴质分手已超过了三年，其中的思念之苦更是难以忍受。随后他就指出尽管离别后彼此常有书信往来，但是仍然无法解除那种郁结的怀念之思。文章开门见山，直接抒情，而且巧用典故，强调思念，这就充分反映出作者对吴质的想念和双方的深厚情谊。

　　第二段叙述往昔的交游，感伤友人的逝世。由于"昔年疾疫"，不少人失去了生命，其中多有曹丕的亲戚故交。尤其是"徐、陈、应、刘，一时俱逝"，这使曹丕在精神上深受打击，痛苦不堪。看到昔日朝夕相处的文友同时病故，他心中的悲痛之情难以言表。现在人去琴在，睹物思人，作者自然回想过去同游共处的情景。当时他们汇集邺下，"行则连舆，止则接席，何曾须臾相失"，显得多么热闹友好，亲密无间。他们志趣相投，欢乐与共，常常在传杯饮酒、音乐齐奏、宴饮高兴时，就"仰而赋诗"，慷慨悲歌，在深厚的友谊中充满了浓郁的文学气息。作者"当此之时，忽然不自知乐也"，他并没有察觉那时快乐的可贵，而是以为百年之寿是自己应得的，大家可以长久相聚，保持不散。这里，他对共同游宴的喜欢、对赋诗作文的爱好和对朋友情谊的珍重，确实是流注笔端，溢于言表。

　　然而世事突变，灾难难避，这些关系密切、感情深厚的友人"何图数年之间，零落略尽"。游宴之欢、赋诗之乐已是一去不复返了。面对今日的冷落情景，曹丕抚今思昔，更加伤心感怀。为了纪念亡友，曹丕"撰其遗文，都为一集"。他曾在《典论·论文》中说文章是"经国之大业，不朽之盛事"。因此，对亡友的最好纪念就是整理和编订他们的遗文，使之流传后代。可他目睹遗文，"观其姓名，已为鬼录"，不禁悲从中来。往昔同游的情景还历历在目，而眼前诸子皆已"化为粪壤"，这就使作者不仅增强了对死者的悼念之情，也产生了光阴易逝、生命短促、人生无常的苦闷。虽然这种感叹人生短暂的情绪有些消沉，但是这毕竟不是作者思想的主导方面，也不是文章基调所在。应该指出的是，这种思想情绪是在汉末以来不少文人作品中普遍存在着的，是汉魏时期社会动乱、人生不安的具体反映。因此，这样的情调就成为当时文人的共同意识。《古诗十九首》说"人生天地间，忽如远行客"，又说"人生寄一世，奄忽若飙尘"；曹操《短歌行》也说"对酒当歌，人生几何？譬如朝露，去日苦多"。由此可见，曹丕在书信中流露出的这种情调是自然而然的，而且这种情绪是因悼念曾经形影不离、彼此志同道合的亡友而产生的，这就更显得哀伤悲痛，令人为之感伤。

第三段在深情缅怀亡友中，评论他们的为人和各自的文学成就，作者指出纵观古往今来的文人，大多不拘小节，很少有人能以名节著称于世，然而建安诸子则有所不同。于是他逐一评述他们的节操和文章，并在公允的评价中融入自己的哀思。徐幹文采出众，品德高尚，清静淡泊，不慕荣华，有隐居不仕的志向，可以说是文质兼备的君子。在七子中，只有他写成《中论》，自成一家，"辞义典雅，足传于后"，堪称不朽。应玚富有文采，常有创作志向，他的才学也足以著书立说，可是"美志不遂"，确实令人痛心惋惜。在"历览诸子之文"时，作者"既痛逝者，行自念也"，深刻认识到"成一家之言"的"不朽"意义，决心珍惜时间，努力著述。曹丕继续评价其他作家。陈琳的奏章表文写得气势雄健，只是有点烦冗。刘桢的文章有奔放的气势，而不够紧密完善，不过"其五言诗之善者，妙绝时人"，独领风骚。阮瑀书信奏记文采斐然，令人读之愉快。王粲继诸子之后，擅长辞赋，可惜体气不强，不能振作起文气，至于他的优秀作品，可与古人相媲美。作者涉及道德修养、学识水平、作品体裁、文章成就等问题，对建安诸子进行了评论，既肯定他们的长处，也指出他们的不足，显得实事求是，客观公正。

曹丕一面痛惜友人早逝，评价他们的作品，一面感到人才难得，觉得知音难遇。"昔伯牙绝弦于锺期，仲尼覆醢于子路"，他们悲痛的是知音不容易遇到，悲痛的是余下门人不及子路。作者以古论今，强调诸子虽然"未及古人"，但还是当时的杰出人物。因此，他对他们去世深感悲痛，而对如今存者已不及他们又无限哀伤。不过，他能清醒地意识到后来的人大有希望。令人敬畏，不可轻视，只是这种情况"然恐吾与足下不及见也"。这里借典抒情，持论平正，充分展现出作者再也难以找到知音的感伤情怀。

第四段抒发德薄位尊、年长才退之感，表示应该振奋精神。作者首先写自己年龄已大，思绪万千，常常想到个人的意志和兴趣早已不如当年，就彻夜不眠，虽然人还未白头，但是心境已近似老年。所言直叙心事，不无伤感。接着他借刘秀的话来说明自己做太子后百感交集的体会，指出自己年龄已跟刘秀一样，而才德却不及他。他又用羊质虎皮、众星日月的比喻来说明，自己的才德跟太子之位很不相称。他觉得自己本是庸碌之才，只是凭借君父之力，才成为太子，一举一动都为众人所瞩目，常常受到外界各种羁绊，再也不能像过去那样无拘无束、自由自在了。所言反映出他能自我警醒，颇有自知之明。最后，作者从岁月流逝、年长才退的感叹中振作起来，强调"少壮真当努力"，有所作为，否则"年一过往，何可攀援"。这样的思想观点无疑是非常正确的。尽管他谈到"古人思秉烛夜游，良有以也"，即年轻时如果有游玩的机会就应该痛快地玩乐，多少反映出及时行乐的思想，但是这当然不是说年轻时就不要读书学习，不必奋发向上。

事实上，曹丕在《典论·自叙》里就讲自己苦读博览、勤于学习，他在《典论·

论文》里又讲"古人贱尺璧而重寸阴,惧乎时之过已",在本文结束时还问起吴质是否又有著述。《三国志·魏书·文帝纪》:"初,帝好文学,以著述为务,自所勒成垂百篇。"裴松之注引《魏书》:"帝初在东宫,疫疠大起,时人凋伤,帝深感叹,与素所敬者大理王朗书曰:'生有七尺之形,死唯一棺之土,唯立德扬名,可以不朽,其次莫如著篇籍。疫疠数起,士人凋落,余独何人,能全其寿?'故论撰所著《典论》、诗赋,盖百余篇。"显然,在好学惜时、立言不朽的思想指引下,曹丕更加努力地著述创作。

这封书信是很有名的抒情散文。作者在信中既追念往事和亡友,也想起未来文坛和个人情况,以抒情为主,又有叙事和说理,熔三者为一炉。他仿佛面对自己过去共同游宴的幸存者,开诚相见,娓娓而谈,倾诉衷肠,没有高谈阔论,也没有矫揉造作。他对亡友情感的表达是真挚恳切的,而对他们文学成就的评论是公允客观的,令人如见心迹,留下深刻印象。这就使全文具有真挚的感情和动人的力量,体现了建安时期的时代特点。同时,文章语言流畅通达,虽然句子较为整齐,兼用对偶、比喻和典故,反映出东汉后文风渐趋骈俪的倾向,但是写得巧妙恰当,生动可感,仍有建安散文通脱自然的总体风格。因此,它堪称叙旧抒情、行文活泼的佳作,并对魏晋六朝的书信文章有一定的影响。

与杨德祖书

曹 植

植白:数日不见,思子为劳①,想同之也②。仆少小好为文章,迄至于今,二十有五年矣③。然今世作者,可略而言也。昔仲宣独步于汉南④,孔璋鹰扬于河朔⑤,伟长擅名于青土⑥,公幹振藻于海隅⑦,德琏发迹于此魏⑧,足下高视于上京⑨,当此之时,人人自谓握灵蛇之珠⑩,家家自谓抱荆山之玉⑪。吾王于是设天网以该之⑫,顿八纮以掩之⑬,今悉集兹国矣。然此数子,犹复不能飞轩绝迹⑭,一举千里。以孔璋之才,不闲于辞赋⑮,而多自谓能与司马长卿同风⑯,譬画虎不成,反为狗也⑰。前书嘲之⑱,反作论盛道仆赞其文⑲。夫锺期不失听⑳,于今称之。吾亦不能妄叹者㉑,畏后世之嗤余也㉒。

世人之著述,不能无病㉓。仆常好人讥弹其文㉔,有不善者,应时改定。昔丁敬礼常作小文㉕,使仆润饰之㉖,仆自以才不过若人㉗,辞不为也。敬礼谓仆:卿何所疑难,文之佳恶,吾自得之,后世谁相知定吾文者邪㉘?吾常叹此达言㉙,以为美谈。昔尼父之文辞㉚,与人通流㉛,至于制《春秋》,游夏之徒乃不能措一辞㉜。过此而言不病者㉝,吾未之见也。盖有南威之容,乃可以论其淑媛;有龙泉之利,乃可以议其断割㉞。刘季绪才不能逮于作者㉟,而好诋诃文章,掎摭利病㊱。昔田巴毁五帝,罪三王,訾五霸于稷下,一旦而服千人,鲁连一说,使终身杜口㊲。刘生之辩,未若田氏,今之仲连,求之不难,可无息乎!人各有好尚,兰茝荪蕙之芳㊳,众人所好,而海畔有逐臭之夫㊴;《咸池》《六茎》之发㊵,众人所共乐,而墨翟有非之之论㊶,岂可同哉!

今往仆少小所著辞赋一通相与㊷。夫街谈巷说㊸,必有可采,击辕之歌,有应风雅㊹,匹夫之思,未易轻弃也㊺。辞赋小道,固未足以揄扬大义,彰示来世也㊻。昔扬子云先朝执戟之臣耳㊼,犹称壮夫不为也㊽。吾虽德薄,位为藩侯㊾。犹庶几戮力上国㊿,流惠下民(51),建永世之业,留金石之功(52)。岂徒以翰墨为勋绩,辞赋为君子哉(53)!若吾志未果,吾道不行,则将采庶官之实录(54),辩时俗之得失(55),定仁义之衷(56),成一家之言。虽未能藏之于名山(57),将以传之于同好(58),非要之皓首,岂今日之论乎(59)!其言之不惭,恃惠子之知我也(60)。明早相迎,书不尽怀。植白。

【注释】

① 思子为劳:想你想得好苦。子:你。劳:苦。 ② 想同之也:想必你思念我也是同样的。 ③ 二十有五年:二十五年。有:同"又"。 ④ 仲宣:王粲的字。独步:独一无二,超群出众。汉南:汉水之南,指荆州。王粲曾在荆州依附刘表,后归附曹操。 ⑤ 孔璋:陈琳的字。鹰扬:像鹰一样飞扬,比喻施展才华。河朔:河北。陈琳曾在冀州任袁绍记室。 ⑥ 伟长:徐幹的字。擅名:独享盛名。青土:青州地区。徐幹是北海剧人,北海古代属于青州。 ⑦ 公幹:刘桢的字。振藻:显耀文采。海隅:海边。刘桢是东平宁阳人,宁阳距海不远。 ⑧ 德琏:应场的字。发迹:指人由隐微而得志显通。此魏:指魏都许昌一带。应场是汝南南顿人,南顿接近许昌。 ⑨ 足下:敬辞,指杨修。高视:眼睛向上看,不把旁人放在眼里,这里指杰出。上京:指当时京都洛阳。杨修是太尉杨彪的儿子,生长在洛阳。 ⑩ 灵蛇之珠:隋侯之珠。《淮南子·览冥》:"譬如隋侯之珠,和氏之璧,得之者富,失之者贫。"高诱注:"隋侯,汉东之国,姬姓诸侯也。隋侯见大蛇伤断,以药傅之,后蛇于江中衔大珠以报之,因曰隋侯之珠,盖明月珠也。" ⑪ 荆山之玉:和氏之璧。《韩非子·和氏》载,春秋时,楚人卞和在山中得一璞玉,献给厉王,被玉工说成是石头,厉王以欺君罪截去其左足。武王即位,他又去献玉,仍以欺君罪被截去右足。文王即位,他抱

玉在山中号哭。文王使人剖璞，果得宝玉，因称“和氏璧”。 ⑫ 吾王：指曹操。曹操于建安二十一年(216)进爵为魏王。天网：弥天大网。该：同“赅”，兼包一切。 ⑬ 顿：振举。八纮(hóng)：古代传说大地由八根大绳维系着，故用八纮喻大地边缘。掩：覆取。这里的意思是，像振举弥天大网网罗一切那样，尽取天下人才。 ⑭ 犹复不能：也还不能。飞轩绝迹：高飞到远方绝域，意思是取得别人达不到的最高成就。轩：高举，高飞。绝迹：不见行迹。 ⑮ 闲：熟悉，熟练。 ⑯ 多：盛。司马长卿：汉代辞赋大家司马相如。同风：同样风采。这句说，陈琳盛称自己的辞赋与司马相如的不相上下。 ⑰“画虎”二句：古代谚语，比喻好高骛远，终无成就，反落笑柄。《后汉书·马援传》：“效良不得，陷为天下轻薄子，所谓画虎不成反类狗者也。”这里喻指陈琳妄自尊大，贻人讥笑。 ⑱ 前书嘲之：以前曾写信嘲笑过他。 ⑲ 盛道：大讲。 ⑳ 不失听：知音，不会错误地理解弹奏者的曲意。 ㉑ 妄叹：妄加叹美。 ㉒ 嗤(chī)：讥笑。 ㉓ 病：毛病，缺点。 ㉔ 讥弹：指责，批评。其文：指自己的文章。 ㉕ 丁敬礼：丁廙，字敬礼。建安年间为黄门侍郎，与其兄丁仪同与曹植亲善，谋划拥立曹植为太子。后曹丕即位，被杀。 ㉖ 润饰：润色修饰，即修改。 ㉗ 若人：那个人，指丁敬礼。 ㉘“卿何”四句：你有什么疑虑为难的，文章的好坏，我心里自然明白，如果你不肯给我润色修饰，后世还有谁和我相知而改定我的文章呢。何所疑难：有什么疑虑为难的。佳恶：好坏。 ㉙ 叹：赞叹。达言：通情达理的言论。 ㉚ 尼父：指孔子。古代常在男子字的后面加“父”表示尊敬。《礼记·檀弓上》：“鲁哀公诔孔子曰：‘天不遗耆老，莫相予位焉。呜呼哀哉，尼父！’” ㉛ 通流：交流探讨。㉜ 游夏：言偃，字子游；卜商，字子夏。他们都是孔子的弟子。《论语·先进》：“文学：子游，子夏。”意谓二人熟悉文献。措一辞：提出一点意见。《史记·孔子世家》：“孔子在位听讼，文辞有可与人共者，弗独有也。至于为《春秋》，笔则笔，削则削，子夏之徒不能赞一辞。” ㉝“过此”句：除去《春秋》而说文章没有毛病的。过此：除去这个，指《春秋》。不病：没有毛病。 ㉞“盖有”四句：一个人要有像南威那样美丽的容貌，才可以论及美女的高下；要有像龙泉那样锋利的宝剑，才可以议论断割的利钝。意谓评论者必须首先具备超人的文才，才能去评价别人。《文心雕龙·知音》说“凡操千曲而后晓声，观千剑而后识器”，也是这个意思。南威：古代著名美女。淑媛：美女。龙泉：古代著名宝剑。 ㉟ 刘季绪：刘表之子，官至乐安太守，著有诗赋颂六篇。才不能逮于作者：才能达不到作家的水平。 ㊱ 诋诃：诋毁指责。掎摭(jǐzhí)：指摘，挑剔。 ㊲“昔田巴”六句：昔日田巴在稷下诽谤五帝三王，诋毁春秋五霸，一时之间就说服了上千人，但是经鲁仲连对他提出指责，他就不再谈了。田巴：战国时齐国的辩士。五帝：指黄帝、颛顼、帝喾、尧、舜。三王：指夏禹、商汤、周文王。呰(zǐ)：同“訾”，诋毁。五霸：指齐桓公、晋文公、宋襄公、秦穆公、楚庄王。稷下：古地名，齐国都城临淄(今属山东)稷门(西边南首门)附近地区，是战国时各学派荟萃的中心。当时齐威王和齐宣王曾在稷下设置学官，招揽文学游说之士数千人，任其讲学议论。其中有淳于髡、驺衍、田骈、接子、慎到、宋钘、尹文、环渊、田巴、鲁仲连和荀况等著名人物。设置学官和讲学议论对当时百家争鸣、学术繁荣起了很大作用。鲁连：鲁仲连，战国时齐国人，著名的纵横之士，善于出谋划策，常周游各国，排难解纷。杜口：闭口。《文选》李善注引《鲁连子》：“齐之辩者曰田巴，辩于狙丘而议于稷下，毁五帝，罪三王，一日而服千人。有徐劫弟子曰鲁连，谓劫曰：臣愿当田子，使不敢复说。” ㊳ 兰茝(chǎi)荪(sūn)蕙：都是香草名。 ㊴ 逐臭之夫：追逐臭味的人。《吕氏春秋·遇合》："人有大臭者，其亲戚兄弟、妻妾知识，无能与居者，自苦而居海上。海上人有悦其臭者，昼夜随之而弗能去。"这里借喻嗜好怪癖、违反常理的人。　㊵《咸池》：相传是黄帝的乐名。《六茎》：相传是颛顼的乐名。发：指演奏。　㊶非之之论：指墨子著有《非乐》篇。　㊷往：送去。一通：一份。相与：相赠。　㊸街谈巷说：民间的谈论。　㊹击辕之歌：指民歌。古代有田野中人叩击车辕唱歌，人称之为击辕之歌。应：符合。风雅：指《诗经》的国风和大、小雅。　㊺"匹夫"二句：即使是平常人的情思见解，也是不应该随便抛弃的。　㊻揄扬：阐发，宣扬。大义：大道理。彰示：昭示。来世：后代。　㊼扬子云：扬雄，西汉著名学者、文学家。先朝：指西汉。执戟之臣：扬雄在汉成帝时为郎官，执戟侍卫皇帝。　㊽壮夫不为：扬雄《法言·吾子》："或问：'吾子少而好赋？'曰：'然，童子雕虫篆刻。'俄而曰：'壮夫不为也。'"意谓写作辞赋，铺采摛文，是童子所习小技，男子汉是不屑于写的。　㊾藩侯：古代诸侯保卫王室，如同藩篱，故称藩侯。　㊿庶几：表示希望。戮力：并力，合力。上国：诸侯对帝室的称呼，这里指魏国。　㉛流惠：推广恩惠，施恩百姓。　㉜留金石之功：功绩铭刻在金石上，以便长久留存。金石：指钟鼎碑刻。《吕氏春秋·求人》："故功绩铭乎金石。"高诱注："金，钟鼎也；石，丰碑也。"　㉝翰墨：笔墨，指文章。勋绩：功绩。这两句说，怎能只是以文章代替立功，以辞赋代替修德呢。　㉞采庶官之实录：收集百官记载的朝廷大事、典章制度。庶官：百官。实录：史料。　㉟辩：辨析。　㊱定仁义之衷：把仁义当作中心意旨来确定事情的是非。衷：中心意旨。　㊲藏之于名山：把自己的著作藏于名山，以防散失。　㊳同好：志同道合的人。　㊴要：约定。皓首：白头。这两句说，这个计划不到白头之日是完不成的，哪里是今天所能谈论的呢。　㊵恃：依赖，倚仗。惠子之知我：像惠子那样理解我。惠子：惠施，战国时人，是庄子的好友，常常互相辩论问题。《庄子·徐无鬼》载，惠子死后，庄子过其墓，对从者讲郢人和匠石的故事，说明自己和惠子深切相知，强调"自夫子之死也，吾无以为质矣，吾无与言之矣"。这里以惠施比杨修。

【作者简介】

　　曹植（192—232），三国魏诗人，字子建，谯（今安徽亳州）人，曹操之子，曹丕之弟。封陈王，谥思，世称陈思王。他生于战乱频繁的年代，又受父亲影响，所以从青少年时代起就有建功立业的雄心壮志。他才思敏捷，从小就以才华为曹操所宠爱，几乎被立为太子。由于他任性而行，饮酒不节，恃才傲物，再加上曹丕施展阴谋，暗中活动，他失去了曹操的信任。曹丕称帝，出于猜忌，对他横加压抑和迫害。曹叡继位，他的待遇稍有改观，但是在政治上仍不受重用。他名为王侯，实则囚徒，终于在愤懑和苦恼中死去。曹植是建安时代的杰出作家。前期作品开朗乐观，多数描写在邺城的安逸生活和报国立功的理想，后期作品沉郁悲凉，主要抒发遭受压抑的痛苦心情和不平之感。他的诗歌在学习乐府民歌的基础上有所发展和创造，善用比兴手法，语言精练，词采华茂，对五言诗的发展很有影响。辞赋和散文也不乏佳作，前者如《洛神赋》，感情缠绵，句式整齐，语言华美；后者如《与杨德祖书》《与吴季重书》《求自试表》《求通亲亲表》，称心而言，富于形象，充满感情。今存诗约八十首，散文、辞赋四十多篇。有《曹子建集》。

【赏析】

《与杨德祖书》选自《文选》卷四十二,是曹植写给好友杨修的一封信。

杨修,字德祖,华阴(今属陕西)人。出身名门,好学能文,才思敏捷,任丞相曹操主簿,受到曹氏父子的重视,与曹植的关系尤为密切。他曾积极为曹植谋划,想使其立为太子。后来曹植失宠,曹操因杨修富有智谋,恐有后患,就借故把他处死。这封书信是曹植在建安二十一年(216)左右为临淄侯时写的。文中提到自己爱好作文长达"二十有五年",他生于初平三年(192),至建安二十一年,是二十五岁。文中又提到"吾王于是设天网以该之",曹操封为魏王是在建安二十一年五月。作者在信中纵论当时文人的优劣,阐明自己的文学观点,倾吐个人的政治抱负,显得感情深厚,气势充畅,文笔犀利,语言精美。

纵谈建安文坛的盛况,评价作家创作的得失,这是文章的显著特色。作者开始就表明自己从小喜欢写文章,时间已有二十五年了。事实上,曹植自幼有良好的文学修养,十岁时就能诵读诗、论及辞赋数十万言。《三国志·魏书·陈思王植传》:"(曹植)善属文。太祖尝视其文,谓植曰:'汝倩人邪?'植跪曰:'言出为论,下笔成章,顾当面试,奈何倩人?'时邺铜爵台新成,太祖悉将诸子登台,使各为赋。植援笔立成,可观,太祖甚异之。"这是曹植十八岁的事,他面对曹操的言行充分显示出自信的神态和敏捷的才思。后来,不少名士文人集于邺下,公宴唱和,探讨文学,形成了有名的邺下文人集团,曹植又是其中最活跃的一个主要成员。正如钟嵘《诗品序》所说:"降及建安,曹公父子,笃好斯文;平原兄弟,郁为文栋;刘桢、王粲,为其羽翼。次有攀龙托凤,自致于属车者,盖将百计。彬彬之盛,大备于时矣。"曹植在与许多文人的密切接触中,自然不无受益,有所提高,不过,还是因年少才大而自命不凡的。他觉得自己是资深才子,足以评论当代作家。于是他以文采飞扬的笔触描述了当时邺下文坛的兴盛局面。王粲、陈琳、徐幹、刘桢、应玚、杨修曾在各地或无与伦比,或纵笔飞扬,或独享盛名,或显露文采,或崭露头角,或不同凡人,他们各恃其才,不相上下。由于曹操采取一切措施,广开才路,网罗文士,他们都会集魏都,写作诗赋散文,议论作品得失,从而使文学创作有了长足的发展。作者在叙述这些情况以后,笔锋一转,直言"此数子,犹复不能飞轩绝迹,一举千里",指出他们的成就未能达到最高水平,各自仍有不足之处,有些人还得意扬扬。他特别提到陈琳富有才华,但是"不闲于辞赋",却自视甚高,"自谓能与司马长卿同风",还把别人的嘲笑也当成了称赞。曹植认为陈琳没有自知之明,写信予以讥讽,就是因为他自比锺期,"不能妄叹","畏后世之嗤余"。作者通过评论建安时期代表作家的创作活动,指出他们自视过高的不良倾向,强调评论作家及其作品要严谨慎重,能经得起历史的考验。尽管他在直率批评他人时不无自负之意,但还是认识到自己应该谦虚,不能像陈琳那样妄自尊大。

曹植主张写作不能无病,应该虚心听取意见,及时改进,这是文章的基本观点。曹植首先提出"世人之著述,不能无病",每个作家都应该看到自己的局限及弱点。接着他说自己为了避免缺点,提高水平,就"常好人讥弹其文,有不善者,应时改定"。他又举出丁敬礼作小文要自己润饰的事情,赞叹对方渴求别人改正文章的通达之言。然后他指出昔日孔子就是因为能把自己的文辞经常"与人通流",评论高下,精益求精,才能做到作《春秋》时"游复之徒乃不能措一辞"。他强调除去《春秋》而说文章没有毛病的,"吾未之见也"。这里,作者引用古今事例,展开论述,并联系个人实际,有力地证明了著述不能无病、需要批评改定的观点。这种观点是颇为可取的。曹植的这个观点和曹丕《典论·论文》所说的"文非一体,鲜能备善"和人们不应"暗于自见,谓己为贤"的文学见解基本一致。可见,他们能比较客观地对待文学批评,不自我满足,不妄加叹美,积极倡导严肃的创作态度和良好的批评风气。这不仅对建安文学崭新气象的形成起了重要的作用,也对后世文学创作和理论产生了深远的影响。

　　认为批评者要具有高度的创作修养,才能评论别人的著述,这是文章的重要见解。在对作者有所要求后,曹植又对批评者提出要求,指出:"有南威之容,乃可以论其淑媛;有龙泉之利,乃可以议其断割。"应该说,具备创作才能的人进行文学批评,容易深中肯綮,但是强调要具有高度的文学修养和超群的创作水平才可以展开批评,这对批评者来说不切实际,又抹杀了创作和批评二者分工的可能性,未免失之偏颇。然而,这也是针对当时存在以主观好恶来妄加品评的情况而发的。曹植认为刘季绪的才能达不到一般作家的水平,却喜爱诋毁别人的文章,挑剔其中的毛病,像这种好恶随心、眼高手低的人是没有资格议论创作的。所言有的放矢,不无道理。曹植还认为"人各有好尚",颇不相同,海边有逐臭之夫,墨翟有非乐之论,如果批评者不坚持客观标准而以主观尺度来衡量,就可能指责"众人所好"的,而称赞不是"众人所共乐"的。因此,批评者以主观好恶来评论文章是不可以的。这样的看法是正确的。

　　希望建功立业,大有作为,否则将著书立说,成一家之言,这是作者的平生志向。曹植不仅阐述著作不能无病、需要修改的道理,也身体力行,请杨修指正自己的辞赋。他说所作是"匹夫之思""辞赋小道",如同"街谈巷说""击辕之歌"。这显然是自谦之辞,但是从字里行间可以看出他还是重视民间文学的。他认为街谈巷语有可取之处,击辕之歌也符合风雅,而且在创作活动中也遵循这一原则,注意吸收民间文学的养料。他的《美女篇》就是学习汉乐府民歌《陌上桑》的,不过,更具有刻画细致、辞藻华美的特色。当然,必须看到,曹植把包括诗赋、散文在内的文学创作说成是"小道","未足以揄扬大义,彰示来世",并引用西汉扬雄"壮夫不为"之言,说明自己不会以文章代替立功,以辞赋代替修德。所言表现出轻视辞赋创作的态度。这似乎与当时兴起的"文章经国之大业,不朽之盛事"(曹丕《典论·论文》)的文学新观念有所不同。杨修《答临淄侯笺》在称赞曹植书信"蔚矣其文"的同时,对"辞赋小道"的说法提出异议。他说:"今之赋颂,古诗之流,不更孔子,风雅无别耳。修家子云,老不晓事,强著一书,悔其少作。若此,仲山、周旦之俦,为皆有愆邪!君侯忘圣贤之显迹,述鄙宗之过言,窃以为未之思也。若乃不忘经国之大美,流千载之英声,铭功景钟,书名竹帛,斯自雅量,素所蓄也,岂与文章相妨害哉?"这就表现出与曹丕比较接近的见解。应该说,曹植这些话是就政治功业和辞赋创作比较而言的,与别人的否定辞赋有所区别,并且他后来还是一直认真写作辞赋。作者的志向首先是"戮力上国,流惠下民,建永世之业,留金石之功"。他最向往的是实现自己的政治抱负,而且一生为之努力不已。如果壮志未酬,其次就是"采庶官之实录,辩时俗之得失,定仁义之衷,成一家之言"。他觉得自己的著述即使不能藏之名山,也可以传给知音。其三才是单纯舞弄翰墨,写作诗文。这是他乐此不疲的爱好和闻名当时的长处,绝不会轻易放弃。这正如鲁迅所说:"据我的意见,子建大概是违心之论。这里有两个原因,第一,子建的文章作得好,一个人大概总是不满意自己所作而羡慕他人所为的,他的文章已经作得好,于是他便敢说文章是小道;第二,子建活动的目标在于政治方面,政治方面不甚得志,遂说文章是无用了。"(《魏晋风度及文章与药及酒之关系》)这段分析清楚地解释了曹植有关辞赋作用的说法。

　　文章能表现作者的性格,抒发浓郁的感情。它从开头谈起双方相思之苦,到结尾点明自己大言不惭是因为彼此深切相知,显得首尾呼应,感情深厚。它在议论建安文坛、评价诸位作家时,是那么热情洋溢,气势奔放,而批评无自知之明、随意妄评别人创作的不良倾向时,又是那么毫不掩饰,无所顾忌。它尤其在表达要求建功立业的志向时,更是展示出人物激情满怀,意气风发,志在必得,甚至不惜给人以贬低辞赋创作之感。此外,它在谈到"吾志未果,吾道不行"的打算时,则反映了作者重视著书立说的思想感情。显而易见,这封书信直抒胸臆,感情强烈,锋芒外露。

　　全文善于修辞,富有文采。作者巧妙地运用排比、比喻和典故,成功地展现出自己的内心世界。文中排比层出不穷,如写建安文坛的盛况,"仲宣独步于汉南,孔璋鹰扬于河朔,伟长擅名于青土,公幹振藻于海隅,德琏发迹于此魏,足下高视于上京"。写只有自己的文章写得好才能评论别人,写批评者的各自爱好等,都是运用错综排比的句式,显得内容充实,文气饱满,从而大大增强了文章的感染力。文中也常用比喻,如以"灵蛇之珠""荆山之玉"来比喻文才,以"设天网以该之,顿八纮以掩之"来比喻曹操收罗人才,以"画虎不成,反为狗"来比喻求高不成而传为笑柄,以"南威之容""龙泉之利"来比喻批评者的高超水平等,都是富于形象,能把深刻的思想表达得通俗易懂,并颇具说服力。文中还多处用典,如"锺期不失听"、孔子"制《春秋》"、"鲁连一说,使终身杜口"、"海畔有逐臭之夫"、扬雄"称壮夫不为"、司马迁"成一家之言"、"惠子之知我"等,都是运用典故来抒情言志,表明心迹,写得精当贴切,起到言约意丰、深沉婉转的积极作用。由于多种修辞手法的出色运用,文章在即兴挥洒、自然抒情之中,表现出辞藻丰富精美、华丽而不柔靡的特点。因此，这封情文并茂的书信就成为汉魏之际的一篇著名文章。

求自试表

曹　植

臣植言：臣闻士之生世，入则事父①，出则事君②；事父尚于荣亲③，事君贵于兴国。故慈父不能爱无益之子，仁君不能畜无用之臣④。夫论德而授官者，成功之君也；量能而受爵者，毕命之臣也⑤。故君无虚授，臣无虚受。虚授谓之谬举，虚受谓之尸禄⑥，《诗》之"素餐"所由作也⑦。昔二虢不辞两国之任⑧，其德厚也；旦、奭不让燕、鲁之封⑨，其功大也。今臣蒙国重恩，三世于今矣⑩。正值陛下升平之际⑪，沐浴圣泽，潜润德教⑫，可谓厚幸矣。而位窃东藩⑬，爵在上列，身被轻煖⑭，口厌百味⑮，目极华靡，耳倦丝竹者⑯，爵重禄厚之所致也。退念古之授爵禄者，有异于此，皆以功勤济国⑰，辅主惠民。今臣无德可述，无功可纪，若此终年，无益国朝，将挂风人"彼己"之讥⑱。是以上惭玄冕，俯愧朱绂⑲。

方今天下一统，九州晏如⑳，顾西尚有违命之蜀，东有不臣之吴。使边境未得脱甲㉑，谋士未得高枕者，诚欲混同宇内，以致太和也㉒。故启灭有扈而夏功昭㉓，成克商、奄而周德著㉔。今陛下以圣明统世，将欲卒文、武之功㉕，继成、康之隆㉖，简良授能㉗，以方叔、召虎之臣，镇卫四境㉘，为国爪牙者，可谓当矣。然而高鸟未挂于轻缴，渊鱼未悬于钩饵者㉙，恐钓射之术或未尽也。昔耿弇不俟光武，亟击张步，言不以贼遗于君父也㉚。故车右伏剑于鸣毂，雍门刎首于齐境㉛，若此二子，岂恶生而尚死哉？诚忿其慢主而陵君也㉜。夫君之宠臣，欲以除患兴利；臣之事君，必以杀身静乱㉝，以功报主也。昔贾谊弱冠㉞，求试属国，请系单于之颈而制其命㉟；终军以妙年使越㊱，欲得长缨占其王，羁致北阙㊲。此二臣者，岂好为夸主而耀世哉㊳？志或郁

194

结，欲逞其才力，输能于明君也㊴。昔汉武为霍去病治第㊵，辞曰："匈奴未灭，臣无以家为㊶！"固夫忧国忘家，捐躯济难㊷，忠臣之志也。今臣居外㊸，非不厚也㊹，而寝不安席，食不遑味者㊺，伏以二方未克为念㊻。

伏见先武皇帝武臣宿将㊼，年者即世者有闻矣㊽，虽贤不乏世㊾，宿将旧卒犹习战也㊿。窃不自量，志在效命㉛，庶立毛发之功㉜，以报所受之恩。若使陛下出不世之诏㉝，效臣锥刀之用㉞，使得西属大将军㉟，当一校之队㊱，若东属大司马㊲，统偏师之任，必乘危蹈险，骋舟奋骊㊳，突刃触锋，为士卒先。虽未能禽权馘亮㊴，庶将虏其雄率，歼其丑类㊵，必效须臾之捷㊶，以灭终身之愧，使名挂史笔，事列朝荣。虽身分蜀境㊷，首悬吴阙㊸，犹生之年也㊹。如微才弗试，没世无闻，徒荣其躯而丰其体，生无益于事，死无损于数㊺，虚荷上位而忝重禄㊻，禽息鸟视㊼，终于白首，此徒圈牢之养物㊽，非臣之所志也。流闻东军失备㊾，师徒小衄㊿，辍食忘餐，奋袂攘衽㊾，抚剑东顾，而心驰于吴、会矣㊿。

臣昔从先武皇帝，南极赤岸㊼，东临沧海㊽，西望玉门㊾，北出玄塞㊿，伏见所以行师用兵之势，可谓神妙也。故兵者不可预言，临难而制变者也㊼。志欲自效于明时，立功于圣世。每览史籍，观古忠臣义士，出一朝之命，以殉国家之难㊽，身虽屠裂，而功铭著于鼎钟㊾，名称垂于竹帛㊿，未尝不拊心而叹息也。臣闻明主使臣，不废有罪。故奔北败军之将用，而秦、鲁以成其功㊼；绝缨盗马之臣赦，楚、赵以济其难㊽。臣窃感先帝早崩，威王弃世㊾，臣独何人，以堪长久㊿！常恐先朝露㊼，填沟壑㊽，坟土未干，而声名并灭。臣闻骐骥长鸣，伯乐昭其能㊾；卢狗悲号，韩国知其才㊿。是以效之齐、楚之路㊼，以逞千里之任；试之狡兔之捷，以验搏噬之用㊽。今臣志狗马之微功，窃自惟度㊾，终无伯乐、韩国之举，是以於悒而窃自痛者也㊿。

夫临博而企竦㊼，闻乐而窃抃者㊽，或有赏音而识道也。昔毛遂，赵之陪隶，犹假锥囊之喻，以寤主立功㊾，何况巍巍大魏多士之朝，而无慷慨死难之臣乎！夫自衒自媒者㊿，士女之丑行也；干时求进者⁹⁷，道家之明忌也⁹⁸。而臣敢陈闻于陛下者，诚与国分形同气⁹⁹，忧患共之者也。冀以尘雾之微，补益山海；荧烛末光⁽¹⁰⁰⁾，增辉日月。是以敢冒其丑而献其忠⁽¹⁰¹⁾。

【注释】

① 入：指家居。　② 出：指出仕。　③ 尚：崇尚。这句说，事父之道以荣显双亲为尚。《孝经》："立身行道，扬名于后世，以显父母。"　④ 畜：蓄养。　⑤ 毕命：尽命，指奉献整个生命。　⑥ 尸禄：白拿俸禄而不尽职。《文选》李善注引《韩诗》："尸禄者，颇有所知，善恶不言，默然不语，苟欲得禄而已，譬若尸也。"　⑦ 《诗》之"素餐"：指《诗经·魏风·伐檀》之"彼君子兮，不素餐兮"。素餐：不劳而获，无功而食。　⑧ 二虢(guó)：指虢仲、虢叔，两人都是周文王之弟。虢仲封于东虢，虢叔封于西虢。《左传·僖公五年》："虢仲、虢叔，王季之穆也；为文王卿士，勋在王室，藏于盟府。"　⑨ 旦、奭(shì)：指周公旦、召公奭，两人都是周文王之子，周初功臣。周公旦封于鲁，召公奭封于燕。　⑩ 三世：指魏武帝曹操、文帝曹丕、明帝曹叡。　⑪ 陛下：指明帝。升平：指国家太平。　⑫ 潜润：犹言浸润。这两句说，自己蒙受恩泽德教。　⑬ 位窃东藩：指被封为东方藩国之王。曹植先后被封为鄄城(今属山东)王和雍丘(今河南杞县)王。　⑭ 轻煖：指又轻又暖的衣服。　⑮ 厌：饱足。　⑯ 丝竹：指管弦音乐。　⑰ 功勤：为国效力，建立功勋。　⑱ 风人：犹言诗人。《诗经》中各国歌谣称"风"，后世就称诗人为"风人"。彼己：《诗经·曹风·候人》有"彼其之子，不称其服"，意谓那人的德行不能与他尊贵的衣服相称。　⑲ 玄冕：王者的礼冠。朱绂(fú)：红色系印的绶带。　⑳ 晏如：安然。　㉑ 脱甲：解甲。　㉒ 太和：指太平和顺之世。　㉓ 启：夏后启，夏禹之子。有扈：夏时诸侯，不服从夏。启伐灭有扈，于是天下诸侯皆朝夏。昭：明显，昭著。　㉔ 成：指周成王，武王之子。商：指商纣之子武庚及商朝余民。周武王灭商后，封弟鲜于管，封弟度于蔡，使监视武庚及商余民。成王时，管叔、蔡叔挟武庚及商余民起事，成王命周公讨平之。奄：古国名，在今山东曲阜。成王时，随武庚反抗周朝，为周公所灭。　㉕ 卒：完成。文、武：周文王、周武王。　㉖ 成、康：周成王、周康王，是文王、武王事业的继承者。隆：兴盛。　㉗ 简：选择。这句说，选择人才，授予官职。　㉘ 方叔、召虎：皆为周宣王的贤臣。方叔曾率兵车三千辆攻楚得胜，使楚国臣服于周。召虎曾率军战胜淮夷，奉命经营谢邑。　㉙ 高鸟：高飞的鸟。缴(zhuó)：生丝缕，系在箭尾，用以弋射禽鸟。渊鱼：在深渊中的鱼。钩：钓钩。这两句喻蜀、吴二国尚未平定。　㉚ 耿弇(yǎn)：东汉开国功臣。《后汉书·耿弇传》载，他与张步交战，张步兵盛，刘秀将亲自率兵救援。陈俊对耿弇说："虏兵盛，可闭营休士，以须上来。"耿弇说："乘舆且至，臣子当击牛酾酒以待百官，反欲以贼虏遗君父邪？"遂出大战，自旦至晚，大破张步军。俟：等待。亟：急。　㉛ 车右：坐在车子右边的保卫人员。毂(gǔ)：车轮中心的用以贯轴的圆木。《说苑·立节》载，越国军队至齐，未交战，齐雍门子狄对齐王说，先前大王出猎，车左毂忽然发出鸣声，虽然这是造车工匠的过失，但是车右却以为鸣声惊吓了齐王而伏剑自尽。他接着说："今越甲至，其鸣吾君也，岂左毂之下哉？"也自刎而死。越人听到齐国有这样的烈士，不敢交战而归。　㉜ 慢：轻悔。慢主：指毂鸣之事。陵：侵犯。陵君：指越军至齐之事。　㉝ 静乱：平定叛乱。　㉞ 贾谊：西汉初年有名的政论家和文学家。弱冠：古代男子二十岁成人而行冠礼，因体犹

未壮,故称弱冠。贾谊年二十而为博士。 ㉟ 属国:指少数民族部落。贾谊《陈政事疏》:"陛下何不试以臣为属国之官,以主匈奴,行臣之计,请必系单于之颈而制其命。" ㊱ 终军:西汉人。妙年:少年。 ㊲ 长缨:长绳子。羁:系住。北阙:汉朝宫阙在南越之北,故称北阙。终军年十八,就上书给汉武帝,自请"愿受长缨,必羁南越王而致之阙下"。 ㊳ 夸主:在人主面前夸大自己。耀世:在世人面前炫耀逞能。 ㊴ 输能:贡献才能。 ㊵ 霍去病:汉武帝时大将,曾六次出击匈奴,远涉沙漠,屡建大功。第:住宅,府第。 ㊶ 无以家为:不以家事为念。 ㊷ 济:救助。 ㊸ 居外:指身居藩国。 ㊹ 厚:生活待遇优厚。 ㊺ 食不遑味:吃东西时无暇细品滋味。遑:空暇。 ㊻ 二方:指蜀、吴。克:平定。 ㊼ 先武皇帝:指魏武帝曹操。宿将:有经验的老将。 ㊽ 耆(qí):七十岁以上者称耆,一说六十岁者称耆。即世:指去世,死亡。 ㊾ 贤不乏世:贤才不乏于世。 ㊿ "宿将"句:老将旧卒还熟悉攻占之道。 ○51 效命:贡献生命。 ○52 庶:表示希望。毛发之功:指微小的功劳。 ○53 不世:非常,特别。 ○54 锥刀:推锥刀之末,喻微小。 ○55 大将军:指曹真。魏明帝太和二年(228),派遣大将军曹真击诸葛亮于街亭。 ○56 一校之队:指偏师。军中五百人为一校。作者自谦不敢当大将。 ○57 若:或。大司马:指曹休。魏太和二年,大司马曹休率诸军至皖击吴。 ○58 骊(lí):黑色马。 ○59 禽:同"擒",活捉。权:孙权。馘(guó):斩获敌人,把耳朵割下来,以计功请赏。亮:诸葛亮。 ○60 虏:俘获。率:帅。丑类:指士卒。 ○61 须臾:片刻。 ○62 虽:即使。身分蜀境:在西蜀境内战死后身体分裂。 ○63 吴阙:吴国的宫阙。 ○64 犹生之年:虽死犹生。 ○65 数:国家的运数。 ○66 荷:承受。忝(tiǎn)重禄:愧食厚禄。忝:辱,是自谦之辞。 ○67 禽息鸟视:如同禽鸟般生息和视听,只知求食而无他志。 ○68 圈牢之养物:指牲畜。 ○69 流闻:传闻。东军:指伐吴之军。备:防备。 ○70 师徒:指兵众,军队。衄(nù):挫折,战败。曹休至皖,与吴将陆逊战于石亭,惨遭失败。 ○71 奋袂(mèi):举袖。攘衽:扯开衣襟。这句描绘激奋之状。 ○72 吴、会:吴郡和会稽郡,在今江苏及浙江两省,时属东吴。 ○73 极:尽。赤岸:指赤壁,今属湖北。 ○74 沧海:指东海。 ○75 玉门:玉门关,在今甘肃敦煌西北。 ○76 玄塞:指长城。古人以黑色代表北方,故北方边塞也称为玄塞。 ○77 临难而制变:意谓面临危险形势,随机应变。 ○78 殉国家之难:为国牺牲。 ○79 铭著:铭刻。 ○80 竹帛:指史书。 ○81 "故奔北"二句:春秋时,秦穆公将孟明视、西乞术、白乙丙三人曾为晋所败,被俘。后来秦穆公仍重用他们,终于打败晋人,报仇雪耻。鲁将曹沫曾三次被齐国战败,鲁国割地求和。后鲁庄公与齐桓公在柯地会盟,曹沫持匕首劫桓公,桓公乃允许尽还鲁地。 ○82 "绝缨"二句:春秋时,楚庄公与群臣夜宴。烛灭,有人暗中引楚王美人衣,美人挽绝其缨,以告楚王。楚王命群臣皆绝缨后才举火。后楚与晋战,引美人衣者奋力作战,以报效庄王。秦穆公乘马走失,为野人所食。穆公不罪野人,又赐给他们酒喝。后秦与晋战,穆公被困,曾食马的野人尽力参战,解穆公之围,遂大败晋人。"赵"疑是"秦"之误,"赵"在这里指秦国。 ○83 先帝:指魏文帝曹丕。威王:指任城王曹彰。 ○84 "臣独"二句:先帝、威王都是曹植的兄弟,皆早逝,因此曹植说自己也不会久于人世。 ○85 朝露:早晨露水易干,喻不久人世。 ○86 填沟壑:意谓身死被埋。 ○87 骐骥:千里马。伯乐:古代善相马者。昭:明显,显著。《战国策·楚策四》载,骐骥驾盐车上坂,遇伯乐而长鸣,知伯乐可识其能。 ○88 卢狗:韩卢,古代韩国黑色壮犬,曾逐狡兔,三次环山,腾跃五山。韩国:齐人,他相狗于市,闻卢狗号鸣,知为善狗。 ○89 齐、楚之路:指远路。 ○90 搏噬(shì):

搏斗撕咬。　㉛惟度：思量，忖度。　㉜於悒：郁抑。　㉝博：弈棋之类的游戏。企：提起足后跟。竦(sǒng)：立。　㉞抃(biàn)：拊，犹打拍子。　㉟"昔毛遂"四句：《史记·平原君虞卿列传》载，战国时秦围赵邯郸，赵平原君奉使至楚求救，门客毛遂自请同往。平原君说："夫贤士之处世也，譬若锥之处囊中，其末立见。今先生处胜之门下三年于此矣，左右未有所称诵，胜未有所闻，是先生无所有也。先生不能，先生留。"毛遂说："臣乃今日请处囊中耳。使遂早得处囊中，乃颖脱而出，非特其末见而已。"平原君与毛遂偕行，赖毛遂之力，与楚定合纵抗秦。陪隶：犹陪臣，这里指家臣，即臣子的臣子。假：借。寤：通"悟"。　㊱自衒(xuàn)：士子自我炫耀其才能。自媒：女子自我做媒。　㊲干时：求合于当时。干：求。　㊳道家之明忌：道家以清静无为为宗，故忌干时求进。　㊴分形同气：指自己与魏帝是骨肉至亲。分形：指从同一个身体中分出的形体。同气：指气血相同。　㊵荧：光亮微弱的样子。　㊶"是以"句：《三国志·魏书·陈思王植传》到这句结束，而《文选》在这句后还有最后四句，即"必知为朝士所笑。圣主不以人废言，伏惟陛下少垂神听，臣则幸矣"。

【赏析】

《求自试表》选自《三国志·魏书·陈思王植传》，是曹植作于魏明帝太和二年（228）的自荐书。

曹植早年才华超群，曾得曹操宠爱信任。他不仅有长期随父南征北战的生活经历，而且还因才气雄杰、词华隽美而被称为"绣虎"。因此，凭借他的才能、经历和声誉，曹植极有可能被立为太子，从而实现自己的政治理想。《三国志》本传引裴松之注引《文士传》说丁廙"尝从容谓太祖曰：'临淄侯天性仁孝，发于自然，而聪明智达，其殆庶几。至于博学渊识，文章绝伦。当今天下之贤才君子，不问少长，皆愿从其游而为之死，实天所以钟福于大魏，而永授无穷之祚也。'欲以劝动太祖"。

然而世事难料，顺逆转化。由于曹植负能使气，不拘礼法，加之曹丕耍弄手腕，从中作梗，曹操终于放弃立其为太子的念头。曹丕即位，因为前期有尖锐的立储矛盾，就对曹植展开了一系列的迫害活动，先杀死他的好友，然后把他屡迁封国。因此，曹植处境艰难，如临深渊。《世说新语·文学》说："文帝尝令东阿王七步中作诗，不成者行大法。应声便为诗曰：'煮豆持作羹，漉菽以为汁。萁在釜下泣，豆在釜中泣。本是同根生，相煎何太急！'帝深有惭色。"所载反映出这种兄弟猜忌、骨肉相残的真实情况。陈寿虽然在《三国志·魏书·文帝纪》里比较客观地记述了曹丕的生平事迹，作了公允的评论，但还是委婉地批评了他的心胸狭隘。在兄长的压制之下，曹植忍气吞声，求得生存，无法参与国家的军政大事。可是，这样忍辱苟活毕竟违背他"戮力上国，流惠下民，建永世之业，留金石之功"（《与杨德祖书》）的夙愿。

曹叡继位，曹植觉得事情可能会有转机。尽管他继续受到猜忌和冷落，抱负无从施展，心情极为抑郁，但他了解当时正是多事之秋，准备以国事为重，而内心深处仍然涌动着希望自己有所作为的情感激流，于是就向曹叡上《求自试表》。

本传说："植常自愤怨，抱利器而无所施，上疏求自试。"当时曹植所上之疏就是此表。

表中充分表达了作者报国立功的志向，也反映出压抑难伸的苦闷。文章气势充畅，脉络清晰，骈散相间，语言精美，稽古巧妙，叙事、说理、抒情三者融为一体，具有作者文才富艳的特点，堪称魏晋南北朝时代的骈文佳作。

首先，文章谈起无功受禄有愧，提到自试的问题。作者从事父、事君落笔，强调慈父不能宠爱无益之子，仁君也不能蓄养无用之臣，"论德而授官"的是成功之君，"量能而受爵"的是效命之臣，因此，作为臣子，如果平白接受任命就是尸禄素餐。所言表现出曹植对品德才能的重视和对有功受禄的向往。于是他指出从前虢仲、虢叔不辞却两国的重任是因为其品德高尚，周公、召公不推让鲁、燕的封地是因为其功劳巨大，他们都是"功勤济国，辅主惠民"。联想自己三世蒙恩，"位窃东藩"，爵在上列，生活优裕，却"无德可述，无功可纪"，"无益国朝"，他认为这样既违反古来授官受爵之义，也将招致尸禄素餐之讥，所以油然而生惭愧之意，简直无地自容。这里，曹植先后借用《诗经·魏风·伐檀》和《诗经·曹风·候人》的语句，表面显出谦虚恭谨，而实际渴望立功，请求试用。

接着，文章分析形势，引用典故，强调自试的原因。曹植蒙受屈辱而不计较，心有痛苦而胸怀大局。他指出当时天下统一，九州安然，可是西面有不服调遣的蜀国，东边有不肯臣服的吴国，边境将卒不能解下衣甲，谋臣策士也不能高枕无忧。因此，他想通过自己的努力来改变这种状况，从而迎接太平和顺局面的早日到来。他希望魏明帝能像"启灭有扈而夏功昭，成克商、奄而周德著"那样，把握"卒文、武之功，继成、康之隆"的有利时机，大展宏图，选拔人才，授予官职，任用能臣，镇守边境。所言自然包含请求曹叡给予自己为国效劳、建功立业的机会的意思。这样的论述言之成理，情在其中，反映出作者对时政的关心。曹植进一步援引许多忠良之士报国报主的史实来表情达意。耿弇急忙出击张步，不把敌人留给君父。车右以鸣声惊扰齐王，而伏剑自尽。雍门因越军侵犯齐地，而拔剑自刎。贾谊年二十，就要求出仕典属之官。终军还在少年时，就愿出使南越。霍去病屡建大功，而不以家事为念。他们都反映出忠臣的志愿，那就是忘却私事，为君分忧，报效国家，不惜献身。这里，作者运用典故，信手拈来，写得自然浑成，恰到好处。他通过这样的反复论述，不仅突出忠君之道完全在于尽臣之责，而且表示自己愿意继承历代忠臣之志，还点明个人因蜀、吴尚未攻克而寝食不安。至此，一位怀有大志、熟悉史实、关注现实、一心自试的人物形象已跃然纸上，呼之欲出。

在前面具体分析的基础上，作者希望效命立功，不愿做圈牢养物，直接提出自试的要求。他先谈到魏国贤才不乏于世，宿将旧卒还熟悉攻战之道，而自己把奉献生命、为国尽忠作为平生志向，"庶立毛发之功，以报所受之恩"。他进而表示如果得到自试的机会，能"当一校之队"，"统偏师之任"，就必定"乘危蹈险，骋舟奋骊,突刃触锋,为士卒先",即使不能"禽权馘亮",也会俘敌将卒,从而"效须臾之捷,以灭终身之愧"。所言淋漓尽致地表达出曹植跃跃欲试的心情和报国立功的志愿,富有西汉初期贾谊政论的气势。作者要求建功立业,平定吴、蜀,统一全国,以至不惜舍弃自己的生命,"虽身分蜀境,首悬吴阙,犹生之年也"。同样,《杂诗》第五首说"闲居非吾志,甘心赴国忧",第六首说"国仇亮不塞,甘心思丧元",《白马篇》说"捐躯赴国难,视死忽如归"。然而甘心赴难、为国立功的壮志无法实现,这种苦闷令人难以忍受。曹植强调"荣其躯而丰其体,生无益于事,死无损于数,虚荷上位而忝重禄,禽息鸟视,终于白首,此徒圈牢之养物",这不是他的志向。这里的论述语言通俗,比喻贴切,形象地反映出人物壮志被压抑的愤激情绪。这样的感情在《求通亲亲表》里表现得更加强烈。"臣伏自思惟,岂无锥刀之用。及观陛下之所拔授,若臣为异姓,窃自料度,不后于朝士矣","每四节之会,块然独处,左右唯仆隶,所对唯妻子,高谈无所与陈,发义无所与展,未尝不闻乐而拊心,临觞而叹息也"。文字写得激切,心情悲愤已极。此外,作者又从传闻曹休伐吴、败于石亭的消息,写到自己的反应和情绪。他"辍食弃餐,奋袂攘衽,抚剑东顾,而心驰于吴、会矣"。这些弃食、奋袖、攘襟、抚剑的动作描写和东顾的神态描写,以及心驰吴、会的心理描写,不仅栩栩如生地写活了忠于魏国、勇敢无畏的人物形象,而且曲尽其妙地展现出他慷慨求试,急不可待的内心世界,使人如见其人,如闻其声,为之感动。

然后,文章回顾军中生活和古代事例,继续表明自试的意愿。曹植以"南极""东临""西望""北出"的铺排语句,描绘他随曹操出征所到之远,所见之广,突出用兵神妙无法预言,只能根据实际,随机应变,显示自己有立功之志,知用兵之道,是可用之才。因为他希望尽忠报国,立下大功,所以"每览史籍",看到古代忠臣义士为救亡而献身,"功铭著于鼎钟,名称垂于竹帛",就拊心叹息,决意效法。为了能使曹叡给自己建功立业的机会,他以谦卑之辞和明主用臣"不废有罪"的史实,强调即使是败军之将、有错之臣也能任用,会有作为,并表示自己因不会久于人世而愿为君分忧、效犬马之劳。他还用以前伯乐相马、韩国相狗之事来表达个人渴望为人所知、受到任用的恳切心情。不过,曹植一想起曹丕、曹叡相继称帝以来对他猜忌的一贯做法,就不无担忧,知道"终无伯乐、韩国之举",于是"於悒而窃自痛"。显然,感伤之意溢于言表。

结尾呼应开头,再次倾吐自试的心声。作者谈起毛遂自荐,脱颖而出,说明自己富有才能,只要得到试用机会,就会建功树勋,况且魏国人才众多,其中慷慨悲壮、为国捐躯的臣子也为数不少。这里,既生动地表明心曲,又含蓄圆巧,无懈可击,还扩大了作品的容量,展现出魏国的强盛。他进一步指出自己不是自我吹嘘,也不是干时求进,而是与魏帝有骨肉之亲和相同气血,也与国家的兴盛衰败密切相关,所以披沥陈辞,倾吐衷肠。他最后希望以微小尘雾"补益山海",

用小小烛光"增辉日月"。这谦虚的语言和恳求的态度足以显示人物对自试的真心和对魏国的忠诚。

这篇踔厉风发、感人肺腑的文章是作者人生多舛命运的真实写照，更是立功思想感情的充分表达。文章行文流畅，变化自如，内容充实，言辞谐美，意气极盛，可以说在当时独占鳌头。刘勰《文心雕龙·章表》说："陈思之表，独冠群才。观其体赡而律调，辞清而志显，应物制巧，随变生趣，执辔有余，故能缓急应节矣。"所言恰如其分。

大人先生传

阮 籍

大人先生盖老人也①。不知姓字。陈天地之始②，言神农、黄帝之事③，昭然也④。莫知其生平年之数⑤。尝居苏门之山⑥，故世或谓之⑦。闲养性延寿⑧，与自然齐光，其视尧舜之所事若手中耳⑨。以万里为一步，以千岁为一朝，行不赴而居不处⑩，求乎大道而无所寓⑪。先生以应变顺和⑫，天地为家，运去势颓⑬，魁然独存⑭，自以为能足与造化推移⑮，故默探道德，不与世同之。自好者非之，无识者怪之，不知其变化神微也⑯；而先生不以世之非怪而易其务也⑰。先生以为中区之在天下⑱，曾不若蝇蚊之着帷⑲，故终不以为事，而极意乎异方奇域，游览观乐，非世所见，徘徊无所终极。遗其书于苏门之山而去，天下莫知其所如往也⑳。

或遗大人先生书曰㉑："天下之贵，莫贵于君子㉒：服有常色㉓，貌有常则㉔，言有常度，行有常式㉕；立则磬折，拱若抱鼓㉖，动静有节㉗，趋步商羽㉘，进退周旋㉙，咸有规矩。心若怀冰㉚，战战栗栗㉛，束身修行㉜，日慎一日，择地而行㉝，唯恐遗失㉞，诵周孔之遗训㉟，叹唐虞之道德㊱，唯法是修，唯礼是克㊲。手挚珪璧㊳，足履绳墨㊴，行欲为目前检㊵，言欲为无穷则㊶；少称乡闾㊷，长闻邦国㊸，上欲图三公㊹，下不失九州牧㊺，故挟金玉㊻，垂文组㊼，享尊位，取茅土㊽。扬声名于后世，齐功德于往古㊾；奉事君上，牧养百姓㊿，退营私家㉛，育长妻子㉜，卜吉而宅(53)，虑乃亿祉(54)，远祸近福，永坚固己：此诚士君子之高致(55)，古今不易之美行也(56)。今先生乃被发而居巨海之中(57)，与若君子者远，吾恐世之叹先生而非之也(58)。行为世所笑(59)，身无由自达(60)，则可谓耻辱矣。身处困苦之地，而行为世俗之所笑，吾为先生不取也(61)。”

于是大人先生乃逌然而叹(62)，假云霓而应之曰(63)：“若之云尚何通哉(64)！夫大人者，乃与造物同体(65)，天地并生，逍遥浮世(66)，与道俱成(67)，变化散聚(68)，不常其形。天地制域于内(69)，而浮明开达于外(70)，天地之永固，非世俗之所及也(71)。吾将为汝言之。

“往者，天尝在下，地尝在上，反复颠倒，未之安固，焉得不失度式而常之(72)？天因地动(73)，山陷川起(74)，云散震坏(75)，六合失理(76)，汝又焉得择地而行，趋步商羽？往者群气争存(77)，万物死虑(78)，支体不从(79)，身为泥土，根拔枝殊(80)，咸失其所，汝又焉得束身修行，磬折抱鼓？李牧功而身死，伯宗忠而世绝(81)，进求利以丧身(82)，营爵赏而家灭(83)，汝又焉得挟金玉万亿，祗奉君上而全妻子乎(84)？且汝独不见乎虱之处乎裈中(85)，逃乎深缝，匿夫坏絮(86)，自以为吉宅也(87)。行不敢离缝际，动不敢出裈裆，自以为得绳墨也。饥则啮人(88)，自以为无穷食也(89)。然炎丘火流(90)，焦邑灭都(91)，群虱死于裈中而不能出。汝君子之处区内，亦何异夫虱之处裈中乎(92)？悲乎！而乃自以为远祸近福，坚无穷已；亦观夫阳乌游于尘外而鹪鹩戏于蓬艾(93)，小大固不相及，汝又何以为若君子闻于予乎？且近者夏丧于商，周播之刘(94)，耿、薄为墟，丰、镐成丘(95)，至人未一顾而世代相酬(96)，厥居未定(97)，他人已有，汝之茅土，谁将与久？是以至人不处而居，不修而治，日月为正，阴阳为期(98)。岂吝情于世(99)，系累于一时。乘东云，驾西风，与阴守雌，据阳为雄(100)，志得欲从，物莫之穷(101)，又何不能自达而畏夫世笑哉？”

【注释】

① 大人：古代称德行高尚者为大人。先生：古代称年长有学识者为先生。 ② 陈：述说。 ③ 神农：传说中的上古帝王，农业和医药的发明者，号称神农氏。他用木制作耒、耜，教人从事农业生产，又尝百草，发现药材，教人治病。黄帝：传说中中原各族的共同祖先，姬姓，号轩辕氏、有熊氏。相传他打败炎帝，击杀蚩尤，被拥戴为各部落联盟首领。

传说有许多发明，如养蚕、舟车、文字、音律、医学、算数等，都创始于黄帝时期。④ 昭然：明显的样子。 ⑤ 数：岁数。 ⑥ 苏门之山：苏门山，在今河南辉县。《晋书·阮籍传》载："籍尝于苏门山遇孙登，与商略终古及栖神导气之术，登皆不应，籍因长啸而退。至半岭，闻有声若鸾凤之音，响乎岩谷，乃登之啸也。遂归，著《大人先生传》。"⑦ 世或谓之：世人或称他为苏门先生。 ⑧ 闲：清静淡泊。养性：保养身体。 ⑨ 尧舜：传说中的古帝王，他们都是贤君。 ⑩ 赴：趋，快步而行。处：留，固定。 ⑪ 寓：居，意谓寄托。 ⑫ 和：《广韵》："不坚不柔也。" ⑬ 运：时运。隤：颓败。 ⑭ 魁然：独立不群的样子。 ⑮ 造化：自然。 ⑯ 神微：神奇微妙。 ⑰ 务：追求。 ⑱ 中区：犹言中国。 ⑲ 着：附在。 ⑳ 如：往。 ㉑ 或：有人。遗(wèi)：给予。书：信。 ㉒ 贵：可贵之意。君子：这里指虚伪的礼法之士。 ㉓ 服：穿着服饰。常色：一定的颜色。按照古代礼制，衣服的颜色随贵贱、吉凶而定。《礼记·曲礼》："为人子者，父母存，冠衣不纯素。孤子当室，冠衣不纯采……童子不衣裘裳。" ㉔ 貌：容颜，这里指面部表情。则：标准，规定。 ㉕"言有"二句：指说话有一定的分寸，行为有一定的法式。度：尺度。式：法式。 ㉖"立则"二句：站立时弯腰如磬，打拱时像怀中抱鼓。磬(qìng)：古代打击乐器，状如曲尺。 ㉗ 节：节拍，犹言"板眼"。动静有节：一举一动都合乎节拍。 ㉘ 趋步：走路时步子的快慢。商羽：乐调名。趋步商羽：指走路快慢都有规矩可循，如同踩着音乐的节奏一样。 ㉙ 周旋：辗转相从，这里指与人打交道。 ㉚ 怀冰：抱着冰。 ㉛ 战战栗栗：恐惧小心的样子。 ㉜ 束身：约束自己。修行：修养德行。 ㉝ 择地而行：形容谨慎之至。 ㉞ 遗失：指疏忽失礼。 ㉟ 诵：背诵。周孔：指周公、孔子，他们都是制礼作乐的圣人。 ㊱ 叹：赞叹。唐虞：指唐尧、虞舜，他们都是上古传说中的圣明之君。㊲ 法：指礼法。修：实践躬行。克：约束。《论语·颜渊》："克己复礼为仁。" ㊳ 珪(guī)璧：古代王侯朝聘祭祀用的玉器。 ㊴ 足履绳墨：指笔直地走路，比喻行为合乎规范。绳墨：正曲直的工具。 ㊵ 目前：当世。检：法式，榜样。 ㊶ 无穷：指后代。则：准则。 ㊷ 少称乡闾：少时为家乡地方所称誉。乡闾：乡邑闾里。 ㊸ 闻：有名于。邦国：国家。 ㊹ 图：图谋，谋取。三公：各时代三公所指不同，周代以太师、太傅、太保为三公，西汉以大司马、大司徒、大司空为三公，东汉以太尉、司徒、司空为三公。这里泛指朝廷的最高官职。 ㊺ 九州牧：古代分中国为九州，牧是一州之长。此指地方政权的最高长官。 ㊻ 金玉：指珍宝。 ㊼ 垂：佩带。文组：有花纹的丝织绶带。 ㊽ 取茅土：指封为诸侯。茅土：指封侯。古代天子封五色土为社，分封诸侯时，取其土，裹以白茅授之。 ㊾ 齐：看齐，等同。往古：古时圣贤。 ㊿ 牧养：管理养育。 (51) 退：告退。营：经营。 (52) 育长：养活。妻子：指妻子儿女。 (53) 卜吉而宅：通过占卜求吉宅而居。(54) 虑乃亿祉(zhǐ)：考虑的是世代不绝的福禄。虑：考虑。亿：时间久远。祉：福禄。(55) 诚：确实。高致：高尚的情趣。 (56) 易：改变。美行：美好的行为。 (57) 被发：披发。巨海：大海。居巨海：指游离尘世。 (58) 非：非议。 (59) 行为世所笑：行为被世人所耻笑。 (60) 无由自达：无法使自己进荐于君上。 (61) 不取：不可采取。 (62) 逌(yóu)然：悠然自得的样子。 (63) 假：借。霓：副虹。应：回答。 (64)"若之"句：意谓你这种说法怎么能行得通。若之云：你所说的。 (65) 造物：指造物者。同体：同为一体。 (66) 逍遥：自由自在、毫无拘束的样子。浮世：飘游于世。 (67) 道：指道家所说的道，即世界万物的本原。俱成：同时形成。 (68) 散聚：分散聚合，指生死。 (69) 制：形成。域：区域，境界。

内：内心。这句说，以天地形成内在的精神世界。 ⑦⓪ 浮明：自在明智。开达：自然表现。外：外形。这句说，在形迹上表现出自在明智。 ⑦① "天地"二句：此谓大人心中天地的永固不变，不是世俗之人所能理解的。 ⑦② 度式：法度规范。常：固定不变。 ⑦③ 因：随。 ⑦④ 山陷川起：山岳陷落，河谷突起。 ⑦⑤ 震：雷。 ⑦⑥ 六合：指天地四方。失理：失去条理，没有秩序。 ⑦⑦ 往者：从前。群气：指万物。 ⑦⑧ 死虑：忧虑死亡。 ⑦⑨ 支体：肢体。从：顺从。 ⑧⓪ 枝殊：枝叶脱离根干。 ⑧① 李牧：战国时赵国名将，曾屡建战功，封为武安君，后因秦国贿赂赵王宠臣郭开诬其谋反而被杀。伯宗：春秋时晋国大夫，忠而好直谏，终为权臣所害。世绝：绝了后代。 ⑧② 进：仕进，做官。营：营谋。爵赏：爵位封赏。 ⑧③ 祗(zhī)奉：敬奉。全：保全。 ⑧⑤ 裈(kūn)：裤子。这句说，况且你难道没有看见过虱子处在裤子中吗。 ⑧⑥ 匿夫坏絮：躲藏在破败的棉絮之中。坏絮：破败的棉絮。 ⑧⑦ 吉宅：风水吉利的住宅。 ⑧⑧ 啮(niè)：咬。 ⑧⑨ 无穷食：享用不尽的食物。 ⑨⓪ 炎丘：指南方的炎热之地。火流：如流火般酷热。 ⑨① 焦邑灭都：烤焦城邑，熔化都市。 ⑨② 区内：世上。这两句说，你们这些君子活在世上，和那些虱子处在裤子中，又有什么不同呢。 ⑨③ 阳乌：太阳，古代传说日中有三足乌，故名。鹪鹩(jiāoliáo)：小鸟名，身体很小，尾短，喜欢居于灌木丛中，巧于筑巢，觅食昆虫。蓬：蓬草。艾：艾草。 ⑨④ 周播之刘：周朝天下为刘邦汉朝所取代。播：迁，转移。 ⑨⑤ 耿、薄：商朝旧都。丰、镐：周朝旧都。"耿、薄"二句的意思是，商朝旧都耿和薄已成废墟，周朝旧都丰和镐也成土丘。 ⑨⑥ 至人：指道德修养达到最高境界的人。世代相酬：相传做主人。酬：劝酒。 ⑨⑦ 厥：其。 ⑨⑧ 正：主体。期：时间。"日月"二句的意思是，以日月作为万物的主体，以阴阳变化来计算时间。 ⑨⑨ 丢：同"吝"，惜。 ⑩⓪ "与阴"二句：古代把世上万物分为阴阳，阴为柔与雌相应，阳为刚与雄相应。 ⑩① 物莫之穷：万物没有穷尽。

【作者简介】

阮籍(210—263)，三国魏文学家、思想家，字嗣宗，陈留尉氏(今属河南)人。他是"建安七子"之一阮瑀之子，曾为步兵校尉，世称"阮步兵"，又与嵇康齐名，为"竹林七贤"之一。他性格狂放不羁，喜怒不形于色。有时闭门读书，数月不出；有时登山临水，多日忘归。博览群书，尤好《老》《庄》，嗜酒，能啸，善于弹琴。魏晋之际，天下多有变乱，士人少有自全。他与当权的司马氏集团有一定的矛盾，蔑视礼教，曾以白眼对待礼俗之士。后来，他为生存计，不参与世事，也不臧否人物，常用醉酒的办法来全身免祸。在哲学上，他认为"天地生于自然，万物生于天地"(《达庄论》)，主张把"自然"和封建等级制度相结合，做到上不凌下，卑不犯贵。其诗长于五言，有《咏怀诗》八十余首，表现嗟生忧时、苦闷彷徨的心情，讽刺现实，写得比较隐晦。散文有《大人先生传》《达庄论》等，都以老庄思想抨击礼法。原有集，已散佚，后人辑有《阮嗣宗集》。

【赏析】

《大人先生传》选自《阮籍集校注》卷上，这是作者撰写的一篇赋体传记。

"大人先生"是阮籍虚构的人物，实际上是他理想的化身。《晋书·阮籍传》记载，阮籍在苏门山遇见孙登，回来写成此文。孙登是当时的著名隐士，也是阮籍推崇的人物。阮籍所说的大人先生与孙登是有关系的，不过，这篇长文是作者假借孙登其人其事而加以神化，来抒写自己的理想，同时在虚幻的外形下，对当时司马氏的统治，尤其是虚伪的礼法制度，进行了激烈的斥责和辛辣的嘲讽。

全文可分三个部分。第一部分写大人先生驳斥"君子"的非难，第二部分写他遇见愤世嫉俗的隐士，第三部分写他碰到通达自得的薪者。文章杂用赋体，奇偶相成，骈散融合，运用以对话表达内容的表现手法，写得变化诡奇，生动形象。这里节选的是全文的前四段。

魏晋之际，人们的思想还是比较活跃的。尽管统治者为了集权专制，强调所谓的礼法和名教，但是不少作家仍然善于思考，勇于为文，对抗礼法和名教。他们的风骨和狂放是闻名于世的，而阮籍和嵇康又是其中的代表人物。嵇康桀骜不驯而终于被害，阮籍则玩世不恭而全身免祸。两者表现和遭遇不同，可是他们都激烈反对封建礼教，其文章闪耀出追求独立个性的思想光芒。

所选文章的第一段是对大人先生的介绍。作者按照传记体的惯例，先写到传主的生平，说人们既不知道他的姓名，也不知其岁数，不过，他对天地开辟和上古事情非常清楚，为人清净淡泊，无求于世，"与自然齐光"，而且"以万里为一步，以千岁为一朝"。显然，这描绘了一位出世高士的形象，突出人物不受时间限制的自由精神。作者说大人先生"以应变顺和，天地为家，运去势隤，魁然独存"。这里托言大人先生，实际是作者处世的方式方法，即不管天下如何改朝换代，他自己都可以不受影响。他了解汉魏易代、魏晋易代的巧取豪夺，他与各派政治势力无太深瓜葛，他能敷衍世事，不论人过，为文委婉含蓄。可见，应变顺和是人物的特性，也是作者身处乱世的全身之道。然后，作者谈到大人先生不因世人非议而改变个人追求，而是"以为中区之在天下，曾不若蝇蚊之着帷，故终不以为事"，他向往奇邦异域，要徘徊于天地之间。这形象的描述就使人物具有《庄子·逍遥游》中所谓"至人""神人"和"圣人"的形迹。

第二段借有人给大人先生的来信，以礼法之士赞扬君子的口吻，传神地描绘出君子的迂腐虚伪和好向上爬的种种丑态。所谓君子，"服有常色，貌有常则，言有常度，行有常式"，"进退周旋，咸有规矩"，为人处世绝不逾越封建礼教有关君臣、父子、立身、治家、平天下的伦理纲常。他们深知做官能"挟金玉，垂文组，享尊位，取茅土。扬声名于后世，齐功德于往古"，考虑即使告退以后也要永久牢固地保住自己所获得的荣耀福禄。作者不仅以生动有趣、鞭辟入里的语句来描述君子的虚假表现和自私内心，而且通过"立则磬折，拱若抱鼓""心若怀冰，战战栗栗""择地而行，唯恐遗失"这样漫画式的夸张文字，展现君子时刻深受封建礼教约束的可笑样子，突出他们本身活泼生动的人性遭压抑被扭曲。在谈到士人君子极力追求的高尚情操和似乎值得称颂的行为时，作者以对比的方法，写出先生的反常行为。他披着头发，居于巨海，远离那些君子，"行为世所笑，身无由自达"。这样的描述既展现出人物无视非议，厌恶虚假，强调个性，追求自然，也肯定其崇尚老庄和反对礼教的精神。阮籍在现实生活中就自称"礼岂为我设邪",而且"见礼俗之士,以白眼对之"(《晋书·阮籍传》)。

第三、四段以大人先生之口,对礼法之士的种种责难进行有力驳斥。作者本来是有政治抱负的人,《晋书·阮籍传》说:"籍本有济世志。"由于当时政治黑暗,正直人士朝不保夕,他就不参与社会事务,以酣饮为事。司马昭曾打算为子求婚于阮籍,想和他结为儿女亲家,阮籍醉了六十天,因不能说话而作罢。然而,他内心深处感受到极大的痛苦和悲哀,因为随着司马氏集团的政治恐怖日益严重,自己的真情实感根本无法充分流露和发挥。尽管这样,阮籍并未真正忘世。他通过这篇赋体传记,写活了在现实生活中深受压抑而在幻想境界中遨游天地的大人先生形象,也表现出自己倜傥的性格和愤世嫉俗的思想。首先,作者肯定崇尚自然无为的思想,指出大人与造物者同为一体,自由自在地在世上飘游,以天地形成其内心世界,在形迹上表现出自在明智。其次,他抨击欲守常式的观念,认为天地万物和社会人事的不断变化使所谓君子难以"择地而行,趋步商羽",无法"束身修行,磬折抱鼓"。再者,他讽刺礼法之士,说虱子"逃乎深缝,匿夫坏絮,自以为吉宅也。行不敢离缝际,动不敢出裈裆,自以为得绳墨也。饥则啮人,自以为无穷食也。然炎丘火流,焦邑灭都,群虱死于裈中而不能出。汝君子之处区内,亦何异夫虱之处裈中乎"。最后,他慨叹易代迅速,说近世"夏丧于商,周播之刘","世代相酬,厥居未定,他人已有,汝之茅土,谁将与久"。所言排比层出不穷,反诘驳斥有力,比喻生动巧妙,尖锐嘲讽了士人君子所谓的高致美行,更无情批判了整个封建社会赖以生存的政治、礼法制度和道德观念。

此外,阮籍还从"无君而庶物定,无臣而万事理"的观点出发,反映"君立而虐兴,臣设而贼生"的现实,暴露礼法"束缚下民,欺愚诳拙"的本质,指责"强者睽视而凌暴,弱者憔悴而事人"的不平,剖析"假廉以成贪,内险而外仁"的虚伪,都深刻地论述了封建社会的要害问题。他强调既然"竭天地万物之至,以奉声色无穷之欲"的社会极其不公,"汝君子之礼法"就成了"天下残贼、乱危、死亡之术"。这样入木三分的刻画和辛辣之至的论述彻底否定了君权礼教,表达了无君无臣的思想。

总之,这篇文章是作者表明心迹、抒发愤懑的寓言性传记。它骈散结合,有时以散体为主,有时以骈体为主。押韵之处不少,节奏灵活变化,具有音乐的美感。文中或比喻夸张,或排偶对比,或夹叙夹议,或融情其中,展现出汪洋恣肆的气势。它堪称魏晋时的散文名篇。

与山巨源绝交书

嵇 康

康白：足下昔称吾于颍川①，吾常谓之知言②。然经怪此意，尚未熟悉于足下③，何从便得之也？前年从河东还④，显宗、阿都说足下议以吾自代⑤，事虽不行，知足下故不知之⑥。足下傍通，多可而少怪⑦，吾直性狭中，多所不堪⑧，偶与足下相知耳。间闻足下迁，惕然不喜⑨，恐足下羞庖人之独割，引尸祝以自助⑩，手荐鸾刀，漫之膻腥，故具为足下陈其可否⑪。

吾昔读书，得并介之人，或谓无之，今乃信其真有耳⑫。性有所不堪，真不可强⑬。今空语同知有达人⑭，无所不堪，外不殊俗，而内不失正⑮，与一世同其波流，而悔吝不生耳⑯。老子、庄周⑰，吾之师也，亲居贱职；柳下惠、东方朔⑱，达人也，安乎卑位，吾岂敢短之哉⑲！又仲尼兼爱，不羞执鞭⑳，子文无欲卿相，而三登令尹㉑，是乃君子思济物之意也㉒。所谓达能兼善而不渝，穷则自得而无闷。以此观之，故尧、舜之君世㉔，许由之岩栖㉕，子房之佐汉㉖，接舆之行歌㉗，其揆一也㉘。仰瞻数君，可谓能遂其志者也㉙。故君子百行，殊途而同致㉚，循性而动，各附所安㉛。故有处朝廷而不出，入山林而不反之论㉜。且延陵高子臧之风㉝，长卿慕相如之节㉞，志气所托，不可夺也。

吾每读尚子平、台孝威传，慨然慕之㉟，想其为人。少加孤露，母兄见骄㊱，不涉经学。性复疏懒，筋驽肉缓，头面常一月十五日不洗，不大闷痒，不能沐也㊲。每常小便，而忍不起，令胞中略转乃起耳㊳。又纵逸来久，情意傲散㊴，简与礼相背，懒与慢相成，而为侪类见宽㊵，不攻其过。又读《庄》《老》，重增其放。故使荣进之心日颓，任实之情转笃㊶。此犹禽鹿少见驯育，则服从教制㊷，长而见羁，则狂顾顿缨㊸，赴蹈汤火，虽饰以金镳，飨以嘉肴，逾思长林㊹，而志在丰草也。

阮嗣宗口不论人过，吾每师之㊺，而未能及。至性过人，与物无伤，唯饮酒过差耳㊻。至为礼法之士所绳，疾之如仇，幸赖大将军保持之耳㊼。吾不如嗣宗之贤，而有慢弛之阙㊽；又不识人情，暗于机宜㊾；无万石之慎，而有好尽之累㊿。久与事接，疵衅日兴㊼，虽欲无患，其可得乎？

又人伦有礼，朝廷有法，自惟至熟㊽，有必不堪者七，甚不可者二：卧喜晚起，而当关呼之不置㊾，一不堪也。抱琴行吟，弋钓草野㊿，而吏卒守之，不得妄动，二不堪也。危坐一时，痹不得摇，性复多虱，把搔无已，而当裹以章服㊶，揖拜上官，三不堪也。素不便书，又不喜作书，而人间多事，堆案盈机，不相酬答，则犯教伤义㊷，欲自勉强，则不能久，四不堪也。不喜吊丧，而人道以此为重，已为未见恕者所怨㊸，至欲见中伤者，虽瞿然自责，然性不可化，欲降心顺俗，则诡故不情㊹，亦终不能获无咎无誉如此㊺，五不堪也。不喜俗人，而当与之共事，或宾客盈坐，鸣声聒耳，嚣尘臭处，千变百伎㊻，在人目前，六不堪也。心不耐烦，而官事鞅掌，机务缠其心，世故烦其虑㊼，七不堪也。又每非汤、武而薄周、孔㊽，在人间不止，此事会显，世教所不容㊾，此甚不可一也。刚肠疾恶，轻肆直言㊿，遇事便发，此甚不可二也。以促中小心之性㊶，统此九患，不有外难，当有内病，宁可久处人间邪？又闻道士遗言，饵术黄精㊷，令人久寿，意甚信之；游山泽，观鱼鸟，心甚乐之。一行作吏㊸，此事便废，安能舍其所乐，而从其所惧哉！

夫人之相知，贵识其天性，因而济之。禹不逼伯成子高㊹，全其节也；仲尼不假盖于子夏㊺，护其短也；近诸葛孔明不逼元直以入蜀㊻；华子鱼不强幼安以卿相㊼。此可谓能相终始，真相知者也。足下见直木必不可以为轮，曲木不可以为桷㊽，盖不欲以枉其天才，令得其所也。故四民有业㊾，各以得志为乐，唯达者为能通之，此足下度内耳㊿。不可自见好章甫，强越人以文冕也㊶；已嗜臭腐，养鸳雏以死鼠也㊷。吾顷学养生之术，方外荣华，去滋味，游心于寂寞㊸，以无为为贵。纵无九患，尚不顾足下所好者。又有心闷疾，顷转增笃㊹，私意自试，不能堪其所不乐。自卜已审㊺，若道尽途穷则已耳。足下无事冤之，令转于沟壑也㊻。

吾新失母兄之欢，意常凄切。女年十三，男年八岁，未及成人，况复多病，顾此恨恨㊼，如何可言！今但愿守陋巷，教养子孙，时与亲旧叙离阔，陈说平生㉜，浊酒一杯，弹琴一曲，志愿毕矣。足下若嬲之不置㉝，不过欲为官得人，以益时用耳。足下旧知吾潦倒粗疏，不切事情，自惟亦皆不如今日之贤能也㉞。若以俗人皆喜荣华，独能离之，以此为快，此最近之㉟，可得言耳。然使长才广度，无所不淹，而能不营㊱，乃可贵耳。若吾多病困，欲离事自全㊲，以保余年，此真所乏耳㊳，岂可见黄门而称贞哉㊴！若趣欲共登王途㊵，期于相致，时为欢益㊶，一旦迫之，必发其狂疾，自非重怨，不至于此也㊷。野人有快炙背而美芹子者，欲献之至尊㊸，虽有区区之意，亦已疏矣㊹，愿足下勿似之。其意如此，既以解足下，并以为别㊺。嵇康白。

【注释】

① 足下：旧时对人的敬称。称：称说嵇康不愿出仕。颍川：指山嵚，山涛的叔父，曾经做过颍川(治今河南许昌东)太守。古代往往以某人的任职、地名、籍贯、官名等做某人的代称，这里以官称之。　② 知言：知己之言。　③ 经：常常。此意：指嵇康不愿出仕的思想。　④ 河东：地名，在今山西南部黄河以东地区。　⑤ 显宗：公孙崇，字显宗，谯国人，曾为尚书郎。阿都：吕安，字仲悌，小名阿都，嵇康好友。议以吾自代：拟议让我代替你的职位。　⑥ 故：原来。不知之：不了解自己。　⑦ 傍通：博通事理，善于应变。多可而少怪：多所许可而少有疑怪。　⑧ 狭中：心胸狭隘。不堪：不能容忍。相知：相识。　⑨ 间：近来。迁：升官，指山涛升为大将军从事中郎。惕然：忧惧的样子。　⑩ 庖人：厨师。尸祝：祭祀时致祷词的人。这里用"越俎代庖"的成语。《庄子·逍遥游》："庖人虽不治庖，尸祝不越樽俎而代之。"庖人宰割牺牲，尸祝陈设樽俎，尸祝不能代替庖人的职责。这里活用典故，说明山涛独自做官感到不好意思，所以要推荐自己出仕。　⑪ 荐：进。鸾刀：环上有铃的刀。漫：玷污。具：详尽。陈：叙说。　⑫ 并介之人：兼济天下又耿介孤直的人。"吾昔"四句：我从前读书，见书上说有能兼济天下又耿介孤直的人，当时还以为不存在，现在才相信真有这样的人。这是讥讽山涛的圆滑处世。　⑬ 强：勉强。　⑭ 空语：空话，虚说。同知：共知。达人：通达的人。　⑮ 外不殊俗：外表与时俗没有差别。内不失正：内心保持正道。　⑯ 悔吝：悔恨。　⑰ 老子：老聃，姓李名耳，春秋时楚国人，做过周朝的柱下史、守藏史。庄周：庄子，战国时宋国人，做过蒙县漆园吏。两人的职位都很卑下。　⑱ 柳下惠：展禽，名获，字季，春秋时鲁国人。居于柳下，卒谥为惠，曾为鲁国典狱官，被罢职三次，却不以为意。东方朔：字曼倩，汉武帝时人，常为郎官，不得重用。两人的职位都较低下。　⑲ 短：轻视。　⑳ 仲尼：孔子的字。兼爱：博爱无私，即孔子的仁爱思想。《庄子·天道》记载孔子回答老聃说："兼爱无私，此仁义之情也。"不羞执鞭：不以执鞭赶车为耻。《论语·述而》："富而可求也，虽执鞭之士，吾亦为之。"这两句说，孔子兼爱无私，为屈身济物而不以担任执鞭之事为羞惭。　㉑ 子文：春秋时楚国人。无欲：不想做。令尹：楚国官名，相当于后世的宰相。《论语·公冶长》："令尹子文三仕为令尹，无喜色；三已之，无愠色。"这两句说，子文没有当卿相的愿望，而三次做了

令尹。㉒济物：济世，救济万物。 ㉓达：显达。渝：改变。穷：困穷。无闷：没有忧闷。《孟子·尽心上》："穷则独善其身，达则兼善天下。" ㉔君世：为君于世，统治天下。 ㉕许由：尧时隐士。相传尧想把天下让给他，他不肯接受，就到箕山去隐居。岩栖：指栖宿于山岩之中。 ㉖子房：张良的字，曾帮助刘邦统一天下，建立汉朝。 ㉗接舆：春秋时楚国隐士。《论语·微子》载，"楚狂接舆歌而过孔子"，讥讽孔子不识时务，劝他隐居。 ㉘揆(kuí)：原则，道理。这句说，道理是一样的。 ㉙遂其志：能实现他们的志向。 ㉚百行：各种行为表现。殊途而同致：所走的道路不同而达到相同的目的。《易传·系辞》："天下同归而殊途，一致而百虑。" ㉛循性而动：依循本性而行动。各附所安：各得其所。 ㉜"故有"二句：出自《韩诗外传》。"朝廷之人为禄，故入而不出；山林之士为名，故往而不返。" ㉝延陵：春秋时吴国公子，姓延陵，名季札。高：崇尚，赞赏。子臧：曹国公子，又名欣时。曹宣公死后，曹人要立子臧为君，他拒不接受，离国而去。吴国季札的父兄要立季札为君，季札引子臧之事，辞而不受。风：作风，风度。 ㉞长卿：司马相如的字。慕：仰慕。相如：指战国时赵国人蔺相如。他曾以"完璧归赵"一事而闻名。《史记·司马相如列传》："相如既学，慕蔺相如之为人，更名相如。"节：气节，气概。 ㉟尚子平：东汉人。《文选》李善注引《英雄记》说他曾为县功曹，后辞归，入山砍柴为生。台孝威：名佟，东汉人。《后汉书·逸民传》说他隐居武安山，凿穴而居，采药为业。慨然：赞叹的样子。 ㊱孤露：少年丧父，孤苦无依。母兄见骄：指受到母亲和哥哥的骄纵。 ㊲筋驽肉缓：筋骨衰弱，肌肉松弛。能：通"耐"。不能：不愿。沐：洗头。 ㊳胞：这里指膀胱。这句说，让尿在膀胱里胀得快要转动才起身去小便。 ㊴纵逸来久：恣肆放荡由来已久。傲散：孤傲散漫。 ㊵"简与礼"二句：简慢与礼法互相违背，而懒散和傲慢却相辅相成。侪(chái)类：指同辈朋友。宽：宽容。 ㊶《庄》《老》：指《庄子》和《老子》两部道家著作。重增其放：更加助长我的狂放。荣进：做官求荣。任实：放任本性。笃：厚。 ㊷禽鹿：野鹿。"禽"在古代可以作为鸟兽的通称。少见驯育：幼小时受到驯化养育。教制：教管。 ㊸羁：束缚。狂顾：疯狂地四面张望。顿缨：挣断绳索。 ㊹金镳(biāo)：金制的马笼头，这里指鹿笼头。飨(xiǎng)：用酒食款待。嘉肴：美食。逾：越发。 ㊺阮嗣宗：阮籍，字嗣宗，与嵇康同为"竹林七贤"之一。他不拘礼法，言谈玄远，口不褒贬人物。 ㊻至性：纯真的性情。与物无伤：待人接物从无伤害之心。《庄子·知北游》："圣人处物不伤物。不伤物者，物亦不能伤也。"过差：过度。 ㊼"至为"三句：以致受到拘守礼法之人的责难，憎恨得如面对仇人，幸亏得到大将军的保护。《文选》李善注引《晋阳秋》载，何曾曾在司马昭面前说阮籍"任性放荡，败礼伤教"，"宜投之四裔，以絜王道"。因为阮籍对司马氏的反对不太露骨，名声也很大，所以司马昭虽然对他不满，但是不便立刻杀害，就回答说："此贤素羸弱，君当恕之。"绳：纠弹。疾：憎恨。大将军：指司马昭。保持：保护。 ㊽慢弛：傲慢懒散。阙：缺点。 ㊾暗于机宜：不知随机应变。 ㊿万石：汉代石奋，以谨慎小心著称。他和四个儿子都得官俸二千石，合共万石，所以汉景帝称他为万石君。好尽：尽情直言，不知忌讳。累：过失。 ㊀疵衅日兴：缺点和事端天天都会发生。疵：缺点。衅：事端。 ㊁人伦：指君臣、父子、夫妇、兄弟、朋友之间关系的准则。惟：思虑。熟：精细。 ㊃当关：守门小吏。不置：不停。 ㊄弋(yì)钓：射鸟钓鱼。 ㊅痹(bì)：麻木。性：身体。把搔：用手搔痒。把：通"爬"。无已：没有停止。章服：官服。揖(yī)：拱手行礼。 ㊆堆案盈机：公文信件堆满书桌。机：同"几"，案。

犯教伤义：指触犯礼教，有失礼仪。 (57) 未见恕者：不肯谅解的人。 (58) 瞿然：惊惧的样子。降心：抑制自己的心意。诡故：违背自己的本性。不情：不出于真情。 (59) 无咎无誉：指既没有罪责，也没有称赞。 (60) 聒(guō)：喧噪。嚣尘：喧杂多尘。臭处：秽气所集。这是指官场交际。千变百伎：指仕途中人各种钩心斗角的花招伎俩。 (61) 鞅(yāng)掌：事务繁忙。机务：紧要公务。世故：世俗应酬。 (62) 非：非难。汤、武：商汤和周武王，他们是以武力灭夏、灭商取得天下的。薄：鄙薄。周、孔：周公和孔子，他们是主张礼教的。当时，司马懿父子假借维护礼教，诛锄异己。非汤、武而薄周、孔，实际上是反对司马氏篡魏。 (63) 此事：指非难汤、武鄙薄周、孔的事。会显：必然要暴露出来。世教：正统礼教。 (64) 刚肠：比喻素性刚直。轻肆：轻率放肆。 (65) 促中小心：指心胸狭窄。 (66) 饵：服食。术(zhú)、黄精：药名，古人认为久服可以轻身延年。 (67) 一行作吏：一去做官。 (68) 逼：逼迫。伯成子高：夏禹时隐士。《庄子·天地》："尧治天下，伯成子高立为诸侯。尧授舜，舜授禹，伯成子高辞为诸侯而耕。禹往见之，则耕在野。禹趋就下风，立而问焉，曰：'昔尧治天下，吾子立为诸侯。尧授舜，舜授禹，而吾子辞为诸侯而耕，敢问其何故也?'子高曰：'昔尧治天下，不赏而民劝，不罚而民畏。今子赏罚而民且不仁，德自此衰，刑自此立，后世之乱自此始矣。夫子阖行耶？无落吾事！'俋俋乎耕而不顾。" (69) 假：借。盖：雨伞。子夏：孔子弟子卜商的字。《孔子家语·致思》载，孔子将出门，遇雨，门人说可向子夏借伞，孔子知道子夏吝啬，就说："吾闻与人交，推其长者，违其短者，故能久也。"于是不向子夏借用。 (70) 诸葛孔明：诸葛亮，字孔明。元直：徐庶的字。两人共同辅佐刘备。后来曹操囚禁徐庶的母亲，徐庶只得辞别刘备而归顺曹操，诸葛亮未加阻留。 (71) 华子鱼：华歆的字，魏文帝时拜相。幼安：管宁的字。两人是同学好友。华歆推荐管宁为官，管宁坚辞不受，全家浮海而去，华歆也不勉强他。 (72) 桷(jué)：方椽，椽子。 (73) 四民：指士、农、工、商。 (74) 通：了解，通晓。度内：识度以内。 (75) 章甫：殷代冠名。越人：古越地(今浙江、福建一带)居民。文冕：有文采的帽子。《庄子·逍遥游》："宋人资章甫而适诸越，越人断发文身，无所用之。" (76)"已嗜"二句：不要自己喜欢腐臭的东西，就用死鼠喂养鸳雏。鸳(yuān)雏：凤凰之属的鸟。鸳：同"鹓"。《庄子·秋水》载，惠子做了梁国的相，怕庄子来夺位，便派人搜寻庄子。于是庄子去见惠子，对他说："南方有鸟，其名为鸳雏……非梧桐不止，非练实不食，非醴泉不饮。于是鸱得腐鼠，鸳雏过之，仰而视之曰：'吓!'" (77) 外：排斥。去：丢弃。滋味：美味。寂寞：清静恬淡。 (78) 增笃：加重。 (79) 卜：考虑。审：明确。 (80) 无事：不要。冤：委屈。转于沟壑：辗转在山沟河谷之间，指流离而死。 (81) 悢悢(liàng)：悲恨。 (82) 叙离阔：叙述离别之情。陈说平生：谈论往事。 (83) 嬲(niǎo)：纠缠。不置：不放。 (84) 潦倒粗疏：犹放任散漫的意思。不切事情：不接触世事。贤能：指在朝做官的人。 (85) 此最近之：这样讲最接近我的本情。 (86) 使：假如，假使。长才广度：高才大度。淹：贯通。不营：不求，指不求仕进。 (87) 离事自全：离去世事，保全自己。 (88) 此真所乏耳：这的确是我本性有所欠缺。 (89) 黄门：宦官。称贞：称赞其贞节。宦官不淫乱，不是能贞，而是失掉生理条件。这句喻自己不慕荣华是缺才，不能以为高尚。 (90) 趣(cù)：急于。王途：仕途。 (91) 期于相致：希望能招致我。期：希望。致：招致。欢益：欢悦补益。 (92)"自非"二句：如果你不是对我有深仇，就不会逼迫我发狂疾。 (93) 野人：乡野之人。快炙(zhì)背：以在太阳下晒背为快乐。美芹子：以芹子为美味。至尊：指天子。《列子·杨朱》："宋国有田夫，常衣缊黂，仅以过冬。暨春东作,自曝于日,不知天下之有广厦隩室,绵纩狐貉,顾谓其妻曰:'负日之暄,人莫知者,以献吾君,将有重赏。'里之富者告之曰:'昔人有美戎菽、甘枲茎、芹萍子者,对乡豪称之。乡豪取而尝之,蜇于口,惨于腹,众哂而怨之,其人大惭。子,此类也。'"
㉞ 区区:微小而诚恳之意。疏:远于事理。　㉟ 解足下:向你解释。别:指绝交。这两句说,写这封信既是向你解释,也是用来告别的。

【作者简介】

嵇康(223—263),三国魏文学家、思想家、音乐家,字叔夜,谯郡铚(治今安徽濉溪南)人。出身寒微,少有奇才,任性自行,学不师授,博览群书。长好《老》《庄》之学,恬静寡欲。善于作文、弹琴、咏诗,讲求养生服食之道。后与魏宗室结为姻亲,曾任中散大夫,世称嵇中散。魏晋易代之际,统治者集团内部争夺政权的斗争非常激烈。他与阮籍、山涛、向秀、刘伶、阮咸、王戎友善,游于竹林,号称"竹林七贤"。其中多数不满司马氏企图篡魏,嵇康的表现最为激烈。他在政治上拒绝与司马氏合作,又蔑视礼法,抨击时政,遭钟会构陷,终于被司马昭杀害。临刑前,太学生三千人请求以他为师,未成,他神态自若,索琴弹奏《广陵散》。嵇康是魏晋时代著名的文学家。诗歌以四言成就较高,如《幽愤诗》作于狱中,自述生平,表明心志,显得词气峻切。文章尤为见长,善于持论,析理绵密,辞采壮丽。尽管文中不无消极成分,但思想新颖,笔锋犀利,论说随便,往往与古时旧说反对,继承了汉末魏初"通脱"的特点。《与山巨源绝交书》《难自然好学论》等为其代表作。有《嵇康集》传世。

【赏析】

《与山巨源绝交书》选自《文选》卷四十三,是作者在魏元帝曹奂景元二年(261)写给山涛的一封信。它充满反传统的叛逆精神,具有很强的文学性。

这封信有其写作背景,并导致作者的被杀结局。司马氏统治集团是以残酷的屠杀和虚伪的欺骗逐步取得政权的。魏明帝临终托孤,要司马懿和曹爽辅佐曹芳。曹爽担心司马懿权重,就夺其兵权。司马懿装病不出,等待机会,趁曹芳、曹爽出城时,发动政变,杀死曹爽,使魏国权力完全落入司马氏手中。司马师掌权时,废掉曹芳,另立曹髦为帝。司马昭执政后,曹髦不甘受到挟制,发兵攻打司马昭,被杀身亡,司马昭另立曹奂为傀儡皇帝。这时司马氏权力已经完全巩固,曹魏人士早被大量杀戮。在血腥的权力之争中,士林名流的出处进退显得举足轻重,成为比较敏感的政治问题。"竹林七贤"原先任情放达,饮酒服药,后来其政治态度和处世风格出现分化。山巨源,名涛,就未能坚持隐退,而与司马氏势力相结合。他在任尚书吏部郎时,想请嵇康来代替自己的职务。这样既能替自己出仕的行为遮羞,又帮助司马氏扩大势力、收拢人心。嵇康得知消息后,就写信予以断然拒绝,并表示从此与山巨源断交。《三国志·魏书·王粲传》注引《魏氏春秋》:"大将军尝欲辟康。康既有绝世之言,又从子不善,避之河东,或云避世。及山涛为选曹郎,举康自代,康答书拒绝,因自说不堪流俗,而非薄汤、武。大将军闻而怒焉。"不久嵇康被杀，显然与这封信有关。对此，鲁迅指出嵇康"非薄了汤武周孔，在现时代是不要紧的，但在当时却关系非小。汤武是以武定天下的；周公是辅成王的；孔子是祖述尧舜，而尧舜是禅让天下的。嵇康都说不好，那么，教司马懿篡位的时候，怎么办才是好呢？没有办法。在这一点上，嵇康于司马氏的办事上有了直接的影响，因此就非死不可了"（《魏晋风度及文章与药及酒之关系》）。

这封信分为六段，显得主题鲜明，脉络清晰。

第一段陈述写信原因。嵇康指出"足下故不知之"，"吾直性狭中，多所不堪，偶与足下相知耳"。他认为山涛是司马氏的新贵，"多可而少怪"，自己与之并不相知，为人处世也不相同。然后，他借"越俎代庖"的故事，表达对山涛"以吾自代"的不满，并暗示对方所为与"鸾刀""膻腥"有关，而自己决不愿做那样的事。

第二段阐释"循性而动，各附所安"的原则问题。文章列举古人的处世行事，从"达能兼善"和"穷则自得"两方面，指出君子行为各不相同，但是殊途同归，关键在于能实现他们的志向，顺着本性而动。所言证明世上没有所谓"并介之人"，揭露山涛同流合污的行径。文章还提到"延陵高子臧之风，长卿慕相如之节"，强调人们的"志气所托"是不能强加改变的。

第三段描写自己性格散漫的情况。文中从倾慕古代隐士写起，坦言自己少年丧父，受到母亲和哥哥的娇宠，"不涉经学，性复疏懒"。文中又说他居然"头面常一月十五日不洗"，"每常小便，而忍不起，令胞中略转乃起"，而且他"又读《庄》《老》，重增其放"，使得追求名利的心志减弱而放任本性的情绪增强。可见，人物言行放纵已久，性情孤傲散漫。言外之意显而易见，他不能出仕，也不会受礼法的拘束。

第四、五段具体提出不愿做官的理由。作者通过与阮籍的比较，指出他"不如嗣宗之贤，而有慢弛之阙"，既"不识人情，暗于机宜"，又没有人保护支持，因此，入朝为官就"有必不堪者七，甚不可者二"。所谓必不堪者是指喜欢晚起、行动随意、难以办公、懒于应酬、不喜吊丧、讨厌俗人、不耐事务，而甚不可者是指常常非难商汤、周武王而鄙薄周公、孔子和憎恨丑恶、直言不讳、遇事就要发作。这就清楚地表示出不愿出仕的坚决意志。嵇康不仅否定礼法，而且否定儒家的一切，这就自然得罪了司马氏统治集团，也不免为"礼法之士所绳，疾之如仇"。他还表示自己相信修道延寿，向往山林之乐，不能"舍其所乐，而从其所惧"，这就把个人的生活旨趣和拒不合作的态度展现得淋漓尽致了。

第六段以交友之道来抨击对方。嵇康先以古人交友的典范事例，说明真正的相知是要了解彼此的天性，并成全彼此的天性。接着他指出"四民有业，各以得志为乐"，这个道理只有通达的人才能理解，而山涛是应该明白的，因此希望山涛尊重对方的个性，不要强人所难。然后，嵇康借"鸱得腐鼠"的故事，表明自己超凡脱俗的心迹，指责山涛是嗜好死鼠的小人，并把对方想要荐举自己的行为说成是用死鼠来喂养别人。讽刺之言辛辣生动。

第七段通过叙述家事和身体情况来表明态度。作者"新失母兄之欢，意常凄切。女年十三，男年八岁，未及成人，况复多病，故此恨恨，如何可言"。所言不仅强调家中困难，身有疾病，不宜出仕，而且写得情文并茂，感人肺腑。他再次谈到自己愿守陋巷，处穷困，要"离事自全，以保余年"，希望山涛不要强迫自己。这样的叙述似乎锋芒稍敛，实际是为避免司马氏猜忌而不得不做出的韬晦姿态。嵇康特别指出："一旦迫之，必发其狂疾，自非重怨，不至于此也。"这就清楚地表现出宁死不合作的态度。

通篇不仅围绕主题，层层推进，自成条理，而且能借题发挥，畅所欲言。

嵇康通过司马氏的腐朽、阴险与残暴，对统治者的面目和本质是有所认识的。其《太师箴》认为君主都是"凭尊恃势，不友不师，宰割天下，以奉其私"，"矜威纵虐，祸崇丘山。刑本惩暴，今以胁贤。昔为天下，今为一身"。他写作此信的目的，表面上是辞谢山涛的荐举，实际上是借此机会，公开表示不与司马氏统治集团合作，而且情绪激愤，态度坚决，大有与假借礼教之名谋夺曹魏政权的司马氏彻底决裂的架势。这就惹恼了司马昭，被借故杀害。

书信不是仅仅停留在拒荐的具体事情上，而是从处世原则、交友之道等大处着眼，旁征博引，借古喻今，嬉笑怒骂，挥洒自如，显得立意超俗，文笔纵横。信中写个人的生活细节和不愿出仕的想法，真是信笔所至，无所顾忌，毫不掩饰矫饰。如写自己疏懒旷放，头面不洗，身上多虱，小便也"忍不起"，从中突出简慢成性、无视礼法的个性；又如写对山涛荐举的极度不满，不仅用"自见好章甫，强越人以文冕"和"己嗜臭腐，养鸳雏以死鼠"的深刻文字来讥刺，也用"野人有快炙背而美芹子者，欲献之至尊"的形象语句来抒愤达意。这些都充分展现出作者崇尚自然、傲世避俗的生活情调。

信中倡言"任实""得志"，性情率直，精神解放，强调"性有所不堪，真不可强"，"人之相知，贵识其天性"，申明个人是"纵逸来久，情意傲散，简与礼相背，懒与慢相成"，因此无法出仕从政，不能忍受礼法的拘束。这样公然以自己的自然天性对抗司马氏所标榜的虚伪礼教，就从根本上动摇了司马氏以儒家名教为工具巩固统治、镇压异己的理论基础。嵇康还在《难自然好学论》里更加激烈地否定名教的思想基础六经。他说六经只是人们追求利禄的手段。六经未必如太阳，不学六经，"天下未必如长夜"。如果人们可以获得其他利禄，"则何求于六经，何欲于仁义"。透辟的言辞有力地揭露了统治者利用六经和士人学六经而利己的实质。显然，这封信中充满作者激愤之情，在随心所欲的表达中显露尖锐的锋芒，从而把刚烈的性格和玩世不恭的态度自然融为一体。

全文叙议生动，艺术性强。它较多地采用了比喻、用典、排比、对比等修辞手法和表现手法。如"此犹禽鹿少见驯育，则服从教制，长而见羁，则狂顾顿缨，赴蹈汤火，虽饰以金镳，飨以嘉肴，逾思长林，而志在丰草也"，这是比喻。作者自比未经驯服的麋鹿,不受束缚,即使赴汤蹈火也在所不顾,他以此表示个人不愿出仕的坚决态度。这样的比喻使文章说理显得生动可感。又如"恐足下羞庖人之独割,引尸祝以自助",这是活用"越俎代庖"的典故。典故出自《庄子·逍遥游》,一般指那种超越自己职权范围而插手别人所管领域的人和事。作者信手拈来,变换角度,说成是庖丁拉尸祝帮忙,强调对方单独做官,心中羞愧,还拉人下水,想让嵇康也执屠刀杀人,满身沾上膻腥气。这样行文用典,就显得语句典雅,态度鲜明,含意深刻,具有先声夺人之妙。再如谈到"人伦有礼,朝廷有法"时,作者铺叙对于这样的朝廷礼法"有必不堪者七,甚不可者二",这是排比。九条排比从生活习惯、兴趣爱好、性格特点和政治态度方面,逐层叙事,反复说理,如悬河泻水,滔滔不绝,丝毫不容对方置喙。这些排比不仅充分描绘出嵇康的傲岸形象和浩然正气,也使论点更为明确清晰,论据更加丰富充实。此外,作者写出两种生活环境。一种是山涛要他去的,即"鸣声聒耳,嚣尘臭处,千变百伎","官事鞅掌";另一种是他心向神往的,即"抱琴行吟,弋钓草野","游山泽,观鱼鸟",这是对比。相形之下,清浊分明,好恶之情溢于言表,这就突出了嵇康不受拘束的生活方式和崇尚自然的精神面貌。多种修辞手法和表现方法的巧妙运用,增强了语言的形象性与含蕴量,也使文章富有说服力和感染力。

总之,这篇散文描述人物性格志趣,富有形象性,极其生动地展现他愤世嫉俗、桀骜不驯的特点。而且,文章见解精辟,材料丰富,说理明白,褒贬自如,层层深入,气势充畅,结构宏大,语言犀利。文章充分体现了嵇康的思想和风格,其境界和手法都是较高的。刘勰指出嵇康"师心以遣论"(《文心雕龙·才略》),说此文"志高而文伟"(《文心雕龙·书记》),所论颇为中肯。

陈 情 表

李 密

臣密言:臣以险衅①,夙遭闵凶②。生孩六月③,慈父见背④;行年四岁⑤,舅夺母志⑥。祖母刘,愍臣孤弱,躬亲抚养⑦。臣少多疾病,九岁不行⑧,零丁孤苦⑨,至于成立⑩。既无叔伯,终鲜兄弟⑪;门衰祚薄⑫,晚有儿息⑬。外无期功强近之亲⑭,内无应门五尺之僮⑮,茕茕孑立⑯,形影相吊⑰。而刘夙婴疾病⑱,常在床蓐⑲。臣侍汤药,未曾废离⑳。

逮奉圣朝,沐浴清化㉑。前太守臣逵,察臣孝廉㉒;后刺史臣荣，举臣秀才㉓。臣以供养无主㉔，辞不赴命㉕。诏书特下，拜臣郎中㉖，寻蒙国恩，除臣洗马㉗。猥以微贱㉘，当侍东宫㉙，非臣陨首所能上报㉚。臣具以表闻㉛，辞不就职。诏书切峻㉜，责臣逋慢㉝；郡县逼迫㉞，催臣上道；州司临门㉟，急于星火㊱。臣欲奉诏奔驰，则刘病日笃㊲；欲苟顺私情㊳，则告诉不许㊴。臣之进退，实为狼狈㊵。

伏惟圣朝以孝治天下㊶，凡在故老，犹蒙矜育㊷，况臣孤苦，特为尤甚。且臣少仕伪朝㊸，历职郎署㊹，本图宦达㊺，不矜名节㊻。今臣亡国贱俘，至微至陋㊼，过蒙拔擢㊽，宠命优渥㊾，岂敢盘桓㊿，有所希冀？但以刘日薄西山，气息奄奄，人命危浅，朝不虑夕㉛。臣无祖母，无以至今日；祖母无臣，无以终余年。母孙二人，更相为命，是以区区不能废远㉜。臣密今年四十有四，祖母刘今年九十有六，是臣尽节于陛下之日长，报养刘之日短也。乌鸟私情㉝，愿乞终养㉞。

臣之辛苦，非独蜀之人士及二州牧伯所见明知㉟，皇天后土，实所共鉴㊱。愿陛下矜愍愚诚，听臣微志㊲，庶刘侥幸，保卒余年㊳。臣生当陨首，死当结草㊴。臣不胜犬马怖惧之情㊵，谨拜表以闻㊶。

【注释】

① 险衅(xìn)：险恶征兆，指命运坎坷。　② 夙(sù)：早，这里指幼年时。闵凶：忧患凶丧之事。　③ 生孩六月：生下来六个月的时候。　④ 见背：抛弃我，这是委婉语，指死去。背：背离。　⑤ 行年：经历的年岁。　⑥ 舅夺母志：舅父强行改变了母亲守节的意志。　⑦ 愍(mǐn)：怜惜。躬亲：亲身。　⑧ 九岁不行：到了九岁还不能走路。　⑨ 零丁：孤独无依。　⑩ 成立：一直到长成大人。　⑪ 鲜(xiǎn)：少，这里指没有。　⑫ 门衰祚(zuò)薄：门庭衰落，福分浅薄。　⑬ 晚有儿息：很晚才有儿子。息：子。　⑭ 期(jī)：服丧一年。功：服丧九个月叫大功，五个月叫小功。古代服丧期的不同是按亲属关系的远近来规定的。强(qiǎng)近：比较亲近。这句意思是，在外面没有血统亲近的亲戚。　⑮ 应门：照看门户，指接待客人的事。五尺：当时的五尺相当于现代的三尺。这句意思是，家里没有照看门户的僮仆。　⑯ 茕茕(qióng)孑(jié)立：孤孤单单。　⑰ 形影相吊：只有身体和影子互相安慰。吊：慰问。　⑱ 夙婴疾病：一直病魔缠身。夙：素来，一向。婴：缠绕。　⑲ 蓐：同"褥"，褥子，草垫。　⑳ 废离：停止侍奉和离开。　㉑ 逮：及至。奉：侍奉。圣朝：指晋朝。沐浴清化：沉浸在清明的政治教化之中。　㉒ 太守：犍为太守。逵：太守的名。察：考察推举。孝廉：指善事父母、品行廉正的人。汉武帝开始令郡国向中央推举孝廉。　㉓ 刺史：州的长官。荣：刺史的名。秀才：地方推举的人才，由州推举，和

后世经过考试的秀才不同，指优秀的人才。 ㉔ 供养无主：没有人主持供养的事。 ㉕ 赴命：受命应召。 ㉖ 拜：授官或封爵。郎中：官名，在宫廷服役，管理车、骑、门户。 ㉗ 寻：不久。蒙：受到。除：授职。洗(xiǎn)马：太子侍从官。 ㉘ 猥以微贱：意谓作为一个卑贱之人。猥：自谦之辞。 ㉙ 当侍东宫：充当侍奉太子的职务。东宫：指太子，因太子居东宫。 ㉚ 陨(yǔn)首：丢掉脑袋，这里指杀身。这句说，不是杀身所能报答皇帝的。 ㉛ 具以表闻：在奏章中详细上达。 ㉜ 切峻：急切严厉。 ㉝ 逋慢：指逃避职守，轻慢命令。 ㉞ 郡县：指地方官。逼迫：催逼。 ㉟ 州司：州府官吏。 ㊱ 急于星火：如同流星坠落和大火蔓延一样紧急。 ㊲ 日笃：一天比一天加重。 ㊳ 欲苟顺私情：想姑且迁就自己的私意。 ㊴ 告诉不许：向长官申诉苦衷而得不到许可。 ㊵ 狼狈：指进退两难。 ㊶ 伏：俯伏。惟：思维，思想。 ㊷ 故老：故臣遗老。矜育：怜悯养育。 ㊸ 仕：供职。伪朝：指蜀汉。 ㊹ 历职郎署：指在蜀汉的郎署里做过郎一类的官。署：官署。 ㊺ 本图宦达：本来就希望做官显达。 ㊻ 矜：爱惜。名：名誉。节：节操。 ㊼ 至：极为。微、陋：都是低贱的意思。 ㊽ 过蒙拔擢(zhuó)：受到了过分的提拔。 ㊾ 宠命：恩命，指拜洗马等事。优渥：优厚。 ㊿ 盘桓：迟疑不决，徘徊不进。 (51) 朝不虑夕：朝不保夕。这句意思是，随时可能死亡。 (52) 区区：个人私愿。废远：废养远离。 (53) 乌鸟：乌鸦，据说乌鸦能反哺其母，这里比喻子女奉养长辈的孝心。 (54) 愿乞终养：愿意求得养老送终。 (55) 二州：梁州和益州。梁、益二州大致相当于蜀汉所统辖的范围。牧伯：刺史，上古一州之长称为牧，又称方伯，所以后代以牧伯称刺史。所见明知：所看见的、所明明白白知道的。 (56)“皇天”二句：天地神明也都看得清清楚楚。 (57) 矜愍：怜惜。愚诚：愚拙的诚心。听：任，任从，有准许的意味。 (58)“庶刘”二句：或许祖母刘氏有幸，能平平安安地过完她的余年。 (59) 死当结草：《左传·宣公十五年》记载，晋大夫魏武子有个爱妾，魏武子病时嘱咐他的儿子魏颗，在他死后一定把她嫁出去。临死，他要爱妾殉葬。魏颗遵照父亲以前的话，把她嫁出去了。后来魏颗与秦将杜回作战，看见一个老人结草，把杜回绊倒，杜回因此被擒。夜里老人托梦，说他是那个妾的父亲，特来报恩的。后代以结草表示死后报恩。 (60) 犬马怖惧之情：像犬马一样恐怖畏惧的心情，表示非常惶恐。 (61) 拜表：拜上表文。

【作者简介】

李密(224—287)，一名虔，字令伯，西晋犍为武阳(今四川彭山)人。父早亡，母改嫁，自幼由祖母刘氏抚养。少时曾随当时著名学者谯周学习，博览群书，精通《春秋左氏传》，以文学见称。先仕蜀汉为尚书郎，曾多次出使东吴，颇有辩才。蜀汉灭亡后，晋武帝为笼络蜀汉旧臣，征召他任太子洗马，逼迫甚紧，他以奉养祖母为理由，辞不赴命，得到许可。祖母死后，丧服期满，他才出仕晋朝，历任尚书郎、河内温县令、汉中太守等职。后怀怨免官，老死家中。

【赏析】

《陈情表》选自《文选》卷三十七，是李密为了奉养年老体衰的祖母、不愿应诏为官而上给晋武帝的表章。文章写得入情入理，曲尽其妙，斐然成章，扣人心弦。

公元263年，司马昭派遣锺会、邓艾等灭蜀，265年司马炎(晋武帝)废除魏帝曹奂，建立西晋王朝。晋武帝初年，为了安抚蜀汉的士族，也为了吸引吴国的士族倾心于晋朝,减少以后灭吴的阻力,于是对蜀汉旧臣采取笼络收买的政策,如征召他们到京城洛阳任职。李密就在征召之列。泰始三年(267),武帝召他为太子洗马。他表示祖母年老多病,无人奉养,难以从命。不过因自己曾仕蜀汉,而今辞不赴命实际上已经与西晋政权发生矛盾冲突,他担心武帝怀疑自己不与晋朝合作,招致飞来横祸。因此,写下这篇以情感人、富有魅力的《陈情表》。武帝览表以后,深为感动,称其名不虚传,也答应他的请求,并赐给奴婢二人及赡养费用。

晋武帝征召,催逼甚紧,李密辞官,并非易事。想要辞不应征就要说出充分的、令人信服的理由,而一般的解释是难以自圆其说的。对此,李密胸中有数。于是,他就抓住晋朝"以孝治天下"的关键,婉转陈情,倾吐苦衷,讲清道理,提出请求。

文章第一段述说自己家庭困境,以显示奉养祖母、尽孝心的重要性。首先开门见山,用"臣以险衅,夙遭闵凶"八个字极其概括地写出作者幼年的悲惨遭遇,显得文笔酸楚,基调哀伤。接着具体陈述自身的苦难。李密早年丧父,母亲改嫁,自幼多病,长年体弱。这样"零丁孤苦"而能长大成人,全靠祖母刘氏的"躬亲抚养"。这既写出作者童年的孤弱境地,也展现祖母对孙儿的怜爱感情。然后述说李密是"既无叔伯,终鲜兄弟","茕茕孑立,形影相吊",同时门庭衰败,福禄浅薄,外面没有服丧与共的近亲,家中也没有照应门户的僮仆。所言反映出祖孙所过的孤单无告的凄苦岁月,使人仿佛置于悲怆冷漠的氛围之中。这段结尾描述祖母久病床榻的困境,强调作者现在既然已经长大,就应竭尽心力侍奉年迈多病的祖母。然而,李密的希望不能如愿以偿。

这样,文章第二段自然要谈论州郡屡次举荐、朝廷紧急征召和祖母病情日益加重的情况,表现其个人欲尽孝心而不能的痛苦心情。文章谈到自己自归顺晋朝以来,受到清明教化,还时常受到优待。不过,他因祖母"供养无主"而"辞不就职"。这样委婉陈述,诚恳请求,使人信服。可是,他面临的问题是难以解决的,那就是皇帝责备,郡县州司催逼。于是,文章强调:"臣欲奉诏奔驰,则刘病日笃;欲苟顺私情,则告诉不许。臣之进退,实为狼狈。"这段不仅写出了他对晋朝的感恩之心,也抒发了对祖母的孝顺之情,写得委婉得体,含蓄精当。

如果举荐和征召真的导致李密无法侍养和孝顺祖母,就与晋朝提倡孝道的主张相矛盾,因此,作者顺理成章地在第三段中提到这个问题。他说晋朝"以孝治天下,凡在故老,犹蒙矜育,况臣孤苦,特为尤甚"。晋武帝司马炎代魏称帝,不便强调忠,而是主张孝,以维护和加强晋朝统治。李密所言就是希望朝廷做到言行一致,切实推行孝道而及时施恩于他,使他的尽孝之心不受伤害。他又解释了自己不愿就职并非有意矜尚名节,留恋旧朝,以此避免晋武帝对他的误解。他还说明了祖母病情严重的状况和祖孙相依为命的关系,以此强调朝廷用孝道治理国家的必要性和自己孝敬长辈的紧迫感。这样,李密不仅合情合理地陈述了家庭的特殊困难和自己奉养送终以尽孝心的想法,而且一针见血地指出了要害问题,把晋武帝的征召，放在晋朝或真正提倡孝道巩固政权或废弃孝道失去天下的位置上，迫使朝廷不得不为王朝的长治久安考虑，实行以孝治天下的主张，同意他辞不应诏。至此，情况讲明，请求提出，陈情可以结束了。然而，李密却宕开一笔，以自己年龄与祖母年龄相比，来说明尽忠于朝廷的日长和尽孝于祖母的日短，请求武帝恩准"终养"祖母。情文恳切，语意真挚，令提出以孝治国的武帝不得不同意李密的要求。

第四段再次恳请武帝同意奉养祖母的请求。在前面比较祖孙年龄之后，作者觉得意犹未尽，又把自己的处境向武帝表明，强调不仅"蜀之人士及二州牧伯"了解，就是天地神明也知道。这就突出他的艰难困苦和一片孝心。他进一步向武帝请求"矜愍愚诚，听臣微志，庶刘侥幸，保卒余年"，表示"生当陨首，死当结草"，将来一定报答朝廷允许自己不去应诏而在家奉养祖母的恩情。这就同晋朝以孝道治理天下的主张相一致，使朝廷答应他的请求，而他婉曲陈情也达到了预期的目的。

由此可见，《陈情表》布局合理，层层深入，过渡自然，首尾照应，理在其中，情溢文外，笔调委婉，文字精美，感染力强。文章的这种写法富有特色，值得借鉴。正如刘勰《文心雕龙·章句》所说："章句在篇，如茧之抽绪，原始要终，体必鳞次。启行之辞，逆萌中篇之意；绝笔之言，追媵前句之旨；故能外文绮交，内义脉注，跗萼相衔，首尾一体。"

《陈情表》还运用多种修辞手法来表情达意，使文章具有感人的艺术魅力。

全文以四字句为主，同时交叉穿插了许多排比句。述说朝廷和地方的征召情形是"诏书切峻，责臣逋慢；郡县逼迫，催臣上道；州司临门，急于星火"，而祖母的生存状况却是"日薄西山，气息奄奄，人命危浅，朝不虑夕"。它们出色地表现了李密不肯应诏而不许、奉养祖母而不能的狼狈处境。

不少排比句又是互相对比的。晋朝征召的急如星火与祖母刘氏的奄奄一息相比，为王朝服务的较长岁月与奉养祖母的短暂时间对举。它们鲜明地反映了李密进退两难的情况和希望目前暂不应征、日后仕晋的思想。

文中比喻也是贴切而传神的。"日薄西山"以日落比喻祖母的寿命将终，"乌鸟私情"以乌鸦能衔食反哺其母比喻李密奉养刘氏的孝心。它们真实地描绘了刘氏的境遇，形象地显示了作者的内心世界。

此外，借用典故来表白心迹更是意味深长。"生当陨首，死当结草"活用了结草报恩的典故。《左传·宣公十五年》记载，晋魏颗没有照办父亲魏武子遗嘱把武子爱妾殉葬，后与秦杜回作战，一个老人结草使杜回跌倒，魏颗于是擒住杜回。夜里老人托梦，说他就是那个妾的父亲。李密以此表示他即使死后也要报答恩德，这就使晋武帝对他开心见诚的态度有进一步的认识，使朝廷更快地下决心同意他的陈情。

总而言之，排比的运用使句式整齐，语气流畅；对比的衬托使意思明确，感情强烈；比喻的出现使道理易懂，形象鲜明；典故的裁取使语句委婉，文章典雅。各种修辞手法的灵活运用和巧妙联系，结合谋篇布局的长处，就使全文显得恳切凄恻，别具一格，令人回味无穷。

《陈情表》产生在西晋时代，西晋时代自然早已成为过去，但《陈情表》在写作技巧和语言方面的长处不会随着岁月的流逝而消失，而是作为艺术精华留传下来，受到后代人们的重视，成为文章的典范。

隆 中 对

陈 寿

亮躬耕陇亩①，好为《梁父吟》②。身长八尺，每自比于管仲、乐毅③，时人莫之许也④。惟博陵崔州平、颍川徐庶元直与亮友善⑤，谓为信然⑥。

时先主屯新野⑦。徐庶见先主，先主器之⑧，谓先主曰："诸葛孔明者，卧龙也⑨，将军岂愿见之乎？"先主曰："君与俱来⑩。"庶曰："此人可就见⑪，不可屈致也⑫。将军宜枉驾顾之⑬。"

由是先主遂诣亮⑭，凡三往，乃见。因屏人曰⑮："汉室倾颓⑯，奸臣窃命⑰，主上蒙尘⑱。孤不度德量力⑲，欲信大义于天下⑳，而智术浅短，遂用猖獗㉑，至于今日。然志犹未已㉒，君谓计将安出？"

亮答曰："自董卓已来㉓，豪杰并起，跨州连郡者不可胜数㉔。曹操比于袁绍㉕，则名微而众寡，然操遂能克绍㉖，以弱为强者，非惟天时，抑亦人谋也㉗。今操已拥百万之众，挟天子而令诸侯㉘，此诚不可与争锋㉙。孙权据有江东㉚，已历三世，国险而民附㉛，贤能为之用，此可以为援而不可图也。荆州北据汉、沔㉜，利尽南海㉝，东连吴、会㉞，西通巴、蜀㉟，此用武之国㊱，而其主不能守㊲，此殆天所以资将军㊳，将军岂有意乎？益州险塞㊴，沃野千里，天府之土㊵，高祖因之以成帝业㊶。刘璋暗弱㊷，张鲁在北㊸，民殷国富而不知存恤㊹，智能之士思得明君。将军既帝室之胄㊺，信义著于四海㊻，总揽英雄㊼，思贤如渴，若

隆 中 对

跨有荆、益,保其岩阻⁴⁸,西和诸戎⁴⁹,南抚夷越⁵⁰,外结好孙权,内修政理⁵¹;天下有变,则命一上将将荆州之军以向宛、洛⁵²,将军身率益州之众出于秦川⁵³,百姓孰敢不箪食壶浆以迎将军者乎⁵⁴?诚如是,则霸业可成,汉室可兴矣。"

先主曰:"善!"于是与亮情好日密。

关羽、张飞等不悦,先主解之曰:"孤之有孔明,犹鱼之有水也。愿诸君勿复言。"羽、飞乃止。

【注释】

① 亮:诸葛亮。躬耕陇亩:亲自参加田间劳动。　② 好为《梁父吟》:喜欢吟咏《梁父吟》。梁父:山名,在泰山下。《梁父吟》:一作《梁甫吟》,汉乐府的一个曲调名。《梁父吟》为挽歌,歌词悲凉慷慨。　③ 管仲:名夷吾,春秋时齐桓公的国相,辅佐齐桓公成就霸业。乐毅:战国时燕昭王的名将,曾率领燕、赵、韩、魏、楚五国联军攻齐,连陷七十余城。　④ 莫之许:没有人承认他的比法。许:相信,赞许。　⑤ 博陵:郡名,郡治在今河北安平。颍川:郡名,郡治在今河南禹州。　⑥ 谓为信然:认为确实这样。信:确实。　⑦ 先主:指刘备。屯:驻扎。新野:今属河南。　⑧ 器之:器重他,尊重他。　⑨ 卧龙:隐居未出的杰出人才。　⑩ 君与俱来:您和他一起来见我。　⑪ 就见:前去拜访。就:凑近,前往。　⑫ 屈致:委屈别人前来。致:使来。　⑬ 枉驾:屈身前往。枉:屈尊。驾:马车。顾:看望,拜访。　⑭ 诣(yì):往,访。　⑮ 屏(bǐng):使人退避。　⑯ 汉室倾颓:东汉王朝衰落颓败。　⑰ 奸臣:指董卓、曹操。窃命:窃取政权,发号施令。　⑱ 蒙尘:蒙受尘污,喻皇帝遭难出奔。这里指汉献帝先后被董卓等人挟持,辗转于洛阳、长安之间,后来曹操消灭了董卓的残余势力,又把献帝迁到许昌。　⑲ 孤:刘备自称。度:衡量。　⑳ 信:同"伸",伸张。　㉑ 遂用猖獗:终于因此失败。用:因此。猖獗:倾覆,跌倒。　㉒ 志犹未已:志向尚在。　㉓ 董卓:字仲颖,陇西临洮(今甘肃岷县)人。本为凉州豪强,汉末任并州牧。宦官杀何进,董卓趁机带兵入朝,废少帝,立献帝,独揽朝政,从此天下分崩离析,形成军阀割据的局面。已来:同"以来"。　㉔ 跨州连郡者:指拥兵自重、割据一方的军阀。　㉕ 袁绍:字本初,出身于四世三公的官僚家庭,据有冀、青、并、幽四州,成为当时地广兵多的割据势力。建安五年(200)在官渡(今河南中牟东北)为曹操大败,不久病死。　㉖ 克:战胜。　㉗ "非惟"二句:不仅是时机好,也是人的谋略正确。　㉘ "挟天子"句:挟制皇帝来号令各地割据者。　㉙ 争锋:争胜,交锋。　㉚ 孙权:字仲谋,吴郡富春(今浙江富阳)人。其父孙坚以破虏将军割据江东,其兄孙策进一步经营江东。孙权继承父兄的事业,据有江东六郡,后来建立了吴国。　㉛ 国险:地势险要。民附:百姓归附。　㉜ 汉、沔(miǎn):汉水,汉水的上游叫沔水。　㉝ 利尽南海:荆州向南直到海边的物产资源都能得到。　㉞ 吴、会:指吴郡和会稽郡,包括今江苏南部和浙江北部地区。　㉟ 巴、蜀:指巴郡和蜀郡,即今四川境内。　㊱ 用武之国:军事要地。　㊲ 其主:指荆州牧刘表。刘表昏庸懦弱,无法守住他的事业。　㊳ "此殆"句:这个地方大概是上天用以资助将军的。殆:大概,恐怕。资:供给,资助。　㊴ 益州:今四川全境和陕西南部一带地区。险塞:指四周有险可守的要地。　㊵ 天府:指自然条件优越、地势险要、物产丰富的地区。

221

㊶ 高祖：汉高祖刘邦。刘邦被项羽封为汉中王，他就以益州一带作为根据地，积聚力量，终于打败项羽，建立西汉王朝。　㊷ 刘璋：字季玉，当时为益州刺史。暗弱：昏庸无能。　㊸ 张鲁：字公祺，当时占据汉中一带。　㊹ 殷：众多，蕃盛。存恤：爱惜，抚恤。　㊺ 帝室之胄：指刘备是汉景帝儿子中山靖王刘胜的后代。胄：后裔。　㊻ 著于四海：闻名天下。　㊼ 总揽：广泛地罗致。揽：招致。　㊽ 岩阻：险阻，指形势险要的地方。　㊾ 西和诸戎：西面与少数民族和好。戎：当时泛指西方的少数民族。　㊿ 抚：安抚。夷越：当时泛指南方的少数民族。　㊀ 政理：政治。　㊁ 将：率领。宛：郡名，郡治在今河南南阳。洛：指洛阳。宛、洛泛指中原一带。　㊂ 秦川：指今陕西、甘肃秦岭以北的平原地带。　㊃ 箪食壶浆：用竹篮盛着饭，用瓦壶盛着水。箪：用竹或苇制成的盛器，常用以盛饭。《孟子·梁惠王下》："箪食壶浆，以迎王师。"

【作者简介】

陈寿（233—297），西晋史学家，字承祚，巴西安汉（今四川南充）人。少时好学，师事同郡著名学者谯周。在蜀汉任观阁令史。当时宦官黄皓操纵政权，抑制贤良，不少人阿谀逢迎，而陈寿不愿趋附，故屡遭贬黜。入晋后，初仍不得意，沉滞累年，以后由于张华的赏识，举为孝廉，任佐著作郎，出为阳平令。因编撰《蜀相诸葛亮集》，升为著作郎。后来任治书侍御史。所撰《三国志》六十五卷，叙事从东汉末年开始，主要记述魏、蜀、吴三国时期六十年的历史，仅有纪传无表志，属于纪传体分国史，在断代史上堪称别开生面。因其文笔明快，语言简洁，写人时有传神之处，叙事脉络清晰，故为时人所推重，称赞作者"善叙事，有良史之才"（《晋书·陈寿传》）。南朝宋时裴松之为之作注，博引群书，补充了大量史料，使注文超过原著三倍。《三国志》与《史记》《汉书》《后汉书》合称"四史"，不仅有重要的史学地位，也有较高的文学价值。

【赏析】

《隆中对》选自《三国志·蜀书·诸葛亮传》，主要记述诸葛亮在刘备前来访问时向其所作的有关形势、战略和对策的重要谈话，从中表现出诸葛亮卓越的政治才能。

诸葛亮是三国时最富传奇色彩、以其智慧在世上知名度最高的人物。他富有才华，鞠躬尽瘁，始终以兴复汉室为己任，成功地处理内政外交，为建立和维持蜀汉政权辛勤毕生。洪迈曾说："诸葛孔明千载人，其用兵行师，皆本于仁义节制，自三代以降，未之有也。盖其操心制行，一出于诚，生于乱世，躬耕陇亩，使无徐庶之一言，玄德之三顾，则苟全性命，不求闻达必矣。其始见玄德，论曹操不可与争锋，孙氏可以为援而不可图，唯荆、益可以取，言如蓍龟，终身不易。二十余年之间，君信之，士大夫仰之，夷夏服之，敌人畏之。"（《容斋随笔·诸葛公》）陈寿在《三国志·蜀书·诸葛亮传》中，能够把人物描绘得生动传神，就是因为他记载诸葛亮包括隆中对策在内的言行和业绩，以此来充分展示人物的性格特点。

全文选材得当，重点突出，结构严密，前后呼应，环环相扣。开头写诸葛亮的隐居生活和政治抱负,简介人物的卓尔不群。接着写徐庶积极推荐和刘备三顾茅庐,侧面表现诸葛亮的才智超人。然后详写诸葛亮分析形势和提出对策,正面描绘这位政治家的形象。这段精彩的议论论证充分,层次分明,逻辑性强,传神地展现了人物英姿勃发、侃侃而谈的精神面貌。末尾写刘备的器重和信任,进一步显出诸葛亮的卓越才干。

显然,对策之前,诸葛亮身居陇亩,心怀天下。他"每自比于管仲、乐毅",自认为文能定国,武可安邦,可是"时人莫之许也"。在这种情况下,只有崔州平和徐庶"与亮友善",能相信他。徐庶主动去见刘备而得到尊重,他向处于困境、"志犹未已"、思贤若渴的刘备推荐隐居的俊杰诸葛亮,强调"此人可就见,不可屈致也。将军宜枉驾顾之"。于是刘备"遂诣亮,凡三往,乃见",还诚恳地向对方求教"欲信大义于天下"的大计。这样的描写是作为铺垫而引起对策的。对策之后,刘备称善,茅塞顿开,心服之情溢于言表,"与亮情好日密",以致暂时不能了解诸葛亮的"关羽、张飞等不悦"。刘备向他们解释说"孤之有孔明,犹鱼之有水也。愿诸君勿复言",于是"羽、飞乃止"。这样的叙述是印证对策的效果。对策前后的部分虽然着墨不多,但都是为写隆中对策服务的,具有强烈的烘托点染作用,使文章起伏变化,引人入胜。

隆中对策是诸葛亮在刘备求贤若渴、三顾茅庐后关于时事的议论和计划。传记记载这段议论,就出色地展现了这位审时度势、量力而行、有非凡才能的政治家形象。刘备志向远大,慕名前来,真诚相待,于是,诸葛亮向对方纵论天下三分大势,定策隆中。

第一,综观全局,强调人事。对策认为:"自董卓以来,豪杰并起,跨州连郡者不可胜数。曹操比于袁绍,则名微而众寡,然操遂能克绍,以弱为强者,非惟天时,抑亦人谋也。"所言结合社会现实,特别指出国家的兴盛、事业的成败主要取决于人事的努力。诸葛亮本人身居隆中,躬耕陇亩,他胸怀大志,常常把自己比作辅佐齐桓公建立霸业的管仲和率领五国联军伐齐取胜的乐毅。同时,刘备要有所作为,能从善如流,渴求人才,真心问计。因此,诸葛亮就从天下大势谈到建功立业。汉末董卓作乱,各地豪杰联兵讨伐。不久,社会形成割地称雄、互相混战的局面。其中,曹操名望低微,势力薄弱,与烜赫一时、实力强盛的袁绍相比简直不可同日而语,但他能在官渡大战中歼灭袁军主力。原因就是曹操重用许攸、荀彧、郭嘉等人才,积极采纳他们的正确建议。诸葛亮以起兵人士之众、割据势力之多,劝说刘备把握时机,壮大力量,施展宏图,完成大业,又从曹操、袁绍力量的对比变化中,点明要完成大业就要重视"人谋",希望刘备更加注重这个关键问题,真正做到任贤使能。文章从远到近,由表及里,层层推进,入木三分,理在其中,展示出对天下大事了如指掌的谋士风采。

第二,提出"不可争""不可图"的问题。对策谈道:"今操已拥百万之众,挟天子而令诸侯,此诚不可与争锋。孙权据有江东,已历三世,国险而民附,贤能为之用，此可与为援而不可图也。"面对天下态势和重要对手，诸葛亮的战略方针是暂时不与曹操争锋，也不谋取孙权。曹操抓住机遇，注重人谋，打败强敌，由弱小变成强大，拥有百万大军，挟制着皇帝号令天下。相反，刘备势单力薄，屡次受挫，如果硬与曹操决一雌雄，就必定遭到失败。当然，目前不与曹操较量，不是意味着日后不与他争夺天下，而是保存力量，等待时机，避其锐气，击其惰归。另外，孙权同样重视人谋，占据江东，称雄一方。时间长久，基础稳固，地势险要，物产丰富，民众归附，德才兼备的人得到重用。因此，刘备暂时也不可谋取江东地区，而应设法变孙权这个对手为抗击曹操的外援。只有联吴抗魏，才能有助于自身事业发展。诸葛亮从不可争讲到不可图，分析天时、地利、人和，既明确曹操、孙权都是刘备建立大业的对手，又区别两者的不同，并提出不同的应对方法。这充分表明他能认清形势，因事制宜，纵横捭阖，团结一时可以团结的力量，孤立和攻击最主要的敌人。

　　第三，建议进取荆州、益州。对策指出："荆州北据汉、沔，利尽南海，东连吴、会，西通巴、蜀，此用武之国，而其主不能守，此殆天所以资将军，将军岂有意乎？益州险塞，沃野千里，天府之土，高祖因之以成帝业。刘璋暗弱，张鲁在北，民殷国富而不知存恤，智能之士思得明君。"在讲完"不可"的问题后，诸葛亮顺理成章地提出切实可行的策略。当时，荆州地大物博，交通便利，又是兵家必争之处。然而其主人不重人谋，无法守住。内不能处理家务，外不能惩恶劝善。这对一心寻找立足和发展之地的刘备来说，真是天赐良机。虽然荆州能够攻取，但是作为"用武之国"就不便据守。因此，刘备必须再找出路，建立巩固的根据地，而益州正是理想的对象、合适的地方。那里山势险要，土地肥沃，物产丰饶。历史上刘邦凭借这些有利条件，成就帝王之业。现在刘璋昏庸无能，张鲁在其北面，人众国富，却不爱百姓，都不注意人谋，以至于贤能之士希望得到英明的君主。诸葛亮不仅全面考察了荆州土地、物产、军事、人谋等情况，认为发展自身势力与攻取战略要地是必要的、可能的，也从地理环境、历史经验、现实状况、人心向背等不同角度，分析指出夺取益州、建立根据地的重要性与可能性。这些言谈表明诸葛亮为人精明、知识广博、见解正确、计划周密。

　　第四，主张积蓄实力，乘机进攻，兴复汉室。对策强调："将军既帝室之胄，信义著于四海，总揽英雄，思贤若渴，若跨有荆、益，保其岩阻，西和诸戎，南抚夷越，外结好孙权，内修政理；天下有变，则命一上将将荆州之军以向宛、洛，将军身率益州之众出于秦川，百姓孰敢不箪食壶浆以迎将军者乎？诚如是，则霸业可成，汉室可兴矣。"诸葛亮谋划进取荆州、益州问题，还进一步谈到占据两州后积极巩固政权、相机夺取天下的方策。汉末，帝室之后的刘备比较讲究信义，重用人才。他要据有荆、益，完成大业，就要注意防守和进攻的问题。防守方面，刘备应坚守要塞，加强防务；安定少数民族，建立巩固的后方；关心百姓，发展生产，做到赏罚分明；保境睦邻，坚持联吴方针。进攻方面，刘备增强自身实力后，可在魏方内有动乱或外有战事时，实施军事行动。一路从荆州起兵，进取洛阳；另一路从益州出发，攻打长安。两路进军，顺应民心，夺取中原，成就大业。后来形成三国鼎立的事实证明，诸葛亮三分天下的决策是比较正确的。本着强调人谋的精神，诸葛亮胸有成竹，条分缕析。他分析积蓄实力与乘机攻敌的两个问题，先后有序；讲前者，措施得当，议后者，考虑周详；论总体，内政、外交、民族、军事都有所涉及。言语之中，情理的激流在涌动，希望的光辉在闪耀，人物智慧、务实、能干、富有远见的特点充分展示出来。

总之，隆中对策符合诸葛亮的身份、教养与志向，反映出他对天下时局的关注、事在人为观点的正确和具体对策的切合实际，显示了这位政治家的远见卓识和雄才大略。

夷陵之战

陈 寿

黄武元年①，刘备率大众来向西界，权命逊为大都督、假节②，督朱然、潘璋、宋谦、韩当、徐盛、鲜于丹、孙桓等五万人拒之。备从巫峡、建平连围至夷陵界③，立数十屯④，以金锦爵赏诱动诸夷⑤，使将军冯习为大督⑥，张南为前部⑦，辅匡、赵融、廖淳、傅肜等各为别督⑧，先遣吴班将数千人于平地立营，欲以挑战。诸将皆欲击之，逊曰："此必有谲⑨，且观之。"备知其计不可，乃引伏兵八千，从谷中出。逊曰："所以不听诸君击班者，揣之必有巧故也⑩。"逊上疏曰："夷陵要害，国之关限⑪，虽为易得，亦复易失。失之非徒损一郡之地，荆州可忧。今日争之，当令必谐⑫。备干天常⑬，不守窟穴⑭而敢自送，臣虽不材，凭奉威灵⑮，以顺讨逆，破坏在近⑯。寻备前后行军⑰，多败少成，推此论之，不足为戚⑱。臣初嫌之水陆俱进⑲，今反舍船就步⑳，处处结营，察其布置，必无他变㉑。伏愿至尊高枕㉒，不以为念也。"诸将并曰："攻备当在初，今乃令入五六百里，相衔持经七八月㉓，其诸要害皆以固守，击之必无利矣。"逊曰："备是猾虏㉔，更尝事多㉕，其军始集，思虑精专，未可干也㉖。今住已久，不得我便㉗，兵疲意沮㉘，计不复生，掎角此寇㉙，正在今日。"乃先攻一营,不利。诸将皆曰:"空杀兵耳㉚。"逊曰:"吾已晓破之之术。"乃敕各持一把茅㉛,以火攻,拔之㉜。一尔势成㉝,通率诸军同时俱攻,斩张南、冯习及胡王沙摩柯等首㉞,破其四十余营。备将杜路、刘宁等穷逼请降㉟。备升马鞍山㊱,陈兵自绕。逊督促诸军四面蹙之㊲,土崩瓦解,死者万数。备因夜遁㊳,驿人自担,烧铙铠断后㊴,仅得入白帝城㊵。其舟船器械,水步军资,一时略尽㊶,尸骸漂流,塞江而下。备大惭恚㊷,曰:"吾乃为逊所折辱㊸,岂非天邪!"

【注释】

① 黄武元年:公元222年。　② 逊:陆逊,字伯言,吴郡吴县华亭(今上海松江)人。出身江南士族,孙策婿。孙吴名将,富有谋略,官至丞相。大都督:全国最高军事统帅。假节:授予符节,帝王授予文臣武将作为行使职权凭证的信物。　③ 巫峡:长江三峡之一。西起重庆巫山大宁河口,东至湖北巴东官渡口。建平:郡名,治所在今重庆巫山。④ 屯:据点,即出征军队驻扎的营地。　⑤ "以金锦"句:用金银、锦缎、爵位赏赐引诱打动各少数民族。　⑥ 大督:统兵的元帅。　⑦ 前部:先锋。　⑧ 傅彤(róng)等各为别督:傅彤等各领分支部队。　⑨ 谲(jué):诡诈,欺诳。　⑩ "揣之"句:揣测蜀军一定有诈伪的缘故。　⑪ 国之关限:国家的险要关口。　⑫ 当令必谐:务必获得成功。谐:和谐,办妥,指圆满成功。　⑬ 干:冒犯。天常:天之常道。　⑭ 窟穴:老巢。　⑮ 凭奉威灵:依仗陛下的威望。凭奉:凭借,依仗。　⑯ 破坏:击溃,攻破。　⑰ 寻:通"燖",把冷了的东西重新温一温,引申为重申旧事。　⑱ 戚:忧。　⑲ 嫌:担心。　⑳ 舍船就步:舍弃船只,变成步兵。　㉑ 他变:别的变化。　㉒ "伏愿"句:我希望陛下高枕无忧。伏:下对上的谦辞。至尊:对君王的敬辞。　㉓ 衔持:对峙。　㉔ 猾虏:狡猾的敌人。　㉕ 更尝事多:经历过很多事情。　㉖ 思虑精专:考虑周密,用心专一。干:进犯。　㉗ 便:指可被利用的空隙。　㉘ 意沮(jǔ):士气颓丧。　㉙ 掎角:分兵牵制和夹击敌人。　㉚ 空杀兵:白拿士兵去送死。空:徒然。　㉛ 敕(chì):命令。　㉜ 拔:攻破。　㉝ 一尔势成:一经形成有利形势。　㉞ 胡王沙摩柯:附从于刘备的少数民族首领。　㉟ 穷逼请降:无路可走,被迫投降。　㊱ 升:登上。马鞍山:山名,故地在今湖北宜昌西北。　㊲ 蹙(cù):进逼,迫击。　㊳ 遁:逃走。　㊴ 驿人自担:驿站的人员自己挑担。铙(náo):古代军中乐器,如铃,无舌有柄,用以止击鼓。铠:铠甲。当初,刘备带兵进入夷陵地界,沿途置驿。兵败时,诸军溃散,驿站人员自担兵士丢弃的铙铠,烧于险要路口,以此阻断吴军追兵。　㊵ 白帝城:城名,故地在今重庆奉节东。　㊶ 一时略尽:一下子损失殆尽。　㊷ 惭恚(huì):惭愧愤恨。　㊸ 乃:竟然。折辱:挫败侮辱。

【赏析】

《夷陵之战》选自《三国志·吴书·陆逊传》。陈寿在传记中通过人物之间的言行来表现复杂的人事关系和激烈的矛盾冲突,使故事情节得以发展,人物个性得以显示,从而描绘出神采飞扬的人物形象。

夷陵之战

孙权正式建立孙吴政权后，陆逊是吴国重要的大臣和将领。由于其世代是江东大族，他在孙吴政权中就具有独特的代表性。陆逊开始为孙权所注意，是在参与吕蒙袭击荆州的行动以后。吕蒙死后，他是孙吴方面主要的军事统帅。他取得夷陵之战的胜利，挫败刘备恢复荆州的意图，为稳定孙吴政权建立了功勋。以后，他一直坐镇上游，统帅着吴国的主要军队。他不仅在军事上克敌制胜，也在政治上有所建树，对于孙吴政权关心荆州人士、提拔江东贤能、注重国计民生、维持社会秩序，都做出很多贡献。因此，陆氏家族在孙吴历史上影响很大。陆逊死后，他的子孙长期控制荆州上游，成为吴国最有势力的一支力量。

传记记叙陆逊一生的主要事迹，突出他高明的军事政治才能和忠诚勇敢的性格特点。传记着重描写夷陵之战，写陆逊认清局势，按兵不动，设法使吴军从退却变为与蜀军相持，又写他抓住时机，创造条件，一举击败蜀军，从中显现这位历史人物的足智多谋、因事制宜。李景星说陆逊"生平出色处，只在破蜀先主备"，"破蜀是逊传主文，传于其计画处、布置处、内而暗慰孙权处，外而故疑诸将处，摹写唯恐不尽"，刘备是"曹魏君臣竭尽其力所不能制者，而以一书生断其死命，从容闲暇，行若无事，此是何等神力"，"吴之得保有江东，实以此故"（《四史评议·三国志评议》）。

吴蜀交战，陆逊面临内外两方面的矛盾冲突：一是吴蜀两国的矛盾，一是陆逊与吴军众将的矛盾。它们彼此联系，互相影响。

当时，刘备率领大军来到吴国的西部边界。他从巫峡、建平连营直至夷陵地界，建立了数十个营地，用黄金、锦缎、爵位来拉拢各少数民族，还任命了各路将军。他"先遣吴班将数千人于平地立营，欲以挑战"。对于蜀军咄咄逼人的进攻，孙权曾试图求和，但是遭到拒绝。此刻，吴蜀矛盾势同水火。蜀军声势浩大，处于优势，吴军数战不利，处于劣势。孙权只得任命陆逊为大都督，带领五万人马前来抵御。陆逊受命于吴国危难之际，置身于吴蜀矛盾之中。因此，他上书孙权，认为"夷陵要害，国之关限，虽为易得，亦复易失。失之非徒损一郡之地，荆州可忧"，目前吴国争夺这个地方，务必取得成功。他表示"臣虽不材"，但是要"以顺讨逆，破坏在近"。陆逊明确地指出矛盾的焦点，深刻地分析问题的实质，坚定地表明自己的决心，还特别强调打败刘备、获得胜利是指日可待的。陆逊知彼知己，后发制人。他一度坚守不战，等到敌军疲惫不堪，显出致命弱点，就顺风放火，大败刘备。王鸣盛在谈到陆逊用火攻时曾说："逊仍用周瑜火攻之策"，战地"多山林险阻"，他等到对方"傍岩依树结营既密，然后用之"，而且"连营愈多，烧毁愈易"。"逊久有成算"，只是不泄机密，"故能成功也"（《十七史商榷》）。

伴随吴蜀两国矛盾而来的是陆逊与吴军诸位将军的矛盾。在军事上，开始诸将看见蜀军得寸进尺，步步紧逼，个个摩拳擦掌，"皆欲击之"。可是，陆逊不同意迎击敌军，认为蜀军举动"必有谲，且观之"。观而不战显示他不逞匹夫之勇，不中计上当，更表明他深知这次夷陵之战与先前的赤壁之战不同，应避其锐气，击其惰归。对此，何焯说："赤壁乘其疲，利速战。西陵避其锐，宜缓攻。"(《义门读书记·三国志》)接着，吴蜀两军数月对峙。陆逊属下的将军都说进攻刘备应当在他刚刚进犯的时候，现在已经让他深入吴境五六百里，相互对峙也有七八个月，许多要害地区都被他重点固守，"击之必无利矣"。但是，陆逊觉得攻打敌人"正在今日"，因为蜀军的情况有所变化，"其军始集"，刘备"思虑精专，未可干也。今住已久，不得我便，兵疲意沮，计不复生"。最后，陆逊抓住刘备指挥错误的机会，果断地进行战略反攻。他派人"先攻一营，不利"，诸将都说这是白白地损兵折将，陆逊却说他"已晓破之之术"。于是，他命令士兵"各持一把茅，以火攻，拔之"，从而正式点燃了狂烧蜀军的熊熊烈火。另外，在人事上，当陆逊带兵抵御蜀军时，吴军许多将领有的是老资格将军，有的是皇亲国戚，他们骄傲自负，不听指挥。对此，陆逊能够谦虚克己，忍辱负重，转化矛盾，消除隔阂。他向众人明确指出，大敌当前，每人都应以国家利益为重，服从军令，担负责任，和睦相处，共同铲除强敌，而不应计较私利，互不服气。后来，他还向孙权表示自己仰慕蔺相如的为人，不与同僚争论高低，一心成就国家大事。

　　传记通过反映吴蜀两国的矛盾斗争和吴军将领内部的矛盾冲突，表现出主要人物的智勇特点。

　　陆逊有审时度势之智。他努力创造战胜敌人的条件，坚持运用正确的战略战术，又晓之以理，动之以情，主动与孙吴的诸位将军搞好团结。因此，他的计划符合实际，他的行动无往不利。在火烧连营、重创蜀军后，吴将徐盛、潘璋、宋谦等人都积极要求乘胜追击，擒获刘备。与之相反，陆逊保持清醒的头脑，主张立即撤回军队。这除了看到魏国集结大军、居心不善的情况外，主要考虑刘备是狡猾的对手，阅历丰富，蜀军败退之后，必然尽力死守，而吴军得胜难免产生轻敌情绪，继续攻敌难以获胜。正如何焯所说，"大胜之后，将骄卒惰。溯流仰攻，转馈又难。一有失利，前功尽弃。昭烈老于兵，得蜀已固，非若曹仁之在南郡可惧而走也。连兵于西，主客异势"，"盛、璋、谦如豕突耳"(《义门读书记·三国志》)。

　　陆逊有知人论世之智。他稳操胜券，劝孙权高枕无忧，就在于自己深知刘备用兵进军的情况。他回顾刘备"前后行军，多败少成，推此论之，不足为戚"。他开始担心对方"水陆俱进"，后来观察到蜀军居然"舍船就步，处处结营"，兵力部署没有变化，就不再担心，增强了战胜敌人的信心。这正如何焯所言："水陆并进，则及锋而用。舍船就步，则师老运艰。渐见衅隙，敌得以逸待劳，伺变击急也。"(《义门读书记·三国志》)

　　陆逊有担当重任之勇。当时，被天下称为英雄、连曹操都畏惧的刘备攻势凌厉，敌多我少，蜀强吴弱，夷陵之战对于稳定吴国政权关系重大，吴军内部人事关系也很复杂。在这样的情况下，领兵抗敌显然有很大的难度。一般考虑私利、保全性命的人是不敢接受任务的。陆逊则不然，他不畏强敌，不顾危险，不怕困难，不辞劳苦，毅然出任大都督，而且一担负起重任，就胸怀全局，以高度负责的精神治事用兵，从而使吴国转危为安，也使自己成为国家的一个栋梁之臣。

陆逊有作战杀敌之勇。他先用火攻的办法，攻克蜀军的一处营寨。一见形成熊熊的大火，他就率领"诸军同时俱攻，斩张南、冯习及胡王沙摩柯等首，破其四十余营"，使刘备的将领杜路、刘宁等人走投无路，被迫投降。等到刘备逃上了马鞍山、四周布置军队防守时，他"督促诸军四面"进逼，杀得蜀军"土崩瓦解"，死者数以万计，刘备趁着黑夜逃遁。随后陆逊指挥的吴军奋勇追杀，大获全胜，而刘备勉强退入白帝城，"其舟船器械，水步军资，一时略尽，尸骸漂流，塞江而下"。面对惨败，刘备惭愧愤恨地说："吾乃为逊所折辱，岂非天邪！"所有这些都充分表现出陆逊智勇兼备。

作者为陆逊立传，着重反映人物面临的事关国家利益的矛盾冲突，详细描述这些矛盾冲突形成、发展和变化的过程，从中曲尽其妙地展示出人物真正的内心世界。这就出色地再现了波澜壮阔的战争场面和丰富复杂的社会生活，成功地塑造出冷静观察、正确分析、巧用计策、善处矛盾、奋勇作战的古代名将形象。

吊魏武帝文

陆　机

元康八年①，机始以台郎出补著作②，游乎秘阁③，而见魏武帝遗令④，忾然叹息⑤，伤怀者久之。

客曰：夫始终者，万物之大归⑥；死生者，性命之区域⑦。是以临丧殡而后悲，睹陈根而绝哭⑧。今乃伤心百年之际⑨，兴哀无情之地⑩，意者无乃知哀之可有，而未识情之可无乎？

机答之曰：夫日食由乎交分⑪，山崩起于朽壤，亦云数而已矣⑫。然百姓怪焉者，岂不以资高明之质，而不免卑浊之累⑬；居常安之势，而终婴倾离之患故乎⑭？夫以回天倒日之力，而不能振形骸之内⑮；济世夷难之智，而受困魏阙之下⑯。已而格乎上下者，藏于区区之木⑰；光于四表者，翳乎聂尔之土⑱。雄心摧于弱情，壮图终于哀志⑲。长算屈于短日⑳，远迹顿于促路㉑。呜呼！岂特瞽史之异阙景㉒，黔黎之怪颓岸乎㉓？观其所以顾命冢嗣㉔，贻谋四子㉕，经国之略既远㉖，隆家之训亦弘㉗。又云：

"吾在军中,持法是也。至小忿怒,大过失,不当效也。"善乎,达人之谠言矣㉘!持姬女而指季豹以示四子曰:"以累汝㉙!"因泣下。伤哉!曩以天下自任㉚,今以爱子托人。同乎尽者无余㉛,而得乎亡者无存㉜。然而婉娈房闼之内㉝,绸缪家人之务㉞,则几乎密与㉟!又曰:"吾婕好妓人㊱,皆著铜爵台㊲。于台堂上施八尺床,穗帐㊳,朝晡上脯糒之属㊴。月朝十五,辄向帐作妓㊵。汝等时时登铜爵台,望吾西陵墓田㊶。"又云:"余香可分与诸夫人。诸舍中无所为㊷,学作履组卖也㊸。吾历官所得绶㊹,皆著藏中㊺。吾余衣裘,可别为一藏。不能者兄弟可共分之。"既而竟分焉。亡者可以勿求,存者可以勿违㊻,求与违不其两伤乎㊼?悲夫!爱有大而必失㊽,恶有甚而必得㊾。智惠不能去其恶㊿,威力不能全其爱㉛。故前识所不用心,而圣人罕言焉㉜。若乃系情累于外物㉝,留曲念于闺房㉞,亦贤俊之所宜废乎㉟?于是遂愤懑而献吊云尔㉖。

接皇汉之末绪,值王途之多违㊄。伫重渊以育鳞,抚庆云而遐飞㊅。运神道以载德,乘灵风而扇威。摧群雄而电击,举勍敌其如遗㊀。指八极以远略,必翦焉而后绥㊁。厘三才之阙典,启天地之禁闱㊂。举修网之绝纪,纽大音之解徽㊃。扫云物以贞观,要万途而来归。丕大德以宏覆,援日月而齐辉㊅。济元功于九有,固举世之所推㊅。

彼人事之大造,夫何往而不臻㊅。将覆篑于浚谷,挤为山乎九天㊅。苟理穷而性尽,岂长算之所研㊅。悟临川之有悲,固梁木其必颠㊆。当建安之三八,实大命之所艰㊁。虽光昭于曩载,将税驾于此年㊂。惟降神之绵邈,眇千载而远期㊃。信斯武之未丧,膺灵符而在兹㊄。虽龙飞于文昌,非王心之所怡㊅。愤西夏以鞠旅,溯秦川而举旗㊆。逾镐京而不豫㊇,临渭滨而有疑。冀翌日之云瘳,弥四旬而成灾㊈。咏归途以反旆,登崤渑而揭来㊉。次洛汭而大渐,指六军曰念哉㊊。

伊君王之赫奕,实终古之所难㊁。威先天而盖世,力荡海而拔山㊂。厄奚险而弗济,敌何强而不残㊃。每因祸以禔福,亦践危而必安㊄。迄在兹而蒙昧,虑噤闭而无端㊅。委躯命以待难,痛没世而永言㊀。抚四子以深念，循肤体而颓叹㊇。迫营魄之未离，假余息乎音翰㊈。执姬女以嚬瘁，指季豹而漼焉㊉。气冲襟以呜咽，涕垂睫而汍澜㉑。违率土以靖寐，戢弥天乎一棺㉑。

咨宏度之峻邈，壮大业之允昌㉒。思居终而恤始，命临没而肇扬㉓。援贞咎以愬悔，虽在我而不臧㉔。惜内顾之缠绵，恨末命之微详㉕。纡广念于履组，尘清虑于余香㉖。结遗情之婉娈，何命促而意长㉗！陈法服于帷座，陪窈窕于玉房㉘。宣备物于虚器，发哀音于旧倡㉙。矫戚容以赴节，掩零泪而荐觞㉚。物无微而不存，体无惠而不亡㉛。庶圣灵之响像，想幽神之复光㉜。苟形声之翳没，虽音影其必藏㉝。徽清弦而独奏㉞，进脯糒而谁尝？悼穗帐之冥漠㉟，怨西陵之茫茫。登爵台而群悲，眝美目其何望㊱？既睎古以遗累，信简礼而薄葬㊲。彼裘绂于何有，贻尘谤于后王㊳。嗟大恋之所存，故虽哲而不忘㊴。览遗籍以慷慨，献兹文而凄伤㊵。

【注释】

① 元康：晋惠帝司马衷的年号，元康八年即298年。　② 台郎：尚书郎。尚书省又称尚书台，尚书郎是省中分曹办事的属官。著作：著作郎。　③ 秘阁：国家保藏图书文籍的地方，属秘书省，故著作郎得以游于秘阁。　④ 遗令：指魏王临死时遗言的记录文字。《三国志·魏书·武帝纪》载遗令曰："天下尚未安定，未得遵古也，葬毕，皆除服。其将兵屯戍者，皆不得离屯部。有司各率乃职。敛以时服，无藏金玉珍宝。"　⑤ 忾（kài）然：悲叹的样子。　⑥ "夫始终"二句：有始必有终，是万物共同的归结。始终：指生死，重在言死。大归：最后归宿。　⑦ "死生"二句：从生到死，是每一个生命的界限。区域：界限，范围。　⑧ 临丧殡：指向死者吊祭。《国语·楚语》载蓝尹亹论吴将毙时说："吾闻君子唯独居思念前世之崇替，与哀殡葬，于是有叹，其余则否。"陈根：宿草，隔年的旧草根。《礼记·檀弓上》："朋友之墓，有宿草而不哭焉。"郑玄注："宿草，谓陈根也。"绝哭：不哭。这两句说，因此人们向死者祭吊时就会悲伤，而看到亡者坟上长出隔年草根就不再哭泣。　⑨ 百年之际：曹操死于建安二十五年（220），到元康八年（298），不足八十年，百年是举其成数，说明时间很久。　⑩ 无情之地：指秘阁。秘阁不是丧殡之地，不应该发动哀情，所以说无情之地。　⑪ 交分：同"至分"。《左传·昭公二十一年》载梓慎说："二至二分，日有食之，不为灾。日月之行也，分，同道也；至，相过也。"二至指冬至、夏至。二分指春分、秋分。　⑫ 朽壤：古人说山崩是土壤朽坏引起的。《国语·晋语》："山有朽壤而自崩。"数：自然的常规。　⑬ 资：凭借。高明：指日月。卑浊：指日月的亏蚀。　⑭ 常安：指山。婴：遭逢。倾离：指山崩。　⑮ 回天倒日：比喻力量强大，能扭转形势。《淮南子·览冥》："鲁阳公与韩构难，战酣日暮，援戈而挥之，日为之反三舍。"振：挽救。形骸之内：指人的生命。这两句说，有回天倒日的力量，却不能挽回生命。　⑯ 济世夷难：拯

救社会，平定战乱。魏阙：宫门外的一种建筑物，也称象阙、象魏，后来用它代指朝廷。《庄子·让王》："身在江海之上，心居乎魏阙之下。"　⑰ 已而：不久。格：至，到达。上下：指天地。《尚书·尧典》："光被四表，格于上下。"这里借指曹操是顶天立地的英雄。区区之木：指棺材。　⑱ 光于四表：同"光被四表"。光：充实。四表：四方之外，形容很远。翳(yì)：掩盖。蕞(zuì)尔：小的样子。蕞尔之土：指坟墓。　⑲ 摧：摧折。弱情：指对妻妾子女的柔情。壮图：远大的抱负。哀志：指即将死亡。　⑳ 长算：高明的计谋。短日：寿命的短暂。　㉑ 远迹：远大的功绩。顿：停顿，停止。促路：指短促的人生路程。　㉒ 瞽(gǔ)史：瞽是乐官，史是史官，这里专指史官，史官兼掌天文历法。异：惊异。阙景：指日食。阙：同"缺"。景：日光。　㉓ 黔黎：百姓。颓岸：指山崩。　㉔ 顾命：临终遗命。冢嗣：嫡长子，曹操长子曹昂为张绣所杀，这里指曹丕。　㉕ 贻：留给。谋：谋划。四子：指当时在身边的四个儿子。这时曹操的儿子有十一人，此四子为谁，难以确指。　㉖ 经国：治理国家。略：策略。　㉗ 隆家：振兴家门。弘：大。　㉘ 达人：通达事理的人。谠(dǎng)言：直言，善言。　㉙ 姬女：众妾所生的女儿，这里指杜夫人所生的高城公主。季豹：曹操的幼子曹豹，杜夫人所生，时年五岁。累：牵累，托付。　㉚ 曩(nǎng)：从前，往昔。　㉛ 同乎尽者无余：随着生命的完结，精神就完全消失。　㉜ 得乎亡者无存：随着肉体的消亡，意识也不复存在。　㉝ 婉娈(luán)：亲爱的样子。闼(tà)：宫中小门。　㉞ 绸缪家人之务：对家人事务的安排。绸缪：缠绵难舍。　㉟ 几乎：近乎。密：细致，周到。　㊱ 婕妤(jiéyú)：官中女官。妓人：歌舞妓。　㊲ 著：放置。铜爵台：铜雀台，建安十五年(210)冬天修成的台观，在今河北临漳西南。　㊳ 施：设置。穗(suì)：细而疏的布。穗帐：灵帐，枢前的灵幔。　㊴ 朝晡(bū)：早上和申时(下午三至五时)。上：上祭。脯(fǔ)：干肉。糒(bèi)：干饭。　㊵ 月朝十五：每月初一、十五。作妓：表演歌舞。　㊶ 西陵：曹操所葬高陵，在铜爵台的西面。墓田：墓地。　㊷ 诸舍中无所为：宫中众妾如果没有事做。　㊸ 学作履组：学着做鞋子和织丝带。组：丝带。　㊹ 历官所得绶：历年做官所得的绶带。绶：古代穿印纽的丝带。　㊺ 皆著藏中：都放在储存东西的地方。　㊻ 亡者：指曹操。求：曹操嘱咐将衣裘别为一藏。存者：指曹丕兄弟。违：曹丕兄弟没有将衣裘别为一藏而是分掉。这两句说，死去的曹操可以不提什么要求，活着的曹丕兄弟可以不违背父亲的遗嘱。　㊼ "求与违"句：死者提出要求，生者违背遗嘱，难道不是两相伤害吗？两伤：《文选》李善注："令衣裘别为一藏，是亡者有求也。既而竟分焉，是存者有违也。求为吝而亏廉，违为贪而害义，故曰两伤。"　㊽ 爱有大而必失：人最爱的是生命，而生命必将丧失。　㊾ 恶有甚而必得：人最恨的是死亡，而死亡必然到来。　㊿ 智惠不能去其恶：虽有智慧，不能排除死亡。惠：同"慧"。　㊺ 威力不能全其爱：虽有威力，不能保全性命。　㊼ 前识：有先见之明的哲人。不用心：不在爱恶问题上用心。《老子》："前识者，道之华而愚之始。"圣人：指孔子。《论语·子罕》："子罕言利与命与仁。"这里指"罕言命"。　㊽ 系情累于外物：把感情寄于身外之物。情累：感情的牵累。外物：指官绶、衣裘等。　㊾ 留曲念于闺房：将私情留给姬妾们。曲念：私情。闺房：指婕妤妓人等。　㊿ 宜废：应该废弃。　㊻ 愤懑(mèn)：悲愤烦闷。　㊼ 皇汉：指东汉。末绪：最后的统绪。值：遇到，碰上。王途：指国家政治道路。违：悖谬，混乱。　㊽ 伫：盼望。重渊：深渊。育鳞：育养鳞甲，待时腾飞。这里是用龙比喻曹操。抚：凭借。庆云：古人以为一种祥瑞的云。遐飞：远飞。这两句说，曹操像隐藏在深渊之中的龙一样，待机凭借祥瑞之云腾飞远翔。 (59) 运：用。神道：犹言天道，谓神妙莫测之理。《易·观》："观天之神道，而四时不忒，圣人以神道设教，而天下服矣。"孔颖达疏："微妙无方，理不可知，目不可见，不知所以然而然，谓之神道。"载德：施行仁德。载：行。扇威：发扬威武。这两句说，运用天道，施行德义，发扬威武，如有神灵相助。 (60) 摧群雄而电击：如雷电轰击一般摧毁群雄。举：攻取。勍(qíng)敌：强敌。如遗：如拾取遗物，形容很容易。 (61) 八极：八方极远的地方。远略：深远的谋略。翦：除掉。绥：安。 (62) 厘：治理。三才：指天、地、人。阙典：残缺的典章。启：打开。禁闱：禁止通行的门。这两句说，整理天、地、人各方面残缺的典章，打开通往天地的禁门。 (63) 举：指重振。修：长。绝纪：断了的纲绳。纽：系结，绷紧。大音：礼乐。解：同"懈"，松弛。徽：琴徽，系弦之绳。这两句说，整顿断绝的纲纪，提倡废弛的礼乐。 (64) 云物：指各种乘乱起兵的势力。贞观：犹清平，指天下太平。要：约束。万途：指各种割据势力。来归：归向于曹操。 (65) 丕大德以宏覆：扩展盛大功德来广泛覆盖天下。丕：张大，扩大。宏覆：普遍覆盖。援：攀附。齐辉：同等光辉。 (66) 济：成就。元功：首功。九有：九州。推：推崇。 (67) 大造：大的成就。《左传·成公十三年》："文公恐惧，绥静诸侯，秦师克还无害，则是我有大造于西也。"臻：至，达到。这两句说，在人事方面大有成就，能无往而不胜。 (68) 覆篑于浚(jùn)谷：在深谷里一筐一筐地填土。篑：装土的竹筐。浚谷：挖深的溪谷。《论语·子罕》："譬如为山，未成一篑，止，吾止也。譬如平地，虽复一篑，进，吾往也。"挤：通"跻"，登，上升。九天：九重天上，形容山高。这里比喻曹操有宏图远志，想建立大功，好比在深谷里堆土成山，想要堆成高于九天的大山。 (69) 苟：如果。理穷而性尽：意谓生死有天命。《周易·说卦》："穷理尽性，以至于命。"长算：高超的谋略。研：推究，探求，这里指预测。这两句说，死生有命，即使有高超谋略的人，也无法预测。 (70) 悟：领悟。临川之有悲：孔子在川上看到江水奔流不停时发出感叹。《论语·子罕》："子在川上曰：'逝者如斯夫，不舍昼夜。'"梁木其必颠：比喻人生必有死。《礼记·檀弓上》载孔子将死时歌曰："泰山其颓乎！梁木其坏乎！"颠：倒下。 (71) 三八：二十四。建安之三八：建安二十四年(219)。大命：犹言大限。艰：艰难，指大限已到，生命无法挽救。 (72) 光昭：荣显，荣耀。曩载：先前的年岁。税驾于此年：曹操死于建安二十五年正月，这里说"三八"，是就病重时间算的。税驾：解驾停车，即终止的意思。 (73) 降神：指天生圣贤。《诗经·大雅·崧高》："维岳降神，生甫及申。"意谓上天为周宣王生甫侯及申伯。绵邈：年代久远。眇：远。千载：千年。古人认为千年才出现一个圣人。桓谭《新论》："夫圣人乃千载一出。"这两句说，天生圣贤，千年为期。 (74) 信：实在，的确。斯武：指曹操建立的功业。《论语·子罕》载："文王既没，文不在兹乎……天之未丧斯文也。"这里活用典故，把"斯文"改为"斯武"。膺：受。灵符：天命。兹：此，指曹操。 (75) 龙飞：比喻帝王的兴起。文昌：文昌宫，星座名。《史记·天官书》："斗魁戴匡六星曰文昌宫：一曰上将，二曰次将，三曰贵相，四曰司命，五曰司中，六曰司禄。"这里用文昌代指将相。王：曹操晋爵为魏王。怡：喜悦。这两句说，虽然位至将相，但是内心并不满意。 (76) 西夏：指今陕西、甘肃一带，当时是蜀国的地界。《三国志·魏书·武帝纪》载建安二十四年三月，"王自长安出斜谷"，一路派兵扼守险要，进军汉中，到了阳平，刘备"因险拒守。夏五月，引军还长安"。鞠旅：誓师之意。《诗经·小雅·采芑》："陈师鞠旅。"鞠：告诫，告知。溯：逆流而上。秦川：渭水上游称秦川，这里泛指陕西的河流。举旗：建大将旗以行军的意思。 (77) 逾：越。镐(hào)

京：原是西周都城，在今陕西西安南，这里代指长安。不豫：帝王有病，称为不豫。⑱冀：希望。翌日：明日。瘳(chōu)：病愈。弥四旬：满四十天。成灾：指病重。 ⑲反旆(pèi)：指还军。旆：大旗。崤渑：崤山、渑池，在洛阳西。揭(qiè)：去。这两句说，因病踏上归途，登崤渑而去。 ⑳次：到。洛汭(ruì)：洛水流入黄河的地方，这里指洛阳。大渐：病情加剧，多指皇帝病重。六军：古代天子有六军，这里指曹操率领的军队。念哉：指临终叮咛勿忘。 ㉑伊：发语词。赫奕：功劳显赫盛大。终古：久远。 ㉒威先天：威势先于天下。盖世：压过他人。荡海而拔山：震荡大海，拔起高山。《史记·项羽本纪》："力拔山兮气盖世。" ㉓厄：困厄。济：渡过，克服。残：杀，消灭。 ㉔祗(zhī)福：平安幸福。践：履，遭遇。这两句说，每每因祸得福，转危为安。 ㉕迄：至。在兹：指临终的时候。蒙昧：糊涂。虑：忧虑。噤闭：闭口不言。无端：没有办法。这两句说，担心病重糊涂不清，无法开口留下遗言。 ㉖委：委弃。难：死亡。没世：离开人世。永言：长言，指临终而叮咛不已。 ㉗抚：循、抚摩的意思。颓叹：颓然叹息。这两句说，抚着四子，摩着自身，深情怀念，悲伤欲绝。 ㉘追：及，趁着。营魄：魂魄。未离：离开躯体。假：借。余息：残余的气息。音翰：用笔记下的遗言。翰：笔。 ㉙颦蹙(píncù)：同"颦蹙"，皱着眉头，形容忧愁。漼(cuǐ)：垂泪的样子。 ㉚汍(wán)澜：涕泣的样子。 ㉛违：离去。率土：指天下人间。《诗经·小雅·北山》："率土之滨，莫非王臣。"靖寐：长眠。靖：静。戢(jí)：收敛，收藏。弥天：满天，指远大的志向。这两句说，离开臣民而长眠地下，把远大志向带进棺材。 ㉜咨：叹。宏度：宏伟的气度。峻邈：高远。允：信，实在。昌：昌盛。 ㉝思：思想，精神。居终：临终。恤：忧虑。始：指继位之君。《穀梁传》："先君有正终，后君有正始也。"命：遗命，遗言。肇：开始。扬：传扬。 ㉞援贞吝：援引自己的成败得失。援：引。贞：正。吝：过失。恁(jì)：憎恨，怨毒。恁悔：痛悔。不臧：不善，不好。 ㉟内顾：指对家事的照顾。末命：遗命。微详：细微详密。 ㊱纡：萦绕，牵挂。尘：烦劳。这两句说，广阔的胸怀萦绕卖履念头，清明的思虑用于分香琐事。 ㊲结：牵系。遗情：余情，指对诸夫人和众妾的感情。命促：命短。 ㊳陈：摆设。法服：礼服，指曹操生前穿过的礼服。陪：陪侍。窈窕：美好貌，指曹操的姬妾。玉房：指铜爵台。 ㊴宣：显示。备物：指祭品。虚器：虚设的食器，供盛祭品，死者不能享用。《礼记·檀弓下》载，孔子说："为明器者，知丧道矣，备物而不可用也。"发哀音于旧倡：指遗令"向帐作妓"。旧倡：旧时的歌妓。 ㊵矫戚容：指强颜为欢，不免于戚。矫：强。赴节：按照节拍歌舞。荐觞：进献酒醴。 ㊶"物无微"二句：物虽微小，但可以存在，而人有智慧，却没有不死亡的。惠：通"慧"，聪明智慧。 ㊷庶：希望。圣灵：曹操的在天之灵。响像：声音形貌。幽神：死去的曹操，意同"圣灵"。复光：恢复光彩。 ㊸形声：形貌声音，这里指人的肉体。翳没：掩盖，埋没。音影：声音和影子。 ㊹徽：弹奏。 ㊺冥漠：渺茫。 ㊻贮(zhù)：凝视。 ㊼睎(xī)：仰慕。遗累：免除牵累。信：崇奉。简礼而薄葬：礼节从简而遗令薄葬。《三国志·魏书·武帝纪》载建安二十三年(218)六月令说："古之葬者，必居瘠薄之地。其规西门豹祠西原上为寿陵，因高为基，不封不树。" ㊽衾绂(fú)：衣服和绶带。贻：遗留。尘谤：世间的非议。后王：指曹丕。 ㊾哲：有智慧的人。 ㊿览：观看。遗籍：指遗令。兹文：指吊文。

【作者简介】

陆机(261—303)，西晋文学家，字士衡，吴郡华亭(今上海松江)人。祖父陆逊、父亲陆抗都是三国时吴国的名将。他出身显宦之家,少时就有异才。吴末帝孙皓凤凰三年(274)陆抗去世,陆机领兵为牙门将。吴亡,他返回故里,居家勤学,积有十年。晋武帝太康末年,与弟陆云同至洛阳,以文才倾动一时,为张华所推重,受太傅杨骏征召,为祭酒,迁太子洗马、著作郎。其后,赵王司马伦举他为中书郎。赵王失败后,成都王司马颖看重他,迁任平原内史。因此,后世称他为陆平原。后来司马颖起兵讨长沙王司马乂,以他为后将军、河北大都督,兵败被疑,为司马颖所杀,时年四十三岁。陆机博学多才,擅长诗赋文章,在当时文坛享有盛名。所作诗文讲求藻绘排偶,开六朝文学的风气。其中《文赋》是一篇讨论创作构思、文章利弊的名作,不仅受到文章家的欣赏,也是文学批评史上的重要文献;《辨亡论》议论吴国兴亡,行文极有气势,分析入木三分;《吊魏武帝文》评价曹操功业,文笔时而峭拔奔放,时而委婉细腻,都是优秀的作品。原有集,已散佚,后人辑有《陆士衡集》。

【赏析】

《吊魏武帝文》选自《文选》卷六十。魏武帝即曹操。曹操生前称魏王,曹丕称帝后,追尊为太祖武皇帝。

晋惠帝元康八年(298),陆机在秘阁看见曹操遗令,感慨万端,于是写下这篇文章。文章由序文和吊文两部分组成,两者各有侧重,相得益彰。序文不短而写得颇有深度,主要叙述致吊的原因和引起的感叹。吊文稍长而富有浓郁情感,着重叙述曹操的生平功绩和临终情景及死后情况。通篇叙事曲尽其妙,说理切中肯綮,抒情感人肺腑,而且句式骈散融合,言辞繁富工巧,因此显得情文并茂。

序文先是叙述见到魏武帝遗令,产生感伤。当时,陆机刚刚由尚书郎出任著作郎,而著作郎是掌国史资料和撰述之职。于是他有机会在秘阁浏览国家保管的图书文籍,因为看到其中有魏武帝曹操的遗嘱,所以慨然叹息,伤感很久。这段言简意赅,写出文章起因和作者感叹,既定下通篇的基调,也成为下文叙事议论的缘起。

接着,作者写出客人的疑惑。客人认为死生始终是自然的常理,因此向死者祭吊时就感到悲伤,而见到坟上有隔年草根就不再哀痛。客人进而指出陆机在魏武帝死后的百年之际,在不必动情的秘阁兴起哀伤,这实在令人不解。于是客人推测陆机大概是知道"哀之可有"而不知"情之可无"的道理。这段假借客人非议,展开鲜明对比,运用委婉语气,批评触物伤怀,从而引出作者的解释和议论。

然后,序文分五层,详写陆机的回答,突出因感叹而致吊。

其一是从"机答之曰"到"故乎",运用比喻和反问来回答客人的非议。作者以"日食""山崩"为喻,指出尽管这是自然之"数",但是人们仍然对此感到奇怪。"岂不以资高明之质,而不免卑浊之累;居长安之势,而终婴倾离之患故乎。"这是用自然现象和人之常情,来说明自己见遗令而哀叹的不可避免。

其二是从"夫以回天"到"颓岸乎",通过强烈的比照来写出曹操生前的辉煌和死后的无奈。作者认为曹操有"回天倒日"的力量，却无法挽回自己的生命；有"济世夷难"的智慧，却被困厄于朝廷之下。他借用《尚书·尧典》"光被四表，格于上下"之语，强调曹操是顶天立地的英雄，具有强大的势力，同时点明这位英雄最终葬身于小小的棺木之内，掩埋于小小的坟墓之中。因此，他极其感伤地写道"雄心"为"弱情"所摧折，"壮图"为"哀志"所终止，"长算"为"短日"所舍弃，"远迹"为"促路"所战胜。这样的铺陈比较洋溢着抒情的气氛，突出了人物称雄天下时的煊赫和离开人世后的悲凉，令人不禁发出深切的感叹。他还用"呜呼"的语气词倾吐自己心中的无限感慨，叹息"岂特瞽史之异阙景，黔黎之怪颓岸乎"。这不仅呼应前面日食、山崩的比喻，而且表明自己有所慨叹的理所当然。

其三是从"观其"到"谠言矣"，写对四个儿子的嘱咐。作者认为曹操临终遗命，将王位传给曹丕，为四子留下治国兴家的谋略，显出"经国之略既远，隆家之训亦弘"，是值得称道的。他又引述人物语言，"吾在军中，持法是也。至小忿怒，大过失，不当效也"，并称之为"善乎，达人之谠言矣"。这既反映出人物的处世特点和清醒认识，也在简略的叙述之中融入自己的赞美之情。

其四是从"持姬女"到"两伤乎"，写将小女与幼子托付给四个儿子、对婕妤妓人的安置和对众妾与遗物的安排。作者先写曹操"持姬女而指季豹以示四子曰：'以累汝！'因泣下"，以人物言行传神地显示其内心世界，指出"曩者以天下自任，今以爱子托人"，今昔大相径庭，令人感叹不已。他认为随着生命的逝去，精神意识就不复存在，然而曹操对此不能领会，却将爱子家事细致地嘱托于人，"婉娈房闼之内，绸缪家人之务，则几乎密与"。所言在表达哀伤之情的同时，包含批评之意。作者又写曹操说"吾婕妤妓人，皆著铜爵台"，在台堂上设置灵床和灵幔，早晚供上祭品，初一、十五就表演音乐歌舞，"汝等时时登铜爵台，望吾西陵墓田"。这样安排婕妤妓人，显得精细周到，情意难分。对此，序文没有评说，而吊文却展开叙述，使全文详略得当，互相呼应。作者还写曹操安排众妾与遗物，"余香可分与诸夫人"，众妾"学作履组卖"，"吾余衣裘，可别为一藏，不能者兄弟可共分之"。这样个性化的语言和具体周全的安排表明人物牵肠挂肚，未能免俗。随后，作者评论衣裘的安排和被分的结果，说曹操已死，应不恤身外之物，"可以勿求"，而曹丕兄弟对于衣裘这样很轻微的东西，又属父亲临终遗言，"可以勿违"。他强调死者提出要求，惜物伤廉，生者违背遗嘱，爱财伤义，这样两方面都有伤事理。这里叙述结合，鞭辟入里，不无批评。

其五是从"悲夫"到"献吊云尔"，直接议论"爱"与"恶"的问题。作者认为："爱有大而必失，恶有甚而必得。智惠不能去其恶，威力不能全其爱。"因为爱恶得失是自然之理，不是智慧威力决定的，所以有先见之明的哲人不在爱恶事情上用心，也从不议论生死问题。他觉得曹操"系情累于外物，留曲念于闺房"，这显然是不合适的，也是应该废止的。所言运用对偶，展开对比，既批评了曹操，又表明自己写作吊文的原因。

　　吊文分为四段，各有分工，彼此联系，全用骈体，重在抒情。

　　第一段叙述曹操生平的功业。吊文以"接皇汉之末绪，值王途之多违"发端，运用骈偶句式，讲究和谐有韵，具有奔放气势，充分肯定曹操的才智、谋略和业绩。作为三国时期的政治家和军事家，曹操兴兵平定董卓，消灭袁术、袁绍，统一了北方。他实行屯田，打击豪强，制定法令，重用人才，促进了经济的发展和社会的进步。因此，文中说曹操像隐藏在深渊中的龙一样发展自己的势力，待机凭借祥瑞之云腾飞远翔，运用天道而施行德义，发扬威武如有神灵相助。文中又说曹操富有谋略，摧毁群雄，安定国家，重振纲纪，提倡礼乐。这里，文章写得事信言文，神完气足。作者进而肯定曹操，"丕大德以宏覆，援日月而齐辉。济元功于九有，固举世之所推"。这就高度评价了魏武帝广施恩德，成就大业，为天下所推崇，也表达出作者的钦慕之意和颂扬之情。

　　第二段叙述曹操年寿短促，因病而死。先概述魏武帝在平定天下、治理国家方面大有成就，能无往而不胜，又运用《论语·子罕》"虽复一篑"的典故，比喻他有雄心壮志，要建立大功。这里承上启下，自然过渡，引出对曹操想要有所作为却病重身亡、功败垂成的叙述。因此，文章感叹死生有命，非人力所能及，而且用孔子在水边叹息"逝者如斯夫"的情形，说明时光流逝，用孔子临终时歌唱"梁木其坏乎"的状况，比喻曹操将死。文章然后指出魏武帝"虽光昭于曩载，将税驾于此年"。尽管曹操可说是难得出现的圣人，建立统一北方的大业，晋爵为魏王，但是内心并不满意，于是"愤西夏以鞠旅，溯秦川而举旗"。他原想消灭西蜀势力，取得更大的成就，不料经长安而有病，以后病情日益严重，回到洛阳时病重将死。这段以凄怆的笔调写出曹操宏图未就时的英雄末路，对人生的无常表示深深的感叹，而且条理清晰，结构严密。由于有了这段叙述，吊文就显得前后连贯，衔接自然。

　　第三段描写曹操临终前的情景。从赞美曹操的赫赫功业领起，突出其威力极大。这位英雄无论何种险情都会克服，不管什么强敌都能战胜，常常因灾祸而得到幸福，遇危险而转为平安，这样的功业"实终古之所难"。接着文势陡变，细致入微地刻画了魏武帝生命垂危时的内心世界。曹操当时担心自己"蒙昧"，"虑嗫闭而无端"，"痛没世而永言"，于是"抚四子以深念，循肤体而颓叹。迨营魄之未离，假余息乎音翰"，还"执姬女以嚬瘁，指季豹而漼焉"，以致呜咽不已，泪水直流。这里通过外在情态与内心活动相结合的描写，表露出曹操眷恋亲人、悲痛死亡的心曲。这样一位多情伤感、行将就木的病者，与曾经无情执法、叱咤风云的英雄相比，简直有天壤之别。文章强调虽然曹操情系人间，叮咛不已，但是只得听任生命走向终结，最终"违率土以靖寐，戢弥天乎一棺"。这段盛衰对比，写人传神，情调哀伤，押韵自然，字里行间涌动着曹操的悲伤之情和作者的同情之意。

第四段主要对曹操遗令展开议论，抒发感慨。慨叹曹操宏伟的气度确实高远，伟大的事业确实昌盛，"思居终而恤始，命临没而肇扬"，而且能明辨是非，有自知之明。同时，叹惋曹操内顾缠绵，遗令微详，广阔胸怀萦绕卖履念头，清明思虑用于分香琐事，这实在是"命促而意长"。文章议中有叙，略述遗嘱中对遗物和婕妤妓人的安排，而详写婕妤妓人在曹操死后，带着愁容按拍歌舞，擦着眼泪进献酒醴。因为人死不能复生，所以她们"徽清弦而独奏，进脯糒而谁尝"，自然感伤灵帐的渺茫寂静，怨恨西陵的一片茫茫。作者展开艺术想象，着重描绘这些被关闭在铜爵台中的女子的举止神态，反映出她们在执行遗嘱时的悲哀心情，从而表明曹操这样的安排是荒唐的，自然影响其自身形象和英雄声誉。随后，陆机批评曹操说既然仰慕古风而免除牵累，崇奉礼节从简而遗令薄葬，"彼裒绂于何有，贻尘谤于后王"。他感叹人们的感情都有"大恋"，即使哲人也不会遗忘。最后，他直抒胸臆，强调自己观看遗令而极其感慨，于是以这篇吊文来表达凄恻之情。

全文既充分肯定曹操的雄才大略和卓著功绩，又写出他临死时对家庭琐事的叮咛及死后的凄凉，着重表现其遗令中所展示的内心深处，突出人物悲剧性格，充满人世沧桑之感。文中通过曹操生前威武盖世和将终无能为力的对比，寄予了对这个一代英雄的无限同情，也抒发了作者的身世之感和故国之思。文章内容充实，感情深厚，构思巧妙，想象丰富，对比鲜明，文势跌宕，结构严谨，语言骈俪，成功地实践了作者《文赋》中以文传意、意巧辞妍的文学主张。因此，它不仅是陆机散文中的名篇，也是文学史上从魏晋散文向六朝骈文过渡时的重要文章。

兰亭集序

王羲之

永和九年①，岁在癸丑②，暮春之初③，会于会稽山阴之兰亭④，修禊事也⑤。群贤毕至⑥，少长咸集⑦。此地有崇山峻岭，茂林修竹，又有清流激湍，映带左右⑧，引以为流觞曲水⑨，列坐其次⑩，虽无丝竹管弦之盛⑪，一觞一咏，亦足以畅叙幽情⑫。是日也，天朗气清，惠风和畅⑬，仰观宇宙之大，俯察品类之盛⑭，所以游目骋怀，足以极视听之娱⑮，信可乐也。

夫人之相与，俯仰一世⑯。或取诸怀抱，晤言一室之内⑰，或因寄所托，放浪形骸之外⑱。虽取舍万殊，静躁不同⑲，当其欣于所遇，暂得于己，快然自足，不知老之将至⑳。及其所之既倦，情随事迁，感慨系之矣㉑。向之所欣，俯仰之间，已为陈迹，犹不能不以之兴怀㉒。况修短随化，终期于尽㉓。古人云："死生亦大矣㉔。"岂不痛哉！

每览昔人兴感之由，若合一契㉕，未尝不临文嗟悼，不能喻之于怀㉖。固知一死生为虚诞㉗，齐彭殇为妄作㉘。后之视今，亦犹今之视昔，悲夫！故列叙时人，录其所述㉙。虽世殊事异，所以兴怀，其致一也㉚。后之览者，亦将有感于斯文。

【注释】

① 永和：东晋穆帝司马聃年号。永和九年：公元353年。　② 岁在癸丑：按干支纪年永和九年为癸丑。　③ 暮春之初：指阴历三月三日。暮春：春季的末一个月。　④ 会稽：郡名，包括今江苏东部、浙江西部一带，东汉时郡治在山阴。山阴：县名，今浙江绍兴。　⑤ 修禊(xì)事也：为了进行修禊这件事。修禊：古代一种消除不祥的祭礼。古时在三月上巳(上旬的巳日，魏以后固定为三月三日)，临水而祭，以除不祥，称为修禊。　⑥ 毕至：都到了。　⑦ 咸集：全集齐了。　⑧ 修竹：高高的竹子。修：长。激湍：流势急猛的河水。映带左右：景物相互映衬点缀。　⑨ "引以为"句：引来清流，作为漂浮酒杯的曲水。流觞：把酒杯放在曲水上游，任其循流而下，停到谁的面前，谁就取饮。觞：酒杯。曲水：引水环曲为渠。　⑩ 列坐其次：在水边依次就座。次：处所，地方，这里指曲水旁。　⑪ "虽无"句：虽然没有演奏音乐的热闹场面。丝：弦乐，指琴瑟一类弦乐器。竹：管乐，指箫笛一类管乐器。　⑫ 一觞一咏：指饮酒赋诗。幽情：深远的感情。　⑬ 惠风：和风，春风。　⑭ "仰观"二句：仰观宇宙的广阔，俯视万物的繁盛。品类：指万物。　⑮ 游目骋怀：纵目游览，舒展胸怀。极：尽，指尽情享受。视听之娱：指耳目的享受。　⑯ "夫人之"二句：人们生活在一起，很快就度过了一生。相与：相处。俯仰：古人以"俯仰之间"比喻时间短暂。一世：一生。　⑰ 诸：之于。怀抱：胸怀抱负。晤言：对面谈话。　⑱ 因寄所托：依着自己爱好的事物有所寄托，如寄情山水。因：随着，依着。寄：寄托。所托：指所爱好的东西。放浪形骸之外：放纵于形体之外。放浪：放纵不羁。形骸：形体，身体。　⑲ 万殊：各种各样的不同。这句说，人们兴趣爱好、生活方式有千差万别。静躁：安静和躁动，分别指"晤言一室之内"和"放浪形骸之外"。　⑳ 欣于所遇：高兴于自己所接触的事情。暂得于己：自己暂时得到了。快然：高兴的样子。不知老之将至：没有想到衰老即将到来。《论语·述而》："其为人也，发愤忘食，乐以忘忧，不知老之将至云尔。"　㉑ "及其"三句：等到对向往的东西已经厌倦，心情会随着事物和环境的变迁而改变，感慨也就随之而生了。所之：所向往的事物。既倦：已经厌倦。迁：变化。　㉒ 向：过去，从前。以之兴怀：因为它而产生感慨。以：因为。之：指"向之所欣"。　㉓ 修短随化：寿命长短听凭造化安排。修短：指寿命长短。化：造化，自然。终期于尽：终归于尽。期：期限。　㉔ 死生亦大矣：死生也是人生一件大事。《庄子·德充符》："死生亦大矣，而不得与之变。"　㉕ 若合一契：像符契那样相合。契：古人用木或竹刻的契券，分成两半，以合一为凭验。　㉖ 喻之于怀：从心里理解它。喻：明白，了解。　㉗ 一死生：把死和生看作一

样。一:作动词用,看作一样。《庄子·大宗师》:"孰知生死存亡之一体者,吾与之友矣。"虚诞:虚妄,荒诞。   ㉘齐彭殇:把长寿和短命同等看待。齐:用作动词,齐一,等同。彭:彭祖,传说为古代的长寿者,活了八百岁。殇:短命早死的人。《庄子·齐物论》:"莫寿于殇子,而彭祖为夭。"妄作:胡乱捏造。   ㉙列叙时人:逐一记下当时参与集会的人。录其所述:记下他们所作的诗文。   ㉚其致一也:他们的情致是一样的。致:情致。

【作者简介】

王羲之(321—379,一作303—361),东晋书法家,字逸少,琅琊(今山东临沂)人,定居会稽山阴(今浙江绍兴)。出身贵族,是淮南太守王旷之子,司徒王导之侄。幼时说话迟钝,不善于表达,长大后却富于才辩,并以耿直著称。少有美誉,朝中公卿皆爱其才器。为人任性直率,豁达大度,关注国事民生。曾任江州刺史、右军将军、会稽内史等职,世称王右军。后称病去官,寄情山水,弋钓为乐。他工书法,早年从卫夫人学,后草书学张芝,正书学钟繇,并博采众长,精研体势,推陈出新,自成一家。其书备精诸体,尤其擅长正书、行书,字势雄强多变化。当时论者评为古今之冠,称其笔势"飘若浮云,矫若惊龙",更为后代学者所崇尚,影响极大。他在文学上也有一定造诣,诗文清新隽永,富有哲理,所作《兰亭集序》历来为人所称颂。现存辑本《王右军集》。

【赏析】

《兰亭集序》选自《晋书·王羲之传》。

兰亭,在今浙江绍兴西南兰渚山下,当地有秀山丽水,东晋建立后,很多名士都居住在那里。他们都以文章超凡出众,又有相同的爱好,所以时常在景色美丽的兰亭宴集相会,写诗作文。穆帝永和九年(353)三月三日,王羲之以会稽内史的身份,邀集谢安、孙绰等四十一人在兰亭聚会赋诗,各抒怀抱。宴游时,与会者感物兴怀,一觞一咏,风雅热烈,盛况空前。之后,王羲之记下与会人士的姓名,抄录他们所作的诗歌,并为之作序,记述其事,抒发感慨。这篇脍炙人口的序文是作者散文的代表作。它以朴素自然的语言、清新秀美的描写和起伏跌宕的情思,记录了集会的盛况与欢欣,表达了作者的志向和与会者共同的情意。尤其是它能展开关于人生、关于死生的议论,批判庄子虚无思想,否定当时清谈玄风。因此,此篇序文就成为古代宴游作品中的佳作,并对后世游记散文产生积极影响。

全文共有三段。第一段记叙了聚会的时间、地点、人物、环境和气氛。江南暮春三月,正是草长莺飞、杂树生花的美丽季节。会稽山阴的兰亭又是名胜之地,那里有高峻的山岭、茂密的森林、修长的竹子,还有清澈的流水、急泻的湍流,萦回如带,映照两岸。巳日欢聚水滨,歌舞娱神,祈祷天时,消除不祥,本是上古遗留下来的风俗。这就使当时众多的贤能之士不分老少都来赴会。大家以弯曲的溪流作为流觞曲水,并列坐在岸边,依次饮酒咏诗。虽然场面不像演奏音乐那样热闹,但是人们完全可以充分抒发幽雅的情趣。当天和风温暖舒畅,天气晴朗,空气清新。面对良辰美景,在诗酒唱和之中,作者仰观俯察,深感宇宙之大,万物之盛。人们在自然造化之中，应该摆脱世俗的苦恼，纵目观览，舒展胸怀，尽情享受视听的欢乐，从而认识生命的价值，得到精神的享受。所言反映出包括王羲之在内的东晋士人对时光匆促的感叹和对人生无限的眷恋。首段由时及事，由事及景，由景及人，由人及情，显得气象开阔，意境高远，心情愉快。这段叙述层次清楚，描写简练形象，笔调从容沉稳，犹如一首优美的散文诗，不仅显出情景交融，还为下文进一步感叹人生奠定基础。

　　第二段主要抒发盛景不长、修短随化的感慨。作者承接上文，由"乐"字引起种种感念。文学史上，作家写作，常常因受自然景物的影响而对人生产生感慨，抒发情怀。当然，作品主题既有消极的，也有积极的。消极的如《古诗十九首》的某些篇章内容。积极的如曹操《短歌行》写作者希望统一中国，以周公自比，渴求人才来归；苏轼《前赤壁赋》反驳悲观论调，陈述了变与不变的道理。王羲之写这篇序文也是如此。他觉得人们生活在天地之间，很快就度过了一生。在这短促的时间里，有的人"取诸怀抱，晤言一室之内"，有的人"因寄所托，放浪形骸之外"。虽然生活的方式千差万别，性格的恬静和浮躁各不相同，但在快乐和感伤时的常情则是一样的。因此，当他们对所接触的事物感到高兴时，都会怡然自得，甚至忘记老年即将来到；而当他们对所向往的东西已经厌倦时，就会情随事迁，感慨万分。他继而指出"向之所欣"顷刻之间成为历史陈迹，尚且不能不因此而生感叹，何况寿命长短听凭大自然的安排，最终都归于完结，这种好景不长、终有一死的情况更使人情绪低沉，内心悲哀。所言"岂不痛哉"和上文"信可乐也"形成强烈的对照，从中反映出作者对死生哀乐的感受。兰亭士人诗酒集会自然是乐事，可是有聚必有散，世上没有不散的筵席。这种欢聚难得的情绪已令人感伤，而联想到生命的短暂和人生不免一死的结局，就更令人悲从中来。王羲之同意古人所说"死生亦大矣"的话，自然有人生可悲可痛之叹，更反映了他对死亡和生存这样的人生大事的积极看法。作者认为人生是很有意义的，也是不能轻视的。因此，他看重生命，关注国事，讲究实际，希望有所作为。《世说新语·言语》载："（王羲之与谢安）共登冶城。谢悠然远想，有高世之志。王谓谢曰：'夏禹勤王，手足胼胝；文王旰食，日不暇给。今四郊多垒，宜人人自效。而虚谈废务，浮文妨要，恐非当今所宜。'"可见，他是反对虚谈浮文的。王羲之不仅鲜明表达这样的观点，而且积极付诸行动。他在担任右军将军、会稽内史时，曾给殷浩写信，强调国家的安定有赖于内外和睦，又开仓赈济，解决饥荒问题，还多次上疏，请求减少赋税，此外提出一系列积极措施，如纳谏求贤，除去苛政，劝农足兵，诛除奸吏等。在东晋，王羲之确实是一个想要施展远大抱负的忧国忧民的人物。他的主张和表现是难能可贵的。序文中的意思正与此相同。这段联想自然，议论深刻，层层推进，人物心理活动展示无余。

　　第三段叙述作序的缘由。作者先谈到他每次考察古人兴发感慨的原因，与其想法完全相同，读他们的文章未尝不叹息感伤，而"不能喻之于怀"。他进一步强调从古今人们都为人生无常而兴叹生悲的情况看来,可以知道"一死生为虚诞,齐彭殇为妄作"。因为死亡就是死亡,生存就是生存,长寿就是长寿,短命就是短命,不能混为一谈。人物这样的见解显示其思想的进步性。当时玄学、清谈之风极盛,庄子虚无思想流行。王羲之能结合昔人兴感之由和自己感叹人生短暂的实际,对此持批判否定的态度,体现出他希望及时有为的务实精神。作者不仅一反时风,独抒己见,指斥生死如一、寿夭等同的虚假荒诞之言,还以"今之视昔"为例,推想"后之视今"也是如此。这就把因死生而产生的感慨推向更广的范围,引入更高的层次,语颇隽永,耐人寻味。因此,这充分反映出他对生命意义的清醒认识和对人生的热爱与执着。作者然后指出虽然时代不同,事物变化,但是人们因生死而引发的叹息,其情致是一样的。他坚信"后之览者,亦将有感于斯文"。这就自然表明写这篇文章是为了供后人抒发情怀。这段批判有力,推断合理,收放自如,辞气畅达。

通篇线索清楚,内在联系紧密。文章按照作者的情感变化来展开叙述。这就是从"信可乐也"到"岂不痛哉",再到"所以兴怀,其致一也",从中反映出人生无常的情绪,批驳了脱离现实的虚妄论调。首先,兰亭景色美不胜收,文人欢宴其乐陶陶。然而,流年似水,暮春将逝,不禁使人产生惜春之情。快乐令人流连,也令人惆怅。其次,从春光流走写到人生短暂,人有欣于所遇之情,也有情随事迁之感。修短随化,终归于尽,令人感伤不已,由惜春而伤逝,由快乐而悲伤。最后,联系个人,抚今追昔,推想起来,强调兴感之由古今一例。这就把快乐与悲伤结合起来,归结为兴怀一致。文章融叙事、写景、议论、抒情为一体,由叙事而写景,又借事借景而议论,还依据议论而抒发情感。行文极有条理,首尾彼此呼应,从而使文章成为一个脉络分明的整体。

序文充分体现出王羲之的散文特点。文章感情浓郁,叙事绘声绘色,又情景交融,充满诗情画意。议论富有对人生哲理的体会,能表达得深而不晦,显而不露,情在理中,余味无穷。文笔隽爽流畅,洒脱无拘,激而不浮,悲而能壮。文章语言清新朴实,简洁流畅,如"崇山峻岭""茂林修竹""天朗气清""惠风和畅""游目骋怀""情随事迁""感慨系之""世殊事异"等等,如同信手拈来,显出贴切自然,毫无雕琢痕迹。作者冲破当时文风,独辟蹊径,写序以散文为主,兼有骈句,接近口语,少用典故。这不仅继承了先秦两汉散文的优良传统,也避免了辞赋散文华而不实的形式主义弊病。这样优美的散文在当时真是寥若晨星,因而特别值得珍视。此外,文中写景虽然着墨不多,也没有细致的描写,但是表现出王羲之对山水自然景象的敏锐的感受能力和较高的表达能力,也显示了那个时代士人山水审美意识的产生。因此,这篇文章在古代山水写景散文的形成与发展中具有重要的意义。

总之,《兰亭集序》不仅是东晋独步一时的名篇,也在名家辈出、佳作如林的文学史上有其一席之地。

归去来兮辞并序

陶渊明

余家贫，耕植不足以自给①。幼稚盈室，瓶无储粟②，生生所资，未见其术③。亲故多劝余为长吏④，脱然有怀，求之靡途⑤。会有四方之事⑥，诸侯以惠爱为德⑦，家叔以余贫苦，遂见用于小邑⑧。于时风波未静，心惮远役⑨，彭泽去家百里⑩，公田之利，足以为酒⑪，故便求之。及少日，眷然有归欤之情⑫。何则？质性自然，非矫厉所得⑬。饥冻虽切，违己交病⑭。尝从人事，皆口腹自役⑮。于是怅然慷慨⑯，深愧平生之志。犹望一稔，当敛裳宵逝⑰。寻程氏妹丧于武昌，情在骏奔⑱，自免去职。仲秋至冬⑲，在官八十余日。因事顺心，命篇曰《归去来兮》⑳。乙巳岁十一月也㉑。

归去来兮，田园将芜胡不归㉒？既自以心为形役，奚惆怅而独悲㉓！悟已往之不谏，知来者之可追㉔。实迷途其未远，觉今是而昨非㉕。舟遥遥以轻飏，风飘飘而吹衣㉖。问征夫以前路，恨晨光之熹微㉗。

乃瞻衡宇，载欣载奔㉘。僮仆欢迎，稚子候门㉙。三径就荒，松菊犹存㉚。携幼入室，有酒盈樽。引壶觞以自酌，眄庭柯以怡颜㉛。倚南窗以寄傲，审容膝之易安㉜。园日涉以成趣，门虽设而常关。策扶老以流憩，时矫首而遐观㉝。云无心以出岫㉞，鸟倦飞而知还。景翳翳以将入，抚孤松而盘桓㉟。

归去来兮，请息交以绝游㊱。世与我而相违，复驾言兮焉求㊲？悦亲戚之情话，乐琴书以消忧㊳。农人告余以春及，将有事于西畴㊴。或命巾车，或棹孤舟㊵。既窈窕以寻壑，亦崎岖而经丘㊶。木欣欣以向荣，泉涓涓而始流㊷。善万物之得时，感吾生之行休㊸。

已矣乎㊹！寓形宇内复几时，曷不委心任去留㊺？胡为遑遑欲何之㊻？富贵非吾愿，帝乡不可期㊼。怀良辰以孤往，或植杖而耘耔㊽。登东皋以舒啸㊾，临清流而赋诗。聊乘化以归尽，乐夫天命复奚疑㊿！

【注释】

① 耕植：耕耘种植，指务农。给：供应。 ② 幼稚：年幼的孩子。盈室：满屋。瓶：指储放粮食的陶制容器。粟：小米，这里泛指粮食。 ③ 生生：犹言维持生计。前一"生"字为动词，后一"生"字为名词。资：凭借，依靠。未见其术：找不到维持生活的办法。 ④ 亲故：亲戚旧交。长吏：县令一类的官吏。 ⑤ 脱然：犹豁然。有怀：有做官的念头。靡途：没有门路。 ⑥ 会：适逢。四方之事：指奉使外出。《论语·子路》："使于四方。"这里指陶渊明为建威将军参军时出使建康事。 ⑦ "诸侯"句：州郡长官都重视和爱惜人才。 ⑧ 家叔：指陶夔，当时任太常卿。以：因为。见：被。 ⑨ 风波未静：指战争没有停息。惮(dàn)：害怕。远役：到远方去做官。 ⑩ 彭泽：县名，在今江西湖口东。 ⑪ "公田"二句：公田所出产的粮食足够自己酿酒吃。公田：公家的田，收入归主管官吏，作为俸禄。 ⑫ 少日：不多日子。眷然：依恋的样子。归欤之情：回去的心情。《论语·公冶长》："子在陈，曰：'归与！归与！吾党之小人狂简，斐然成章，不知所以裁之。'" ⑬ "质性"二句：本性喜好自然，做官这种事不是勉强自己可以办到的。质性：本性。矫厉：造作勉强。 ⑭ 违己：违反自己意志。交病：身心都很痛苦。 ⑮ "尝从"二句：以往曾做过官，都是为了图口腹之饱而违心地去干。从人事：参与人事，指做官。口腹自役：为了满足口腹的需要而役使自己。 ⑯ 怅然：失意的样子。慷慨：感情激昂。 ⑰ 一稔(rěn)：公田收获一次。稔：谷物成熟。敛裳：收拾行装。宵逝：连夜离去。 ⑱ 寻：不久。程氏妹：嫁给程家的妹妹。情在骏奔：一心急着去奔丧。 ⑲ 仲秋至冬：从阴历八月到冬天。 ⑳ 命篇：题篇名。 ㉑ 乙巳岁：晋安帝义熙元年(405)。 ㉒ 芜：荒芜。胡：何，为什么。 ㉓ 以心为形役：心神为形体所役使。奚：何。惆怅：悲愁失意。 ㉔ "悟已往"二句：认识到过去的错误无法改正，而将来的事还可以补救。《论语·微子》："楚狂接舆歌而过孔子曰：'凤兮，凤兮！何德之衰！往者不可谏，来者犹可追。已而，已而！今之从政者殆而！'"谏：止，挽救。来者：指未来的事情。追：来得及弥补。 ㉕ 今是：现在归隐是对的。昨非：以往出仕是错的。 ㉖ 遥遥：船在水上飘荡的样子。飏(yáng)：飞扬，飘扬，形容船行驶轻快。飘飘：风吹的样子。 ㉗ 征夫：行人。前路：前面的路程。晨光之熹微：清晨天色微明。 ㉘ 瞻：望见。衡宇：衡门屋宇，指自家的住屋。横木为门，形容房屋简陋。载：助词，且、乃的意思。 ㉙ 稚子：幼儿。 ㉚ "三径"二句：院里长满荒草，却喜松树菊花还长在那里。三径：汉代蒋诩隐居后，在屋前竹下开了三条小路，只与隐士求仲、羊仲两人交往。后人就以"三径"代指隐士居所。就：将近。 ㉛ 引壶觞(shāng)：举起酒壶酒杯。眄(miǎn)：闲散地观看。柯：树枝。怡颜：面容欢乐。 ㉜ "倚南"二句：靠着南窗休息，以寄托高超自得的心情，明白狭小的住处也易于安身。寄傲：寄托傲世的情绪。审：明白，深知。容膝：形容居室狭小，仅能容膝。 ㉝ 策：拄着。扶老：手杖。流憩(qì)：走走息息，随便散步。矫首：抬头。遐观：远眺。 ㉞ "云无"句：云气不经意从峰间流出。岫(xiù)：山峰。 ㉟ 景：日光。翳(yì)翳：昏暗的样子。盘桓：流连，徘徊。 ㊱ "请息"句：让我谢绝与世俗官场的交游往来。 ㊲ 驾言：指出游。《诗经·邶风·泉水》有"驾言出游"的话。驾：驾车。言：语助词。焉求：何求。 ㊳ 悦：喜爱。情话：知心话。乐：喜欢。 ㊴ 春及：春天到了。事：农事，指耕种。西畴(chóu)：西边的田地。 ㊵ 巾车：有布篷的车子。棹(zhào)：船桨，这里用作动词，即划船之意。 ㊶ 窈窕(yǎotiǎo)：山路幽深的样子。壑(hè)：山沟。崎岖：形容山路不平。 ㊷ 欣欣：草

木茂盛的样子。涓涓：水流很细的样子。　㊸善：喜欢，羡慕。行休：将要结束，指死亡。　㊹已矣乎：算了吧。　㊺寓形宇内：寄身于天地之间。曷不：何不。委心：顺从自己的心意。去留：指死生。　㊻遑遑：心神不定的样子。何之：何往。　㊼帝乡：天帝所居之处，即仙境。期：希望。　㊽"怀良辰"二句：思念好时光，或独自出游，或放下手杖去除草培苗。植：放置。耘：除草。耔(zǐ)：用土培苗。　㊾皋(gāo)：田泽旁边的高地。舒啸：放声长啸。　㊿聊：姑且。乘化：随顺着大自然的运转变化。归尽：指到死。奚疑：何疑，即无所疑虑。这两句说，姑且顺应自然变化，直到生命结束，乐天安命，还有什么疑虑呢。

【作者简介】

陶渊明(365—427)，东晋诗人，字元亮，一说名潜，字渊明，世称靖节先生，浔阳柴桑(今江西九江)人。《晋书》《宋书》谓其系晋朝大司马陶侃曾孙。自幼门第衰微，生活贫困。曾著《五柳先生传》自况身世。他从年轻时就有建功立业的志向，曾经几次出仕，先后任江州祭酒、镇军参军、彭泽令等职，每次为时都不长。他对当时士族高门把持政权的黑暗现实不满，早年的济世抱负又无法实现，出仕还要低首下心与一些官场人物周旋，于是决心弃官归隐，从四十一岁以后就一直过着躬耕隐居的生活。元嘉四年卒，时年六十三。他长于诗文辞赋，所作多描写自然景物和农村生活，寄托理想情怀，表达对人生世事的豁达见解和独特感受，其中的优秀作品更是反映出他不与世俗同流合污的高尚志趣和情操，内容真切，感情深厚。不过，有的篇章也流露出乐天安命的消极情绪。其诗歌语言质朴自然，形象鲜明，韵味隽永，具有独特风格，在中国文学史上产生过很大的影响。散文淳厚简练，生动形象，以《桃花源记》最有名。有《陶渊明集》。

【赏析】

《归去来兮辞并序》选自《陶渊明集》卷五，是文学史上一篇著名的作品。

文章中描写田园生活，显得情调悠闲，然而不愿与混浊社会同流合污的志趣却溢于言表。它在艺术上平淡自然，富有诗情画意，曾被宋代大文学家欧阳修推崇为晋代文章中最好的作品。

全文分序和辞两部分。序说明作者出仕的经过和辞官的原因，辞则主要抒写作者辞官隐居的志愿和归田园后的心情。

从序中可以知道，本文是作者辞去彭泽令后初归家时所作。关于辞去彭泽令的原因，《宋史·陶潜传》说，郡里派督邮来县，县吏叫陶潜束带迎接，他叹息道自己不能为五斗米向乡里小人折腰，当天他就解下县令印绶，离开职位，并作《归去来》。史载与序说略有不同，但作者辞官归田并作《归去来兮辞》是一致的。陶渊明说明写作此文的缘由。他家境贫困，仅靠耕作难以养家，缺少谋生的办法，做官又没有门路。后来适逢"四方之事"，州郡长官招致人才，这才经过叔父的介绍而出来做官。但是，他不久就思念田园，产生归乡的念头。原因主要是他本性坦率自然，不会勉强做作，加之违背本意使身心都很痛苦，更甚于饥冻。陶渊明有自己的操守和理想，既然从政"深愧平生之志"，那就只能脱离污浊官场，独善其身。可见，序的叙述清楚地表达了文章的用意和作者的思想与情操。

东晋统治集团偏安江左，政治腐败，官场黑暗。陶渊明辞官归田说明他能不同流合污，这样的思想感情在当时是难能可贵的。文章充分反映出作者欣然归隐的愉快心情和享受田园生活的乐趣，同时表现了他蔑视功名利禄的高尚情操，但是也流露了乐天安命的消极处世情绪。

就内容来看，辞可分为四层。

第一层写辞官归家的心情。文章以"归去来兮"开头，既突出题目，也总括全文。作者先慨叹"田园将芜胡不归"，他表示厌恶污浊官场，向往田园生活，而且显出"归去"之情的迫切。接着他谈到自己去职归田的思想情况。他当初"心为形役"，本来不愿做官，现在辞官而去，就没有什么惆怅和感伤。他深知过去的错误无法追悔，而未来的事情还来得及补救。"实迷途其未远，觉今是而昨非"，这是作者的清醒认识。旧时代的一般士大夫大多热衷于功名利禄，而陶渊明却把过去做官视为误入歧途，把今天归隐看作正确选择。显然，作者辞官归家的行动有其坚实的思想基础。然后，他叙述归家的过程。"舟遥遥而轻飏，风飘飘而吹衣"，这是一幅轻舟摇荡、微风吹衣的恬静优美的画面，从中表明作者因冲破羁绊、重返自然而感到心情愉快。问行人前面路程而希望早点到家，恨清晨天色初明而打算立即赶路，这些都把他的归家之情表现得十分强烈。

第二层写刚到家的欢快心情。作者一见到自家的简陋居室，就激动地飞奔过去。僮仆迎接，孩子等候，这是对他远涉劳顿的慰问。庭院有些荒芜，可是松树和菊花还依旧存在，这更是给他精神上的极大安慰。陶渊明平生爱与松菊为友，而今对家中保存完好的松菊表示关切，就充分反映了他志趣的高尚。到家的欢乐场景随着"携幼入室"的展开，进而在"有酒盈樽"的合家团聚中推向高潮。作者"引壶觞以自酌"，同时欣赏庭院中的树木，真是悠然自得，乐不可支。他倚窗而立，抒发傲世独立之情；环顾狭小居室，产生安全舒适之感；想到园中散步，更觉趣味盎然。他举首远眺，只见"云无心以出岫，鸟倦飞而知还"。所言说出岫的白云"无心"，倦飞的归鸟"知还"，把它们都人格化，传神地写活了本无感情的云和鸟，并使人过目难忘。这样融情于景、语意双关的表达，形象地展现出作者当时的内心世界。已是夕阳西下，他却还在"抚孤松而盘桓"。这实际上是说虽然社会黑暗，但是自己仍要保持高洁的晚节。

第三层写隐居生活的乐趣。"归去来兮"的语句呼应开头，使上文意思深入一步，并引起下文。"请息交以绝游"，作者并不拒绝与亲朋故旧和邻里的交往，而是要与世俗官场决裂。他强调世俗与自己的情志相违背，自己决心隐居不仕，终老田园。眼前他最感兴趣的是亲戚之间的知心话语，最喜欢的是可以消愁解忧的弹琴和读书。尤其是面对生机勃勃的春耕景象，他可以驾车乘舟，搜寻曲折幽深的山涧，经过崎岖不平的山丘。作者观赏欣欣向荣的草木和细流涓涓的泉水，羡慕自然界万物的繁荣美好，其身心好像与大自然融为一体。因此，他发出"善万物之得时，感吾生之行休"的感叹。这里，欣喜之中不无些许悲伤之意。其实，这正是作者在领略到大自然的美景深意后所发出的衷心赞美，并对自己不能及早回归自然感到惋惜。

第四层写人生有限，应该随顺自然，乐天安命。文章承上文的感叹，以"已矣乎"的语句，引出"寓形宇内复几时""胡为遑遑欲何之"的问语。作者慨叹人生寄存宇内短暂，不必介意富贵得失，也不应遑遑奔走追求。显然，其中包含对过去迷误的感慨和对如今归田的欣慰。因此，作者强调"富贵非吾愿，帝乡不可期"。他既不愿得到荣华富贵，也不希望飞身仙境，只想独自往来，从事耕作。这样登上东皋可以仰天长啸，而面临清流可以吟咏诗歌。他所向往的就是这种安闲宁静、乐天任运的隐居生活。文章的结尾主要描绘富有情致的景象，展现未来生活的美好境界，显得余味无穷。

在汉魏六朝的辞赋中，本文的艺术长处是引人注目的。

这篇文章能通过创造意境来表现归隐生活。它反映回家以后的情况，从"三径就荒，松菊犹存"开始，到"登东皋以舒啸，临清流而赋诗"结束，除少数语句直抒胸臆外，大多描述饮酒出游和景物环境。人物有动作和情感，景物也有人情和个性。这样的活动和景物构成完整的画面，创造出怡然自得的意境，使人认识到其中的人物形象是厌恶世俗、亲近自然、安乐闲适的。因此，文章所创造的意境就更加充分表达作者的思想感情，并使人仿佛身临其境，受到强烈的感染。

文章语言优美，用典自然，表现力强。用"问征夫以前路，恨晨光之熹微"来反映归心似箭，用"倚南窗以寄傲，审容膝之易安"来突出孤芳自赏，用"木欣欣以向荣，泉涓涓而始流"来展现春日生机，都写得生动形象。文中用典十分成功，如"悟已往之不谏，知来者之可追"化用《论语·微子》中楚狂接舆劝说孔子隐居避世的语言，而"或植杖而耘耔"也是借用其中隐者荷蓧丈人"植其杖而芸"的事情。这些用典贴切自然，显得典雅深刻，从而出色地表情达意，传神地写人叙事。

文章还注重对仗骈偶与音节和谐。其中对归田后农村生活的描写，极力铺陈，多用四个字和六个字的对偶句，包括景物描写与心理描写。语句既保持优秀辞赋铺张扬厉、讲究对偶的特色，也避免某些赋作追求形式、华而不实的缺点。文章用韵，如一首优美的抒情诗，如"归""悲""追""非"等押韵，"奔""门""存""樽"等也押韵；又如"惆怅""崎岖"是双声，"盘桓""窈窕"是叠韵，"遥遥""飘飘"是叠字。这样就增强了作品的音乐之美，抑扬顿挫，回环往复，兼有诗歌的韵味。

此外，文章感情真挚，毫不造作，具有清新自然、纯真朴素的风格。这种风格的形成不是偶然的，而是与作者的生活体验有关。陶渊明辞官归田，参加劳动，自然会得到大自然的启发和昭示，并在与劳动人民的朝夕接触中，受到纯真朴实风格的影响。因此，他的散文就是生活的实录和真情的流露，呈现出一种天然真色之美。

桃花源记

陶渊明

晋太元中，武陵人捕鱼为业①。缘溪行②，忘路之远近。忽逢桃花林，夹岸数百步，中无杂树，芳草鲜美，落英缤纷③。渔人甚异之，复前行，欲穷其林④。

林尽水源⑤，便得一山。山有小口，仿佛若有光。便舍船从口入⑥。初极狭，才通人⑦。复行数十步，豁然开朗⑧。土地平旷，屋舍俨然⑨。有良田、美池、桑竹之属。阡陌交通⑩，鸡犬相闻。其中往来种作，男女衣着，悉如外人⑪。黄发垂髫，并怡然自乐⑫。见渔人，乃大惊，问所从来，具答之。便要还家⑬，设酒杀鸡作食。村中闻有此人，咸来问讯⑭。自云先世避秦时乱，率妻子邑人来此绝境⑮，不复出焉，遂与外人间隔。问今是何世，乃不知有汉，无论魏、晋⑯。此人一一为具言所闻，皆叹惋⑰。余人各复延至其家⑱，皆出酒食。停数日，辞去。此中人语云："不足为外人道也⑲。"

既出，得其船，便扶向路，处处志之⑳。及郡下，诣太守说如此㉑。太守即遣人随其往，寻向所志，遂迷，不复得路。

南阳刘子骥㉒，高尚士也。闻之，欣然规往㉓。未果，寻病终㉔。后遂无问津者㉕。

【注释】

① 太元：东晋孝武帝(司马曜)年号，376年至396年。武陵：郡名，治所在今湖南常德。 ② 缘：沿着。 ③ 无杂树：没有其他树木，纯是桃树。落英：落花。缤纷：盛多的样子。 ④ 异：惊奇。复：又。穷：走尽。 ⑤ 林尽水源：桃林的尽处，就是溪水的源头。 ⑥ 舍船：离船上岸。 ⑦ 才通人：仅能供一个通过。 ⑧ 豁然：开阔的样子。 ⑨ 俨然：整齐的样子。 ⑩ 阡陌：田间小路。南北叫阡，东西叫陌。交通：交错相通。 ⑪ "其中"三句：那里的人们往来耕作，男女穿着打扮，都和桃花源外边的人一样。悉：全。 ⑫ 黄发：指老人，因人年老头发由白转黄。垂髫(tiáo)：指儿童，儿童头上下垂的

短发叫髫。黄发垂髫：指老人和儿童。怡然：愉快的样子。 ⑬ 要：通"邀"，邀请。 ⑭ 咸：都。问讯：探问外界消息。 ⑮ 邑人：同乡人。绝境：与外界隔绝的地方。 ⑯ "乃不知"二句：竟然不知有汉代，更不知魏和晋。 ⑰ 为具言：为桃花源中人详细说明。叹惋：叹息感伤。 ⑱ 延：邀请。 ⑲ 不足：不值得。这句说，不要把这里的情况对外面的人讲。 ⑳ 扶：沿着。向路：旧路，指来时的路。志：标记，用作动词。 ㉑ 郡下：指武陵郡治所在地。诣(yì)：拜见。太守：郡的行政长官。 ㉒ 南阳：郡名，今属河南。刘子骥：名骥之，晋代隐士。《晋书·隐逸传》说他"好游山泽，志存遁逸。尝采药至衡山，深入忘反"。 ㉓ 规往：计划去找桃花源。规：计划。 ㉔ 未果：没有实现。寻：不久。 ㉕ 问津：打听渡口，指探访桃花源。津：渡口。

【赏析】

《桃花源记》选自《陶渊明集》卷六，是陶渊明晚年的传世名篇，约写于晋末宋初。自这篇文章问世以来，无数文人学士引用桃源典故，众多诗文名篇吟咏其旨趣。日月推移，春秋代序，世外桃源就成为人们向往和追求的理想境界。

作者叙写桃花源和平美好的环境风物是有其原因的。

晋宋之际，在陶渊明家乡江州一带，由于战乱频仍，农村困苦，人民"逃亡去就，不避幽深"(《晋书·刘毅传》)。这样的社会现实对他有深刻的影响。同时，他自己经过长时间的躬耕实践，对田园的美好生活和农村淳朴的风土人情，有了深切的了解。他还受到道家思想的影响，接受前人有关追求理想境界方面的思想观点，向往无君无臣、安居乐业的淳朴之世。因此，他结合这些情况，加以艺术想象，虚构写成《桃花源记》。

作者生活的时代正是门阀制度全盛的时代。当时，由于门第的限制，有才能而出身寒微的人只得屈居下位，而世族子弟却能依靠父兄世业窃取高位。陶渊明的曾祖、祖父和父亲都做过官，可是本身并非门阀士族，而且后来家境更加破败，这就使他难以实现大济苍生的理想。不过，他毕竟少年时代游好六经，受到儒家思想的教育，希望通过出仕大有作为。可是，在他所处的那个时代，统治集团内部的斗争有增无已。先是司马道子、司马元显掌握朝政，接着是桓玄夺取政权，最后是刘裕击灭桓玄，代晋自帝。陶渊明耳闻目睹这些倾轧和残杀，看清了黑暗与腐朽的社会，深深感到"真风告逝，大伪斯兴，闾阎懈廉退之节，市朝驱易进之心"(《感士不遇赋序》)。他痛恨这样的现实，既无法改变，又不愿同流合污，于是只能走上归隐的道路。然而，他还是生活在现实生活中，尽管有时心情悠闲自得，但是，常有矛盾痛苦，仍然关怀世事。正如鲁迅所说，陶渊明作品里"有《述酒》一篇，是说当时政治的。这样看来，可见他于世事也并没有遗忘和冷淡"(《魏晋风度及文章与药及酒之关系》)，他有"金刚怒目"式的一面，并非"浑身是静穆"(《"题未定"草》)。他始终坚持自己的气节，不向统治者妥协。陶渊明觉得归田躬耕是富有乐趣的生活，农民也是淳朴可亲的。他非常向往与黑暗现实对立的理想世界，这种思想和要求越到后来越强烈。因此，他到晚年就写出《桃花源记》，并在文中创造出令人神往的理想社会。

在文章中，作者以优美的笔调描绘了一个与黑暗现实截然不同的崭新天地。在那里，"相命肆农耕，日入从所憩"，人人都要劳动，都有休息。"春蚕收长丝，秋熟靡王税"，劳动成果为劳动者所有，没有剥削和压迫。这样淳朴安乐的社会是世上未曾有过的，反映出农民的意志和愿望。如此的世外桃源从古到今引起人们的向往和憧憬，并被神化为仙境。然而，陶渊明不是把桃花源写成一个不食人间烟火的仙境，而是描绘出一幅充满生活气息的美好图景，仿佛这个地方确实存在，使人感到熟悉和亲切。他满怀赞美的深情，来展现自己的理想世界。理想世界中的种种美好情景，与黑暗现实形成鲜明的对比，无一不是对现实社会的深刻批判。

陶渊明不仅批判了现实，而且大胆否定了君权。他说在桃花源里，没有君主帝王，也没有王朝更迭，人们不知道有汉代，更不必说魏、晋，而在听说历史变迁后也只是感叹而已。作者的这种思想和阮籍的无君无臣思想、鲍敬言的无君论主张是一脉相承的，都表现出对君权的否定。可是，阮籍、鲍敬言都认为无君的理想状况是上古之世的现实，而陶渊明则借渔人的奇遇，反映出在现实世界中，人们没有君主统治而过着美满的生活。这就更无所畏惧，更有进步性。作者这样的政治感情和社会思想对后世也产生了积极的影响。宋代王安石就写过《桃源行》的诗歌，指出："儿孙生长与世隔，虽有父子无君臣。渔郎漾舟迷远近，花间相见因相问。世上那知古有秦，山中岂料今为晋。"

作者采用类似小说的形式，生动形象地展现出淳朴美好的桃花源境界，令人为之神往。

文章先写渔人缘溪捕鱼。他迫于生计，一心捕鱼，竟然忘记路的远近，有点不辨方向。"忽逢桃花林"，写出他眼前一亮，心中奇怪，就由寻鱼而转入观景。这里把前往桃源的路写得若真若幻，飘忽不定，令人好像进入恍惚之境。桃花林两岸相夹，长有数百步，林无杂树，地有芳草，落花缤纷，这些显得宁静艳美，生机盎然。面对优美景色和绚丽色彩，"渔人甚异之"，"欲穷其林"。这样的心理描写写出他对奇丽的景象感到惊异，迫切希望走完这片桃林。这里展现的绝美景色，已有世外味道，为后面的故事情节展开作气氛渲染。

文章接着详写桃源佳境。渔人欲穷其林而前行，到了"林尽水源"，就可以兴尽而归了。但是，他又见一山，发现山有洞口，仿佛有光。这就宕开一笔，写出新意，点明渔人精神为之一振。于是他由光亮引导，舍船登岸，通过小口狭道，来到山中。文章以极其精练的笔墨描绘山中的情景。刚进山的感觉是"豁然开朗"，与洞口狭窄大不一样。渔人环顾四处，有所见闻。那里地势平坦，房屋整齐，田地肥沃，池塘美丽，桑竹绿翠，田间小路交错，鸡鸣狗吠相闻，人们往来耕作，服饰如同外人，老幼精神愉快。作者从远到近，从见到闻，从景到人，从外貌到情感，逐层写来，显得历历在目，勾勒出一幅理想的田园生活图景。自然，桃源人"见渔人，乃大惊"，并"问所从来"。文章通过桃源人与渔人的问答，写出他们入山的原因。他们的祖辈为逃避秦朝的混乱，领着亲人和乡人来到这个与世隔绝的地方，以后就没有再离开过，根本不知外界的情况。这样的叙述颇有故事性和趣味性，而且发人深思。文章还写到桃源人的热情款待和临别叮嘱，突出他们"设酒杀鸡作食"，"皆出酒食"，充分表现其真挚纯朴的精神风貌。这些都写得情真意切，充满浓郁的生活气息。

文章最后写重访不得。渔人出山，按照来时的路返回，"处处志之"，表示其希望重来佳境。他往见太守，讲述见闻，显出其已经违背桃源人"不足为外人道"的嘱咐。太守派人随往而迷路，刘子骥计划寻找而未果，都是情节的发展和故事的结局，明写桃源仙境无法寻找，暗写桃源人不愿外人再来。作者通过描述这些情况，强调人们在现实生活中向往理想境界，而理想境界是难以达到的。

作者运用丰富的想象，采取虚实结合的笔法，出色地描绘了桃花源这样一个乌托邦式的理想社会。他开始就写到"晋太元中，武陵人捕鱼为业，缘溪行"，点明时间、地点、人物，显得实有其人，确有其事。他在叙述桃花林和桃花源的出现时，使用"忽逢""仿佛"等词语，令人有迷离恍惚、难辨究竟之感。他描述渔人看到的景象和了解的内情，铺叙平和淡远的乡村、优美自然的景色、淳厚真诚的人们和与世隔绝的缘由，写得如在眼前，的确给人以真实之感，但渔人带人"寻向所志"则"不复得路"。他还以刘子骥无法一睹仙境作为全篇的结尾，更使桃花源显得若真若幻，可望而不可即。总之，虚实两方面的巧妙结合，似实又虚，像真又假，不仅展现出桃花源的美妙无比，而且突出了文章的主题思想。文章描写桃花源的质实一面，是为了反衬社会现实的黑暗，使人们向往理想境界；而描写桃花源的虚幻一面，则表明在黑暗现实中不容易实现美好的理想，这就更加激起人们不满黑暗，批判现实，追求光明。

文章语言精练，文笔优美，写景叙事简洁平易，绝无当时一般作品的雕琢气息，而是显出真实亲切，具有能触摸可感受的诱惑力。写桃花林，仅用寥寥数笔，就栩栩如生地描绘出一幅色彩鲜明、引人入胜的桃林画卷，从而显示渔人惊奇和寻访的理所当然，也使读者油然而生赞美之情。写桃花源，以朴实的语言和白描的手法反映其中的居住环境和风俗习惯，渲染生活安宁欢乐的气氛，展现人们淳厚热情的精神面貌，显得脉络清晰，层次分明，给人留下极其深刻的印象。尤其是"不知有汉，无论魏、晋"的语句，用词简妙，寓意深刻，历来为人们所称道。

《桃花源记》充分体现出作者思想发展的新高度，具有重大的思想价值。同时，它显示了作者鲜明的艺术个性和独特的艺术风格，因而长期受人喜欢。它还作为艺术养料，成为后世作家创作的题材，王维、韩愈、刘禹锡、王安石、苏轼等都写过咏桃花源的诗，可见其影响是深远的。

班 超 传

范 晔

班超字仲升，扶风平陵人①，徐令彪之少子也②。为人有大志，不修细节，然内孝谨，居家常执勤苦③，不耻劳辱。有口辩，而涉猎书传。永平五年④，兄固被召诣校书郎⑤，超与母随至洛阳⑥。家贫，常为官佣书以供养⑦，久劳苦，尝辍业投笔叹曰⑧："大丈夫无它志略，犹当效傅介子、张骞立功异域⑨，以取封侯，安能久事笔研间乎⑩？"左右皆笑之。超曰："小子安知壮士志哉！"其后行诣相者，曰："祭酒⑪，布衣诸生耳，而当封侯万里之外。"超问其状。相者指曰："生燕颔虎颈⑫，飞而食肉，此万里侯相也。"久之，显宗问固⑬"卿弟安在"，固对"为官写书，受直以养老母⑭"。帝乃除超为兰台令史⑮。后坐事免官。

十六年⑯，奉车都尉窦固出击匈奴⑰，以超为假司马⑱，将兵别击伊吾⑲，战于蒲类海⑳，多斩首虏而还。固以为能，遣与从事郭恂俱使西域㉑。

超到鄯善㉒，鄯善王广奉超礼敬甚备，后忽更疏懈。超谓其官属曰："宁觉广礼意薄乎？此必有北虏使来㉓，狐疑未知所从故也㉔。明者睹未萌，况已著邪。"乃诏侍胡诈之曰㉕："匈奴使来数日，今安在乎？"侍胡惶恐，具服其状㉖。超乃闭侍胡㉗，悉会其吏士三十六人，与共饮，酒酣，因激怒之曰："卿曹与我俱在绝域㉘，欲立大功，以求富贵。今虏使到裁数日㉙，而王广礼敬即废；如令鄯善收吾属送匈奴，骸骨长为豺狼食矣㉚。为之奈何？"官属皆曰："今在危亡之地，死生从司马。"超曰："不入虎穴，不得虎子。当今之计，独有因夜以火攻虏㉛，使彼不知我多少，必大震怖，可殄尽也㉜。灭此虏，则鄯善破胆，功成事立矣㉝。"众曰："当与从事议之。"超怒曰："吉凶决于今日。从事文俗吏㉞，闻此必恐而谋泄，死无所名，非壮士也！"众曰："善。"初夜，遂将吏士往奔虏营。会天大风，超令十人持鼓藏虏舍后，约曰："见火然㉟，皆当鸣鼓大呼。"余人悉持兵弩夹门而伏㊱。超乃顺风纵火，前后鼓噪。虏众惊乱，超手格杀三人，吏兵斩其使及从士三十余级，余众百许人悉烧死。明日乃还告郭恂，恂大惊，既而色动。超知其意，举手曰："掾虽不行，班超何心独擅之乎㊲？"恂乃悦。超于是召鄯善王广，以虏使首示之，一国震怖。超晓告抚慰，遂纳子为质㊳。还奏于窦固，固大喜，具上超功效，并求更选使使西域㊴。帝壮超节㊵，诏固曰："吏如班超，何故不遣而更选乎？今以超为军司马，令遂前功㊶。"超复受使，固欲益其兵㊷，超曰："愿将本所从三十余人足矣。如有不虞，多益为累㊸。"

是时，于阗王广德新攻破莎车㊹，遂雄张南道㊺，而匈奴遣使监护其国。超既西，先至于阗。广德礼意甚疏。且其俗信巫㊻。巫言："神怒何故欲向汉？汉使有騧马㊼，急求取以祠我。"广德乃遣使就超请马。超密知其状，报许之，而令巫自来取马。有顷，巫至，超即斩其首以送广德，因辞让之㊽。广德素闻超在鄯善诛灭虏使，大惶恐，即攻杀匈奴使者而降超。超重赐其王以下，因镇抚焉。

时龟兹王建为匈奴所立㊾，倚恃虏威，据有北道，攻破疏勒㊿，杀其王，而立龟兹人兜题为疏勒王。明年春，超从间道至疏勒。去兜题所居槃橐城九十里(51)，逆遣吏田虑先往降之(52)。敕虑曰(53)："兜题本非疏勒种，国人必不用命(54)。若不即降，便可执之。"虑既到，兜题见虑轻弱，殊无降意。虑因其无备，遂前劫缚兜题(55)。左右出其不意，皆惊惧奔走。虑驰报超，超即赴之，悉召疏勒将吏，说以龟兹无道之状，因立其故王兄子忠为王，国人大悦。忠及官属皆请杀兜题，超不听，欲示以威信，释而遣之。疏勒由是与龟兹结怨。

十八年，帝崩。焉耆以中国大丧(56)，遂攻没都护陈睦(57)。超孤立无援，而龟兹、姑墨数发兵攻疏勒(58)。超守槃橐城，与忠为首尾，士吏单少，拒守岁余。肃宗初即位(59)，以陈睦新没，恐超单危不能自立，下诏征超。超发还，疏勒举国忧恐。其都尉黎弇曰(60)："汉使弃我，我必复为龟兹所灭耳。诚不忍见汉使去。"因以刀自刭(61)。超还至于阗，王侯以下皆号泣曰："依汉使如父母，诚不可去。"互抱超马脚，不得行。超恐于阗终不听其东，又欲遂本志(62)，乃更还疏勒。疏勒两城自超去后，复降龟兹，而与尉头连兵㊼。超捕斩反者，击破尉头，杀六百余人，疏勒复安。

建初三年㊽，超率疏勒、康居、于阗、拘弥兵一万人㊾，攻姑墨石城，破之，斩首七百级。超欲因此叵平诸国㊿，乃上疏请兵。曰：

> 臣窃见先帝欲开西域㊆，故北击匈奴㊇，西使外国㊈，鄯善、于阗即时向化㊉。今拘弥、莎车、疏勒、月氏、乌孙、康居复愿归附㊊，欲共并力破灭龟兹，平通汉道。若得龟兹，则西域未服者百分之一耳。臣伏自惟念㊋，卒伍小吏，实愿从谷吉效命绝域，庶几张骞弃身旷野㊌。昔魏绛列国大夫㊍，尚能和辑诸戎，况臣奉大汉之威，而无铅刀一割之用乎㊎？前世议者皆曰取三十六国，号为断匈奴右臂㊏。今西域诸国，自日之所入，莫不向化㊐，大小欣欣，贡奉不绝，唯焉耆、龟兹独未服从。臣前与官属三十六人奉使绝域，备遭艰厄，自孤守疏勒，于今五载，胡夷情数㊑，臣颇识之。问其城廓小大，皆言"倚汉与依天等㊒"。以是效之，则葱岭可通㊓，葱岭通则龟兹可伐。今宜拜龟兹侍子白霸为其国王㊔，以步骑数百送之，与诸国连兵，岁月之间，龟兹可禽㊕。以夷狄攻夷狄㊖，计之善者也。臣见莎车、疏勒田地肥广，草牧饶衍㊗，不比敦煌、鄯善间也㊘。兵可不费中国而粮食自足㊙。且姑墨、温宿二王，特为龟兹所置㊚，既非其种，更相厌苦，其势必有降反。若二国来降，则龟兹自破。愿下臣章，参考行事，诚有万分，死复何恨。臣超区区，特蒙神灵㊛，窃冀未便僵仆㊜，目见西域平定，陛下举万年之觞㊝，荐勋祖庙㊞，布大喜于天下。

书奏，帝知其功可成，议欲给兵。平陵人徐幹素与超同志㊟，上疏愿奋身佐超。五年，遂以幹为假司马，将弛刑及义从千人就超㊠。

先是，莎车以为汉兵不出，遂降于龟兹，而疏勒都尉番辰亦复反叛。会徐幹适至，超遂与幹击番辰，大破之，斩首千余级，多获生口。超既破番辰，欲进攻龟兹，以乌孙兵强，宜因其力㊡，乃上言："乌孙大国，控弦十万㊢，故武帝妻以公主㊣，至孝宣皇帝，卒得其用⁹⁷。今可遣使招慰，与共合力。"帝纳之。八年，拜超为将兵长史⁹⁸，假鼓吹幢麾⁹⁹，以徐幹为军司马，别遣卫侯李邑护送乌孙使者，赐大小昆弥以下锦帛¹⁰⁰。

李邑始到于阗，而值龟兹攻疏勒，恐惧不敢前，因上书陈西域之功不可成，又盛毁超拥爱妻¹⁰¹，抱爱子，安乐外国，无内顾心。超闻之，叹曰："身非曾参而有三至之谗¹⁰²，恐见疑于当时矣。"遂去其妻。帝知超忠，乃切责邑曰："纵超拥爱妻，抱爱子，思归之士千余人，何能尽与超同心乎？"令邑诣超受节度¹⁰³。诏超："若邑任在外者，便留与从事¹⁰⁴。"超即遣邑将乌孙侍子还京师。徐幹谓超曰："邑前亲毁君，欲败西域¹⁰⁵。今何不缘诏书留之¹⁰⁶，更遣它吏送侍子乎？"超曰："是何言之陋也！以邑毁超，故今遣之。内省不疚，何恤人言¹⁰⁷！快意留之¹⁰⁸，非忠臣也。"

明年，复遣假司马和恭等四人将兵八百诣超，超因发疏勒、于阗兵击莎车。莎车阴通使疏勒王忠，啗以重利¹⁰⁹，忠遂反从之，西保乌即城。超乃更立其府丞成大为疏勒王¹¹⁰，悉发其不反者以攻忠。积半岁，而康居遣精兵救之，超不能下。是时，月氏新与康居婚，相亲，超乃使使多赍金帛遗月氏王¹¹¹，令晓示康居王，康居王乃罢兵，执忠以归其国，乌即城遂降于超。

后三年，忠说康居王借兵，还据损中¹¹²，密与龟兹谋，遣使诈降于超。超内知其奸而外伪许之。忠大喜，即从轻骑诣超。超密勒兵待之¹¹³，为供张设乐¹¹⁴。酒行，乃叱吏缚忠斩之，因击破其众，杀七百余人，南道于是遂通。

明年，超发于阗诸国兵二万五千人，复击莎车。而龟兹王遣左将军发温宿、姑墨、尉头合五万人救之。超召将校及于阗王议曰："今兵少不敌，其计莫若各散去。于阗从是而东，长史亦于此西归，可须夜鼓声而发¹¹⁵。"阴缓所得生口¹¹⁶。龟兹王闻之大喜，自以万骑于西界遮超¹¹⁷，温宿王将八千骑于东界徼于阗¹¹⁸。超知二虏已出，密召诸部勒兵，鸡鸣驰赴莎车营，胡大惊乱奔走，追斩五千余级，大获其马畜财物。莎车遂降，龟兹等因各退散，自是威震西域。

初，月氏尝助汉击车师有功，是岁贡奉珍宝、符拔、师子，因求汉公主⑲。超拒还其使，由是怨恨。永元二年，月氏遣其副王谢将兵七万攻超。超众少，皆大恐。超譬军士曰⑳："月氏兵虽多，然数千里逾葱岭来，非有运输㉑，何足忧邪？但当收谷坚守，彼饥穷自降，不过数十日决矣㉒。"谢遂前攻超，不下，又抄掠无所得。超度其粮将尽，必从龟兹求救，乃遣兵数百于东界要之㉓。谢果遣骑赍金银珠玉以赂龟兹。超伏兵遮击，尽杀之，持其使首以示谢。谢大惊，即遣使请罪，愿得生归㉔。超纵遣之。月氏由是大震，岁奉贡献。

明年，龟兹、姑墨、温宿皆降，乃以超为都护，徐幹为长史。

【注释】

① 扶风平陵：在今陕西咸阳附近。　② 徐令：徐县县令。徐：在今安徽泗县西北。彪：班彪，班固和班超的父亲，史学家。性情深沉庄重，喜好古代文化。汉光武帝时举茂才，任徐县县令。后因病免官，遂专心史籍。曾撰写《后传》，作为《史记》的续篇。　③ 常执勤苦：经常从事繁重的劳动。　④ 永平五年：62年。　⑤ 固：班固，字孟坚，博通典籍，在班彪《后传》的基础上，著有《汉书》。永元四年(92)，因窦宪在政争中失败，牵连入狱，并死在狱中。诣(yì)：到，这里指赴任。校书郎：管理书籍的官员。　⑥ 洛阳：东汉都城。　⑦ 为官佣书：受官府雇用抄写文书。　⑧ 辍业投笔：中止抄写并放下笔。⑨ 傅介子：西汉北地(今甘肃庆阳西北)人。昭帝时，因西域的龟兹、楼兰贵族曾联合匈奴，反对汉朝，他奉命前往楼兰，在宴席上刺杀楼兰王。后封义阳侯。张骞：西汉汉中成固(今属陕西)人。官大行，封博望侯。曾奉命出使大月氏，在外共十三年，途中被匈奴扣留长达十一年。后又奉命出使乌孙。他两次出使，加强了中原和西域少数民族的联系。⑩ "安能"句：怎么能长久从事笔砚差事。研：同"砚"。　⑪ 祭酒：古代飨宴时，醮酒祭神的长者。后亦以泛指年长或位尊者。　⑫ 燕颔(hàn)虎颈：燕子般的下巴和老虎般的脖颈。　⑬ 显宗：指东汉明帝刘庄。　⑭ 直：同"值"，工钱，报酬。　⑮ 除：任命。兰台：汉代宫内藏图书的地方。令史：汉代为郎以下掌文书的官职。　⑯ 十六年：永平十六年(73)。　⑰ 窦固：字孟孙。明帝时任奉车都尉，曾与耿忠率兵出击匈奴呼衍王，又与耿秉击败北匈奴贵族在车师一带的势力，后历任光禄勋、卫尉。　⑱ 假司马：次于军司马的官职。汉制，大将军营五部，部各置军司马一人。　⑲ 伊吾：故址在今新疆哈密一带。⑳ 蒲类海：湖泊名，今新疆巴里坤一带的巴里坤湖。　㉑ 从事：僚属一类的文职官员。㉒ 鄯善：古西域国名，本名楼兰，故址在今新疆若羌。元凤四年(前77)改称鄯善。　㉓ 北房：指匈奴。　㉔ 狐疑：犹豫不决。　㉕ 侍胡：随侍汉使的胡人。　㉖ 具服其状：都说了实情。　㉗ 闭：指关押。　㉘ 卿曹：你们。曹：辈。绝域：极远的地方。　㉙ 裁：同"才"。　㉚ 骸(hái)骨：尸骨。长：永远。　㉛ 因：凭借。　㉜ 殄(tiǎn)：灭绝。　㉝ "则鄯善"二句：那么鄯善被吓破了胆，功业就可以建立了。　㉞ 文俗吏：平庸的文官。㉟ 然：同"燃"。　㊱ "余人"句：其余人都手拿兵刃弓箭从两边封锁大门然后埋伏下来。

弩：用机栝发箭的弓。　㊲"掾虽不行"二句：掾虽然未能前往，班超哪里有心独自占有这个功劳。掾(yuàn)：古代属官的通称，这里指从事。独擅：指独占功劳。　㊳晓告抚慰：开导安慰。纳子为质：送儿子到汉朝为人质。纳：送。质：人质。古时派往别国去作抵押的人，多为王子或世子。　㊴功效：功劳。更选使使西域：重新选拔使者出使西域。　㊵壮：欣赏，称赞。节：气节，节操。　㊶遂：完成。前功：以前的功业，指通西域。　㊷益其兵：增派士兵。益：增加。　㊸"如有"二句：如有不测的话，多增加士兵反而受连累。不虞：意料不到的情况。　㊹于阗(tián)：古西域国名，在今新疆和田一带。莎车：古西域国名，今属新疆。　㊺雄张南道：称雄于天山南路。南道：古代中国中原地区对西域交通的主要道路，有南、北二道。《汉书·西域传》载，南道自玉门关和阳关以西，大致经今新疆南部塔里木河和阿尔金山脉、昆仑山脉之间的通道西行，在莎车以西越过葱岭，通往大月氏和安息等地。　㊻其俗信巫：该国风俗迷信巫师。　㊼騧(guā)马：黑嘴的黄马。　㊽让：责备。　㊾龟兹(qiūcí)：古西域国名，又作鸠兹、屈支等，故地在今新疆库车一带。　㊿北道：《汉书·西域传》载，自玉门关和阳关以西，大致经今新疆中部天山山脉和塔里木河之间的通道西行，在疏勒以西越过葱岭，通往今中亚各地。疏勒：古西域国名，故地在今新疆喀什。　㉛"去兜题"句：离兜题所盘踞的槃橐城有九十里地。　㉜逆：预先。　㉝敕(chì)：告诫，命令。　㉞必不用命：必定不服从他的命令。　㉟前劫缚：向前劫持并捆绑。　㊱焉耆：古西域国名，又作乌耆、乌缠等，国都员渠城在今新疆焉耆。　㊲攻没：攻杀。都护：官名，意谓总监。汉宣帝时设西域都护，为驻在西域地区的最高长官。　㊳姑墨：古西域国名，故地在今新疆阿克苏一带。数(shuò)：屡次。　㊴肃宗：指东汉章帝刘炟。　㊵都尉：比将军略低的武官。　㊶自刭(jǐng)：割颈自杀。　㊷欲遂本志：想实现自己的志向。　㊸尉头：古西域国名，位于疏勒东北、乌孙东南，在今新疆阿合奇一带。　㊹建初三年：78年。　㊺康居：古西域国名，东界乌孙，西达奄蔡，南接大月氏，东南临大宛，故地在今巴尔喀什湖和咸海之间。拘弥：即"扜弥"，古西域国名，故地在今新疆于田克里雅河以东。　㊻叵(pǒ)：遂，便。　㊼先帝：指汉明帝刘庄。　㊽北击匈奴：指窦固击匈奴事。　㊾西使外国：派遣班超与郭恂出使西域。　㊿即时向化：立即归服。　㉛月氏(yuèzhī)：古族名。秦汉之际，游牧于敦煌、祁连间。西汉文帝前元三至四年(前177—前176)间，遭受匈奴攻击，大部分人西迁塞种地区(今新疆西部伊犁河流域及其迤西一带)。西迁的月氏人称大月氏，少数没有西迁的人入南山(今祁连山)，与羌人杂居，称小月氏。乌孙：古族名，最初在祁连、敦煌间，后西迁今伊犁河和伊塞克湖一带，都赤谷城。　㉜伏自惟念：伏地自思。　㉝"实愿"二句：实愿像谷吉那样捐躯于绝地，或者像张骞那样弃身于旷野。谷吉：西汉长安人。元帝时为卫司马，曾奉命出使，为匈奴郅支单于所杀。庶几：差不多。　㉞魏绛：魏庄子，春秋时晋国大夫。初任中军司马，后任新军之佐，旋升为下军之将。曾力主与戎族和好，为晋悼公采纳。　㉟"尚能"三句：尚且能够与戎人结好，何况臣凭借大汉的声威，而连铅刀一割的用处都没有吗。铅刀：铅质的刀，言其不锋利。这是班超自喻才力微薄的自谦之辞。　㊱"前世"二句：前朝评议的人都把夺取西域三十六国，称为断了匈奴的右臂。　㊲日之所入：日落之处。向化：倾向归化汉朝。　㊳情数：指心理。　㊹倚汉与依天等：依靠汉朝与依靠上天一样。　㊺"以是"二句：以此看来，那么葱岭之道可以开通。葱岭：旧对帕米尔高原和昆仑山脉、喀喇昆仑山脉西部诸山的总称。古代中国和西方的交通常经由葱岭山道。　㊻侍子：古代诸侯或属国之王遣子入侍天子之称。　㉜禽：同"擒"。　㉝夷：中国古代对东方各族的泛称。狄：亦作"翟"，秦汉以后，中原人对北方各族的泛称之一。夷狄：对边地民族的通称。　㉞肥广：肥沃广阔。草牧饶衍：牧草丰盛。　㉟敦煌：郡名，汉置，今属甘肃。间：差。　㊱"兵可"句：出征的士兵可以不费中国的粮草而自给自足。　㊲温宿：古西域国名，故地在今新疆乌什。特：只，不过是。　㊳特蒙神灵：特蒙神灵保佑，意谓托天子的洪福。　㊴未便：不宜于。僵仆：死亡。　㊵举万年之觞：意谓举杯祝贺天下长治久安。觞：酒杯。　㊶荐勋祖庙：告大功于祖庙。　㊷素与超同志：一向与班超志向相同。　㊸弛刑：免刑的罪犯。义从：自愿跟随者。　㊹宜：理应。因：借助。　㊺控弦：开弓，代称士兵。　㊻"故武帝"句：所以武帝把公主嫁给乌孙王为妻。　㊼卒得其用：终于得到乌孙的帮助。　㊽将兵长史：汉代与少数民族连接各郡太守的属官有长史，其统兵作战者称将兵长史。　㊾鼓吹：古代军乐，用鼓、钲、箫、笳等乐器合奏，出自古代民族北狄。汉初边军用之，以壮声威，后用于官廷。幢：古代作仪仗用的一种旗帜。麾(huī)：古代用以指挥军队的旗帜。鼓吹幢麾等都是大将军所有的仪式，班超不是大将军，故言"假"，即特准借用之意。　㊿昆弥：古代乌孙王的称号。汉宣帝时立大小两昆弥，皆赐印绶。　(51)盛毁：大肆诋毁。　(52)"身非"句：身非曾参却遭到接二连三的谗言。曾参：字子舆，孔子学生，以孝著称。　(53)诣超受节度：到班超那里接受指挥。　(54)"若邑"二句：如果李邑在你那里有能够委派的任务，可以留下来任职。　(55)欲败西域：想破坏打通西域的大计。　(56)缘：根据。　(57)内省不疚：从内心省察而不感到惭愧。疚：病，愧。恤：顾虑，忧虑。《论语·颜渊》："内省不疚，夫何忧何惧？"　(58)快意留之：图一时的痛快而留下他。　(59)啖(dàn)：引诱，利诱。　(60)府丞：西域各国王府的佐官。　(61)"超乃"句：班超于是派使者多带锦帛送给月氏王。赍(jī)：携带。遗(wèi)：赠送。　(62)还据损中：回来占据损中城。　(63)勒兵：布置军队。勒：拉紧马缰绳。　(64)为供张设乐：为他设宴奏乐。供张，即"供帐"，指陈设帷帐等。　(65)"可须"句：等到晚上鼓声一响就出发。　(66)阴缓：有意放跑。缓：宽，松。　(67)遮：截击，拦击。　(68)徼(yāo)：同"邀"，拦截。　(69)"是岁"二句：这一年贡献珍宝、符拔和狮子，因而求娶汉朝公主。　(70)譬：开导，晓谕。　(71)非有运输：没有粮草接济。　(72)决：决出胜负。　(73)"超度"三句：班超估计他们粮食快要用完，必定向龟兹求救，于是派遣数百士兵在东部边界截击他们。　(74)愿得生归：希望能让他们活着回去。

【作者简介】

范晔(398—445)，南朝宋史学家，字蔚宗，顺阳(今河南淅川)人。出身世家，为晋豫章太守范宁之孙，宋侍中范泰之子，出继堂伯范弘之，袭封武兴县侯。年少好学，博涉经史，善于文学，擅长书法，通晓音律。曾任尚书吏部郎。元嘉初年为宣城太守，郁郁不得志，在此期间就借助修史来寄托志向，开始写作《后汉书》。后迁左卫将军、太子詹事等，掌管禁旅，参与机要。元嘉二十二年，因受孔熙先等谋立彭城王刘义康为帝一案的牵连，被杀。范晔以《东观汉记》为主要依据，采取先前各家后汉书著作，自定体例，删繁补略，整齐故事，综合各家之长，写成纪传体东汉史。书出以后，盛行于世，而诸家相继散亡。原计划写十纪、十志、八十列传，但十志未成而被杀，因此只写成纪传。南梁刘昭为之作注，把晋司马彪《续汉书》中八志分为三十卷补入范晔书,使其完备。北宋时孙奭正式建议把两书合并成书,于是形成今本一百二十卷。《后汉书》体例严整,在继承《史记》《汉书》优良传统的基础上又有创新。写人叙事多以类相从,新立《党锢》《宦官》《文苑》《独行》《方术》《逸民》《列女》等类传,使人能从不同角度探索当时社会。全书崇尚德义,贬抑势利,推崇党人,关注逸民,忽视并讥讽宰相公卿,反映出作者进步的史学观点和独创之见。书中叙述简明周详,描写真切感人,议论笔势纵放,语言丰富精美。论赞之文更是范晔的得意之笔,他称之为"天下之奇作"(《狱中与诸甥侄书》)。

【赏析】

《班超传》选自《后汉书》卷四十七。

东汉名将班超先随窦固出击匈奴,不久奉命率领吏士三十六人出使西域,攻杀匈奴使团,促使鄯善国归顺汉朝。此后,他历明帝、章帝、和帝三代,曾经担任军司马、将兵长史、西域都护等职,受封定远侯。班超以过人的胆略,出色地完成了平定西域的任务。他在西域活动长达三十一年,为保护西域各族的安全和保证丝绸之路的畅通做出了积极的贡献,也为我们多民族国家的形成和昌盛发挥了重要作用。《班超传》刻画班超的性格,主要是通过他与身边环境、与其他人物的矛盾、冲突和斗争来表现的,也就是在起伏跌宕的故事情节中展示他的心灵深处和性格特征。

这篇传记先写班超投笔兴叹,初步展现出人物的思想和性格。当时,班固被召任校书郎,班超"与母随至洛阳"。家中贫困,他就经常替官府抄写文书来维持生计。"久劳苦",他"尝辍业投笔叹曰:'大丈夫无它志略,犹当效傅介子、张骞立功异域,以取封侯,安能久事笔研间乎?'左右皆笑之"。班超说:"小子安知壮士志哉!"他向往建立奇功大业,欣赏傅介子刺杀联合匈奴的楼兰王和张骞打通汉至西域的道路。他不满贫困和劳苦的现状,不愿长期从事笔砚差事,碌碌无为,因此投笔叹息,表达自己要异域立功、万里封侯的想法。他还对左右人们的不理解心情和取笑态度,做出气势凌云的反应,进一步抒发个人的远大志向。这是人物美好理想与自身窘迫处境矛盾冲突的反映,它生动形象地表现出班超"为人有大志",不拘小节。

传记集中笔墨,描绘班超攻杀匈奴使者的过程,突出表现人物聪敏勇敢的性格,使这位传奇人物焕发出耀眼的光彩。

班超投笔从戎,出征杀敌,斩获敌军许多首级而归。窦固感到他非常能干,就派他出使西域。他奉命来到鄯善,"鄯善王广奉超礼敬甚备,后忽更疏懈"。针对鄯善从礼仪十分周到变化为态度疏远冷淡的情况,班超就向随行人员指出这必定是北方匈奴使者来到,鄯善王"狐疑未知所从","明者睹未萌,况已著邪"。于是,他召来随侍的胡人,做出似乎对情况了如指掌的样子,说:"匈奴使来数日,今安在乎?"随侍的胡人不得不说实话。班超一掌握实情就把随侍的胡人关了起来，立即召集自己的三十六名部下。班超与众人开怀畅饮，乘机激怒他们说："卿曹与我俱在绝域，欲立大功，以求富贵。今虏使到裁数日，而王广礼敬即废；如令鄯善收吾属送匈奴，骸骨长为豺狼食矣。为之奈何？"班超能言善辩，从远行的目的、个人的利益、变化的礼遇和危险的境地等方面来激励士气、鼓舞斗志，希望与大家一起和衷共济、渡过难关、完成使命。一番言之有理的言辞说得身处险地的部下齐声表示生死都追随他。

经过对严峻形势和存在问题的分析，班超当机立断，提出顺应形势的对策和解决问题的办法。他强调"不入虎穴，不得虎子。当今之计，独有因夜以火攻虏，使彼不知我多少，必大震怖"，可以完全消灭敌人。他还点明消灭这批匈奴使者的重要意义在于"鄯善破胆，功成事立"。然后，他趁着天黑，率领部下，直奔匈奴营地。"会天大风"，班超命令十个人手持战鼓，藏在匈奴使者住房的后面，与他们约定说："见火然，皆当鸣鼓大呼。"他又叫其余的人都拿兵刃弩箭，从两面封锁大门而埋伏下来。班超"乃顺风纵火，前后鼓躁。虏众惊乱，超手格杀三人，吏兵斩其使及从士三十余级，余众百许人悉烧死"。班超"于是召鄯善王广，以虏使首示之，一国震怖。超晓告抚慰"，鄯善王也就表示愿意服从汉朝的命令。消息传来，窦固上报班超的功劳，明帝也欣赏班超的气节。

排除匈奴干扰和促使鄯善归顺是作品所反映的汉匈矛盾斗争发展到最尖锐、最激烈的阶段，在这个高潮里，班超的精神面貌清晰而生动地展现在人们面前。他为人精明，见微知著，认识深刻，分析透彻，计划周密，做事果断，战斗勇猛，文武兼备。

传记还具体叙述班超平定莎车等地贵族变乱的情况，在一系列矛盾冲突之中更加充分地显示人物的性格。

建初三年（78），班超带领疏勒、康居、于阗、拘弥等国军队一万多人攻打姑墨国的石城，获得胜利后准备因此平定各国。于是，他上疏章帝。奏疏首先回顾先帝开通西域的计划和尝试，点明目前如果得到龟兹，那么西域不顺服的国家就仅有百分之一。其次指出自己出身于卒伍小吏，但是有为实现理想而奋不顾身的精神，强调平定西域的重要性和可能性。再谈到先前备尝艰难困苦的出使经历，突出西域人民愿意依靠汉朝的心理。最后从莎车、疏勒的地理因素和姑墨、温宿的政治状况来分析进攻龟兹的有利条件，表达自己要亲眼见到平定西域的愿望。显然，班超忠于汉朝之心、立功异域之思、跃跃欲试之情和胸有成竹之意都充分体现在字里行间，是他先前投笔兴叹和攻杀匈奴使者心绪的继续和发展，也成为他日后在西域大有作为的思想根源和力量源泉。

此前，莎车贵族以为汉军不会出塞，就叛变汉朝，投降龟兹，班超曾设法调兵进攻莎车。由于内部人事的纠葛和外部敌情的复杂多变，他难以达到预期的目的。元和四年（87），班超"发于阗诸国兵二万五千人，复击莎车。而龟兹王遣左将军发温宿、姑墨、尉头合五万人救之"。面对敌众我寡的情况，班超避实就虚，巧妙用兵。他先召集部下，和于阗王商议对策，主张"今兵少不敌，其计莫若各散去。于阗从是而东，长史亦于此西归"，等到夜晚鼓声一响就出发。随后，他有意放跑抓获的俘虏，走漏行动的消息。龟兹王闻讯，毫无察觉，分兵两路，打算在西部、东部地区截击班超和于阗军队。看到龟兹王中计、敌军被调动、莎车国空虚的有利时机，班超"密召诸部勒兵，鸡鸣驰赴莎车营，胡大惊乱奔走，追斩五千余级，大获其马畜财物。莎车遂降，龟兹等因各退散"。从此，班超"威震西域"。

在两攻莎车期间，班超成功地除掉了反复无常、用心险恶的疏勒王忠。他初到疏勒，赶走龟兹所立、人心不服的疏勒统治者，扶立忠为国王，使疏勒国人非常高兴。因此，疏勒和汉朝一度友好，离不开汉朝使者的帮助。然而，在班超开始攻打叛变的莎车时，"莎车阴通使疏勒王忠，啖以重利"。忠见利忘义，叛汉而听从莎车。于是，班超另立新的疏勒王，调动没有叛变的人去进攻忠。后来，忠说动"康居王借兵"，回来占据损中城，并"密与龟兹谋，遣使诈降于超。超内知其奸而外伪许之"。他从容镇定，善于应变，周密安排，不动声色，"密勒兵待之"，并为对方设宴奏乐。当自以为得计的忠前来喝酒时，他又"叱吏缚忠斩之，因击破其众，杀七百余人"。于是，天山南路就通畅起来。

班超不仅解决了莎车、疏勒问题，还击退了来自月氏的进攻。"月氏尝助汉击车师有功"，因此求娶汉朝公主，班超"拒还其使，由是怨恨"。于是，"月氏遣其副王谢将兵七万攻超。超众少，皆大恐"。班超处之泰然，开导部下，分析敌情。他说："月氏兵虽多，然数千里逾葱岭来，非有运输，何足忧邪？但当收谷坚守，彼饥穷自降，不过数十日决矣。"班超沉着机智，胆识过人。他不仅透过敌兵众多的表面现象，看到对方远道而来缺乏粮草救济的致命弱点，提出坚壁清野的策略，对自己获得胜利充满信心，还"度其粮将尽，必从龟兹求救，乃遣兵数百"在东部边界截杀他们。不出所料，谢果然派人带金银财宝去贿赂龟兹。班超"伏兵遮击，尽杀之，持其使首以示谢。谢大惊，即遣使请罪，愿得生归"。"月氏由是大震，岁奉贡献"。

在作者笔下，攻莎车、平疏勒、战月氏这些反映汉朝与西域贵族矛盾斗争的故事情节得到充分的展开，班超的思想感情和性格特征也从中得到鲜明的体现。他是一个百折不挠、擅长用计、勇猛果断的人。

作为东汉著名的军事家和外交家，班超出使西域，努力维护东汉西部边疆的安全，促进西域与中原地区经济、政治和思想文化的交流，并多次击败匈奴的反扑和西域贵族的变乱。他长期生活在那里，建立了卓越的功勋。传记作者记载班超投笔从戎、火攻匈奴人、袭取莎车国、计除疏勒王、智取月氏军等富有传奇色彩的事迹，注重在多种矛盾冲突中来表现他的个性。班超胸怀大志、精明强干、沉着坚定、机智勇敢的性格特点和不辞劳苦、锐意进取的精神面貌，以及富有韬略、善于用兵的将军才能，就是在自身与环境的矛盾冲突中，尤其是汉朝与匈奴、西域贵族的矛盾斗争中得以展现。正因为范晔在传中写活了慷慨激昂、献身西域的人物形象，反映出当时较为独特的矛盾冲突和斗争，加之结构完整，首尾呼应，叙事多而不乱，行文变而有序，所以，这篇传记具有动人的艺术魅力和强烈的感染力量。

董 宣 传

范　晔

　　董宣字少平，陈留圉人也①。初为司徒侯霸所辟②，举高第，累迁北海相③。到官，以大姓公孙丹为五官掾④。丹新造居宅，而卜工以为当有死者⑤，丹乃令其子杀道行人，置尸舍内，以塞其咎⑥。宣知，即收丹父子杀之。丹宗族亲党三十余人，操兵诣府，称冤叫号。宣以丹前附王莽，虑交通海贼，乃悉收系剧狱，使门下书佐水丘岑尽杀之⑦。青州以其多滥⑧，奏宣考岑⑨，宣坐征诣廷尉⑩。在狱，晨夜讽诵，无忧色⑪。及当出刑，官属具馔送之⑫，宣乃厉色曰："董宣生平未曾食人之食，况死乎！"升车而去。时同刑九人，次应及宣，光武驰使驺骑特原宣刑⑬，且令还狱。遣使者诘宣多杀无辜，宣具以状对，言水丘岑受臣旨意，罪不由之，愿杀臣活岑。使者以闻，有诏左转宣怀令⑭，令青州勿案岑罪。岑官至司隶校尉。

　　后江夏有剧贼夏喜等寇乱郡境⑮，以宣为江夏太守。到界，移书曰："朝廷以太守能禽奸贼，故辱斯任。今勒兵界首，檄到，幸思自安之宜。"喜等闻，惧，即时降散。外戚阴氏为郡都尉⑯，宣轻慢之⑰，坐免。

　　后特征为洛阳令。时湖阳公主苍头白日杀人⑱，因匿主家，吏不能得。及主出行，而以奴骖乘⑲，宣于夏门亭候之⑳，乃驻车叩马㉑，以刀画地，大言数主之失㉒，叱奴下车，因格杀之㉓。主即还宫诉帝，帝大怒，召宣，欲箠杀之㉔。宣叩头曰："愿乞一言而死。"帝曰："欲何言？"宣曰："陛下圣德中兴㉕，而纵奴杀良人，将何以理天下乎㉖？臣不须箠，请得自杀。"即以头击楹㉗,流血被面。帝令小黄门持之㉘,使宣叩头谢主㉙,宣不从,强使顿之,宣两手据地,终不肯俯㉚。主曰:"文叔为白衣时㉛,臧亡匿死㉜,吏不敢至门。今为天子,威不能行一令乎?"帝笑曰:"天子不与白衣同。"因敕强项令出㉝,赐钱三十万,宣悉以班诸吏㉞。由是搏击豪强,莫不震栗。京师号为"卧虎"。歌之曰:"枹鼓不鸣董少平㉟。"

在县五年。年七十四,卒于官。诏遣使者临视,唯见布被覆尸,妻子对哭,有大麦数斛、敝车一乘㊱。帝伤之,曰:"董宣廉洁,死乃知之!"以宣尝为二千石,赐艾绶,葬以大夫礼㊲。拜子并为郎中,后官至齐相。

【注释】

① 陈留:郡名。西汉置,治所在今河南开封。圉(yǔ):陈留的属县,治今河南杞县南。② 侯霸:字君房,密县(今河南新密)人。东汉初为尚书令,他精通典制,条奏前代法条制度,多被采纳。后为大司徒,封关内侯。辟:征聘去做官。 ③ 高第:官吏考绩列入优等。北海:东汉置北海国,治所在剧县(今山东昌乐西)。 ④ 五官掾(yuàn):国相、郡守的佐治官吏。 ⑤ "而卜工"句:占卜的人以为建房中会死人。 ⑥ "置尸"二句:把尸体放到房内,以此应付凶兆。 ⑦ "宣以丹"四句:董宣因公孙丹以前曾经依附王莽,忧虑他们会勾结海贼,就把他们全部抓起来关押到剧县监狱,派遣门下书佐水丘岑把他们都杀掉。剧:北海国治所剧县。书佐:官名。汉代郡县各曹都有书佐,职主起草和缮写文书。⑧ 青州:汉武帝所置十三刺史部之一,东汉时治所在临菑(今山东临淄北)。 ⑨ 考:查考。 ⑩ 廷尉:官名,掌刑狱,为九卿之一。 ⑪ "在狱"三句:在狱中朝夕诵读诗文,毫无忧惧之色。 ⑫ 馔:饮食。 ⑬ 驺(zōu)骑:古代帝王导从的骑士。 ⑭ 左转:降职。怀令:怀县(今河南武陟西南)的县令。 ⑮ "后江夏"句:后来江夏郡有为害甚烈的盗贼夏喜等扰乱郡境。江夏:郡名,西汉置,治所在安陆(今湖北云梦)。 ⑯ 外戚阴氏:光武帝皇后阴丽华的亲戚。都尉:官名,辅佐郡守并掌全郡的军事。 ⑰ 轻慢:轻视怠慢。⑱ 湖阳公主:光武帝刘秀的姐姐刘黄。苍头:奴仆。当时奴仆用深青巾裹头,故有此称。⑲ 骖(cān)乘:陪乘,乘车时坐在车子的右边。 ⑳ 夏门亭:指京城洛阳北门外的万寿亭。㉑ 驻车叩马:停下车,勒住马。 ㉒ 数:指责。 ㉓ 格杀:击杀。格:击打。 ㉔ 箠(chuí):鞭子,这里用作动词,鞭打的意思。 ㉕ 中兴:复兴,指光武帝使汉朝从衰落到重新兴盛。 ㉖ 理:治。 ㉗ 楹(yíng):堂屋前部的柱子。 ㉘ 小黄门:小宦官。汉代给事内廷的有黄门令、中黄门等官,皆由宦官充任,故称宦官为黄门。 ㉙ 谢:认错,道歉。㉚ 强(qiǎng):强迫。顿:用头叩地。"宣两手"二句:董宣两手撑地,始终不肯磕头认错。㉛ 文叔:光武帝刘秀,字文叔。白衣:古代平民着白衣,因以称无功名的人。 ㉜ 臧亡匿死:窝藏犯罪逃亡的人,杀死人不让官府知道。臧:通"藏"。 ㉝ 敕(chì):皇帝的诏令。敕强项令出:光武帝御赐董宣强项令的称号,并放了他。 ㉞ 班:分发。 ㉟ 枹(fú)鼓不鸣:无人击鼓鸣冤。《汉书·张敞传》:"由是枹鼓稀鸣,市无偷盗,天子嘉之。"枹:同

"桴"，鼓槌。　㊱"唯见"三句：只见用布被盖着尸体，妻子儿女相对而哭，家里只有几斛大麦、一辆破车。　㊲"以宣尝为"三句：由于董宣曾担任过俸禄二千石的官，皇帝就赐给他二千石所佩用的印绶，用大夫的礼仪安葬他。艾绶：禄绶，二千石以上的官员所佩的印绶，为银印绿绶。

【赏析】

《董宣传》选自《后汉书》卷七十七，其中着重叙述董宣处决湖阳公主恶奴、触犯至尊汉光武帝的事迹。传记通过曲折生动的故事情节，反映了人物之间复杂尖锐的矛盾斗争，栩栩传神地描绘出董宣这一人物形象。

范晔在传记的开篇就说汉代"承战国余烈，多豪猾之民。其并兼者则陵横邦邑，桀健者则雄张闾里……故临民之职，专事威断，族灭奸轨，先行后闻。肆情刚烈，成其不挠之威……若其揣挫强势，摧勒公卿，碎裂头脑而不顾，亦为壮也……自中兴以后，科网稍密，吏人之严害者，方于前世省矣。而阉人亲娅，侵虐天下"。何焯认为董宣"不当列之酷吏"，"建武吏治刻深，上好下甚，则必有入于酷者"，"然窃谓东京酷吏传可以不立"（《义门读书记·后汉书》）。李景星也指出："推其人之用意，亦欲为国家除害，且一意孤行，为人之所不敢为。"（《四史评议·后汉书评议》）

董宣杀公主家奴，是传记人物描写的高潮。在此之前作者写了两件事，作为高潮部分的铺垫。一是董宣杀公孙丹。公孙丹新建宅子，听从迷信，纵子杀人。对此，董宣非常生气，就杀了公孙丹父子。公孙丹宗族亲党三十余人带着兵器，前来为公孙丹鸣冤叫屈。董宣知道公孙丹以前归附王莽，忧虑他们会与海贼相勾结，于是就逮捕并杀掉他们。由此可见董宣的处世风格。公孙丹是董宣的属下，背后有强大的宗族势力，否则他不敢滥杀无辜。可是，董宣疾恶如仇，除恶务尽，既不看同事情面，也不怕其背后的强大势力，依法行事，严惩不贷。更令人惊奇的是，为人有个性、办事有气魄的董宣在狱中时，竟然完全超然物外，朝夕讽诵不绝，显得无所畏惧。二是董宣告诫夏喜。江夏有盗贼夏喜等扰乱，朝廷以董宣为江夏太守。他到任后，修书警告并抚慰夏喜，从而使夏喜恐惧而不再为乱，也使地方得以安宁。显然，董宣不但执法严格，雷厉风行，而且能以声威慑，先礼后兵，并非一味刑杀。这样的铺垫有助于后文对人物形象的继续描绘、对性格特点的充分显示和对故事情节的深入展开。作者还写了董宣死后家徒四壁的贫困景象，作为传记的尾声。"布被覆尸，妻子对哭，有大麦数斛、敝车一乘。"刘秀闻知后非常感伤，说："董宣廉洁，死乃知之！"这样的描述言简意赅，发人深思，不仅充实了作品的内容，也丰富了人物的性格，突出了他的清廉无私。

范晔浓墨重彩地写出董宣这位强项令对待湖阳公主的典型事例。他先写公主的家奴在光天化日之下行凶杀人，洛阳地方官吏自然要按律行事，捉拿凶手。这是官吏与家奴的矛盾。若是家奴被捕，官吏依法惩处，事情就迎刃而解。可是情况变得复杂，凶手早已躲入公主府内，官吏无法前去搜捕。

作者接着描写公主设法收留并照样使用恶奴，而作为洛阳令的董宣如何选择时机，拦截外出的公主一行，严惩杀人凶手。"及主出行，而以奴骖乘"，董宣在夏门亭守候，一遇上他们就指责公主放纵家奴、不守法规，并杀死仗势行凶的恶奴。这样使捕捉凶手的难题得以解决，情节刚起即伏。不过，官吏与家奴的矛盾迅速转变为董宣与公主的矛盾。恶奴被除，假使公主此时能够认识纵奴行凶的过错，自觉维护国家的法度，真正不计较个人的尊严，风波就可以平息，事态就不会扩大。然而，公主依仗兄弟做皇帝，仍然自以为是，骄横非凡。她马上赶回宫里，向刘秀哭诉。

随后，作品记载了公主告状、龙颜大怒、董宣据理力争的过程。这样，情节由伏再起，董宣与公主的矛盾就转到董宣与刘秀的矛盾。"主即还宫诉帝，帝大怒，召宣，欲箠杀之。"如果刘秀在盛怒之下一心替公主消气，把董宣鞭打致死，故事也就结束。然而，事态发展并非如此。对于来自皇帝的沉重压力，董宣从容地说："愿乞一言而死。"他谈起光武开创中兴的局面，抨击杀害无辜百姓的恶行，强调治理天下的问题，并以强烈的动作来抒发内心无比激愤的情感和表示严守法纪、决不退让的立场。传记通过人物的一系列语言和行动的描写，揭示出董宣与刘秀的矛盾实际上就是刘秀私情与国家法度的矛盾。

由于董宣不计私利，不怕危险，坚持己见，强调法令，重视国家的长治久安，刘秀不再一意孤行，而是冷静思考，他不得不在真正依法办事和徇私枉法这两者之间做出选择。这位建立东汉政权的皇帝从大发雷霆，杀气腾腾，到强压怒火，听取董宣解释，再到连忙叫人抱住头撞柱子的董宣，直至只要董宣向公主道歉。刘秀态度变化的原因主要是治国理智取代了个人亲情。面对公主的哭诉，他曾想到要为亲人出口气，也为自己争面子，但他很快认识到一心为国、执法如一的董宣是人才，他的言行与自己用才爱民的主张是一致的，有助于东汉的长治久安和百姓的安居乐业。当然，公主很不理解刘秀态度的变化，她以为刘秀做百姓时，"臧亡匿死，吏不敢至门。今为天子，威不能行一令乎"。对此，刘秀笑着解释说"天子不与白衣同"，于是叫"强项令"董宣离宫，并赏赐他三十万钱，奖励他执法严明。至此，情节起而又伏。

这样，官吏与家奴的矛盾、董宣与公主的矛盾、董宣与刘秀的矛盾、刘秀私情与国家法度的矛盾都得以解决。董宣忠于职守，坚持正义，终于在这场维护国法和徇情枉法的较量中获胜。"由是搏击豪强，莫不震栗。"京城里由是称董宣为"卧虎"，人们歌颂他说："枹鼓不鸣董少平。"

传记对于人物之间矛盾斗争的产生、发展和结果，不是平铺直叙，而是写得波澜起伏，趣味横生，从而在一波三折的故事情节中，逐层推进，入木三分地写出董宣的形象及其性格。

开始，在家奴行凶、躲进公主家里的情况下，董宣并不贸然行事，没有硬闯公主府，以免节外生枝，授人以柄，只是耐心等待时机，关注事态发展。当公主以为无人追究凶案而带着这个恶奴外出时，他在城门附近守候。双方一见面，他就不顾冒犯公主的尊严，"驻车叩马，以刀画地，大言数主之失，叱奴下车，因格杀之"。他知道此时地点已不是公主府，抓捕凶手也易如反掌，就据理论事，严词数落公主的过失，又按律严惩凶手。这反映出董宣聪明能干，敢作敢为。

接着，面对刘秀的重压和公主的淫威，董宣自然清楚冒犯公主、得罪刘秀必定使自己陷于死地。然而，他意识到要维护东汉王朝的根本利益，保持当时社会的安定局面，就要负起职责，秉公执法，即使牺牲自己也在所不惜。因此，他强调："陛下圣德中兴，而纵奴杀良人，将何以理天下乎？臣不须箠，请得自杀。"于是他"以头击楹，流血被面"。董宣对比中兴大业和害民丑事，点明依法治国的重要性和迫切性，其忠诚无畏之意溢于言表。

此后，刘秀内心有所感触，态度趋于缓和，仅要董宣"叩头谢主"。董宣"不从，强使顿之，宣两手据地，终不肯俯"。他决不向考虑私利、无视国法、傲慢狂妄的公主叩头道歉，也不给内心已经让步的刘秀留点面子。这显示了他立场坚定、意志刚强、始终不渝、威武不屈。最终，董宣的言行为刘秀所理解，受到奖励，他又把皇帝赏赐给自己的钱全部送给下属官吏。这表现出董宣直道而行，慷慨无私。

《董宣传》在曲折变化的故事情节中传神地展现出，董宣这位既被刘秀称为"强项令"又被"京师号为'卧虎'"的官吏的独特风采，尤其是通过他与湖阳公主、与光武帝激烈的矛盾斗争，有力地突出了他的刚正不阿、光明磊落的性格。

宦者传序

范 晔

《易》曰："天垂象，圣人则之①。"宦者四星，在皇位之侧②，故《周礼》置官，亦备其数③。阍者守中门之禁④，寺人掌女官之戒⑤。又云："王之正内者五人⑥。"《月令》："仲冬，命阍尹审门闾，谨房室⑦。"《诗》之《小雅》，亦有《巷伯》刺谗之篇⑧。然宦人之在王朝者，其来旧矣。将以其体非全气⑨，情志专良⑩，通关中人，易以役养乎⑪？然而后世因之，才任稍广⑫。其能者，则勃貂、管苏有功于楚、晋⑬，景监、缪贤著庸于秦、赵⑭。及其敝也，则竖刁乱齐，伊戾祸宋⑮。

汉兴，仍袭秦制，置中常侍官⑯。然亦引用士人，以参其选，皆银珰左貂，给事殿省㉗。及高后称制⑱，乃以张卿为大谒者⑲，出入卧内，受宣诏令。文帝时，有赵谈、北宫伯子⑳，颇见亲幸。至于孝武，亦爱李延年㉑。帝数宴后庭，或潜游离馆，故请奏机事㉒，多以宦人主之。至元帝之世，史游为黄门令㉓，勤心纳忠，有所补益。其后弘恭、石显以佞险自进，卒有萧、周之祸，损秽帝德焉㉔。

中兴之初㉕，宦官悉用阉人，不复杂调它士。至永平中㉖，始置员数，中常侍四人，小黄门十人。和帝即祚幼弱㉗，而窦宪兄弟专总权威㉘，内外臣僚，莫由亲接，所与居者，唯阉宦而已。故郑众得专谋禁中，终除大憨㉙，遂享分土之封，超登宫卿之位㉚。于是中官始盛焉。

自明帝以后，迄乎延平，委用渐大㉛，而其员稍增，中常侍至有十人，小黄门二十人，改以金珰右貂，兼领卿署之职㉜。邓后以女主临政，而万机殷远㉝，朝臣国议，无由参断帷幄㉞，称制下令，不出房闱之间，不得不委用刑人，寄之国命㉟。手握王爵，口含天宪㊱，非复披廷永巷之职，闺牖房闼之任也㊲。其后孙程定立顺之功㊳，曹腾参建桓之策㊴，续以五侯合谋，梁冀受钺㊵，迹因公正，恩固主心。故中外服从，上下屏气㊶。或称伊、霍之勋，无谢于往载㊷；或谓良、平之画㊸，复兴于当今。虽时有忠公㊹，而竟见排斥。举动回山海，呼吸变霜露㊺。阿旨曲求㊻，则光宠三族㊼；直情忤意，则参夷五宗㊽。汉之纲纪大乱矣㊾。

若夫高冠长剑，纡朱怀金者㊿，布满宫闱；苴茅分虎，南面臣人者○51，盖以十数。府署第馆，棋列于都鄙○52；子弟支附○53，过半于州国。南金、和宝、冰纨、雾縠之积，盈仞珍藏○54；嫔媛、侍儿、歌童、舞女之玩，充备绮室○55。狗马饰雕文，土木被缇绣○56。皆剥割萌黎○57，竞恣奢欲。构害明贤，专树党类。其有更相援引，希附权强者，皆腐身熏子，以自衔达○58。同敝相济，故其徒有繁○59，败国蠹政之事，不可单书○60。所以海内嗟毒，志士穷栖○61，寇剧缘间，摇乱区夏○62。虽忠良怀愤，时或奋发，而言出祸从，旋见孥戮○63。因复大考钩党○64，转相诬染。凡称善士，莫不离被灾毒○65。窦武、何进，位崇戚近○66，乘九服之嚣怨，协群英之势力⑥,而以疑留不断,至于殄败⑥。斯亦运之极乎⑧!虽袁绍龚行,芟夷无余⑥,然以暴易乱,亦何云及!自曹腾说梁冀,竟立昏弱⑦。魏武因之,遂迁龟鼎⑦。所谓"君以此始,必以此终"⑦,信乎其然矣!

【注释】

①"天垂象"二句:见《易经·系辞上》。原文作:"天生神物,圣人则之。天地变化,圣人效之。天垂象,见吉凶,圣人象之。"垂象:显示日月星辰的形象。则之:以它为法则。则:效法。 ②"宦者"二句:《文选》李善注引仲长统《昌言》:"天文,宦者四星,在帝座旁,而周礼有其官职。"皇位:帝座星。 ③"《周礼》置官"二句:《周礼·天官冢宰》有关于宦官人数的记载。 ④阍(hūn)者:看门人。中门:外门与内门之间的门。《周礼·天官冢宰》:"阍人掌守王宫之中门之禁。" ⑤寺人:亲近侍从之人,指宦官。寺:同"侍"。《周礼·天官冢宰》:"寺人掌王之内人,及女官之戒令。" ⑥正内:路寝,正室。《周礼·天官冢宰》:"寺人,王之正内五人。" ⑦"仲冬"三句:《礼记·月令》:"仲冬之月……命奄尹,申宫令,审门闾,谨房室,必重闭。"阉尹:主管阉人的官。阉:通"奄"。闾:里巷之门。审、谨:意思是严于启闭。 ⑧《巷伯》刺逸之篇:《诗经·小雅·巷伯》序:"《巷伯》,刺幽王也。寺人伤于谗,故作是诗也。"巷伯:阉官。郑玄笺:"巷伯与寺人之官相近。谗人谮寺人,寺人又伤其将及巷伯,故以名篇。" ⑨体非全气:指宦者的生理机能被摧残而不全。 ⑩专良:专一驯良。《汉书·石显传》:"中人无外党,精专可信任。" ⑪通关:联系,关联。中人:指皇宫中的人。役:役使。 ⑫才任稍广:因其才能而任用渐广。 ⑬勃貂:寺人披,春秋时晋国宦官。他曾报告谋害晋文公的消息,使文公得免于难,后又举荐赵衰。管苏:楚共王的常侍,曾有功于共王。 ⑭景监:秦孝公宠臣。商鞅入秦,曾通过景监关系得以求见孝公,后来佐孝公成霸业。缪贤:赵国宦者令。蔺相如原是他的舍人,经他推荐而有所作为。 ⑮竖刁:齐桓公的宦官。桓公死后,他与易牙等杀群吏而立公子无亏,使齐国大乱。伊戾:春秋时宋国寺人。他向宋平公诬告太子将为乱,平公囚禁太子,最终太子自缢而死。 ⑯仍袭:因袭。中常侍:宦官官职名,秦代所置。或用宦者,或用士人,东汉时专用宦官。 ⑰珰、貂:均冠饰。珰:用金做成,戴在冠前,附以金蝉。貂:用貂尾做成,戴在冠左。给事:供事。殿省:天子之殿和宫禁之中。 ⑱称制:吕氏临朝行天子事,所以叫称制。制:制书,皇帝的诏令。 ⑲张卿:张释,吕后时宦官。谒者:宦官官职名,为皇帝掌管传达等事。 ⑳赵谈、北宫伯子:均文帝时宦官。 ㉑李延年:武帝时宦官。 ㉒潜游:秘密出游。离馆:离宫,皇帝正宫以外的宫室。机事:机密的事情。 ㉓史游:元帝时宦官。黄门令:由宦官担任。黄门:禁门。 ㉔弘恭、石显:汉宣帝时宦官。弘恭为中书令,元帝时,弘恭死,石显代为中书令。前将军萧望之和光禄大夫周堪向元帝建议取消中书宦官职务,疏远宦官。石显怒,对他们多方陷害。最终萧望之自杀,周堪被废锢。损秽帝德:使皇帝圣明之德受损。 ㉕中兴:古代王朝衰而复兴称中兴。西汉灭亡后,光武帝刘秀重建东汉政权,史称中兴。 ㉖永平:汉明帝年号,为公元58年至75年。 ㉗和帝:刘肇,公元88年至106年在位。即祚:即位。和帝即位时仅十岁,故称幼弱。 ㉘窦宪:和帝母窦太后的哥哥。和帝立,太后临朝,窦宪掌朝政,曾出击匈奴,还拜大将军,权倾朝野,弟兄横暴京师。和帝长,与宦官郑众

定议,诛灭窦氏,迫使窦宪自杀。　㉙郑众:首谋诛窦宪,因功而升大长秋,封鄚乡侯。大长秋是管理宫中事务的官。大憝(duì):大奸大恶,指窦宪。　㉚分土:分封土地,指封侯。宫卿:指大长秋。　㉛延平:汉殇帝年号,仅一年,即公元106年。委用渐大:宦官被任用的职权逐渐扩大。　㉜卿署之职:指九卿官署的职务。　㉝邓后:邓绥,汉和帝皇后。和帝死,她先后迎立殇帝、安帝,临朝执政,重用宦官。《后汉书·朱穆传》载朱穆说:"自和熹太后以女主称制,不接公卿,乃以阉人为常侍、小黄门,通命两宫。"万机:指皇帝治理万事。殷远:深远。古代女性临朝,往往处在深宫中,不接见群臣。　㉞参祇:参议决断。帷幄:帐幕,这里指宫殿中。　㉟刑人:指宦官,因为宦者受过宫刑。国命:原指国家命脉,此指国家大权。　㊱"手握"二句:手里拿的是王朝的爵赏,口中说的就是朝廷的法律。天宪:指帝王法令。　㊲掖廷永巷、闺牖房闼:均指后宫。　㊳孙程:汉安帝时为中黄门,以定立汉顺帝建功。　㊴曹腾:曹操祖父,顺帝时为中常侍,后参与定策立桓帝,被封费亭侯,迁大长秋。　㊵五侯:指单超、徐璜、具瑗、左悺、唐衡五个宦官。梁冀专权骄横,桓帝与五人定议诛杀梁冀,五人同日被封为侯,世称五侯。受钺(yuè):被诛。钺:大斧。　㊶屏气:屏住呼吸,不敢透气,形容恐惧。　㊷伊、霍:指商代的伊尹和西汉的霍光,都是著名的立君辅政、巩固王朝统治的大臣。谢:逊,差。这两句说,人们称道这些宦官的功勋不比往日的伊、霍光差。　㊸良、平:指张良和陈平,都是辅佐汉高祖刘邦平定天下的谋臣。画:谋略,谋划。　㊹忠公:忠诚公正之人。　㊺"举动"二句:形容宦官权势之盛,一切都要服从他们指挥。　㊻阿旨:迎合意旨。曲求:曲意求荣。三族:父族、母族、妻族。　㊼忤逆。参夷:连同夷灭。五宗:指五服以内的宗亲。　㊽纲纪:比喻国家的法纪。　㊾纡:系结。朱:朱绂(fú),即系印章的红色丝绳。金:金印。朱绂、金印都是大官的标志。　㊿苴茅分虎:意即封侯。古代王者以茅草裹五色土分封诸侯,称为苴茅。苴:裹。分虎:剖分虎符,朝廷、诸侯各执其一,作为凭借。臣人:以人民为臣。　㉛棋列:像棋子一样排列。都:城邑。鄙:郊野。　㉜支:支族。附:依附的人。　㉝南金:南方所产之金。古代南方荆、扬二州是产金之区。和宝:战国时和氏璧,是著名的宝玉。冰纨:洁白如冰的细绢。雾縠(hú):轻盈如雾的细纱。盈仞:充满。珍藏:宝库。　㉞嫱媛:泛指宫嫔之类。绮宝:装饰华丽的内室。　㉟"狗马"二句:狗马身上戴有雕刻绘彩的饰物,墙屋上也加饰文彩。土木:指建筑物。缇:红黄色的帛。　㊱剥割:剥削。萌黎:指人民。　㊲腐身:自刑阉割。熏子:给自己的儿子施宫刑。熏:古代施行宫刑,在阉割后用火熏合。衒(xuàn)达:显达。　㊳同敝:同恶。济:援引。有繁:众多。　㊴蠹:蛀虫,这里作腐蚀解。单:同"殚",尽。　㊵嗟毒:嗟怨毒恨。穷栖:穷处山野。　㊶寇剧缘间:寇盗剧贼乘隙而起。区夏:诸夏区域,指中国。　㊷孥(nú)戮:诛及子孙。　㊸考:打击。钩党:互相牵引以为同党。　㊹离:同"罹",遭逢。　㊺窦武:桓帝皇后的父亲。灵帝时,为大将军,后与陈蕃谋诛宦官未成,反被杀。何进:灵帝皇后的哥哥,为大将军。灵帝死后,谋诛宦官,事败,反被杀害。位崇戚近:指窦武、何进都身居将军高位,又是皇帝亲近的外戚。　㊻九服:相传古代天子所居京都之外的地方按远近分为九等,叫九服。这里代指天下。嚣怨:指众口腾怨。协:配合。　㊼殄:尽,绝。　㊽运之极:意谓时运气数到了尽头。　㊾袁绍:初为司隶校尉,何进被杀后,率军入宫,将宫中宦官无论少长皆斩尽杀绝。龚行:同"恭行",谓奉天子之命行罚。芟(shān)夷:削除。　㊿昏弱:指昏庸无能的汉桓帝。　(71)魏武:曹操。龟鼎:国家所守的宝器,这里指帝位。　⑫"所谓"二句：《左传·宣公十二年》载屈荡言，"君以此始，亦必以终"。这里引用的意思指，东汉以来宦官得到重用，最终亡于宦官的后代曹氏。

【赏析】

《宦者传序》选自《后汉书》卷七十八，是范晔自称笔势纵放的诸序论之一。

《后汉书》的部分纪传前有序、后有论（包括赞），它们从前代的史论中得到启示，并有所变化发展，写得旨深意赅，情文并茂，表达作者对东汉的人物和事件的看法，具有较高的文学价值。对这些序论，范晔自我评价很高。他在《狱中与诸甥侄书》中说自己详细观察古今的著述和评论，几乎很少有令人满意的著作。"吾杂传论，皆有精意深旨，既有裁味，故约其词句。至于《循吏》以下及六夷诸序论，笔势纵放，实天下之奇作。其中合者，往往不减《过秦》篇。尝共比方班氏所作，非但不愧之而已……赞自是吾文之杰思，殆无一字空设，奇变不穷，同合异体，乃自不知所以称之"（《宋书·范晔列传》）。

本篇是《宦者传》的序。宦者即宦官，是宫廷内侍奉皇帝及其家族的人，原是内廷官，不应过问政事，可是封建时代政权集中在皇帝身上，他把国家看作一姓私产，而宦官经常接近皇帝，容易成为其可靠的亲信，以致逐渐掌握政治实权。因此，历史上就发生过不少宦官专政的事实。东汉时代，宦官专权。他们气焰逼人，目空一切，贪赃枉法，暴虐作乱，残害才志之士，最终导致黄巾起义的爆发，从而加速了东汉王朝的覆亡。序文叙述了宦官势力嚣张的始末，揭露了他们的横暴、奢侈、贪婪，分析了法纪大乱、王朝灭亡的原因。文章以议论为主，能融合叙述与抒情，显得剖析细致、脉络清晰、见解独到，饱含了作者对宦官的深恶痛绝之情。

全文分为四个部分。第一部分主要回顾宦官的由来。先从《易经·系辞上》"天垂象，圣人则之"说起，谈到《周礼》按照天象规定宦官人数，又引用《周礼》《礼记·月令》和《诗经·小雅》这些古代典籍中的有关记载，说明宦者在王朝中存在的时间很长。作者认为使用宦官的原因是宦官的生殖机能被阉割，情志驯良专一，他们没有外党，仅与皇宫中的人来往，容易役使。作者进而指出后世使用宦官的情况有所变化，宦者"才任稍广"，渐渐参与政事。当然，他们在历史上所起的作用各不相同。对此，作者作了实事求是的论述。文章肯定了为国立下功劳、做出贡献的人。春秋时晋国宦官勃貂曾及时报告吕甥、郤芮阴谋焚烧晋文公所居宫室的消息，使文公免难；后来又在文公需要得力可靠的人手时，推荐赵衰做原守。春秋时楚国宦官管苏经常向楚共王谈论道义，有助于国家的治理，深为楚共王所赏识。战国时秦孝公的宦官景监曾把商鞅引荐给孝公，使其得到重用，进而辅佐孝公成就霸业。战国时赵国的宦官令缪贤能向赵王推荐蔺相如，使其外拒强秦，有功于赵。文中又指责了制造混乱、败坏国政的人。春秋时齐桓公的宦官竖刁在桓公死后，与易牙等滥杀群吏，造成政局混乱。春秋时宋国的宦官伊戾向宋平公诬陷太子将勾结楚国作乱，使太子被囚，自缢而死。显然，作者褒贬分明，爱憎之情溢于言表。

第二部分着重反映西汉时期宦官人事情况的发展变化及其利弊。文章谈到西汉建立以后，沿袭秦代制度，设立中常侍官，让其负责出入宫廷，侍从皇帝。然而，当时不仅使用宦者，也杂用一些士人。他们在宫中供职，都是银珰左貂，显示其身份与地位。文章具体论述汉兴以来宦官制度有关情况。吕后称制时，任用张释为大谒者，允许其出入卧室，负责传达诏书命令。文帝掌权时，宠爱赵谈、北宫伯子。武帝执政时，宠幸李延年。因为皇帝经常要在后宫别馆宴乐，所以群臣所奏机密大事多由宦官掌管。文章进一步直言宦官在"受宣诏令""请奏机事"过程中的功过是非。元帝时，史游担任黄门令，勤心尽忠，对国事有所补益。相反，宣帝、元帝时，弘恭、石显阿谀狠毒，相继为中书令，独揽大权，最终导致"萧、周之祸，损秽帝德"。所言是指弘恭死后，前将军萧望之和光禄大夫周堪向元帝建议取消中书宦官职务，不接近宦官。这引起石显的嫉恨，就对他们进行陷害。结果，萧望之自杀，周堪被废锢。可见，作者在称赞有益于国的宦者同时，对"佞险自进"的小人表示鄙弃和愤恨，并对萧、周遇祸表示同情，对帝德受损表示惋惜。

第三部分专门叙述东汉宦官窃取大权、败坏朝政的史实。文章指出东汉初期宦官的设置情况和随后宦官开始兴盛的原因。中兴之初，宫中官职全部使用阉人，不再选派士人任职。到了永平年间，开始规定宦官员额，设立中常侍四人、小黄门十人。和帝十岁即皇帝位，窦太后临朝，窦宪独掌大权，横暴京师。因此，和帝根本无法接近朝廷内外官员，只能与宦官相处。他后来就与近幸中常侍郑众定议，诛灭窦氏，迫使窦宪自杀。然而，郑众因功享有封侯之爵，出任公卿之职，其权势俱增，影响极大，"于是中官始盛焉"。文章又指出自汉明帝以后，一直到延平年间，宦官权力扩大，几乎成为皇帝的化身。当时，宦官"委用渐大"，员额也增多。中常侍增至十人，小黄门多达二十人，冠饰改为金珰右貂，还兼任九卿官署的职务。邓后以女主的身份管理朝政，又使宦官之势有加无已。邓后是和帝皇后，和帝死时，殇帝始生百日，她临朝执政。殇帝死后，又立安帝，她仍然掌权。邓后执政长达十五年，她代皇帝下达诏令，不出后妃居处，而群臣议论政事，又无法到宫中参与决断，因此不得不任用宦官，并把国家权力交给他们。宦官手握朝廷封爵，口含王法诏令，实际上掌握了皇帝的赏罚大权，早已不是宫中使役之人了。文章强调指出宦官因参与立君、诛灭外戚而有功，以致权势熏灼。孙程定策，立下拥立顺帝的大功。曹腾建议，提出推尊桓帝的主张。五侯合谋，定议杀死专权的梁冀。这些人因功受封，为人称道，贵盛无比，权倾一时。从此以后，他们"举动回山海，呼吸变霜露"。如果向他们曲意附和，就可以恩宠三族；如果违背他们的意旨，就会被诛灭五宗。这就使得汉朝的法度大乱。所言记叙了宦官得势横行的起因、过程和影响，表达出作者对宦官乱政的痛恨之情。其中叙述史实层层深入，分析事理洞见症结，指责弊端义正词严。

第四部分详细论述东汉宦官之祸导致王朝灭亡。文章先写宦官权势之盛："高冠长剑，纡朱怀金者，布满宫闱；苴茅分虎，南面臣人者，盖以十数。府署第馆，棋列于都鄙；子弟支附，过半于州国。"他们身居高位，人多势众。文章又写宦官奢侈之极："南金、和宝、冰纨、雾縠之积，盈仞珍藏；嫱媛、侍儿、歌童、舞女之玩，充备绮室。狗马饰雕文，土木被缇绣。"他们剥割百姓，骄奢淫逸。文章还写宦官危害之大："虽忠良怀愤，时或奋发，而言出祸从，旋见孥戮。"宦官"构害明贤，专树党类"，"大考钩党，转相诬染。凡称善士，莫不离被灾毒"。他们为所欲为，兴起两次党锢之祸。桓帝时，宦官独揽朝政，排斥打击官僚士大夫。世家大族李膺等与太学生郭泰、贾彪等结交，反对宦官专权。延熹九年（166），宦官使人诬告他们结为朋党，诽谤朝廷，李膺等二百余人被捕入狱，后来虽然释放，但是禁锢终身。这是第一次党锢之祸。灵帝继位，外戚窦武执政，起用党人，与陈蕃等共谋诛除宦官，事泄失败。建宁二年（169），灵帝在宦官侯览、曹节挟持下，收捕李膺、杜密等百余人下狱处死，并陆续杀死、流放、囚禁六七百人。以后，灵帝又下诏规定凡是党人的门生故吏、父子兄弟都免官禁锢终身，并牵连到五服亲属。这是第二次党锢之祸。正如赵翼所说，"汉末党禁""由来已久"，"盖东汉风气，本以名行相尚，迨朝政日非，则清议益峻，号为正人者，指斥权奸，力持正论，由是其名甚高，海内希风附响，唯恐不及，而为所贬訾者，怨刺骨，日思所以倾之，此党祸之所以愈烈也。今案汉末党禁凡两次"（《廿二史札记·党禁之起》）。可见宦官败国乱政带来极大的灾难。作者进一步写到当时人们反对宦官专横的激烈斗争和结局。窦武、何进"位崇戚近"，利用天下民怨沸腾，与士大夫合谋诛灭宦官，可是因迟疑不决而遭到失败。这可以说是东汉的时运气数到了尽头。虽然袁绍奉天子之命行罚，将宦官斩尽杀绝，但是以残暴取代逆乱，造成董卓废立、州郡讨伐等大乱。这已经无法挽救国家的危亡。范晔最后感叹："自曹腾说梁冀，竟立昏弱。魏武因之，遂迁龟鼎。所谓'君以此始，必以此终'。"这里引用《左传·宣公十二年》所载屈荡的话，意思是说汉桓帝因宦官曹腾而得君位，传至献帝，其君位终于被曹氏夺去。所言自然是突出东汉因宦官作乱而倾国。其实，曹氏代汉是当时历史条件下的产物，与宦官没有直接的关系。文章言之有据，论如析薪，字里行间涌动着作者痛斥宦官罪恶的激愤之情。

东汉后期宦官专政确实给国家和人民带来严重的危害。宦官剧增员额，扩大职权，左右政局，横行天下，迫害贤良，鱼肉百姓，沉迷声色犬马，败坏社会风气，最终葬送东汉王朝。正如赵翼所说，国家"不能不用奄寺，而一用之，则其害如此"。宦官"传达于外，则手握王命，口衔天宪，莫能辨其真伪，故威力常在阴阳奥突之间。迨势焰既盛，宫府内外悉受指挥，即亲臣重臣竭智力以谋去之，而反为所噬"。东汉"宦官之祸最烈"，"害民而及于国"，"流毒遍天下"（《廿二史札记》）。

本文内容真实，观点鲜明，笔势酣畅，叙述简洁精练而生动形象，议论入木三分而充满激情，语言骈散交融而富有文采。尤其是文章最末部分更是纵横开阖，淋漓尽致，如悬河泻水，奔腾千里，极有气势和力量，确实能与贾谊《过秦论》媲美，而其辞藻丰富、修辞出色，比起《过秦论》又有过之而无不及。《后汉书》中像这样斐然成章，融叙述、议论、抒情为一体的序论为数不少，如《光武帝纪赞》概述历史进程，肯定刘秀应运而起的行事和平定天下的功绩，赞美他的神勇无敌和深谋远虑；《耿恭传论》从苏武不辱使命的史实谈到耿恭坚守疏勒的事迹，称赞他们把道义看得比生命还重要；《班固传论》肯定《汉书》写作特点，批评班彪、班固排斥坚守道义而死的人和不去叙述杀身成仁而形成的美德；《蔡邕传论》指出有情之士不会忘记情谊恩义，赞扬蔡邕富有才华和直言极谏，同情其命运多舛和结局悲惨。此外，《李固传论》《党锢传序》《儒林传论》和《逸民传论》等，它们有的肯定坚持仁义的人士，有的概述先秦以来风俗的变化和朋党的形成以及党锢之祸的始末，有的分析东汉后期政治混乱而国家不亡的原因，还有的写出逸民的表现并称道他们骄富贵轻王公，都是作者的得意之笔，富有史学价值和文学价值。

登大雷岸与妹书

鲍　照

　　吾自发寒雨，全行日少①。加秋潦浩汗②，山溪猥至③，渡溯无边④，险径游历⑤，栈石星饭⑥，结荷水宿⑦，旅客贫辛，波路壮阔⑧，始以今日食时⑨，仅及大雷⑩。涂登千里⑪，日逾十晨⑫。严霜惨节⑬，悲风断肌⑭，去亲为客⑮，如何如何！

　　向因涉顿⑯，凭观川陆⑰；遨神清渚，流睇方瞩⑱；东顾五洲之隔，西眺九派之分⑲；窥地门之绝景⑳，望天际之孤云。长图大念㉑，隐心者久矣㉒！南则积山万状，负气争高㉓，含霞饮景㉔，参差代雄㉕，凌跨长陇㉖，前后相属，带天有匝㉗，横地无穷㉘。东则砥原远隰㉙，亡端靡际㉚。寒蓬夕卷㉛，古树云平。旋风四起，思鸟群归㉜。静听无闻，极视不见。北则陂池潜演㉝，湖脉通连。苎蒿攸积㉞，菰芦所繁㉟。栖波之鸟㊱，水化之虫，智吞愚，强捕小，号噪惊聒㊲，纷乎其中。西则回江永指㊳，长波天合㊴。滔滔何穷，漫漫安竭！创古迄今㊵，舳舻相接㊶。思尽波涛，悲满潭壑㊷。烟归八表，终为野尘㊸。而是注集，长写不测㊹，修灵浩荡㊺，知其何故哉！西南望庐山，又特惊异。基压江潮㊻，峰与辰汉相接㊼。上常积云霞，雕锦缛㊽。若华夕曜㊾，岩泽气通㊿，传明散彩㉛，赫似绛天㉜。左右青霭㉝，表里紫霄㉞。从岭而上，气尽金光㉟，半山以下，纯为黛色㊱。信可以神居帝郊㊲，镇控湘、汉者也㊳。

若潺洞所积㊴，溪壑所射㊵，鼓怒之所豗击㊶，涌澓之所宕涤㊷，则上穷获浦㊸，下至狶洲㊹，南薄燕爪，北极雷淀㊺，削长埤短，可数百里㊻。其中腾波触天，高浪灌日㊼，吞吐百川，写泄万壑。轻烟不流，华鼎振涾㊽。弱草朱靡㊾，洪涟陇蘇㊿。散涣长惊㉛，电透箭疾㉜。穿溢崩聚㉝，坻飞岭覆㉞。回沫冠山㉟，奔涛空谷㊱。砥石为之摧碎㊲，埼岸为之镌落㊳。仰视大火㊴，俯听波声，愁魄胁息㊵，心惊慄矣㊶！

至于繁化殊育㊷，诡质怪章㊸，则有江鹅、海鸭、鱼鲛、水虎之类，豚首、象鼻、芒须、针尾之族，石蟹、土蚌、燕箕、雀蛤之俦，折甲、曲牙、逆鳞、反舌之属㊹。掩沙涨㊺，被草渚㊻，浴雨排风，吹涝弄翮㊼。夕景欲沉，晓雾将合，孤鹤寒啸，游鸿远吟，樵苏一叹，舟子再泣㊽。诚足悲忧，不可说也。

风吹雷飙㊾，夜戒前路㊿。下弦内外㉛，望达所届㉜。寒暑难适，汝专自慎。夙夜戒护㉝，勿我为念。恐欲知之，聊书所睹。临涂草蹙㉞，辞意不周。

【注释】

①发：出发，启程。全行：整天赶路。②秋潦(lǎo)：秋雨。浩汗：浩大无边的样子。③猥(wěi)：多。猥至：指山溪多涨，奔流而来。④溯(sù)：逆流而上。渡溯无边：无论渡水还是溯流，到处都是水势无边。⑤险径游历：经行于险路之中。⑥栈石：指在山路险绝处搭木为桥。栈：小桥。星饭：在星光下吃饭，形容露天生活。⑦结荷：结起荷叶为屋。水宿：歇宿在水边。这里是说行旅的苦况。⑧波路壮阔：指路途雨水很大，渡溯无边。波路：水路。⑨日食时：午饭时。⑩仅及：刚到。⑪涂登：在路上。⑫逾：过了。这是说时间已过了十天。⑬严霜：凛冽的寒霜。惨节：痛彻关节。⑭断肌：指肌肤冻裂。⑮去亲：离开自己的亲属。为客：客游他乡。⑯涉顿：徒步过水为涉，住宿歇息为顿，此指行旅。⑰凭观：眺望。川陆：山川形势。⑱邀神：散心的意思。清渚：清流中的洲渚。流睇：转目而视。曛(xūn)：傍晚的时候。⑲顾：回头看。五洲：江中相连的五处沙洲。《水经注·江水》："城在山之阳，南对五洲也。江中有五洲相接，故以五洲为名。"眺：眺望。九派：指在江州(今江西九江)所分的九道水，其名称说法不一。这两句是说，回头东望，与家人亲属遥隔五洲；远望前路，将到

达江分九道之处。　⑳ 窥：观察。地门：武关山。《河图括地象》："武关山为地门，上与天齐。"绝景：险绝的景色。　㉑ 长图大念：宏图大志。　㉒ 隐心：蓄积于内心。　㉓ 积山：重重叠叠的山。负气争高：凭仗气势，互不相让。　㉔ 含霞：含映彩霞。饮景：吸纳日光。　㉕ 参差：高低不齐。代雄：互相更替着称霸逞雄。　㉖ 凌：凌驾。跨：跨越。长陇：连接不断的群山。　㉗ 带：这里用作动词，即缠绕之意。匝（zā）：环绕。带天有匝：群山如同长带，环绕天际。　㉘ 横地：指群山横亘大地。　㉙ 砥（dǐ）原：像磨刀石一样的平原。远：广。隰（xí）：低洼之地。　㉚ 亡：同"无"。麇际：没有边际。　㉛ 寒蓬夕卷：蓬草遇傍晚寒风则飞旋卷去。　㉜ 思鸟：思念故巢的鸟。　㉝ 陂（bēi）池：水塘。潜演：潜流。　㉞ 苎（zhù）蒿：苎麻和青蒿。攸（yōu）积：所积，丛生于此。　㉟ 菰（gū）：草本植物，其嫩芽可食用，叫茭白。芦：芦苇。所繁：繁殖于此。　㊱ 栖波：栖息于波涛之间。　㊲ 惊聒（guō）：惊扰嘈杂。　㊳ 回江：迂回曲折的江水。永指：永远流向远方。　㊴ 天合：与天相连。　㊵ 创古迄今：从古到今。　㊶ 舳舻（zhúlú）：船尾和船头。舳舻相接：船只相连不断，旅客往来不绝。　㊷ 思：愁思。壑（hè）：坑谷，深沟。这两句说，往来之人的心中愁思融进波涛，满腹悲怀充满潭壑。　㊸ 八表：八方以外，指极远的地方。野尘：天地间的浮尘。《庄子·逍遥游》："野马也，尘埃也，生物之以息相吹也。"这两句说，怀古悲今如同云烟一般，散归八方以外，成为野马、尘埃。　㊹ 是：此，指江河。注集：流注，汇集。写：同"泻"。不测：无法计量。这两句说，人们的思绪情怀已烟飞尘尽，而江水依然汇合，东流入海。　㊺ 修灵浩荡：《离骚》："怨灵修之浩荡兮。"修灵：指河神，这里以河神代指河流。浩荡：水势浩大的样子。　㊻ 基：山脚。　㊼ 辰汉：星天天河。　㊽ 雕锦缛：形容庐山万紫千红，色彩艳丽。　㊾ 若华：若木之花，这里指霞光。《淮南子·地形》："若木在建木西，末有十日，其华照下地。"曜：照耀。　㊿ 岩泽气通：山水之间的雾气连成一片。　㊂ 传明：照耀通明。散彩：散射各种色彩。　㊃ 赫：火红的样子。绛：红色。　㊄ 青霭：青白色的云雾。　㊅ 紫霄：庐山的一座高峰。　㊆ 气尽金光：山岭之上在夕阳下金光灿烂。　㊇ 黛色：青黑色。　㊈ 信：真是。神居：神灵居处。帝郊：帝王郊祀。　㊉ 镇控：镇压控制。湘、汉：湘江汉水流域。　㊋ 漎（cóng）：小水汇入大水。洞：疾流。　㊌ 溪壑：深溪沟壑。射：水的喷射。　㊍ 鼓怒：指波涛汹涌。㧑（huī）：相击。　㊎ 澓（fú）：水洄流。宕涤：荡涤。　㊏ 荻浦：长满芦荻的水滨。　㊐ 豨（xī）洲：野猪出没的荒洲。豨：猪。　㊑ 薄：迫近。派：指"派"的本字，水分流处。极：尽。燕辰、雷淀：未详，均为地名，指水流所到的地方。　㊒ 埤（pí）：增益。可：大约。　㊓ 腾波：腾起的水波。触天、灌日：指波浪很高。　㊔ 华鼎：华丽的宝鼎。涾（tà）：水沸溢。这两句说，上面轻烟停留不动，下面波涛翻滚汹涌，如水沸于华鼎宝鼎之中。　㊕ 弱草朱靡：指细弱的草茎为大水所淹没。朱：干，这里指草茎。靡：披靡，倒伏。　㊖ 蹙（cù）：迫近。这句说，洪波迫近田垄。　㊗ 散涣：波浪散开奔流。　㊘ 电透箭疾：水流急速如雷电和飞箭一般。　㊙ 穹溘（kè）：高高的浪峰。穹：大。溘：水。　㊚ 坻（chí）：水中高地。坻飞岭覆：巨浪汹涌，卷走水中高地，冲翻山岭。　㊛ 回沫：回溅的水花飞沫。冠山：盖过山岭。　㊜ 空谷：扫空山谷。空：用作动词。　㊝ 砧：河边的捣衣石。　㊞ 埼（qí）岸：弯曲的河岸。龃（jǔ）落：变成碎末飞落。龃：切成细末的腌菜。　㊟ 大火：星名，简称"火"，即心宿二。　㊠ 愁魄：犹魂魄惊散。胁息：屏气不敢呼吸。　㊡ 嫖（piāo）：迅速。　㊢ 繁化殊育：指各种各样、千奇百怪的生物。　㊣ 诡质：奇异的躯干。章：外表。　㊤ 江鹅：鸥鸟。海鸭：文鸭。鱼鲛：沙鱼类。水虎：鳄鱼类。豚首：江豚。象鼻：巨鱼。芒须：虾类。针尾：尾有刺的鳙鱼类。石蟹：溪蟹。土蚌：水中软体动物。燕箕、虹鱼。雀蛤：传说雀入大水化为蛤。折甲：鳖类。曲牙：齿牙如刀锯的鱼类。逆鳞：传说中的龙类。反舌：蛤蟆类。"则有"以下四句列举十六种水中动物，都是承"繁化殊育，诡质怪章"而来，有的实有其物，有的出自神话，有的仅举其形体的某一特点，未必实有其名。　㉟沙涨：水退后的沙滩。㊱被：覆盖。草渚：青草丛生的小洲。此处意为躲避。　㊲排风：击风。吹涝：吐水。弄翮(hé)：飞翔。　㊳寒啸：哀鸣。樵：打柴。苏：取草。舟子：船夫。这两句暗示自己去亲为客的悲凉情怀。　㊴飙：暴风。　㊵戒：提防。这里是说，风暴正猛，夜晚行路，更要小心戒备。　㊶下弦：阴历每月二十二、二十三日，月亮东半明而西半暗，呈半圆弓形，故称下弦。　㊷所届：所要到达的地方，指江州。　㊸夙(sù)夜：早晚。戒护：注意保护。　㊹临涂：身在途中。遽：匆促。

【作者简介】

鲍照(约414—466)，南朝宋文学家，字明远，东海(治今山东兰陵南)人。出身贫寒，却富有文学才华。因向临川王刘义庆献诗而受到赏识，为国侍郎。后迁太学博士，兼中书舍人，又出为秣陵令、永嘉令。临海王刘子顼任荆州刺史时，他为前军参军。宋明帝即位，子顼起兵失败，鲍照为乱兵所杀。其生平事迹附见《宋书》《南史》的《临川王道规传》。鲍照是六朝的著名诗人，钟嵘《诗品》说他"才秀人微，故取湮当代"。其诗反映庶族人士对门阀士族制度的激烈批判。他长于乐府，尤擅七言歌行，风格俊逸，对唐代诗歌的发展颇有影响。他也擅辞赋和骈文。所作皆有名篇传世，如《拟行路难》《芜城赋》《登大雷岸与妹书》等。其诗文的共同特点是"惊挺"和"险急"(《南齐书·文学传》)。著作有《鲍参军集》。

【赏析】

《登大雷岸与妹书》选自《鲍参军集注》卷二，是一封色彩瑰丽、写景出色的骈文书信，约写于宋文帝元嘉十六年(439)秋天。

鲍照受到江州(今江西九江)刺史临川王刘义庆的征召，从建康(今江苏南京)赴江州，途经大雷岸(今安徽望江)时，给他的妹妹鲍令晖写了这封家信。作者在信里主要描绘旅途中所见的山川风物，尤其能把一些奇丽的风景渲染得生动形象，在模山范水中，也表达了去亲为客、旅途凄苦的情感，具有浓厚的抒情色彩。

通篇可分为七层。第一层从开头到"如何如何"，写途中辛苦。作者冒着寒雨出发，因为有时阻雨，所以整天赶路的日子很少，加上雨水浩漫无边，溪水冲入长江，又是逆流前行，因此游历在险绝路上。他"栈石星饭，结荷水宿"，而且"严霜惨节，悲风断肌"，于是深感"去亲为客"的心情是何等悲凉。这层主要叙事，言简意赅，点出辛苦的客情。

第二层从"向因涉顿"到"隐心者久矣"，写路上所见。作者在行程中，眺望远方山川形胜，游神于清流中的小洲，欣赏黄昏日暮的景色。"东顾五洲之隔，西眺九派之分；窥地门之绝景，望天际之孤云"，这四句境界开阔而气势充畅，展现出作者宽广的胸怀。那浩荡的江水、险绝的高山和天边的孤云自然引起他对祖国大好河山的热爱，激发他心中积蓄已久的宏图大志。这层概述所见风景，并由景及情，表达了初登仕途、充满希望的情感。

第三层从"南则积山万状"到"知其何故哉"，写所见四方形势。南面重叠的山峦呈现各种形态，像竞争斗气，一比高低，又像含着彩霞，饮着阳光，山峰高低不齐，更像在互相更替着称霸逞雄。这样拟人化的描写，就把寂静的群山写得活灵活现。作者写山峰的"负气争高"，实际上是表达自己的高远志向。他出身寒族，受尽歧视，因此不满黑暗现象，不愿屈居人下，碌碌无为，而想有所作为，大展宏图。正如《瓜步山楬文》所说："瓜步山者，亦江中眇小山也。徒以因迥为高，据绝作雄，而凌清瞰远，擅奇含秀，是亦居势使之然也。故才之多少，不如势之多少远矣。"又如《拟行路难》（其六）所说："对案不能食，拔剑击柱长叹息；丈夫生世能几时，安能蹀躞垂羽翼。"东面景象是平川广野，越远越低，无边无际。尤其是"寒蓬夕卷，古树云平。旋风四起，思鸟群归"的描绘，不仅借群鸟归林之景来抒发自己行旅思乡之情，而且显出语调的险急，近似语言奇警有力的《芜城赋》。写北面的景物，突出陂池湖泽水流交错和水陆的各种出产。文中用"智吞愚，强捕小，号噪惊聒，纷乎其中"的语句来展现动植物生存竞争的状况，也暗示人世间的钩心斗角、弱肉强食和纷乱嘈杂。这种看似写景而实则讽喻现实的写法，如同《瓜步山楬文》。写西面的景色，着重描写江水东流，波浪连天，船只相接，往来不绝。作者眼见此景，心潮起伏，感叹古今过往人们的愁思尽逐波流，其悲怀也充满潭壑。这层写南东北西的风景，铺叙有序，各有侧重，又融情入景，感慨万端。同时，以拟人手法来描绘山川万物，赋予它们以人的动作和感情，使形象鲜明突出，格外生动，并显得物我交融，耐人寻味。

第四层从"西南望庐山"到"镇控湘、汉者也"，写远望庐山的奇景。首先，庐山特立雄峙，"基压江潮，峰与辰汉相接"，景色令人震惊诧异。其次，"上常积云霞，雕锦缛。若华夕曜，岩泽气通，传明散彩，赫似绛天。左右青霭，表里紫霄"。这些描写骈散融合，对偶精巧，色彩缤纷，从云霞、夕阳、水泽、雾岚、天空等不同方面，出色地烘托映衬出庐山的美丽景色。再者，"从岭而上，气尽金光，半山以下，纯为黛色"的语句展现庐山上下的美景，显得层次分明，文中有画。最后，作者指出庐山"信可以神居帝郊，镇控湘、汉者也"，肯定其山势的崇高和地形的雄胜。这层是全文写景最精美的文字，历来脍炙人口。许梿在评论这层描写时指出："烟云变灭，尽态极妍，即使李思训数月之功，亦恐画所难到。"（《六朝文絜笺注》）所论颇为精确恰当。

第五层从"若潨洞所积"到"心惊慓矣"，写长江盛大水势。文中描述小水积聚，汇成大水，冲入长江；波浪拍击，汹涌澎湃，荡涤四处。"上穷获浦，下至狶洲，南薄燕爪，北极雷淀。"文中进一步展现波浪高、水流多的情景。其中，"腾波触天，高浪灌日，吞吐百川，写泄万壑"，写得惊心动魄，使人仿佛置身于急流浩荡的场面之中，受到深刻的感染。文中还写出巨浪的速度和威势。它突如其来，像闪电射箭般迅疾，或高高涌起，或跌得粉碎，能冲走水中高地，卷空山谷，摧毁河边捣衣石，击碎曲折的河岸。所写景象充分表现出江水速度之快，气势之盛，力量之强，影响之大。这层写波浪奔腾，层层推进，变化自如，扣人心弦。

第六层从"至于繁化殊育"到"不可说也"，写水生动物和鸟类的奇异。所言列举十六种水生动物，如江鹅、海鸭、鱼鲛、水虎、豚首、象鼻、芒须、针尾、石蟹、土蚌、燕箕、雀蛤、折甲、曲牙、逆鳞和反舌，都是承"繁化殊育，诡质怪章"而来，有的确有其物，有的源于神话，有的仅举其形体的某一特点，未必实有其名。它们遍布沙涨草渚，沐浴在风雨中，吐水拍翅，异常活跃。然而在夕阳欲沉、晨雾将合时，"孤鹤寒啸，游鸿远吟，樵苏一叹，舟子再泣"，引起游子心中的悲伤忧愁，又难以用语言表达。这层着重写水乡鱼鸟之类，并流露睹物思乡的情绪，显出作者知识之丰富、观察之仔细、描写之传神、抒情之自然。

第七层从"风吹雷飙"到结束，写到达的预定时间和对妹妹的叮嘱。鲍照告诉妹妹，自己在本月二十二日或二十三日有望到达江州，并要她随时注意保重。字里行间洋溢着关切之意。鲍令晖能诗有才，兄妹感情深厚，又有共同的文学爱好，所以作者就把离家所见精心描绘出来，告诉亲人。这层呼应开头，抒情色彩显而易见。

全文很有特色。它既不是论难说理，也不仅仅是叙事抒情，而是泼墨如云，模山范水。写景分为南、东、北、西，写水生动物则罗列十六种。可见，这与汉大赋的铺张扬厉有相似之处。不过，它行文奇特，笔力雄健，变化灵活，写景细致，情文并茂，句法骈整，结构严谨。正如许梿所说，全文描写形胜"运意深婉，铸词精缛"，"句句锤炼无渣滓，真是精绝"，"明远骈体，高视六代。文通稍后出，差足颉颃，而奇峭幽洁不逮也"（《六朝文絜笺注》）。因此，这一封家信就成为传诵千古的名篇佳作，在骈文发展史上有其地位，并对后世山水游记也很有影响。

北山移文

孔稚珪

　　钟山之英，草堂之灵①。驰烟驿路，勒移山庭②。夫以耿介拔俗之标③，潇洒出尘之想④，度白雪以方絜，干青云而直上⑤，吾方知之矣。若其亭亭物表，皎皎霞外⑥，芥千金而不盼⑦，屣万乘其如脱⑧。闻凤吹于洛浦⑨，值薪歌于延濑⑩，固亦有焉。岂期终始参差，苍黄翻覆⑪，泪翟子之悲，恸朱公之哭⑫。乍回迹以心染，或先贞而后黩⑬，何其谬哉！呜呼！尚生不存，仲氏既往⑭。山阿寂寥，千载谁赏⑮？

世有周子，隽俗之士⑯。既文既博，亦玄亦史⑰。然而学遁东鲁，习隐南郭⑱，偶吹草堂，滥巾北岳⑲。诱我松桂，欺我云壑⑳。虽假容于江皋，乃缨情于好爵㉑。其始至也，将欲排巢父，拉许由㉒，傲百氏㉓，蔑王侯。风情张日㉔，霜气横秋㉕。或叹幽人长往，或怨王孙不游㉖。谈空空于释部，核玄玄于道流㉗，务光何足比，涓子不能俦㉘。

及其鸣驺入谷，鹤书赴陇㉙。形驰魄散，志变神动。尔乃眉轩席次，袂耸筵上㉚，焚芰制而裂荷衣㉛，抗尘容而走俗状㉜。风云凄其带愤，石泉咽而下怆。望林峦而有失，顾草木而如丧㉝。

至其纽金章，绾墨绶㉞，跨属城之雄，冠百里之首㉟。张英风于海甸，驰妙誉于浙右㊱。道帙长殡，法筵久埋㊲。敲扑喧嚣犯其虑，牒诉倥偬装其怀㊳。琴歌既断，酒赋无续。常绸缪于结课，每纷纶于折狱㊴。笼张、赵于往图，架卓、鲁于前箓㊵。希踪三辅豪，驰声九州牧㊶。使我高霞孤映，明月独举，青松落阴，白云谁侣？涧户摧绝无与归㊷，石径荒凉徒延伫㊸。至于还飙入幕，写雾出楹㊹，蕙帐空兮夜鹄怨㊺，山人去兮晓猿惊。昔闻投簪逸海岸，今见解兰缚尘缨㊻。

于是南岳献嘲，北陇腾笑，列壑争讥，攒峰竦诮㊼。慨游子之我欺，悲无人以赴吊㊽。故其林惭无尽，涧愧不歇㊾，秋桂遣风，春萝罢月㊿。骋西山之逸议，驰东皋之素谒㉛。今又促装下邑，浪栧上京㊵，虽情投于魏阙，或假步于山扃㊷。岂可使芳杜厚颜，薜荔蒙耻㊴，碧岭再辱，丹崖重滓㊵，尘游蹋于蕙路㊶，污渌池以洗耳㊷。宜扃岫幌㊸，掩云关，敛轻雾，藏鸣湍。截来辕于谷口，杜妄辔于郊端㊹。于是丛条瞋胆，叠颖怒魄㊺。或飞柯以折轮，乍低枝而归迹㊻。请回俗士驾，为君谢逋客㊼。

【注释】

① 英、灵：都指钟山神灵。草堂：周颙在钟山所建立的隐舍。　② 驰烟：驰驱在山路烟雾之中。驿路：古代供驿马传递公文的官道。勒移：刻写移文。山庭：山的前庭，这里指山前。这两句说，钟山和草堂的神灵腾云驾雾地在驿道上驰驱，把移文刻在山前。　③ 耿介：光明正直。拔俗：超越流俗之上。标：风度、格调。　④ 潇洒：脱落无拘束的样子。出尘：超出世俗之外。　⑤ 度：度量。方：比。絜：同"洁"，洁白。干：犯，凌驾。

这两句说，他们的品质洁如白雪，志向超出青云之上。　⑥亭亭：高耸挺立的样子。物表：万物之上。皎皎：洁白明亮的样子。霞外：云霞之上。这两句说，他们志趣高远，超然于世俗之外，出于云霞之上。　⑦"芥千金"句：视千金如草芥而不屑一顾。芥：小草，这里用作动词。眄(miǎn)：斜视。《战国策·赵策》载，齐国高士鲁仲连帮助赵国退秦军后，拒绝平原君的千金之酬。　⑧"屣万乘"句：视抛弃天子之位如同脱掉草鞋。屣(xǐ)：草鞋，此处用作动词。万乘：万乘之国，指天子。如脱：如脱掉破鞋。《孟子·尽心上》："舜视弃天下犹弃敝蹝也。"　⑨"闻凤吹"句：《列仙传》载，王子乔好吹笙作凤鸣，常游于伊、洛之间，久之仙去。浦：水边。这句说，在洛水河边耳听仙乐，与神仙接触。　⑩"值薪歌"句：《文选》吕向注："苏门先生游于延濑，见一人采薪，谓之曰：'子以终此乎？'采薪人曰：'吾闻圣人无怀，以道德为心，何怪乎而为哀也。'遂为歌二章而去。"值：碰到。濑(lài)：水流沙上为濑。这句说，在长河之滨与隐士往来，不以富贵为念。　⑪岂期：哪里想到。终始参差：指前后不一致。苍黄：青色和黄色。翻覆：变化无常。　⑫"泪翟子"二句：墨子见了练丝为之悲泣，杨朱见了歧路为之痛哭。泪：用作动词，流泪。翟子：墨翟。恸(tòng)：大哭。朱公：杨朱。《淮南子·说林》："杨子见歧路而哭之，为其可以南，可以北；墨子见练丝而泣之，为其可以黄，可以黑。"　⑬乍：暂时。回迹：隐居山林。心染：心里牵挂世俗名利。贞：正，高洁。黩：污浊。这两句说，这种人虽然暂时隐居山林，但是内心仍不忘世俗名利，或者开始时洁身自好，而后来就同流合污了。　⑭尚生：尚子平，西汉末隐士，入山担薪，卖之以供食饮。仲氏：仲长统，东汉末年人，每州郡命召，辄称疾不就。这两句说，尚生这样的隐士现在已没有了，而仲长统那样的人也一去不复返了。　⑮山阿：山之曲隅。寂寥：山林空寂寥落。这两句说，山林变得寂静冷落，很长时间无人玩赏。　⑯周子：周颙，字彦伦，汝南人。齐高帝建元中，为长沙王后军参军，山阴令。后任国子博士等职。隽俗之士：世俗中出类拔萃的人。　⑰既文既博：既有文采又博学。亦玄亦史：通晓老庄之学，也通晓历史。《南齐书·周颙传》说他"泛涉百家，长于佛理"，"兼善老易"。玄：玄学，指魏晋时期的一种哲学思潮，以老庄思想糅合儒家学说，来取代衰微的汉代经学。　⑱"然而"二句：周颙却学习颜阖、南郭子綦的样子隐居起来。东鲁：指古代隐士颜阖。《庄子·让王》载，"鲁君闻颜阖得道之人也，使人以币先焉。颜阖守陋闾"，"使者曰：'此颜阖之家与？'颜阖对曰：'此阖之家也。'使者致币，颜阖对曰：'恐听者谬而遗使者罪，不若审之。'使者还，反审之，复来求之，则不得已"。南郭：指古代隐士南郭子綦。《庄子·齐物论》："南郭子綦隐机而坐，仰天而嘘，荅焉似丧其耦。"　⑲偶吹：和别人一起吹奏乐器，用《韩非子·内储说》"滥竽充数"的典故。滥：失实。巾：隐士所戴头巾。滥巾：冒充隐士。北岳：北山。　⑳"诱我"二句：周颙的假隐行为欺骗了北山的山林。壑(hè)：山沟。　㉑假容：假装隐士的样子。江皋：江岸，这里借指隐士所居之处。缨情：系情，留恋。这两句说，虽然表面在江边装出隐士的容态，但是实际向往功名利禄。　㉒排：排斥。拉：摧折。巢父、许由：相传都是尧时隐士。《高士传》："尧让天下于许由，不受而逃……尧又召为九州长，不欲闻之，洗耳于颍水滨。时其友巢父牵犊欲饮之，见由洗耳，问其故。对曰：'尧欲召我为九州长，恶闻其声，是故洗耳。'巢父曰：'……污吾犊口。'牵犊上流饮之。"　㉓傲：轻视。百氏：诸子百家。　㉔风情：风度情致。张：大。这句说，风度情致之高欲遮天蔽日。　㉕霜气：秋天肃杀之气。横：盖。这句说，志气凛然如秋霜之盛。　㉖叹：慨叹。幽人：隐逸之士。王孙：指隐士。《楚辞·

招隐士》:"王孙游兮不归,春草生兮萋萋。" ㉗空空:佛家义理。佛家认为一切事物都无实体叫作空,而空是假名,假名亦空,因称"空空"。释部:佛家之书。核:研考。玄玄:道家义理。《老子》:"玄之又玄,众妙之门。"道流:道家学派。 ㉘务光:《文选》李善注引《列仙传》载:"务光者,夏时人也","殷汤伐桀,因光而谋,光曰:'非吾事也。'汤得天下,已而让光,光遂负石沉蓼水而自匿"。涓子:《文选》李善注引《列仙传》载:"涓子者,齐人也。好饵术,隐于宕山。"俦:匹敌。 ㉙鸣驺(zōu):指使者的车马。鸣:指官吏的喝道。驺:前后侍从的骑士。鹤书:书体名,又叫鹤头书。古时招纳贤士用这种书体书写,因此称这种诏书为鹤书。陇:山阜。 ㉚"尔乃"二句:于是在筵席上扬眉举袖,得意扬扬。尔乃:于是。轩:高扬。袂(mèi)耸:衣袖高举。 ㉛芰(jì)制、荷衣:用芰荷做成的隐者衣服。《离骚》:"制芰荷以为衣兮,集芙蓉以为裳。"这句说,他决心放弃隐居生活。 ㉜抗:高举。走:驰骋。这句说,他张扬地显露出世俗小人的庸俗状态。 ㉝咽(yè):呜咽。下怆(chuàng):生悲。这四句说,风泉林木等山中自然景物因周颙的变化而悲愤失望。 ㉞纽:系。金章:铜印。绾(wǎn):系。墨绶:黑色印带。金章、墨绶为当时县令级官员所佩用。 ㉟跨:超越。属城:指一郡所属的各县。百里:古时一县约管辖百里。这两句说,周颙为县令时,其声望在一郡所属各县之上。 ㊱张:张扬。英风:美好的声誉。海甸:海滨。驰:传播。浙右:浙江之右,今浙江绍兴一带。 ㊲道帙(zhì):道家的经典。帙:书套,这里指书籍。殡:抛弃。法筵:宣讲佛法的坐席。这两句说,周颙抛弃了研究道佛的旧业。 ㊳敲扑:鞭打,指鞭打犯人。虑:心思。牒诉:文书及诉讼。倥偬(kǒngzǒng):事务急迫匆忙的样子。这两句说,鞭打犯人的声音干扰周颙的心思,文书及诉讼事务充满他的胸怀。 ㊴绸缪(chóumóu):纠缠。结课:考核官吏的政绩功过。纷纶:繁忙。折狱:判理案件。 ㊵笼:笼盖。张、赵:张敞、赵广汉,两人都做过京兆尹,是西汉的能吏。往图:过去的记载。架:超越。卓、鲁:卓茂、鲁恭,两人都是东汉的循吏。篆(lù):簿籍。前篆:指历史记载。这两句说,周颙想超过张、赵、卓、鲁的声名和业绩。 ㊶希踪:追慕踪迹。三辅:汉代称京兆、左冯翊、右扶风为三辅。三辅豪:治理三辅的能吏。驰声:声名远播。九州牧:全国各地方行政长官。古时分天下为九州,州的长官称牧。 ㊷摧绝:破坏。无与归:无人归来。 ㊸延伫(zhù):久立等待。 ㊹还飙(biāo):旋风。写:同"泻",吐。樗:屋柱。 ㊺蕙帐:用蕙草编成的帷帐。蕙:一种香草。 ㊻投簪:指弃官而隐。簪:古时做官的人联结冠发的用具。逸:隐遁。兰:用兰做的佩饰,为隐士所佩。解兰:指放弃隐居生活。缚尘缨:指走上仕途。尘缨:世俗的冠带。 ㊼"于是"四句:由于周颙弃隐做官,南岳北陇表示嘲笑,千山万壑争相讥讽。攒(cuán)峰:密聚在一起的山峰。竦:同"耸",跳动。诮(qiào):讥笑。 ㊽游子:指周颙。吊:慰问。 ㊾"故其"二句:所以树木山涧都为他惭愧不已。 ㊿"秋桂"二句:秋桂春笋因心境不佳而罢遣风月。 ㉛骋、驰:都是传播之意。逸议:隐者的清议。素谒:贫素有德者的言论。 ㉜促装:束装。下邑:相对京城而言的属县。浪枻(yì):鼓棹,驾舟。上京:这里指京城建业。 ㉝魏阙:高大的阙门,指朝廷。假步:借道。山扃(jiōng):山门,指北山。 ㊵芳杜:杜若,香草名。厚颜:不知羞耻。薜(bì)荔:香草名。 ㉟重滓(zǐ):再次蒙受玷污。 ㊱躅(zhú):足迹。这句说,污染了蕙草路上隐士的足迹。 ㊲"污渌池"句:因洗耳而污染了清水池。渌池:清池。 ㊳扃:这里用作动词,关闭。岫(xiù)幌(huǎng):犹言山的窗户。岫:山穴。幌:帷幕。 ㊴截:阻拦。来辕:来车。杜:堵塞。妄辔

(pèi)：肆意乱闯的车马。　⑥丛条：丛林的树枝。瞋胆：使肝胆发怒。瞋：怒。叠颖：重重叠叠的草叶。怒魄：使魂魄发怒。　㉛"或飞柯"二句：有的飞起树枝折毁周颙的车轮，有的骤然低下枝条扫去他的足迹。飞柯：扬起树枝。乍：骤然。　㉜俗士：世俗之徒，指周颙。君：北山神灵。谢：谢绝。逋(bū)客：逃客，指周颙。这两句说，请以此文挡回周颙的车驾，为山神谢绝这个逃客。

【作者简介】

孔稚珪(447—501)，南朝齐文学家，字德璋，会稽山阴(今浙江绍兴)人。出身世家，少时好学，颇受称赞。太守王僧虔见而重之，引为主簿。齐高帝萧道成在做骠骑大将军时，认为他很有文才，取为记事参军，与江淹对掌辞笔。齐时官至太子詹事，加散骑常侍。他能诗文，好饮酒，喜爱山水，不乐世务，居宅盛营山水，门庭之内不剪草莱。所作《北山移文》对假装隐居山林而真心向往荣华富贵的所谓隐士加以尖锐的讽刺，文辞骈偶富丽，是当时骈文中的优秀之作。原有集，已散佚，明人辑有《孔詹事集》。

【赏析】

《北山移文》选自《文选》卷四十三，是一篇优秀的讽刺骈文。

北山，即钟山，今名紫金山，在江苏南京东北。移文是古代用于晓谕、责让和声讨的一种文体，与檄文相近。六朝时，隐逸之风盛行，不少"身在江海之上，心居乎魏阙之下"(《庄子·让王》)的所谓隐士应运而生。对这些人来说，隐居山林可以逃避现实，更能求取名望，走上仕途。孔稚珪假托山林的口吻，讽刺了表面退隐山林而实际心怀官禄的伪善者。

这篇文章的写作背景，据《文选》吕向注说："钟山在都北。其先周彦伦隐于此山，后应诏出为海盐县令，欲却过此山。孔生乃假山灵之意移之，使不许得至。"这里的意思是，周颙原来隐居钟山，后来应诏出仕，因此孔稚珪写作移文，加以讽刺，但是考之史实，所言并无根据。《南齐书·周颙传》载，周颙在宋后废帝元徽中出为剡令，齐高帝建元中为长沙王后军参军、山阴令，而不曾做过海盐县令。他一生连续做官，从未中断，没有隐而复出的事情。周颙曾在钟山建隐舍，《文选》李善注引梁简文帝《草堂传》说："汝南周颙，昔经在蜀，以蜀草堂寺林壑可怀，乃于钟岭雷次宗学馆立寺，因名草堂，亦号山茨。"可是，当时周颙正在做官而没有隐居，所建隐舍只不过是供假日读书休憩之用。显然，吕向之说不符合实际情况。

《南齐书·孔稚珪传》说孔稚珪"风韵清疏，好文咏，饮酒七八斗"，"不乐世务，居室盛营山水，凭几独酌，傍无杂事。门庭之内，草莱不剪，中有蛙鸣"。他从青年时解褐为宋安成王车骑法曹行参军起，直到病卒，一生不断做官，也爱隐逸生活。他和周颙的经历、交游和性格大体相同，因此，《北山移文》可以说是朋友之间的一篇戏谑文章。

作为文学作品，这篇文章戳穿所谓隐士为出仕而归隐的假象，暴露他们外表清高而内心追求名利的本质,具有深刻的思想意义。文中的周子是经过典型化的艺术形象,概括了特定历史时期社会生活的某些本质方面。六朝时,许多假隐士沽名钓誉,趋时嗜利,以归隐为终南捷径。当然,这种现象在封建社会的历史中普遍存在,而真隐士则是凤毛麟角。因此,周子的形象涉及隐逸风尚的实质,具有重要的认识价值。

出色运用对比手法是文章的主要特点。文章开篇以精练的笔墨对比描写了两种不同的隐士。真隐士性情耿介不俗,神态潇洒出尘,品行可与白雪相比,志向足以驾凌青云。他们超脱于世俗之外,以千金之贵为粪土,视万乘之位如草芥。假隐士始终不一,反复不定,人们见之像杨朱见歧路一样而哭泣,像墨翟见练丝一样而悲伤。他们暂时隐居,不忘世俗名利,开始时洁身自好,到后来就与俗同流合污。作者赞美了耿介拔俗的真隐士,批评了反复无常的假隐士。主体部分铺墨如云,展开比较。文章先是写周子为人前后不同。起初他自命不凡,显出既有文采而又博学,不但懂玄学还通历史。他目中无人,不可一世,想要排斥巢父,摧折许由,傲对诸子百家,轻视王侯官吏。他风度情致之高几乎要遮天蔽日,精神气概之盛如同秋季的严霜,而且"或叹幽人长往,或怨王孙不游。谈空空于释部,核玄玄于道流",大有天下清高者舍我其谁之势。可是,皇帝征聘诏书一到,他就形貌变样,魂魄飞散,志向改变,精神动摇。于是他在筵席上扬眉举袖,得意扬扬,进而"焚芰制而裂荷衣,抗尘容而走俗状",决心放弃隐居生活,并张扬地显露世俗小人的庸俗状态。这样前后的对比淋漓尽致地揭露了"虽假容于江皋,乃缨情于好爵"的假隐士的虚伪面目。文章然后写人去山空景象迥然。自周子出山做官后,活跃于官场。他"纽金章,绾墨绶",显得趾高气扬,尤其是"跨属城之雄,冠百里之首。张英风于海甸,驰妙誉于浙右",的确声名煊赫。他早已抛弃研究道学、佛法的旧业,而是置身于"敲扑喧嚣""牒诉倥偬"之中。他原来怡情山水的琴歌已经断绝,陶冶性情的酒赋也无心再续,现在只是"绸缪于结课","纷纶于折狱",甚至还想超过前代循吏的声名和业绩,进而追踪治理三辅的有名能吏,使声名远播于九州大地。然而,与周子出仕热闹繁忙的情况截然相反,北山显出一片冷落寂寥的景象。"使我高霞孤映,明月独举,青松落阴,白云谁侣?"云霞明月无人欣赏,青松白云无与相伴,涧户早就毁坏,石径已经荒芜。草堂非常荒凉,旋风吹入帐幕,云雾吐泻堂前,蕙帐空无一人。夜半鹄怨和黎明猿啼给北山增添了无限的悔恨,众山的嘲弄更使北山羞愤无比。如此鲜明的对比反映出周子一心追求名利的真实面貌,也展现了北山因受骗而失意落寞的景象。通过不同人物的对比、同一人物前后言行的对比和人物活动与自然景象的对比,文章的意思更加明确,感情更加强烈。文章展示了作者尊敬真隐士,同情北山遭遇,更表现出他极其痛恨欲壑难填的假隐士。

大量使用拟人手法是文章的又一长处。首先,文章以"钟山之英,草堂之灵。驰烟驿路,勒移山庭"为开端,表明这是山灵在驿路上腾云驾雾地驰驱,刻移文于山庭。其次，文章写周子"偶吹草堂，滥巾北岳。诱我松桂，欺我云壑"。这样写松桂、云壑受到欺骗，是赋予它们以人的感情，也是山灵以松桂、云壑保护者的身份在愤怒指责伪善者。接着，文章写山中自然景物见周子即将离去的反应。"风云凄其带愤，石泉咽而下怆，望林峦而有失，顾草木而如丧。"这是把风云、石泉、林峦、草木当作有动作有感情的人来写，写出它们因周子的变化而若有所失，怨怒不已。然后，文章写众山的态度和北山的感受。"于是南岳献嘲，北陇腾笑，列壑争讥，攒峰竦诮。"这是说，由于周子去隐求官，周围的峰壑群起讥笑北山当初误把周子作为真隐士而接纳。因此，山灵悔恨交加，痛苦万分，"慨游子之我欺，背无人以赴吊"。对周子的改节出仕，山灵既因受其欺骗而慨叹，也因无人慰问而悲伤。同时，"林惭无尽，涧愧不歇，秋桂遣风，春萝罢月。骋西山之逸议，驰东皋之素谒"。这是说，山林石涧都为周子惭愧不止，秋桂春萝因心境不佳而罢遣风月，山中清议纷纷指责他的无耻。这些都是把山中自然景物拟作人，赋予它们灵性和人格，写出它们因深蒙耻辱而形成的外在表现和心理活动。尤其是文章结尾，写北山拒绝周子再来山中。听说他到京城去还要借道此山，北山爆发出抑制不住的愤怒。"岂可使芳杜厚颜，薜荔蒙耻，碧岭再辱，丹崖重滓。"为表达对周子丑恶行为的弃绝心情，北山的山水草木群起拒之。"扃岫幌，掩云关，敛轻雾，藏鸣湍。截来辕于谷口，杜妄辔于郊端。"它们与世上人事一样，要维护自己的声誉和天地，于是闭门不纳，拒周子于北山之外。如果周子无所顾忌，硬闯山门，那么"丛条瞋胆，叠颖怒魄。或飞柯以折轮，乍低枝而扫迹"。可见，条穗如同勇敢的人们，义愤填膺，怒不可遏，飞枝击折周子的车轮，还扫去他的足迹。这里正如钱锺书所说："以风物刻画之工，佐人事讥嘲之切，山水之清音与滑稽之雅谑，相得而益彰。"（《管锥编》）展开丰富想象，善用拟人手法，既使山林草木充分抒发嬉笑怒骂的情感，也使移文充满情致和生命的活力，从而表现出作者对隐士贪图官禄的虚伪情态的辛辣讽刺。

成功写作骈体是文章的显著特色。全文对仗工稳，文辞精美，用典巧妙，声调和谐，堪称六朝骈体文的代表作。许梿曾说它是"六朝中极雕绘之作，炼格炼词，语语精辟"，"当与徐孝穆《玉台新咏序》并为唐人轨范"（《六朝文絜笺注》）。这篇文章讲究骈偶语句，多用四六格式，不过有时骈散兼行，五字句、七字句相间而出，如"吾方知之矣"、"固亦有焉"、"其始至也"；又如"务光何足比，涓子不能俦"，"希踪三辅豪，驰声九州牧"，"涧户摧绝无与归，石径荒凉徒延伫"，"蕙帐空兮夜鹄怨，山人去兮晓猿惊"。这样就在工整精巧之中显出自然活泼，使节奏有所变化，语境容易表达，文气更加通畅。文章善用典故，以博雅见长。用鲁仲连拒绝千金赠礼之事来赞美真正隐士的纯洁高尚；用南郭处士滥竽充数之事来点明周子在北山草堂假装隐士；用巢父、许由不受尧所让君位之事来讽刺周子自命清高，无视前贤。这些都是融化古语古事，表达作者情感，写得委婉含蓄，典雅精练，使人从中可以联想到更多的内容。文章通篇押韵，富有辞赋意味。它注重音节匀称，平仄协调，既增加了语言的节奏感与旋律美，也增加了语言的音乐性。押韵灵活自然，换韵与段落层次一致，从而很好地表达了文章的内容。文中拟人化的形象描绘和明显的诗歌化写法，不但把山中景物写得活灵活现，还使全文带有浓重的抒情色彩。总之，这篇文章不为骈体格式所困，而是言之有物，既能细腻地写景，又能婉转地抒情，确实是很有文采、广为传诵的骈文名篇。

答谢中书书

陶弘景

山川之美，古来共谈。高峰入云，清流见底。两岸石壁，五色交辉①；青林翠竹，四时俱备②。晓雾将歇③，猿鸟乱鸣；夕日欲颓④，沉鳞竞跃⑤。实是欲界之仙都⑥。自康乐以来，未复有能与其奇者⑦。

【注释】

① 交辉：交相辉映。辉：光辉。　② 四时俱备：四季常在。　③ 歇：消。　④ 夕日欲颓：傍晚太阳将要坠落。颓：坠，下落。　⑤ 沉鳞：水底的游鱼。竞跃：竞相游跃。　⑥ 欲界：佛教所说的三界之一，欲界是具有七情六欲的众生所居，此指人间。这句说，这实在是人间的仙境。　⑦ "自康乐"二句：自从谢灵运以后，就再也没有能欣赏这奇妙山水的人了。康乐：指谢灵运，南朝宋诗人，谢玄之孙。晋时袭封康乐公，故称谢康乐。平生喜欢游山玩水，善于刻画自然景物，开创文学史上的山水诗派。与：参与，这里有领略、欣赏的意思。

【作者简介】

陶弘景(456—536)，南朝齐梁时期道教思想家、医学家，字通明，丹阳秣陵(今江苏南京)人。幼即好学，十岁得葛洪《神仙传》，昼夜研寻。读书万余卷，一事不知，就深以为耻。善琴棋，工草隶。齐高帝为相时，引为诸王侍读，常闭门读书，不与外界往来。齐武帝永明十年(492)，脱朝服挂神武门，上表辞禄，于是隐居句容句曲山(茅山)，自号华阳陶隐居。性爱山水，遍历名山，寻仙访药，每经涧谷，必坐卧其间，吟咏盘桓不已。为人圆通谦谨，好著述，尚奇异，对于阴阳五行、天文历法、山川地理、医术本草，都颇有研究。梁武帝遇到朝廷大事，就前往咨询，时人称为山中宰相。卒谥贞白先生。著述甚多，文章写得清新简洁。明人辑有《陶隐居集》。《梁书》《南史》皆有传。

【赏析】

《答谢中书书》选自《艺文类聚》卷三十七，是作者写给谢徵谈山水的信。谢中书，名徵（或作微），字元度，陈郡阳夏（今河南太康）人。为人好学，文思敏捷，长于诗文，曾为豫章王记室，兼中书舍人，故称谢中书。

陶弘景信奉道教，性爱山水，博学多识，能作诗文。他年少时研究《神仙传》，就有养生之志。后来他曾身在朱门，为诸王侍读，深受齐高帝器重，然而不愿与外界交往，而是认真读书，向往林泉。永明十年，他上表辞禄，退隐茅山。梁武帝即位，"屡加礼聘，并不出，唯画作两牛，一牛散放水草之间，一牛着金笼头，有人执绳，以杖驱之。武帝笑曰：'此人无所不作，欲学曳尾之龟，岂有可致之理。'国家每有吉凶征讨大事，无不前以咨询"（《南史》）。他博览群书，爱好著述，遍历江南的名山胜水，自然领略其浓色深味，因此擅长描写山水。这篇短文仅有六十八个字，叙述江南山水之美，描写传神，笔意空灵，字字珠玑，风格清新，堪称当时山水小品中的杰作。

作者具有强烈的山水意识和高超的写景能力。文章首先提到山水的美丽是自古以来人们共同的谈资，表明这封信不是谈人生理想，也不是抒离别之情，而是专门描摹山川风物。所言不仅反映出历史与现实中人们喜爱和谈论自然美景的实际情况，也表达了作者希望描述自然之美的意愿。这样的开头言辞简练，包含很广，境界开阔，发人思索。文章接着以十个四字句，着笔成绘，以形写神，展现了江南山水的美丽风光。高峻山峰直插云天，清澈流水明净见底。这是写山水的形态，显示南方"清流见底"的澄澈之美。两岸石壁五色斑斓，在阳光下交相辉映；青林翠竹繁密茂盛，一年四季争荣。这是写山水周围景色，表现奇幻瑰丽之美和四时变化之美。清晨迷雾将要消散时，猿鸟纷纷鸣叫，而傍晚太阳即将西沉时，水底游鱼竞相腾跃。这是写每日早晚的热闹情景，突出佳丽山水的一日之美。由此可见，作者调动视听感官，从上下四周不同空间、四季晨昏不同时间和动静变化不同角度，描绘了一幅色彩绚丽、意趣盎然的山水画面，表现出大自然生机勃勃的美景和神韵。这里以写景见长，显得层次清楚，句式整齐，语言生动，意味隽永。文章最后抒发作者在极目骋怀、融合物我过程中的情感，他觉得江南山水美景实在是人间的仙境，感叹自谢灵运以来竟无人欣赏如此的奇妙山水。这样的结束言简意赅，变化灵活，使作者陶醉于自然中、有得于山水间的愉悦心情得以充分表达，更使文章图景明丽，诗情洋溢，画意无穷。

书信是山水小品，不过意境完整，行文自如，文辞精美，因此富有文学价值。它可以说是骈体，却骈散兼行。文中讲究对偶，如"高峰入云，清流见底"；强调工整，如"晓雾将歇，猿鸟乱鸣；夕日欲颓，沉鳞竞跃"；用四四四四句式，如"两岸石壁，五色交辉；青林翠竹，四时俱备"。而最后不但以纯净的散句自然结束写景，转为赞美"欲界之仙都"，还宕开一笔，画龙点睛，谈到"自康乐以来，未复有能与其奇者"，再次强调此地山水的奇情壮采和逸趣神韵。这就把骈文的整齐偶对之美与散文的疏宕畅达之美结合起来，因而神气流转，毫无极滞之弊。它又能融叙述、描写、抒情于一体，成功描绘风景如画的江南山水。开始告诉对方，明言所谈话题。主体用精练的白描手法写景，生动地再现出山川形势、声色静动，写得清新简约，浑然天成，从而令人神往。结尾直抒胸臆，表达了作者对江南山水的挚爱之情和远离尘俗、返回自然的怡然自得之乐。三者紧密联系，相得益彰，显得结构严密，重点突出，尺幅千里。尤其是它能把自然山水作为文章描写的主要对象，而不是用作陪衬与背景。这与东汉马第伯《封禅仪记》对泰山高峻景色的描写和东晋王羲之《兰亭集序》对兰亭美丽风景的描写有所不同，本文的山水景物已经成为着意抒写的中心。作者描绘绚烂多彩的山川风物，又隐含丰富的意趣，能避免因极貌写物穷力追新而难免产生的拖沓滞累、存形略神之病，从而使客观与主观高度统一，内容与形式完美融合。这样写景出色、情文并茂的杰作正是六朝山水散文达到成熟阶段的显著标志，因此历来为人们所称赞。

广绝交论

刘　峻

客问主人曰："朱公叔《绝交论》①，为是乎？为非乎？"主人曰："客奚此之问？"客曰："夫草虫鸣则阜螽跃，雕虎啸而清风起②。故絪缊相感，雾涌云蒸，嘤鸣相召，星流电激③。是以王阳登则贡公喜④，罕生逝而国子悲⑤。且心同琴瑟，言郁郁于兰茝⑥；道叶胶漆，志婉娈于埙篪⑦。圣贤以此镂金版而镌盘盂，书玉牒而刻钟鼎⑧。若乃匠人辍成风之妙巧⑨，伯子息流波之雅引⑩；范、张款款于下泉⑪，尹、班陶陶于永夕⑫。骆驿纵横，烟霏雨散⑬，巧历所不知，心计莫能测⑭。而朱益州汨彝叙，粤谟训，捶直切，绝交游⑮。比黔首以鹰鹯，媲人灵于豺虎。蒙有猜焉，请辨其惑⑯。"

主人听然而笑曰⑰："客所谓抚弦徽音，未达燥湿变响⑱；张罗沮泽，不睹鸿雁云飞⑲。盖圣人握金镜，阐风烈，龙骧蠖屈，从道污隆⑳。日月联璧，赞亹亹之弘致㉑；云飞电薄，显棣华之微旨㉒。若五音之变化，济九成之妙曲㉓。此朱生得玄珠于赤水，谟神睿而为言㉔。至夫组织仁义，琢磨道德，欢其愉乐，恤其陵夷㉕。寄通灵台之下，遗迹江湖之上㉖，风雨急而不辍其音，霜雪零而不渝其色㉗，斯贤达之素交㉘，历万古而一遇。逮叔世民讹，狙诈飙起㉙，溪谷不能逾其险，鬼神无以究其变㉚，竞毛羽之轻，趋锥刀之末㉛。于是素交尽，利交兴，天下蚩蚩，鸟惊雷骇㉜。然则利交同源，派流则异，较言其略㉝，有五术焉：

"若其宠钧董、石，权压梁、窦㉞，雕刻百工，炉捶万物㉟。吐淑兴云雨，呼噏下霜露㊱。九域耸其风尘，四海叠其熏灼㊲。靡不望影星奔，藉响川鹜㊳。鸡人始唱，鹤盖成荫㊴，高门旦开，流水接轸㊵。皆愿摩顶至踵，隳胆抽肠㊶，约同要离焚妻子，誓殉荆卿湛七族㊷。是曰势交㊸，其流一也。

"富埒陶、白，赀巨程、罗㊹，山擅铜陵，家藏金穴㊺，出平原而联骑，居里闬而鸣钟㊻。则有穷巷之宾，绳枢之士，冀宵烛之末光，邀润屋之微泽㊼；鱼贯凫跃，飒沓鳞萃㊽，分雁鹜之稻粱，沾玉斝之余沥㊾。衔恩遇，进款诚，援青松以示心，指白水而旌信㊿。是曰贿交㉛，其流二也。

"陆大夫宴喜西都，郭有道人伦东国㉜，公卿贵其籍甚，搢绅羡其登仙㉝。加以颠颐蹙頞，涕唾流沫㉞，骋黄马之剧谈，纵碧鸡之雄辩㉟，叙温郁则寒谷成暄，论严苦则春丛零叶㊱，飞沉出其顾指㊲，荣辱定其一言。于是有弱冠王孙，绮纨公子，道不挂于通人，声未遒于云阁㊳，攀其鳞翼，丐其余论㊴，附驵骥之旄端，轶归鸿于碣石㊵。是曰谈交㊶，其流三也。

"阳舒阴惨，生民大情㊷；忧合欢离，品物恒性㊸。故鱼以泉涸而呴沫，鸟因将死而鸣哀㊹。同病相怜，缀河上之悲曲㊺；恐惧置怀，昭《谷风》之盛典㊻。斯则断金由于湫隘，刎颈起于苦盖㊼。是以伍员濯溉于宰嚭，张王抚翼于陈相㊽。是曰穷交㊾，其流四也。

"驰骛之俗，浇薄之伦，无不操权衡，秉纤纩㊿。衡所以揣其轻重，纩所以属其鼻息。若衡不能举，纩不能飞，虽颜、冉龙翰凤雏，曾、史兰薰雪白，舒、向金玉渊海，卿、云黼黻河汉，视若游尘，遇同土梗，莫肯费其半菽，罕有落其一毛。若衡重锱铢，纩微影撇，虽共工之蒐慝，驩兜之掩义，南荆之跋扈,东陵之巨猾⑧,皆为匍匐逶迤,折枝舐痔㉛,金膏翠羽将其意,脂韦便辟导其诚㉜。故轮盖所游,必非夷、惠之室㉝;苞苴所入,实行张、霍之家㉞。谋而后动,毫芒寡忒㉟。是曰量交㊱,其流五也。

"凡斯五交,义同贾鬻㊲。故桓谭譬之于阛阓㊳,林回喻之于甘醴㊴。夫寒暑递进,盛衰相袭㊵,或前荣而后悴㊶,或始富而终贫,或初存而末亡,或古约而今泰㊷,循环翻覆,迅若波澜。此则殉利之情未尝异,变化之道不得一㊸。由是观之,张、陈所以凶终,萧、朱所以隙末㊹,断焉可知矣。而翟公方规规然勒门以箴客㊺,何所见之晚乎?

"因此五交,是生三衅㊻:败德殄义㊼,禽兽相若,一衅也;难固易携,仇讼所聚㊽,二衅也;名陷饕餮,贞介所羞㊾,三衅也。古人知三衅之为梗,惧五交之速尤⓴。故王丹威子以棰楚,朱穆昌言而示绝,有旨哉㉛!有旨哉!

"近世有乐安任昉,海内髦杰⓶,早绾银黄,夙昭民誉⓷。遒文丽藻,方驾曹、王⓸;英跱俊迈,联横许、郭⓹。类田文之爱客,同郑庄之好贤⓺。见一善则盱衡扺腕,遇一才则扬眉抵掌⓻。雌黄出其唇吻,朱紫由其月旦⓼。于是冠盖辐凑,衣裳云合⓽,辎軿击轊,坐客恒满⓾。蹈其闑阈,若升阙里之堂⓫;入其隩隅,谓登龙门之阪⓬。至于顾盼增其倍价,剪拂使其长鸣⓭,彯组云台者摩肩,趋走丹墀者叠迹⓮,莫不缔恩狎,结绸缪⓯,想惠、庄之清尘,庶羊、左之徽烈⓰。及瞑目东粤,归骸洛浦⓱。穗帐犹悬,门罕渍酒之彦⓲;坟未宿草,野绝动轮之宾⓳。藐尔诸孤,朝不谋夕,流离大海之南,寄命嶂疠之地⓴。自昔把臂之英,金兰之友㉑,曾无羊舌下泣之仁,宁慕邱成分宅之德。呜呼!世路险巇㉒,一至于此,太行、孟门,岂云崭绝㉔!是以耿介之士,疾其若斯,裂裳裹足,弃之长骛㉕。独立高山之顶,欢与麋鹿同群,皦皦然绝其雰浊,诚耻之也,诚畏之也㉖。"

【注释】

① 朱公叔:朱穆,东汉人。他因痛感世态炎凉,人情淡薄,作《绝交论》以刺时弊。
② 草虫、阜螽(zhōng):都是虫名。《诗经·召南·草虫》:"喓喓草虫,趯趯阜螽。"据说草虫鸣叫,阜螽就会跳跃。郑玄注:"异类相应。"这里喻指朋友感情的共鸣。雕虎:老虎。

因虎皮上有斑斓花纹，故称雕虎。《淮南子·天文》："虎啸而谷风至。"这里喻指同声相应、同气相求义。　③絪缊(yīnyūn)：同"氤氲"，这里指天地之气相互作用而化育万物。《易·系辞下》："天地絪缊，万物化醇。"嘤鸣相召：鸟类嘤嘤鸣叫，相互召唤。《诗经·小雅·伐木》："嘤其鸣矣，求其友声。"雾涌云蒸、星流电激：都指异物感应的迅速。　④王阳：名吉，字子阳。登：指登朝做官。贡公：贡禹。《汉书·王吉传》："吉与贡禹为友，世称'王阳在位，贡公弹冠'。"　⑤罕生：罕虎，字子皮。国子：名侨，字子产。他们都是春秋时郑国人，也是知己。《左传·昭公十三年》载："(子产)闻子皮卒，哭，且曰：'吾已！无为为善矣。唯夫子知我。'"　⑥琴瑟：比喻友谊和谐。《诗经·小雅·棠棣》："妻子好合，如鼓琴瑟。"郁郁：香气浓郁。兰茝(chǎi)：都是香草。　⑦叶(xié)：相合。胶漆：比喻友谊牢不可破。《史记·蔡泽传》："与有道之士为胶漆。"婉娈：亲密友爱的样子。埙篪(xūnchí)：皆为古时乐器，这里比喻和睦协作。《诗经·小雅·何人斯》："伯氏吹埙，仲氏吹篪。"　⑧镂、镌：都是雕刻的意思。金版、玉牒：用金属或玉制成的片状物，可用来刻写。盘盂、钟鼎：都是古代器物，多用青铜制作。古人把重要的事情刻在版、牒、盘、盂、钟、鼎之上，以期长久流传后世。这里指重视友谊的话早已记载在典籍之上。　⑨匠人：指匠石。《庄子·徐无鬼》载，庄子送葬，经过惠子墓地，对跟随的人说："郢人垩慢其鼻端，若蝇翼，使匠石斫之。匠石运斤成风，听而斫之，尽垩而鼻不伤，郢人立不失容。宋元君闻之，召匠石曰：'尝试为寡人为之。'匠石曰：'臣则尝能斫之。虽然，臣之质死久矣。'自夫子之死也，吾无以为质矣，吾无与言之矣。"辍：停止。这句说，郢人已死，匠石就无从施展他的绝技。　⑩伯子：伯牙，春秋时人。息：停止。流波：流水。雅引：高雅的琴曲。《列子·汤问》："伯牙善鼓琴，锺子期善听。伯牙鼓琴，志在登高山，锺子期曰：'善哉，峨峨兮若泰山！'志在流水，曰：'善哉，洋洋兮若江河！'"后来锺子期死，伯牙终生不再鼓琴。　⑪范、张：指汉代的范式与张劭。款款：诚恳的样子。下泉：黄泉。范式、张劭为知友。《后汉书·独行传》载，张劭死后，范式素车白马奔去送葬，并为他修坟植树。　⑫尹、班：指汉代的尹敏和班彪。陶陶：快乐舒畅的样子。《文选》李善注引《东观汉记》："尹敏与班彪相厚，每相与谈，常晏暮不食，昼即为冥，夜彻旦。"　⑬骆驿：同"络绎"，前后相接，连续不断。烟霏雨散：形容众多。这两句说，有关友谊的故事、佳话历来叙说不尽。　⑭巧历、心计：都是指精巧的、用心的计算。　⑮朱益州：指朱穆，他死后追赠益州太守。汩：扰乱。彝叙：社会的伦理、秩序。粤：同"越"，超过，逾越。谟训：圣贤的谋略训诲。捶：打击。直切：指正直诚恳的友情。绝：断绝。交游：交往。　⑯黔首：百姓。鹰鹯(zhān)：均为猛禽。媲：比喻。人灵：人类。蒙：愚昧，自称的谦辞。猜：疑惑。辨：分析，解释。　⑰听(yǐn)然：张口而笑的样子。　⑱抚弦徽音：指弹奏美妙的乐音。达：通晓。燥湿变响：天气的燥湿变化会影响乐音的变化。　⑲张罗：张开罗网。沮泽：沼泽地带。云飞：高飞入云。　⑳握：把握。金镜：高明的哲理。阐：阐明，发扬。风烈：风化，文明。龙骧：神龙腾跃。蠖(huò)屈：尺蠖屈伏。从道：随世道。污隆：指世道盛衰或政治兴替。《礼记·檀弓上》："道隆则从而隆，道污则从而污。"　㉑日月联璧：比喻太平景象。亹亹(wěi)：微妙。弘致：宏大的成就。　㉒云飞电薄：比喻世道衰乱。薄：迫，冲击。棣(dì)华：唐棣之华，唐棣为一种植物。华：花。《论语·子罕》："唐棣之华，偏其反而。"意谓唐棣的花翩翩地摇动。微旨：微妙的含义。　㉓五音：指宫、商、角、徵、羽五个音阶。济：构成。九成：九阕，九章。乐曲一终为一成。九成之妙曲：

指古代韶乐，相传为舜所作。《尚书·益稷》："箫韶九成，凤凰来仪。" ㉔ 朱生：朱穆。玄珠：黑色之珠。赤水：传说中的河流。《庄子·天地》："黄帝游乎赤水之北，登乎昆仑之丘而南望。还归，遗其玄珠。"玄珠喻指天道。谟：谋，效法。神睿：神圣。 ㉕ 组织仁义：以仁义作为联系、交流的原则。琢磨道德：彼此切磋砥砺，增进道德修养。欢其愉乐：处乐同欢。恤其陵夷：居忧共戚。恤：怜悯。陵夷：衰落。 ㉖ 寄通：寄托交往之谊。灵台：指心。《文选》李善注引司马彪说："心为神灵之台也。"遗迹：遗忘形迹。《庄子·大宗师》："鱼相忘乎江湖，人相忘乎道术。" ㉗ 风雨急：喻乱世。辍：中止。霜雪零：喻磨难。渝：改变。这两句说，朋友的真情友谊不因乱世而中止，也不因磨难而改变。 ㉘ 贤达：贤能通达之人。素交：质朴纯洁的友谊。 ㉙ 逮：及，到。叔世：末世，指政治、风俗败坏的社会。讹：欺诈。狙诈：诡诈，中伤。飙起：狂风般卷起。 ㉚ 溪谷：山谷。逾：超过。究：弄清。《庄子·列御寇》："孔子曰：'凡人心险于山川，难于知天。'"董仲舒《士不遇赋》："鬼神不能正人事之变戾。"指末世风俗衰败，人心险恶。 ㉛ 竞：争夺。趋：追逐。毛羽之轻、锥刀之末：都是比喻极其琐细轻微的利益。 ㉜ 利交：以求利为目的的交游。天下蚩蚩（chī）：天下纷纷扰扰，乱七八糟。鸟惊雷骇：形容利交的危险与可怕。 ㉝ 同源：根源相同。较言：大略叙述。 ㉞ 钧：同"均"，相等，等同。董：指董贤。石：指石显。董、石均为西汉宠臣。梁：指梁冀。窦：指窦宪。梁、窦均为握有重权的东汉外戚。 ㉟ 雕刻：雕制刻削。百工：朝中百官。炉捶：冶炼敲打。万物：指天下百姓。 ㊱ 噏（xī）：同"吸"。这两句说，吞吐之间可以鼓动风雨，呼吸之际能够引发霜露。 ㊲ 九域：九州。九域、四海：都是指全国。耸：同"悚"。耸、叠：都是害怕的意思。熏灼：烟熏火灼，形容气焰猖獗。 ㊳ 靡不：莫不。望影：望见踪影。星奔：如流星般奔驰。藉响：听到响声。藉：依凭。川鹜：如川水般奔流。 ㊴ 鸡人：古代戴着鸡冠帽专门报晓的官吏。鹤盖成荫：指车马相连，车盖相接成荫。鹤盖：以鹤为饰的车盖，借指官吏们所乘的车马。 ㊵ 高门：权豪显宦之家。旦：早晨。流水：形容车子一辆接一辆，连绵不绝。轸（zhěn）：车子后部的横木。 ㊶ 摩顶至踵：从头顶到脚跟都磨伤。隳（huī）胆抽肠：毁掉胆，抽掉肠，比喻尽心尽力，不惜牺牲。隳：毁坏。 ㊷ 约、誓：都是立誓、发誓的意思。要离：春秋时人，为替吴王谋刺庆忌，烧死自己的妻子，以取信于庆忌，后乘其不备，拔剑刺杀之。荆卿：战国时人，为燕太子丹行刺秦王，未遂而死。传说燕国竟诛灭了他的七族，以求见谅于秦王。湛：同"沉"，灭掉。 ㊸ 势交：趋炎附势的交游。 ㊹ 埒（liè）：相等。陶：指范蠡，春秋时越国大夫，极富智谋远见，帮助越王勾践灭吴后，归隐至陶（今山东定陶），经商致富，称"陶朱公"。白：指白圭，周时富人，十分阔绰。赀（zī）：资财，钱财。巨：大于。程：指程郑，汉时临邛一带的大富。罗：指罗褒，汉时成都富人，家资巨万。 ㊺ 擅：据有。铜陵：铜山。汉文帝宠爱邓通，赐给铜山，让他铸钱，于是邓氏钱布天下。金穴：郭况是汉光武帝郭皇后之弟，为大鸿胪，屡受赏赐，其富无比，京师称郭况家为"金穴"。 ㊻ 联骑：出门群马相伴。里闬（hàn）：里门。鸣钟：钟鸣鼎食，古时富贵人家常击钟列鼎而食。 ㊼ 穷巷：陋巷。宾：客人。绳枢：用绳子代替枢纽门轴。冀：期待，希望。宵烛：夜间的灯烛。末光：余光。邀：希求。润屋：富家。《礼记·大学》："富润屋。"微泽：小恩小惠。 ㊽ 鱼贯：如游鱼般首尾相接，逐一而行，这里形容宾客众多。凫跃：如野鸭般踊跃而至，这里形容宾客活跃。飙沓：群飞的样子。鳞萃：鱼类聚集。 ㊾ 分：分享。雁鹜之稻粱：富贵人家饲养鹅鸭之类家禽的稻粱。沾：沾光。玉斝（jiǎ）：用玉装饰的酒器。余沥：残余的酒滴。 (50) 衔：存在心里。恩遇：恩惠知遇。款诚：恳切忠诚的心意。援：引。示心：展示心意。旌(jīng)信：表明信诚。 (51) 贿交：贪图财物的交游。 (52) 陆大夫：指陆贾，汉高祖时为太中大夫。他曾在西都长安宴饮宾客，名气很大。宴喜：宴乐。郭有道：指郭泰，字林宗，东汉名士。他通晓典籍，喜欢谈论，曾以“有道”征，辞不就。游洛阳后归乡，与李膺同船而行，众宾客望之，以为神仙。人伦：人际关系。东国：东都洛阳。 (53) 籍甚：名气很大。搢绅：官僚，士大夫。 (54) 顩(qìn)颐蹙頞(è)：收腮皱鼻，形容高谈阔论时的面部表情。顩：下巴向上翘的样子。颐：颊，腮。蹙：皱起。頞：鼻梁。涕唾流沫：形容侃侃而谈、唾沫飞溅的样子。 (55) 黄马、碧鸡：都是先秦名家学派关于名实之辩的命题，这里泛指“剧谈”“雄辩”所涉及的一些概念。《公孙龙子·通变论》：“黄，其马也，其与类乎！碧，其鸡也，其与暴乎！” (56) 温郁：温暖。暄：暖。严苦：极其苦痛。春丛零叶：春天的花丛会败叶飘零。 (57) 飞沉：起落升降。顾指：以眼神的顾盼来指挥。 (58) 弱冠：刚刚成年。古代男子二十岁成人，行冠礼。《礼记·曲礼上》：“二十曰弱，冠。”绮纨：有花纹的细绢，为富家子弟所服。道：道艺，学问。不挂：未达到。通人：通晓古今的名流学者。遒：强健有力，这里指声名大盛。云阁：宫中高耸入云的台阁，即云台。后汉永平中，明帝追念功臣，绘二十八将之像于云台。 (59) 攀其鳞翼：指攀附权贵而向上爬。丐其余论：拾取名人牙慧向人炫耀。 (60) 驵(zǎng)骥：骏马。旄端：马尾末端。轶：超过。归鸿：回归的大雁。碣石：山名，在今河北昌黎北。《文选》李善注引《张敞集》：“苍蝇之飞，不过十步；托骥之尾，乃腾千里之路。” (61) 谈交：攀附谈辩的交游。 (62) 阳：指顺利、成功、太平、光明等情况。阴：指挫折、失败、动荡、黑暗等情况。舒：舒畅，愉快。惨：抑郁，悲伤。生民大情：人之常情。 (63)“忧合”二句：忧时聚合，欢时离散，这是万物常情。品物：万物。恒性：常情。 (64) 泉涸：泉水干枯。呴(xǔ)：吐沫。《庄子·天运》：“泉涸，鱼相与处于陆，相呴以湿，相濡以沫，不若相忘于江湖。”《论语·泰伯》：“鸟之将死，其鸣也哀；人之将死，其言也善。” (65) 怜：怜悯，同情。缀：连缀。河上之悲曲：《吴越春秋·阖闾内传》载，伯嚭奔吴，伍子胥请求吴王用为大夫，有人问他为何相信伯嚭，伍子胥说：“吾之怨与嚭同。子闻河上之歌者乎？同病相怜，同忧相救。” (66) 置怀：放置心怀。昭：显示。《诗经·小雅·谷风》：“将恐将惧，置予于怀。”
(67) 断金：比喻同心。《周易·系辞上》：“二人同心，其利断金。”湫(jiǎo)隘：低洼狭小，这里指居住条件简陋。刎颈：刎颈之交，比喻生死同心。苫(shān)盖：用茅草编成的屋顶，即草棚。 (68) 伍员：伍子胥。濯溉：灌溉，喻指扶持，培养。宰嚭(pǐ)：伯嚭，后官至太宰，故称。伯嚭奔吴，得到伍子胥举荐而荣显，然而日后他向吴王进谗，害死伍子胥。张王：张耳，归顺项羽后，被封为常山王。抚翼：扶持，庇护。陈相：陈馀，后来做了赵相。陈馀受到张耳扶持而尊贵，发迹得势后反而打击张耳。 (69) 穷交：同遭穷困的交游。
(70) 驰骛之俗：奔走权门的风气。浇薄之伦：轻薄寡义之辈。操：拿着。权：秤锤。衡：秤杆。秉：掌握。纤：纤细。纩：丝绵。 (71) 揣：量。属(zhǔ)：接触，检验。属纩就是用新绵置于临死之人鼻前，观其有无呼吸。《礼记·丧大记》：“疾病，男女改服，属纩以俟绝气。”郑玄注：“纩，今之新绵，易动摇，置鼻之上以为候。” (72) 颜：颜回。冉：冉求。均为孔子弟子。龙翰凤雏：比喻才学出众。 (73) 曾：曾参，孔子弟子，事亲至孝。史：史鱼，春秋时卫国大夫，为人正直。兰薰雪白：比喻品德高尚。 (74) 舒：汉代大儒董仲舒。向：汉代学者刘向。金玉：比喻文章精美珍贵。渊海：形容学识渊博浩瀚。 (75) 卿：司马相如，字长卿。云：扬雄，字子云。都是西汉著名文学家。黼黻(fǔfú)：古代礼服上所绣的花纹，这里比喻辞藻华丽。河汉：银河，比喻文章不同凡响。 ⑯ 游尘：浮动的尘埃。遇：对待。土梗：泥土塑成的偶像。 ⑰ 半菽(shū)：半颗豆子。罕有落其一毛：指一毛不拔。 ⑱ 锱(zī)：古代重量单位，一两的四分之一。铢：古代重量单位，一两的二十四分之一。这里以锱铢比喻极其微小的重量。剽(piāo)撇：微动，飘拂。 ⑲ 共工：尧时四凶之一。蒐慝(sōutè)：隐蔽的邪恶。驩(huān)兜：尧时四凶之一。掩义：掩盖道义。 ⑳ 南荆：楚国，这里指战国时楚国大盗庄蹻。跋扈：专横暴戾。东陵：齐地，这里指战国时齐鲁之间的大盗跖。 ㉑ 匍匐：伏地爬行。逶迤：斜行。折枝：弯腰拜揖。舐(shì)痔：用舌头舔痔疮。《庄子·列御寇》："秦王有病召医，破痈溃痤者得车一乘，舐痔者得车五乘。"这里比喻趋炎附势者的卑劣行为。 ㉒ 金膏：黄金之膏。翠羽：翠鸟羽毛。均为贵重难得的物品。将其意：借助贵重之物表达自己心意。脂韦：凝结的油脂和柔软的皮革，引申为圆滑阿谀之意。便辟：逢迎谄媚。导其诚：以圆滑阿谀手段表白忠诚。 ㉓ 轮盖：车轮、车盖，代指车辆。夷：指伯夷。惠：指柳下惠。均为古代著名高尚之士。 ㉔ 苞苴(jū)：裹鱼肉的草包，这里代指行贿。张：指张安世。霍：指霍光。均为汉代身居高位的显贵。 ㉕ 毫芒：毫毛麦芒，比喻细微。寡忒：很少差错。这两句说，事先周密计划，然后采取行动，因此少有差错。 ㉖ 量交：度势利己的交游。 ㉗ 贾鬻(gǔyù)：买卖。 ㉘ 桓谭：汉代学者。闤闠(huánhuì)：市场。《文选》李善注考订，桓谭并无以市喻交之论，"桓谭"疑为"谭拾子"之误。李善注引《战国策》载谭拾子曰："富贵则就之，贫贱则去之……请以市喻：市，朝则满，夕则虚。非朝爱市而夕憎之也，求存故往，亡故去。" ㉙ 林回：殷之逃民。《庄子·山木》载林回曰："君子之交淡如水，小人之交甘若醴。"醴(lǐ)：甜酒。 ㉚ 相袭：相因。 ㉛ 荣：兴盛。悴：衰败。 ㉜ 约：节俭，贫穷。泰：奢华，富裕。 ㉝ 殉利：不顾生命以求利。道：术。 ㉞ 张、陈：张耳、陈馀。两人初为刎颈之交，后张耳降汉，与韩信一起破赵，杀陈馀。萧、朱：汉代的萧育、朱博。两人原为好友，后萧育为九卿，而朱博已先登相位，于是彼此产生矛盾。 ㉟ 翟公：汉代人。规规然：浅陋拘泥的样子。勒：题写。箴(zhēn)客：规诫宾客。《汉书·郑当时传》载，翟公为廷尉，宾客盈门，一度罢官，门可罗雀。后来他复为尉，宾客欲往，翟公就在门上大书道："一死一生，乃知交情；一贫一富，乃知交态；一贵一贱，交情乃见。" ㊱ 衅：瑕疵，弊端。 ㊲ 殄(tiǎn)：灭绝。 ㊳ 固：指友谊牢固。携：分离。讼：争辩，诉讼。 ㊴ 饕餮(tāotiè)：传说中的凶恶贪食的野兽，这里比喻贪得无厌的人。贞介：指忠诚正直的人。 ㊵ 梗：弊病。速尤：招致祸端。 ㊶ 王丹：东汉人。《后汉书·王丹传》载，其子有同门生丧亲，家在中山，欲往慰问，"丹怒而挞之，令寄缣以祠焉"。槚(jiǎ)楚：亦作"夏楚"，古代用槚木荆条制成的鞭挞刑具。昌言：直言，明告。示绝：表示绝交。有旨：有深长意味。 ㊷ 任昉：字彦升，乐安博昌(今山东寿光)人。梁武帝时任义兴、新安太守，为政清廉。他长于章奏，与沈约齐名，时人称为"任笔沈诗"。著有《文章缘起》，明人辑有《任彦升集》。髦杰：俊杰。 ㊸ 绾(wǎn)：系。银黄：银印黄绶，指职位很高的官。夙昭民誉：素来就颇得民众的赞誉。夙：平素。 ㊹ 道文：刚劲的文章。丽藻：华丽的辞藻。方驾：并驾齐驱。曹、王：曹植、王粲。 ㊺ 英跱(zhì)：杰出，卓立。俊迈：英俊出众。联横：并列，等同。许、郭：许劭、郭泰，都是东汉名士。 ㊻ 田文："战国四公子"之一的孟尝君，以好客闻名天下。郑庄：西汉郑当时，字庄，以好客举贤闻名朝野。 ㊼ 盱(xū)衡：举眉扬目，惊喜兴奋的样子。

扼腕：握持手腕，激扬振奋的样子。抵掌：拍手，鼓掌。 ⑩雌黄：本是可做颜料的矿物，古时用来涂改文字，这里指论定是非。朱紫：正色和杂色，比喻人品高下。月旦：品评人物。东汉许劭等常在每月初一品评乡里人物，因此后人就以"月旦"代指品评。 ⑩辐凑：车轮的辐条都集中于车轴，比喻众人聚集一处。衣裳：代指人物。云合：如云集合。 ⑪辐軿（zīpíng）：有帷盖的车辆。击毂（wèi）：车轴头相互碰击，指车辆多。毂：车轴头。恒满：常满。 ⑪阃阈（kǔnyù）：门槛。阙里：孔子的乡里，在今山东曲阜。 ⑫陕隅：房内角落。龙门：山名，在山西河津西北与陕西韩城东北。传说鱼能跃上龙门便可成龙。阪：山坡。 ⑬顾盼增其倍价：这是用《战国策》所载伯乐回首看马、马价倍增之典，比喻得到任昉的垂顾可使身价倍增。顾盼：回视。剪拂：修剪拂拭。长鸣：《战国策·楚策四》载，有骥拉盐车上太行，车重坡陡，不能上，"伯乐遭之，下车攀而哭之，解纻衣以幂之。骥于是俯而喷，仰而鸣，声达于天"。这里比喻知遇之力。 ⑭影组：官府绶带飘动。云台：指宫殿。摩肩：肩挨肩，形容人多拥挤。趋走：奔赴。丹墀（chí）：宫殿前的石阶，涂以红色。叠迹：足迹重叠。 ⑮缔：结。恩狎：恩爱亲密。绸缪：情意缠绵。 ⑯惠、庄：指战国时惠施、庄周，他们交情深厚。清尘：用以称尊贵的人，表示恭敬。庶：希求。羊、左：指春秋时羊角哀、左伯桃，他们是生死之交。《文选》李善注引《烈士传》说他们"闻楚王贤，往寻之。道遇雨雪，计不俱全"，于是左伯桃"并衣粮与角哀，入树中死"。徽烈：美好的业绩。 ⑰瞑目：死亡。东粤：指新安（郡治在今浙江淳安西）。任昉死于新安太守任上。归骸：归葬。洛浦：洛水边上，实指扬州。南朝时，西晋京都洛阳已经沦陷。南朝人常把建康视作洛阳，把长江视作洛水。任昉归葬扬州，在长江边上。 ⑱穗（suì）帐：灵堂中所设的帐幔。渍酒之彦：指东汉人徐稚。《文选》李善注引谢承《后汉书》载，徐稚吊丧，常于家中预烤鸡一只，用一两绵絮浸酒中，晒干后裹鸡，"径到所赴冢隧外，以水渍之，使有酒气"，然后以饭、鸡祭奠。 ⑲宿草：隔年的草。动轮之宾：坐车骑马来祭奠的人。 ⑳藐尔：弱小的样子。诸孤：任昉的几个孤儿。大海之南：泛指南方海边。寄命：托身。嶂疠之地：恶性疟疾流行的潮湿地区。嶂疠：同"瘴疠"，指潮湿地区流行的恶性疟疾等传染病。 ㉑把臂：握人手臂。金兰：金坚兰芳，比喻友情深厚。《周易·系辞上》："二人同心，其利断金；同心之言，其臭如兰。" ㉒羊舌：指春秋时晋国大夫羊舌氏，名肸。下泣之仁：叔向与司马侯为友。司马侯曾荐举叔向，司马侯死，叔向每见其子便抚而哭之。郈（hòu）成：指春秋时鲁国大夫郈成子。分宅之德：郈成子与卫右宰榖臣为友，榖臣遭乱而死，郈成子便把他的妻子接来，分出房子给他们居住。这两句史实见《文选》李善注引《春秋外传》和《孔丛子》。 ㉓险巇（xī）：险恶。 ㉔太行、孟门：都是高山。崭绝：险峻至极，无路可上。 ㉕耿介：正直。疾：憎恶。裂裳裹足：墨子奔去止楚攻宋，急于赶路，脚走破了，就撕下衣裳，裹足而行。弃之：弃绝，决绝。长骛：永远走开。 ㉖皦皦（jiǎo）然：清白的样子。雰（fēn）浊：浊气。雰：同"氛"。

【作者简介】

刘峻（462—521），南朝齐梁学者、文学家，字孝标，平原（今属山东）人。宋泰始初，魏克青州，刘峻时年八岁，被虏为奴至中山。中山富人刘宝怜而赎之，教以书学。他勤奋好学，常常夜以继日，苦读不辍。齐永明中，他奔江南，自谓所见不博，闻有异书，必往求借，时有"书淫"之称。于是学识渊博，文采出众。齐明帝时，为豫州府刑狱。梁武帝天监初，召入西省，典校秘书，因私载禁物而免官。安成王萧秀欣赏他的才华，引为荆州户曹参军。因病去职，游东阳紫岩山，筑室而居，吴、会人士多从其学。梁武帝普通二年卒，门人谥曰玄靖先生。他曾作《辩命论》以寄其怀，又著《广绝交论》以讽当世。文章气势充畅，语言精工。所注《世说新语》引证丰富，为世所重。原有集，已散佚，明人辑有《刘户曹集》。

【赏析】

《广绝交论》选自《文选》卷五十五，是作者扩充东汉朱穆《绝交论》而写成的。朱穆曾任侍御史，常感叹世俗浇薄，仰慕古风淳朴笃厚，就撰写《绝交论》，力图矫正时弊。

任昉是南朝梁文学家，擅长表、奏、书、启诸体散文。他仕宋、齐、梁三代，梁时任新安太守等职。《南史·任昉传》说他"好交结，奖进士友"，"得其延誉者多见升擢，故衣冠贵游莫不多与交好，坐上客恒有数十。时人慕之，号曰任君"。他生前为官清廉，广交朋友，爱惜人才，赞扬美德，于是不少人慕名而至，渴求提携。然而他去世后，家境冷落困厄，诸子流离失所，竟无人照顾。《南史》又说任昉"有子东里、西华、南容、北叟，并无术业，坠其家声。兄弟流离，不能自振。生平交友，莫有收恤。西华冬月著葛帔练裙，道逢平原刘孝标，泫然矜之，谓曰：'我当为卿作计。'乃著《广绝交论》以讥其旧交"。可见，刘峻深感任昉生前身后的不同境遇，慨叹世风衰败，人情虚伪，愤而写作《广绝交论》，对任昉的旧友及南朝士大夫的无情无义，进行了深刻的暴露和有力的抨击。文中设为主客问答，善用骈俪的语句和丰富的典故，显得感情激越，音调铿锵。文章具有极大的审美和教育作用。

朋友结交，自古而然。圣贤注重交友之道，《论语》常有交友之言。因此，文章开头借客人之口提出绝交的疑问，又以主人之言回答问题。客人表示对朱穆《绝交论》感到疑惑。他联系自然景象，回顾历史事实，指出朋友之间志趣相投，情感融洽，圣贤也把重视友谊之言记载在典籍上。然而朱穆扰乱常理，超出古训，攻击情谊，主张绝交，实在令人困惑不解。于是主人针对客人的提问，表明作者的观点。刘峻认为圣贤拥有高明哲理，阐发文明风化，随着时代盛衰或伸或屈，或进或退。朱穆探得至言妙道，仿效圣贤而发表看法。他提出的绝交观点是对的。交游有素交和利交的区别。古时"寄通灵台之下，遗迹江湖之上，风雨急而不辍其音，霜雪零而不渝其色"，这是心心相印、感情真挚的素交，早已随着岁月流逝而荡然无存。到近世时，政治腐败，诡诈成风，人们"竞毛羽之轻，趋锥刀之末"，这是图谋私欲、追逐财势的利交，风行天下，败坏风气。在这种情况下，只有绝交才能保持耿介的性情，维护真正的友谊。

利交根源相同，表现形式不同。文章主体具体分析了当时社会上人们交往中普遍存在的五种利交情况。一是势交。权贵势力雄厚，气焰熏天，能呼唤风雨，主宰人事。因此，追求权势者无不如流星般投奔，如流水般归附。他们蜂拥而至，不畏劳苦，表示效忠，誓为权贵做出牺牲。这是趋炎附势的交游。二是贿交。豪富家藏巨金,居则鸣钟,出则联骑,富甲天下。于是家境贫困者想得到富人的夜灯余光和微薄恩惠。他们像游鱼一样连贯成行,像野鸭一样跳跃而来,为求得残杯冷炙而奉上忠心。这是贪图财物的交游。三是谈交。名士长于议论,著称于世,常常左右舆论,品评人物。自然有些王孙公子学识浅薄,名声不响,便想攀龙附凤,拾人牙慧。他们倾慕名士,附庸风雅,希望附身于骏马之尾,抢先于归雁之前,从而飞黄腾达。这是攀附谈辩的交游。四是穷交。万物本性是忧患时大多同心协力,欢乐时难免貌合神离。同病相怜,同忧相助,断金之友出于陋室,刎颈之交成于草屋,所以伯諐、陈馀在穷困之时,分别受到伍员、张耳的扶持和庇护。这是同遭穷困的交游。五是量交。逐利寡义之流遇事权衡轻重,不差毫厘。他们看到对方无权无势,即使其才能超群,品德高尚,也视若尘土,不拔一毛。相反,他们发现对方有点权势,即使其行恶掩义,骄横狡猾,也会匍匐献媚,送礼致意。这是度势利己的交游。作者认为这五种利交如同买卖,有利则行,无利则止。交往的动机都是为了个人利益,根本谈不上真诚纯洁的友谊。在透彻剖析利交情况后,作者又指出利交必然产生的三种弊病——"败德殄义,禽兽相若","难固易携,仇讼所聚","名陷饕餮,贞介所羞"。他强调人们害怕利交导致祸患,因此朱穆直言绝交。所言充分反映出当时世风堕落的种种矛盾,也表达了自己的愤世嫉俗之情。

文章结尾在强烈的对比中有力地讥讽了任昉昔日旧友的前后不一与寡情无耻。作者称赞任昉是天下俊杰,政绩显著,文章出色。他喜爱宾客,尊重贤士,一时世间是非和人品高下都由他决定。于是"冠盖辐凑,衣裳云合,辎軿击轊,坐客恒满"。这些人踏进任家门槛,如同登上圣人殿堂,进入室内,好像跳过龙门,他们因受到任昉顾盼、荐举而倍增身价,有所作为。人人都想与他亲近,"缔恩狎,结绸缪",向往古人的深厚友谊和生死之交。可是,他逝世以后,灵帐犹悬,门前就少有吊唁之士,而坟上还未长出隔年的草,野外已无坐车骑马前来祭奠的人。尤其是任昉诸子,"朝不谋夕,流离大海之南,寄命嶂疠之地",而当年任昉那些"把臂之英,金兰之友"对朋友遗孤竟然丝毫不讲仁义道德。文章绘声绘色地描写丑陋的虚假的交往活动,反映出所谓朋友的丑态和当时世态的炎凉,痛斥了有史以来的利交。作者进而感叹世道险恶竟到如此地步,所以正直人士痛心疾首,"裂裳裹足,弃之长骛。独立高山之顶,欢与麋鹿同群,瞰瞰然绝其雰浊"。显然,他对当时已经败坏得令人发指的世道人心深恶痛绝,表明自己要与形形色色的、虚伪庸俗的利交完全决裂,也展现出对人世间真挚纯洁的友谊的呼唤。

全文写得慷慨激昂,有血有肉,锋芒逼人,洞见症结。《文选》李善注引刘璠《梁典》说任昉的旧友到溉"见其论,抵几于地,终身恨之"。显然,文章的抨击力量是震撼人心的。文章自问世以来,引起后代强烈的共鸣,不少人为之怆然泪下,为之愤怒激动,为之击节赞赏,为之扼腕叹息。他们热情赞扬志同道合、同甘共苦、金石同坚的友谊,尖锐指责臭味相投、弃义求利、始合终散的往来。可见这篇充满生气的文章具有重要的认识作用和深远的社会意义。

《广绝交论》是一篇优秀的骈体文，它丰富的思想内容和鲜明的艺术特色水乳交融地结合起来。

布局周密，层层推进。刘峻面对任昉诸子的凄惨状况，振笔疾书。他在篇首记载客人的交游之言，写出其对朱穆《绝交论》的疑惑。同时，他简述主人的答复之语，肯定朱穆得到微言大义而写文章，赞扬朋友的真情和纯洁的友谊，指出末世已是素交尽而利交兴。接着，作者以大量事实，详细论述利交的五种表现形式，并点明由此产生的三种弊病，强调绝交是理所当然的。然后，他联系任昉生前身后的实际，痛恨人情的伪善和淳风的沦丧。通篇结构周严缜密，论述逐层深入，显得脉络清晰，总分结合，变化自如，文气贯通，不仅有力地突出了彻底绝交的观点，也清楚地说明了利交的表现及其结果，无懈可击，使人信服。

骈偶精妙，用典贴切。刘勰曾谈到"言对为易，事对为难"，"言对为美，贵在精巧；事对所先，务在允当"（《文心雕龙·丽辞》）。所言要求词句对偶，丰富精美，也注重典故对仗，精确适当。文中运用丰富的骈词俪句和成双的古语古事，似乎信手拈来，却又精美得当，自然融入字里行间，成天衣无缝之势。写知己知音，志趣友情，则是"匠人辍成风之妙巧，伯子息流波之雅引；范、张款款于下泉，尹、班陶陶于永夕"；写发誓牺牲，则是"约同要离焚妻子，誓殉荆卿湛七族"；写颇有名声，长于议论，则是"陆大夫宴喜西都，郭有道人伦东国"；写哲理论辩，则是"骋黄马之剧谈，纵碧鸡之雄辩"；写忧时易合，则是"伍员濯溉于宰嚭，张王抚翼于陈相"。这些足以表明作者运用骈体写作，讲究词句工整和用事骈偶，已经达到炉火纯青的地步。

此外，文章擅长比喻、夸张和排比等修辞手法，还善用直抒胸臆的表达方式。文中比喻生动形象，如写友谊和谐牢固是"心同琴瑟，言郁郁于兰茝；道叶胶漆，志婉娈于埙篪"，这就把抽象的道理说得具体可感，通俗易懂。文中夸张发人深思，如写权贵气焰万丈是"吐漱兴云雨，呼噏下霜露。九域耸其风尘，四海叠其熏灼"，这就使人加深了对人物形象和社会生活的理解。文中排比也不同凡响，如写品德高尚与水平高超是"颜、冉龙翰凤雏，曾、史兰薰雪白，舒、向金玉渊海，卿、云黼黻河汉"，这就使论据更加充实，论点更为明确。作者能够融叙事、说理、抒情于一体，有时也直陈心迹。他谈到朱穆绝交时，深感"有旨哉！有旨哉"；谈到世道险恶时，感叹"呜呼！世路险巇，一至于此"，"诚耻之也，诚畏之也"。其愤激之情不可抑制，就直斥虚伪人情与衰败世风，显得情真意切，力透纸背。显然，这篇文章写得旨深意赅，情文并茂，表达了刘峻对当时人情世风的看法，具有较高的文学价值。

与陈伯之书

丘　迟

迟顿首。陈将军足下①：无恙②，幸甚幸甚！将军勇冠三军③，才为世出④，弃燕雀之小志，慕鸿鹄以高翔⑤。昔因机变化，遭遇明主⑥，立功立事，开国称孤⑦，朱轮华毂⑧，拥旄万里⑨，何其壮也！如何一旦为奔亡之虏，闻鸣镝而股战⑩，对穹庐以屈膝⑪，又何劣邪！

寻君去就之际⑫，非有他故，直以不能内审诸己⑬，外受流言，沉迷猖獗⑭，以至于此。圣朝赦罪责功⑮，弃瑕录用⑯，推赤心于天下，安反侧于万物⑰，将军之所知，不假仆一二谈也⑱。朱鲔涉血于友于⑲，张绣剚刃于爱子⑳，汉主不以为疑，魏君待之若旧。况将军无昔人之罪，而勋重于当世㉑。夫迷途知反，往哲是与㉒；不远而复，先典攸高㉓。主上屈法申恩，吞舟是漏㉔；将军松柏不剪㉕，亲戚安居，高台未倾㉖，爱妾尚在。悠悠尔心，亦何可言㉗！

今功臣名将，雁行有序㉘。佩紫怀黄㉙，赞帷幄之谋㉚；乘轺建节㉛，奉疆埸之任㉜。并刑马作誓㉝，传之子孙㉞。将军独靦颜借命㉟，驱驰毡裘之长㊱，宁不哀哉！夫以慕容超之强㊲，身送东市㊳；姚泓之盛㊴，面缚西都㊵。故知霜露所均㊶，不育异类㊷；姬汉旧邦㊸，无取杂种㊹。北虏僭盗中原㊺，多历年所㊻，恶积祸盈，理至燋烂㊼。况伪孽昏狡㊽，自相夷戮㊾；部落携离㊿，酋豪猜贰(51)。方当系颈蛮邸(52)，悬首藁街(53)。而将军鱼游于沸鼎之中，燕巢于飞幕之上(54)，不亦惑乎！

暮春三月，江南草长，杂花生树，群莺乱飞。见故国之旗鼓，感平生于畴日，抚弦登陴，岂不怆悢(55)！所以廉公之思赵将(56)，吴子之泣西河(57)，人之情也。将军独无情哉？

想早励良规，自求多福(58)。当今皇帝盛明，天下安乐。白环西献(59)，楛矢东来(60)；夜郎滇池(61)，解辫请职(62)；朝鲜昌海(63)，蹶角受化(64)。唯北狄野心，掘强沙塞之间，欲延岁月之命耳(65)。中军临川殿下(66)，明德茂亲(67)，总兹戎重(68)，吊民洛汭(69)，伐罪秦中(70)。若遂不改(71)，方思仆言。聊布往怀(72)，君其详之(73)。丘迟顿首。

【注释】

① 顿首：叩拜。古人书信开头和结尾常用的客气语。足下：书信中对对方的尊称。② 无恙：问候语。恙，忧，病。 ③ "将军"句：将军的勇敢为三军第一。李陵《答苏武书》："陵先将军功略盖天地，义勇冠三军。" ④ 才为世出：才能在当代是最杰出的。苏武《报李陵书》："每念足下才为世生，器为时出。" ⑤ "弃燕雀"二句：《史记·陈涉世家》："陈涉少时，尝与人佣耕，辍耕之垄上，怅恨久之，曰：'苟富贵，无相忘。'佣者笑而应曰：'若为佣耕，何富贵也？'陈涉太息曰：'嗟乎，燕雀安知鸿鹄之志哉！'"这两句说，陈伯之有远大的志向。 ⑥ 因机变化：指陈伯之能顺应时机，背齐归梁。遭遇明主：受到梁武帝的礼遇恩宠。 ⑦ "立功"二句：建立功勋事业，得以封爵称孤。晋代封爵，自郡公至县男，都冠以开国之号，南北朝沿袭此制。《梁书·陈伯之传》载："力战有功"，"进号征南将军，封丰城县公，邑二千户"。孤：古代诸侯可以自称为孤。 ⑧ 朱轮华毂（gǔ）：装饰华丽的车子。朱：红色。毂：车轮中心的圆木。 ⑨ 拥旄（máo）万里：举着旄节号令一方。旄：用牦牛尾装饰的旗子，此指旄节，古代使臣与武官持之以为信物。万里：形容统治区域之大。《文选》李善注引荀悦《汉纪》："今之州牧，号为万里。" ⑩ 奔亡之虏：逃亡投敌的人。鸣镝（dí）：响箭。股战：大腿颤抖。这两句说，怎么一天之间成了逃亡投敌分子，听到响箭之声就两腿栗发抖。 ⑪ 穹庐：指北方游牧民族居住的毡帐，这里借指北魏统治者。这句说，面对异族的君主屈膝下跪。 ⑫ 去就：指离开梁朝，投奔北魏。这句说，推想你背梁投魏的时候。 ⑬ 非有他故：没有其他原因。直：但，仅仅。内审：内心反复思考。诸："之于"的合音。 ⑭ 流言：谣言。沉迷：迷惑。猖獗：狂妄放肆。⑮ 圣朝：指梁朝。敕罪责功：赦免罪过而要求立功。 ⑯ 瑕：玉上的斑点，此指过失。弃瑕：不计较过失。这句说，不计较他们的过失而收录任用。 ⑰ "推赤心"二句：梁朝对于天下人能推心置腹，以诚相待，并使心怀动摇的人都消除疑惧，安定下来。赤心：赤诚之心。反侧：不安心的样子。《后汉书·光武帝纪》载，光武帝攻破铜马等军时，不怀疑投降的人，曾轻骑入降军营中，降军说他"推赤心置人腹中"。光武帝又在攻取邯郸城后，把吏人毁谤他、要求发兵攻击他的书信当众烧掉，说："使反侧子自安。" ⑱ 不假：不借助，不需要。仆：作者自称，谦辞。一二谈：一一细述。 ⑲ "朱鲔"句：朱鲔曾经杀死了汉光武帝刘秀的哥哥。朱鲔（wěi）：王莽末年绿林军将领，曾劝说更始帝刘玄杀死了光武帝刘秀之兄刘伯升。《文选》李善注引谢承《后汉书》载，光武攻洛阳，朱鲔坚守，光武遣岑彭前去劝降，朱鲔不敢投降。光武再派岑彭去对朱鲔说，建大事不忌小怨，并答应保留朱鲔官爵，朱鲔乃降。涉血：喋血，杀人流血。友于：兄弟。《尚书·君陈》："惟孝友于兄弟。"⑳ "张绣"句：张绣杀死了曹操的爱子。刺（zì）：刺杀。《三国志·魏书·武帝纪》载，建安二年，曹操"到宛。张绣降，既而悔之，复反。公与战，军败，为流矢所中，长子昂、弟子安民遇害"。建安四年，"张绣率众降，封列侯"。㉑ "况将军"二句：何况将军你没有从前朱鲔、张绣的罪过，而功绩又重于当代。 ㉒ 迷途知反：走错了路而知回头。《离骚》："回朕车以复路兮，乃行迷之未远。"往哲：以往的贤哲。与：赞许。 ㉓ 不远而复：指迷途不远而返回。《易经·复卦》："不远复，无祗悔，元吉。"先典：古代典籍，指《易经》。攸：所。高：推崇。这两句说，走入歧途不远就往回走，是古代经典所推重的。 ㉔ "主上"二句：皇上轻法重恩，法网宽疏到连吞舟的大鱼也能漏掉。申恩：申明恩惠。吞舟：

吞舟之鱼。《史记·酷吏列传序》："汉兴，破觚而为圜，斲雕而为朴，网漏于吞舟之鱼。"这里的"吞舟"是比喻罪恶重大的人，意思是说法网很宽，即使是犯有重大罪恶的人也能得到宽容。　㉕松柏不剪：指祖先的坟墓没有受到破坏。古人常在坟墓旁栽松柏，此"松柏"即指坟墓。　㉖高台：指住宅。未倾：没有遭到损害。　㉗"悠悠"二句：只要你的心里仔细考虑，还有什么可说的。悠悠：思虑深长的样子。　㉘"今功臣"二句：如今梁朝的功臣名将按照品级高低各有封赏任命，尊卑有序，像大雁飞行时排成有秩序的整齐行列一样。雁行：雁飞成行列，比喻尊卑有次序。　㉙紫：紫绶，系官印的带子。黄：黄金印。这句说，腰间佩着紫色的绶带，怀中抱着黄金的大印。　㉚赞：协助。帷幄：军中的帐幕。《史记·留侯世家》："运筹策帷幄中，决胜千里外。"这句说，在军帐中帮助谋划军事。㉛轺(yáo)：用两匹马拉的轻车，此指使者乘坐之车。节：符节，皇帝遣使在外所持凭证。建节：将旄节插立车上。　㉜疆埸(yì)：边境。这句说，接受保卫边疆的重任。　㉝刑马：杀马。古代往往杀白马，饮血为誓，表示郑重。　㉞传之子孙：这是南梁的誓约，指功臣名将的爵位可传给子孙。　㉟"将军"句：将军偏偏面带愧色而苟且偷生。觍(tiǎn)颜：强颜。觍：羞愧的样子。借命：假借暂时的生命，即苟活的意思。　㊱"驱驰"句：为北魏君主奔走效命。驱驰：奔走，效力。毡裘之长：游牧民族的君主，这里指北魏君主。　㊲慕容超：南燕君主，晋末宋初曾大掠淮北。刘裕北伐，灭南燕，俘获慕容超，解至建康斩首。㊳东市：原是汉代长安处决犯人的地方，后来泛指刑场。《汉书·晁错传》："错衣朝衣，斩东市。"　㊴姚泓：后秦君主。刘裕攻克长安，生擒姚泓，斩于建康。　㊵面缚：面部向前，缚手于背。西都：指长安。　㊶霜露所均：霜露所及之处，即天地之间。均：分布。㊷育：长养。异类：指汉族以外的其他民族。　㊸姬汉：周汉，也就是指汉族。姬是周王室的姓。姬汉旧邦：指北方中原一带是周汉故国。　㊹取：收。杂种：意思同"异类"。㊺北虏：指北魏。僭(jiàn)：窃取。中原：泛指北方黄河下游一带。　㊻多历年所：经过好多年。历：经过。年所：年数。北魏自统一北方到梁天监时已有六十余年。自拓跋珪建立北魏算起，至丘迟写此信时，已一百多年。　㊼理至燋烂：按理说已经到了灭亡的时候了。燋(jiāo)烂：崩溃灭亡。燋：通"焦"。　㊽伪孽(niè)：指北魏统治集团。昏狡：昏聩狡诈。　㊾自相夷戮：指北魏内部的自相残杀。北魏景明二年(501)，宣武帝的叔父咸阳王元禧阴谋作乱，未遂被杀。正始元年(504)，北海王元祥也曾谋乱，被囚禁而死。㊿携离：四分五裂。携：离。这句说，许多部落要脱离北魏的统治。　㉛酋豪：酋长。猜贰：互相猜忌，各怀二心。这句说，酋长之间互相猜忌，怀有二心。　㉜方当：将要。系颈：以绳系颈，投降请罪。蛮邸：外族首领入朝时所居的馆舍。　㉝藁(gǎo)街：汉代长安街名，是少数民族聚居的地方，蛮邸即设于此街。　㉞"而将军"二句：陈伯之依附北魏，处境险恶，就像鱼儿在沸水鼎中游荡，燕子筑巢于飘动的帐幕一样。《文选》李善注引袁崧《后汉书》朱穆上疏曰："养鱼沸鼎之中，栖鸟烈火之上，用之不时，必也焦烂。"沸鼎：盛满沸水的烹煮用器。飞幕：飞动摇荡的帐幕。　㉟"见故国"四句：看见故国军队的旗鼓，回忆往日的生活，持弓登城，怎能不悲从中来。《文选》李善注引袁宏《后汉纪·汉献帝春秋》载"臧洪报袁绍书"："每登城勒兵，望主人之旗鼓，感故交之绸缪，抚弦搦矢，不觉涕流之覆面也。"弦：弓弦。陴(pí)：城上女墙。怆悢(liàng)：悲恨。　㊱"所以"句：所以廉颇身在异国，仍思复为赵将。《史记·廉颇蔺相如列传》："廉颇居梁，久之，魏不能信用。赵以数困于秦兵，赵王思复得廉颇，廉颇亦思复用于赵。"思赵将：指廉颇思复为赵将。 (57)“吴子”句：吴起望西河而伤心哭泣。《吕氏春秋·观表》载，吴起为魏国守西河(今陕西黄河西岸地区)，魏武侯听信谗言，召回吴起。吴起预料自己一走，西河必为秦所占领，于是临行望西河而泣下。后西河果为秦所取。 (58)“想早励”二句：希望你早日做出良好的决策，以自取幸福。想：盼望。励：勉励。良规：妥善的安排。 (59)白环西献：白玉环自西方献来。《文选》李善注引《世本》曰：“舜时西王母献白环及佩。” (60)楛(hù)矢：用楛木做的箭。《国语·鲁语下》载孔子说：“昔武王克商，通道于九夷、百蛮，使各以其方贿来贡，使无忘职业。于是肃慎氏贡楛矢、石砮，其长尺有咫。” (61)夜郎：今贵州桐梓。滇池：今云南昆明附近。 (62)解辫请职：解开发辫，请求封职，表示归顺。 (63)昌海：今新疆罗布泊。 (64)蹶角：以额角叩地，即叩头。受化：接受梁朝教化。 (65)“唯北狄”三句：只有北方的北魏野心勃勃，还在沙漠边塞逞强，企图苟延残喘。北狄：指北魏。掘强：同“倔强”，性情强硬不驯。 (66)中军临川殿下：指萧宏。当时临川王萧宏任中军将军，奉命北伐。殿下：对王侯的尊称。 (67)明德：好德行。茂亲：至亲。萧宏为武帝之弟。 (68)总：主持，统领。戎重：军事重任。 (69)吊民：慰问百姓。洛汭(ruì)：洛水流入黄河的地方，在今河南巩义。 (70)伐罪：讨伐有罪者。秦中：今陕西中部地区。 (71)遂：因循，一直。 (72)聊：姑且。布：陈述。往怀：往日的友情。 (73)详：详加考虑。

【作者简介】

丘迟(464—508)，南朝齐梁文学家，字希范，吴兴乌程(今浙江湖州)人。初仕齐，官至殿中郎。入梁后，曾任永嘉太守，又拜为中书侍郎，后官至司空从事中郎。他以能文善诗著称于齐梁之间。文章擅长骈体，显得情意深长，语言精美。所作以《与陈伯之书》最为著名。诗歌善于摹写山水，有辞采丽逸的特色。锺嵘《诗品》说其诗“点缀映媚，似落花依草”。原有集，已散佚，明人辑有《丘司空集》。

【赏析】

《与陈伯之书》选自《文选》卷四十三，是丘迟劝陈伯之自魏归梁的一封书信。

书信所表达的爱祖国、爱民族的思想感情，发自作者的心灵深处，又影响人们，引发共鸣，坚持正义。其中描绘江南春色及情景交融的语句，与孔稚珪《北山移文》展现山景寂然、运用拟人手法的文字，可以说是异曲同工。它是当时骈文中的杰出作品，使作者著称于世，并在文学史上占有一席之地。

陈伯之在南朝齐末为江州刺史。萧衍起兵争夺天下，曾遭到陈伯之的抗击。以后萧衍声势浩大，雄师压境，才招降了他，仍然以他为江州刺史，封丰城县公。梁武帝天监元年(502)，陈伯之听信部下挑拨，起兵反梁，战败后投降北魏，北魏任命他为平南将军。天监四年，梁武帝命令他的弟弟临川王萧宏率领大军北上伐魏，陈伯之驻军寿阳梁城(今安徽寿县)，与梁军对抗。当时，丘迟随军北伐，为咨议参军，领记室，于是萧宏就命他写信劝陈伯之归降。此外，《文选》李善注引刘璠《梁典》说：“帝使吕僧珍寓书于陈伯之，丘迟之辞也。伯之归于魏，为通散常侍。”这表明梁武帝授意吕僧珍让丘迟起草招降书。《梁书·吕僧珍传》载，“高祖受禅”后，吕僧珍屡任要职，“天监四年冬，大举北伐，自是军机多事，僧珍昼直中书省，夜还秘书"。可见，丘迟奉命写信劝说，具有权威身份。应该说，陈伯之与梁朝原本没有深仇大恨，亲属和家产又在梁朝，回归之心本来就有。因此，陈伯之得到这封书信，幡然悔悟，决定回归，于是拥兵八千归梁。丘迟也因劝降有功，拜为中书侍郎。

全文分为五段，既严厉指责陈伯之不明大义，忘恩投敌的错误行为，又以梁朝的宽大为怀、不咎既往来劝其及早痛改前非，同时具体分析敌我斗争形势、个人前途及其处境，明确指出只有弃魏归梁才是唯一出路。文章说理透彻，对比鲜明，用事精当，措辞委婉，情感浓郁，具有强烈的说服感染力量。

第一段写梁朝对陈伯之的优遇，点明他离梁投魏的错误。在两军对峙、生死搏斗的情况下，要使劝降振聋发聩，产生实效，就要缩短距离，密切关系，联络感情，甚至形成某种共识。丘迟深谙此道，于是他一开头就肯定陈伯之有勇有才，"勇冠三军，才为世出"。文章说他"弃燕雀之小志，慕鸿鹄之高翔"，用典明白如话，借当年陈胜胸怀大志、反抗暴秦之事，称赞陈伯之明于事务，弃齐投梁，也表达了作者夸奖对方、尊重事实的真心诚意。文章继续铺叙陈伯之为之骄傲的光荣历史，突出他过去的明智与显赫。"昔因机变化，遭遇明主，立功立事，开国称孤，朱轮华毂，拥旄万里。"这是追述他归梁后，遇到英明君主，建立功勋事业，强调梁朝对其不薄，使之享有荣华富贵。所言不仅说明了只有效力明主才能有所作为的道理，而且反映出作者渴望对方珍惜过去声誉、正视现实问题的心情。"何其壮也"的感慨，出自作者笔下，流露赞美之情，而此时的陈伯之抚今追昔，最能领略其中的意味。随后笔锋一转，联系现实，写出对方"一旦为奔亡之虏，闻鸣镝而股战，对穹庐以屈膝"的狼狈境况，义正词严地晓以民族大义。所言形成卑怯和煊赫的强烈对照，表明陈伯之现在的闻镝股战、屈膝穹庐与过去的英勇无比、才能出众相比，简直是天壤之别。"又何劣邪"的感叹，点出他忘恩负义、卑劣无能，带有鄙弃嘲讽之意。这段言而有据，褒贬适度，形象说明陈伯之在梁、在魏两种截然不同的处境，寓批评于表扬之中，激起对方内心世界的波澜，使其树立重新归义的信心与决心。

第二段通过叙述梁朝的宽大政策和成大事者不计小怨的史实来打动对方。书信没有一味谴责陈伯之往日的错误，而是着重分析他投魏的原因。"寻君去就之际，非有他故，直以不能内审诸己，外受流言，沉迷猖獗，以至于此。"信中指出对方舍弃开国之封而离梁，忍受屈膝之辱而投魏，是由于自己内心不能反复思考，一时受人蒙蔽。所言开诚布公，分清是非，不仅从主客观两方面指明离开梁朝、投奔北魏的缘故，也使陈伯之在认识错误、感到惭愧之中有所希望，这就为进言劝降打下了基础。接着文章强调梁朝宽大为怀，"赦罪责功，弃瑕录用"，而且能以赤诚之心对待天下之人，使一切怀疑动摇的人都安定下来。所言突出梁朝对臣下赦免罪过而要求立功，更自然融化《后汉书·光武帝纪》"推赤心置人腹中""使反侧子自安"的语句，充分表现梁武帝真诚待人，既往不咎。文章进而援引史实，启发对方。朱鲔曾杀了刘秀的哥哥，到朱鲔来归时，刘秀对之毫不疑忌。张绣也杀死曹操的爱子，待张绣再投降时，曹操对之依然如旧。可见，大有作为者心胸开阔，以天下大事为重，绝不会纠缠于私人恩怨。因此，对方不必过于担心降魏之事。文章强调指出陈伯之"无昔人之罪，而勋重于当世"，并引用《易经》"不远复"之语来突出"迷途知反"。这就在阐明政策、融化古事的同时，勉励他丢掉顾虑，返回正路。然后文章写出梁朝在陈伯之降魏后的态度和做法。"主上屈法申恩，吞舟是漏"，而且将军的祖坟完好，亲戚安居，住宅未毁，爱妾仍在。这充分显示出梁武帝比刘秀、曹操更加宽宏大量，也大大消除了陈伯之徘徊魏梁之间的疑虑。文章进一步触动对方的感情，"悠悠尔心，亦何可言"，希望他仔细思量，做出抉择。这段层层论证，分析细致，古今联系，情意真诚，使陈伯之不得不相信梁朝的宽容，真正考虑去魏归梁的问题。

第三段展现梁朝君臣相得的情景，并以历史上的事实和北方内部的分裂变乱说明陈伯之所处环境的险恶。文章用形象的语言说当今"功臣名将，雁行有序。佩紫怀黄，赞帷幄之谋；乘轺建节，奉疆场之任。并刑马作誓，传之子孙"。向陈伯之夸耀梁朝所有文武功臣都按照品级高低，各有封赏，尊卑有序。他们或参与谋划军国大计，或接受保卫边疆的重任，而且荣华富贵可以代代相传。这样的美好景象充分反映出梁朝文臣武将的幸运，也自然引起了对方的向往之情。显然，原来封爵称孤的陈伯之如果仍然在梁，就自有高官厚禄。随即文章没有马上劝他归来，却刺激他说："将军独靦颜借命，驱驰毡裘之长，宁不哀哉！"这里言简意赅，描写生动，对照明显，反诘有力，促使他清醒地认识到自己苟且冷落的处境是极其可悲的。接着谈到南燕慕容超和后秦姚泓一度强盛而最后失败，说明北魏统治者也和他们一样，必将遭到"身送东市""面缚西都"般的下场，以此告诉陈伯之冰山难靠，动摇他留魏尚能生存的信心。然后叙述北魏内部自相残杀的情况，希望对方认清形势，及早悔悟。文章认为北魏长期窃取中原，倒行逆施，理应崩溃，何况"伪孽昏狡，自相夷戮；部落携离，酋豪猜贰"，更会加速衰亡。大梁雄师挥戈北上，节节胜利，而北魏军队损兵折将，其统治者马上就要"系颈蛮邸，悬首藁街"。文章进而强调陈伯之仍然追随北魏政权就如同"鱼游于沸鼎之中，燕巢于飞幕之上"，这两个生动传神的比喻清楚地反映出他当时岌岌可危的处境。这段的史实回顾、形势分析和利害陈述，显得言之凿凿，论如析薪，深中肯綮，自然使对方产生一种生存危机感，从而迅速决定去就，离开险恶之地。

第四段以江南美景和廉颇、吴起的故事激发对方的故国之情。"暮春三月，江南草长，杂花生树，群莺乱飞。"这四句是富有情感、引人入胜的名句，历来为人们所传诵。作者把握江南景物的特征，运用色彩鲜明的笔触，描绘出姹紫嫣红、莺飞草长的江南春色。文章写出这样绮丽的风光，就是要引起对方的家国之思。陈伯之离乡背井，侧身外族，如履薄冰，平时不会不动眷恋故土、思念亲人之情。于是文章顺理成章，写出充满抒情气氛的排句，"见故国之旗鼓，感平生于畴日，抚弦登陴,岂不怆恨"。这回肠荡气之言更使陈伯之睹物兴感,黯然伤情。随后,文章水到渠成地指出:"廉公之思赵将,吴子之泣西河,人之情也。将军独无情哉?"这里引用战国时廉颇希望复为赵将和吴起临别西河哭泣的史实,说明思归故国和心念旧恩是人之常情,况且陈伯之的祖坟、亲戚、住宅、爱妾都在梁朝,更应该有这种情感。这段写景如画,用典妥帖,情理交融,具有动人心魄的力量。

第五段描写梁朝的强盛,希望陈伯之详加考虑。文章概述梁朝的大好形势,指出梁武帝十分英明,天下百姓安居乐业。又说梁朝以盛德使四夷信服,"白环西献,楛矢东来;夜郎滇池,解辫请职;朝鲜昌海,蹶角受化"。所言运用铺陈手法写出四方来贡、远近归附的热闹景象。文章认为天下仅有北魏野心勃勃,负隅顽抗,这不过是苟延残喘。因为这次"中军临川殿下,明德茂亲,总兹戎重",吊民伐罪,所向无敌,所以希望对方认清形势,考虑利害,归顺梁朝。这段归结全文,再次表示招降的意思,显得简明有力。尽管叙述之中不无施压之意,但是更多地流露出劝说陈伯之弃魏归梁的真情。

总之,这篇文章能够针对对方的现实处境和心理活动,剖析事理,表达情感,点明出路,促使其做出慎重抉择;而且借典说理,融情入景,叙议结合,抑扬兼施,骈散交错,文气饱满,语言优美。它既有不容置辩的说服力量,又有经久不衰的艺术魅力。

与宋元思书

吴　均

　　风烟俱净①,天山共色②,从流飘荡③,任意东西。自富阳至桐庐④,一百许里⑤,奇山异水,天下独绝⑥。水皆缥碧⑦,千丈见底;游鱼细石,直视无碍⑧。急湍甚箭⑨,猛浪若奔⑩。夹岸高山,皆生寒树⑪。负势竞上⑫,互相轩邈⑬,争高直指⑭,千百成峰。泉水激石,泠泠作响⑮;好鸟相鸣⑯,嘤嘤成韵⑰。蝉则千转不穷⑱,猿则百叫无绝。鸢飞戾天者⑲,望峰息心⑳;经纶世务者㉑,窥谷忘反㉒。横柯上蔽,在昼犹昏;疏条交映,有时见日㉓。

【注释】

①风烟俱净:烟雾消散净尽。风烟:云雾水汽。　②天山共色:蓝天与青山同一颜色。　③从流飘荡:乘船随着江水自由漂流。　④富阳:今属浙江。桐庐:今属浙江。两

地都在富春江边。　⑤许：约计之辞。　⑥独绝：独一无二。　⑦缥(piǎo)碧：苍青色。　⑧"游鱼"二句：江水清澈，直望下去，清楚可见游鱼和细石。　⑨急湍：流得很急的水。甚箭：比箭还要快。　⑩猛浪若奔：迅猛的波浪如同奔跑的马。　⑪寒树：耐寒长青之树，如松柏之类。　⑫负势竞上：山峰依仗高峻的山势，争相向上伸展。　⑬互相轩邈：争比高远。轩：高举。邈：遥远。　⑭争高直指：群峰互争高下，直指天空。　⑮泠泠(líng)：水声清脆。　⑯相鸣：相向和鸣。　⑰嘤嘤(yīng)：鸟鸣声。　⑱千转：指蝉长久不停地叫。转：同"啭"，鸟叫。　⑲鸢(yuān)飞戾(lì)天：《诗经·大雅·旱麓》："鸢飞戾天，鱼跃于渊。"鹞鹰飞到天空，鱼儿跃在水中。这里用"鸢飞戾天者"比喻在政治上追求高位的人。鸢：老鹰。戾：至。　⑳望峰息心：看见这些雄奇的山峰就会平息追求名利之心。　㉑经纶：经营，治理。世务：社会事务。　㉒窥谷忘反：看到这样的山谷，也会流连忘返。　㉓横柯：横斜的树枝。蔽：遮掩。疏条：稀疏的枝条。这四句说，纵横交错的树木枝干遮蔽了天空，即使在白天也像黄昏那样阴暗，只是在枝条稀疏的地方，有时才能见到阳光。

【作者简介】

吴均(469—520)，南朝梁文学家，字叔庠，吴兴故鄣(今浙江安吉西北)人。家世寒贱，好学有俊才。梁武帝天监初，任吴兴郡主簿，后为建安王记室，累迁奉朝请。通史学。曾私撰《齐春秋》，据实记载齐梁间的历史。武帝恶其实录，指责其书不实，不但焚其书，而且免其职。后被召见，奉诏撰写起自三皇止于南齐的通史，草本纪、世家已毕，唯列传未成而卒。工诗文。其诗清新隽永，有些能注意反映现实。其文工于写景，尤以小品书札见长，风格清新挺拔，没有浮艳之气。时人仿效之，称为"吴均体"。著述颇丰，大都散佚，明人辑有《吴朝请集》，另有小说《续齐谐记》。

【赏析】

《与宋元思书》选自《艺文类聚》卷七。宋元思原作"朱元思"。黎经诰《六朝文絜笺注》说："宋，一作'朱'，非。案宋元思，字玉山。刘峻有《与宋玉山元思书》。"

文章以书信的形式，集中描绘了富春江自富阳到桐庐沿途百里的秀丽风光，充分表达出作者厌倦世俗、向往自然的情怀。文笔简洁省净，清新明快，令人耳目一新，不禁产生神往之意。它与《与顾章书》《与施从事书》一样，足以代表吴均文章的风格，堪称六朝山水小品中的著名之作。

这篇短文可分为三层。第一层叙述富春江一带的山水胜景。以"风烟俱净，天山共色"的对句开始，写出富春江的夏秋景色。风云烟雾消散净尽，蓝天青山同一颜色，山川风光美丽如画。人们在这样清明朗洁的世界中，自然视野开阔，心情舒畅。接着谈到江上放舟"从流飘荡，任意东西"的情况。一苇顺流而下，扁舟漫游东西，山光水色纷至沓来，令人目不暇接。作者游目骋怀，陶醉美景，身心融合到大自然之中，深感心旷神怡。然后强调"自富阳至桐庐，一百许里，奇山异水，天下独绝"。所言点明旅行路线。富阳在富春江下游，桐庐在其上游。

这百里水路是富春江的最佳游程，作者畅游其间，渐入佳境，就对江行所见的奇特不凡的山水大为称叹，认为是天下绝无仅有的。赞美之情油然而生，溢于言表。这层总领全篇，下面两层分别对异水和奇山作具体的叙述，把江上那些叩击人们内心世界、浸润作者浓郁情感的美景出色地表现出来。

  第二层主要写富春江江水之异。一方面，"水皆缥碧，千丈见底；游鱼细石，直视无碍"，这是写江水的清澈及其静态。"缥碧"是江水的颜色，"千丈"是江水的深度，"见底"显出江水的清而透明。不仅如此，就连难以追踪的游动鱼儿和不易分清的江底细石，作者也说是"直视无碍"。这样细致入微的叙述充实了清澈的内容，突出了江水的静态之美，增强了文章的感染力。显然，面对澄澈如镜的江水，人们心灵也似乎变得透明无杂了。另一方面，江水不是始终平静不变的，有时"急湍甚箭，猛浪若奔"，这是写江水的澎湃及其动态。富春江有宁静柔美之景，又有急流奔腾之色。水流迅疾快如飞箭，波浪汹涌猛似奔马，给人以惊心慑魄之感。如此的形象描绘从静态转到动态，具有气势磅礴的美感，显出江上景色的丰富多彩。这层写出江水的静动变化，气息万千。

  第三层重点写富春江群山之奇。作者按照所见所闻的顺序，逐一描述秀丽多姿的山色，给人留下清新俊逸的印象。其一，"夹岸高山，皆生寒树。负势竞上，互相轩邈，争高直指，千百成峰"，写视觉感受。夹岸重峦叠嶂，山林长满耐寒的常绿之树，呈现一片葱郁，一派生机。在作者看来，群山不只是静止的，还是富有自由意志和生活情趣的。它们凭高伸展，互争高低，好像万峰直指青天。这样的景象就使清明净洁的世界显得生机勃勃，令人深感大自然强烈的生命节奏。可见，作者用审美移情的眼光和拟人的手法，从静境中反映动态，写出山势的奇峭，赋予其活力和动感。其二，"泉水激石，泠泠作响；好鸟相鸣，嘤嘤成韵。蝉则千转不穷，猿则百叫无绝"，写听觉感受。泉水冲击石头，发出清脆之声。好鸟相向和鸣，嘤嘤地唱出和谐之调。蝉鸣千声而不歇，猿啼百遍而无绝。山中这些声音各不相同，又悦耳动听，成为大自然的美妙协奏曲，实在令人心意高兴，耳目愉快。显然作者写出泉声清亮、好鸟欢歌、蝉鸣猿啼，也是以闹写静，突出山林的幽雅和寂静，即所谓"蝉噪林愈静，鸟鸣山更幽"。这些听觉感受与视觉感受的结合以及动静相衬的描写，就展现了富春江的特有风韵。其三，"鸢飞戾天者，望峰息心；经纶世务者，窥谷忘反"，由描写景物转而抒发内心情怀。耿介脱俗、不慕荣利的高士徜徉在奇山秀水之间，自有一种澡身浴德之感。即使是那些像鹰一样具有雄心的人，那些为经营世务而劳身费神的人，只要望见这奇绝的山峰和幽美的山谷，也会平息追求之心，以至流连忘返。这就是奇山异水所具有的诱人魅力。其四，"横柯上蔽，在昼犹昏；疏条交映，有时见日"，写山中的晦明变化。纵横交错的树枝遮蔽天空，阳光偶尔从稀疏之处显现出来。山林无人间烟火之气，而有苍莽古朴之情。人们行走其中，所有尘俗思虑都将涤除尽净，使自己身心与自然韵律融为一体。结尾展现景物变化，显得余味无穷。这层写出群山的秀丽雄奇和作者的感受。

　　全文写景如画，语言清丽，生动形象地描写出富春江上奇绝美妙的景色。人们读着这样富有诗情画意的散文，仿佛置身于奇山异水之中，与作者一起纵目骋怀，怡情悦性。在名篇如林的中国文学史上，山水游记为数不少。这些作品着重描绘山川景物的自然美，从不同角度、各个侧面艺术地再现了祖国山河的壮丽美好，并且自然而然地融入作者的丰富情感。它们独步当时，辉映后世。《与宋元思书》就是这样一篇为人们所称赏的佳作。

　　文章采用总分的整体结构方式。作者开头总览夏秋之际江水秀丽美景，赞叹奇山异水是独一无二的境界。他随即从奇山、异水两个方面，描述江水之清、群山之高，突出山中声音交响悦耳，景象变化令人陶醉。他最后触景生情，抒发感想，并作数笔补叙。可见书信脉络清晰，层次分明，行文自如，结构严密。

　　本文充分反映出作者山水审美意识清醒，观察事物仔细，领会意思深刻，表现方法高超。文中善用比喻、拟人、双关等手法，写活了江水和群山，既极力形容景物的绝美诱人，又写出人们对景物的陶醉倾倒，显得语言双关，耐人咀嚼。文章无一字言情，却在叙述中饱含至情，把一番情致和一片真意融入字里行间。这些语言的运用颇有讲究。名词富有光彩色泽，动词和形容词反映心理情绪。行文之中，作者的真实感受自然流露。书信是骈体，用了许多对偶语句，不过也有不少散行句式，这样错落有致地遣词造句，就增强了语言的节奏感和形式美。文章着意写景，曲尽其妙，而以白描为主，不使用典故，也不堆砌辞藻，因此令人读来感到清新流畅，觉得富春江上的山光水色宛如就在眼前，于是心向往之。

　　这篇散文以其写景抒情有独到之处而出类拔萃，它对后世山水游记的影响是显而易见的。唐代柳宗元就从中受到启示，他的《永州八记》刻画细致，寄托深远，往往寓情于景。其中《至小丘西小石潭记》描绘日光下澈时潭鱼的活泼有趣，写得情景交融。这与吴均有关游鱼、细石等的描写极为相似，充分表现出与包括《与宋元思书》在内的六朝优秀山水小品的渊源关系。

三　峡

郦道元

　　自三峡七百里中①，两岸连山，略无阙处②。重岩叠嶂③，隐天蔽日，自非亭午夜分，不见曦月④。至于夏水襄陵⑤，沿溯阻绝⑥。或王命急宣⑦，有时朝发白帝，暮到江陵⑧，其间千二百里，虽乘奔御风，不以疾也⑨。春冬之时，则素湍绿潭⑩，回清倒影⑪。绝巘多生怪柏⑫，悬泉瀑布，飞漱其间⑬，清荣峻茂⑭，良多趣味。每至晴初霜旦⑮，林寒涧肃⑯，常有高猿长啸⑰，属引凄异⑱，空谷传响⑲，哀转久绝⑳。故渔者歌曰："巴东三峡巫峡长㉑，猿鸣三声泪沾裳。"

【注释】

① 三峡：瞿塘峡、巫峡、西陵峡的合称。瞿塘峡在重庆奉节东，巫峡在重庆巫山东，西陵峡在湖北宜昌西。 ② 略无阙处：一点也没有缺口的地方。阙：同"缺"。 ③ 嶂：屏障般的山峰。 ④ "自非"二句：如果不是正午和夜半，是看不见太阳和月亮的。自非：若非。亭午：正午。夜分：夜半。曦：日光，这里指太阳。 ⑤ 夏水：夏季涨水。襄陵：漫上山岗。 ⑥ 沿溯阻绝：下行和上行的舟船航道都被阻绝。沿：顺流而下。溯：逆流而上。阻绝：无法行船，停止交通。 ⑦ 或王命急宣：有时皇帝有诏命需要急速传达。⑧ 白帝：城名，在今重庆奉节东。江陵：今属湖北。这两句说，有时早晨从白帝城出发，晚间就可到达江陵。 ⑨ 乘奔：乘着奔驰的马。御风：驾风。不以：不如。这两句说，即使乘着快马驾着风，也没有顺水行舟这么快。 ⑩ 素湍：雪白的急流。绿潭：碧绿的深潭。 ⑪ 回清：回旋着的清水。倒影：倒映两岸景物的影像。 ⑫ 绝巘(yǎn)：极高的山峰。怪柏：姿态奇怪的柏树。 ⑬ 飞漱：飞流喷洒冲刷。 ⑭ 清：指泉水清澈。荣：指树木繁荣。峻：指山峰高峻。茂：指野草茂密。 ⑮ 晴初：初晴的日子。霜旦：下霜的早晨。 ⑯ 林寒涧肃：指秋气肃杀，林涧清冷。 ⑰ 高猿：高处的猿猴。长啸：长声啼叫。 ⑱ 属引凄异：连续不断的声音非常凄凉怪异。 ⑲ 传响：传递着回声。 ⑳ 哀转久绝：啸声哀音经过很久才停止。转：同"啭"。 ㉑ 巴东：东汉郡名，今重庆奉节、云阳、巫山等县。

【作者简介】

郦道元(？—527)，北魏地理学家、散文家，字善长，范阳涿县(今河北涿州)人。其父郦范在北魏文成帝时为青州刺史，进爵永宁侯。他初袭爵永宁侯，例降为伯。孝文帝太和中，为尚书主客郎。御史中尉李彪以其执法清刻，将他从太傅掾引为治书侍御史。累迁辅国将军、东荆州刺史、河南尹、御史中尉等职。为政有严猛之称，令权豪畏惧。雍州刺史萧宝夤反状稍露，因侍中城阳王元徽进谗，他被派遣为关右大使，后为萧宝夤所害。事平之后，朝廷追赠吏部尚书、冀州刺史、安定县男。为人好学，历览奇书，遍历各地，留心观察水道等地理现象，撰注《水经》四十卷，为后代留下一部富有文学价值的地理巨著。《魏书》《北史》均有传。

【赏析】

《三峡》选自《水经注·江水注》，为郦道元参引自南朝宋盛弘之的《荆州记》。

《水经注》是一部为《水经》作注释的地理名著。《水经》是三国时人所作，主要记述我国的河道水系。其内容比较简略，郦道元广征博引，并根据自己游历各地跋涉山川的见闻，以《水经》为纲，作了二十倍于原书的补充和发展，自成巨著。

它记载大小水道一千多条，详述两岸各地的地理古迹、神话传说和风俗习惯，描绘祖国的秀丽山川。引用书籍多达四百余种，记叙生动形象，文笔瑰丽精美，具有较高的文学价值，对后代山水散文的创作有很大的影响。

《三峡》是书中最具艺术魅力的名篇之一。它描写了三峡的奇伟形势和四时的景物风光，艺术地再现出三峡气象万千的自然景观，给读者以美的享受，使人们读后觉得印象真切，仿佛置身其中，从而加深热爱祖国壮丽山河的感情。它构思精巧，意境优美，结构严密，行文自如，骈散相间，音调和谐。文章如同一轴瑰丽多彩的山水画卷，令人观赏之际赞叹不已。

全文分为四层。第一层总写三峡形势。先点明三峡七百里中，两岸山岭连绵不断，毫无空隙，群山高耸入云，遮蔽天地，特别突出其"略无阙处"的绵延和"隐天蔽日"的高峻。随后进一步从侧面烘托，指出如果不是正午和夜半就不能见到日月，说明山峰危高险奇。这既描写了山势的独特景象，又为读者提供了展开想象的空间。第二层用"至于"引起，由山势转到水势，写夏日水势的浩大迅猛。文章着重展现江面的两种景象：一是江水暴涨，交通断绝，这是水势高涨的一般情况；二是水流湍急，一日千里，这是"王命急宣"的具体事例。为了使人印象更为深刻，又用形象的比喻来强调水急的程度，"虽乘奔御风，不以疾也"。可见作者的神思运笔真是妙不可言。李白《早发白帝城》中"朝辞白帝彩云间，千里江陵一日还"的千古名句，就是由此脱化而来的。第三层用"则"字转折，从夏水写到春冬时的流水与高山，突出其景色的秀丽多趣。这时的山水不再是先前的雄伟峻峭之美，而有清幽奇诡之美。湍水急流的颜色如素，潭水深静的色彩碧绿，缓流清波倒映岸影，高山古柏奇形怪状，山泉瀑布悬高直下，山光水色融为一体。叙写之中，或俯视近物，或仰观远景，显得动静相杂，色彩互异，语颇隽永。尤其是极高山峰上的怪柏充分表现出旺盛的生命力和不屈不挠的意志，不仅给山川投入一股生命的活水，也令人精神抖擞，自强不息。这样江水清亮、树木繁荣、山峰高峻、野草茂密的美景不禁使人心随神往，发出"良多趣味"的感叹。第四层用"每至"开端，从春冬景色写到另一番风致，展现秋景的萧瑟凄凉。雨后霜晨，山林清冷，猿猴长啼，啸声凄凉。其中，"凄异"和"哀转"既是猿啼的音调和回声，又是人们在幽深肃穆的环境中，听到猿鸣而自然产生的惆怅之情。这里，作者把主观感情融入客观景物，使客观景物具有人的思想感情，从而构成一种凄清境界，给人以强烈的感受。最后，作者用古朴的渔歌来结束全文，表现峡长声哀，写得情真意切，荡气回肠。总之，通篇层次分明，过渡自然。文章先用粗笔勾画山川形势，然后工笔细描，写出林峦景色；又以季节和人们感触为线索，写出可喜的春冬美景与可悲的晴初霜旦。因而文章显得布局精当，脉络清晰。

这篇文章分层摹写，依水而记，各有侧重，彼此关联。作者是为江水作注，自然重点写水。为写水势，先写山势。三峡的山不同寻常，不但山高岭连，而且中间狭窄。江水流过此地必然水速更加湍急，场面更加壮观。写水时，因为水以夏季为盛,所以先写夏水,展现其浩荡水势。然后,作者不是按照秋、冬、春的顺序来记叙,而是合写春冬,重在色彩,再独记秋日,突出音响。这是因为四季水涨水落,夏水汹涌澎湃,春冬风平浪静,秋日水枯谷空。可见,作者以水为脉,提纲挈领;文章中心突出,逻辑性强。

文章注意选取典型事物来写景抒情,这比空洞的记叙更动人、更含蓄,因而也就更能引发人们的联想、想象和情感活动。以"自非亭午夜分,不见曦月"描绘山势高峻陡峭,以"朝发白帝,暮到江陵"表现水流飞速,以"素湍绿潭,回清倒影"形容江水清澈、风光妩媚,以"属引凄异,空谷传响,哀转久绝"渲染猿鸣幽凄、山谷空旷,还以"巴东三峡巫峡长,猿鸣三声泪沾裳"显示人们的劳苦。作者对高峡、流水、猿啸、渔歌等这些富有典型意味的事物,进行集中描写,写得言简意赅,形神兼备,从而创造出鲜明生动的场景,赞美了三峡的雄伟神奇、秀美俊逸和生机勃勃,也使读者恍如身历,深受感染。

为了突出景物特点,文中叙写富于变化,有时正面描绘,有时侧面烘托,有时绘形写貌,有时摹声录音,或是生动的写实,或是惊人的夸张,或是贴切的比喻,或是精美的对偶,大多曲尽其妙。文章用词尤其精练准确,如写山势连绵奇峻用"重岩叠嶂",写夏季涨水用"沿溯阻绝",写"湍"用"素",写"潭"用"绿",写"巘"用"绝",写"柏"用"怪",写"泉"用"悬",写"瀑布"用"飞漱",写春冬之时的山川草木用"清荣峻茂",写萧瑟之秋的景象用"林寒涧肃"。以简洁的笔墨,展现山川的神韵,从而收到画龙点睛的效果。这充分表现出作者观察事物的仔细、写作水平的高超和锤炼语言的功夫。

作者以地理研究的眼光审视三峡,又以散文创作的方法反映三峡,绘声绘色,融情入景,写得情景交融,生动传神。文章勾勒三峡全景,表达作者对名胜的赞美之情;描写夏水湍急,流露作者对急流的惊叹之情;展示春冬美景,反映作者心旷神怡的喜悦之情;写出秋日萧瑟冷寂、猿鸣哀转、渔歌凄婉,表现作者对山川虽美而人们愁苦的感伤之情。文章因不同的情景,变换不同的语言色彩,描绘不同格调的山水,其中洋溢着作者丰富的思想感情,展现出各种优美的意境。

本文以清新俊逸、富有表现力的语句,模山范水,渲染气氛,显示三峡山高水急的主要特征及其他俊姿秀影,一扫当时某些堆砌辞藻、缺乏内容的不良文风,给文坛送来一股刚健清新的气息,因此成为历代传诵的名篇。包括《三峡》在内的《水经注》中写景的佳作充满诗情画意,富有文学成就,从而被后世人们推崇为游记文的开创者。它们上承《楚辞》情景相生的篇章,下启柳宗元寓情于景的游记,在文学史上具有继往开来的重要意义。正如刘熙载所说:"(郦道元)叙山水,峻洁层深,奄有《楚辞·山鬼》《招隐士》胜境。柳柳州游记,此其先导耶。"(《艺概·文概》)

哀江南赋序

庾 信

粤以戊辰之年，建亥之月①，大盗移国，金陵瓦解②。余乃窜身荒谷③，公私涂炭④。华阳奔命，有去无归⑤。中兴道销，穷于甲戌⑥。三日哭于都亭⑦，三年囚于别馆⑧。天道周星，物极不反⑨。傅燮之但悲身世，无处求生⑩；袁安之每念王室，自然流涕⑪。昔桓君山之志事⑫，杜元凯之平生⑬，并有著书，咸能自序⑭。潘岳之文采，始述家风⑮；陆机之辞赋，先陈世德⑯。信年始二毛，即逢丧乱⑰，藐是流离，至于暮齿⑱。《燕歌》远别，悲不自胜⑲；楚老相逢，泣将何及⑳！畏南山之雨，忽践秦庭㉑；让东海之滨，遂餐周粟㉒。下亭漂泊，高桥羁旅㉓。楚歌非取乐之方，鲁酒无忘忧之用㉔。追为此赋，聊以记言㉕，不无危苦之辞，惟以悲哀为主㉖。

日暮途远，人间何世㉗！将军一去，大树飘零㉘；壮士不还，寒风萧瑟㉙。荆璧睨柱，受连城而见欺㉚；载书横阶，捧珠盘而不定㉛。锺仪君子，入就南冠之囚㉜；季孙行人，留守西河之馆㉝。申包胥之顿地，碎之以首㉞；蔡威公之泪尽，加之以血㉟。钓台移柳，非玉关之可望㊱；华亭鹤唳，岂河桥之可闻㊲！

孙策以天下为三分，众才一旅㊳；项籍用江东之子弟，人惟八千㊴。遂乃分裂山河，宰割天下㊵。岂有百万义师，一朝卷甲㊶，芟夷斩伐，如草木焉㊷！江淮无涯岸之阻㊸，亭壁无藩篱之固㊹。头会箕敛者，合从缔交㊺；锄耰棘矜者，因利乘便㊻。将非江表王气，终于三百年乎㊼？是知并吞六合，不免轵道之灾㊽；混一车书，无救平阳之祸㊾。呜呼！山岳崩颓，既履危亡之运㊿；春秋迭代，必有去故之悲(51)。天意人事，可以凄怆伤心者矣(52)！况复舟楫路穷，星汉非乘槎可上(53)；风飙道阻，蓬莱无可到之期(54)。穷者欲达其言，劳者须歌其事(55)。陆士衡闻而抚掌，是所甘心(56)；张平子见而陋之，固其宜矣(57)。

【注释】

① 粤：发语辞。戊辰：梁武帝太清二年(548)。建亥之月：阴历十月。 ② 大盗：窃国篡位者，指侯景。移国：易国，篡国。《后汉书·光武帝纪》的赞说："炎正中微，大盗移

国。"谓王莽篡位,此指侯景作乱。金陵:建邺,今江苏南京,梁都。《南史·梁武帝纪》:"太清二年八月戊戌,侯景举兵反。十月……至建邺。"侯景举兵叛乱,攻破梁都金陵,又攻下台城(宫城),梁武帝在围城中膳食不继,愤恨而死。侯景先立简文帝萧纲,继立萧栋为梁帝,旋废梁帝自立。后为梁将陈霸先、王僧辩所败,逃亡时被部下所杀。 ③ 窜身:逃匿。荒谷:《左传·桓公十三年》:"莫敖缢于荒谷。"杜预注:"荒谷,楚地。"在今湖北江陵西,这里借指江陵。《北史·庾信传》:"侯景作乱,梁简文帝命信率宫中文武千余人,营于朱雀航。及景至,信以众先退。台城陷后,信奔于江陵。" ④ 公私:公室和私门。涂炭:指陷于污泥炭火。伪古文《尚书·仲虺之诰》:"有夏昏德,民坠涂炭。"涂:泥。炭:火。 ⑤ 华阳:指江陵。江陵在华山之阳(山南)。奔命:奉命奔驰。梁元帝承圣三年(554),庾信奉命从江陵出使西魏,同年十一月,西魏攻陷江陵,元帝被杀,庾信就留居长安未返,所以说有去无归。 ⑥ 中兴道销:梁元帝平定侯景,中兴梁朝,又为西魏所灭。销:同"消",消亡。穷:穷尽,完结。甲戌:承圣三年。这年西魏派于谨攻下江陵,梁元帝被俘杀,梁朝就此灭亡。 ⑦ 都亭:城郭附近的亭舍。三国时,蜀将罗宪守永安城,听说后主刘禅降魏,就率部下到都亭哭了三天。这是庾信借此事表达自己对梁亡的哀痛。 ⑧ 别馆:指使者应居的正馆以外的馆舍。春秋时,鲁国叔孙婼出使晋国,曾被扣留,拘于客馆中。这是庾信借此事说明自己在梁亡后被羁留西魏。 ⑨ 天道:自然之道。周星:岁星,也称太岁、木星,因其十二年绕天运行一周,故名。物极不反:自古以来人们认为事物发展的常理是物极必反,现在梁朝一蹶不振,无法复兴,所以说物极不反。 ⑩ 傅燮(xiè):字南容,东汉人。《后汉书·傅燮传》载,他为汉阳太守,王国、韩遂等攻城,城中兵少粮乏,其子劝他弃城归乡,他慨叹道:"世乱不能养浩然之志,食禄又欲避其难乎?吾行何之,必死于此!"于是临阵战死。这里借傅燮比喻自己身羁异国,只能悲叹身世,而无处求生。 ⑪ 袁安:字邵公,东汉人,官至司徒。《后汉书·袁安传》载,因皇帝幼弱,外戚专权,每当朝会进见及与公卿谈论国事时,他"未尝不噫呜流涕"。这里以袁安自比,表明对梁朝灭亡的悲叹。 ⑫ 桓君山:桓谭,字君山,东汉人,著有《新论》二十九篇。志事:有志于事业。 ⑬ 杜元凯:杜预,字元凯,西晋人,著有《春秋经传集解》。平生:一生。 ⑭ 自序:叙述自己生平的文章。桓谭的自序已佚失。《太平御览》载杜预的自序说:"少而好学,在官则观于吏治,在家则滋味典籍。" ⑮ 潘岳:字安仁,西晋诗人、辞赋家。始述家风:潘岳曾作《家风诗》,自述家族风尚。 ⑯ 陆机:字士衡,西晋作家。先陈世德:陆机曾作《祖德赋》《述先赋》,歌颂其祖先功德。陈:述说。陆机祖父陆逊、父亲陆抗均为东吴名将,世代有功于吴。 ⑰ 二毛:指头发有黑白二色,即花白头发,指年已半老。侯景之乱时,庾信三十六岁。梁亡时,庾信四十二岁。 ⑱ 藐:远。流离:转徙流亡不得其所。暮齿:暮年。这句说,自己国破家亡,流落异域藐然一身。 ⑲《燕歌》:指乐府《燕歌行》,写征戍别离之苦。《北史·王褒传》载,王褒曾作《燕歌》,元帝与庾信等诸文士都有和作。这是说,作者远别故国,悲不自胜。 ⑳ 楚老:代指故国父老。《汉书·王贡两龚鲍传》载,汉末楚人龚胜以名节著称,王莽曾征聘他,他不愿身事二姓,就绝食而死。后有父老来吊,哭甚哀。庾信借此事深惭自己身事二姓。泣将何及:只有相对哭泣,无可奈何。《后汉书·逸民传》载,党锢事起,兼代外黄令陈留张升弃官归乡,路遇一位朋友,两人坐在席上共谈,谈到伤心处,相拥而泣。陈留父老走过,放下拐杖叹息道:"呼!二大夫何泣之悲也?夫龙不隐鳞,凤不藏羽,网罗高悬,去将安所,虽泣何及乎!" ㉑ 南山之雨:《列女传·

贤明传》："妾闻南山有玄豹，雾雨七日而不下食者，何也？欲以泽其毛而成文章，故藏而远害。"忽：迅速。秦庭：喻魏都。魏都长安，秦都咸阳，故以相喻。这里是说，自己身处乱世，不能像玄豹一样藏身远害，却很快地奉命出使魏国。　㉒"让东海"二句：《史记·齐太公世家》载齐康公十九年"田常曾孙田和始为诸侯，迁康公海滨"事，此指西魏、北周易代。遂餐周粟：反用伯夷、叔齐耻食周粟事。《史记·伯夷列传》载，武王灭纣，伯夷、叔齐以为不义，遂不食周粟而饿死首阳山。这里是说，自己先后失节于西魏和北周，不像伯夷叔齐耻食周粟而死，表示惭愧。　㉓下亭：地名。《后汉书·范式传》载，孔嵩被征召，在去京师的路上，宿于下亭，马被盗去。高桥：一作"皋桥"，在苏州阊门内。《后汉书·梁鸿传》载，梁鸿至吴，依皋伯通，住在廊房下。这里是用孔嵩、梁鸿羁旅漂泊的不幸来表达自己身处异国的痛苦。　㉔楚歌：楚地之歌。项羽被围垓下，夜闻汉军四面皆楚歌。《史记·留侯世家》载，刘邦欲立戚夫人的儿子如意为太子，结果没办到，戚夫人哭泣，刘邦说："为我楚舞，吾为若楚歌。"鲁酒：鲁地之酒。《庄子·胠箧》："鲁酒薄而邯郸围。"这里是说，自己在对酒当歌的时候都不能取乐忘忧。　㉕追：追述在梁朝的往事。记言：指记事。《汉书·艺文志》："左史记言，右史记事。"　㉖不无：有。危苦：危惧愁苦。嵇康《琴赋》："称其材干，则以危苦为上；赋其声音，则以悲哀为主。"这里是说，虽有诉说自己危苦的话，但主要是哀叹梁朝的灭亡。　㉗日暮途远：谓年岁已老而离乡路远。《史记·伍子胥列传》："吾日暮途远，吾故倒行而逆施之。"远：一作"穷"。人间何世：《庄子》有《人间世》。王先谦集解云："谓当世也。"这里是突出人事变化无常，感叹世乱时艰、生不逢辰。　㉘将军：指东汉冯异。《后汉书·冯异传》："每所止舍，诸将并坐论功，异常独屏树下，军中号曰'大树将军'。"此以冯异自喻，以大树喻故国，言己去国，梁朝沦亡。　㉙壮士：指荆轲。《战国策·燕策》载，荆轲去燕入秦，谋刺秦王，燕太子丹在易水上为他饯行，高渐离击筑，荆轲歌曰："风萧萧兮易水寒，壮士一去兮不复还！"这里是说，自己出使西魏，不得重返故国。　㉚荆璧：和氏璧，因楚人卞和得玉于楚国的荆山而得名。睨：斜视。连城：相连之城。《史记·廉颇蔺相如列传》载，赵得楚和氏璧，秦昭王闻之，愿以十五连城换和氏璧。赵王使蔺相如奉璧见秦王。他见秦王无意偿赵城，于是诡称璧上有瑕，要指给秦王看。他取回璧后说："臣观大王无意偿赵王城邑，故臣复取璧。大王必欲急臣，臣头今与璧俱碎于柱矣。"于是蔺相如就"持其璧睨柱，欲以击柱"。秦王怕他摔破了璧，就向他道歉，并召有司案图指出所要给的十五城。这里是说，相如出使没有被骗，而自己却为魏所欺。　㉛载书：盟书。珠盘：用珠子装饰的盘子，用于诸侯盟誓。《史记·平原君列传》载，战国时，赵国平原君与楚王商订联合抗秦之事，从早晨到正午，还没有谈妥。毛遂按剑历阶而上，责备楚王，使楚王答应下来。他捧铜盘和楚王歃血而定合纵之约。此言自己出使西魏，未能缔约，结果梁朝反遭攻打。　㉜"锺仪"二句：《左传·成公七年》载，楚子重伐郑，囚锺仪，献于晋，晋人囚之于军府。两年后，"晋侯观于军府，见锺仪，问之曰：'南冠而絷者谁也？'有司对曰：'郑人所献楚囚也。'……使与之琴，操南音……文子曰：'楚囚，君子也。'"此以锺仪自比，说自己本是楚人而羁留北朝，有如南冠之囚。　㉝季孙：季孙意如，春秋时鲁国大夫。行人：掌朝觐聘问之事。西河：今陕西东部。《左传·昭公十三年》载，诸侯盟于平丘，季孙意如随鲁昭公去参加盟会，由于邾人、莒人告鲁侵伐他们，以致无力给晋国进贡，于是晋人不让昭公参加盟会，并把季孙意如扣住带回晋国。后来晋国要释放季孙，季孙要求以礼送回。晋人恐吓他说"将为子除馆于西河"，即长期把他留下来。这是比喻自己被留在西魏。　㉞ 申包胥：春秋时楚国大夫。顿地：叩头至地。碎之以首：碰破了头的意思。碎：破。《左传·定公四年》载，吴伐楚，申包胥到秦国乞师，他"依于庭墙而哭，日夜不绝声，勺饮不入口"，痛哭七日，终于感动秦哀公答应出兵，他才"九顿首而坐"。这里是说，江陵陷落，自己不能像申包胥那样讨到救兵。　㉟ 蔡威公：刘向《说苑·权谋》载，"下蔡威公闭门而哭，三日三夜，泣尽而继之以血"，邻人问他为什么哭，他说："吾国且亡。"此言自己对于梁亡，无处求救，只有痛哭。　㊱ 钓台：在武昌，此代指南方故土。移柳：《晋书·陶侃传》载，陶侃镇武昌时，曾令诸营种植柳树。玉关：玉门关，在今甘肃敦煌西北，此代指北地。这两句说，滞留北地的人是再也见不到南方故乡的树木了。　㊲ 华亭：在今上海松江，晋陆机兄弟故居所在。唳：鹤叫。河桥：在今河南孟州，陆机在此兵败被害。《世说新语·尤悔》载，陆机临刑前叹道："欲闻华亭鹤唳，可复得乎？"这两句借听不到华亭鹤唳说明自己无法重返江南。　㊳ 孙策：字伯符。汉末他招募数百人依袁术，后平定江东。三分：指魏、蜀、吴三分天下。一旅：五百人。《三国志·吴书·陆逊传》载，陆逊上疏云："昔桓王（孙策谥号为长沙桓王）创基，兵不一旅，而开大业。"　㊴ 项籍：字羽。江东：长江南岸南京一带地区。《史记·项羽本纪》载，项羽随叔父梁起事，"举吴中兵，使人收下县（吴郡的属县），得精兵八千"。项羽临死前，对乌江亭长说："籍与江东子弟八千人渡江而西，今无一人还。"　㊵ "遂乃"二句：贾谊《过秦论》："宰割天下，分裂河山。"　㊶ 百万义师：指平定侯景之乱的梁朝大军。卷甲：卷起兵甲，指军队不战自溃。《南史·侯景传》载，侯景反，梁武帝所遣诸将不战自退，金陵城破，援兵至北岸，号称百万，后皆散走。　㊷ 芟（shān）夷：削平。斩伐：砍伐。侯景攻入金陵，杀人如草芥。于谨打下江陵，杀人也很多。这里是说，侯景等叛军像除草伐木一样屠杀士兵和百姓。　㊸ 江淮：指长江、淮河。涯岸：水边崖岸。这句意思是，江淮之险因无法防守，就连水边崖岸挡水的用处也没有。　㊹ 亭壁：指军队营垒。藩篱：竹木所编屏障。这句的意思是，梁朝设有亭壁这类工事，但兵败时毫无用处，还比不上藩篱坚固。　㊺ 头会箕敛：每家按人头计数出谷，用畚箕收集。《史记·张耳陈馀列传》："头会箕敛，以供军费。"合从缔交：贾谊《过秦论》："合从缔交，相与为一。"这里是说，百姓不堪横征暴敛之苦，就相互联合，组成武装集团，起兵反抗。　㊻ 锄耰（yōu）：农具。棘：戟。矜：矛柄。"锄耰棘矜""因利乘便"二语都出自《过秦论》。这里是说，以农具作武器起事的人，乘势取得胜利成果。当时陈霸先出身平民，起兵后收合各种势力，最后代梁而建立陈朝。　㊼ 将非：岂不是。江表：江南，这里专指金陵。王气：王者之气。《史记·高祖本纪》载，秦始皇常说"东南有天子气"。三百年：孙权立国称帝，定都建业，直到吴亡，共五十二年。以后自东晋元帝渡江，定都金陵，经宋、齐以至梁亡，共二百四十年。两段时间合计二百九十二年，三百是约数。　㊽ 六合：指天地四方。贾谊《过秦论》："吞二周而亡诸侯，履至尊而制六合。"轵（zhǐ）道：亭名，在今陕西咸阳东北。轵道之灾：《史记·高祖本纪》载，刘邦入关，秦王子婴素车白马，用丝带系脖子，封了皇帝印玺和符节，"降轵道旁"。这里是说，江陵陷后，梁元帝投降西魏。　㊾ 混一车书：指统一天下，这里指晋统一中国。《礼记·中庸》有"车同轨，书同文"等语。平阳之祸：《晋书·孝怀帝本纪》载，永嘉五年（311）刘聪攻陷洛阳，迁怀帝于平阳。七年，怀帝被害。又《孝愍帝本纪》载，建兴四年（316）刘曜陷长安，迁愍帝于平阳。五年，愍帝遇害。平阳：在今山西临汾。这里是说，金陵陷后，梁武帝和简文帝先后被害死。　㊿ 山岳崩颓：比喻国家覆灭。《国语·周语》："山崩川竭，亡之征也。”履：践，走上。 (51) 春秋迭代：比喻朝代更替。迭代：更替。去故：离别故国。 (52) 凄怆：悲伤。阮籍《咏怀诗》：“素质游商声，凄怆伤我心。” (53) 楫：船桨。星汉：银河。槎(chá)：竹木排。张华《博物志》载，古代民间传说，大海与天河相通，有人乘槎浮海至天河，遇牛郎织女星。这里反用其意，说自己走投无路，没有归宿。 (54) 飙(biāo)：暴风。蓬莱：传说中神山，与方丈、瀛洲并称海中三神山，上有不死药。《史记·封禅书》载，人们的船要靠拢神山时，就有风把船吹开，不能达到。这里以回风阻路、蓬莱无法到达比喻自己不能回到江南故国。 (55) 穷者：不得志的人。达其言：在言中求得志。劳者：劳动的人。歌其事：歌唱所从事的劳动。《晋书·王隐传》：“盖古人遭时则以功达其道，不遇则以言达其才。”《公羊传·宣公十五年》：“劳者歌其事。”这两句是说明自己作赋的动机。 (56) 陆士衡：陆机。抚掌：拍手。《晋书·左思传》载，陆机刚到洛阳，打算作《三都赋》，听说左思也在作，就拍掌大笑，“与弟云书曰：‘此间有伧父欲作《三都赋》，须其成，当以覆酒瓮耳。’及思赋出，机绝叹伏，以为不能加也，遂辍笔焉”。这两句借此表示自己作《哀江南赋》即使受人嘲笑，也心甘情愿。 (57) 张平子：张衡。陋：轻视。《艺文类聚》载，班固作《两都赋》，张衡薄而陋之，于是另作《二京赋》。这两句意思是，自己写这篇赋受人轻视，也是理所当然的。

【作者简介】

庾信(513—581)，南北朝后期文学家，字子山，南阳新野(今属河南)人。他是梁朝宫体诗代表作家庾肩吾的儿子，自幼聪敏好学，博览群书，早年就有很高的文学修养，随父亲出入宫廷，曾做东宫抄撰学士、东宫学士等官，和徐陵一起写作绮艳的诗文，时称“徐庾体”。侯景叛乱时，他奉命御敌，兵败后奔江陵。梁元帝即位江陵，他奉命出使西魏，被留在长安。不久，梁朝为西魏所灭。当时，北朝统治集团比较重视江南文化，庾信在梁时又颇有文名，因此受到器重和优遇。他历仕西魏、北周，官至骠骑大将军、开府仪同三司，世称庾开府。南北通好时，流寓人士可以回归乡土，而庾信等人仍不得返国。《周书》《北史》都有他的传。《四库全书总目》说庾信“北迁以后，阅历既久，学问弥深，所作皆华实相扶，情文兼至”。这些作品在内容上有明显的变化，如《哀江南赋》《枯树赋》《拟咏怀二十七首》等，反映社会变化，感伤个人身世，风格悲凉苍劲，艺术技巧更加成熟，与前期诗文的华靡绮艳显然不同。庾信所作集南北朝文学之大成，对后代文学很有影响。原集已经散佚，后人辑有《庾子山集》，清倪璠所注较为详博。

【赏析】

《哀江南赋序》选自《庾子山集注》卷二，是一篇情文并茂的骈文名作，历来广为传诵。

《哀江南赋》全文收录在《周书》庾信本传中。文章以作者的经历为线索，详细地叙述了南梁的兴亡和人民的不幸遭遇，深切地抒发了他内心的痛苦和悲愤。“哀江南”的赋题出于《楚辞·招魂》的“魂兮归来，哀江南”。《北史》的庾信本传说他“虽位望通显，常作乡关之思，乃作《哀江南赋》以至其意”。赋前面的序言简述了作赋的背景和原因，概括了赋的基本内容。它篇幅不长，情至意尽，文辞精美，传诵程度比起原赋有过之而无不及。

《哀江南赋序》可分成三部分。

第一部分述说历史背景和作赋缘由。

序言开门见山，一一点明侯景之乱和江陵之祸，表达作者极度悲痛的心情。梁武帝太清二年(548)阴历十月，侯景攻陷梁都城建康，梁武帝被囚而死。不久，梁元帝即位江陵，颇有中兴之势，但是，承圣三年(554)，西魏攻入江陵，梁元帝被杀。"大盗移国，金陵瓦解"，"中兴道销，穷于甲戌"，就是对这些史实的艺术概括。祸乱频仍，生灵涂炭，庾信亲临其境，更是深有体会。他参加过保卫建康的军事活动，京城陷落，逃往江陵，以后又奉使从江陵出使西魏，却被留在北方，无法南归。梁朝的灭亡和个人的不幸使他感到"公私涂炭"，"物极不反"，痛心入骨。为了形象地、深刻地突出作者此时此刻的内心世界，文章以东汉傅燮坚守城池而慷慨战死的遭遇和袁安每次论及国事总是声泪俱下的情况，表现庾信当时无处求生的处境和哀痛梁亡的感情。这些自然给人留下极为鲜明的印象，使读者一开始就为战乱画面、悲慨情绪、动人史实和骈俪色彩所吸引与感染，思绪也随之起伏变化。梁不复兴，身羁异国，庾信只得长歌当哭。

文章接着用排比语句历举"桓君山之志事""杜元凯之平生""潘岳之文采"和"陆机之辞赋"，指出他们能著书立说，写诗作赋，陈述名人的家世和志趣。字里行间显然流露出作者希望效法桓谭、杜预和学习潘岳、陆机的想法，表现出他以长篇大赋的形式来精心描绘当时的社会历史长卷和尽情抒发个人胸中悲愤的意思。文章又灵活援引古事，倾吐了作者身事二姓的惭愧之意和流离转徙的痛苦之情。庾信以才学闻名而为西魏所留，这与西汉楚人龚胜以名节著称而被王莽征召的事情颇为相似。可是，龚胜坚不应征，不食而死，作者却出仕西魏、北周，忍垢含耻；殷末伯夷、叔齐认为周武王灭商是不义之举，就耻食周粟，作者却违反初意，不得不在北周过着爵禄丰厚的生活。对比之下，一种愧天怍人之意溢于言表。不仅如此，庾信由南入北，流落他乡，苦不堪言，这也与东汉孔嵩路宿下亭而马被盗去和梁鸿依皋伯通家做佣工的困苦情况不无相似之处。作者以他们的遭遇来比喻自己离乡背井、寄迹北地的经历，诉说内心的愁苦和悲哀。

至此，文章从回忆往事写到思念故国，又从前人著书记事写到庾信作赋记载历史事实和表达身世之感与亡国之痛，"不无危苦之辞，惟以悲哀为主"。写得跌宕起伏，舒卷自如，意味隽永。

第二部分着重抒发庾信出使不归、留滞长安的哀怨和悲愤。

文章以"日暮途远，人间何世"这一声长叹起端，处处用典，比喻恰当，句句抒情，感人肺腑。作者展开想象的翅膀，似乎看到东汉冯异去后，大树为之凋落失色，好像听到战国年代易水送别时的萧瑟风声。这是以将军和壮士自比，突出故国的沦亡和自己出使而不能南归。当侯景进攻建康时，庾信曾率领宫中文武千余人驻守在朱雀航，叛军蜂拥而至，他难以抵挡，只好撤退，所率军队四处溃散。此外，他对荆轲慷慨悲歌和一去不复返的史实也有共鸣。这种"大树飘零""寒风萧瑟"的景象正是他当时所处环境的真实写照。庾信处于动荡不安的世上，联系个人的切身经历，不觉椎心泣血。因为与战国时未被秦欺、完璧归赵的蔺相如和说服楚王、歃血为盟的毛遂相比，他自愧不如。为西魏所欺骗，没有完成使命，反而身处北朝，如同春秋时锺仪头戴南冠囚于异国，季孙意如参加平丘之盟被晋国扣留西河。尽管被迫出仕，他还是非常思念故国乡关。这一切也在他的《拟咏怀二十七首》的第三、四首诗里有所反映。

作者在文中还引用晋陶侃镇守武昌而命令诸营士兵种柳的史实和陆机临刑时说"华亭鹤唳，可复得乎"的语言，说明远在西北方的人们既看不见江南柳色，又听不到南方鸟鸣。这些情景交融的对偶之句，色彩鲜明，感情真挚，渗透着庾信本人强烈的爱国之思和不能回归故土的怅恨之情。

这一部分剪截融化古语古事，不少还反其意而用之，借典抒情，逐层推进，曲尽其妙，出色地表白了作者的乡关之思，也成功地掀动了读者的心潮。

第三部分进一步哀痛梁朝灭亡，表达作赋之志。

首先，文章以历史事实证明江南兵力并非无用，以对比和比喻的方法展现了侯景、西魏军队攻无不克和梁朝百万之师望风披靡的场面，还以借代方法写出了风云变幻的景象，从中反映出作者无比悲痛的情感。三国时孙策带领数百人，开创东吴，形成了三分中国的局面。秦末项羽以江东的八千子弟渡江，横扫暴秦，号令天下。他们曾是何等的英勇和不可战胜，他们的事迹显示出江南人马不是不堪一击的，而是可以有所作为的。但是，时过境迁，现实状况与当年旧事迥然不同。从兵力来说，梁军有百万之众，声势浩大；从战争攻守情况和地理位置而论，梁朝有条件做到严阵以待，以逸待劳；况且还有江、淮之险可以利用，能够抵挡一阵。结果却是梁朝军队一触即溃，屡遭屠杀，如同草木一样脆弱，而且江淮天堑没有起到险阻的作用，梁军的壁垒还不及藩篱坚固。相反，侯景、西魏的兵马长驱直入，直捣黄龙。与此同时，"头会箕敛者""锄耰棘矜者"这些各地武装势力和农民互相联合，借机起事，陈霸先终于捷足先登，代梁自立。这些强烈的对比、贴切的比喻和生动的借代不仅形象地描绘了山河破碎、故国沦亡、军民遭难和群雄逐鹿的社会生活画面，也真实地反映了梁朝统治者的腐朽无能，还自然地融入了作者对侯景、西魏军队凶狠残暴痛心疾首和对人民流离失所深表同情的真情实感。这种情感在赋的正文，如写西魏攻陷江陵的一段，通过详细的叙事、动人的描写、工整的对仗和丰富的典故充分表达出来。

其次，文章以抒情的笔法，从回顾旧事转入直抒胸臆，抒发世事多变的感慨，表达作者身逢丧乱、羁留北方、饮恨吞声，根本无法返回江南的感伤和怨恨。文章以秦始皇扫平六合而子婴降于轵道，西晋统一中国而怀、愍二帝死于平阳的事例，比喻梁朝统治一度太平无事而终于不免梁武帝、梁元帝先后被害死，说明国家覆灭和朝代更替是自古而然的，也是令人肠断魂消的。这真是"天意人事，可以凄怆伤心者矣"。更有甚者,庾信茹苦吞酸,被迫留在北朝,叶落不能归根,备感悲戚、伤心和绝望。文章又以"舟楫路穷,星汉非乘槎可上"与"风飙道阻,蓬莱无可之期"互称,一面反用典故,变有人乘浮槎至天河为无法到达;另一面正用古事,谈论人们的船一靠近海上神山就被风引去,也不能到达。两句对举,感情深厚,正反相间,意思一样。它们都用来强调作者绝对不可能回到家乡,如同天河、海上神山不可上去一般。这就别开生面地、淋漓尽致地表达出庾信的国破家亡之恨、流落异地之痛和故国乡关之思。

最后,文章呼应序言开始所说的作赋缘由,点明写作动机。"穷者欲达其言,劳者须歌其事。"这两句言之成理,意味深长,作者借此表示他身处极度动荡之世,停辛伫苦,走投无路,只得以诗文表达志趣和才能,抒发胸中悲愤之情。文章还引用典故,谈起西晋陆机嘲笑左思写《三都赋》和东汉张衡鄙薄班固作《两都赋》的情况,表示作者写成《哀江南赋》,即使被人讥笑和轻视,也心甘情愿。所言既有自谦之意,又有一定要作赋和能够写好此赋的决心和信心。

序言全文到此结束,作者的心声在用典叙事、反复抒情之中得到充分表达,读者的感情也随着庾信的传神之笔而跌宕起伏,直至高潮。

《哀江南赋》联系庾信的亲身经历,简括地描写了侯景之乱和江陵之祸,介绍了他写赋的想法。文章对侯景、西魏军队的残暴、人民所受的痛苦都有真实反映,对梁朝统治集团的腐败、梁军的溃散表示不满,对故国的沦亡、个人的去国离乡充满极大的哀痛和怨愤。作者深感生离死别之苦,他有二男一女死于金陵丧乱之时,又有一女一孙亡于羁旅北方之际(庾信《伤心赋》)。因此,这篇赋是以他自己的不幸身世反映了当时千家万户的悲惨遭遇,通过侯景之乱和江陵之祸再现出南北朝历史时期动乱不安的社会现实,所表现的思想内容存在着不少可取之处,具有一定的社会意义。当时,生动反映这一战乱时代的文学作品,一是庾信的《哀江南赋》,另一是北齐颜之推的《观我生赋》。不过,后者不及前者传诵之广。作为一篇简略的"赋史"和无韵骈文,《哀江南赋》的序言比正文传诵更广。庾信后期诗文内容充实,感情丰富,风格苍凉沉雄,而《哀江南赋序》就是其中最著名的杰作。

这篇序文是南北朝的一篇骈文。一般来说,骈文讲究对偶,使用典故,注重辞藻华丽与音节和谐,有它的长处。但是,如果运用不当,片面追求形式,就很容易导致华而不实,言之无物。本文不像当时一些骈文那样单调板滞、雕琢堆砌,而是成功地表现了骈文的特色,尤其是对仗工整而精巧,用典贴切而灵活,给读者以美的感受和想象余地。它从头至尾,全是对偶之句,形式整齐,结构对称,节奏鲜明,既增强了艺术感染力,又使人加深了对文章内容和作者感情的理解。对偶与用典是水乳交融般结合在一起的。作者回顾历史,大量借用典故来叙事和抒情。最为突出的是反用典实,写出新意,使作者的内心情感得到充分表达,使文章更为委婉和典雅,还使人读后容易引起联想和想象。在运用对偶和典故表情达意的同时,文章还使用了比喻、排比、对比、借代等多种修辞方法来反映社会现实和抒发作者感情。这就更使全文意境开阔，形象生动，语言丰富，波澜起伏，摇曳多姿，具有动人的艺术魅力。因此，本文是庾信文章中最出色的一篇作品，也是南北朝骈文的代表作之一。唐代伟大诗人杜甫高度评价"庾信文章老更成，凌云健笔意纵横"（《戏为六绝句》）。自然，这篇优秀骈文《哀江南赋序》属于其所称赞的名篇佳作之列。总之，庾信的诗赋、骈文集南北朝文学之大成，开唐代文学之先河，著称当世，辉映后代。

图书在版编目(CIP)数据

汉魏六朝文选解/汪耀明解. —2 版. —上海：复旦大学出版社，2024.3
(中华经典全解丛书)
ISBN 978-7-309-17124-2

Ⅰ.①汉… Ⅱ.①汪… Ⅲ.①古典散文-文学欣赏-中国-汉代-魏晋南北朝时代 Ⅳ.①I207.62

中国国家版本馆 CIP 数据核字(2023)第 243366 号

汉魏六朝文选解(第二版)
汪耀明　解
责任编辑/高　原

复旦大学出版社有限公司出版发行
上海市国权路 579 号　邮编：200433
网址：fupnet@fudanpress.com　http://www.fudanpress.com
门市零售：86-21-65102580　团体订购：86-21-65104505
出版部电话：86-21-65642845
上海四维数字图文有限公司

开本 787 毫米×1092 毫米　1/16　印张 20.75　字数 418 千字
2024 年 3 月第 2 版
2024 年 3 月第 2 版第 1 次印刷

ISBN 978-7-309-17124-2/I·1384
定价：48.00 元

如有印装质量问题，请向复旦大学出版社有限公司出版部调换。
版权所有　侵权必究